LA BOURBONNAISE

Née à Paris, Catherine Hermary-Vieille, lauréate du prix Femina 1981 pour *Le Grand Vizir de la nuit,* est l'auteur de plusieurs ouvrages qui ont connu un grand succès : *L'Épiphanie des Dieux,* prix Ulysse, *La Marquise des ombres, L'Infidèle,* prix RTL Grand Public, *Romy, Le Rivage des adieux, Un amour fou,* prix des Maisons de la Presse 1991, *La Piste des turquoises,* la trilogie *Les Dames de Brières.*

Paru dans Le Livre de Poche :

Les Dames de Brières :

1. Les Dames de Brières
2. L'Étang du diable
3. La Fille du feu

La Piste des turquoises

La Pointe aux tortues

Le Rivage des adieux

CATHERINE HERMARY-VIEILLE

La Bourbonnaise

ROMAN

ALBIN MICHEL

Prologue

1742-1747

1

Recouvert par la chaussette de grosse laine bistre, l'œuf de bois était doux, sensuel au creux de la main d'Anne Bécu. Il n'était pas cinq heures du soir mais le crépuscule de novembre obligeait la jeune femme à repriser devant l'étroite fenêtre diffusant une lumière maussade dans le réduit où une repasseuse et une raccommodeuse entretenaient chaque semaine les frusques de quelques moines vivotant dans ce vieux couvent de Vaucouleurs. Le regard perdu dans la perspective terne des labours où s'élevait çà et là un bosquet décharné, Anne songeait au frère Ange. Depuis des semaines, il venait la surprendre, rapprochait d'elle petit à petit un tabouret tandis qu'elle ravaudait et, sans dire mot, la dévorait du regard. Anne aimait ce jeu du chat et de la souris, l'un guettant un signe, l'autre le retenant par coquetterie pour prolonger cette situation équivoque dont elle se sentait maîtresse. A près de trente ans, elle connaissait le désir des hommes et, plus d'une fois, y avait cédé. Mais un moine évoquait des plaisirs troubles parce que interdits, une aventure presque aussi romanesque que celle vécue par son père, le beau Fabien Bécu pour lequel la comtesse de Montdidier, dont il était le cuisinier, était devenue folle d'amour au point de l'épouser. Quelques années plus tard, la comtesse était morte, laissant son époux sans un sou. Ayant repris son premier métier, Fabien s'était fait engager par la comtesse de Ludres, ancienne maîtresse de Louis XIV, exilée à Vaucouleurs où le cours paresseux de la Meuse, sous un ciel souvent mélancolique, entretenait la neurasthénie de la proscrite enfermée dans des habitudes strictes : messe chaque matin, lecture, travaux d'aiguilles, peu de visites sinon celles du curé de la paroisse et d'un vidame octogénaire confit en religion. Dans ce château sinistre, Fabien avait pourtant retrouvé l'amour et épousé la femme de chambre de la comtesse. Élevée à la diable, courant les champs et les bois dès son plus jeune âge, soumise aux assauts des garçons du village que sa beauté émoustillait, Anne était l'un de leurs sept enfants. A quinze ans, elle avait cédé au fils du bourrelier, un beau gars qui allait partir à l'armée, à dix-sept à un financier, Billard-Dumonceaux, munitionnaire général des garnisons de l'Est, qui venait une fois l'an à Vaucouleurs et s'installait au château quelques jours pour conseiller madame de Ludres sur l'administration de ce qui lui restait de fortune. La quarantaine, une figure blafarde et étroite, il portait une cravate bordée de dentelle et des manchettes de velours galonnées d'or. Il était traité par la comtesse presque en égal, considération qui avait émerveillé la jeune fille.

Frère Ange respirait doucement. Anne sentait son souffle sur son cou.

— Les filles honnêtes vont au ciel, n'est-ce pas? interrogea-t-elle soudain d'une voix qu'elle cherchait à rendre aussi sensuelle que possible.

— Une brave et bonne fille rejoint certes le paradis de Notre Seigneur, opina le moine, mais une femme séduisante et prête à tout va où elle veut.

Anne garda un instant le silence, tirant sans hâte l'aiguille à repriser.

— Où puis-je aller ? demanda-t-elle enfin.

Elle avait relevé la tête et son regard bleu pervenche plongea au fond des yeux verts du religieux.

— Vous pouvez être Pénélope ou sirène, à votre choix, sans cesse occupée à repriser de méchantes hardes ou charmer les hommes, les enivrer, régner sur leurs pensées et leurs cœurs.

— Vous parlez de s'engager dans une relation amoureuse comme on ferait choix d'un gagne-pain. Mes parents m'ont faite bonne chrétienne. Jamais je ne serai ribaude.

— Notre Seigneur Jésus ne dédaigna pas la compagnie des débauchées, mais qui parle de vous vendre, ma belle enfant ? Depuis des mois, je suis possédé par une obsession amoureuse dont vous seule êtes coupable. Dieu peut-il mal juger un sentiment aussi fort, aussi honnête ? Je ne veux nullement vous déshonorer mais, au contraire, vous établir comme vous le méritez.

Comme si les paroles de frère Ange ne la touchaient pas, Anne continuait à tirer l'aiguille. Mais le magnétisme du religieux la fascinait. Depuis des jours, elle attendait qu'il se déclarât.

La nuit était presque tombée et un profond silence enveloppait le modeste couvent. C'était l'heure de la prière, dans les cellules, qui précédait le repas du soir.

— Avant de me donner à un homme, je veux la certitude d'être bien aimée. Une femme avisée n'engage pas son avenir sur de belles promesses. Que pourrez-vous pour moi ? Aussitôt que l'on me saura la maîtresse d'un homme de Dieu, les langues iront bon train ici et je n'aurai plus qu'à quitter le pays pour ne pas discréditer ma famille.

— Nul ne saura que je vous aime. D'autre part, j'ai quelque fortune que je suis prêt à mettre à vos pieds. Et n'avons-nous pas d'évidentes raisons de nous rencontrer puisque vous vous rendez chaque lundi ici afin de prendre soin du linge de la communauté ?

— Où pourrions-nous être seuls ? balbutia-t-elle.

La bougie vacillait dans la lanterne de fer jetant des ombres mouvantes sur la longue table de noyer, la paille blonde des chaises, un Christ d'ébène dont la croix s'élevait au-dessus du crâne d'Adam d'un bois plus clair parfaitement poli. Une vague odeur d'encens venait de la chapelle, jouxtant la sacristie. La comtesse de Montdidier, la première femme de son père, devait aimer les parfums. Portait-elle des robes de soie, des nœuds de ruban, des dentelles, de la poudre sur ses cheveux ? Fabien, son père, n'aimait pas l'évoquer, comme si ce souvenir d'une époque fastueuse et disparue à jamais le blessait encore. Sa deuxième épouse avait pourtant du charme, de la fraîcheur et, bien que simple femme de chambre, était gracieuse et soignée, un tablier bien noué, des bas de coton fraîchement repassés, un fichu de linon ou de fin lainage jeté avec élégance sur ses épaules. En dépit de ses sept grossesses, sa taille était restée souple, ses cheveux abondants. Anne adorait passer sa main dans la chevelure blonde lorsque sa mère se coiffait. Elle murmurait : « Tu es belle, maman ! » Jeanne souriait : « Tu le seras bien plus que moi. » D'un doigt, elle soulevait le menton de sa fille : « Regarde tes yeux, ton nez, le dessin de ta bouche. Il faudra garder tout cela pour un homme de qualité. Promets-le-moi. » Anne promettait. Frère Ange, de son vrai nom Jean-Jacques Gomard de Vaubernier, était gentilhomme. N'était-ce pas la chance qu'elle attendait depuis longtemps ? Déjà elle avait fêté la Sainte-Catherine et, en dépit de ses deux amants, se sentait dépossédée du droit qu'avait toute femme de se coucher aux côtés d'un homme. Frère Ange, bien sûr, ne partagerait pas sa vie mais elle jouissait au château d'un petit appartement sous les toits, indépendant de celui de ses parents, et lui-même bénéficiait d'une certaine liberté. Les religieux ne vivant pas cloîtrés, ils se mêlaient volontiers aux habitants de Vaucouleurs, assistaient les malades, veillaient les mourants, secondaient le curé dans l'instruction des principes de la foi chrétienne dispensés aux garçons et aux fillettes de la paroisse.

Frère Ange s'était approché un peu plus encore. A travers la robe de serge bleu lavande, elle sentait le contact de son corps contre ses jambes, ses genoux. Résolument, elle piqua l'aiguille dans la chaussette de laine, jeta l'ouvrage inachevé dans le panier de jonc tressé posé à côté d'elle et se leva. Aussitôt frère Ange la prit dans ses bras, couvrant son cou, ses tempes, son front, ses joues de baisers. Anne sentait ses seins pointer à travers le corsage recouvert d'une camisole de serge étroitement lacée que décorait une croix d'argent, cadeau de la comtesse de Ludres pour sa communion. Soudain, frère Ange prit sa bouche tandis que l'une de ses mains retroussait la jupe, le jupon, cherchait la douceur de ses cuisses. L'interdit de se laisser posséder debout par un moine l'excitait un peu plus encore. Elle poussa un léger cri et ferma les yeux. La cloche de la chapelle sonnait l'angélus du soir.

Deux fois par semaine, frère Ange prit l'habitude de se rendre tard dans la nuit au château, de grimper à pas feutrés les escaliers de service et de se glisser dans le lit d'Anne Bécu. Simplement décorée d'indienne, la chambre était prolongée d'un cabinet où la jeune femme avait tenté de reproduire quelques menus détails du luxe de la comtesse de Ludres : sur une table de toilette peinte en gris, elle avait jeté un beau napperon brodé par elle en fils de soie, disposé quelques flacons de cristal ébréchés délaissés par la comtesse, une boîte à poudre en faïence gagnée dans une foire, une jolie chaise tapissée de velours gaufré dénichée au fin fond du grenier. Ce cabinet était son royaume. Souvent, elle s'y enfermait pour rêver, s'imaginer grande dame prête à se rendre au bal. Un gentilhomme l'y attendait. Il l'aimait au premier regard et lui tendait la main. Sa mère l'avait mise en garde contre ces chimères. Couturière, elle le resterait probablement jusqu'à la fin de ses jours. Quel garçon sérieux et aisé voudrait-il prétendre à la main d'une fille sur laquelle couraient de si méchants ragots? Tout Vaucouleurs l'avait vue s'afficher avec le fils du bourrelier et l'on soupçonnait d'autres galants. La voix de Jeanne tentait d'être sévère mais elle ne parvenait pas à montrer de véritable colère envers son enfant. Comment en vouloir à une si jolie fille condamnée à vivre dans ce triste château où une femme vieillissante revivait ses royales amours comme un général rumine sans fin une bataille perdue? Ignorant la présence de sa camériste, madame de Ludres évoquait ses souvenirs. Elle parlait de Versailles, des bals, de la musique, des fêtes, des jeux d'eau dans le Grand Canal, des seigneurs et grandes dames qui faisaient assaut d'esprit, de la galanterie, des passions, des mensonges, des mille engouements éphémères, des spectacles, du talent de mademoiselle Lemaure qu'elle préférait à la Pélissier protégée par la duchesse de Duras, des levrettes de madame la Dauphine qui toutes portaient des colliers de velours cloutés de pierres précieuses les distinguant les unes des autres. Mais jamais la comtesse ne prononçait le nom de son royal amant. Il était l'ombre toute-puissante et despotique, comme Dieu en personne, qui avait le pouvoir de prendre les cœurs et de les briser, de jouir des corps avant de les bannir à jamais de sa vue. Jeanne écoutait avec passion, tentant désespérément d'imaginer ce qu'évoquaient les noms chuchotés par sa maîtresse, les laquais vêtus de soie et de velours, les atours des courtisans, les tapisseries, la musique, les danses, les amants enlacés sous une charmille où régnait la statue en marbre d'une Vénus alanguie, les forts parfums de musc, de rose et de violette, les chasses avec les meutes, les piqueurs, les sonneurs de cor, les dames en amazone ou suivant en carrosse un roi qu'elles rêvaient de conquérir et qui ne pensait qu'à lui. Parfois la comtesse s'interrompait brusquement comme si un souvenir plus cruel que les autres entravait sa mémoire : « Allez, ma fille ! prononçait-elle d'un ton coupant, vous avez d'autres besognes à accomplir qu'à rester plantée devant moi bouche bée comme une sotte. Et ne vous plaignez pas de votre condition, elle vous a épargné bien des peines. » Jeanne n'en était pas convaincue. Anne, sa préférée, avait sans doute un nouvel amant car ses joues se faisaient vermeilles, ses yeux pétillaient et elle partait en chantonnant au couvent des frères de Picpus pour accomplir son ingrate besogne de ravaudeuse. Si elle tombait enceinte, Fabien chasserait sa fille du château et il lui faudrait s'établir dans une pauvre maisonnette, délaissée par la communauté villageoise. Mais que tenter ? Comme son père, Anne était rétive, têtue, indocile à ses conseils. Un jour ou l'autre, ce malheur arriverait et elle devrait bien l'accepter.

Un baiser léger dans la nuque fit se retourner Anne. Frère Ange était derrière elle et elle ne l'avait pas entendu s'approcher.

— Je serai ce soir dans ton lit, mon cœur, chuchota-t-il.

La jeune femme esquissa à peine un sourire. Depuis quelques semaines elle ne se sentait pas bien et se serait passée des preuves ardentes d'affection que lui prodiguait son amant.

— Je suis indisposée en ce moment.

Cette excuse accentuait son inquiétude. Depuis deux mois, elle n'était plus réglée et tremblait d'être grosse.

— Cela ne m'importe guère.

— Si tu veux que je t'ouvre ma porte, je le ferai mais j'ai de forts maux de tête et si ton amitié peut accepter le sacrifice d'être séparé pour quelques jours de moi, je t'en saurai gré.

Frère Ange recula d'un pas et soupira. Anne l'avait rendu fou de passion et, dans l'ennui de la vie monacale, il ne pensait plus qu'aux expertes caresses de son amante. Le sexe, il le découvrait, était une arme plus meurtrière que tous les engins de guerre du monde. En la quittant, l'impression d'une insupportable solitude le happait.

— Comme tu voudras, mon cœur.

Anne tendit sa main sur laquelle frère Ange appuya longuement ses lèvres. Par la gazette, elle savait que le roi se lassait de sa maîtresse, madame de la Tournelle, et courtisait une certaine madame d'Étiolles. Ces royales amours laissaient partir son imagination dans d'interminables rêveries. Si elle avait l'opportunité d'approcher le souverain, poserait-il son regard sur elle ? On le disait beau comme le péché, avide de séduire, ardent au plaisir, si différent du précédent souverain. De Louis XV, de ses ministres et de la Cour, peu d'échos arrivaient jusqu'à Vaucouleurs. Fermant les yeux sur ses premières frasques amoureuses, la population jugeait son souverain comme un bon roi, un bel homme, une personne de cœur. Se pourrait-il qu'un jour elle puisse monter à Paris, assister aux grands couverts où chacun était admis pourvu qu'il soit décemment vêtu ?

— Il n'est pas possible d'aimer plus que je t'aime, souffla frère Ange, mon attachement pour toi renferme tous les sentiments. Ne me fais pas trop souffrir.

Anne leva les yeux et vit un homme un peu trapu en robe de bure qui lui souriait. Elle n'avait à ses côtés nul avenir enviable et, bien qu'elle éprouvât de la tendresse envers lui, leurs chemins tôt ou tard se sépareraient.

La pluie battait les vitres et des souffles d'un vent de tempête qui se glissait dans les interstices des fenêtres couchaient la lumière de la bougie. Tout sembla soudain sinistre à la jeune femme, son métier de couturière, la pièce rustique où elle travaillait et où l'on entendait le trottinement menu des souris à la nuit tombée jusqu'à cet amant qui, bien que gentilhomme, avait la rusticité d'un laboureur. Une tristesse indéfinissable lui serra la gorge. Elle allait accoucher du bâtard d'un moine, piquer l'aiguille jusqu'à la fin de ses jours, survivre chichement, perdre sa beauté et vieillir tout à fait seule pour finir à l'hospice.

— Nous devons cesser de nous voir durant quelque temps, annonça-t-elle d'un ton sans réplique. On jase à Vaucouleurs et mes parents me soupçonnent de mille crimes.

L'air effaré de frère Ange n'attendrit la jeune femme qu'un instant. Qu'avait-il offert, quelle aisance lui avait-il procurée? Toutes ses belles promesses étaient restées lettre morte. Avait-il seulement un liard en poche? Et maintenant qu'on la soupçonnait maîtresse d'un moine, les prétendants possibles la fuyaient. La veille encore, le maréchal-ferrant, un veuf nanti de cinq enfants, avait fait semblant de ne pas la reconnaître alors que trois mois plus tôt il la poursuivait, promettant de la vêtir de toile fine et de siamoise, de lui offrir des corsets de basin et des souliers à hauts talons !

— Je souhaite des changements dans ma vie, poursuivit-elle, un logis à moi, des meubles, une cuisine bien approvisionnée.

— Tu auras ta maison.

Une réelle angoisse marquait les traits de frère Ange. Un instant, il s'était cru congédié sans autre forme de procès.

— Et un mobilier, du linge, tout ce qu'il te faudra.

Anne soupira. Si elle était établie, pourquoi pas celui-là plutôt qu'un autre ? Il lui donnait bien volontiers tout le plaisir qu'elle réclamait. Soudain elle eut envie de l'étreindre. Frère Ange se pencha sur son visage et, ôtant le bonnet de linon, passa une main dans les cheveux blonds tandis que l'autre remontait le long d'une de ses cuisses, s'immobilisant là où la chair douce prolongeait le bas de coton. Anne chuchota :

— Je crois être grosse de toi.

2

Dénichée au 8, rue de Paradis, la maisonnette prolongée par un jardinet était nantie d'une entrée, d'une salle commune et de deux chambres à coucher. Le prix demandé avait été réglé comptant par un inconnu, probablement l'homme d'affaires du moine Gomard de Vaubernier. Presque à terme, Anne restait désormais chez elle à restaurer les broderies des chasubles sacerdotales confiées par les paroisses des environs de Vaucouleurs. Le supérieur du couvent de Picpus avait intercédé en faveur de la jeune femme en lui maintenant la pratique du couvent. Après avoir servi convenablement leur communauté durant deux années, cette pécheresse ne méritait pas qu'on la jette dans la misère. Jésus n'avait-Il pas pardonné à la femme adultère ?

Anne s'installait dans un des deux fauteuils recouverts d'une cretonne qu'elle avait choisie parsemée de roses épanouies et, le ventre en avant, étalait sur ses genoux un surplis, une étole, une chape, une dalmatique, des mitres, des voiles de ciboire. Un panier, contenant les bobines de soies vives et de fils d'or, quelques dés et une paire de ciseaux, était posé à ses pieds. L'avenir lui semblait plus prometteur. Puisqu'elle était propriétaire d'une coquette maison, un jour ou l'autre un galant de belle figure se présenterait. Après l'avoir bien menacée, invectivée, le père d'Anne avait fini par baisser les bras. Être débarrassé d'un de ses sept enfants lui convenait finalement. Mieux valait avoir une fille entretenue qu'une demoiselle dévote restant à sa charge jusqu'à la fin de ses jours. Anne était un beau brin de fille et trouverait aisément des protecteurs. Quant à Jeanne, elle s'était résignée au destin de son enfant, heureuse malgré tout d'être grand-mère et de garder à peu de distance sa fille préférée. Elle avait promis de venir l'aider lors de ses couches et de prendre soin du nourrisson lorsque sa maîtresse, la comtesse de Ludres, lui laisserait quelques instants de liberté. En apprenant la grossesse d'Anne, la vieille aristocrate avait levé les yeux au ciel : « Le rêve d'être aimées perd les femmes, des plus nanties aux plus humbles, avait-elle déploré. Quand réaliseront-elles qu'elles doivent tout au contraire se servir des hommes ? » Puis elle avait repris son livre de prières.

Lors du marché de Vaucouleurs, les ménagères se pressaient devant les étals des paysans. Légumes et volailles abondaient, les premières cerises faisaient leur apparition. Dans les tavernes, au milieu de la fumée des pipes, les langues allaient bon train : on venait encore d'augmenter l'impôt et il était grand temps de se révolter contre cette injustice, de résister au seigneur et à l'État. Refuser de se laisser faire. Le vin échauffait les esprits. On parlait d'une nouvelle guerre contre l'Angleterre et la reine de Hongrie, des fils arrachés aux leurs par la force ou d'odieuses supercheries par le travers de recruteurs patelins abusant de la candeur des garçons. Être engagé, c'était être perdu pour sa famille et pour le village, insulté par les sous-officiers, eux-mêmes contraints à obéir à des officiers de boudoir, de petits aristocrates de quinze ans couverts de soie et de dentelles. Les hommes se quittaient en trinquant encore une fois. Va, il faisait beau, la récolte promettait d'être abondante, chacun avait un peu de bien à l'abri. La vie n'était pas si mauvaise après tout, et mieux valait en profiter avant que les collecteurs d'impôts ne vous raflent jusqu'au dernier écu.

Par la fenêtre de la salle, Anne regardait aller et venir les habitants du pays, femmes aux joues rebondies, hommes engoncés dans leurs vestes de drap, portant un chapeau à l'étoffe usée, enfants courant de tous côtés, excités de participer à la moisson, fillettes en bonnet de linon bien repassé donnant sagement la main à leur mère, vieux vêtus comme au début du siècle, abbés faisant claquer leurs grossières galoches sur les pavés. Cette société lui semblait étrangère. Elle n'avait nul désir de se faire humble afin de s'y intégrer mais tout au contraire celui de tenter de ne ressembler en rien à ces gens ronchonnants mais dociles. Son enfant allait naître. De temps à autre, frère Ange faisait une brève visite, s'enquérait de sa santé mais ils ne s'approchaient plus. Le religieux se sentait dépassé par la paternité, le devoir d'avoir à élever décemment un enfant, de se soucier de sa religion, de son éducation, de son établissement. Il était devenu doux et humble, quêtant un baiser au moment du départ. Anne le suivait des yeux, le trouvant beau en dépit de la tristesse de son regard. Vêtue de bure, sa silhouette se profilait dans le miroir à trumeau qu'il lui avait acheté à Commercy et qui la remplissait de fierté. On y voyait un couple s'enlacer sous un arceau de roses tandis que deux chérubins voletaient dans un ciel d'azur. Elle se souvenait des nuits charnelles. Le plaisir l'emportait alors, sa langue goûtait la peau, la semence, léchait la bouche de son amant. Elle réentendait ses soupirs, ses grognements, les mots incompréhensibles, ressentait le vertige. Pourtant aujourd'hui elle ne le désirait plus.

Sans cesse le bébé gigotait dans son ventre. Elle espérait un garçon plus facile à élever qu'une fille. Serait-il beau et galant comme son grand-père ? Un jour, elle quitterait Vaucouleurs, caressant sans oser y croire l'espérance de s'établir à Paris. Là-bas tout serait possible, elle en était sûre. Avec son habileté de couturière et de brodeuse, elle pourrait ouvrir un magasin ou se faire engager par un seigneur, approcher les puissants.

Une douleur violente plia soudain la jeune femme qui lâcha l'étole où elle restaurait le doux visage de la Vierge Marie.

— Cours chercher ma mère et arrête-toi au passage chez madame Dubuisson, la sage-femme ! ordonna-t-elle à la petite servante qui dans la cuisine préparait le souper. Je crois bien que je vais accoucher dans un moment.

Dénouant son tablier, l'adolescente chaussa ses sabots et disparut au coin de la rue. Seule, Anne réprima un cri de douleur. Elle allait se rendre à la cuisine pour achever la besogne de Manon. Mais une nouvelle colique l'obligea à se rasseoir. Elle s'était laissé entraîner par une exaltation, un caprice, et le payait aujourd'hui par d'abominables souffrances. Séduire, être désirée, adulée, voilà ce qu'elle aimait, pas cet instant où elle était sur le point de mettre bas, comme une bête. Quel homme pourrait-il l'aimer pour de plus vastes ambitions ? Plus que d'amasser argent ou amants, elle voulait s'imposer, avoir un mari respecté, être appelée madame, se vêtir de toile fine, de bas de laine à coins rouges, de corsages de mousseline à dentelle bien plissée, se rendre à la messe suivie d'une servante. Une douleur plus vive lui arracha un cri. Que faisait donc Manon ? Les rayons d'un soleil au zénith pénétraient au travers de la fenêtre entrouverte. Il faisait chaud et le visage d'Anne était en sueur. Au loin, on entendait le chant des moissonneurs et des odeurs d'épis tièdes parvenaient jusqu'à la rue de Paradis en lisière du gros bourg. Les yeux de la jeune femme tombèrent sur la feuille de l'almanach suspendu à côté du buffet. Son enfant allait naître quelques jours après la fête de la Vierge. Et si c'était une fille, serait-elle chaste et pure ? Elle le lui souhaitait. Mieux valait avoir des amants après le mariage pour ajouter du piment à la vie plutôt que de la détruire.

Suante et soufflante, la Dubuisson fit irruption dans la pièce.

— Allez vous allonger sur votre lit, ordonna-t-elle aussitôt. Je m'occupe de tout. Votre mère sera là dans un moment et j'en suis bien aise. On n'est pas trop de deux à mettre au monde un premier-né.

Anne entendit sa mère pénétrer dans la chambre, sentit ses bras l'étreindre. A la cuisine, la matrone s'activait à faire chauffer de l'eau, entasser du linge propre, mais la jeune femme souffrait trop pour y prêter attention. Des genoux à la taille, son corps n'était plus qu'atroces douleurs à peine interrompues par quelques instants de répit durant lesquels sa mère essuyait avec douceur son visage.

— Le petit va venir, annonça enfin la Dubuisson, on voit déjà le crâne. Mais poussez un peu, que diable !

Anne s'arc-boutait sur le lit. Par tous les moyens, elle voulait se débarrasser de ce mal, en éjecter la cause.

— Une belle petite fille, se réjouit la sage-femme, robuste et bien mignonnette !

Jeanne déjà essuyait sa petite-fille, l'entourant d'une couverture.

— Je vais la langer, annonça-t-elle. Veux-tu la voir ?

A bout de forces, Anne jeta un coup d'œil sur le nourrisson. Le petit visage rond était parfaitement formé. L'enfant était adorable.

— Nous la baptiserons dès cet après-midi, poursuivit Jeanne Bécu. Qui désires-tu comme parrain et marraine et quel nom souhaites-tu lui donner ?

Anne laissa retomber sa tête sur l'oreiller. Elle voulait dormir, oublier cette interminable épreuve. Et, cependant, le bébé l'attendrissait, elle avait envie de le serrer contre elle, de caresser le fin duvet qui recouvrait sa tête.

— Je veux la nommer Jeanne, comme toi maman. Prends comme parrain et marraine Joseph le cocher que j'aime bien et Jeanne Birabin. A cinquante ans, la pauvre n'a plus l'espérance d'être mère et sera heureuse de dorloter un enfant. Être la lectrice de madame la comtesse depuis tant d'années est une tâche bien ingrate. Cette preuve d'affection la touchera.

Déjà le nourrisson était emmailloté, prêt pour le départ à l'église, tandis que Manon se hâtait vers le château prévenir les parrain et marraine de l'honneur qui leur incombait. Si madame de Ludres était de bonne humeur, elle permettrait à Joseph d'atteler et il pourrait reconduire le bébé rue de Paradis, ce qui éviterait une longue marche à sa grand-mère.

Demeurée seule, Anne se mit à rêvasser. Maintenant qu'elle était fille-mère, on allait lui tourner le dos dans le pays. Son destin était-il de broder et de ravauder pour nourrir une enfant ? Son dédain affiché envers frère Ange avait peut-être été maladroit. Lui seul pourrait offrir à leur fillette un avenir plus avenant. A maintes reprises n'avait-il pas exprimé l'ambition d'aller à Paris, d'y obtenir une cure, de reprendre sa place dans la société ? A mi-voix, elle prononça :

« Jean-Baptiste Gomard de Vaubernier ». Il n'y avait guère à tergiverser. Après ses relevailles, elle le ferait revenir.

La sage-femme tendit un bol de bouillon de poule à la parturiente.

— Buvez ma belle et dormez. Votre poupon est bien beau et donnera du fil à retordre aux hommes, croyez-m'en. J'ai mis des centaines de bébés au monde et suis capable de voir du premier coup d'œil si les filles seront belles, banales ou disgraciées. La Fortune distribue ses dons au hasard, elle m'a oubliée et je suis restée fille au service des autres. Enfin, je ne me plains pas car j'ai mis au monde la moitié des marmots de Vaucouleurs.

Dans une demi-somnolence, Anne ne prêtait guère attention au bavardage de la sage-femme. Sur le miroir suspendu au-dessus de la table de toilette, le soleil renvoyait des rayons tièdes qui accentuaient sa torpeur. Elle avait cédé à frère Ange parce qu'elle le désirait, elle allait le reprendre pour se frayer un chemin dans la vie.

— Jeanne, tiens-toi droite et ne lèche pas ainsi la confiture de ton pain, s'il te plaît.

En regardant la servante dans les yeux, la fillette donna un nouveau coup de langue sur la tranche de pain bis.

— Je dirai à ta mère que tu es une vilaine, menaça Manon.

— Je ne suis pas vilaine, s'écria Jeanne, mais j'aime beaucoup la confiture de groseilles. Est-ce mal ?

A trois ans et demi, la petite fille savait déjà fort bien le pouvoir que lui donnaient son charme et sa jolie figure. Depuis qu'elle était enceinte à nouveau, sa mère confiait sa fillette la plupart du temps à la servante et ne cessait de ruminer sa colère. Non seulement frère Ange ne l'avait pas encore tirée de ce trou où l'on disait d'elle pis que pendre, mais il l'avait mise à nouveau enceinte ! La mère d'un bâtard était déjà mal vue de leur petite communauté, au deuxième, elle sombrerait dans un mépris général. A peine la servait-on au marché. Mais la sensualité qu'exigeait son corps était comblée par l'ardeur amoureuse de son galant et le premier enfant qu'il lui avait fait était un bijou. Blonde, un teint de rose, les yeux immenses et bleu pervenche, la bouche ourlée, le front haut et bombé, le nez petit et droit. Son père en était fou. Il se faisait appeler « Mon père », la comblait de menus cadeaux. « Cette enfant sera élevée comme une demoiselle, promettait-il, elle n'aura rien à envier aux filles bien nées et nous pourrons être fiers d'elle. »

Trop jeune pour comprendre sa bâtardise, Jeanne avait tenté de jouer avec des petites voisines qui s'étaient moquées d'elle et lui avaient tourné le dos. Maintenant elle préférait rester dans le jardinet de sa maison, aider Manon à cueillir les légumes, observer le père Colin tailler les espaliers ou construire des châteaux branlants sur le tas de sable qu'il avait entassé contre un mur. Et le bébé à naître occupait toutes ses pensées. Elle souhaitait une petite sœur avec laquelle elle pourrait jouer. Mais sa maman à maintes reprises avait prédit qu'elle accoucherait d'un garçon.

En dépit d'un bon feu dans l'âtre, il faisait froid dans la cuisine.

— On aura de la neige c'te nuit, affirma Manon. L'hiver ne nous lâchera guère avant un bon mois.

Jeanne posa sa tartine et courut à la fenêtre. Au loin les peupliers bordant l'allée menant à la métairie des Bonnot grelottaient dans la grisaille. Contre le mur du potager, les branches des poiriers et des pommiers ressemblaient à des bras de squelettes prêts à s'emparer de qui se hasarderait à leur portée.

Manon enfilait ses sabots, jetait sur ses épaules une pèlerine de laine.

— Tu pars où? interrogea Jeanne d'une voix inquiète.

— Je vas chercher quelques poireaux et carottes pour la soupe. Il fait trop froid pour que tu m'accompagnes mais regarde par la fenêtre, je te ferai signe.

Au premier étage dans sa chambre, Anne se reposait. Elle avait eu de légères contractions et, craignant un accouchement prématuré, la sage-femme lui avait recommandé de garder le lit autant que possible. Bien calée contre ses oreillers, la jeune femme continuait à broder et ravauder car, après avoir payé le logis et les meubles, frère Ange n'ouvrait guère sa bourse sauf pour gâter Jeanne. Dehors quelques flocons commençaient à tomber. L'hiver semblait s'éterniser. « Encore trois semaines de grossesse, pensa Anne, et je serai délivrée. » L'aiguille plantée dans un surplis, elle songea vaguement à la Dauphine morte en couches quelques mois plus tôt. Et déjà le Dauphin avait repris épouse! On venait de le tambouriner par les rues de Vaucouleurs. Chacun avait eu droit à une provision de bois et un tonnelet de vin. Les grands de ce monde n'avaient guère de cœur et elle n'était pas fâchée de ne pas avoir affaire à eux. On disait le roi léger, inconsistant, jouissant de rendre les femmes amoureuses pour donner de la jalousie à la Pompadour. Jalouse? N'ayant point eu d'homme vivant à son côté, elle n'avait pas eu l'occasion de l'être. Jeanne aurait un meilleur destin. Jolie comme elle était, les galants se la disputeraient mais elle saurait choisir le bon, un homme aisé capable de prendre soin de toute la famille, d'assurer sa propre vieillesse car, un jour ou l'autre, frère Ange, par lassitude ou remords, lui tournerait le dos. Elle songeait de plus en plus sérieusement à quitter Vaucouleurs pour s'installer à Paris chez sa sœur Hélène, femme de chambre de madame Brignon, épouse du bibliothécaire du roi, un académicien vivant dans les bâtiments de la bibliothèque, rue Neuve-des-Petits-Champs. Hélène l'avait assurée qu'elle et ses deux enfants seraient les bienvenus. Il y avait justement un appartement vacant au-dessus des écuries. « A Paris, avait-elle écrit, toutes les opportunités sont à portée de main. Il suffit d'être assez vif et malin pour les saisir. Quantité de veufs ou de vieux célibataires seront des proies faciles pour une aussi jolie fille que toi. De plus, éloignée de Vaucouleurs, tu pourras escamoter la bâtardise de tes enfants et parler d'un mari décédé. » Beaucoup de monde fréquentait le salon des Brignon et, tandis que la société causait, jouait ou prenait du chocolat, elle aurait l'occasion de faire la connaissance des valets de pied et des cochers si elle avait envie d'un peu de chair fraîche. Leur frère Charles, valet de pied du prince Stanislas Leczinsky, n'avait-il pas réussi à mettre un joli magot de côté? Il pouvait prétendre épouser une bourgeoise.

Anne s'imaginait à Paris. Elle soutirerait à frère Ange quelque argent pour s'acheter de jolies étoffes et se confectionner des robes à la mode, s'établirait couturière et servirait des grandes dames. Jeanne apprendrait le métier. Sa beauté attirerait la clientèle masculine et elle pourrait en tirer profit en vendant des mouchoirs monogrammés, des chemises, des bas de soie brodés.

Une contraction insupportable saisit soudain la jeune femme. Elle allait accoucher avec trois semaines d'avance et la neige qui tombait dru maintenant retarderait la sage-femme. « Manon », hurla-t-elle. Mais nul ne semblait entendre son appel. « Jeanne ! » Aucune réponse. « Je vais accoucher seule », pensa Anne. Elle était moralement et physiquement épuisée. « Quitter Vaucouleurs, se répéta-t-elle, m'en aller pour toujours, refaire ma vie. » Elle eut un nouveau spasme et vomit sur le drap de lin. La maison suintait l'humidité. Même enfouie sous la couverture, l'atmosphère glaciale de cette modeste bâtisse faite de bois et de torchis pénétrait les os. Les contractions se rapprochaient. Sans attendre, elle repoussa draps et couvertures, troussa sa chemise, écarta les cuisses. Des souvenirs anciens passaient devant ses yeux : sa première communion à laquelle la comtesse avait assisté avant de l'inviter à goûter dans le salon du château. Tout l'intimidait alors et, cependant, elle admirait les tapisseries aux coloris doux, les meubles austères de bois foncé couverts de velours et de soie frappés aux armes des Ludres, l'argenterie, les portraits où des visages doux ou sévères semblaient l'observer, une fête villageoise où elle était courtisée par tous les garçons de son âge, sa première rencontre avec frère Ange. Il n'était pas trop tard pour avoir une autre vie, elle avait encore quelque beauté, du savoir-faire avec les hommes. Toute son existence, elle avait été hors de la véritable place qu'elle désirait occuper. Sa fille ne pouvait pas tomber, elle aussi, dans la facilité et la malchance. Il sembla à la jeune femme que son ventre se déchirait et elle poussa une faible plainte. Un pas faisait craquer les marches de l'escalier, celui de Manon sans doute, enfin venue la secourir.

La porte poussée, la petite servante resta pétrifiée. Entre les cuisses grandes ouvertes de sa patronne, une petite tête couverte de cheveux noirs lentement émergeait.

Première partie

1748-1768

3

Comparé à la maison rustique de Vaucouleurs, le logis au-dessus de l'écurie des bâtiments de la bibliothèque royale, proposé par sa sœur Hélène, sembla à Anne luxueux. Peinte d'un gris tendre, une boiserie couvrait les murs de la grande pièce. En outre deux chambres accueillantes aux murs passés au blanc de chaux avaient chacune leur réduit pouvant servir de cabinet de toilette ou de garde-robe. Le sol était recouvert de carreaux de terre cuite. Aux fenêtres, des rideaux de percale d'un rose fané pendaient encore. Anne se promit de les remplacer. « C'était le logement d'une lointaine cousine de madame, une vieille fille discrète et pieuse, expliqua Hélène. La malheureuse a été renversée par un tombereau qui passait rue des Marmousets et a expiré avant même qu'on ait pu lui administrer les derniers sacrements. Tu devrais te plaire ici et les petits auront leurs aises. Madame Brignon est accommodante et les laissera jouer dans le jardin. » Deux valets déposèrent la malle et une caisse en osier contenant les quelques jouets de Jeanne. Enveloppé dans un lange, le petit Claude dormait. Malingre, souffreteux, sa mère craignait qu'il ne survive point et remettait son sort entre les mains du bon Dieu.

Fière de ses boucles d'or, de ses yeux aux longs cils, de la belle allure que lui donnaient les jolies robes confectionnées par sa mère, Jeanne partit à petits pas à la découverte de sa nouvelle demeure. Elle s'attarda un moment sur une image représentant un homme portant une étoile cousue sur un ruban de moire bleue lui barrant la poitrine. « C'est notre roi, expliqua Anne. Il vit à Versailles, pas loin d'ici. Nous nous y rendrons toutes les deux un dimanche. — Il est vieux ! » décida Jeanne d'un ton sans réplique. La fillette souleva un pan du rideau et observa la cour. Près de l'abreuvoir, des moineaux sautillaient autour du crottin des chevaux. Servantes et laquais allaient et venaient. Tout le monde ici semblait mieux vêtu que madame de Ludres, n'y avait-il que des comtesses à Paris ? « Va voir ta chambre », proposa Anne qui s'était assise sur une chaise paillée pour donner la tétée à Claude qui refusait de boire et geignait. « Ce petiot file un mauvais coton. Il faut le montrer au médecin de Madame », conseilla Hélène.

Avec curiosité, elle avait accueilli à l'arrivée du coche de Bar-le-Duc sa sœur et ses neveux. Anne avait perdu quelque peu sa fraîcheur, mais à trente-quatre ans gardait assez de beauté pour plaire encore. Qu'allait-elle devenir, seule avec ses deux marmots ? Omettant de mentionner ses précédents amants, Anne n'avait rien caché à sa sœur de sa liaison avec frère Ange de Vaubernier. Le père de ses enfants avait sollicité une cure à Paris et il n'était pas impossible qu'il la rejoigne bientôt. « Mais, avait-elle affirmé à Hélène, je ne désire maintenir avec lui aucun autre commerce que celui de l'amitié. Il est temps pour moi de songer à mon avenir et à celui de mes enfants. »

Tandis que Claude tétait enfin, sans grande vigueur, Anne tendait l'oreille pour percevoir les bruits montant de la rue Neuve-des-Petits-Champs : les cris des porteurs d'eau lui étaient familiers mais d'autres la surprenaient : vendeurs de tisane, d'eau de mélisse, de vieux chapeaux. Des tombereaux passaient dans un horrible grincement de roues, des sabots martelaient les pavés, un cavalier pressé exigeait le passage, des enfants s'interpellaient. Toute proche, l'horloge d'une église sonnait huit heures.

— On va te faire monter quelques meubles, annonça Hélène. J'ai pu m'entendre avec un brocanteur et un fripier qui fourniront le nécessaire.

— Je n'ai guère de quoi payer, avoua Anne.

— Tu me rembourseras à ta convenance. J'ai un bon salaire et arrive à mettre quelques écus de côté. Et n'oublie pas que nos frères et sœurs vivent dans les environs, Nicolas est laquais chez le duc de Gramont, Sophie lingère chez la duchesse d'Anton et Antoine sommelier de madame de Pompadour.

— La maîtresse de notre roi ?

— Une belle femme, froide comme un glaçon et dure comme un silex. Mais Antoine prétend qu'il lui arrive d'avoir du cœur et qu'elle aime bien fort son royal amant.

Anne ne perdait pas un mot du babillage de sa sœur. Il lui semblait qu'un monde fabuleux se dévoilait à elle, avec ses secrets d'alcôve, ses ambitions, ses luttes pour le pouvoir. Il lui faudrait du temps pour en comprendre les rouages. A Vaucouleurs, tout était si morne.

Claude s'était endormi. D'un geste machinal, Anne relaça son corsage.

— Je suis bien lasse, avoua-t-elle. Les cahots du coche m'ont empêchée de dormir et les auberges où nous avons couché comptaient plus de punaises que de plumes dans les oreillers.

— Je dois aller faire des emplettes pour Madame. Repose-toi, Jeanne m'accompagnera. Veux-tu, mon petit cœur ?

La fillette laissa retomber le pan de rideau, elle avait bien envie de repasser le portail, de marcher dans les rues de cette ville qui lui inspirait de la curiosité et de l'effroi.

— N'oublie pas de mettre ton fichu, ma chérie, recommanda Anne. Il n'y a rien de pire que le mois d'avril pour prendre froid.

Radieuse, l'enfant s'empara de la main de sa tante. Cette dame inconnue sentait bon, un mélange de rose et de violette. Elle portait une jolie robe, un tablier de lin brodé, un bonnet tuyauté. Elle ressemblait à sa maman mais une maman moins sévère, moins soucieuse, plus avenante.

— Tu es mariée? interrogea-t-elle.

— Non point. Chez les Bécu on ne dédaigne pas le célibat. Ma place est bonne, j'y tiens et je ne suis pas prête à la quitter pour suivre un homme qui fumerait, boirait et me battrait à l'occasion!

Jeanne ne comprenait pas ce que voulait lui expliquer sa tante. Elle aurait cependant aimé avoir un papa qui la cajole, la serre dans ses bras, l'emmène le dimanche au marché pour lui acheter une babiole.

— Pourquoi n'ai-je pas de papa? demanda-t-elle en gagnant la rue, sa menotte accrochée à celle d'Hélène. Quand j'interroge maman, elle ne veut pas me répondre.

— Parce que ton papa ne pouvait pas être un bon mari et qu'Anne a préféré vous élever seule, Claude et toi.

L'enfant ne répondit pas. Le spectacle de la rue accaparait si fort son attention qu'elle avait déjà oublié le papa fantôme. Du plus vieux au plus jeune, chacun semblait se hâter comme à la poursuite d'un temps qui lui échappait sans cesse. De chaque côté de la ruelle qu'elles remontaient se côtoyaient des cafés, un cordonnier, un marchand d'oripeaux, un doreur qui, les bras nus, travaillait à un grand miroir que soutenaient deux chérubins obèses, là, un fourreur exposait en vrac des peaux de lapin, de la fausse hermine, une pelure d'ours mitée. Un peu plus loin, une fillette liait des bottes de tulipes qu'elle enveloppait d'un joli papier dentelle. Tendant un gâteau tout brillant de sucre fondu, un vendeur d'oublies les approcha. « En veux-tu ? » interrogea Hélène. Jeanne fit oui de la tête, depuis la veille au soir, elle n'avait rien mangé.

Soudain Hélène bifurqua à droite et Jeanne se retrouva dans une rue large, claire, bien pavée.

— Sais-tu lire ? interrogea Hélène.

— Pas encore, avoua la fillette.

Souvent elle avait demandé à sa mère de lui apprendre les lettres mais toujours celle-ci avait recours à une excuse pour remettre à plus tard sa promesse.

— Nous sommes rue des Bons-Enfants. Je dois acheter pour Madame une crème blanchissante pour les mains puis nous irons nous promener dans les jardins du Palais-Royal. Madame dort jusqu'à onze heures, nous avons notre temps.

La boutiquière, qui connaissait Hélène, fit un brin de causette tandis que, éberluée d'admiration, Jeanne observait les étagères où s'alignaient des pots de toutes couleurs, des flacons, des boîtes peintes de motifs délicats. Dans des paniers d'osier posés devant le comptoir, des roses et des camélias de soie semblaient tout juste coupés, une mousse de dentelle débordait d'un carton recouvert de velours. A genoux, un commis remplissait des godets argentés d'une pâte d'un blanc à peine teinté d'ivoire. Le magasin étant vide de clients, Jeanne se mit à errer, soulevant du bout des doigts un couvercle, dévissant un bouton d'argent pour humer un parfum laissé sur le comptoir en démonstration. Tout l'éblouissait, l'enivrait, elle avait l'impression de vivre un conte de fées et craignait de se réveiller dans son petit lit de Vaucouleurs devant la triste perspective des labours. Une haute porte fermait un entresol que deux bustes de femmes, la poitrine à moitié découverte, entouraient.

— Partirons-nous ? s'impatienta Hélène.

Elle saisit la main de sa nièce et l'entraîna dans la rue. Un vent tiède soulevait de la poussière, des débris d'avoine. Des odeurs louches s'infiltraient partout, relents de caniveaux, d'urine, puanteur de graillons et d'excréments. Jeanne fronça le nez. Paris était déroutant, un instant plus tôt elle respirait des odeurs exquises et maintenant c'était une infection qui la prenait à la gorge.

— Sommes-nous loin des jardins ?

— A deux pas.

Un escalier descendait vers une grande avenue de terre battue bordée d'ormes taillés en boule. Au milieu du jardin, on distinguait un bassin encadré d'un treillage en demi-lune auquel s'adossaient des statues. Deux quinconces de tilleuls s'étendaient derrière. Un palais barrait la perspective.

— C'est la demeure de monsieur le duc d'Orléans, expliqua Hélène.

La fillette ne comprenait pas et regardait voler les papillons au-dessus d'un bosquet. Sa tante parlait de princes et de princesses comme dans les histoires que lui lisait parfois frère Ange. Elle était un peu triste d'avoir quitté son ami mais sa mère avait promis qu'il allait être prêtre à l'église Saint-Eustache, la paroisse de sa tante Hélène. Parce qu'il l'aimait aussi fort qu'elle l'aimait, il viendrait la rejoindre.

— Je suis fatiguée, ma tante, avoua l'enfant.

Hélène s'arrêta et longuement observa sa nièce. Dans sa simple robe de crêpe de laine rose avec son fichu fleuri à deux sous et ses gros souliers de petite paysanne, l'enfant était délicieuse.

— Rentrons, décida-t-elle. Madame m'attend pour sa toilette et toi tu vas dormir un peu. Ce soir, j'irai t'acheter une robe de Parisienne, un tablier à volants, des bas de fil et une paire de souliers. Je ne veux pas que Monsieur et Madame aient honte de toi quand je te présenterai à eux.

Dans l'été le petit Claude mourut. Quelques semaines plus tard, Jeanne fêta ses cinq ans et, déjà, ne ressemblait plus à la petite Lorraine arrivée par le coche de Bar-le-Duc quelques mois plus tôt. Vêtue avec élégance par Hélène, elle se promenait gravement dans les jardins de madame Brignon, osant à peine respirer le parfum d'une rose tant sa tante l'avait sermonnée. Après avoir pleuré quelques jours son nourrisson, Anne était partie à la recherche d'un travail et avait pu être engagée par une couturière qui commençait à être à la mode grâce à la clientèle de madame de Coislin qui avait espoir de remplacer la marquise de Pompadour dans le cœur du roi. Si elle y parvenait, la fortune de la maison était faite.

De temps à autre, un homme s'attardait devant la boutique, suivait Anne dans la rue, souvent un vieux beau encore avide de bonne fortune. Mais elle ignorait ces galants, n'ayant pour seule ambition que des moments de plaisir. Son souhait le plus ardent était de mettre la main sur un homme aisé qui lui proposât le mariage. A trente-six ans, elle n'avait plus à se montrer difficile sur la figure du prétendant et accepterait quiconque pouvant assurer sa sécurité matérielle comme celle de Jeanne.

Ayant obtenu un ministère de prêtre à Saint-Eustache, frère Ange était arrivé à Paris. Il logeait à deux pas de la rue Neuve-des-Petits-Champs et faisait de fréquentes visites mais Anne refusait toute relation intime, c'en était fini des folies de jeunesse. Il adorait Jeanne et ferait de son mieux pour lui assurer un avenir décent. Sa petite fille était rieuse, curieuse de tout, éprise de beauté au point d'avoir cassé une poupée acquise chez un fripier dont la laideur lui avait fait horreur. De tout son cœur, Anne souhaitait donner un peu d'éducation à sa fille, qu'elle sache lire, écrire, compter. Mais les écoles dirigées par les Ursulines ou des dames charitables étaient si recherchées que, sans appui, il était impossible d'y trouver une place. Sollicitée, madame Brignon avait répliqué d'un air pincé que mieux valait apprendre un métier à cette enfant que de lui faire espérer une place dans la société qu'elle n'obtiendrait qu'au prix des plus vicieuses concessions. Une de ses anciennes chambrières était fleuriste et embauchait des apprenties à partir de l'âge de sept ans. Elle se ferait un devoir de recommander la petite Jeanne. Anne en avait conçu beaucoup d'amertume. Les nantis ne voyaient-ils pour les femmes pauvres et belles qu'un avenir de catin ou d'ouvrière payée deux sous pour une journée de douze heures? S'usant les yeux et les doigts à repriser, elle avait mis deux bâtards au monde et, cependant, elle valait bien des dames qui fréquentaient le magasin de mode.

En flânant, Anne regagnait la rue Neuve-des-Petits-Champs par la rue des Filles-du-Sauveur, laissant derrière elle le gracieux hôtel du Temple et sa sinistre tour. Désormais madame Brignon exigeait un loyer et elle devait partir à la recherche d'un logement moins coûteux. Mademoiselle Florentine, sa patronne, lui avait proposé un appartement dans les combles de l'immeuble, glacial l'hiver, étouffant aux premières chaleurs de l'été. Prétextant la santé de sa fille, elle l'avait refusé. Ses ambitions étaient autres. Tôt ou tard, la chance lui sourirait. Le visage du petit Claude s'effaçait de sa mémoire. C'était sans doute un malheur nécessaire que Dieu l'ait repris auprès de Lui, elle avait été assez accablée par de multiples difficultés. Quand on vivait dans la quasi-misère, on ne pouvait se permettre d'être trop tendre. Soupirer et pleurnicher, c'était bon pour les femmes oisives. A la boutique, Anne les observait. Rien ne semblait leur importer que de satisfaire leurs caprices et, plus d'une fois, elle avait ramassé sur le sol des jolis mouchoirs en point d'Alençon enrobant un noyau de pêche ou de prune. Des jeunes gens escortaient ces dames. Tout froufroutants de dentelles, les cheveux poudrés, les pommettes et les lèvres rehaussées d'un soupçon de rouge, ils s'empressaient, chuchotaient quelque conseil, querellaient les vendeuses, caressaient les petits chiens tandis que, l'expression hautaine, les marquises choisissaient un tissu, essayaient un chapeau, enfilaient une paire de mitaines en soie brodée. Anne n'avait que mépris pour ces oisives au cœur dur et, tout compte fait, préférait les demoiselles entretenues qui avaient toujours le sourire, un mot gentil, une plaisanterie un peu leste à la bouche. Souvent leurs protecteurs les accompagnaient, de vieux messieurs distingués, d'une politesse exquise envers les employées. Anne déroulait sur le comptoir des aunes de satin broché, de mousseline aérienne, de soie aux couleurs chatoyantes. Elle avait l'impression d'être une enchanteresse faisant jaillir toute cette beauté de rouleaux enveloppés de papier gris. Le soir, son logis rue Neuve-des-Petits-Champs lui semblait bien morose et, sans le sourire cajoleur de Jeanne, les visites de frère Ange et le bavardage de sa sœur Hélène, elle aurait jugé sa vie comme une punition du ciel. Hélène parlait aussi de quitter madame Brignon, par trop tatillonne, mais promettait à sa sœur qu'elle ne prendrait aucune décision avant que celle-ci n'ait trouvé un logement à son goût et elle-même une place convenable.

Un groupe d'enfants bouscula Anne alors qu'elle remontait sa rue. Derrière eux s'essoufflaient deux exempts de police tandis qu'une femme criait : « Au voleur ! » Autour de la victime, des badauds s'agglutinaient, gueux et élégants, les sabots du rempailleur écrasant les souliers délicats de la bourgeoise. Un cavalier arrêta sa monture. Anne haussa les épaules : les trois garçonnets étaient en guenilles, l'un avait les pieds en sang. Que faisaient-ils de mal, sinon tenter de survivre ?

— Anne Bécu ?

La jeune femme se retourna. Un homme au visage émacié se tenait devant elle. Il ôta son chapeau et salua.

— Vous ne me reconnaissez donc point ?

Anne chercha dans sa mémoire. Ce profil sec, ces lèvres minces... Elle avait dix-neuf ans alors.

— Monsieur Billard-Dumonceaux ! Est-ce possible ?

— Vous êtes toujours aussi belle, gracieuse, à ce que je vois.

— Ne vous moquez pas, monsieur. En vingt années, la plus belle fille du monde perd sa fraîcheur et j'ai eu à souffrir quelques malheurs.

— Puis-je faire quelques pas en votre compagnie ? Cette rencontre est pour moi un bonheur que je n'osais espérer du hasard.

D'un coup d'œil, Anne avait repéré que la fortune de son ancien amant était plus enviable encore que lorsqu'elle l'avait connu chez madame de Ludres. Il portait des bas de soie, des souliers à boucles d'argent, un pantalon de drap gris bleuté, une veste en toile beige à l'encolure et aux manchettes ornées de riches broderies, un gilet de soie mordorée à boutons d'argent.

— Ainsi vous avez quitté Vaucouleurs ? demanda-t-il pour reprendre la conversation.

— On y périt d'ennui. Une de mes sœurs m'offrait à Paris l'hospitalité et de l'ouvrage. J'ai accepté.

— Et vous avez bien fait. Ma charge m'y contraignant, je retourne de temps à autre là-bas, mais regagne Paris aussitôt que possible. Ma maîtresse est jalouse et m'en veut de trop longues absences.

— Est-elle belle ?

— Mieux que cela. Peut-être en avez-vous entendu parler, elle s'appelle Francesca ?

— Je ne sors guère.

— Elle est actrice, excellente, je dois dire. Mais parlons plutôt de vous.

— Savez-vous que je vous en veux toujours pour les écus laissés sur la table de nuit ? Vous avez traité en catin une jeune fille éprise.

Le financier se garda bien de relever qu'il ne l'avait pas eue vierge et assez experte amoureuse pour une demoiselle de province. Vingt années plus tard, il la trouvait encore appétissante et gardait des quatre nuits passées dans son lit de jeune fille un souvenir assez gaillard.

— Beaucoup de femmes apprécient les petits cadeaux d'un galant et je n'avais pas le temps d'aller choisir avec vous un joli jupon ou un fichu de soie.

— Oublions cela, coupa Anne. Vous êtes amoureux, je suis mère, la vie a passé. Mais je suis heureuse que vous ayez gardé quelque intérêt à mon égard. Si vous voulez un rafraîchissement, je vous invite bien volontiers chez moi où Jeanne, ma fillette, m'attend. Je loge chez les Brignon dans les communs de la bibliothèque royale.

Billard-Dumonceaux hésita un instant. Son cocher l'attendait devant l'église Saint-Eustache et il lui avait précisé qu'il serait promptement de retour. Finalement, n'ayant aucun plan pour occuper le début de sa soirée, il accepta. Francesca ne le rejoindrait qu'à la sortie du théâtre. Ils souperaient ensemble avant de regagner l'hôtel que le financier venait d'acquérir rue Saint-Landry, un quartier respectable où logeaient nombre de parlementaires. Les travaux de restauration venaient de se terminer et il était justement à la recherche de domestiques, un homme et une femme qui, outre le cocher, un jardinier et une cuisinière, pourraient fidèlement les servir, sa maîtresse et lui. Pourquoi ne pas envisager d'engager Anne? C'était une femme mûre, décidée, sachant tout faire, agréable à regarder et ayant de bonnes manières. Sans aucun doute, elle plairait à Francesca qui s'opposait à engager une femme de chambre trop jeune et accorte. Pour la place de valet, il avait déjà touché un mot à un certain Nicolas Rançon, recommandé chaudement par Le Mercier de la Rivière, conseiller au Parlement avec lequel il spéculait sur des terrains de la Caraïbe où la Rivière comptait de la famille.

Assise sur sa petite chaise, Jeanne habillait sa poupée de chiffon. Le soleil couchant éclairait à travers la croisée grande ouverte la masse des cheveux blonds que le petit bonnet de linon ne pouvait contenir, donnait à son teint une transparence rosée.

— Vous avez là une délicieuse fillette! complimenta le financier.

Et s'approchant de l'enfant, du bout de son doigt ganté, il lui souleva le menton. Les yeux pervenche, le charme du nez petit et droit, la bouche ronde comme une prune l'éblouissaient.

— Tu n'as pas oublié d'être belle, petite, murmura-t-il.

— J'apprends à Jeanne à ne tirer aucune vanité des dons que Dieu lui a accordés, coupa Anne.

Elle ouvrit le buffet, en extirpa deux verres ainsi qu'une bouteille de sirop de groseilles.

— Va jouer dans ta chambre, Jeanne, exigea-t-elle.

Docilement la fillette sortit, sa poupée entre les bras.

— Voilà une enfant exceptionnellement belle, insista Billard-Dumonceaux. Serait-il indiscret de vous demander qui est le père ?

— Il est prêtre à Saint-Eustache, crâna Anne en le regardant droit dans les yeux.

Le financier se laissa servir un verre de sirop qu'il posa sur le coin de la table qui occupait le centre de la salle.

— Vous êtes donc fille et mère de cette gracieuse enfant. Comment gagnez-vous votre vie, ma chère Anne ?

— Je suis couturière chez mademoiselle Florentine qui tient boutique rue Charlot.

— Et combien vous paye-t-elle pour vos talents ?

— Deux louis par mois.

— Je vous en offre trois si vous consentez à tenir ma maison, coiffer et habiller Francesca. Je prendrai votre petite en charge, vous serez bien logée, bien nourrie et habillée. Qu'en pensez-vous ?

Anne, qui buvait une longue gorgée de sirop de groseilles, s'arrêta net. La chance tournait-elle enfin en sa faveur ? Quel serait le prix à payer pour ces largesses ?

— Si nous voulons nous mettre d'accord, il me faut vous parler avec sincérité. Être femme de chambre me convient mais les coucheries me font horreur.

Le financier qui la trouvait un peu mûre à son goût ne voulut pas la blesser.

— Je suis amoureux de Francesca et lui reste fidèle.

Il y eut un moment de silence. Anne échafaudait déjà des projets : mettre enfin de l'argent de côté, ne plus avoir à se crever les yeux sur de minutieux travaux de broderie, s'établir chez un homme riche et respecté, donner à Jeanne la chance de l'envoyer à l'école. Billard-Dumonceaux pensait, quant à lui, qu'il devait une fière chandelle au hasard qui l'avait mis nez à nez avec Anne Bécu. Elle ferait honneur à sa maison. Avec Nicolas Rançon, bel homme ne manquant pas de bagout et débrouillard comme seuls le sont les Parisiens, il n'avait plus à se faire de souci.

— C'est oui? interrogea-t-il en s'emparant des deux mains de la jeune femme.

— Quand auriez-vous besoin de mes services?

— Nous sommes au début de septembre. L'architecte m'a promis que mon hôtel serait habitable à la fin du mois prochain. Je vous attendrai donc après la Toussaint.

4

Paris était en ébullition. Dans le quartier du Marais et du Temple on accusait la police de violence envers la population, y compris les vieillards et les enfants. Les langues se déliaient, on parlait de disparitions de fillettes, d'enlèvements de garçonnets, et l'inquiétude montait. Quel sort était réservé à ces malheureux ? La prostitution, la déportation en Amérique, dans le Mississippi ? Certaines commères affirmant avoir des relations à Versailles insinuaient que le roi, pour se garder bon étalon et engrosser la Pompadour, prenait des bains de sang d'enfants. Surexcitée, la foule avait envahi l'hôtel Berryer et massacré un exempt de police. On comparait le roi à Hérode. De Versailles, la réaction ne se fit pas attendre. Traînés en justice, les principaux fauteurs de l'émeute seraient pendus le 3 août en place de Grève où mi-curieuse, mi-menaçante, la foule s'était amassée dès l'aube.

— Je n'irai pour rien au monde voir trépasser ces malheureux, se révolta Anne.

Dans sa livrée grenat aux manchettes galonnées de gros-grain brun tabac, Nicolas Rançon avait belle allure et, depuis quelque temps, Anne se surprenait à s'intéresser à lui, mais elle était bien décidée à ne lui accorder de privautés que la bague au doigt. Nicolas avait l'oreille de son maître qui lui confiait certaines astuces concernant ses spéculations. Plus qu'en valet, il le traitait en homme de main. Du reste, il avait engagé un autre domestique, un jeune homme peu loquace qui ne cherchait à se lier avec quiconque.

La vie d'Anne chez ses nouveaux maîtres était fort agréable. Billard-Dumonceaux la traitait avec plus de respect que l'usage ne l'exigeait envers les chambrières, Francesca l'estimait et adorait Jeanne qu'elle s'amusait à coiffer et à maquiller comme une poupée. Bientôt, elle en était sûre, Nicolas se déclarerait. Mariée, elle pourrait enfin redresser la tête.

— Quant à moi, j'irai, affirma Nicolas. Il n'y a pas tant de spectacles à Paris depuis que le roi n'y met plus les pieds. Il faut croire qu'il n'aime guère cette ville ni ses habitants.

Dans un coin de la pièce, Jeanne écoutait. Elle allait sur ses six ans et, choyée par tous les habitants de la maison, prenait des allures de coquette tout en gardant une grâce naturelle, une affection spontanée qui allait au cœur de tous. Frère Ange venait voir souvent son enfant que l'on avait pris l'habitude dans le quartier de surnommer « mademoiselle Lange », mais sans méchanceté tant l'enfant était mignonne. Portraitiste à ses heures, Billard-Dumonceaux avait fait de la fillette deux pastels dont l'un ornait sa table de travail tandis que l'autre avait été offert à frère Ange.

— Comment meurt-on quand on vous pend ? interrogea à brûle-pourpoint la fillette.

Interloquée, sa mère fit volte-face.

— Étranglé ou la nuque brisée. Mais je t'interdis de prêter de l'intérêt à ces horreurs. Il est grand temps que tu reçoives une éducation chrétienne.

Quelques jours plus tôt, Billard-Dumonceaux avait évoqué à nouveau son intention de mettre Jeanne en pension dès le mois de septembre dans un couvent pour jeunes personnes d'honorables familles. Consulté, frère Ange avait chaudement approuvé. Jeanne était intelligente et méritait d'apprendre. Mais il n'avait pas les moyens de payer l'intégralité du prix de son éducation. Sans hésiter, le financier avait promis de compléter la somme et de fournir le trousseau. Il ne restait plus qu'à en parler à Jeanne qui sans nul doute allait répugner à quitter sa mère. Mais la décision était plus que virtuellement prise car l'enfant avait déjà été inscrite au couvent de Sainte-Aure où Billard-Dumonceaux avait déposé un acompte sur les cinq cents livres, montant annuel de la pension.

— Pourquoi étrangle-t-on les gens?

La voix flûtée tremblait d'émotion. Jeanne avait trop bon cœur. Il lui arrivait de se priver de dessert pour offrir sa tranche de flan ou de brioche à un enfant traînant ses guenilles sous les fenêtres de l'hôtel.

— Parce qu'ils ont commis un crime et doivent être punis.

Jeanne n'insista pas. Elle évitait de trop penser aux misères du monde pour ne pas en souffrir. De tout son cœur, elle aurait voulu avoir un papa. Frère Ange, monsieur Billard-Dumonceaux, Nicolas Rançon la traitaient avec beaucoup de gentillesse, mais ils avaient d'autres amours, de multiples occupations. Elle rêvait d'un papa tout à elle qui la protégerait, lui apprendrait mille choses, un papa qu'elle admirerait, au bras duquel elle pourrait se pavaner dans les jardins du Palais-Royal. Un après-midi, elle y avait croisé une resplendissante fillette, vêtue de satin broché et coiffée d'un chapeau orné de boutons de roses et de myosotis. Elle donnait la main à un homme d'une grande élégance et était suivie par un laquais qui portait son ombrelle.

— C'est la princesse de Soubise, lui avait expliqué Billard-Dumonceaux qui cheminait à ses côtés. Elle est dans le même couvent qu'Alexandrine d'Étiolles, la fille de madame de Pompadour.

Ces noms ne disaient rien à Jeanne, mais ce modèle d'un couple père-fille était resté gravé dans sa mémoire. Billard-Dumonceaux, qu'elle trouvait jusqu'alors fort élégant, lui parut soudain ordinaire. Quant à Nicolas Rançon, elle devinait qu'en dépit de sa belle prestance il manquait de manières. Lorsqu'elle le voyait pincer la joue de sa mère, ou lui donner une tape sur les fesses, elle fronçait spontanément les sourcils.

En ce moment, il achevait un verre de vin et s'essuyait la bouche d'un revers de main.

— Bientôt nous t'annoncerons une bonne nouvelle, ma Jeannette, déclara-t-il d'un ton joyeux.

Et se penchant vers l'oreille d'Anne, il la saisit par la taille.

— Que je vas faire de toi ma femme, parbleu !

Les mains posées sur ses genoux, Jeanne essayait d'écouter le curé de Saint-Eustache qui parlait aux jeunes époux de l'amour conjugal vécu dans celui du Christ. Radieux, sa mère et Nicolas Rançon, assis l'un à côté de l'autre, ne pouvaient s'empêcher de se regarder à la dérobée. Anne s'était confectionné une jupe ample en jolie cotonnade ivoire qui mettait en valeur un corsage ajusté décoré de rubans de satin bleu et terminé par de petites basques. Les manches en entonnoir étaient ourlées d'une fine dentelle au point de Bruges. Elle était coiffée d'un bonnet tout simple de mousseline joliment plissée autour du visage. Un peu serré dans une veste à boutons de corne d'où jaillissaient les plis savants de la cravate de soie, portant de fins souliers d'un cuir fauve, Nicolas semblait endimanché. Jeanne le refusait comme papa et ne se révoltait plus à l'idée de rejoindre bientôt le couvent où elle passerait dix années de sa vie. Lorsqu'elle y pensait, son cœur battait cependant à tout rompre et il lui arrivait de pleurer seule dans son lit. Qu'allait-elle devenir dans cette pension au milieu de fillettes inconnues ? Sa maman penserait-elle à venir la voir ? Des cauchemars la réveillaient, elle se voyait seule au monde. Après son père, c'était sa maman qui l'abandonnait. Vers qui pourrait-elle se tourner ? Ses oncles et ses tantes, tous domestiques, travaillaient du matin au soir. Bien sûr, il y avait frère Ange, mais les prêtres n'avaient pas de foyer pour accueillir les petites filles. Serait-elle obligée de vivre dans la rue ? De mendier son pain ? Puis la raison lui revenait, sa maman l'aimait et jamais ne la quitterait. Elle se ferait des amies, apprendrait à lire, à écrire, à compter, à broder, à chanter.

Le prêtre avait reçu le consentement des époux. A côté d'elle, Francesca essuyait une larme. Quand donc son protecteur se déciderait-il à l'épouser ? Devenir madame Billard-Dumonceaux serait le plus beau cadeau que la vie pouvait lui offrir, la sécurité. D'un amant à l'autre, elle avait appris à vivre en acrobate mais se sentait lasse aujourd'hui. Elle avait trente ans. Dans dix ans au plus, elle serait une dame mûre à qui l'on attribuerait des rôles de douairière. Et de protecteurs, il ne s'en présenterait plus. « La vie est dure pour les femmes », pensa-t-elle en s'emparant de la main de Jeanne. Le moment venu, elle aurait avec cette ravissante enfant une conversation sérieuse. Si on ne la mettait pas en garde, les plus grands malheurs pouvaient fondre sur elle.

Suivis par leurs invités, Anne et Nicolas quittèrent l'église bras dessus, bras dessous. « Je vous souhaite beaucoup de bonheur, mes enfants », prononça frère Ange alors qu'ils franchissaient le parvis de l'église. Anne lui adressa un joli sourire. L'avenir était radieux, elle avait un mari et la veille, en cadeau de noces, Billard-Dumonceaux avait annoncé à Nicolas qu'il ne serait plus son domestique mais son employé. Surchargé de travail par ses multiples fonctions, il lui confiait celle de magasinier de l'îlc dc Corse dont les Français achevaient la pacification dans le but d'une annexion définitive. Avec un sourire entendu, il avait fait comprendre qu'un magasinier un peu astucieux pouvait devenir aisé. La fourniture de vin aux troupes isolées et dépourvues d'approvisionnement local était juteuse. Ce serait à lui de jouer. Lui-même se contenterait d'un modeste pourcentage. Au premier coup d'œil, il avait jugé Rançon comme un garçon astucieux et se réjouissait de faire plaisir à Anne Bécu qui le servait bien. « C'est mon cadeau de mariage, avait-il conclu, vous voilà bourgeois et je vous aiderai à vous établir dans vos meubles. »

A quelques pas, Jeanne suivait sa mère et son beau-père qui se pavanaient en remontant la rue des Filles-Saint-Thomas au milieu de badauds curieux qui criaient : « Vive la mariée ! » Le repas de noces avait lieu à la rôtisserie du Chapeau-Rouge. Y avaient été conviés les domestiques de Billard-Dumonceaux, tous les frères et sœurs d'Anne, mais seuls Hélène et Charles avaient pu être de la partie, le parrain de Nicolas et une lointaine cousine. Charles était accompagné de sa femme Geneviève, lingère chez le prince Leczinsky où lui-même servait comme valet de pied, et de ses deux fils, garçons joufflus et espiègles qui taquinaient Jeanne en dérangeant son bonnet ou tirant sur son col de linon. Excités par le bruit, des chiens aboyaient. Ici et là, on entendait une plaisanterie leste, un boucher sortit de sa boutique un couteau à la main et eut un geste indécent qui fit rire aux éclats le marié. Les robes des dames traînaient dans la poussière. Jeanne, encore une fois, s'imaginait pénétrant le lendemain pour la première fois dans le couvent de Sainte-Aure, rue Neuve-Sainte-Geneviève. L'aimerait-on ? Aurait-elle quelqu'un à qui se confier ?

Le silence, la pénombre. Sa petite main dans celle de monsieur Billard-Dumonceaux, Jeanne pénétra dans le bureau de l'abbé Joseph Grisel, directeur de l'institution. Pour ne pas pleurer, elle se mordait les lèvres et tâchait de se souvenir des moments heureux de sa vie : une histoire de fées racontée par frère Ange, une promenade avec sa mère dans un sentier longeant un champ de blé près de leur maison de Vaucouleurs où elles avaient recueilli un lapereau blessé, le jour de ses six ans lorsque Francesca lui avait offert une merveilleuse poupée blonde, l'instant où elle avait croisé la petite princesse dans les jardins du Palais-Royal.

— Approche, mon enfant, demanda le supérieur.

Billard-Dumonceaux lâcha sa main et Jeanne avança seule jusqu'au bureau. Son ventre et sa poitrine lui faisaient mal.

— Nous sommes heureux de t'accueillir et, si tu te conduis bien, tu seras bientôt chez toi à Sainte-Aure. Les sœurs sont d'excellentes éducatrices. Tu devras leur obéir en tout. Il y a dans ce couvent des règles strictes dont aucune pensionnaire ne peut obtenir dérogation. J'espère que toute ta vie tu seras reconnaissante à monsieur Billard-Dumonceaux et au frère Ange d'avoir montré autant de générosité à ton égard et que tu ne leur donneras jamais la moindre insatisfaction. Comme le fut Job qui remerciait chaque jour le Seigneur des épreuves qu'il lui infligeait, les pauvres doivent être modestes et humbles. Tu as une jolie figure, considère que c'est un cadeau du diable plutôt que du bon Dieu et n'en tire aucun orgueil. Sois pieuse, obéissante, attentive, modeste, et tout ira bien pour toi.

D'une main ferme, il saisit le bras de la petite fille pour l'attirer plus près de lui. Jeanne eut un mouvement de recul.

— Que crains-tu ? Je veux te bénir, mon enfant.

L'abbé Grisel posa une main sur le bonnet d'où jaillissait une cascade de boucles blondes et de l'autre fit un signe de la croix.

— Nous cacherons ces cheveux demain. Rien ne doit dépasser de la coiffe de nos pensionnaires. A-t-elle son trousseau ? s'enquit-il en se tournant vers Billard-Dumonceaux qui lui assura :

— On l'a monté dans le dortoir. Jeanne ne manquera de rien. J'y ai veillé moi-même.

Le père se leva.

— Je vais te conduire à sœur Aimée du Cœur de Jésus qui accueille les nouvelles pensionnaires. Puis je reviendrai causer un peu avec ton protecteur.

D'un mouvement spontané, Jeanne se jeta dans les bras du financier qui les referma sur elle. Lui aussi était ému, mais ne voulait le montrer. Avait-il le temps de s'occuper d'une fillette ? Et belle comme elle était, les galants accourraient vite. Il était trop vieux pour faire la police chez lui.

— Conduis-toi bien, murmura-t-il, sois bonne et sage, étudie avec ardeur et je serai content. Ta maman viendra te visiter de temps à autre, ta tante Hélène et Francesca aussi. Ne t'inquiète de rien.

Comme dans un cauchemar, Jeanne se vit arrachée des bras de son ami, entraînée dans le couloir où une religieuse aux joues vermeilles l'attendait.

— Bonjour petite, dit-elle en lui tendant la main. Je suis sœur Aimée du Cœur de Jésus. Suis-moi, je vais te faire visiter le couvent et te présenter quelques-unes de tes condisciples.

Comme un automate, Jeanne mit sa main dans celle de la forte femme. Elle avait mal au cœur, les jambes tremblantes. Jamais de sa vie, elle n'avait été aussi malheureuse.

Après quelques semaines, la fillette commença à s'adapter à sa nouvelle vie. L'uniforme rendait toutes les élèves semblables et on ne savait plus clairement parmi les enfants qui était jolie et qui ne l'était point. Toutes portaient une cape d'étamine noire, une robe de serge d'Aumale blanche et un bandeau serré autour du front sur lequel était posé le bonnet de linon gris noué sous le menton. Aux pieds, des chaussures montantes en cuir épais et raide qui crissaient à chaque pas. Il était interdit de rire aux éclats, de courir, de chantonner, de regarder les religieuses droit dans les yeux, de taquiner ses compagnes. L'automne s'achevait. Les yeux fixes, la tête vide de pensées, Jeanne regardait tomber les feuilles des platanes plantés le long des allées qui entouraient le jardin du couvent. Le ciel était bas, chargé d'eau qui ruisselait en brusques averses. Dans la rue, les caniveaux débordaient, entraînant toutes sortes de détritus, des cadavres de chats ou de rats crevés. Une humidité persistante pénétrait dans le vieux couvent où seule la salle de classe était chauffée.

— Tu vas voir cet hiver, l'avait avertie Émilie Merlin, sa meilleure amie, une fille de notaire veuf qui ne pouvait se charger de l'éducation de l'enfant. Il fait si froid dans le dortoir qu'il nous faut un long moment pour nous réchauffer sous les couvertures. Et on ne décale le réveil que d'une heure. A six heures sonnantes, nous devons nous lever. Je t'assure que nulle ne tarde à se vêtir !

Jeanne observait, écoutait, tâchait de tout comprendre, tout apprendre. Elle adorait chanter et s'en donnait à cœur joie à la chapelle où l'on célébrait la messe chaque matin. Mais l'histoire, la géographie la passionnaient aussi. Du bout des doigts, elle tournait les pages de ses livres, s'attardait sur des dessins étranges montrant des volcans en éruption, des Indiens chamarrés de plumes, des animaux extraordinaires. Lorsqu'il faisait beau le dimanche, sœur Aimée amenait le groupe des petites se promener dans les jardins des Tuileries. En rang, il leur fallait marcher d'un bon pas sans tourner la tête ni à droite ni à gauche. Leurs capes noires flottaient au vent et les galoches crissaient sur le gravier des allées. Furtivement, Jeanne observait les élégantes, les hommes dont elles prenaient le bras, notait le comportement des laquais, des suivantes, jusqu'à la race des petits chiens qui accompagnaient les promeneurs. Rien ne lui échappait. C'était pour la fillette un spectacle féerique qui la fascinait et l'intimidait à la fois. Dans son livre d'histoire, elle apprenait la vie des rois de France, des grands seigneurs, des puissants de ce monde. Jamais on n'y évoquait l'univers des pauvres, des humbles, des domestiques ou des enfants abandonnés. « Dieu le veut ainsi, tentait d'expliquer Émilie. Il élève les uns et abaisse les autres. Nous devons accepter Sa volonté. » Cette résignation révoltait Jeanne. Si les humbles baissaient la tête sans se plaindre ni se révolter, ils étaient seuls responsables de leur malheur. Devenue femme, elle ne se laisserait pas faire.

Déjà à la promenade, de jeunes garçons, des hommes d'âge mûr la reluquaient. Instinctivement la fillette avait compris que sa beauté était une forme de pouvoir. Saurait-elle l'utiliser sans offenser Dieu ?

A la chapelle, Jeanne priait avec ardeur, suppliant le bon Dieu de l'aimer, la Vierge de l'adopter comme son enfant et de la protéger tout au long de sa vie. L'odeur de l'encens lui faisait un peu tourner la tête. Dans l'imagination de la fillette, les anges dorés, les statues au sourire bienveillant semblaient parfois l'observer. Elle soutenait leur regard et les trouvait beaux comme les broderies des surplis du prêtre, le dessin élégant du tabernacle que deux séraphins soutenaient. La beauté sous toutes ses formes l'émerveillait : un nuage dans le ciel, un vol d'oiseaux, un jeu d'ombres et de lumière dans la chapelle lorsqu'elle y pénétrait seule à la tombée du jour sur la pointe des pieds. Il lui semblait que ces harmonies, ces grâces fugitives avaient une signification, qu'elles rendaient les hommes plus heureux. Une fois par mois, sa mère venait la visiter, souvent accompagnée de frère Ange, rarement de son mari. « Ton père a trop de travail, expliquait-elle, le voilà devenu un personnage important et je suis bien aise de ne plus avoir à compter chaque sou pour survivre. » Anne vieillissait bien. Elle avait célébré ses trente-neuf ans et se préparait sans angoisse à être considérée comme une femme mûre. « Mais il pense bien à toi, ajoutait-elle, et m'a chargée de te remettre un écu pour tes petites économies. » Jeanne se moquait bien de ne pas revoir Nicolas Rançon. Sa mère était heureuse peut-être mais elle avait changé, prenait des airs de bourgeoise qui lui seyaient mal. Crânement, un jour où les élèves devaient parler de leur ascendance, elle avait déclaré d'une voix assurée : « Je suis née de père inconnu. » Toutes les fillettes avaient tourné la tête vers elle et sœur Adèle de la Visitation, leur professeur d'histoire, avait rougi jusqu'au bandeau de sa coiffe. On avait hésité à la punir, mais l'abbé Grisel s'était déterminé pour un simple entretien avec Jeanne où il s'était efforcé de lui expliquer que, si la vérité était sacrée, elle n'était pas toujours bonne à dire. Ses acrobaties verbales avaient donné à Jeanne l'envie de lui rire au nez. Tout n'était-il qu'apparence ?

La première année au couvent s'achevait. Elle n'était plus la même. Un jour, lointain encore, lorsqu'elle serait libre de disposer d'elle-même, elle savait qu'elle ne ressemblerait ni aux religieuses, ni à sa mère, ni même à Francesca qui subissait avec patience les humeurs de monsieur Billard-Dumonceaux dans l'espoir de se faire épouser. Elle déciderait, choisirait son destin, ne s'abaisserait pas devant les hommes. Celui qui la soumettrait devrait lui être utile ou de haute qualité. Pour elle, point de Billard-Dumonceaux avec sa tête étroite et ses lèvres minces décolorées, point de Nicolas Rançon avec son teint vermeil et ses fortes mains, point de frère Ange tout en sourires et rondeurs qui la gâtait pourtant depuis sa petite enfance et qu'elle aimait tendrement. Comment serait-il ? Elle ne le savait pas mais l'imaginer lui donnait un vague frisson de sensualité. Souvent, elle avait en elle ce désir qu'elle n'identifiait pas, une sorte de bonheur mêlé de malaise qui la faisait frémir. « Encore neuf ans, pensait-elle, et je serai prête. »

5

Avec ardeur, Jeanne se prépara à sa première communion, passant de longs moments dans la chapelle à prier pour le petit duc d'Aquitaine qui venait de mourir ainsi que son propre cousin Denis, un des garçons joufflus qu'elle avait vus le jour du mariage de sa mère, et qu'une mauvaise scarlatine avait emporté en une semaine. La mort était devenue pour elle une réalité et son cœur se serrait à imaginer celle de sa mère, de Francesca, de frère Ange ou d'Émilie. Une autre fillette, Antoinette du Moulin, les avait rejointes, Émilie et elle. Elle était rieuse, espiègle, contestataire, et Jeanne nourrissait pour elle une grande admiration. Mais elle aimait aussi la bonté d'Émilie, sa façon de voir les jours comme des moments passagers où aux punitions, à l'ennui succédaient fous rires et jeux. Inséparables, les trois fillettes allaient faire leur profession de foi. Les parents étaient invités ainsi que les parrains et marraines. Jeanne n'avait nul souvenir de ceux qui l'avaient portée sur les fonts baptismaux. Au pensionnat, on l'appelait Jeanne Lange. Sa mère lui avait expliqué que dans cet établissement que fréquentaient des jeunes filles élégantes, le nom de Bécu la désavantagerait. Et, puisque frère Ange avait la bonté de payer une partie des frais de son éducation, pourquoi ne pas lui offrir cette gratification ? Jeanne était troublée. « Il est peut-être ton père », avait un jour insinué Antoinette. Les joues de Jeanne s'étaient empourprées. Un prêtre, son père ! A genoux devant le tabernacle, elle suppliait Jésus de lui dire la vérité. Le monde était-il innocent comme Il l'avait été ou corrompu à l'image du Malin ? Mais, les bras raidis sur la croix qui était suspendue au-dessus de l'autel, Jésus ne répondait pas.

Un soir au dortoir, après l'extinction des feux, Antoinette avait affirmé que, pour ajouter l'humiliation à leurs souffrances, les crucifiés étaient tout nus. « Pas Jésus ! » s'étaient insurgées les fillettes. Antoinette s'était entêtée et avait même précisé que le linge que l'on voyait entortillé autour de la taille de Jésus était pure invention. Dénoncée à l'abbé Grisel, l'adolescente avait été mise une semaine au pain et à l'eau et avait dû réciter cinq Pater et cinq Ave à genoux sur les pavés de la chapelle. Jeanne en avait été révoltée. Un corps nu n'était pas déshonnête puisque c'était Dieu qui l'avait créé. Seul était dégradant le regard impur des humains.

En cachette, Jeanne observait son corps. Ses jambes s'allongeaient, ses cuisses se fuselaient, ses seins commençaient à s'arrondir et un fin duvet blond poussait sur son pubis. A onze ans, elle n'était pas encore jeune fille, mais plus une enfant. D'un doigt hésitant, elle caressait la pointe de ses seins, son ventre, la légère toison frisée couleur d'or. Une envie irraisonnée la prenait parfois de vouloir se promener nue dans le long couloir du couvent pour montrer à tous combien elle était belle et que, même pauvre et bâtarde, c'était elle qui triomphait. Mais vite, elle rabaissait sa chemise de nuit, tirait ses draps sous son menton et mettait longtemps à s'endormir.

Étouffées par l'émotion, les communiantes se serraient les unes contre les autres dans les trois premières travées. En revenant de l'autel, les mains jointes, Jeanne aperçut entre ses yeux mi-clos sa mère, Francesca, Nicolas Rançon et frère Ange. Vite, elle regagna sa place. Maintenant elle était vraiment la fille de Dieu. Peu lui importait d'être bâtarde puisque le Seigneur, le Roi des rois, l'avait prise pour enfant. Durant toute sa vie, Il serait son aide et son recours.

A présent elle faisait partie des « moyennes » et portait autour de la taille un ruban bleu. On lui permettait d'apprendre le clavecin et la viole, l'art de la déclamation. La danse et les manières du monde étaient le privilège des grandes de treize à dix-sept ans. A cet âge, les différences physiques s'accentuaient et les jolies pensionnaires prenaient avantage sur celles que la nature avait moins bien gratifiées. Les religieuses redoublaient de vigilance pour que ne se développent ni l'orgueil ni la suffisance ni la coquetterie. Tout soupçon de rouge était interdit, les cheveux devaient demeurer soigneusement dissimulés sous le bonnet et, à celle qui dérogeait à la règle, on coupait ras la chevelure. « La grâce divine protège les femmes qui ont une beauté commune, clamait le frère qui venait prêcher le carême au couvent, alors que Satan concentre ses maléfices sur les belles. La beauté entraîne des passions qui sont l'œuvre du Malin, passions néfastes et brèves car l'âge la fane, le temps la détruit. Soyez honnêtes, pieuses, mes enfants, servez avec tendresse et fidélité vos futurs époux, élevez vos enfants en chrétiens, voilà ce que la vie attend de vous, ce que la religion exige. » Les jeunes filles baissaient la tête afin que nul ne les voie sourire. Pas une n'avait la naïveté de croire que la beauté était source de malheurs et Jeanne moins que les autres. Sans argent, sans nom, sans relations, elle n'aurait que ce moyen pour progresser mais au moins pourrait-elle en user à sa guise. Avec le temps qui passait, elle songeait de plus en plus à son avenir. Dans cinq ans, elle serait lâchée dans un monde terrifiant et excitant où non seulement il lui faudrait survivre mais s'élever jusqu'à la place qu'elle rêvait d'occuper : devenir une dame élégante à qui les hommes baiseraient la main et qui roulerait carrosse. Trop jeune encore, elle n'imaginait pas le chemin à suivre pour atteindre ses ambitions.

A treize ans, Jeanne devint une femme et fut mortifiée par les serviettes d'épais coton attachées à une ceinture que sœur Aimée lui tendait. Elle devait faire sa lessive elle-même et dissimuler le linge propre au fond du casier qui lui était assigné. On ne le lui renouvellerait qu'une fois l'an. L'humiliation de ce sordide événement fut effacée par les premières leçons de danse et de maintien. Un professeur, que l'abbé Grisel avait choisi âgé et sans attraits, venait deux fois la semaine. Il avait connu la cour de Louis XIV et narrait des anecdotes fascinantes que les pensionnaires écoutaient bouche bée. Jeanne fut aussitôt sa meilleure élève. Grande, élancée, elle avait une grâce naturelle dans ses gestes, une souplesse du cou et de la taille, une façon charmante d'arrondir le bras, un sourire enchanteur qui attendrissaient le vieux professeur. « Cette demoiselle sera le joyau des salons mondains », avait-il un jour déclaré à l'abbé Grisel. « Cette personne n'a pas le sou et nul ne connaît son père », avait rétorqué sèchement le prêtre. « Aussitôt sortie de ce couvent, elle devra apprendre un métier et travailler de ses mains. Je crains qu'en voulant bien faire, ses protecteurs aient en réalité haussé cette fille à un échelon qui n'est qu'illusion et dont, bien vite, elle retombera. »

Tous les dimanches, Anne Rançon venait visiter sa fille. Nicolas et elle avaient loué un agréable logement rue Neuve-Saint-Étienne, à deux pas du couvent des Dames-de-Sainte-Aure, et elle aimait raconter à Jeanne les merveilleux changements arrivés dans sa vie. Avec l'accord des Génois, les garnisons françaises s'installaient à Calvi, Saint-Florent, Ajaccio, et on allait à un rattachement de l'île au royaume. Avec les fournitures, Nicolas avait engrangé un pécule qui les mettait à l'abri du besoin mais il demeurait le féal de Billard-Dumonceaux qui, lui, avait amassé une jolie fortune. Maintenant Anne avait une servante, buvait du café et lisait la gazette. « Celui-ci ayant déplu à la Pompadour, Louis XV est brouillé avec le prince de Conti », dévoila-t-elle un jour à sa fille. Curieuse, Jeanne interrogea sa mère sur la maîtresse du roi. « Est-elle belle ? » s'enquit-elle. Anne n'en était pas convaincue. On la disait d'un caractère hautain et sans bonté, toujours souffrante avec un teint blafard qu'elle rehaussait outrageusement de rouge. Et dépensière à ruiner un royaume ! Mais elle la plaignait d'avoir perdu si tragiquement sa fille unique, la petite Alexandrine. Jeanne se réjouissait du bien-être de sa mère. Mais un logis confortable, une petite servante, une tasse de café, était-ce cela la vraie vie ?

Désormais elle savait lire, calligraphier les mots, avec une orthographe correcte, compter, dessiner au pastel, jouer du clavecin, chanter, faire des révérences adaptées à chaque occasion, chaque personne selon son âge et son rang, talons réunis, dégagement du pied gauche, effacement de l'épaule, plongeon. On lui avait également enseigné la broderie, le raccommodage, le tricot que toute maîtresse de maison devait connaître, ne serait-ce que pour contrôler le bon travail de ses servantes. Elle n'ignorait rien de l'art des confitures, des massepains, de la préparation des sirops et liqueurs. Brièvement, la religieuse chargée d'enseigner les soins du corps et de l'hygiène avait abordé la nécessité d'être propre « y compris les parties cachées ». Quelques élèves plus averties avaient ricané tandis que d'autres avaient écarquillé les yeux. « Qu'entendez-vous, ma sœur, par parties cachées ? » avait interrogé avec aplomb Antoinette. « Les pieds en sont, n'est-ce pas ? » La religieuse avait toussoté : « J'évoquais certain endroit du corps appartenant plus particulièrement à la femme. — Comme la poitrine ? » La religieuse avait inspiré profondément. « C'est cela, mon enfant, la poitrine pour allaiter vos futurs nourrissons mais aussi le lieu secret par où ils frayent leur chemin pour venir au monde. » « Le con ! » avait chuchoté Antoinette à Jeanne. Ne pouvant réprimer leur fou rire, les jeunes filles avaient dû remonter à genoux le couloir menant à la chapelle et réciter trente Pater et autant d'Ave Maria.

Comme son amie, Jeanne était fascinée par ces mystères que les sœurs essayaient de leur dissimuler ou de représenter par de fades images évoquant la nature, les abeilles et les papillons. Par un cousin, Antoinette avait pu se procurer une planche anatomique qu'elle avait dissimulée sous une latte du plancher, derrière son lit. Dès l'extinction des feux, la jeune fille guettant les pas de la religieuse surveillante qui regagnait sa chambre située à côté du dortoir des grandes extirpait la feuille de papier de sa cachette. Côte à côte, un homme et une femme se tenaient droits, les bras le long du corps, le regard fixe. L'homme surtout attirait leur attention. Antoinette affirmait que son organe se dressait lorsqu'il désirait une femme et qu'il la pénétrait « par-devant ». Les joues en feu, des picotements dans le bas du ventre, Jeanne écoutait, réfléchissait. Elle ne pouvait imaginer un acte pareil et en même temps celui-ci l'attirait irrésistiblement. « Que se passe-t-il après ? » se demandaient les jeunes filles. L'homme tombait-il aussitôt amoureux ou, content d'avoir pris son plaisir, s'en allait-il se satisfaire ailleurs ? « C'est à la femme de jouer, affirmait Jeanne. Si elle se laisse faire comme une oie, l'homme la traitera comme telle. » « Le monde est fait pour les hommes, constatait Antoinette, il faut bien l'accepter. » Jeanne n'en croyait pas un mot. Le monde était fait pour les forts, quel que fût leur sexe. « Et l'amour ? arguait Antoinette. Ne rend-il pas les femmes dociles et soumises à l'homme ? — Tout autant sans doute qu'il rend l'homme asservi. » Sans fin, les jeunes filles débattaient de l'amour, de la passion qu'elles imaginaient comme une sorte de folie, de révolte contre une vie trop bien réglée. « Parce que tes parents te doteront, tu trouveras vite un mari, affirmait Jeanne à Antoinette, et tu oublieras tout ce que nous avons évoqué ici. Moi qui n'ai pas de fortune, je devrai travailler mais prendrai un galant que je choisirai seule. » Ces mots troublaient Antoinette. Qui était la plus chanceuse ? Jeanne ou elle ? Alors que Jeanne irait au bal de l'Opéra au bras d'un homme fou amoureux d'elle, allait-on l'enfermer dans quelque foyer de province en compagnie d'un mari à mourir d'ennui ? Et cependant les enfants avaient besoin d'un père et d'une mère, de la sécurité d'un amour conjugal. Depuis sa naissance, toute son éducation l'avait conditionnée au mariage et à la maternité, elle n'y pourrait rien changer, seulement à l'occasion prendre un amant en cachette et embrasser ses enfants sans trop de remords.

Le 5 janvier, alors que l'on venait de fêter l'Épiphanie, les religieuses apprirent aux « grandes » la stupéfiante nouvelle : on avait tenté d'assassiner le roi !

Devant la statue d'un Jésus au cœur ardent d'où s'échappaient des rayons lumineux peints sur le blanc de la robe à la peinture dorée, toute la congrégation se mit en prière. On fit réciter le rosaire aux élèves au lever et au coucher. On guettait les nouvelles. Comme ses amies, Jeanne tentait d'imaginer ce roi que le peuple avait tant aimé et exécrait aujourd'hui. Le ciel charriait des nuages bas et gris. Il faisait glacial dans la chapelle, le dortoir, le réfectoire.

Un matin, sœur Aimée exposa sur l'autel un portrait du souverain entouré de chandelles qui brûlaient nuit et jour. Jeanne le trouva beau. Elle aimait les yeux en amande, le nez droit, le charme de son sourire. Les femmes qui vivaient en sa compagnie devaient être bien heureuses. Le 9 février, on sut le roi hors de danger et les sœurs réunies avec les élèves dans la chapelle chantèrent un Te Deum. On avait ôté le portrait et les chandelles de l'autel. Son absence laissait un vide.

Dans quelques mois, Jeanne aurait quatorze ans. Sa mère avait promis de la faire sortir du couvent l'année de ses seize ans, de lui trouver un travail honnête et qui lui plaise. Rien ne pressait. De son côté, elle ne pouvait être plus heureuse avec son mari. Ils recevaient toutes sortes de gens éduqués et aux bonnes manières qui parlaient de politique, du roi, de la Pompadour et des ambitions de monsieur de Choiseul à devenir secrétaire des Affaires étrangères. Après avoir été la risée de Vaucouleurs, elle était presque une dame maintenant.

Souvent les grandes partaient en compagnie d'une des sœurs porter du linge ou du pain et des confitures aux indigents. Jeanne était avide de ces sorties qui lui permettaient de découvrir le petit peuple de Paris entassé dans les quartiers pauvres. Mais le spectacle de la misère lui brisait le cœur. Faubourg Saint-Marcel, les rues étaient étroites, malpropres, et les semelles des souliers collaient à une boue épaisse et fétide. Des enfants nus s'ébattaient dans les caniveaux. Chassés de chez eux faute de pouvoir payer leur loyer, des hères en guenilles passaient, courbés sous le mobilier qu'ils portaient sanglé sur leur dos. Partout les jeunes filles voyaient des silhouettes cassées, des visages hâves, des mains déformées par trop d'ouvrage. Des filles qui avaient le même âge qu'elles plantaient leurs regards dans celui des pensionnaires. Sur leurs joues, une épaisse couche de rouge cachait leur teint blême, les cheveux outrageusement teints en blond d'or ressemblaient à de la paillasse tandis que les sourcils arrondis étaient passés au charbon de bois. Les sœurs rassemblaient en hâte leurs élèves et se dirigeaient à pas vifs vers les masures où des familles méritantes attendaient leurs bienfaits. Jeanne, Antoinette et Émilie savaient fort bien que ces filles étaient des ribaudes à la recherche d'un client et qu'elles se moquaient des couventines avec leurs capes, leurs galoches et leurs bonnets de coton gris. Parfois elles se faisaient grossièrement apostropher. Des rires fusaient. Jeanne tentait d'imaginer ce qu'était la vie de ces filles. Que faisaient-elles avec les clients qu'elles racolaient ? Elle aurait voulu pouvoir quitter le groupe frileux, avancer vers l'une d'elles, lui parler, oser, enfin savoir.

Dans les taudis, on distinguait des paillasses, une table, quelques tabourets ou un banc. Sur la terre battue, un chat ou un chien sommeillait. Les enfants étaient sales, bruyants, morveux. Il fallait les embrasser, offrir le pain, le jambon et les friandises. La mère tombait à genoux. Ce spectacle avilissant bouleversait Jeanne, elle ne comprenait pas comment on pouvait atteindre une telle déchéance, être puni de la sorte sans pour autant avoir péché. L'odeur la dégoûtait, la vue de ces gueux lui levait le cœur et, cependant, elle aurait accepté de donner jusqu'à sa chemise pour que cesse toute cette misère, pour que les enfants soient bien vêtus, rieurs, heureux. Le monde n'était qu'injustice.

Le jour du supplice de Damiens, il y eut à Sainte-Aure une messe spéciale pour son pardon et le repos de son âme. Le jardinier du couvent, qui avait assisté à l'exécution, en était revenu très secoué. En dépit de quatre forts chevaux qui tiraient bras et jambes, le corps du supplicié ne consentait pas à se déchirer et il avait fallu entailler au couteau les jointures des épaules et des cuisses jusqu'à l'os. Déjà tenaillé aux tétons, au gras des jambes et des cuisses, brûlé à la poix, au plomb fondu et au soufre, le corps n'était plus que charpie sanglante. En apprenant ces horreurs, quelques élèves en avaient été malades de saisissement. Jeanne était restée longtemps perplexe. Comment le roi, cet homme au regard si doux, au sourire enchanteur, avait-il permis une telle cruauté alors que sa blessure n'avait été que légère ? Se mettait-il au-dessus du Christ qui avait pardonné à ses bourreaux ? « On dit que c'est la Cour de Justice qui a exigé le supplice, assurait Émilie, pas le roi. » « Les rois, les reines, les princes, princesses et tous les grands seigneurs raisonnent-ils seulement comme nous ? avait fait remarquer Antoinette, d'un ton désabusé. Ils se croient bien au-dessus du commun des mortels et les souffrances d'un pauvre diable ne les touchent en rien. »

En août la pluie ne cessa de tomber. La Seine et la Bièvre débordèrent, noyant de boue les rues adjacentes. On craignit le typhus, le choléra et les promenades du dimanche furent supprimées pour les pensionnaires. Le dernier dimanche du mois, après la messe, elles furent autorisées à aider la sœur cuisinière à confectionner des gâteaux. Elles en mangeraient la moitié et l'autre serait destinée aux nécessiteux. L'après-midi, sous la surveillance de sœur Aimée, il fut permis aux grandes et aux moyennes de se livrer au jeu de colin-maillard. Un bandeau sur les yeux, Antoinette tournait sur elle-même tentant d'attraper au vol une de ses condisciples qui lui échappait en riant. Soudain elle se sentit saisie par deux bras à la taille. « Jeanne ! » s'écria-t-elle. Elle arracha son bandeau et fit face à son amie tandis que sœur Aimée observait par la fenêtre le jardinier qui plantait des bégonias. « Un baiser par gage », murmura Jeanne. Ses lèvres se posèrent sur celles de son amie, s'y attardèrent. Soudain, elle recula. L'émotion qu'elle ressentait était presque douloureuse. Elle se sentait en proie à des forces qu'elle ne contrôlait plus. « Je prends le bandeau, annonça-t-elle en s'efforçant de rire. Attention à vous ! » Mais la sensation étrange demeurait, à peine tenait-elle sur ses jambes. « Si j'avais été dans les bras d'un jeune homme, se demanda-t-elle, aurais-je eu le courage de le repousser ? » Longtemps elle fut préoccupée par cette sorte d'anéantissement, ce viol de sa volonté, et décida de s'en confesser. Sans l'interrompre, le prêtre l'écouta. Il y eut quelques instants de silence. Une mouche bourdonnait derrière le rideau de toile soigneusement tiré. « Dieu vous a donné une âme, une conscience, un esprit capable de discerner le Bien du Mal, mon enfant. Le désir transforme l'être qui vous approche comme un appât attire une bête pour la faire tomber dans un piège mortel. L'amour est éternel, le désir est fugitif, l'amour rayonne de joie, le désir est honteux et sournois. Le désir est une pulsion de ce qu'il y a de plus bas dans l'être humain, l'amour est une part de sa divinité. Lorsque vous serez soumise au désir, priez, ma fille, et tentez d'imaginer l'objet de votre concupiscence sous les traits repoussants de Satan. »

En quittant le confessionnal, Jeanne avait essayé de prier mais des images passaient dans sa mémoire qu'elle ne pouvait chasser : sourires d'hommes à la promenade, effleurements, œillades. Un jour viendrait où elle n'aurait pas le courage de refuser un baiser, une caresse, un mot tendre. Serait-ce une intervention diabolique ou un plaisir permis de la vie ?

Chaque jour la voyait plus belle, épanouie, la poitrine ronde et haute, de charmants bras, des jambes longues d'un galbe parfait. Ses deux fossettes d'enfance lui étaient demeurées donnant à son sourire un charme irrésistible que renforçaient la longueur du cou, la chevelure d'un blond d'or que nul bonnet ne pouvait plus tout à fait contenir. Les sœurs lui battaient un peu froid à présent, comme si le spectacle de cette éclatante beauté les gênait. A la promenade, les hommes se retournaient, certains jeunes gens suivaient les pensionnaires et tâchaient de glisser à Jeanne un billet. Consulté, le père Grisel avait exigé que la jeune fille fût placée au milieu des rangs, entourée par deux autres pensionnaires choisies pour leur extrême respect de la discipline. Il avait hâte que la petite Lange quitte le couvent. Une fille comme elle ne pouvait amener que des problèmes à leur communauté. Elle était pieuse cependant, bonne, rieuse, étudiait avec ardeur et était sa meilleure élève en géographie, en histoire, et en dissertation française. Elle avait lu Montaigne, Pascal, certains passages de Shakespeare et tenu avec honneur un petit rôle dans une version expurgée de *Tout est bien qui finit bien*. Respectueuse, elle retenait sans jamais se tromper les bonnes manières, jouait du clavecin fort honnêtement et chantait à ravir. En fait, cette fille était trop séduisante, trop parfaite et jetait dans le cœur de l'honorable abbé un trouble qui le crispait et l'amollissait tout à la fois. Approchée par une religieuse sur une éventuelle vocation religieuse, Jeanne avait donné une réponse sans appel. La vie cloîtrée n'était pas pour elle. Elle aimait Dieu de tout son cœur mais n'avait pas la vocation. « Je respecte votre décision », avait aussitôt conclu la sœur. Mieux valait qu'elle disparaisse. Quel genre de vie attendait Jeanne? Le pire ou le meilleur? La beauté n'était innocente que chaste. Saurait-elle le rester jusqu'au mariage? Ou deviendrait-elle une sorte de Circé, de Dalila, de Cléopâtre, toutes perverses et corrompues? La religieuse fit le signe de la croix. En lui donnant un physique médiocre, la Sainte Providence l'avait comblée. Qu'aurait-elle fait de ces cheveux d'or, de ces dents parfaites, de ce sourire, de cette tournure? Tout cela venait du diable et retournerait au diable.

6

L'une derrière l'autre, les élèves prenaient congé des religieuses, leur faisant la révérence. Dehors, une file de voitures modestes ou élégantes attendait les pensionnaires tandis que des domestiques chargeaient leurs malles. Se jurant de se revoir, Antoinette, Émilie et Jeanne s'embrassèrent, les larmes aux yeux. Mais les chances en étaient infimes. Sans doute Émilie épouserait quelque notaire de province et Antoinette l'homme que lui choisirait sa mère. L'une rendrait son mari heureux, l'autre le braverait, discutaillerait, parlerait de liberté, d'amour et lui gâcherait la vie. Quant à Jeanne, son avenir était des plus incertains.

Habitant à deux pas, Anne Rançon était venue à pied à la pension et s'était fait accompagner d'un fort garçon en blouse poussant une brouette pour y caser la malle de sa fille. Bien installées dans leurs confortables voitures, quelques condisciples montraient du doigt le triste équipage en cachant mal derrière leurs mains gantées un sourire sarcastique. La belle, l'irrésistible Jeanne Lange s'en allait à pied comme une grisette à côté d'une femme qui, en dépit d'une certaine élégance, gardait un port et des gestes populaires. En un instant, la vie rétablissait la vérité.

Tout en cheminant vers la rue Neuve-Saint-

Étienne, Anne, joyeusement, peignait à sa fille la vie aisée dont Nicolas et elle jouissaient à présent. En attendant de trouver un emploi, Jeanne aurait sa propre chambre, meublée d'un lit à courtines en alcôve, d'une commode de bois de rose fabriqué par un ami menuisier au faubourg Saint-Antoine, de deux chaises recouvertes d'une perse à petits bouquets de roses et d'un cabinet de toilette équipé d'une coiffeuse, de son fauteuil et d'un meuble nanti d'une cuvette de faïence et de son pot. Anne qui s'attendait à une explosion de joie fut déçue par la mine morose de sa fille. « Sans doute le chagrin d'être séparée de ses amies, pensa-t-elle. D'ici peu, elle n'y pensera plus. » Tout allait bien pour les Rançon depuis que Nicolas avait obtenu ce poste de magasinier de Corse. Le nom de l'île leur semblait exotique, étrange. Y avait-il là-bas des singes, des perroquets? Billard-Dumonceaux se moquait d'eux. La Corse au relief accidenté était couverte d'une végétation épaisse où les rebelles trouvaient facilement à se cacher. Les villages s'accrochaient aux pentes des montagnes et la population, hostile aux Français, était toujours prête à préparer quelque embuscade. Paoli rêvait d'une Corse qui ne soit ni génoise ni française mais, un jour ou l'autre, il devrait s'incliner. Les pourparlers qui s'éternisaient finiraient bien par aboutir à une vente pure et simple de l'île aux Français.

Dans le logis de la rue Neuve-Saint-Étienne, Nicolas Rançon serra sa belle-fille entre ses bras. Anne avait prévu un repas de fête. Un chapon livré par le rôtisseur attendait sur la table à côté d'un pichet de vin, d'un plat de ris de veau à la crème et d'un gâteau à la bavaroise. Jeanne n'avait guère faim. Elle avait troqué son uniforme de pensionnaire contre une robe, cadeau de son beau-père, en taffetas rayé d'un vert tendre qui mettait en valeur ses yeux pervenche; le corsage lacé et décoré de fleurs brodées montait assez haut, cachant la poitrine ronde. Le fichu de gaze s'attachait par un camée de turquoise qu'Anne tenait de sa mère et qu'elle offrait à sa fille en ce jour solennel où elle devenait adulte. Une jeune servante s'activait à laquelle Anne s'adressait avec une familiarité presque maternelle. On évoqua l'été qui promettait d'être superbe, l'espérance imminente d'un Dauphin, la récente fausse couche de madame de Pompadour, née Poisson, sur laquelle circulaient des libelles fort amusants que l'on nommait « les poissonnades ». Nicolas en cita un ou deux qui firent rire Anne et la servante aux éclats. Mais Jeanne restait songeuse. Comme la marquise de Pompadour devait mépriser ces satires ! Elle était belle, habitait Versailles, était aimée du roi. Qu'importait l'opinion grossière ou la jalousie des poissardes et des marchands de vins ? Au couvent, elle avait découvert l'abîme qui séparait les classes sociales. Le peuple avait-il la moindre idée de ce qu'était la vie d'une marquise ?

— Et maintenant parlons de toi, ma toute belle, déclara Nicolas Rançon en se découpant un large morceau du chapon. Te voilà éduquée, charmante, prête à gagner ta propre subsistance car, tout en étant aisés, nous ne sommes pas riches pour autant. Tu n'ignores pas que ta tante Hélène sert désormais chez une dame Peugevin, veuve d'un riche drapier qui aime jouer à la coquette et ouvre son salon chaque mardi à quelques fainéantes qui viennent jouer de la musique et lire des vers. Cette dame se fait coiffer par un talentueux jeune homme qui, débordé d'ouvrage, cherche une apprentie.

Jeanne se raidit.

— Nous en avons touché un mot à madame Lametz, la mère de ce coiffeur, continua Rançon. Ils seraient prêts à t'embaucher à cinquante livres annuelles d'appointements. Bien entendu, tu seras logée, blanchie chez nous et pourras ainsi t'offrir les jolies babioles qui font rêver les jeunes filles. Qu'en dis-tu ?

— Coiffeuse est un métier honorable et lucratif, renchérit Anne. Si tu as du talent, tu seras réclamée par toutes sortes de grandes dames dont certaines approchent la cour de Versailles. Qui sait ? Avec ta jolie figure, on pourrait un jour te proposer un poste de femme de chambre chez une duchesse ou même une princesse.

La déception serrait le cœur de Jeanne. Mais que pouvait-elle espérer ? Rencontrer un prince charmant ?

— Jean-Baptiste Lametz viendra ce soir même prendre un verre de vin de Moselle chez nous. C'est un garçon élégant, qui connaît le bon ton et la mode sur le bout du doigt. Vous vous plairez, j'en suis sûr.

Le vin avait enflammé les joues d'Anne Rançon, faisait briller ses yeux. De leurs côtés, Jeanne et Jean-Baptiste se parlaient déjà sans retenue. Anne voyait bien que le jeune homme n'avait d'yeux que pour sa fille. Comme il faisait chaud, on avait ouvert les fenêtres. De la rue montaient des rires d'enfants, les claquements de sabots sur le pavé, le cri de quelque rémouleur. Vêtu avec une élégance un peu voyante, Jean-Baptiste Lametz portait les cheveux frisés mais non poudrés. Il narrait avec drôlerie toutes sortes d'anecdotes, faisant rire Jeanne aux éclats. Le jeune homme décrivait les coiffures « à l'oiseau », « en cabriolet », « à la grecque », « en marrons » nécessitant toutes quantités de poudre qui enfarinaient non seulement la chevelure mais aussi les meubles, les tentures, les tapis alentour. Pour parachever l'œuvre, certaines clientes méticuleuses exigeaient qu'on lance la poudre à pleines mains vers le plafond afin d'en recueillir l'ondée.

Anne resservit à chacun un verre de vin. Jeanne, qui n'avait fait jusqu'alors que tremper ses lèvres dans de l'eau rougie, sentit la tête lui tourner. Ce serait en effet fort amusant de travailler pour ce jeune homme spirituel et d'apprendre un métier où l'on ne s'avilissait point puisque les grandes dames ne traitaient pas leur coiffeur en domestique mais en fournisseur. On l'appellerait non par son prénom mais mademoiselle Lange, ce qui en soi était une preuve de considération. Et Jean-Baptiste, avec ses yeux gris-bleu, son nez fin et sa bouche charnue, lui plaisait. Il ne serait pas désagréable de cheminer dans les rues de Paris à son côté, la houppe et le peigne à la main. Sous l'effet du vin, les rêves utopiques qu'elle avait caressés durant les longues années passées au couvent renaissaient. S'il fallait un début à tout, pourquoi pas celui-là?

— Je veux bien être votre apprentie, monsieur Lametz, déclara-t-elle soudain en regardant le jeune homme droit dans les yeux, mais j'y mets deux conditions.

— Je les accepte par avance!

A l'instant où le jeune homme l'avait aperçue, la beauté fraîche et rieuse de cette fille l'avait ébloui. Ses cheveux blonds simplement tirés étaient noués en un chignon où elle avait accroché quelques nœuds de soie bleu pervenche, la couleur de ses yeux. Le nez était fin mais pas trop mince, la bouche à déguster. Vêtue d'une robe de cotonnade rayée, elle portait autour du cou un ruban de soie où était accroché un petit bouquet de myosotis. Cette fille avait une allure, une classe étonnante pour être l'enfant d'un ménage aussi rustique et on ne l'aurait guère étonné en lui apprenant qu'enfant abandonnée, ces braves gens l'avaient recueillie.

— Les voici donc, annonça gaiement Jeanne. La première concernera notre association. Je suis prête à tout apprendre de vous mais ne tolérerai pas d'autre apprentie à vos côtés. Quant à la seconde, je veux que vous acceptiez, le jour où je vous surpasserai en talent, de m'abandonner la partie la plus élégante de votre clientèle.

Jeanne n'avait osé ajouter le mot *masculine* à *clientèle* à cause de la présence de sa mère mais, bientôt seule avec Jean-Baptiste, elle le préciserait. « Quelle fille ! » pensa le jeune homme. Quoiqu'il eût déjà vingt-huit ans, aucune femme ne l'avait défié ainsi.

— Accordé ! Mais quant à me dépasser en talent, il vous faudra être patiente, fort habile ou très dévouée à ma personne.

Pour interrompre une conversation dont elle jugeait les débuts trop libres, Anne toussota. Bien que n'étant pas un modèle de pudeur, elle voulait sa fille vertueuse jusqu'au mariage. Si Jean-Baptiste tombait sous son charme, Jeanne devrait jouer assez finement pour se faire épouser.

— L'affaire est donc conclue, se réjouit-elle. Dès demain ma fille sera votre apprentie. Mais Nicolas Rançon, mon époux, trouve sage de signer un engagement pour une année afin que de part et d'autre vous jouissiez d'une protection mutuelle.

— Je signerai ! s'empressa d'acquiescer Jean-Baptiste.

Il salua en s'inclinant profondément et Jeanne le reconduisit jusqu'à la porte. Le parfum léger de la jeune fille, et la proximité de son corps charmant le tourneboulaient.

L'effet du vin dissipé, Jeanne resta longtemps éveillée dans son lit. La lune était pleine, il faisait si doux que la jeune fille avait laissé ouverte sa croisée et un flot de lumière pâle répandait une flaque lumineuse sur le plancher de pin. Ainsi, le lendemain même de sa sortie du couvent, elle s'était engagée, avait fait le choix d'un métier alors que cent fois elle s'était promis de prendre son temps, de réfléchir. Pourquoi coiffeuse ? A cause de la belle mine de Jean-Baptiste Lametz ? Certes pas. Son projet était d'apprendre la couture et, comme elle dessinait bien, de créer des modèles, de lancer des modes pour s'établir un jour à son compte. Peut-être même pourrait-elle rejoindre l'atelier d'un peintre connu, apprendre l'art du pastel, du portrait. Quelques femmes y excellaient et les dames de la plus haute noblesse les payaient fort cher pour dessiner leurs enfants, leur chien, un domestique favori.

En longue chemise de nuit blanche, elle se leva, ne pouvant dormir. Il lui manquait un père, un mentor. Frère Ange n'avait pas la moindre idée des difficultés pour se faire une place dans le monde, son beau-père était un rustre et Billard-Dumonceaux un homme que seul l'argent intéressait. Le destin devait mettre sur sa route un homme distingué et bon qui l'aimerait comme sa fille, la guiderait, lui éviterait les embûches. La seule obsession de sa mère était qu'elle garde sa virginité comme un trésor précieux. Dépucelée, elle n'aurait plus aucun pouvoir sur les hommes dignes d'intérêt, aucun moyen de les contraindre à l'épouser. Et si elle convolait avec Jean-Baptiste ? Ensemble, ils pourraient ouvrir une boutique de perruquier, d'accessoires de coiffure et de beauté. « Je dois dormir, résolut la jeune fille. Tout cela n'est que puérilité de ma part. A dix-sept ans, j'ai la vie devant moi. » Avant de regagner son lit, elle alluma sa bougie, s'approcha du miroir suspendu au-dessus de sa commode. Sous la lumière dorée, elle se trouva belle, sentit que ce qui se dégageait d'elle faisait naître le désir. C'était cette carte qu'elle devait maîtriser et jeter au moment opportun. Plus que d'avoir des amants ou même de l'argent, elle voulait progresser, s'imposer, devenir quelqu'un.

Les débuts du métier de coiffeuse furent pénibles. Dès l'aube, Jeanne devait arpenter les rues de Paris en compagnie de Jean-Baptiste, commençant par les bourgeoises aisées et achevant à midi avec les grandes dames qui venaient de finir leur tasse de chocolat du matin. Sa tâche était de poser les papillotes, lui se réservant celle de friser au petit fer. La coiffure achevée, Jean-Baptiste la poudrait à la grande houppe et Jeanne, qui devait observer, devenait blanche de la tête aux pieds. S'il lui arrivait d'éternuer ou de tousser, Jean-Baptiste fronçait les sourcils. S'ils étaient en retard, c'étaient les clients qui les accueillaient avec froideur. Les hommes n'étaient pas les moins exigeants, faisant refaire aussi longtemps qu'ils ne trouvaient pas à leur goût les savants rouleaux qui ornaient leurs tempes, ou leur catogan. Certains attardaient leur regard sur Jeanne, la détaillant sans vergogne de la tête aux pieds, l'interrogeaient : quel était son nom? vivait-elle chez ses parents? Mais la modestie de la réponse, le ton poli de la voix, la bonne tenue de la jeune fille décourageaient la plupart du temps les éventuels galants. Elle n'avait pas à se forcer beaucoup pour éloigner les hommes, son cœur, ses pensées appartenaient déjà à Jean-Baptiste. La veille, en prenant congé d'elle sur le pas de la porte des Rançon, les lèvres du jeune homme avaient frôlé les siennes, mais vite il s'était enfui sous l'effet de l'émotion. Durant toute l'après-midi, Jeanne n'avait pu rassembler une pensée cohérente. Serait-elle amoureuse? Et si oui, fallait-il songer au mariage comme le lui avait inlassablement répété sa mère ? Elle avait dix-sept ans, lui vingt-huit. C'était un âge raisonnable pour fonder un foyer. Pourtant des doutes l'assaillaient. Épouse de Jean-Baptiste, elle serait vouée à la perruquerie jusqu'à la fin de ses jours. Qu'en serait-il de tous les projets, tous les rêves caressés durant les longues années au couvent ? Par ailleurs, avoir un galant tout à soi qui vous couvre de baisers, de promesses et de petits cadeaux était une perspective enivrante. Le dimanche, il l'emmènerait à Versailles, à Saint-Cloud ou dans le bois de Meudon. Ils dîneraient dans une auberge puis se rendraient dans un des nombreux bals populaires des barrières de la ville. Elle lui apprendrait à aimer la musique, la poésie. Leur ambition commune les hausserait dans l'exercice de leur profession et, qui sait ? peut-être seraient-ils appelés au Palais-Royal, au Temple ou même à Versailles, Marly ou Choisy. Ses rêves rejoindraient alors la réalité.

Le lendemain, Jean-Baptiste resta sur la réserve. Pour montrer qu'elle ne lui en voulait pas, Jeanne s'empara de sa main alors qu'ils cheminaient rue Neuve-Notre-Dame pour aller friser et poudrer un prélat. Le jeune homme sursauta puis un sourire radieux illumina sa face. Il se pencha vers la jeune fille.

— Voulez-vous ?

— Devenir votre maîtresse certes pas, votre femme peut-être.

Jeanne décela l'expression subitement songeuse de Jean-Baptiste.

— Seriez-vous déjà marié ?

— Non point, se défendit-il aussitôt. Je vous aime de tout mon cœur et mon bonheur le plus grand serait de faire de vous ma femme. Mais il y a ma mère. Elle rêve pour moi d'un avenir brillant et veut me faire épouser quelqu'un de riche et de bonne condition. Sur ce sujet, elle est entêtée et acariâtre.

— Mais vous avez vingt-huit ans, Jean-Baptiste ! prononça Jeanne d'un ton dont elle cherchait à maîtriser l'agacement. Et je ne suis pas la première venue. J'ai reçu une bonne éducation et mon beau-père n'est pas un gueux.

— Avant de décider de notre avenir, nous pourrions apprendre à mieux nous connaître, proposa-t-il pour ne pas pousser plus loin une conversation qui l'affolait. Bien que vos charmes me fassent tourner la tête, si vous voulez que je vous respecte, j'obéirai. Je serai votre amoureux et votre serviteur. Cela vous convient-il ?

Se haussant sur la pointe des pieds, Jeanne posa un baiser sur les lèvres de Jean-Baptiste. Elle n'aurait aucune difficulté à avoir raison de ses réticences. Il était dans le creux de sa main.

L'automne s'achevait. Jeanne n'avait pas vu le temps passer. Le métier de coiffeuse commençait à l'intéresser et, comme elle était devenue experte dans la pose des papillotes, Jean-Baptiste l'autorisait à jeter la poudre en gardant l'usage exclusif du fer à friser qui, mal maîtrisé, pouvait occasionner à la chevelure d'irréparables dommages. Leur matinée achevée, vers une heure de l'après-midi, ils allaient se rafraîchir dans un estaminet. S'il faisait froid, ils s'y attardaient main dans la main, exigeant à chaque instant un nouveau baiser. Si le temps était doux, ils partaient se promener aux Tuileries, dans les jardins des Champs-Élysées ou ceux du Palais-Royal. Souvent alors qu'ils marchaient le long des rues élégantes, Jean-Baptiste entrait dans quelque boutique pour acheter à Jeanne un bouquet de fleurs de soie, un pot de blanc de céruse, un miroir en écaille ou argent ciselé, une boîte à mouches en ivoire, un bracelet de vermeil. Jeanne se jetait au cou de son amoureux. Parfois, assis sur un banc, si le jardin était désert, elle lui permettait de glisser la main sous sa cape et de caresser ses seins que le corset rehaussait. Jean-Baptiste avait le souffle court. Quelles merveilles ce corset lui cachait-il ? Un jour, il avait proposé de louer un garni à la journée. Jeanne avait refusé tout net. « Tu viendras chez moi quand mes parents seront absents, avait-elle enfin consenti. Ta mère semble liée à son logis comme un chien à sa niche. »

Ce matin-là, dans les rues, des groupes se formaient.

— On soupçonne le roi de détruire le blé pour en augmenter le prix ou de l'expédier à l'étranger pour encaisser le bénéfice. En échange, il importerait du grain avarié, expliqua Jean-Baptiste.

— Le roi est-il si mauvais ?

— Enfermé à Versailles, notre souverain ne connaît pas son peuple. S'il se montrait plus souvent à Paris, les gens l'acclameraient. Mais on le dit timide, détestant les foules, soumis à la Pompadour qui l'étourdit de fêtes ruineuses.

— Les femmes peuvent donc exercer un aussi grand pouvoir sur les hommes ?

Le ton était provocant. Son corps frôlant le sien le mettait en état de vive agitation et bientôt il ne serait plus maître de son art. Jean-Baptiste inspira profondément. Si Jeanne se refusait plus longtemps à lui, il allait braver sa mère et la demander en mariage sans plus tarder. Il attira Jeanne contre lui, cherchant la tiédeur du cou, la bouche à peine teintée de crème rose.

— Je n'en peux plus de te désirer, chuchota-t-il. Emmène-moi chez toi.

Debout devant Jean-Baptiste, Jeanne était nue et son corps exquis se reflétait dans le miroir devant lequel elle se tenait. Oter ses vêtements en face d'un homme ne lui procura aucune honte. Elle éprouvait de la joie de se sentir belle, de voir le regard trouble de Jean-Baptiste, de percevoir son souffle court.

— J'ai gardé le bracelet et le collier de perles que tu m'as offerts, prononça-t-elle d'une voix un peu rauque, car, venant de toi, jamais je ne m'en sépare.

Jean-Baptiste crut qu'il allait défaillir et s'appuya sur le rebord du lit. Ce corps rayonnait d'une lumière qui l'attirait comme la flamme d'une bougie aspirait les moucherons. Et, cependant, une part d'ombre demeurait en Jeanne. Dehors il pleuvait. Jeanne se mit à rire et, pour garder contenance, Jean-Baptiste l'imita.

— N'as-tu plus envie de me caresser, interrogea-t-elle, ou te ferais-je peur?

Le regard du jeune homme ne pouvait quitter les seins parfaits de Jeanne, leur rondeur couronnée d'un téton rose à peine formé.

Jeanne s'avança et l'attira vers son lit de jeune fille. Elle était heureuse de maîtriser cette situation pourtant nouvelle pour elle, de décider seule.

— Et si tu ôtais tes vêtements? suggéra-t-elle.

D'une main un peu malhabile, elle aida Jean-Baptiste à se débarrasser de sa veste, de sa chemise, dégrafa les boutons de la culotte. Après toutes les suppositions et conjectures échangées entre pensionnaires à Sainte-Aure, elle était curieuse de voir un sexe dressé. Certaines prétendaient que cet organe pouvait mesurer jusqu'à un pied, d'autres, plus modestes, présumaient qu'il ne pouvait dépasser deux pouces.

Enfin le jeune homme fut nu devant elle. « Dix pouces », pensa-t-elle, ne pouvant s'empêcher de sourire.

Serrée contre lui, la jeune fille jouissait de ce contact charnel et innocent. Elle n'était pas prête à offrir son pucelage et Jean-Baptiste devrait se contenter de quelques caresses. Couchés sur le lit, ils gardèrent leurs bouches unies en un long baiser, puis la main de Jean-Baptiste se mit à caresser les seins, le ventre en s'attardant sur le pubis recouvert de poils blonds, doux et frisés. Jeanne tressaillit. Aurait-elle plus de mal qu'elle ne le pensait à contrôler la situation ? Sa main descendit le long du corps de son amoureux, osa frôler le sexe.

— Je veux te prendre, souffla le jeune homme.

Jeanne se raidit.

— Je tiens à ma virginité, trouve un autre moyen de te satisfaire.

Elle-même était au bord de la jouissance. Jean-Baptiste se frotta longuement sur le ventre tiède et éjacula en poussant une longue plainte.

— Continue à me caresser, murmura Jeanne. Je veux, moi aussi, éprouver ce que tu viens de ressentir.

7

La peur au ventre, Jean-Baptiste s'était enfin décidé à parler à sa mère. Sa résolution était prise, il voulait Jeanne comme épouse, ne serait-ce que pour la posséder tout entière, jouir d'elle quand bon lui semblerait. Il fallait attendre le moment propice, lorsqu'ils se trouveraient au coin de l'âtre, elle occupée à une tapisserie, lui sirotant un verre d'alcool de prune. Dans ces moments, un peu ensommeillée, elle se détendait et cessait de critiquer les uns et les autres, trouvant à redire à tout. Ces derniers temps, Jean-Baptiste s'était appliqué à n'opposer aucun argument à sa mère et à lui plaire en toute chose.

Le souper achevé, la mère et le fils s'étaient installés dans leur salon bourgeoisement meublé. Une série de gravures représentaient des dames élégantes dans les différentes activités de leur journée. Lever, habillement, visites, souper, puis en robe à grands paniers pour se rendre au bal ou à l'Opéra. Portée par un Hercule en bronze, une horloge dorée sonnait les heures sur la cheminée. Aux fenêtres, Eugénie Lametz avait pendu des rideaux de taffetas jaune d'or s'accordant mal à la tapisserie des fauteuils à petits bouquets de fleurs rouges.

Avec ingéniosité le jeune homme mit la conversation sur une anecdote survenue la veille mettant en valeur les qualités de Jeanne. Comme leur cliente, la dernière, épouse d'un parlementaire, était fort brune, il devait user d'une quantité considérable de poudre alors qu'il ne disposait plus que d'un seul petit sac de farine, fort insuffisant. « Je vais me permettre de vous parler franc, Madame, avait aussitôt déclaré Jeanne d'un ton enjoué. Je suis passée hier à Versailles coiffer madame la comtesse d'Estrades qui est une amie de la marquise de Pompadour. Une coiffure poudrée à frimas est devenue la seule demandée par ces dames. Et je dois ajouter que l'on noue maintenant les cheveux en un chignon bas que le coiffeur recouvre d'une résille de fils d'or ou d'argent où il pique quelques aiguilles à tête de perle, de turquoise ou de toute autre pierre précieuse. — Qu'attendez-vous pour me coiffer ainsi ? s'était impatientée la dame. Croyez-vous que les Parisiennes soient à la traîne de Versailles ? — Ne sachant si ma proposition vous plairait, avait répondu Jeanne, je n'ai pas emporté avec moi de résille. Mais un carré de soie blanche ferait parfaitement l'affaire. Quant aux épingles, je peux vous proposer deux ou trois modèles et, dès demain, je vous en soumettrai d'autres. »

— Tu n'imagines pas, maman, vanta Jean-Baptiste, l'ingéniosité de Jeanne. Sans que la dame ni sa femme de chambre s'en aperçoivent, elle tira de ses beaux cheveux quelques épingles à tête de perle et les lui présenta. Notre cliente fut enchantée de sa coiffure et, ce matin même, nous avoua que, envieuses d'une aussi charmante nouveauté, ses amies voulaient se faire coiffer de la même manière. Me voici avec une clientèle accrue grâce à l'habileté et l'à-propos de Jeanne.

Eugénie Lametz fronçait les sourcils. Quelque chose la tourmentait dans le récit que venait de lui conter son fils. Jeanne y était montrée sous un jour des plus flatteurs, mais la raison de son irritation n'était pas cette apologie. Soudain elle se remémora les mots de la narration de son fils qui l'avaient scandalisée.

— Comment cette fille peut-elle porter dans les cheveux des épingles à tête de perle ?

Jean-Baptiste tressaillit.

— Je ne sais pas, mère. Un cadeau sans doute.

— Et de qui donc ? Son père n'a aucun raffinement et ne doit pas même savoir ce que le mot *perle* signifie, sa mère n'a pas les moyens de payer à sa fille ce genre de babiole. Aurait-elle un amant ? Si tel est le cas, je ne veux pas garder à notre service une débauchée.

— Jeanne n'a pas d'amant, maman, coupa Jean-Baptiste.

— Comment le saurais-tu ? A moins que ce ne soit toi, mon fils, qui te ruines pour cette fille de rien.

— Je n'ai fait à Jeanne que de petits présents, balbutia Jean-Baptiste, comme un enfant pris le doigt dans un pot de confiture.

— Et pour quelle raison, je te prie ? Cette fille veut-elle te séduire ? S'imagine-t-elle se faire épouser !

D'un bond, Eugénie Lametz fut debout, arpentant son salon.

— J'aimerais jeter un coup d'œil sur ce qui te reste de tes économies. Demain, j'irai chez notre homme d'affaires.

Jean-Baptiste était glacé des pieds à la tête. Outre les épingles, le collier de perles et le bracelet de vermeil, il avait offert à Jeanne un caleçon de fil aux jambes bordées de fines dentelles, une boîte à bijoux en porcelaine de Sèvres peinte, des mules d'intérieur en satin broché, des boucles d'oreilles en grenats et petits diamants. De ses économies, il ne restait qu'une petite moitié. C'était la première partie de la dot destinée à le marier à la fille d'un coiffeur renommé, monsieur Larseneur, qui jouissait de la confiance de Mesdames, filles du roi. Depuis des années, sa mère intriguait pour faire agréer Jean-Baptiste. Larseneur avait fini par accepter cette union pourvu que la fortune des deux jeunes gens s'accorde.

— J'irai moi-même, tenta-t-il de proposer, et vous ferai un rapport scrupuleux.

— Demain tu te rends à six heures à l'ambassade d'Espagne avec cette créature pour coiffer madame Campo Florida.

Le ton méchant découragea Jean-Baptiste d'argumenter davantage. Mais il tiendrait bon, sa femme serait Jeanne Lange et non Césarine Larseneur que jamais il n'avait vue de sa vie.

Dans son lit aux courtines tirées, le sommeil fut long à venir. A l'angoisse de la perspective de la scène qui l'attendait dès le lendemain, se mêlaient dans l'esprit de Jean-Baptiste les souvenirs délicieux du plaisir que Jeanne lui donnait. Pas un moment il n'avait douté qu'elle fût vierge. Elle donnait et prenait le plaisir avec joie comme on goûte une gourmandise. Sa jupe voletait quand elle marchait attirant tous les regards masculins, pétillante, elle ne demandait qu'à jouir des douceurs de la vie, trouvait sur leurs clients des mots drôles bien que jamais méchants. Tout l'intéressait, un rien la divertissait. Et habile, attentive, inventive, elle coiffait aussi bien que lui, peut-être mieux encore. Son imagination, son goût lui faisaient ajouter de petites touches d'un chic, d'une originalité qui avaient élargi leur clientèle. Et lorsqu'il tenait ses deux seins charmants entre ses mains, il perdait la tête.

L'ouragan qui s'abattit le lendemain vers quatre heures de l'après-midi sur Jean-Baptiste quand il franchit la porte du foyer familial le submergea. Comme d'habitude, leur travail achevé, il avait flâné avec Jeanne aux Tuileries, regardant scintiller les eaux de la Seine au-delà du muret qui délimitait la promenade où de nombreux flâneurs, profitant des premières clémences printanières, se bousculaient. Bras dessus, bras dessous, ils étaient parvenus jusqu'au quai du Louvre, s'étaient arrêtés pour se rafraîchir à l'étal d'un marchand de sirops avant de se séparer dans un long baiser. « Tu es ma promise, avait chuchoté le jeune homme à l'oreille de Jeanne. Cet été, quand nos pratiques seront dans leur campagne, nous nous marierons. » Jeanne avait posé la tête sur son épaule et Jean-Baptiste avait été enivré par l'odeur de violette et de rose qui imprégnait la chevelure dorée.

— Tu sais d'où je reviens, petit misérable ? prononça madame Lametz d'un ton dur comme le silex.

Prudent, Jean-Baptiste préféra garder le silence. Posément, il ôta son chapeau, se débarrassa de sa veste, tira un fauteuil afin de ne pas rester comme un accusé devant son juge.

— Je viens d'avoir un entretien avec monsieur Pélissier. Te souviens-tu de ce nom ?

— Il est notre homme d'affaires, mère...

A peine pouvait-il avaler sa salive, tant sa gorge était serrée.

— Depuis cinq ans il gère nos économies qui commençaient à faire pelote. Partis de rien ou presque après le décès de ton père, nous avions, grâce à ton labeur et à mes économies, mis de côté cinq mille livres qui habilement placées nous faisaient un pécule de huit mille livres voici seulement quatre mois de cela. Et aujourd'hui, j'apprends de la bouche de monsieur Pélissier que tu as régulièrement prélevé des sommes considérables. J'attends tes explications !

Plus mort que vif, le jeune homme avait posé les

mains sur ses genoux et tentait de contrôler sa respiration qu'affolaient les battements de son cœur.

— J'ai offert des présents à quelques amis chers.

— Ta chère amie, tu veux dire !

La voix d'Eugénie était pointue, insupportable. Jean-Baptiste eut envie de se boucher les oreilles.

— Ou plutôt à une fille de rien, une bâtarde que j'ai été assez bonne de secourir en lui offrant d'apprendre un métier au lieu de la laisser dans le ruisseau.

— Mère !

— Ne vois-tu pas, pauvre niais, qu'elle est en train de te plumer comme un oison ! Et pourquoi ? Pour rire à tes dépens avec ses amants de cœur et se pavaner, couverte de tes présents.

— Nous nous aimons. Je veux faire de Jeanne ma femme.

Eugénie pâlit. D'un geste mal assuré, elle saisit un fauteuil et s'y laissa tomber. Blanche comme une morte, les yeux fermés, Jean-Baptiste ne voyait que le mouvement nerveux de ses doigts qui se croisaient et se décroisaient. Voulant la secourir, il se leva, tenta de lui essuyer le front avec son mouchoir imbibé d'eau de Cologne, un cadeau de Jeanne qui l'avait acheté à la Toison d'Or pour un prix exorbitant.

— Ne me touche pas, fils perdu ! Moi vivante, jamais tu n'épouseras la fille d'un prêtre et d'une ex-servante.

Jean-Baptiste eut un mouvement de recul.

— Comment cela, fille d'un prêtre, mère ?

— Tu es donc bien le seul à ne pas le savoir ! Pourquoi se fait-elle nommer Lange au lieu de Bécu ? Et pourquoi le père Ange, qui officie à Saint-Eustache, a-t-il payé une partie de sa pension ? Le saint homme était moine à Vaucouleurs avant la naissance de ta bien-aimée. Anne Bécu raccommodait ses chaussettes et lui rendait aussi des petits services plus intimes.

Tassé dans son fauteuil, Jean-Baptiste ne trouvait rien à répondre. Soudain, il vit sa mère sauter sur ses pieds, lacer les rubans de son bonnet, jeter un fichu sur ses épaules.

D'un pas vif, Eugénie Lametz gagna la rue Neuve-des-Petits-Champs. Le soleil était haut encore et sous son fichu d'indienne elle transpirait. Des odeurs fétides venaient des portes cochères, des étroits culs-de-sac où, sans vergogne, les passants soulageaient leurs besoins. D'un coup d'œil, Eugénie vérifia la bonne tenue de son bonnet dans le miroir d'un chapelier. Toute sa vie, elle avait travaillé dans la mode avant de passer la main à son fils qui montrait de bonnes dispositions pour l'art capillaire. L'avenir lui souriait et elle n'allait pas laisser une petite garce le ruiner en quelques semaines.

Au pied de l'immeuble dont les Rançon occupaient le deuxième étage, Eugénie Lametz souffla un peu. Elle devait garder son sang-froid pour attaquer, riposter sans se laisser tourneboulerla cervelle et allait pousser la porte quand Anne Rançon, un panier au bras, surgit devant elle.

— Madame Lametz ? s'étonna-t-elle. Quelle bonne surprise ! J'allais partir en courses.

— La surprise ne sera pas bonne pour vous et je vous prie de vouloir m'écouter un instant.

La sécheresse du ton étonna Anne. Quelle faute grave avait pu commettre Jeanne ? Elle se tint sur la défensive.

— Vous voulez, je suppose, me parler de ma fille ? Montons chez moi, nous serons plus tranquilles pour causer.

— Jamais je ne mettrai les pieds chez des voleurs ! vociféra Eugénie. De la racaille, voilà ce que vous êtes !

L'oreille tendue afin de ne pas perdre un mot de la querelle, un groupe de badauds s'assemblait autour des deux femmes.

— Je ne vous permettrai pas de me parler sur ce ton, coupa Anne.

Toute bienveillance l'avait quittée. Si cette femme voulait un scandale public, elle allait vite comprendre à qui elle avait affaire.

— Je parle convenablement à des personnes convenables, ma petite dame, lança Eugénie, mais avec des gens de votre espèce, croyez-moi, je n'enfilerai pas de gants. Votre fille est en train de tondre mon pauvre garçon, elle se comporte avec lui en putain. Il est tombé dans ses filets. Mais Jean-Baptiste a une mère et, ma parole d'honneur, je ne le laisserai pas dépouiller par une famille de vide-goussets !

— Je vous interdis ! hurla Anne.

L'attroupement grossissait. Le sourire aux lèvres, les badauds se demandaient si les deux mégères n'allaient pas en venir aux mains.

— Vous n'avez rien à m'interdire. Le racolage public n'est pas toléré dans ce pays et vous pouvez garder votre pute, je ne veux plus en entendre parler.

— Taisez-vous donc, espèce de garce ! coupa Anne. (Elle appela :) Nicolas, viens tout de suite !

Il y eut un bruit de pas dans l'escalier, puis la porte de l'immeuble s'ouvrit brutalement. Maintenant que le mari d'Anne Rançon s'en mêlait, l'échauffourée risquait de tourner à la violence. Chacun attendait le premier coup.

Du premier regard, Rançon jaugea la situation. Rouges comme des coqs, les deux femmes se faisaient face, prêtes à se battre.

— Que voulez-vous à ma femme ? demanda-t-il d'un ton menaçant.

— Votre fille est une rouée, une gueuse, une

ribaude qui a détecté la faiblesse de mon pauvre garçon pour le dévergonder et le ruiner !

La gifle partit d'un coup. Eugénie Lametz en eut le souffle coupé.

— Et vous me frappez maintenant, moi une femme sans défense ! Non seulement les Rançon sont des malandrins mais aussi des assassins !

Lâchant son panier, Anne s'accrocha à la veste de son mari. Nicolas était coléreux et, pour peu que cette démente le provoque un peu plus, il pouvait devenir dangereux.

Soudain deux exempts fendirent l'attroupement. Anne dont les nerfs avaient lâché sanglotait. Eugénie tremblait de tous ses membres. Le regard fou, Nicolas pinçait les lèvres.

— Cet homme m'a attaquée ! accusa madame Lametz d'une voix hoquetante. Vous seriez arrivés quelques instants plus tard, sans doute m'aurait-il mise en charpie.

— Menteuse ! hurla Anne. La dame Lametz est venue chez moi pour nous insulter, mettre en doute notre honneur et traiter ma fille mineure de putain et de ribaude alors que son fils lui tourne autour depuis des mois.

Les sergents dispersèrent les badauds qui riaient sous cape.

— Je porte plainte, déclara Nicolas, et vais de ce pas me rendre rue Saint-Denis voir un commissaire du Châtelet de ma connaissance. Nous verrons qui de moi ou de cette garce aura le dernier mot.

Jeanne pleura quelques jours son amoureux perdu. Mais elle le méprisait si fort de ne pas être venu la défendre que de sa vie elle ne voulait le revoir. Le sieur Charpentier, commissaire au Châtelet, avait dressé un rapport défavorable à Eugénie Lametz qui avait sali publiquement l'honneur et la réputation des plaignants, leur faisant un tort considérable. La dame Lametz serait condamnée à une amende en faveur des Rançon et contrainte à des excuses publiques.

De la fenêtre, Jeanne avait suivi l'altercation le cœur battant. La perspective de se prendre aux cheveux avec Eugénie Lametz était trop dégradante pour qu'elle puisse l'envisager. Sa nature la portait à l'harmonie, à la joliesse, au bon ton et elle entendait des vociférations, voyait des badauds rigolards, deux femmes égarées par la colère. Quand pourrait-elle échapper à ces mesquineries, ces vulgarités ? Les quelques jours de claustration lui avaient rendu évident qu'elle ne pouvait plus vivre chez sa mère. Si elle faisait des fautes, au moins serait-elle seule à les assumer. Mais elle n'avait que dix-sept ans et pas de relations. Sa beauté, le magnétisme qu'elle exerçait sur les hommes, sa bonne éducation lui donnaient seuls quelques chances d'obtenir un emploi chez des gens de qualité. Pour rien au monde, elle ne souffrirait les paroles hautaines, le mépris, les mots orduriers. A jamais les Lametz, mère et fils, étaient bannis de son univers.

8

— J'ai une excellente nouvelle pour toi, Jeanne. (Le visage d'Anne Rançon était rayonnant.) Madame Delay de la Garde accepte de te prendre comme lectrice. Elle est âgée et a pratiquement perdu la vue. Veuve d'un fermier général, cette dame est fort distinguée. Elle t'offre un bon salaire.

Assise sur son lit, Jeanne savourait sa tasse de chocolat du matin. Depuis un mois, elle n'ignorait pas que sa mère se démenait pour l'établir et qu'elle avait fait appel à toutes ses relations comme à celles de son époux que sa charge mettait en contact avec des gens influents. Portée par un domestique vêtu comme un marquis, la réponse de madame Delay de la Garde était arrivée le matin même.

— Toi qui rêves de grandeur, te voilà servie, conclut Anne en riant. Nous voilà bien vengées de ces vermines de Lametz !

Jeanne ne put dissimuler sa joie. Depuis tant de jours elle se languissait à aider sa mère aux soins du ménage. La vie lui offrait une nouvelle chance. Au milieu d'une société choisie, elle oublierait tout à fait Jean-Baptiste, sa peau blanche et veloutée, le goût de ses lèvres sur les siennes. Et, grâce aux bijoux et colifichets de prix qu'il lui avait offerts, elle pourrait faire bonne figure chez madame Delay de la Garde.

— Cette dame attend de moi que je lui fasse seulement la lecture ?

— Que tu la coiffes aussi, lui tiennes compagnie, l'égayes de ta jeunesse et de ta joie de vivre. J'ai cru comprendre que sa précédente lectrice était morose et qu'il lui arrivait de s'endormir au milieu d'un chapitre.

Jeanne sauta hors du lit. Du bonnet s'échappaient de toutes parts le flot de ses cheveux blonds couvrant la chemise plus bas que la taille.

— Madame Delay de la Garde a deux fils mariés qui vivent sous son toit. Fais bien attention, reste modeste et fuis toute situation équivoque. Me comprends-tu ?

Jeanne éclata de rire. Les fils mariés devaient avoir quarante ans ou plus. Se montrer honnête n'exigerait guère d'efforts.

— Ne te fais aucun souci, maman, je serai probe et discrète. Quand dois-je prendre mon service ?

— Tu aménages cet après-midi, mais Madame te recevra demain matin, après sa toilette. Nous allons faire ta malle qui sera déposée dans la soirée rue de la Sourdière, derrière la rue Saint-Honoré. Tu auras le plus élégant des voisinages.

— Tu dois m'acheter une cape de laine à capuchon, maman, mon fichu ne sera plus assez chaud pour l'hiver. J'ai besoin aussi de chaussures convenables, à force d'avoir arpenté les rues, les miennes sont éculées.

Anne leva les yeux au ciel. Sa fille avait des goûts de luxe. Qui lui avait fourré toutes ces frivolités dans la tête ? Certainement pas elle qui enfant et adolescente marchait en sabots et dormait sur un matelas bourré de paille. Chez la comtesse de Ludres, les chambres des domestiques n'étaient pas chauffées.

Quand elle avait commencé à servir aux cuisines, on l'avait affublée d'une jupe de grosse toile grise, d'un caraco lacé et d'un fichu de laine. La première tenue qui eût un soupçon d'élégance, une robe de coutil bleu, un tablier de coton bordé d'une broderie à l'anglaise, un bonnet de batiste de lin et de vrais souliers en cuir, elle l'avait reçue quand elle avait été promue raccommodeuse et repasseuse. Dans cet humble accoutrement, elle avait pourtant séduit bien des hommes... Bientôt Jeanne réclamerait une jupe de taffetas et des jupons empesés, un corsage garni de fleurs de soie ! Nicolas et elle étaient fort désireux de la placer avant que leurs économies ne s'écornent.

— Accroche-toi à cet emploi, insista Anne en reprenant des mains de sa fille la tasse de chocolat vide, tu n'en trouveras jamais de meilleur.

Aussitôt installée chez madame Delay de la Garde, Jeanne alla de surprise en surprise. D'emblée son logement l'avait enchantée. Il ne s'agissait nullement d'une chambre de domestique mais d'une suite de trois pièces, une grande où se cachait un joli lit en alcôve et qui pouvait servir de salon, avec une paire de fauteuils, une commode, une table à écrire et sa chaise, un cabinet de toilette tendu de perse fleurie et une garde-robe où ses simples effets semblaient plus modestes encore. Puis une des femmes de chambre, nommée Henriette, à peine plus âgée qu'elle, lui avait fait visiter l'hôtel avec son grand salon magnifiquement meublé, décoré de tapisseries des Gobelins, ses petits salons, la salle de musique, le billard, la bibliothèque, le cabinet des porcelaines où, sur des étagères en bois doré, étaient exposés une multitude d'objets exotiques. Partout trônaient des portraits d'ancêtres, certains sévères ou renfrognés, d'autres séduisants dans leurs vêtements à l'ancienne mode, en grande perruque ou portant la fraise à la Médicis. Jeanne s'arrêtait à chaque instant pour s'imprégner de ces beautés, impatientant la jeune servante pour laquelle ces vieilleries étaient devenues d'une banale familiarité.

— Madame est donc bien riche, nota Jeanne en faisant une longue halte devant les livres aux reliures armoriées de la bibliothèque. Sont-ce ces ouvrages que je vais lui lire?

La servante éclata de rire.

— Madame n'ouvre jamais ces vieux bouquins. Elle n'aime que les romans d'amour. Vous ne vous ennuierez pas.

— Tu peux me tutoyer, suggéra Jeanne.

La femme de chambre sembla gênée.

— Ici chacun reste à son rang et à sa place. Madame n'apprécierait guère qu'une femme de chambre tutoie sa lectrice. En tant que dame de compagnie, vous serez traitée avec bienveillance par les personnages importants qui fréquentent le salon de Madame. Pas vraiment de la famille, mais point domestique. Avec vos attraits, les difficultés que vous rencontrerez seront autres et il vous faudra montrer beaucoup de doigté pour ne pas rendre jalouses les femmes mariées accompagnées de leurs époux. Toutes subalternes qu'elles soient, les femmes de chambre ne sont pas épargnées par ce genre de danger. Alors vous qui vous tiendrez au salon, restez sur vos gardes. Madame est bonne, mais déteste les intrigues et les embarras.

Ayant regagné sa chambre, Jeanne eut la surprise de découvrir dans sa garde-robe deux jupes d'étoffe de laine, l'une unie gris-bleu, l'autre à ramages fleuris, deux corsages à basques assortis modestement décolletés, deux jupons dont l'un en toile gommée, l'autre en piqué doublé de crin descendant à la hauteur des genoux mettant en valeur la finesse d'une taille emprisonnée dans le corset, deux bonnets de mousseline brodée et un charmant bouquet de roses en soie monté sur un large peigne d'écaille. Sur la table à écrire, une domestique avait disposé une gerbe de dahlias pourpres dans un vase d'opaline blanche souligné d'or, un livre de messe en maroquin noir, deux chandeliers de cuivre décorés de palmettes et, sur sa table de nuit, une carafe de cristal et son verre. La jeune fille ne se sentait plus de joie. Il lui semblait que se déchirait le rideau qui jusqu'alors l'avait séparée de la vie dont elle rêvait. Elle ne savait où porter les yeux, tant elle était émerveillée. Mais arriverait-elle à se tenir dans le monde ? La nuit tombait. Devait-elle aller souper à la cuisine avec les domestiques ? Mieux valait se priver de dîner que de risquer de commettre un impair. Elle avait le temps d'ouvrir un livre, de dire ses prières avant de se coucher de bonne heure pour être fraîche et alerte le lendemain. De tout son cœur, elle voulait plaire, se rendre utile. Elle revêtirait la robe gris-bleu dont la couleur mettrait si bien ses yeux en valeur, nouerait sous son menton les rubans de satin d'un des bonnets de mousseline délicatement brodés qui soulignerait sa peau nacrée. Du coffre d'osier déposé dans le cabinet de toilette, elle tira une chemise de nuit, un bonnet de nuit, une robe de chambre en étamine. Avant de se mettre au lit, elle répéterait les révérences apprises au couvent. Devait-elle en faire deux ou une seulement ? Si madame de la Garde avait de la compagnie le lendemain et qu'elle se trompât, elle serait ridicule. « Il en est pour chaque occasion, chaque personne », scandait le maître de danse. Que faire en face de la personne qui vous verse un salaire ? « Je ferai la grande révérence, résolut-elle, mieux vaut trop de déférence que pas assez. »

Un grattement à sa porte la fit sursauter. « Henriette sans doute venue me chercher pour le repas du soir », pensa-t-elle. Sans hésiter, la jeune fille tourna la poignée.

— Je ne vous dérangerai qu'un instant, mademoiselle.

L'homme qui se tenait devant elle avait un beau visage, un sourire malicieux. A la qualité de ses vêtements, la jeune fille comprit aussitôt qu'il ne s'agissait pas d'un domestique.

— Je suis Charles Delay de la Garde, mademoiselle. Ayant entendu dire que la nouvelle lectrice de madame ma mère venait de s'installer chez nous, je suis venu vous présenter mes compliments et vous souhaiter la bienvenue.

Déjà le bruit circulait dans toute la maison que la nouvelle lectrice était une beauté et Charles n'avait pu attendre pour s'en rendre compte par lui-même. Ce qu'il découvrait était au-delà de ses espérances. Jeanne non seulement était très belle, mais il se dégageait d'elle un charme presque naïf mêlé à une sensualité troublante. Il avait eu raison de poser ses marques avant son frère aîné.

— Mais vous n'avez pas mangé sans doute, remarqua-t-il d'un ton chagrin. Ma mère, voyez-vous, dîne toujours dans sa chambre. Quant à moi, ma femme m'a menacé des pires sévices si je ne l'accompagnais pas ce soir à l'Opéra. Je dois partir dans un instant. La cuisinière va vous monter un potage, du rôti, un filet de poisson, tout ce que vous voudrez lui demander.

— Je me contenterai volontiers d'un potage et d'une compote, assura Jeanne.

Le ton velouté de la voix de la jeune fille fit respirer Charles plus largement. Débarrassée du bonnet, sa chevelure blonde tombait en boucles sur ses joues, ses épaules, sa taille. Chacun de ses gestes était gracieux et Charles était incapable de décider si c'était une grâce naturelle ou une façon d'aguicher les hommes. Un léger parfum de rose se dégageait du corsage plein que suggérait la légère robe de chambre. Cette voluptueuse beauté devait lui appartenir.

— Je vous souhaite le bonsoir, termina-t-il d'une voix moins assurée. Je vous verrai demain chez ma mère.

Jeanne esquissa une révérence qui entrebâilla la robe de chambre et dévoila la naissance d'une poitrine divine. Avec difficulté Charles avala sa salive. A peine se souvenait-il que les chevaux étaient attelés et que sa femme s'impatientait.

Poudrée à frimas, toujours élégante en dépit de son grand âge et du deuil qu'elle portait depuis la mort de son époux, madame de la Garde était une femme exquise. Sans rouge ni fards, son visage avait gardé les traces d'une joliesse devenue grave. La pluie frappait contre les vitres d'une vaste chambre douillettement meublée de confortables fauteuils, d'une méridienne et de tables volantes sur lesquelles, à l'attention des amis intimes de leur maîtresse admis dans sa chambre, les domestiques disposaient chocolat, café ou rafraîchissements.

Jeanne trouva madame de la Garde achevant sa toilette. Sa femme de chambre disposait sur ses cheveux une mantille de dentelle noire et sur ses épaules un châle qu'elle croisa sur la poitrine de la vieille dame. Tapissées de brocart incarnat, deux bergères étaient disposées de part et d'autre de la cheminée. Madame de la Garde se leva et vint s'installer dans l'une d'entre elles, tout près de la chaleur de l'âtre.

— Approchez, mademoiselle. Je voudrais vous regarder mieux. Ma vue est devenue fort mauvaise.

Le cœur battant, Jeanne fit quelques pas vers la vieille dame qui lui souriait. Quand elle fut à deux pieds, elle fit sa révérence et tendit la main, madame de la Garde attrapa celle de la jeune fille, la faisant avancer plus près encore.

— Vous êtes bien jolie, mademoiselle. J'espère que vous vous plairez ici. J'attends de vous un peu de gaieté, de la lecture, de la conversation. On m'a dit que vous avez reçu une bonne éducation au couvent de Sainte-Aure. Je le connais et sais que les jeunes filles qui en sortent sont estimables et élevées fort chrétiennement. Pratiquez-vous votre religion, mademoiselle ? Ici, on entend la messe tous les matins.

— J'y assisterai avec bonheur, Madame, et suis tout habitée de sentiments chrétiens.

— Tant mieux. Je ne veux de libertinage ni avec mes domestiques ni avec les amis de mes fils qui viennent souvent les visiter et me montrerai sévère à la moindre incartade.

— Je ne me consacrerai qu'à vous, Madame, vous pouvez en être sûre.

Jeanne pensa à Charles qui la veille était venu la débusquer dans sa chambre et, le matin même, en lui apportant sa tasse de chocolat et de la brioche, un jeune valet l'avait sans vergogne reluquée. Aurait-elle la force de résister à ces regards d'hommes, ces compliments, ce harcèlement à la fois irritant et excitant ? Dieu lui en donnerait la force et l'aiderait. Elle avait un but dans la vie, sortir une fois pour toutes de la condition ancillaire où sa naissance l'avait placée. Elle n'était plus assez naïve pour ignorer que maintes grandes dames avaient des amants et que le monde les acceptait sans jeter le moindre anathème. La seule bienséance exigée était de savoir observer le respect des usages. Elle ne tarderait pas à les apprendre.

— Prenez la gazette qui est sur cette table, demanda madame de la Garde, et lisez-la-moi, je vous prie. L'opinion publique du vulgaire pèse de plus en plus sur ce malheureux Calas mais nous, les Parisiens instruits, saurons le défendre, et j'espère le sauver. Cet homme n'est pas un assassin et, si on l'exécute, il deviendra un martyr. Comment au siècle des Lumières peut-on vouloir exécuter un père protestant sous l'unique soupçon qu'il aurait étranglé son fils désireux de devenir catholique? Ce ragoût de vieilles haines est fort incommodant. Mais commencez à lire, mon enfant, chaque jour apporte du nouveau dans cette déplorable affaire.

Jean-Baptiste avait parfois évoqué devant Jeanne le fameux procès Calas. Le jeune homme ne cherchait pas à comprendre. Pour lui, l'affaire était toute claire et Calas devait être exécuté de la plus infâme façon. Jeanne avait écouté d'une oreille distraite les propos décousus et haineux de son galant mais le ton confiant, quoique passionné, de madame de la Garde excitait son intérêt. Il se passait en France des événements importants que l'on devait étudier avec impartialité et elle était heureuse d'en avoir l'occasion.

— « Sur la requête du procureur du roi, s'appliqua-t-elle à lire de sa voix claire et douce, les capitouls ont donné l'ordre de procéder à l'inhumation du corps de Marc-Antoine dans un cimetière catholique. C'est donc reconnaître en premier lieu que ce jeune homme ne s'est pas suicidé et en second lieu qu'il s'était converti ou allait se convertir au catholicisme. Cette inhumation devrait donner lieu à une manifestation démesurée, organisée par l'ordre des Pénitents blancs à la mémoire de Marc-Antoine, ce qui prouve, une fois encore, qu'à chaque instant l'intolérable présence de l'opinion publique continue à peser sur ce procès. »

— Quelle pitié! déplora la vieille dame. Et je parie que le roi va laisser Saint-Florentin et Guinard Saint-

Priest bâcler cette affaire pour que le peuple ne murmure pas contre lui. Sa Majesté ne peut supporter d'être critiquée. Pour un souverain, c'est une faiblesse.

— Quelles sont ces personnes, Madame ? osa interroger Jeanne.

— Louis, comte de Saint-Florentin, est ministre et secrétaire d'État, membre du Conseil d'État, Saint-Priest, intendant de la province du Languedoc où se déroule l'affaire. Et ce Judas est maître des requêtes.

— Calas sera donc exécuté ?

— J'en ai peur. Mais des voix s'élèveront, c'est certain. Monsieur de Voltaire peut-être... Maintenant, chère petite, lisez-moi la page consacrée aux spectacles parisiens. Ne pouvant plus m'y rendre, j'aime à en avoir la relation. Les journalistes deviennent méchants, j'aime cela. Autrefois, chacun agitait tant et plus son encensoir pour plaire aux grands qui avaient la sottise d'apprécier les fadaises de serviles plumitifs.

— Je n'ai jamais été à l'Opéra ni aux Italiens, Madame.

— Vraiment ? Eh bien, je demanderai à François et à sa femme de vous ouvrir de temps à autre leur loge. Adeline est folle de spectacles alors que mon autre bru, Louise, l'épouse de mon second fils Charles, ne les apprécie guère. Elle est toujours fourrée chez ses amies de cœur où elle prétend avoir plus de divertissement qu'en écoutant le plus bel opéra du monde.

— Monsieur Charles m'a saluée hier, nota Jeanne. Madame son épouse et lui partaient au spectacle.

— Quel spectacle ? J'aime mieux ne pas le savoir. Probablement une farce où s'exhibent des théâtreuses aux mœurs suspectes. Charles est trop tolérant avec sa femme mais à mon âge, ma petite fille, il faut montrer plus d'intelligence que d'émotions.

La vieille dame soupira.

— Je vous rends votre liberté, ma belle enfant.

Revenez pour le repas, que l'on sert à une heure sonnante. J'aime avoir de la compagnie en dînant. Et cet après-midi, j'attends de la visite. Madame de la Popelinière m'a promis de passer ainsi que la comtesse de Lastic. Marquez à celle-ci beaucoup de déférence car elle est dame d'honneur de Mesdames de France.

Jeanne se retira sur la pointe des pieds. La tête lui tournait, tout parlait à son cœur.

9

— Jamais ma belle prude, je ne vous ai trouvée aussi divine que lors de la soirée d'hier. Pour être franc, je vous jugeais auparavant jolie mais quelque peu provinciale. Où avez-vous acquis autant d'esprit?

— En lisant et en écoutant parler la société de madame votre mère, Monsieur. A moins que je n'en aie quelque peu par moi-même.

Charles de la Garde se mit à rire. Jeanne, qui n'était dans la maison que depuis trois mois, s'était transformée. Vêtue de ses robes de dame de compagnie, elle savait se parer d'une fleur, d'un petit bijou, d'un tour de cou en gaze plissée et brodée. Coiffée à la mode, elle se mettait un soupçon de rouge, soulignant ses admirables yeux pervenche et, bien que pétulante, peu avare de gestes et de mots gracieux, elle restait intraitable sur sa vertu. François qui, lui aussi, avait décidé de vaincre les réticences de la belle lectrice de sa mère, n'avait pas obtenu plus de succès que son frère Charles.

— Si vous craignez une rivale dans mon cœur, insista Charles, sachez que je n'ai point de maîtresse. Vous y régnerez en souveraine.

— Un moment d'erreur, Monsieur, et je serai cruellement punie. Madame votre mère ne m'a pas caché qu'elle ne me garderait pas à son service s'il me prenait de vouloir un galant.

— Ma mère n'en saura rien! s'exclama Charles soudain plein d'espoir. Vous êtes née pour l'amour, je le devine, je le sais. Ne vous rendez pas malheureuse et ne me brisez pas le cœur.

— S'il m'arrivait d'éprouver de l'amour pour vous, Monsieur, je serais bien à plaindre et vous ne seriez pas heureux car, le jour où j'aimerai un homme, je le voudrai tout à moi. Or vous avez une épouse.

— Qui préfère les femmes et se fait trousser par ses belles amies.

— Cela ne m'étonne guère.

— A-t-elle tenté de vous séduire vous aussi?

Charles était à la fois émoustillé et jaloux. Imaginer Jeanne entre les bras de Louise le mettait fort mal à l'aise.

— Madame Louise m'en veut de mes refus, mais je ne suis guère attirée par les jupons. J'aurai donc réussi à déplaire au mari comme à la femme.

— Ouvrez-moi votre porte ce soir, supplia Charles. Je vous prouverai que vous ne me déplaisez en rien.

Jeanne fit demi-tour, faisant voler le bas de sa jupe. Elle savait que Charles admirait son cou, la finesse de sa taille, la légèreté de sa démarche.

— A ce soir, Monsieur, lança-t-elle d'un ton provocant. Madame m'a demandé de faire avec elle sa partie de cavagnole. Nous pourrions ensuite boire ensemble une tasse de citronnelle au coin du feu.

Le dimanche, Jeanne allait visiter ses parents. Mois après mois, Anne était frappée aussi par les changements de sa fille. Le port fier, élégante, parlant à voix feutrée, elle était une demoiselle désormais. Jusqu'où irait-elle? Ses regrets d'avoir vu s'écrouler son mariage avec Lametz s'étaient métamorphosés en immense satisfaction. Viendrait le moment où Jean-Baptiste Lametz et sa mère se lamenteraient d'avoir repoussé sa fille. Ce serait sa plus éclatante vengeance.

Bras dessus, bras dessous, la mère et la fille se promenaient dans les jardins du Palais-Royal ou au Cours-la-Reine. Anne évoquait la vie du quartier, les humeurs de Nicolas qui ne s'amélioraient pas avec l'âge. Elle donnait des nouvelles de ses frères et sœurs et Jeanne plissait le front. Tous domestiques, laquais ou valets de pied, elle les aimait mais se sentait différente. La vie mondaine de madame de la Garde lui plaisait. Quoique ses hôtes fussent âgés et souvent ennuyeux, elle prêtait une extrême attention à leur manière de s'exprimer, au vocabulaire dont ils usaient, à leurs gestes, leur façon de boire leur tasse de thé. Lire la gazette tous les matins l'informait de la vie politique, de la Cour, des événements mondains dont elle raffolait. Madame de la Garde étant affable mais stricte ne permettait aucun retard, aucune fantaisie. Bien que parfois pesante, cette discipline apprenait à Jeanne à se contraindre, à dompter les élans de sa jeunesse pour se donner un visage irréprochable. Charles et François n'avaient cessé de la harceler mais elle avait su résister. Avec sa drôlerie, ses manières simples, Charles lui plaisait cependant. « Ma femme est de Lesbos, se lamentait-il. Je suis seul et malheureux, n'auriez-vous pas un peu de pitié dans le cœur ? » Mais Jeanne était décidée à tenir bon. A peine aurait-elle accordé un baiser qu'une main se glisserait furtivement sous le fichu croisé. Après un coiffeur pleutre qui l'avait abandonnée au premier froncement de sourcils de sa mère, elle n'allait pas se donner à un homme marié sous le toit de la femme dont elle recevait des gages. Son ambition n'était pas d'être la concubine de Charles de la Garde dont l'épouse avait osé un jour passer la main sous son jupon. A présent elle pouvait avoir des prétentions.

De temps à autre, Jeanne se rendait à Saint-Eustache pour visiter frère Ange qui l'accueillait avec joie. Elle appréciait sa largesse d'esprit, sa bonté, la façon qu'il avait de voir le monde tel qu'il était et non comme tant d'ecclésiastiques à travers des fumées d'encens. Il la félicitait de continuer à s'instruire tout en restant modeste et pieuse. Un jour viendrait où ses efforts et sa vertu seraient récompensés, affirmait-il. En la quittant, il l'embrassait sur le front, un baiser peut-être trop appuyé mais qui réconfortait Jeanne. Frère Ange au moins l'aimait d'un amour pur. Elle se doutait qu'il était son père mais cela ne la gênait plus. De tous ses ascendants, il était celui dont elle pouvait tirer le plus de fierté.

De retour chez madame de la Garde, elle restait dans sa chambre à lire ou à rêver. Le printemps venu, il lui arrivait de faire quelques pas aux côtés de Charles dans le jardin, espionnée par Louise derrière la fenêtre de sa chambre. Cette situation perverse ne déplaisait pas à Jeanne, elle aimait provoquer, voir jusqu'où on pouvait tendre le fil avant qu'il ne casse. Charles osait un bref baiser dans le cou tandis qu'elle se penchait pour humer l'odeur des premières tubéreuses. « Allons chez vous », implorait-il. Elle riait, cueillait une fleur qu'elle glissait au creux de son corsage. La fantaisie donnait à la réalité un jour moins terne. Se faire faire l'amour et puis être abandonnée par Charles serait si banal alors que l'exciter jour après jour lui procurait un sens aigu de son propre pouvoir. Les privautés sexuelles maintenaient une forte relation, l'abandon total la rompait. Celui qui la prendrait devrait être d'une autre trempe, il l'aimerait, la respecterait, l'épouserait. Mais serait-elle heureuse dans un simple amour conjugal? Tout inexpérimentée qu'elle fût dans les sentiments amoureux, Jeanne en doutait parfois. Elle avait besoin que les hommes la désirent. Un mari ne l'autoriserait pas à faire la coquette et, tôt ou tard, ils se querelleraient.

— « Le Parlement saisi en appel, lut Jeanne d'une voix claire, condamne Jean Calas au supplice de la roue, ordonne que le condamné soit préalablement soumis à la question ordinaire et extraordinaire. Demain, la sentence sera exécutée. »

— Quelle horreur ! s'exclama madame de la Garde. Et je parie que les magistrats toulousains vont s'acharner sur le reste de cette famille qui leur est jetée en pâture. Il est grand temps de changer notre législation qui date du Moyen Age.

Jeanne allait reprendre sa lecture quand madame de la Garde l'en empêcha :

— J'ai à avoir avec vous, ma chère enfant, une conversation sérieuse. Je sais que vous êtes jeune, et sans doute étourdie, mais on vous a vue avec mon fils Charles dans une situation compromettante.

Jeanne sentit son sang se glacer.

— Qui aurait pu vous faire ce rapport, Madame? Jamais je n'ai eu aucune intimité avec monsieur votre fils.

— Un baiser est plus qu'une preuve ordinaire d'amitié, mon enfant, et ma bru vous a vue dans le jardin vous laissant embrasser dans le cou. Lorsque vous êtes entrée dans cette maison, je vous ai avertie que je ne tolérerais aucune familiarité, aucune intrigue avec ceux et celles qui vivent sous mon toit. Aujourd'hui, je vous le redis avec amitié mais fermeté. Vous êtes délicieuse et je serais désolée d'avoir à me séparer de vous. Vous avez fait en quelques mois de gros progrès dans votre diction et lisez les romans à ravir. Mais à la première insubordination, vous ne ferez plus partie de ma maison.

« Se comporter selon son âge et sa condition. » Toute la soirée, Jeanne remâcha cette règle martelée au couvent de Sainte-Aure par leur professeur de maintien. Elle avait aujourd'hui dix-huit ans et était au service de madame de la Garde, sous son autorité et sa dépendance. « Je dois donc me comporter en servante », ragea-t-elle. Tous ses beaux rêves s'étaient disloqués. En quelques mots, la vieille dame l'avait rejetée dans une place subalterne qu'elle pensait avoir quittée. Sur son lit, la jeune fille pleura en silence. Elle qui avait éprouvé tant de bonheur à remplir ses fonctions de lectrice et de dame de compagnie en sentait aujourd'hui le poids et l'ennui. Madame de la Garde était une despote qui voulait l'enfermer dans la plus stricte solitude, tout à son service. Elle n'aimait ni Charles, ni François, ni Louise ni personne dans cette maison où, cependant, elle devait demeurer souriante et obéissante. Quel avenir lui voyait madame de la Garde ? Devenir une vieille fille prude à ses côtés tandis qu'elle-même s'acheminerait vers la mort puis, avant de trépasser, la recommanderait à une amie pour qu'elle la prenne à son service ? Des souvenirs lui revenaient en mémoire, ses errances avec Jean-Baptiste, les buvettes où ils partageaient une limonade, tout leur était prétexte à rire, à se moquer. Et dans la pénombre de sa chambre de jeune fille, elle se revoyait nue, couchée sur lui, inventant des caresses, puis Jean-Baptiste se couchant sur son corps, posant ses lèvres sur chaque pli de sa peau. Sa respiration s'accélérait, il voulait la pénétrer mais elle se dérobait et il la traitait de coquine en poussant de longs soupirs. Longtemps ils restaient enlacés dans une sorte de bonheur tendu, une excitation heureuse. Et pourtant, Jean-Baptiste n'avait pas empêché sa mère de venir déverser un flot d'insultes sur ses parents. Charles la laisserait chasser sans ouvrir la bouche. Elle devait, tôt ou tard, se constituer une compagnie féminine, s'amuser avec des jeunes filles de son âge. Ces hommes étaient dangereux, vils, intrigants, destructeurs, menteurs, corrompus, prédateurs, lâches car ils ne s'attaquaient qu'aux femmes sans défense. Le dépit violent que Jeanne ressentait commençait à la stimuler. On voulait la rabaisser, la traiter en servante? Eh bien, elle se battrait davantage encore pour ne pas se laisser écraser. A la suffisance, elle opposerait l'intelligence, aux bons sentiments, le cynisme. Sa bonté, elle la destinerait aux plus faibles et aux plus démunis qu'elle. Quant aux arrogants, aux tout-puissants, elle ne leur ferait aucun cadeau.

Le lendemain, la jeune fille se montra polie et douce comme à l'ordinaire mais un fossé la séparait désormais de madame de la Garde. L'après-midi, il y eut la visite de Marie-Charles de Luynes, duc de Chevreuse, qui avait eu de l'amitié pour Pierre-Henri de la Garde et qui, une fois l'an, passait présenter ses hommages à sa veuve. C'était le premier grand seigneur que côtoyait Jeanne et elle plongea dans sa révérence la plus protocolaire. D'un œil connaisseur, Marie-Charles de Luynes observa un instant la jeune fille. Il allait lui parler quand d'une voix sans appel madame de la Garde demanda à Jeanne de se retirer.

— Mère est jalouse, chuchota Charles derrière elle aussitôt qu'elle eut passé la porte. Si vous étiez restée, monsieur le duc n'aurait eu d'œil que pour vous.

— Ce vieil homme? Que croit donc Madame? Que je suis à vendre?

Le ton révolté amusa Charles. Jeanne avait été piquée par la réprimande de sa mère. Lui aussi en avait reçu une le matin même, mais il s'en moquait bien.

— Toujours pas la moindre petite place pour moi dans votre lit? Si vous tenez à votre virginité, je saurai m'en arranger. Vous devez assez bien me connaître à présent pour être sûre que je ne vous veux aucun mal. Vos volontés seront les miennes et je me conduirai comme votre esclave. Adieu, bel ange, faites-moi savoir avant le repas du soir si ma supplique pourrait avoir le bonheur d'être agréée.

En une pirouette, il fit demi-tour et disparut au coin d'un corridor. Jeanne ne put s'empêcher de sourire. Charles était dans cette maison le seul être qui ait un peu d'esprit. « Et si je le recevais ? pensa-t-elle. Ce serait un beau pied-de-nez aux diktats de madame de la Garde. » Son corps appelait des caresses. Elle eut soudain envie de cet homme pour lequel elle n'éprouvait aucun sentiment. Elle ne le prendrait que pour son seul plaisir et, aussitôt satisfaite, le renverrait. Le temps des baisers doux et des rêves d'amour était bien mort. Et Charles s'y connaissait en femmes du monde. Elle l'interrogerait : était-elle assez belle pour séduire un homme de qualité, non pas pour une coucherie passagère mais pour se l'attacher durablement ? Qu'avait-elle à apprendre qu'elle ne connaissait pas ? Sa faiblesse avait été d'espérer un triomphe immédiat. Le plaisir était une fantaisie, l'ambition un désir d'un autre calibre. En tuant ses dernières naïvetés, Charles pourrait peut-être l'aider à y voir plus clair en elle-même.

Quand Charles de la Garde pénétra dans son appartement, Jeanne ôta aussitôt son peignoir. A son regard, elle vit qu'il était ému, troublé, osant à peine la regarder.

— Vous pouvez lever les yeux, déclara-t-elle d'un ton gai. Ne me trouvez-vous pas à votre goût ?

Jamais Charles de la Garde n'avait vu un corps de femme d'une telle perfection. On aurait dit une statue sculptée dans du marbre, mais une statue nacrée, au velouté tiède, sur laquelle jouait la lumière des bougies en ombres mouvantes.

Jeanne s'avança, saisit une main de son soupirant et la pressa sur son sein.

— Il est dur parce que je te désire.

Tutoyer le maître de maison, le fils de la sévère madame de la Garde, lui procurait un plaisir trouble et extrême.

Avec une moue de chatte câline, elle déboutonna la veste, le gilet de soie, la chemise puis la culotte de drap noisette. Les yeux mi-clos, Charles s'abandonnait. Jamais il n'avait eu de maîtresse aussi diablement féminine.

« Il a l'air d'un petit garçon », pensa Jeanne. A nouveau, elle pouvait relever la tête et se sentir puissante. Sa langue s'infiltra dans la bouche de Charles qui eut un sursaut, la saisit dans ses bras et la jeta sur le lit.

— N'oubliez pas, chuchota-t-elle, que je suis vierge et tiens à le rester.

Deux ou trois fois par semaine, Charles venait rejoindre Jeanne. Les caresses interrompues, les baisers brûlants le hantaient. Il était comme envoûté par tant de beauté et une si grande volonté car, au milieu du plaisir le plus intense, Jeanne ne s'abandonnait jamais. A l'heure du repas de midi qu'il leur arrivait de partager avec madame de la Garde, François, sa femme et Louise, à peine levait-elle les yeux sur lui, parlant d'une voix basse et polie. Mais Louise ne cessait de les épier. Jeanne craignait que, furieuse d'avoir été repoussée par elle, jalouse de son mari, elle les fasse espionner par sa femme de chambre. Un soir, elle l'avait aperçue dans le couloir menant à sa chambre, peu avant que Charles ne vienne la rejoindre. Celle-ci avait esquissé une légère révérence et s'était éloignée. Prévenu, Charles avait haussé les épaules. « Que lui importe que je me fasse chasser, avait pensé Jeanne, il n'a rien à perdre sauf une maîtresse qui lui refuse ce qu'il exige de plus en plus impérativement. » Elle avait prévenu sa mère qu'elle ne désirait pas rester chez madame de la Garde. Ses deux fils, une de ses brus même, la harcelaient. Mais elle refuserait une place de domestique. Anne avait levé les bras au ciel : « Qu'espères-tu, ma pauvre fille, épouser un fermier général ! »

10

Son renvoi avait été plus rapide que Jeanne ne l'aurait imaginé. Madame de la Garde s'était déclarée affligée d'avoir à se séparer de sa lectrice et avait justifié sa décision par l'austérité de ses mœurs comme le souci qu'elle se faisait pour l'avenir d'une jeune fille méritant mieux que la débauche.

— Mon fils porte une part de responsabilité dans cette affaire, avait-elle concédé, et je l'ai tancé avec la plus grande fermeté. Cependant je ne veux pas abandonner dans une situation où le pire est à craindre une fille aussi attachante que vous l'êtes. Je garde pour vous une certaine estime car vous êtes bonne, pieuse et gaie. Madame d'Amblimont, qui fréquente mon salon, m'a assurée que vous seriez accueillie à bras ouverts par le sieur Labille, marchand de modes à l'enseigne A la Toilette, rue Neuve-des-Petits-Champs où se fournit la clientèle la plus élégante et distinguée de Paris comme de Versailles. Ses vendeuses doivent être avenantes, bien élevées, avoir de la diplomatie et le sens des nuances indispensables dans le grand monde. J'ai donné ma parole à madame d'Amblimont que vous possédiez ces qualités. Elle en a touché un mot au sieur Labille qui accepte de vous prendre à l'essai. Les gages sont excellents et vous serez logée sur place avec les autres demoiselles du magasin. Cet arrangement met ma conscience en paix et je prierai Dieu pour que vous soyez heureuse dans ce nouvel établissement.

Madame de la Garde avait tendu une main que Jeanne avait baisée.

— Et ne cherchez pas à revoir Charles, avait averti la vieille dame, il partira dès demain avec Louise pour un voyage de plusieurs mois à travers l'Europe.

En voyant se fermer derrière elle la porte de l'hôtel de la Garde, Jeanne avait retenu ses larmes. Mais elle avait du courage à revendre et était bien décidée à aller de l'avant. Le métier de vendeuse de mode lui plaisait. A la Toilette était un magasin d'un luxe raffiné devant lequel patientaient les équipages les plus élégants. Une ou deux fois, en se promenant, elle s'y était arrêtée pour voir entrer des femmes ravissantes, vêtues comme des fées. Des hommes les accompagnaient qui semblaient appartenir à un autre monde. L'épée au côté, couverts de dentelles, les cheveux poudrés, portant des chapeaux de velours galonnés d'or, des souliers à boucles d'or ou d'argent, des bas de soie rebrodés, ils ne regardaient ni à droite ni à gauche, la tête haute, le regard absent. Chez les Labille, bien qu'employée, elle côtoierait l'aristocratie du sang et celle du pouvoir, elle apprendrait encore, interrogerait les autres vendeuses, toutes, selon madame de la Garde, des jeunes filles instruites, au comportement et au langage policés. Certaines devaient être dans la maison depuis longtemps. Pour éviter toute bévue, elle s'en ferait des amies.

Le lendemain, Anne Rançon conduisit sa fille chez les Labille. Elle ne savait plus que penser de son enfant : était-elle promise à l'avenir radieux qu'elle espérait ou allait-elle peu à peu dégringoler de place en place jusqu'aux emplois les plus subalternes ? Ne connaissant rien au snobisme mondain, le magasin A la Toilette ne l'éblouissait pas plus qu'un autre et elle craignait que Jeanne fût traitée en commise, houspillée, humiliée comme elle-même l'avait toujours été.

Monsieur Labille la remplit de saisissement. Poudré, vêtu de velours et de soie, portant manchettes et cravate, il était tout sourire, les mains tendues, la parole onctueuse, Anne aurait juré qu'elle se trouvait devant un grand seigneur.

— Je vous attendais, mesdames. Voici donc notre Jeanne si chaudement recommandée par madame la marquise d'Amblimont, une cliente fidèle, une femme de goût et de cœur. Venez plus près que je vous contemple.

Jeanne approcha du comptoir où deux dames fort élégantes choisissaient une mousseline de soie brodée de fleurs des champs. Joliment vêtues et coiffées, de mignonnes vendeuses s'occupaient d'elles.

— Vous êtes délicieuse, décida Labille, et je suis sûr que vous vous plairez parmi nous. Passez dans notre appartement, je vous prie, où madame Labille vous donnera toutes les instructions nécessaires. Je suis moi-même fort occupé, le magasin ne désemplit pas car, avant de partir passer l'été sur leurs terres, les dames font leurs dernières emplettes. Jeanne aura deux mois pour s'acclimater à ses nouvelles fonctions. En septembre, ce sera le coup de feu et elle devra être irréprochable.

Situé au-dessus du magasin, l'appartement des Labille était meublé d'une façon moderne et un peu voyante. Des fauteuils recouverts de satin vert, des commodes de marqueterie en bois de rose, des tapis d'Orient, une multitude de bibelots venus de tous les coins du monde, certains ravissants, pensa Jeanne, d'autres d'un goût douteux, exposés dans des vitrines que le bronze doré semblait dévorer. Madame

Lucienne Labille était ronde, alerte, avenante, vêtue à la mode mais sans ostentation afin de ne pas faire d'ombre à ses clientes. Elle embrassa Anne, serra Jeanne dans ses bras, les fit asseoir et leur servit du sirop à la fleur d'oranger.

— Nos vendeuses dorment dans un dortoir au deuxième étage, expliqua-t-elle. Chaque lit est séparé par un rideau et l'espace est assez grand pour installer un fauteuil, une armoire, une table et une chaise. Le lever est à huit heures. Après avoir pris ensemble la collation du matin, nous préparons le magasin pour l'ouverture à dix heures précises. A une heure, nous fermons jusqu'à trois heures pour déjeuner et jouir d'un peu de repos. La fermeture se fait à huit heures. Les jeunes filles se couchent à dix heures, nous les voulons fraîches et disposes pour le lendemain. J'ajoute, cela va de soi, qu'aucun homme n'est toléré dans le dortoir. Mais le dimanche et les jours de fête, nos filles font ce qu'elles veulent. Leur vie privée ne nous regarde pas.

Jeanne souriait, tout lui convenait. Enfin, elle allait avoir des amies de son âge, rire, pouvoir aller le dimanche en pique-nique ou organiser quelque partie de plaisir dans les petits restaurants aux barrières de Paris.

— Nous habillons nos vendeuses simplement mais avec élégance. Une belle étoffe, une coupe parfaite. Des cheveux bien peignés et retenus dans un bonnet de mousseline, des souliers à petits talons, de peau l'hiver, de satin brodé l'été. Pas de bijou, hormis une croix de baptême. Du rouge mais sans excès, un léger maquillage des lèvres. C'est tout. Pas de blanc de céruse, ni de noir autour des yeux. Le corset est exigé.

A bout de souffle, la ronde madame Labille fit une pause. Anne en profita pour lui faire confirmer les gages de sa fille et lui demander si les bonnes vendeuses recevaient une prime. Satisfaite, elle posa son verre, se leva, posa un baiser sur le front de Jeanne.

— J'ai juste une petite question à poser, hasarda, la voix un peu pointue, madame Labille. Pourquoi votre fille se nomme-t-elle Lange alors que votre nom est Rançon ?

— J'ai eu le malheur de perdre mon époux, soupira Anne, mais grâce à Dieu, j'ai pu en retrouver un autre.

Le premier jour, Anne se lia d'amitié avec Adélaïde Labille, la fille de ses patrons. Élevée au couvent, elle aussi, Adélaïde adorait la poésie, le théâtre et dessinait à ravir. Sa présence rendit plus aisés les débuts de la jeune fille. L'élégance de la clientèle, l'affectation de ses manières, le ton d'ennui distingué avec lequel les femmes s'adressaient aux vendeuses étonnèrent d'abord Jeanne puis l'intéressèrent. Elle étudia chaque pose, chaque artifice de langage, essayant de deviner leur façon de vivre, d'aimer ou de haïr. Le magasin ne désemplissait pas et le soir, rompues, les vendeuses gagnaient leur lit. Sans répit, les jeunes filles montaient et descendaient des escabeaux, dépliaient des pièces de soie, de linon, de mousseline, d'indienne, des gazes légères comme un souffle. Et il fallait ouvrir les tiroirs tapissés de velours grenat, sortir des gants, des éventails, des mouches, dentelles, nœuds de rubans pour les épées des gentilshommes qui se pressaient nombreux ainsi que de sveltes abbés de cour sentant la citronnelle et l'eau de fleur d'oranger. Scrutée, taquinée, Jeanne recevait avec le même sourire œillades et billets doux glissés au creux de sa main.

— Il suffirait que je lève le petit doigt pour avoir ces messieurs à mes pieds, avait-elle confié en riant à Adélaïde, mais la vie m'a appris les règles de ce jeu-là. Les femmes y sont toujours perdantes.

— Je ne leur accorde pas plus d'intérêt que toi, avait répondu la jeune fille. Mon désir le plus cher est de devenir un peintre reconnu. Pour satisfaire cette ambition, je renoncerais au mariage bien volontiers.

Le dimanche, les deux jeunes filles partaient se promener aux Champs-Élysées, aux Tuileries, appréciaient les spectacles de théâtres ambulants. Les bouffonneries des forains les faisaient rire aux éclats. A la foire Saint-Germain, elles burent du vin blanc, achetèrent des friandises puis assistèrent à la représentation de l'Ambigu-Comique dont les pantomimes les enchantèrent. « Le talent est tout, affirma Adélaïde d'un ton péremptoire en rentrant rue Neuve-des-Petits-Champs, le reste n'est que simagrées. » Jeanne l'approuva mais, n'ayant pas les dons de son amie, ces simagrées, si la chance lui souriait, feraient peut-être un jour partie de son monde. Quand il pleuvait, côte à côte, les deux jeunes filles peignaient des pastels, des aquarelles. Jeanne se rendait compte que ses œuvres étaient agréables à regarder mais n'avaient ni la force ni la personnalité de celles de son amie. Au clavecin, en revanche, elle se montrait meilleure musicienne et madame Labille, en pantoufles, affaissée dans sa plus moelleuse bergère, l'écoutait avec ravissement.

— Nos filles sont des fées ! s'exclama la propriétaire de A la Toilette, Adélaïde peint à ravir, Jeanne est la beauté même, Thérèse a une voix de rossignol et Cécile écrit des sonnets qui auraient enchanté Ronsard. Nos clients sont attirés par elles tout autant que par la qualité de nos marchandises.

— Mettons Adélaïde hors de ce groupe, rectifia Labille. Je n'aime guère la voir reluquer et compte bientôt l'installer à la comptabilité dans l'arrière-boutique. Hier le marquis de Fontal lui a glissé un billet que la coquine a bien voulu me montrer. Il s'agissait de belles phrases ne dépassant pas, Dieu merci, les lois de la bienséance. Mais je refuse que circule la moindre médisance sur la réputation de notre fille.

Tirant l'aiguille sur sa broderie, Jeanne écoutait en silence. Les mots qu'elle recevait n'avaient pour la plupart aucune décence et souvent le feu lui montait aux joues. Un beau jeune homme l'attirait particulièrement et, au-dessus du comptoir, leurs mains s'étaient souvent frôlées. Le trouble éprouvé par la jeune fille n'avait pas échappé au soupirant qui s'enhardissait. Un après-midi, il lui demanda à voir une pièce de dentelle de Bruges que la maison venait de recevoir et qui se trouvait encore dans l'entrepôt. Retroussant ses jupes, Jeanne dégringola le petit escalier fort raide et entreprit de déballer la marchandise. Tout de suite des lèvres frôlèrent son cou avec une telle douceur qu'elle ne put s'empêcher de frissonner.

— Êtes-vous venu ici pour voir cette dentelle ou pour me lutiner? demanda-t-elle d'une voix troublée.

Mais déjà elle était dans les bras du jeune homme qui dévorait de baisers son front, ses joues, sa bouche. Un instant, Jeanne crut qu'elle allait défaillir, se laisser culbuter sur les ballots de tissu.

— Où êtes-vous donc passée, Jeanne? s'inquiéta madame Labille d'une voix flûtée. Madame Sainte-Perpétue vous réclame.

Les paumes sur les joues pour en atténuer la rougeur, Jeanne s'arracha des bras du jeune homme.

A la Toilette, l'été se passa dans le calme. A peine quelques pratiques, pour la plupart étrangères, étaient-elles venues faire leurs emplettes d'automne. Les vendeuses jouissaient d'un peu plus de liberté et, un dimanche, madame Labille organisa un pique-nique à Meudon. Deux fiacres les déposèrent dans un charmant sous-bois. Il faisait un temps exquis. Un arbre mort servait de banc. Un rayon de lumière perçait la cime des hauts arbres, l'inextricable taillis, jouant sur la mousse, les fleurs de pissenlit, les chardons, accompagnant le vol des moucherons, des abeilles et des cousins. Le petit groupe rapporta quelques commérages puis Jeanne se mit à parler de voyages, la Grèce, Rome, Constantinople, ces lieux dont elle avait lu la description dans les livres de géographie et qui étaient si porteurs de rêves ! Madame Labille s'étonna de cette curiosité. Née à Paris, elle n'avait jamais vu la mer ni la montagne et ne s'en portait pas plus mal. Jeanne et Adélaïde se révoltèrent. Une vie sans aventure valait-elle la peine d'être vécue ? « L'aventure n'est pas nécessairement de prendre une voiture et de partir droit devant soi, avait corrigé Lucienne Labille. Monsieur Labille et moi nous sommes mariés simples commis et aujourd'hui nous voici les propriétaires d'un des magasins les plus chics de Paris et peut-être d'Europe. Les noms dont vous rêvez, je les vois sur les ballots de tissu qui m'arrivent des Indes, d'Angleterre, de Turquie et je m'estime gâtée par la vie. » Jeanne écoutait avec attention. Madame Labille avait peut-être raison. L'aventure était d'accepter le hasard et de s'y abandonner, de ne point se cabrer par convenance, principe, timidité ou conventionnalisme.

Un après-midi de septembre, alors que la clientèle abondait et que les vendeuses ne savaient plus où donner de la tête sous les ordres parfois impératifs de grandes dames refusant de patienter, la bonne des Rançon arriva tout essoufflée d'avoir couru depuis la rue Neuve-Saint-Étienne.

— Mademoiselle Jeanne ! s'écria-t-elle aussitôt entrée dans le magasin. Y a monsieur qui est bien mal. Votre mère vous réclame.

— Allez, ma fille, consentit madame Labille. Si votre mère veut vous garder pour la nuit, faites-lui ce plaisir. Je prierai pour vous.

Ne prenant pas la peine de se couvrir d'un châle, Jeanne suivit à grands pas la servante. Dans l'appartement, tout était silencieux.

— Il est dans la chambre, souffla la petite bonne.

Jeanne trouva son beau-père allongé sur le plancher, la figure violacée.

— Cours chercher un prêtre ! ordonna Jeanne à la servante.

En larmes, Anne serra sa fille entre ses bras. Rançon était tombé tout d'un coup et, en dépit des serviettes humides qu'elle lui avait appliquées sur le front, d'un massage de la poitrine au vinaigre, il ne reprenait pas conscience.

L'apothicaire, qui tenait boutique au coin de la rue, était monté.

— Il est passé, je vous dis, insistait-il.

Mais Anne gardait espoir, tentant de réchauffer dans les siennes les mains glacées de son mari.

Aidée de l'apothicaire, Jeanne et Anne parvinrent à transporter Nicolas sur le lit conjugal. Convaincue maintenant de la mort de son homme, Anne sanglotait. Sans états d'âme, Jeanne contemplait la face noirâtre de son beau-père. Elle ne l'avait ni aimé ni détesté. Il avait traversé sa vie sans la marquer. Avait-il d'autres ambitions que celles d'être valet ? Un valet aux gages de Billard-Dumonceaux tout d'abord puis, soi-disant, son associé, en fait son homme de main, son obligé, toujours en train de remercier et de faire des courbettes. Certes, il avait rendu sa mère heureuse, mais l'avenir d'Anne à présent devenait incertain. Dispendieux, faisant le bourgeois, Nicolas Rançon avait dû dilapider une partie des bénéfices engrangés grâce aux fournitures à l'armée de Corse. Après les obsèques, elle éplucherait les papiers de son beau-père et irait rendre visite à Billard-Dumonceaux pour faire un bilan et s'assurer qu'il ne volerait pas sa famille.

La veillée funèbre parut interminable à la jeune fille. Quelques mouches bourdonnaient autour du mort auquel la flamme des bougies semblait parfois donner une illusion de vie et les minces silhouettes des insectes affolés par la lumière se détachaient sur le plâtre blanc du plafond. « Chaque existence construit son propre destin, pensa Jeanne. Lui n'a rien espéré de plus qu'un petit magot, une soupe servie tous les soirs, les soins d'une épouse dévouée. Il a eu tout ce qu'il attendait. »

— Va te coucher, Jeannette, la pria Anne entre deux sanglots. Je veillerai avec l'abbé. Frère Ange a promis de passer demain matin de bonne heure avant sa messe. Je te réveillerai, il sera content de te voir.

Jeanne baisa sa mère au front, fit le signe de croix et gagna sa chambre de jeune fille. Il lui sembla l'avoir désertée depuis un siècle. Elle était une autre personne aujourd'hui, une femme et non une fillette naïve qui se réjouissait d'épouser Jean-Baptiste Lametz.

Billard-Dumonceaux accueillit Jeanne avec une bienveillance presque paternelle, présenta ses condoléances et la fit asseoir en face de lui dans le petit salon aux boiseries d'un gris très doux. Jeanne reconnut les natures mortes, le portrait de deux chiens en arrêt et une figure d'enfant, un garçonnet blond et frisé qui ressemblait à un ange. Quelques années plus tôt, elle considérait ces tableaux comme les plus beaux qui puissent se faire mais, comparés à la collection de madame de la Garde, ils lui paraissaient aujourd'hui quelconques.

— Maman n'a pu m'accompagner, annonça Jeanne aussitôt. Elle est encore trop choquée par le décès de mon beau-père. Et, de surcroît, elle se soucie terriblement de son avenir. Qu'en est-il exactement de son patrimoine ? Elle ignore tout des affaires que son mari partageait avec vous, sinon des sommes appréciables reçues parfois qui leur permettaient de vivre aisément. Mais de cet argent, il ne reste rien et maman voudrait savoir s'il existe des effets négociables, des placements, des billets attestant ses droits de toucher quelques revenus.

Dumonceaux souriait. Avec ses boucles d'ange et sa silhouette d'Aphrodite en jupon, cette jeune personne semblait avoir la tête sur les épaules.

— Où avez-vous appris à parler en banquier? interrogea-t-il d'un air narquois.

— Au couvent où j'ai pu m'instruire grâce à votre générosité, on nous apprenait l'art de gérer les biens familiaux.

Billard-Dumonceaux garda un instant le silence. Jeanne l'étonnait. Non seulement cette fille était une beauté mais, de surcroît, elle était intelligente, énergique et courageuse. Elle méritait mieux qu'un destin de vendeuse ou de dame de compagnie. Mais Rançon avait dissipé les sommes importantes qui lui étaient passées entre les mains. Bon serviteur, malin, tenace, l'argent lui coulait entre les doigts. Il avait été un intermédiaire honnête et avait reçu sa part. C'était tant pis s'il n'avait pu assurer à sa famille de quoi vivre dans une certaine aisance après sa mort. Il aiderait Anne quelques mois et ce serait ensuite à Jeanne de se débrouiller pour soutenir sa mère.

— Je paierai le loyer de madame votre mère durant trois ou quatre mois, le temps qu'elle se retourne. Vous-même gagnez honnêtement votre vie, n'est-ce pas? Vous pourriez fort bien vous installer ensemble.

— Les Labille exigent que leurs vendeuses dorment sous leur toit.

— Eh bien, quittez-les! Jolie comme vous êtes, les propositions d'embauche ne manquent pas. Je connais plus d'un gentilhomme célibataire qui brûlerait de vous prendre comme la maîtresse de sa maison.

— Moi, par exemple.

Jeanne se retourna et aperçut un homme de taille moyenne qui, chapeau bas, saluait.

— Monsieur du Barry, quelle surprise ! s'écria Billard-Dumonceaux. J'ai justement la visite de la belle-fille du feu sieur Rançon, notre garde-magasinier, qui venait me demander si la Corse était toujours source de revenus.

— Moindres hélas, mademoiselle. Mais il faudrait vous adresser à monsieur Favier qui a l'oreille du roi. Nous sommes de plus en plus nombreux à nous intéresser à cette belle île et les revenus sont partagés en conséquence. On parle d'annexion à la France et le contingent a été réduit. Mais si je peux vous être utile de quelque façon, mademoiselle, considérez-moi comme votre serviteur.

Le cœur de du Barry battait d'émotion. Se pouvait-il que la bonne fortune lui sourît enfin ? La jeune personne qui se trouvait devant lui était précisément celle qu'il recherchait depuis des mois : une beauté originale, des yeux enjôleurs qui semblaient ne rien ignorer des délices de l'amour, une bouche à donner d'irrésistibles désirs, le reste sûrement à l'avenant, un cadeau de roi. Pour rien au monde, elle ne devait lui échapper.

— Mademoiselle Rançon, je suis votre serviteur, répéta-t-il en s'inclinant devant elle.

— Mon nom n'est point Rançon mais Lange, corrigea Jeanne en esquissant une courte révérence. A qui ai-je l'honneur, Monsieur ?

— Toutes mes excuses ! intervint Billard-Dumonceaux. Je dois bien vieillir pour manquer ainsi à mes devoirs de civilité. Jeanne, je vous présente le comte Jean-Baptiste du Barry qui nous vient du Languedoc. Mon cher ami, vous avez en face de vous la plus jolie fille de Paris, Jeanne Bécu que nous nommons tous Lange, tant elle mérite ce nom.

— J'étais venu vous faire visite, mon cher ami, déclara du Barry, mais mademoiselle Lange souhaite peut-être que je la raccompagne. Ma voiture m'attend devant la porte.

Les deux hommes échangèrent un coup d'œil. Le comte du Barry troublait Jeanne. Était-ce à cause de la sensualité presque brutale qui se dégageait de sa personne, son charme plein d'humour, la façon qu'il avait de la regarder comme si elle était non pas une apparition céleste mais une femme de chair et de sang ? Il avait un visage régulier, un nez un peu fort, une bouche ourlée, de belles dents, était vêtu sobrement mais chaque détail signalait une impertinente et sûre élégance. La voix était chaude et il s'exprimait avec un léger accent gascon qui accentuait encore son charme.

— Allez Jeanne, murmura Billard-Dumonceaux. J'irai moi-même parler à madame votre mère et nous ferons ensemble l'état de ce qu'il lui reste de biens. Quant à vous, mon cher comte, venez souper ce soir, j'aurai à ma table quelques personnes pour qui vous éprouverez, j'en suis sûr, de la sympathie.

Installée sur les coussins de velours bleu nuit de la voiture armoriée, Jeanne se détendit. Le parfum léger qui imprégnait les sièges, la galanterie du comte, son charme, la beauté des deux chevaux, la livrée du cocher vêtu de safran et de rouge, tout créait en elle une vive impression. Comment avouer à ce gentilhomme qu'elle retournait à son travail, au magasin du sieur Labille ?

— Déposez-moi à la Toilette, demanda-t-elle d'une voix assurée. J'y ai à faire quelques emplettes.

Du Barry retint un sourire. La famille Rançon ne lui était pas inconnue et il n'ignorait pas que la belle-fille de Nicolas était vendeuse chez le père Labille.

— Me permettez-vous de vous revoir ?

Paresseusement Jeanne observait le va-et-vient des passants dans la rue. Comme le monde était différent vu par la fenêtre d'un carrosse !

— Sans doute, murmura-t-elle, comme une faveur accordée à quelqu'un ne la méritant guère.

« Quelle fille ! se réjouit du Barry. En plus elle a de l'orgueil, le sens du panache. Dieu est avec moi. »

— Souperions-nous ensemble demain chez moi ? Mon cocher ira vous chercher chez madame votre mère.

Le cœur de Jeanne se serra un instant. Mais elle trouverait bien un prétexte pour justifier une nuit passée auprès d'une mère encore accablée par le malheur. Les Labille étaient stricts mais bons.

— Dix heures ?

Le cocher qui avait sauté à terre devant le magasin ouvrit la portière.

Un long moment, les deux jeunes gens se jaugèrent, les yeux dans les yeux.

Par chance, Anne avait pu dénicher à sa fille une robe de location passablement à la mode et avait consacré son après-midi à la rafraîchir en cousant là de la dentelle, ici des boutons imitant des perles. La modiste de la rue Saint-Augustin lui avait vendu à bas prix une garniture de pampres à enrouler sur la chevelure de Jeanne et un tour de cou de boutons de roses. Qu'un gentilhomme s'intéressât à sa fille lui faisait pour un moment oublier son chagrin et, s'il était l'ami de Billard-Dumonceaux, elle n'avait point à se faire de souci. Son bienfaiteur lui avait annoncé qu'il avait payé les trois mois de loyer à venir. Elle avait ainsi quelque répit pour trouver un arrangement convenable.

A huit heures trente, Jeanne arriva tout essoufflée de chez les Labille. Elle avait couru tout le long du trajet pour avoir le temps de se parer. D'un tiroir, Anne tira un petit pot de rouge, du fard à sourcils.

— Un soupçon seulement, conseilla-t-elle. Il ne s'agit pas que tu donnes l'impression d'être une fille facile.

La robe tombait bien, mettant en valeur la poitrine, la taille de Jeanne. Tout plissé et serré, le corsage décolleté se prolongeait d'une jupe de satin semée de bouquets de pensées, elle-même recouverte d'une robe en soie très fine attachée à la taille par une agrafe et s'évasant légèrement pour laisser apparaître la jupe. Les manches se terminaient par une mousse de dentelle. Jamais la jeune fille n'avait été aussi heureuse. Comme elle était loin des Lametz, des la Garde, des beaux messieurs tentant de lui voler chez les Labille un baiser, d'entourer sa taille de leurs bras! Du Barry pouvait faire d'elle sa maîtresse, elle régnerait dans sa maison, recevrait comme une comtesse.

— Tu es magnifique, se réjouit Anne Rançon. Mais es-tu sûre qu'il est convenable pour une jeune fille d'assister seule à un souper?

— Je ne serai pas seule, s'impatienta Jeanne. Le comte du Barry a invité de la compagnie et sans nul doute Billard-Dumonceaux en sera. Il aura la délicatesse de me présenter comme sa nièce.

Un bruit de roue immobilisa les deux femmes.

— La voiture de monsieur le comte, chuchota-t-elle.

A petits pas, Anne se dirigea vers une fenêtre, écarta le rideau. Déjà le cocher frappait à la porte.

« Mon Dieu, pensa Anne en regardant s'éloigner l'équipage, pourvu que Votre volonté soit de faire le bonheur de ma Jeanne. »

11

En franchissant le portail du 2, rue de la Jussienne, Jeanne fut un peu déçue de découvrir que le comte du Barry n'occupait que le premier étage de l'hôtel. Mais lorsqu'un valet de chambre l'introduisit au salon, elle fut émerveillée par la sûreté du goût qui avait présidé à l'ameublement. Dans un coin du salon, un clavecin était ouvert, entouré de deux délicieux fauteuils dorés aux pieds incurvés. D'immenses miroirs réfléchissaient à l'infini des portraits de famille suspendus par des rubans de soie verte, des candélabres d'argent, un lustre de cristal où scintillaient un nombre impressionnant de bougies, des vases de porcelaine, un paravent de laque et des causeuses, des fauteuils, des statuettes de femmes nues sculptées dans l'albâtre, une pendule de marbre, des bouquets de roses.

— Voilà notre fée ! s'exclama du Barry en se levant pour l'accueillir.

Autour de la cheminée causaient quelques jeunes femmes très maquillées, deux hommes mûrs et un vieillard aux yeux pétillants. Tous dévisagèrent Jeanne avec insistance.

— Elle rougit, c'est délicieux, remarqua le vieillard.

Jean-Baptiste s'empara de la main de Jeanne et l'entraîna vers le petit groupe.

— Jeanne, je vous présente mes plus chers compagnons et amies. A tout seigneur, tout honneur : monsieur le maréchal de Richelieu ou plus exactement Louis François Armand du Plessis, duc de Richelieu, premier gentilhomme de la Chambre et fin diplomate, monsieur le duc de Fitz-James, le comte de Bissy. Et voici mesdemoiselles du Parc, du Mont-de-Vénus et Lisou de Sainte-Espérance.

Toutes trois se mirent à pouffer derrière leurs éventails. Jeanne se méfia aussitôt. Elles n'étaient nullement des dames mais sans doute des catins. Que faisaient-elles au milieu de ces prestigieux gentilshommes ? La comptait-on pour l'une d'entre elles ?

— Venez mon enfant, pria le maréchal de Richelieu, et faites-moi l'honneur de prendre ce siège à mon côté.

Un moment sur le point de partir, Jeanne se ravisa. Pourquoi jouer la prude, la dame de qualité ? Tout le monde dans ce salon devait savoir qu'elle n'était qu'une demoiselle de magasin. Il fallait s'en moquer.

— Jeanne n'est-elle pas ravissante ? interrogea du Barry.

— Plus encore, renchérit Fitz-James. Nous n'avons pas de mot, cher comte, pour vous remercier de nous l'avoir amenée.

— On ne m'amène pas, corrigea Jeanne. J'ai accepté de venir, voilà tout.

— Vous avez raison de rabattre le caquet à ces malotrus, approuva doucement Richelieu en s'emparant de la main de Jeanne. Ne les écoutez pas. N'ayez d'oreille que pour du Barry et moi-même. Alors vous irez loin, très loin.

On annonça le dîner. Jeanne était placée entre du Barry et Richelieu.

— Votre voisin est un roué, murmura le vieil homme à l'oreille de Jeanne, mais il fera son chemin, et vous avec lui si vous lui faites confiance. Belle comme vous l'êtes, le jeu vaut la peine d'être joué. C'est une partie importante dont vous ne comprendrez pas tout de suite les règles. Soyez docile, ayez confiance et tout ira bien pour vous.

Le souper avait été fort gai. Les demoiselles avaient de l'esprit et une façon leste bien que sans vulgarité de raconter des histoires à la limite de l'honnêteté. Les hommes faisaient assaut de bons mots, de traits d'érudition. Tous avaient beaucoup bu. Les rires fusaient. Jeanne sentait la tête lui tourner mais était à l'aise, comme si de toute éternité elle avait fréquenté ce milieu léger, immoral et charmant. De retour au salon, on lui avait demandé de jouer un morceau au clavecin. Elle s'était exécutée avec grâce puis Lisou, qui était comédienne, avait déclamé avec talent quelques poèmes libertins.

— La beauté donne d'extrêmes satisfactions à une femme, déclara Fitz-James à Jeanne d'une voix feutrée, mais la beauté plus l'intelligence lui offrent, si elle le veut bien, la réalisation de grandes ambitions.

Du Barry raccompagna Jeanne jusqu'à sa voiture.

— Vous avez conquis mes amis, déclara-t-il, et moi le premier. Votre vie doit et va changer. Nous en reparlerons. Si vous me le permettez, je vais prendre en main votre destin et tenter de vous mener plus haut que jamais vous ne l'avez espéré. Ne me posez aucune question. Réfléchissez. Je vous autorise à m'aimer ou ne pas m'aimer, mais je ne vous permettrai pas de me désobéir. Notre association sera étroite mais sans interdictions. Êtes-vous vierge ?

— Oui, balbutia Jeanne.

— Notre aventure commune commence alors sous les meilleurs auspices. Dans quelques jours, annoncez aux Labille que vous les quittez. Dès le début de l'année prochaine, le temps de faire exécuter quelques aménagements, vous logerez ici avec madame votre mère. Je vous veux heureuse, épanouie, conquérante. Quant à moi, je vous suis déjà redevable de me donner à rêver.

— Comment la trouvez-vous ? interrogea du Barry dès qu'il fut de retour.

— Divine ! s'écrièrent ensemble les convives. Incomparable, un morceau de roi.

— Vous l'avez dit, mes amis, déclara le vieux maréchal. Seule cette petite peut nous débarrasser de Choiseul et de sa clique. Mais il faudra ne pas commettre d'erreur.

— Elle est vierge, chuchota Jean-Baptiste à l'oreille de Richelieu.

— Faites-moi ce cadeau, vous savez combien je l'apprécie. Ensuite nous serons deux et peut-être plus à l'éduquer. Mais je crois pouvoir répondre du résultat. Cette enfant deviendra une légende.

— J'en ai une autre dans la poche « au cas où », poursuivit du Barry. Une certaine Dorothée dont les talents au lit sont inimitables, mais je ne réponds pas de ses manières.

— Imaginons qu'elle réussisse à se glisser dans le lit du roi, elle n'y restera pas plus d'un mois. Sa Majesté a besoin d'une biche difficile à forcer. Mais tant que la Pompadour est en vie, nous ne pouvons rien tenter, elle le tient par le mors.

— Nous avons notre temps, conclut le comte. En attendant de voir le succès de notre petit complot, nous pourrions tenter une partie de pharaon. J'ai besoin d'argent et sens que, ces jours-ci, la chance est de mon côté.

Durant toute la nuit, Jeanne tenta de comprendre l'intrigue menée autour de sa personne. Elle saisissait être le nœud d'un projet important qui passait par le lit de du Barry mais pouvait la mener beaucoup plus loin. Le comte, par ailleurs, lui plaisait. Il ne faisait pas le joli cœur, ne promettait pas d'être son esclave, parlait de plaisir partagé et de liberté réciproque. Et leur association ne serait pas clandestine. Elle s'installerait chez lui avec sa mère et régnerait sur sa maison. De tels avantages se présentaient rarement et elle devait réfléchir. Elle aimait vivre, s'amuser, se faire caresser, se sentir libre comme tant de philosophes le préconisaient pour les hommes. Pourquoi les femmes seraient-elles exclues de ces bonheurs-là? Elle avait eu sa part d'amours ratées et de fausses promesses. Et elle avait besoin de fantaisie, d'échapper à la routine du magasin, aux affectueux mais stricts principes des Labille. A dix-neuf ans, elle ne pouvait tergiverser beaucoup plus. Elle avait le choix entre épouser un quelconque artisan ou viser plus haut en se pliant aux volontés mystérieuses de du Barry. Si elle arrêtait cette décision, elle savait qu'il lui faudrait faire fi de ses délicatesses, de sa stricte éducation, poursuivre sa route quoi que cela lui coûtât. « C'est oui », résolut-elle à mi-voix.

Déjà les premières lueurs de l'aube s'infiltraient à travers les rideaux d'indienne.

Les premiers jours passés chez du Barry furent charmants. Jeanne s'amusa à réorganiser son ménage de célibataire, changea quelques meubles de place, sermonna la cuisinière et exigea d'avoir sa propre femme de chambre. Le soir, elle attendait un signe de Jean-Baptiste qui ne venait pas. Il la prenait bien sur ses genoux, la caressait, l'embrassait mais immanquablement finissait par lui souhaiter une bonne nuit.

— Ne vous plais-je pas? l'avait-elle taquiné un soir.

Il avait éclaté de rire.

— Vous le saurez bientôt. Mais je vous ai promise à l'homme qui sera votre maître à penser. Vous n'en pouvez espérer de meilleur et, sans maladresse ni égoïsme, il fera de vous une femme. Je vous désire trop pour cet instant décisif de la vie d'une jeune fille et pourrais vous froisser irrémédiablement.

— Vous ne m'aimez donc pas, avait protesté Jeanne, et vous vous méprenez quant à mon innocence. Quel est cet homme qui doit me dépuceler avec tant de galanterie?

— Le maréchal de Richelieu.

— Mais c'est un vieillard! s'était indignée Jeanne. Je n'en veux point entendre parler.

— Tout doux, mon cœur. Notre alliance est basée sur la confiance. Si je vous demande d'offrir votre pucelage à Richelieu, c'est que ce cadeau est d'une grande importance. Sans le maréchal, vous et moi manquerons ce grand projet que je vous dévoilerai le moment venu.

D'un doigt, il avait soulevé le menton de Jeanne et posé un long baiser sur ses lèvres.

— Pas d'effarouchement inutile, ma biche. Je vous sais au-dessus de ces insignifiantes pudeurs. C'est vous qui régnerez sur le maréchal et non point le contraire.

— Quand la cérémonie nuptiale aura-t-elle lieu? ironisa Jeanne.

— Au bon vouloir de Richelieu. Le jour venu, il

vous fera chercher. En attendant, je me suis engagé sur l'honneur à laisser intact votre pucelage. Paraissez devant lui en déesse et il vous traitera comme telle. Je vous ouvre ma bourse pour les emplettes qui vous semblent nécessaires. Mais belle comme vous êtes, des roses dans les cheveux et une robe de soie blanche à nœuds de satin rose seront votre plus belle parure. La seule chose que j'exige de vous est que vous ne tombiez pas amoureuse de ce dangereux séducteur. Enfin, pas tout de suite. Je vous veux toute à moi durant quelque temps.

« Comme il se soucie peu de mon cœur », avait pensé Jeanne. Mais vite elle avait refoulé cette amertume légère. Bonnes et douces, les grandes dames faisaient des mères de famille enterrées au fond de leur château de province. Du Barry n'avait pas tort d'avoir basé leurs rapports sur la liberté. Elle saurait utiliser ses droits tout en le séduisant assez pour le garder auprès d'elle.

— Eh bien, j'attendrai la volonté de monsieur le duc, avait-elle soupiré en enlaçant Jean-Baptiste, et vous raconterai comment ce vénérable vieillard sera venu à bout d'une virginité qui, pour être franche, a déjà été quelque peu malmenée.

Seule dans sa chambre, Jeanne fortifiait sa volonté en lisant des livres érotiques mais aussi des biographies, des ouvrages de philosophes. Partout elle découvrait le mépris des petites vanités et l'estime des hautes ambitions, la fragilité de l'existence humaine et sa brièveté, la relativité du plaisir physique qui devait être maîtrisé et non livrer l'homme ou la femme à l'esclavage. Si elle voulait être honnête, elle devait s'avouer qu'elle aimait le plaisir, le luxe, mais aussi la musique, une conversation spirituelle, un appartement meublé de beaux objets, une facilité de vie qu'aucun métier, sauf celui de femme entretenue, ne pouvait lui procurer. Quelle différence y avait-il entre une épouse vivant sur la fortune de son mari et soumise à ses désirs ou une amante ? Les épouses n'étaient-elles pas non plus en quelque sorte des prostituées ? Une hétaïre pouvait changer d'homme à sa guise alors qu'une femme mariée devait supporter jusqu'à la mort les mesquineries, la jalousie, la médiocrité de l'époux auquel, par intérêt social ou financier, ses parents l'avaient livrée. Elle devait non pas rejeter toute morale mais en juger les préceptes sans aveuglement. En quoi consistaient les égarements ? Où se situaient les excès ? Tout cela n'était que verbiage et elle était assez mûre pour se forger sa propre éthique : ne point nuire aux autres, garder son cœur assez vivant pour qu'il puisse vibrer à la beauté et s'attrister des infortunes des autres. Jean-Baptiste du Barry avait compris cela en fuyant Lévignac puis Toulouse, un mariage médiocre pour vivre sa vie à bride abattue autour des tables de jeux en compagnie de jolies femmes que le plus gros payeur emportait. Ce genre d'homme était fait pour elle et elle pour lui. Point de soupirs ni de mots doucereux et hypocrites, peu de vaines promesses. L'amour était un sentiment indocile que l'on pouvait éviter avec un peu de précautions. Elle saurait, vis-à-vis de Jean-Baptiste, rester prudente pour sa propre tranquillité.

D'un regard Jeanne observa la chambre qui serait celle de sa mère quand elle partagerait le lit de Jean-Baptiste. Des tapissiers travaillaient tout le jour à la tendre de soie vert-de-gris que devaient souligner des rideaux gris perle frangés de pourpre. Le lit en alcôve était fermé par des rideaux de perse rouge et gris où étaient imprimées des scènes champêtres. Jean-Baptiste n'avait rien refusé à Jeanne et le cabinet de toilette, équipé d'une table de merisier, comportait les accessoires indispensables à la toilette d'une femme élégante : bidet, cabinet d'aisances au siège rembourré de velours, bassin et cruche en fine porcelaine, des flacons de cristal taillé, des brosses et peignes à manche d'ivoire, des boîtes à poudre et à rouge en écaille, un tapis de perse, une chaise et un confortable fauteuil. Sa mère se plairait dans cette maison et sa présence donnerait à son étrange ménage une sorte de respectabilité. Du Barry y tenait absolument. Pour quelle raison ?

En attendant la venue d'une jolie femme, Louis François du Plessis, duc de Richelieu, n'aimait rien tant que lire quelques pages de Montaigne. Dehors il pleuvait. Assis au coin de la cheminée de marbre rose du petit salon de son hôtel, le vieux monsieur laissa un instant son esprit dériver. L'avant-veille, il avait assisté à Versailles à un charmant concert donné par un enfant de six ans nommé Wolfgang Amadeus Mozart. Escorté de son père et de sa sœur, il avait enthousiasmé l'assistance. Assise auprès du roi, la marquise de Pompadour se tenait raide, les traits tirés sous les fards qui recouvraient son visage. Richelieu avait presque eu pitié d'elle. Cette femme était malade et il admirait le courage qui la roidissait en souveraine absolue quoique n'ignorant point le court temps qu'il lui restait à vivre et qu'à peine son corps enseveli le roi se rendrait au Parc-aux-Cerfs pour atténuer le peu de chagrin qu'en homme froid il était capable de ressentir. Mais cet enclos du plaisir royal, c'était elle qui l'avait voulu pour contrôler son amant jusque dans les débauches. Choiseul serait celui que le décès de la marquise toucherait le plus. Elle était sa fidèle alliée depuis si longtemps ! Les Affaires étrangères, la Guerre et la Marine, il les lui devait, ainsi que la position dominante occupée par son cousin Praslin. Ensemble, ils avaient concocté l'alliance anglaise et autrichienne, œuvré pour le mariage possible de Louis-Auguste, fils aîné du Dauphin, avec l'une des jeunes archiduchesses. Mais ni l'un ni l'autre n'avaient prévu la violence de l'opposition parlementaire à la monarchie absolue. Choiseul était un fat, un homme brillant mais borné. Qu'il soit athée et l'ami des philosophes était un atout en sa faveur, qu'il le clame *urbi et orbi* une erreur. Aussitôt madame de Pompadour disparue, il fallait précipiter sa chute pour le remplacer par un homme à eux, quelqu'un ouvrant la porte des faveurs et des honneurs à ceux qui depuis trop longtemps patientaient dans l'ombre. Choiseul serait exilé sur ses terres de Chanteloup et lui, François Armand du Plessis, duc de Richelieu, serait à Versailles pour lui souhaiter un bon voyage.

Mais pour parvenir à leurs fins, il fallait remplacer madame de Pompadour par une femme belle, intelligente et dévouée à laquelle le roi ne puisse résister. Longtemps Fitz-James, du Barry, Duras et le prince de Ligne avaient cherché cette improbable maîtresse. Même si les chances de Jeanne étaient minimes, il fallait tenter l'aventure. Former, métamorphoser cette exquise jeune femme en grande dame doublée d'un être cultivé, spirituel et d'une hétaïre prendrait au moins deux ans.

Richelieu entendit un bruit de roues, le claquement d'une portière de voiture. Jeanne allait surgir d'un moment à l'autre. En dépit de son âge, il se sentait attendri, presque ému.

12

— Vous êtes délicieuse, complimenta à mi-voix Richelieu en passant avec douceur ses doigts dans la chevelure de Jeanne.

Il avait pu lui faire l'amour sans défaillance et en était rempli de satisfaction. A soixante-six ans, il lui fallait une vierge ou une femme très savante pour lui redonner sa verdeur. Jeanne avait été les deux, vierge physiquement, mais instinctivement pleine d'imagination, gaie, jouissant de son propre plaisir et de celui qu'elle s'efforçait d'offrir à l'homme. Du Barry avait bien déniché la poule aux œufs d'or, mais une poulette charmante, ensorceleuse, estimable, une femme de cœur dont il souhaitait devenir l'ami.

— Je vais faire apporter du vin de Champagne et une collation. Avez-vous faim ?

— Comme un loup ! s'exclama Jeanne en riant.

Jamais elle n'avait espéré que cette épreuve ait pu aussi bien se passer. Richelieu s'était montré très attentionné et elle avait voulu offrir du plaisir à ce vieil homme qu'elle respectait.

Un laquais entra, portant un plateau où étaient disposés du poulet froid, des filets de saumon, des œufs en gelée, des massepains et de la confiture. Un autre déposa sur une table un seau en argent où rafraîchissaient deux bouteilles de vin de Champagne.

— Pourquoi ne nous regardent-ils pas? chuchota Jeanne, amusée.

— Pour ne point tomber amoureux de vous.

Entre ses bras, il serra ce corps délicat dont il avait fait une femme. A nouveau il avait envie d'elle.

— Vous pouvez aller vous reposer, ordonna-t-il aux laquais. Je n'ai plus besoin de vous.

— Avons-nous la nuit? interrogea Jeanne.

— Si vous me faites la faveur et l'honneur de vouloir la partager avec moi. Mais ne vous inquiétez pas, je dors beaucoup.

Du doigt, Jeanne caressa les lèvres pâles du vieux duc. Puis sa main descendit le long du torse maigre, se posa sur son ventre. Richelieu inspira une longue bouffée d'air. Cette femme était une enchanteresse et il aurait le plus grand mal à la rendre à du Barry.

En se réveillant le lendemain, Jeanne trouva sur la table de chevet un billet où Richelieu lui apprenait qu'il devait se rendre à Versailles et ne serait de retour à Paris que quelques jours plus tard. Une voiture l'attendait et le cocher était à ses ordres ainsi que les domestiques de sa maison. A côté du billet était posé un bracelet de diamants. Un mot avait été glissé sous l'écrin : « Pour la plus belle et la meilleure des fées. »

Jeanne avait pris ses aises, demandé un chocolat, de la brioche avant d'appeler une femme de chambre qui puisse l'aider à se vêtir. Le moment redouté avait passé comme dans un rêve, un beau rêve et elle était triste maintenant de quitter l'hôtel de cet homme qui aurait pu être son grand-père. Elle le reverrait, bien sûr, mais cette intimité si particulière ne serait plus.

Anne Rançon avait renoncé à formuler le moindre jugement sur la vie que menait sa fille. Fin janvier, Jeanne s'était installée rue de la Jussienne et avait fait de son mieux pour devenir une sorte de gouvernante, commandant les domestiques, ordonnant les repas, présidant à tous les achats, composant les bouquets, faisant retapisser les fauteuils, recevant les invités avec grâce. Si elle se sentait incapable de briller dans les conversations, elle écoutait attentivement afin de s'imprégner de la vivacité de l'esprit et de la méchanceté légère de leurs hôtes parisiens. Tout de suite Jean-Baptiste et elle s'étaient accordés physiquement. L'ardeur amoureuse, le raffinement ainsi que la brutalité soudaine de son amant lui plaisaient. Il lui apprenait à ne jamais rester passive, à faire de cet acte physique banal un moment de plaisir mais aussi de gaieté. Jour après jour, elle osait ce que quelques mois plus tôt elle aurait déclaré révoltant. Durant la journée, elle courait les boutiques à la mode, lisait, brodait. Rien ne l'indifférait.

— Un jour, tu seras blasée comme les autres, prétendait Jean-Baptiste.

Mais elle savait qu'il n'en serait rien, que sa vie serait toujours un combat, être la plus élégante, la plus intéressante, la plus spirituelle. Qu'elle montre ses peines, fasse grise mine ou se plaigne, et c'en serait fini d'elle. Cette lutte permanente la stimulait et la faisait rager. La beauté, l'élégance étaient-elles seulement ce que l'on exigeait d'une femme ? Si Dieu l'avait faite laide, ne serait-elle pas la même personne ? Et, cependant, aucun prince, marquis ou comte n'aurait jeté sur elle un seul de ses regards blasés. Elle serait vendeuse ou maquerelle risquant la déportation aux îles ou l'enfermement chez les filles repenties.

Jean-Baptiste la menait parfois au jeu dans des salons où personne ne semblait reconnaître quiconque tant les yeux étaient fixés sur les cartes que l'on battait et distribuait. Les flammes des bougies jouaient sur les visages passés au blanc de céruse, le fard écarlate des joues montant jusque sous les yeux. Les femmes battaient de l'éventail. Il faisait chaud. D'énormes bûches se consumaient dans les cheminées que tisonnaient des valets silencieux vêtus de gris. L'or changeait de main, les regards s'enfiévraient mais nul ne haussait la voix. Jeanne n'ignorait pas qu'une partie des revenus de son amant venait du jeu. Elle-même ne jouait point, fascinée par le spectacle de ces aristocrates à qui la vie avait tout donné et qui cherchaient des émotions fortes dans le jeu comme s'ils serraient entre leurs lèvres un verre de vitriol.

Un soir de février, Jeanne se trouva assise par hasard à côté d'un jeune homme en qui semblait subsister un peu de gaieté et de bonté. Lui non plus ne jouait pas, se contentant de jouir du spectacle de ces hommes et de ces femmes blafards, vêtus de velours et de dentelles qui tentaient d'oublier un instant l'inconsistance de leur vie.

Comme elle avait soif, le jeune homme alla chercher un verre de vin de Champagne et se présenta : « Henri de Lussac. » Jeanne hésita. La veille, son amant l'avait persuadée d'abandonner le nom de Lange par trop commun et l'avait questionnée sur ses origines paternelles. La rumeur qu'elle était la fille du frère Ange de Vaubernier était-elle fondée? « Je le pense, avait admis la jeune femme, car il s'est toujours conduit envers moi comme un père. — Porte donc son nom. Jeanne de Vaubernier sonne bien et te posera dans le monde. Tu dois te débarrasser au plus vite de toute suspicion roturière. »

— Jeanne de Vaubernier, déclara Jeanne d'une voix claire.

Au-dessus de ses cartes, du Barry l'observait.

— Puis-je vous entraîner au coin du feu où nous causerions plus à l'aise? proposa Lussac.

Jeanne hésita un instant et finalement quitta son siège. Cet homme semblait amusant et elle s'ennuyait.

Il était plus de deux heures du matin. Un par un, les joueurs quittaient les tables de jeu, faisant appeler leur carrosse. Jeanne avait causé de tout et de rien avec Henri. Il l'avait charmée par sa façon spirituelle de raconter des anecdotes toutes simples, l'acidité de ses remarques, sa conception fantaisiste du bien et du mal, sa haine des jansénistes.

— Je vois que vous prenez plaisir à la compagnie l'un de l'autre.

La voix de du Barry fit sursauter Jeanne et un peu de vin de Champagne qu'elle buvait se répandit sur sa robe de satin rose.

— Vous partez? Je vous suivrai donc, monsieur.

Déjà elle quittait sa bergère quand du Barry la saisit par le bras.

— Non point, mon cœur. Puisque le vicomte de Lussac a eu le bonheur de vous plaire, ne l'abandonnez point en chemin. Le plaisir partagé est un cadeau qu'on ne brise pas ainsi sans raison.

La jeune femme rougit. Un léger sourire aux lèvres, Lussac les observait.

— Je ne suis pas jaloux, poursuivit Jean-Baptiste d'un ton narquois, ce sentiment est vulgaire et dégradant. Donnez votre corps à qui vous plaira, Jeanne, cela ne vous apportera aucun pouvoir mais je veux que vous le découvriez par vous-même. L'amour physique doit être une forme d'art et non une arme pour dominer ou même détruire l'autre. Si vous choisissez d'utiliser vos charmes comme un moyen d'attaque, la seule personne que vous détruirez sera vous-même. Je vous souhaite le bonsoir et vous verrai demain si vous jugez bon d'être de retour. Quant à vous, vicomte, j'ai une faveur à vous demander. La chance m'a été contraire ce soir et je dois rembourser de suite dix louis que je n'ai point.

— Je vous hais ! ragea Jeanne.

Il était dix heures du matin et elle avait trouvé Jean-Baptiste à sa toilette.

— Vraiment ? Des amants qui s'exècrent partagent au moins quelques sentiments. Vous a-t-il fait coucher avec sa femme ?

Avec hargne, Jeanne s'empara du plat à barbe de Jean-Baptiste et le jeta de toutes ses forces contre la porte où il se fracassa.

— Nous avons de l'énergie à revendre à ce que je constate, s'amusa du Barry. Je vais en profiter de ce pas pour mon propre plaisir.

D'un bras ferme, il attira la jeune femme contre lui, esquivant les coups de griffes et de poing.

— Tout doux, souffla-t-il. Une femme acariâtre fait fuir les hommes et ce n'est pas ce que tu désires, mon cœur.

En robe de soirée défraîchie, coiffée à la diable, Jeanne était toujours aussi délicieuse. D'une main, du Barry lui emprisonna les poignets tandis que l'autre se glissait dans le corsage, caressant les seins. Comme pour se libérer, Jeanne gémit, mais Jean-Baptiste savait que le plaisir la gagnait.

— Je te dois une explication, déclara du Barry.

Couchée sur le lit, Jeanne gardait le regard fixé sur le plafond et ne disait mot. Avec douceur, Jean-Baptiste glissa sa main dans la sienne. Ils avaient fait l'amour presque avec rage et du Barry voyait sur le visage de son amante de la fatigue mêlée à de la tristesse.

— Peut-être ai-je trop tardé mais je voulais tout d'abord t'apprivoiser, te sentir attachée à moi. Ce silence est une erreur car il pourrait être cause de malentendus susceptibles de nous séparer à jamais. Je ne veux pas te perdre.

Lentement Jeanne tourna la tête vers son amant. Sa colère était tombée. En réalité, elle ne lui en voulait que pour la façon humiliante avec laquelle il l'avait cédée à Lussac. Comme du Barry l'avait deviné, le jeune vicomte l'avait rabattue pour l'offrir à sa femme amatrice de plaisirs à trois.

— Que veux-tu dire? interrogea-t-elle.

Jeanne s'était redressée et s'appuyait sur un coude au creux d'un oreiller brodé au point d'Angleterre.

— Je te demande quelques heures de patience, ma chère belle. Ce soir, j'organise une consultation à quatre, Richelieu, Fitz-James, toi et moi. Avec beaucoup d'autres, ils sont nos alliés et amis, mais Richelieu, qui te chérit, saura mieux que personne t'expliquer ce qui t'échappe encore et te cause des sujets d'alarme ou de tristesse. Nous souperons simplement et je te donne entière liberté pour que ce petit repas soit à la hauteur de ton élégance et de ton amour pour toute forme de beauté. Ta mère n'y paraîtra pas. Tu seras libre de lui confier ou non ce que nous allons t'apprendre.

Depuis le matin, Jeanne s'activa aux préparatifs du souper. Au lieu de lui faire froncer les sourcils, le souvenir de la nuit précédente l'égayait. Noémie de Lussac était charmante, tout en rondeurs et en fossettes, et leur complicité immédiate avait troublé le vicomte qui s'était senti à l'écart de leurs ébats. Faire l'amour était amusant, plaisant et léger et, comme le lui avait assuré quelques mois plus tôt Jean-Baptiste, « que signifiait le don d'un corps ? ». Le cas échéant, elle était prête à répéter l'expérience et cette fois à en tirer encore plus de plaisir. L'amour physique était décidément un art dans lequel elle était prête à exceller. Au début d'une relation, elle l'avait bien compris, nul n'était besoin de mots de tendresse ou d'affectueuses caresses, il fallait penser au plaisir seul, le reste était offert par surcroît.

Jeanne avait fait dresser une table devant la cheminée du petit salon. A grands frais, sa femme de chambre avait pu se procurer une brassée des premières jonquilles que Jeanne disposa dans un vase bleu en porcelaine chinoise et entoura de deux perroquets en biscuit. Elle avait refusé que l'on mette les bougies sur le lustre de cristal, préférant disposer çà et là des chandeliers qui diffuseraient une lumière plus intime.

Sans cesse elle tentait de refouler les pensées qui se pressaient dans son esprit pour se consacrer aux préparatifs du souper. Qu'attendait-on d'elle ? Voulait-on la vendre à un pacha turc ? L'envoyer négocier une ambassade secrète auprès de grands personnages ?

La table était du plus bel effet. Jeanne avait demandé au cuisinier de servir des ris de veau aux truffes dont Richelieu était friand, un bar au céleri, une pièce de bœuf aux pommes de terre primeurs, un gâteau aux noix nappé de chocolat, des poires au vin, un flan aux amandes. Le feu pétillait dans la cheminée de marbre rose et elle y avait jeté de l'huile de lavande, la senteur préférée du vieux duc de Richelieu.

Il ne lui restait plus qu'à s'habiller et à se parer pour paraître à ce souper en déesse de l'Amour. Fitz-James ne lui avait point caché son désir d'elle mais elle préférait le tenir à une distance convenable, ni trop près ni trop loin. Si Jean-Baptiste lui cherchait querelle ou se conduisait mal envers elle, ils n'auraient qu'un pas à faire l'un et l'autre pour se rejoindre.

Le cabinet de Jeanne était d'une grâce délicate et douillette, en symphonie de jaune pâle et de gris tourterelle. Une odeur de parfum de rose imprégnait les rideaux, l'épais tapis, les serviettes, jusqu'aux napperons de dentelle posés sur la coiffeuse en bois de rose où s'alignaient des flacons de cristal à bouchon d'argent, des brosses à manche d'ivoire portant son chiffre J.V. Il lui plaisait maintenant de s'appeler Jeanne de Vaubernier, la petite Bécu et mademoiselle Lange n'étaient point mortes pour autant, mais ensevelies dans les profondeurs de son cœur, loin de ses ambitions. Quand elle prenait son bain dans la haute baignoire de cuivre, une langueur humide se superposait à la sensualité de la pièce où Jean-Baptiste aimait lui faire l'amour quand elle jaillissait de l'eau tiède ruisselante et parfumée. La lueur des flammes blondes de la cheminée accentuait les courbes de son corps parfait. Il la couchait sur le lit de repos, enveloppée de la masse de ses cheveux blonds. L'humidité couvrait le corps des amants, une humidité entêtante, un peu lourde qui leur tournait la tête et excitait leurs sens.

La femme de chambre avait préparé une robe de soie épaisse d'une couleur crème veloutée rayée de rose abricoté dont le corsage de la même couleur, fort décolleté, s'ornait d'un nœud de ruban de satin placé entre les deux seins rehaussés par le corset. Toute repiquée de boutons de roses, la sur-robe en mousseline avait des manches étroites qui s'évasaient aux coudes en une mousseuse ampleur de dentelles. Habile à coiffer sa maîtresse, la jeune domestique allait tirer ses cheveux, les boucler sur la nuque où elle piquerait quelques perles. D'où Jean-Baptiste tirait-il tout l'argent assurant ce luxueux train de maison? Jeanne se doutait que, outre le jeu, il venait de trafic avec l'armée corse, que son amant tirait aussi des sommes appréciables de femmes isolées et riches, des étrangères ou provinciales, s'offrant pour les introduire dans le monde, leur faire découvrir les merveilles cachées de Paris et pour atténuer leur solitude. Qu'allait-on lui apprendre ce soir? Si Jean-Baptiste avait voulu la présence de Richelieu et de Fitz-James, c'était que leurs plans ne pouvaient la blesser ni lui nuire. A plusieurs reprises, elle était retournée chez le vieux duc qui l'accueillait avec une constante bonté. L'âge et l'usure de ses sens rendaient parfois impossible tout rapport amoureux. En riant, Jeanne confiait à Jean-Baptiste qu'elle passait la plupart de son temps à genoux devant lui. Elle avait de l'affection pour ce grand aristocrate dont l'immense culture la passionnait. Il lui parlait à cœur ouvert de son passé, de ses conquêtes tant militaires qu'amoureuses. Souvent aussi, il évoquait le roi, taciturne et neurasthénique, tenu d'une main de fer par madame de Pompadour et le clan Choiseul. Il tentait de décrire à Jeanne le Parc-aux-Cerfs, une maison tranquille de Versailles au fond d'un jardin secret où de très jeunes beautés attendaient le bon plaisir de Louis. « Voyez-vous, mon enfant, disait le duc de sa voix tremblante, le combat d'une femme parvenue au sommet est de s'y maintenir, de se renouveler sans cesse pour plaire, étonner, séduire, faire entendre que le meilleur de ses pouvoirs de séduction reste à venir. Et puis, avec un homme comme le roi, que l'on soit malade ou de mauvaise humeur, il faut toujours sourire, insistait-il. Ne jamais lui montrer autre chose qu'un visage heureux. »

Denise, la femme de chambre, achevait de piquer les perles dans les lourdes boucles rassemblées en catogan quand le valet de chambre frappa à la porte. « Vos hôtes sont arrivés et monsieur le comte attend madame au salon. »

13

Le dîner s'achevait. D'abord très gaie, la conversation avait porté ensuite sur l'état de la marquise de Pompadour. Frappée d'une pneumonie, elle avait dû quitter précipitamment le château de Choisy pour regagner Versailles. On craignait que le cœur ne lâchât. « Je n'apprécie guère la marquise, avait avoué Fitz-James, mais sa mort laissera un grand vide à la Cour. La remplacer sera un défi que nous sommes prêts à relever. » Les regards se tournèrent vers Jeanne. Avec un bon sourire, Richelieu leva sa flûte remplie de vin de Champagne.

— A celle qui deviendra la femme la plus enviée de France !

Ensemble les trois hommes levèrent leur coupe.

— A vous, Jeanne !

La jeune femme rougit. Se moquait-on d'elle ?

— Le moment est venu, ma chère enfant, expliqua Richelieu, de vous faire part de notre secret. Mais passons au salon et installons-nous confortablement si vous le voulez bien, mon bon du Barry. La soirée peut être longue.

Les rideaux du salon étaient hermétiquement fermés. Les lumières des candélabres jouaient sur les tableaux, la tapisserie d'Aubusson, le pourpre et le rose des tapis persans, les tulipes qui s'alourdissaient dans des vases de jaspe posés sur les consoles.

Jeanne se cala dans une profonde bergère recouverte de tapisserie au petit point représentant une scène mythologique. Au coin de l'âtre, Richelieu lui faisait face tandis que du Barry et Fitz-James avaient pris place sur un canapé aux montants décorés de fleurs sculptées dans un bois blond.

Un laquais servit du café dans les tasses de porcelaine de Sèvres et ranima le feu. Lorsqu'il eut refermé derrière lui la porte, du bout des doigts, Richelieu envoya un baiser à Jeanne.

— Les jolies femmes, ma belle enfant, ne sont guère portées sur la politique et elles ont bien raison. Conquérir le cœur des hommes les occupe suffisamment pour qu'elles se désintéressent des intrigues visant à acquérir le pouvoir et à le conserver. Il se trouve que le roi écoute madame de Pompadour qui adore Choiseul et son clan que nous-mêmes exécrons.

Figée dans son fauteuil, Jeanne, le feu aux joues, écoutait. Elle avait peur de comprendre ou de ne pas comprendre.

— Le temps de la marquise s'achève, poursuivit du Barry. La remplacer par une femme de son calibre n'est point aisé. Mais je pense avoir eu le privilège et la chance de l'avoir trouvée.

D'un air tendre et taquin, il observait Jeanne.

— Ma chère amie, si vous le voulez vraiment, vous pouvez être celle qui régnera à Versailles, intervint Richelieu. Mais pour pouvoir exercer un ascendant sur le roi, il faut avoir de la compétence, être une femme exceptionnelle. Vous êtes, Jeanne, sans nul doute d'une grande beauté, intelligente, vous apprenez vite et bien, mais il vous faudra redoubler d'efforts pour obtenir la mission que nous voulons vous confier : chasser Choiseul et les siens, le remplacer par un homme à nous, comme mon neveu le duc d'Aiguillon, faire de notre souverain un roi plus attentif à ce qui se passe dans le pays et que Choiseul lui dissimule. De mauvaises rumeurs courent çà et là, se propagent dans nos campagnes. Le danger pour la monarchie absolue est plus grand que ne l'estiment nos ministres.

— Voilà de bien hautes ambitions pour moi ! s'exclama Jeanne. Je ne me crois pas capable de vivre au milieu de la Cour à Versailles. On la dit la plus méchante du monde.

Son cœur battait néanmoins, un court instant elle s'était vue majestueuse et souriante, avançant dans la galerie des Glaces qu'elle avait visitée quelques années plus tôt en compagnie de sa mère.

— Elle l'est en effet, confirma Fitz-James, et si vous réussissez le pari que nous faisons sur vous, il vous faudra accepter de recevoir quelques blessures. Mais vite, ce milieu vous semblera plus bête que redoutable et vous ne prêterez plus attention aux sarcasmes ou malveillances. Avec de la volonté, de la docilité et de la souplesse, vous pouvez aller loin. Si vous voulez être la femme la plus enviée de France, vous devrez accepter d'en payer le prix. Devenue la maîtresse du roi, plus d'amourettes, aucune prise à la médisance. Vous devrez aller au bout de vous-même.

— Acceptes-tu ? la pressa du Barry.

Jeanne inspira profondément. Elle savait qu'elle vivait un des moments les plus importants de sa vie et l'affolement la prenait d'avoir à se décider aussi rapidement. Tout tournait dans sa tête. Elle saisit une flûte de vin de Champagne, en but une longue gorgée.

— Qu'attendez-vous de moi jusqu'au moment où je rencontrerai le roi ? murmura-t-elle.

— Être une femme en vue à Paris, expliqua du Barry, une femme désirée par les hommes afin que le roi se réjouisse de te prendre. Te familiariser avec les règles de l'étiquette, apprendre à te maquiller, te vêtir comme nulle autre, être une grande dame et une femme provocante, une comtesse et une fille, être décidée coûte que coûte à t'imposer. Tu auras des maîtres qui te dirigeront et corrigeront ce qu'il reste en toi de provincial et de populaire, tout en te laissant ce qui fait la plus grande partie de ton charme, ta simplicité, ta gaieté, ta bienveillance. L'enjeu est de taille, comme tu le vois, mais tu peux gagner.

— Vous aurez un salon que fréquenteront des personnes pouvant vous aider et vous conseiller, des femmes qui seront vos amies, poursuivit Richelieu. Chez vous, les soirées devront être pleines d'entrain afin que chacun sache qu'on s'amuse chez madame du Barry.

— Je n'en ai pas le nom ! s'exclama Jeanne.

— Mieux vaut désormais que tu le portes, confirma Jean-Baptiste. Cela te conférera de la respectabilité.

— Mais tu es marié, Jean-Baptiste !

— Qui connaît ma femme à Paris ? Voilà une réflexion que je ne veux plus entendre désormais. Tu seras ma compagne et je t'emmènerai où je voudrai, dans le monde, au jeu, au bordel. En une année ou deux, tu sauras tout sur tout. Aucune grande dame, et en particulier la sœur de monsieur de Choiseul qui convoite si fort la place de maîtresse royale, n'aura la moindre chance de l'emporter sur toi.

— Et si je me rebelle ?

— Je te renvoie en Lorraine avec ta mère. Tu y épouseras quelque notaire séduit par ta beauté et tu mourras d'ennui avec le regret d'avoir raté ta vie.

— Ayez de l'ambition et ne dramatisez pas les paroles de notre cher du Barry, tenta de la rassurer le duc de Richelieu. Il s'agit de deux années de formation, pas davantage. Jean-Baptiste vous parle de bordel, on s'y amuse beaucoup. De mon côté, je vous emmènerai chez les princes où vous vous ennuierez. Vous aurez la chance inappréciable d'être libre au milieu de ce que vous estimez en ce moment même un carcan. Vous aimez les artistes ? Invitez-les. Les femmes légères ? Personne ne vous fera grief de les fréquenter. Les marquises ? Elles accourront chez vous. Les hommes les plus spirituels de notre époque seront séduits par vous, les plus riches aussi. Ne faites pas cette petite mine de chatte inappétente qui ne vous sied pas.

— J'ai besoin de prendre du recul, balbutia Jeanne. Je veux m'imprégner dans la solitude de mon avenir, le bon et le moins bon. Maman et moi allons partir à la campagne quelques jours. Lorsque je reviendrai, je serai prête.

— Tu es libre, répliqua du Barry.

Jeanne avait évité soigneusement leur conversation de la veille et il n'avait pas cherché à l'interroger. Il s'était levé tard, avait agioté à la Bourse, avant de rendre visite à l'une de ses bonnes amies, pensionnaire chez la Gourdeau, une maison close de haute volée, sise rue Sainte-Anne, où il avait ses habitudes, puis joué chez le vicomte de Sabran où il avait été assez chanceux pour gagner vingt louis. Les états d'âme de Jeanne ne l'intéressaient guère. Ce qui comptait était l'engagement de la jeune femme à se laisser mener jusqu'au lit du roi et de tout faire pour y parvenir. Depuis son échec avec la belle Dorothée que Le Bel, le valet de chambre du roi, avait déconseillé à son maître après avoir soupçonné qu'elle avait la vérole, il ne pouvait plus se permettre de perdre. Dorothée lui avait coûté une fortune en robes, bijoux, maîtres à danser, professeur de bonnes manières, mais il était vrai qu'elle avait poivré quelques gentilshommes et il n'avait de reproche à faire qu'à lui-même. Jeanne était une femme de plus haute volée, il la dégrossirait en évitant soigneusement toute débauche avec des gens suspects et veillerait à ce qu'elle arrive saine à Versailles. Déjà on s'adressait à elle sous le nom de comtesse du Barry et ce début de respectabilité devait être consolidé. Il faudrait louer une loge à l'Opéra, une autre aux Italiens, l'exhiber afin que chacun à Paris parle de cette ravissante comtesse surgie de nulle part. Pour assurer ce train de vie, il devrait louer Jeanne à quelques admirateurs triés sur le volet. Non seulement ils lui apprendraient les différents arts d'aimer, mais elle lui rapporterait beaucoup d'argent. En mettant leurs biens en commun, il pourrait assurer un train de vie de gentilhomme et octroyer à Jeanne un grand prestige.

— Va donc te reposer avec madame ta mère, si cela est ton souhait. Tu n'en seras que plus fraîche pour commencer à travailler en vue de ton avenir. Je le vois prodigieux. Si tu essaies d'être honnête avec toi-même, tu reconnaîtras que tu es une grande dame aimant à jouer la putain et non l'inverse. Voilà pourquoi tu es unique, pourquoi j'ai foi en toi.

Cernée de toutes parts par la forêt, la propriété du duc de Fitz-James près de Fontainebleau n'était qu'un confortable relais de chasse. Avril commençait à semer les coudriers et les saules d'une inflorescence de chatons en épis, les pentes ensoleillées de bouquets de primevères jaunes et violettes. De longues allées perçaient le sous-bois à perte de vue. Un couple assurait le service. L'humidité imprégnait les murs comme la literie et il fallut une journée entière pour que de grands feux dans les cheminées parviennent à redonner quelque confort à la demeure.

Jeanne aima aussitôt cette retraite silencieuse et austère. L'ameublement y était simple mais d'un goût parfait. On n'y trouvait aucun des artifices parisiens coûteux et inutiles mais des bergères confortables, d'épais tapis, d'innombrables trophées de chasse : têtes de sangliers, de cerfs et même un loup dans les orbites duquel le naturaliste avait placé des yeux rouges qui luisaient dans la pénombre.

Pendant deux jours, brisée, Jeanne ne quitta pratiquement pas son lit. Sa joie de vivre, son courage, jusqu'à ses ambitions s'étaient disloqués. Elle ne voulait penser à rien, ne savait plus rien. Anne tirait un fauteuil près du lit de sa fille et, respectant son silence, travaillait à une broderie. « Une chemise de nuit pour ton trousseau », avait-elle seulement chuchoté un matin. Brusquement Jeanne s'était assise, le feu aux joues. « Les trousseaux sont pour les mariées, jamais l'homme auquel on veut me destiner ne m'épousera ! »

Le lendemain, elle se leva, parcourut la demeure, monta au grenier, descendit à la cuisine où s'activait Marie-Rose, la cuisinière, femme de chambre, laveuse et repasseuse. Comme au temps de Vaucouleurs, Jeanne s'assit sur une chaise de paille, humant l'odeur de tourte aux pommes de terre montant du four. Jamais plus dans sa nouvelle vie elle ne pourrait éprouver ces joies simples : déguster une part de tarte tiède en compagnie de la cuisinière, aller au fruitier chercher les pommes et les poires pour confectionner des gelées ou des compotes, se promener en sabots sous la pluie, se rendre au potager un panier au bras pour le remplir de légumes tout juste sortis de terre. Il lui faudrait oublier ces moments ou plutôt les refouler au plus profond de sa mémoire comme appartenant à une autre Jeanne. Pour relever le défi lancé par Jean-Baptiste, elle devrait n'être plus que la femme irrésistible, la mondaine, l'experte amoureuse qui la mènerait au sommet et ferait d'elle une presque reine.

Un matin, Jules, l'époux de Marie-Rose qui faisait office de jardinier, de palefrenier et de cocher annonça le décès de la marquise de Pompadour qui avait eu lieu la veille à Versailles. Il pleuvait. Le relais de chasse était sombre, comme en deuil de cette femme dont Jeanne était censée prendre la place. La jeune femme se rendit à la messe de requiem que chaque paroisse des environs célébrait pour la défunte et pria avec ferveur. Dieu la soutiendrait et l'aiderait. En dépit de sa vie dissolue au regard des hommes, Lui connaissait le fond de son cœur et savait qu'il n'y avait en elle ni méchanceté ni rancune. Était-ce mal d'aimer le plaisir et l'amour? Était-ce un péché que de désirer l'accomplissement de ses rêves? Ce que Jean-Baptiste exigeait d'elle pourrait sembler à certains avilissant, déshonorant, mais qui aurait le droit de la juger dans ce monde où chacun ne pensait qu'au plaisir? Un gris de cendre baignait la petite église où, enveloppées dans leurs pèlerines, de grosses chaussures aux pieds, sa mère et elle s'étaient rendues. Nul ne leur avait prêté attention. Au sortir de la messe, Jules les attendait en voiture. Des bourrasques faisaient baisser la tête des deux chevaux bais et secouaient la berline. Jeanne pleurait. Elle sentait que le gris du ciel ensevelissait un peu plus encore la marquise de Pompadour comme une poussière jetée sur sa tombe. Était-ce ce destin qui l'attendait? La marquise avait aimé les honneurs, les parures, les bijoux, les fêtes, les voyages, les objets inutiles et coûteux. S'était-elle doutée que ses obsèques se dérouleraient à la sauvette loin du roi dont elle avait été la maîtresse puis, durant vingt années, la fidèle compagne?

Le lendemain, il ne pleuvait plus mais un fort vent secouait la forêt, faisait grincer les fenêtres du relais de chasse. Jeanne resta près du feu avec sa mère. Elle se sentait plus calme.

— Je te retrouve, mon enfant, se réjouit Anne. Tu vas bien vite retrouver ta gaieté et ton énergie.

Jeanne tendit la main et serra celle de sa mère.

— J'ai eu peur de mon avenir et ne le crains plus aujourd'hui. Je vais avoir vingt et un ans et veux profiter pleinement de mon existence.

— Chacun monte l'échelon qu'il peut, prononça Anne d'une voix grave. J'ai grimpé le mien au mieux de mes facultés, toi, ma fille, tu peux te hisser au sommet.

Jeanne pressa la main usée par le travail entre la sienne dont la peau était douce et parfumée.

— J'aime l'amour, tu as aimé l'amour, ton père était un séducteur. C'est une tare de famille qu'il faut assumer ou un talent que l'on se doit d'exercer.

Ensemble la mère et la fille se mirent à rire.

— Il faut faire confiance à la Providence, assura Anne. J'ai toujours eu foi en elle et elle m'a toujours soutenue.

Un matin, en explorant la bibliothèque, Jeanne découvrit, serré entre deux livres, un pastel représentant le roi et s'immobilisa le cœur battant. Jusqu'alors elle n'avait songé qu'au chemin à suivre pour arriver jusqu'à cet homme sans réellement penser à lui. Mais, à cet instant, il était devant elle, semblant la contempler de son regard doux, étudier ses jolies lèvres sensuelles avec un sourire charmeur. Pétrifiée, la jeune femme garda le pastel entre les mains. Du bout des doigts, elle caressa la bouche, les joues, les yeux, les tempes où s'enroulaient des boucles argentées. Pourquoi l'aimerait-il, lui dont on assurait qu'il n'avait point de cœur? Pourquoi même désirerait-il la garder auprès de lui plus que les innombrables maîtresses qui n'étaient restées que quelques jours dans son lit?

Qu'avait-elle de plus que mademoiselle Fouquet, Robert, mademoiselle d'Estaing, Anne Croupier de Romans qui avait refusé de s'installer au Parc-aux-Cerfs et exigé sa propre maison où le roi la rejoignait encore de temps à autre ? Après les avoir engrossées, le roi les avait dotées, mariées puis exilées. Richelieu en riait. « La pouliche est pleine et quittera bientôt le haras pour être vendue au plus offrant. » Pourquoi échapperait-elle à ce sort ? « Parce que je te veux, murmura-t-elle en regardant intensément le pastel, parce que je te dirai ce que jamais tu n'as entendu, te donnerai un plaisir que nulle autre femme ne t'a offert, parce que je t'aimerai d'amour quand toutes les autres se sont intéressées à ton pouvoir, parce que tu es seul au milieu de gens avides, parce que tu n'es pas vraiment heureux. Je t'apprendrai à rire, à plaisanter, à retrouver une jeunesse que tu n'as jamais eue. Je serai ta compagne. »

— Attelez ! demanda-t-elle à Jules en descendant à la cuisine. Ma mère et moi rentrons à Paris.

14

— Je suis prête, dis-moi où et comment nous commençons mon éducation.

Stupéfait, Jean-Baptiste observait Jeanne. Rayonnante, altière, la jeune femme avait durant ces deux semaines passées à la campagne pris une assurance, un panache, une autorité qui l'éblouissaient. « Pour un peu, je tomberais amoureux d'elle, pensa-t-il. Ce serait un bel embarras ! »

— Dès que possible, ma belle biche. Il va me falloir recruter une maîtresse de bonnes manières familière avec les mœurs de Versailles, un maître de diction. Nous aurons aussi besoin des conseils d'une élégante, quelqu'un au courant non seulement des derniers impératifs de la mode, mais capable aussi de discerner et de mettre en valeur ta beauté d'une façon originale. Tu devras porter des bijoux, t'afficher dans les cercles de jeu. Nous réunirons chez nous un petit collège académique avec l'abbé Arnaud, Marin, Turpin, Le Morlieu, tous beaux esprits qui t'apprendront l'art de la repartie et de la pique. Je veux aussi des poètes comme Moncrif, Marmontel pour te donner le goût d'employer de beaux mots, de trouver des phrases élégantes, des peintres pour parfaire ton art du pastel, mais aussi t'apprendre à reconnaître un chef-d'œuvre d'une œuvre ordinaire. Tu dois t'entourer d'amis portant des noms. Je me fais fort d'inviter chez nous la comtesse de La Rena et son élégant et excentrique amant, sir William Douglas. Elle entraînera dans son sillage quelques amis de la même trempe, des femmes du monde n'ayant pas peur d'afficher leur liberté.

— Et pour payer tout cela?

La voix de Jeanne était froide, détachée.

— Tu auras droit à quelques fantaisies bien rémunérées. Pas moins de trente louis pour la nuit, cinquante pour une journée entière. Mais avec la crème de l'aristocratie seulement. Sauf s'il est fermier général, je ne veux voir aucun bourgeois dans tes relations. Dans un an ou plus, nous aurons assez d'argent pour louer tout l'hôtel et serons considérés comme un couple à la mode. Alors, je donnerai un grand bal pour toi et tu seras lancée.

La vie avait pris pour Jeanne un rythme presque immuable. Levée à dix heures, elle prenait son chocolat au lit puis se faisait habiller en négligé du matin et coiffer par sa femme de chambre. Les maîtres de diction, de bonnes manières, de danse, de sciences politiques arrivaient à onze heures et la retenaient jusqu'à treize ou quatorze heures. Après un peu de repos, elle se mettait en toilette d'après-midi, se parait de quelques bijoux, faisait atteler pour se promener ou aller fréquenter les salons parisiens. Le soir, elle donnait à dîner, soupait avec Jean-Baptiste ou un protecteur occasionnel, allait à l'Opéra, au théâtre, rentrait chez elle à minuit si elle était seule, à l'aube quand sa nouvelle conquête avait exigé de partager sa nuit. L'argent allait et venait. Mais l'hôtel du Barry jouissait désormais d'une réputation de luxe et d'une exquise hospitalité. Le nom de Jeanne était sur maintes lèvres, sa réputation de beauté et d'intelligence s'élargissait. Le prince de Ligne, le duc de Duras étaient ses familiers et la comtesse de La Rena son amie. « Il faut étonner les hommes, les surprendre, les déconcerter, affirmait celle-ci. Étant la maîtresse d'un Anglais extravagant, je dois faire preuve d'une imagination sans limites. Soyez tantôt bonne, tantôt acerbe, généreuse puis égocentrique, parlez de la misère du monde et ne pensez qu'à vous, la règle d'or étant que l'attention de tous soit sans cesse sur vous, mon cher cœur. Les dames de la Cour se couvrent de rouge, n'en mettez qu'un soupçon mais plus rouge que celui des autres. Vous êtes blonde, fardez vos sourcils en noir. Ne mettez pas de mouche puisque la Providence vous a gratifiée de deux points de beauté au bord des lèvres et sur la joue. Tirez vos cheveux. Les femmes qui n'ont point votre joliesse ne pourront vous imiter sans se vieillir de dix ans. Vous êtes belle, soyez originale. » Jeanne souriait mais, lorsqu'elle revenait chez elle en sortant des bras d'un amant, souvent des crises d'angoisse et de larmes l'étouffaient. Ce qui devait n'être qu'un jeu la blessait chaque jour davantage. De son mieux, sa mère la consolait. Était-on plus vertueux lorsqu'on était pauvre ? Elle avait ravaudé, brodé jusqu'à en avoir les mains et les yeux usés et pourtant des hommes s'étaient succédé dans sa vie, des bons et des moins bons. Frère Ange et Rançon étaient les seuls dont elle voulait se souvenir. Jeanne se laissait bercer. Elle aimait entendre sa mère lui raconter encore et encore comment son père, le beau Fabien Bécu, avait séduit la comtesse de Montdidier dont il était le cuisinier et s'en était fait épouser.

— Ce qu'a pu réussir ton grand-père, tu le mèneras aussi à bien. Et ne pleure pas trop. Depuis que tu es sortie du couvent, tu as eu besoin d'exercer ta séduction. Tu en as tiré plaisir et en es heureuse, même si du

Barry te pousse trop. Je n'estime guère cet homme mais tu en as besoin.

— Tout Paris prétendra avoir couché avec moi.

— Qu'est-ce que tout Paris? murmura Anne en caressant les cheveux de sa fille. Une bande de perroquets qui jacassent sans cesse et parlent pour ne rien dire. Rançon et moi en avons reçu des gentilshommes désargentés qui mettaient leur morgue dans leur poche pour solliciter des bénéfices de la Corse. Il n'y avait pas plus mielleux, plus poli et cependant jamais ils ne m'ont abusée. Pour ces beaux messieurs, nous n'étions qu'un moyen nécessaire pour obtenir de l'argent. L'argent, mon enfant, fait ramper le monde, les plus puissants sont prêts à se déshonorer pour en avoir, les plus honnêtes à jeter leur vertu aux orties. Le jour où tu en auras, à toi aussi, il te tournera la tête.

Jeanne fermait les yeux. Elle se voyait en robe de cour avançant vers une silhouette royale qui sans cesse s'éloignait.

Pour fêter le 1er janvier 1765, Richelieu les invita à souper en compagnie des plus nobles familles de France. Toute de blanc vêtue, Jeanne était éblouissante. Déjà elle comptait quelques amis parmi les convives, les autres, bien que plus distants, ne lui semblaient point hostiles. Des dames échangèrent avec elle quelques mots sur le temps, l'agitation qui se poursuivait dans les campagnes et donnait du fil à retordre à leurs intendants. Une seule d'entre elles, d'un air malicieux et perfide, évoqua la délicieuse mademoiselle de Romans qui occupait toujours les pensées du roi.

— Elle sera oubliée dans moins d'un an, assura Richelieu en souriant à Jeanne. Cette jeune personne devient arrogante et montre des exigences qui déplaisent à Sa Majesté. Il n'y tient pas assez pour y céder.

— Sa Majesté est dure quand elle domine, renchérit la duchesse de Sabran, et faible quand elle est dominée. Je parle des femmes, bien entendu.

Nul n'évoqua la marquise de Pompadour. C'était comme si elle n'avait jamais existé. « Et cependant, pensa Jeanne, voici une année seulement, ils se pressaient pour lui présenter leurs vœux. » Si son rêve se réalisait, au moins ne se ferait-elle aucune illusion.

Au dessert, chacun leva son verre à la santé de Sa Majesté et à celle de monsieur le Dauphin qui, hélas, déclinait. Obèse quelques mois plus tôt, il avait beaucoup maigri et toussait à fendre le cœur. En cas de malheur, comment réagirait madame la Dauphine Marie-Josèphe de Saxe, si profondément attachée à son mari ?

— Buvons à l'amour, à l'amitié, à la beauté, décida Richelieu pour redonner quelque gaieté à la conversation. Buvons aux dames, aux caresses qu'elles nous ont offertes et qu'elles nous offriront encore, buvons au temps qui passe, à celui qui nous reste, à la vie et à ses folies.

— A la vie et à ses folies ! répétèrent les convives.

Ils étaient tous gris. Penché sur Jeanne, du Barry caressait en connaisseur les seins de sa maîtresse dont la moitié des aréoles poudrées de rose émergeait de la bordure de dentelle cernant le profond décolleté.

— J'aimerais te voir faire l'amour avec tous les hommes ici présents, chuchota-t-il à son oreille. J'en jouirais.

Jeanne posa sa flûte si violemment qu'elle se brisa sur la nappe damassée.

— J'ai mal à la tête, décida-t-elle, et vais rentrer chez moi.

Lorsque, à l'aube, du Barry voulut ouvrir la porte de Jeanne, celle-ci était fermée à clé.

— Un jour, je vous quitterai ! hurla la jeune femme.

Vous êtes bien digne de ce nom de roué par lequel chacun vous désigne et qui, pour ma part, me déplaît. Faites attention à vous, Jean-Baptiste. Je suis plus forte que vous ne le pensez.

La fin de l'hiver et le début du printemps furent pour Jeanne un moment de détente presque heureuse. Pas une fois Jean-Baptiste ne lui avait demandé de rejoindre tel ou tel gentilhomme. Il avait même pour elle des mots, des caresses tendres, lui avait offert trois rangs de perles en bracelet. Jeanne avait fait décorer sa chambre par un tapissier de renom. Jour après jour, son goût se formait et elle savait maintenant choisir meubles et bibelots avec discernement, capable d'innover sur la mode en préférant le simple au rococo, le bois peint aux dorures. Sa cheminée de marbre blanc où étaient sculptés des bouquets de roses était un joyau. A terre, un tapis d'un gris doux était semé de roses effeuillées. Tout respirait une harmonie douce entre le gris et le rose sur lesquels les candélabres de cuivre et de porcelaine de Sèvres jetaient une lumière ténue.

Souvent allongée sur son lit, enfouie dans la batiste plissée des draps et les oreillers bordés de dentelle, elle repensait au portrait du roi aperçu dans la bibliothèque de Fitz-James, le sourire qu'elle avait cru tout d'abord enjôleur, avec le temps lui semblait triste, le regard doux, désabusé. Elle avait envie de le prendre entre ses bras et de le protéger du pouvoir, des courtisans et de la solitude.

Un soir, elle osa demander à Richelieu de lui parler du roi. « Il vous plaira, avait-il seulement répondu. Avec son goût du plaisir mais aussi son indépendance, son amour-propre, il est fait pour vous et, avec vos grâces, votre rire, votre bonté, vous êtes faite pour lui.

Vous vous rendrez heureux. L'un comme l'autre vous le méritez. Mais bientôt il vous faudra rencontrer Choiseul et le sonder. Je suis sûr qu'au premier regard il vous convoitera puis vous haïra au second. Cet homme est bon chasseur, il a du flair et sent venir le danger. » Jeanne était restée silencieuse en tisonnant le feu. Richelieu, du Barry et leurs amis avaient bien joué et elle avait eu raison de leur obéir les yeux fermés. Quand elle songeait à la jeune femme qu'elle était deux années plus tôt, elle voyait le chemin parcouru. Maintenant elle se sentait à son aise chez les plus nobles familles, ne commettait aucune erreur, maîtrisait l'art de la conversation, savait lancer à propos un mot d'esprit, une critique amusante. Et au lit, rien ne l'étonnait plus, rien ne la déconcertait. Elle avait même pris goût à un érotisme raffiné, savait imaginer des plaisirs nouveaux, transformer un homme pressé en amant subtil, un rustre en don Juan. Au jeu, elle pouvait tenir tête aux plus adroits, mentait avec candeur, trichait avec effronterie. Ses maîtres l'ayant jugée parfaite, elle ne prenait plus que des leçons d'équitation pour pouvoir suivre le roi à la chasse. Galoper, sauter des haies la grisait.

Pour le carnaval, du Barry eut l'idée de donner un bal ayant pour thème la mythologie. Jeanne y apparaîtrait en Vénus, ses beaux cheveux dénoués sur une robe de linon à travers laquelle se devinerait la perfection de son corps. Le Bel avait promis d'y être. Le premier valet de chambre du roi avait toujours été le grand pourvoyeur de ses plaisirs et du Barry tenait à exhiber la beauté de sa maîtresse afin que le souverain sache qu'il existait dans Paris une divine personne qu'il ne connaissait pas.

Longtemps Jeanne hésita à paraître à moitié nue, tentée d'afficher sa beauté mais mal à l'aise de se dévoiler à tant de regards inconnus. Finalement, elle se laissa convaincre et, prise au jeu, décida de laisser une impression inoubliable. L'hôtel du Barry avait été décoré de centaines de paniers de fleurs, d'oiseaux exotiques empaillés suspendus aux lustres, aux candélabres, aux corniches.

Du Barry s'était fait confectionner un habit de Jupiter. La fausse barbe descendant jusqu'au milieu de sa poitrine fit pouffer Jeanne. Le matin même du bal devait arriver Adolphe, le fils de du Barry que la jeune femme ne connaissait pas encore. Engagé dans l'armée, il allait devenir lieutenant au régiment du Roi-Infanterie et comptait s'installer chez son père.

Par une nuit fraîche et claire, l'un après l'autre, les carrosses s'arrêtaient devant l'hôtel du Barry, laissant descendre des pythies, des Vulcain, des Orphée accompagnées de leur Eurydice, une Diane chasseresse et son mari déguisé en cerf. Portant une robe courte et une perruque bouclée, Adolphe du Barry était Antinoüs. Attendrie par ce bel adolescent que tout semblait amuser et qui riait à tout propos, Jeanne elle-même l'avait habillé. Aurait-elle un jour un enfant à elle, un fils beau comme celui de Jean-Baptiste qui serait la joie de sa maturité ? Jamais elle n'avait osé en rêver.

Le bal avait déjà commencé quand la femme de chambre acheva de parer Jeanne. La robe étroite moulait le corps parfait, s'arrêtant au-dessus des genoux, laissant libres les jambes et les pieds recouverts de lanières en soie dorée. Brossée et piquée de perles et de coquillages, la somptueuse chevelure blonde tombait jusqu'aux reins, recouvrait la poitrine suggérée par la transparence du linon. Longuement Jeanne se contempla dans un miroir. Qu'était-elle au juste ? Un bel objet que l'on exhibait à des connaisseurs, une femme ambitieuse prête à tout, y compris à se montrer presque nue en public, ou une couventine qui se dévergondait, une femme du peuple narguant les aristocrates? Elle était tout cela à la fois, tantôt provocante, immorale, vénale, tantôt avide de silence, de solitude, amoureuse des arts et des livres, discrète et bonne. Nul ne la connaissait complètement, personne ne la comprenait vraiment, pas même Richelieu, si attentif et affectueux.

— Vous voilà prête, Madame, déclara la femme de chambre.

Jeanne vit qu'elle était gênée et haussa les épaules.

— Tu peux aller te reposer, je n'aurai pas grand mal à me déshabiller seule.

Dans le salon, l'orchestre jouait une sarabande tandis que des valets en perruque poudrée d'argent passaient des vins de Champagne et de Bordeaux dans des verres de cristal gravés de motifs dorés. Le blanc de céruse et le rouge commençaient à luire sur les visages des femmes, sur les lèvres des hommes. Le souper serait servi à minuit.

A pas mesurés, Jeanne vint à la rencontre de ses hôtes. Par une fenêtre ouverte, le vent gonflait les rideaux de soie, écartait sa chevelure, laissant à découvert les seins ronds et hauts, la taille menue, le ventre plat, les cuisses divinement fuselées, les jambes longues et fines. Il faisait chaud. Des fleurs se dégageait une odeur capiteuse qui, mêlée aux parfums des femmes, faisait tourner les têtes. Lorsque Jeanne avança la tête haute, le regard lointain, un joli sourire figé aux lèvres, le silence se fit, les musiciens cessèrent de jouer. La jeune femme n'ignorait pas qu'à cet instant tous les hommes la désiraient. Elle se sentait invincible, régnant sur ces mâles comme Vénus dans les flots, les dominant, les écrasant de la force de la sensualité qui se dégageait d'elle. Elle pouvait prendre qui elle voulait, quand elle voulait, du plus libertin au plus fidèle des époux. Les hommes étaient à ses pieds et elle avançait n'en voyant aucun. L'orchestre s'était remis à jouer. Un valet lui tendit une flûte de champagne. Il était beau. Jeanne avait envie de jouir de lui, une jouissance simple et extrême qui pourrait distraire ses sens lassés. Leurs regards se croisèrent.

— Et qui dansera le premier avec moi ? s'écria Jeanne. Celui-là aura un baiser.

Le lendemain, lorsque Jeanne s'éveilla, Jean-Baptiste était sorti.

— Qui avait-on engagé pour le service des vins ? demanda-t-elle à sa femme de chambre. L'un d'eux était par trop maladroit, à deux reprises, il a renversé du champagne sur le tapis.

— Je vais me renseigner, Madame.

Jeanne revoyait le visage carré, les yeux petits et bleus, la bouche sensuelle. Elle ne s'était guère amusée la veille. Elle était fatiguée, lasse d'attendre encore et encore. Le Bel était venu un court moment. A peine l'avait-il regardée et cette quasi-indifférence l'avait effrayée. Avait-il vraiment le pouvoir de fournir ses maîtresses au roi ? Et si oui, l'avait-il trouvée insuffisante ? Elle avait peur aujourd'hui, peur que ce long apprentissage et cette lente dégradation ne servent à rien, qu'elle soit à jamais condamnée à partager la couche de du Barry, de faire des faveurs au vieux Richelieu jusqu'au moment où tous se lasseraient d'elle. Son triomphe de la veille, elle le savait, était éphémère. Pour rester la plus belle, la plus désirable, elle devait se battre sans cesse, éliminer ses rivales, séduire leurs amants, avoir des caprices, des exigences, dépenser à pleines mains, passer de lit en lit pour se retrouver seule dans dix années, moins peut-être, usée et désenchantée. « Je suis épuisée, pensa

Jeanne, mais demain tout ira bien. Il y a jeu chez madame de Marsan, j'y reverrai cette chère Adélaïde de La Rena et nous comploterons quelque petite escapade rue Saint-Honoré, j'ai besoin de souliers et de bas de fil, de quelques écharpes de soie. » Dehors un chien poussait des aboiements aigus, un rémouleur appelait la clientèle tandis qu'une marchande de fripes tirait sa charrette dont les roues grinçaient sur les pavés. Une foule de petites gens se pressaient dans les rues, vaquant à leurs affaires, une procession passait, en tête le curé brandissait une croix d'argent plantée en haut d'une hampe tandis que galopaient derrière lui des fillettes et des garçonnets portant des bannières. Une troupe de comédiens ambulants clamait à tout vent leur représentation du soir pendant qu'un condamné à être rompu et roué vif, les mains derrière le dos, assis sur une botte de paille jetée dans un chariot tiré par deux rosses et entouré de quelques archers, se dirigeait vers la place de Grève pour son exécution. « Mercredi des Cendres, pensa Jeanne. Que la poussière retourne à la poussière. » Sa tasse de chocolat achevée, elle s'observa longuement dans le miroir de son cabinet de toilette. Fumant, son bain l'attendait, parsemé, comme elle l'exigeait, de pétales de roses. Son visage était encore très beau mais déjà un petit pli apparaissait au coin de la bouche, d'imperceptibles cernes sous les yeux. Elle n'avait pas vingt-deux ans et la vie qu'elle menait la marquait d'une légère griffe. Elle se débarrassa de son peignoir de batiste tout incrusté de dentelles de Bruges, s'installa dans la baignoire. Le valet entrevu la veille l'excitait, penser seulement à frôler sa peau lui contractait le ventre, envahissait son sexe d'une sensation délicieuse.

— J'ai le nom du serviteur, Madame, annonça la femme de chambre tandis qu'allongée Jeanne jouissait de cette sensuelle émotion. Il s'appelle François Lenormand. On l'a loué au bureau qui place les gens de maison, rue des Fossés-Saint-Bernard. Cet établissement jouit d'une bonne réputation et Jean-Louis a cru bien faire en traitant avec lui.

— Dis-lui que je veux voir François Lenormand en début d'après-midi.

Paresseusement, Jeanne sortit de l'eau tandis que la femme de chambre l'essuyait puis aspergeait son corps d'une poudre très fine, qui sentait la rose thé, et l'aidait à repasser son peignoir. Alanguie, heureuse maintenant, Jeanne s'assit sur le tabouret recouvert de satin blanc installé devant sa coiffeuse.

— Tire-moi les cheveux et attache-les derrière la tête, exigea-t-elle. Tu m'apporteras ensuite mes boucles d'oreilles de saphir et ma robe bleue de satin moiré. Point d'autres bijoux ni parures à l'exception d'un simple rang de perles pour le tour du cou. Je ne sortirai pas avant cinq heures. S'il vient des visites auparavant, à l'exception de ce maladroit garçon, demande à Jean-Louis de dire que je ne suis pas chez moi.

15

Assise au coin de la cheminée de sa chambre, Jeanne parcourait un livre à la mode dont toutes les femmes raffolaient : une naïve histoire d'amour entre une jeune veuve retirée chez sa tante à la campagne et un garçon de vingt ans. Adolphe du Barry était reparti le matin même. D'emblée elle avait éprouvé de l'affection pour ce jeune homme qu'elle considérait comme un jeune frère à chérir et à gâter, un adolescent pouvant apporter de la joie de vivre dans cette maison où l'ambiance était souvent lourde. Quand on frappa à la porte, elle leva les yeux de son livre. Le frisson voluptueux était de retour dans son ventre.

— François Lenormand est ici, Madame, annonça la femme de chambre. Dois-je le faire entrer?

— S'il te plaît.

Jeanne referma le livre qu'elle posa sur ses genoux. A quelques pas se tenait le jeune valet. Dans ses vêtements de tous les jours, il paraissait rustre mais plus sensuel encore.

— Tu peux t'en aller, dit Jeanne à sa femme de chambre avec un sourire entendu.

Immobile, le garçon dévisageait effrontément la jeune femme.

— Madame la comtesse veut me parler?

Jeanne ne sut quoi répondre. Un instant ils restèrent immobiles à se dévisager. Puis François approcha, se pencha sur la jeune femme et posa un baiser au creux de son cou. Elle ferma les yeux, le livre tomba à terre. Les mains de François remontèrent les cuisses, s'arrêtèrent sur les hanches qu'il souleva avec force.

Le lit était sens dessus dessous tant les amants y avaient roulé. L'attente était presque douloureuse, la bouche de Jeanne essayait de mordre le cou, les épaules de François ondulant comme une sirène. Lorsqu'il la pénétra, elle jouit aussitôt.

— Madame la comtesse m'a-t-elle pardonné ces quelques gouttes de vin de Champagne versées hier sur son tapis? demanda François, un sourire aux lèvres.

Avec douceur, Jeanne caressait le visage en sueur de son amant. Elle avait aimé sa façon brutale de faire l'amour qui la changeait de la grâce lascive de ses nobles amants, de leurs étranges raffinements, leurs soupirs, des exigences les plus vicieuses faites à voix feutrée, des débauches d'une nuit payée à l'avance. Ni poudré ni maquillé, François avait de fortes mains, des jambes musclées qu'il n'épilait point.

— Reviendras-tu? demanda-t-elle.

— Imagine que ton mari me surprenne, je suis bon pour la prison. Les geôles du roi ont une odeur nauséabonde.

— Alors, c'est moi qui irai te voir. Où loges-tu?

— Au-dessus de Missonnier, le marchand de vin, rue des Ballets, tout près de la prison de la Force. Et je ne tiens guère à m'y rendre les chaînes aux pieds, même pour l'amour de ton délicieux petit cul.

— Me veux-tu demain à deux heures?

François prit les lèvres de Jeanne. De sa vie, il n'avait espéré séduire une dame de cette condition.

— Si tu ne crains pas la modestie de mon logis. Mais je possède un bon lit, des draps propres et peux commander un pichet de vin chez Missonnier et une brioche chez le boulanger.

Habillé de nouveau, le jeune homme contempla Jeanne toujours couchée, les boucles d'oreilles de saphir posées sur l'oreiller entourant le ravissant visage de leurs feux sombres.

— Pourquoi me veux-tu? interrogea-t-il. Tous les aristocrates de Paris doivent être à tes pieds.

— Parce que je suis libre de faire ce qui me plaît et ne regarde jamais mes pieds, crâna Jeanne.

Pendant un mois, la jeune femme se rendit deux fois par semaine rue des Ballets. Le logement lui rappelait celui de sa mère en plus humble mais le mobilier, les objets avaient été choisis selon les mêmes critères de solidité et de valeur utilitaire. Les premiers jours, elle s'amusa à changer les modestes meubles de place, arrangea des bouquets de fleurs, acheta quelques gravures représentant du gibier, canards sauvages, faisans, perdrix, lièvres, bécasses. François la regardait faire en souriant puis, brutalement, la prenait dans ses bras et la déposait sur le lit. Jamais il n'avait couché avec une femme qui lui ait donné ce plaisir. Il semblait que Jeanne fût la séduction même, une tentatrice experte qui savait par cœur le corps des hommes et en jouait à sa guise. Même au bordel, qu'il fréquentait de temps à autre, il n'avait connu une telle science de l'amour. Elle l'avait envoûté. Souvent il se répétait : « Je suis amoureux d'une comtesse qui a du goût pour moi. » Cela lui semblait un rêve, le rehaussait à ses propres yeux. Il se voyait en personnage important pouvant négliger les filles faciles. Les femmes qu'il avait admirées autrefois lui semblaient aujourd'hui ordinaires. Jeanne sentait bon, sa peau était poudrée, douce comme un souffle, ses cheveux parfumés. Elle parlait d'une voix feutrée, élégante, employait des mots qu'à peine il connaissait.

Un après-midi où Jeanne allait le quitter pour monter dans un fiacre, il se mit à genoux devant elle et la supplia de rester. Il voulait s'endormir dans ses bras, se réveiller à côté d'elle, passer la journée à se promener, elle à son bras. Mai était délicieux, ils pourraient aller aux Champs-Élysées écouter des musiciens ambulants ou assister à l'un des nombreux spectacles donnés en plein air. Puis ils souperaient à la barrière de Clichy chez un traiteur de ses amis, passeraient une nouvelle nuit ensemble. Au matin, elle s'en irait. Jeanne accepta. Mais elle avait besoin d'une robe toute simple, d'un fichu, d'un bonnet de linon, de chaussures faites pour la marche. Avec ses souliers étroits à hauts talons, à peine pouvait-elle faire quelques pas. Chez un fripier, la jeune femme découvrit ce qu'elle cherchait et se vêtit en riant aux éclats. Il lui semblait revenir au temps où avec Adélaïde Labille elles partaient bras dessus, bras dessous se promener, faisant se retourner les beaux messieurs des Tuileries.

— Je dormirai nue, plaisanta-t-elle, car je n'ai point apporté de chemise.

— Et ton mari ? interrogea François.

— Il se moque bien de mes absences. Il lui arrive de découcher plusieurs nuits durant et je ne lui en veux pas le moins du monde.

« Quelle étrange société, pensa François. Si ma femme s'évaporait sans explication, je l'étranglerais. »

Les Champs-Élysées grouillaient d'une foule hétéroclite montant et descendant l'allée sinuant le long de bosquets qui semblaient plantés là par quelque magicien. Cafés, boutiques vendant des fanfreluches se succédaient. Court vêtue, portant des bas de coton et des souliers de gros cuir brun lacés, Jeanne ne s'était pas autant amusée depuis longtemps. Comme ils avaient chaud, François et Jeanne s'assirent à un café et commandèrent un bol de cidre doux. Un marchand ambulant leur offrit des beignets tout saupoudrés de sucre que Jeanne dévora aussitôt. Les lèvres poisseuses, elle embrassa son amant, un baiser délicieux, une gourmandise sucrée comme le fruit défendu. François la serra dans ses bras. « Je suis amoureux de toi », chuchota-t-il. Elle rit. Tout était simple, facile et gai. Ce soir encore, elle dormirait dans l'étroit lit de fer qui grincerait quand ils feraient l'amour. A travers le plafond trop mince, elle entendrait le marchand de vin se quereller avec sa femme, sentirait l'odeur du fricot de lapin, de la soupe aux poireaux. Elle avait été trop loin, trop vite. Il lui fallait un instant de repos, souffler, retrouver la Jeanne d'autrefois. Ensuite, elle pourrait repartir. « Quelque temps de répit, se disait-elle, ensuite j'oublierai François Lenormand et la singulière entente qui nous unit. »

— Où étais-tu passée ? interrogea Jean-Baptiste du Barry.

La voix n'était pas fâchée, curieuse simplement.

— J'étais avec qui bon me semble.

— Et que t'a-t-on donné pour ces deux jours de plaisir ?

— Rien. N'est-ce pas mon droit d'avoir des coups de cœur ?

— Nous avons les domestiques à payer, grommela du Barry, et je voulais donner à souper à quelques amis. Oublierais-tu que nous sommes associés ?

— Tu proclames mépriser l'argent, ne te montre pas tout d'un coup avaricieux. Pour payer nos domestiques, vends quelques diamants ou triche au jeu à ta convenance. Quant à moi, je suis fatiguée et te souhaite le bonsoir.

Anne était repartie à Vaucouleurs pour vendre les modestes effets de Jeanne Bécu, sa mère, décédée avant Noël. Après la mort de la comtesse de Ludres, la mère d'Anne s'était acheté une maisonnette au bord de la route de Toul avec un potager, un verger planté de pommiers et de poiriers en quenouille. Son époux était mort deux années plus tôt d'une attaque d'apoplexie. Elle ne s'en était pas remise, restant prostrée au coin de l'âtre l'hiver, de la fenêtre l'été, usée par toute une vie de servitude.

Jeanne regrettait l'absence de sa mère. Elle lui aurait parlé de François, de la joie simple qu'elle éprouvait à arpenter à son bras les rues de Paris, du modeste logis de la rue des Ballets dont elle avait réussi à faire un nid charmant. Anne aurait compris ce soudain engouement.

Durant tout l'été, Jeanne renouvela avec prudence ses escapades. Elle se doutait que Jean-Baptiste la faisait surveiller. Lorsqu'en août la rumeur surgit que le roi avait disgracié mademoiselle de Romans, la jeune femme comprit que le jeu était fini, que chaque jour comptait et qu'elle devrait dire adieu à ses romantiques amours. Le dernier après-midi avec François fut sans gaieté. Jeanne éprouvait des remords. Elle s'était servie de ce garçon pour son plaisir et le rejetait dans une ombre dont il ne sortirait plus. Ils firent l'amour doucement, longuement.

— Avant de nous quitter, j'ai une confidence à te faire, dit-elle en se rhabillant. La femme que tu as aimée était imaginaire et il faudra qu'elle reste telle dans ta mémoire. Je ne suis pas comtesse du Barry mais Jeanne Bécu. Ma mère était couturière à la journée, ma grand-mère domestique. J'ai moi-même travaillé comme coiffeuse, dame de compagnie, vendeuse. Je te ressemble. Je suis comme les femmes que tu as aimées et que tu vas bientôt aimer. Ne me regrette jamais, j'étais simplement un rêve.

— Ainsi ton mariage est à la détrempe et tu n'es

qu'une fille entretenue par du Barry. Tu m'as bien abusé, ricana-t-il.

Depuis des mois, il s'enorgueillissait d'être l'amant d'une aristocrate et on lui cassait brutalement ses illusions. Certes, Jeanne était belle, rieuse et douce, mais sans le titre de comtesse, elle lui apparaissait presque banale. Elle l'avait dupé et il ne le lui pardonnerait pas.

Jeanne avait la gorge nouée.

— Tu t'es trompé d'amour, pas moi, murmura-t-elle.

Fébrilement elle noua sur sa tête un carré de dentelle, chaussa ses jolis souliers de satin. Un fiacre l'attendait en bas.

— Qui sait si nous n'avons pas le même imaginaire ? murmura-t-elle en ouvrant la porte. Tu rêves d'une aristocrate et moi d'un roi. Souhaitons-nous bonne chance.

— Le roi se meurt d'ennui, annonça triomphalement Richelieu. Il a refusé toute fête pour le cinquantenaire de son avènement.

— Monsieur le Dauphin est à l'agonie et Sa Majesté vient de perdre son gendre, le duc de Parme, nota Jeanne. L'heure n'est guère à la joie pour lui.

Depuis sa rupture avec François, elle avait repris sa superbe. Elle avait franchi sans retour le pas qui la séparait de sa caste, était devenue une vraie aristocrate.

Richelieu tapota sa pipe contre le manteau de la cheminée. Septembre amenait du jardin des effluves de roses.

— Nous devons être prudents. Laissons notre souverain pleurer son gendre qui lui rappelle sa fille tant aimée. Le moment serait mal venu de proposer une nouvelle maîtresse à Sa Majesté qui est d'humeur fort sombre, critique tout ce que l'on lui soumet et s'enferme dans ce silence, ce goût du secret qu'on lui connaît bien. Et les remontrances des parlements, la querelle entre d'Aiguillon et La Chalotais l'irritent. La cabale menée contre d'Aiguillon par le parlement breton peut bien être une des causes du renvoi de mademoiselle de Romans, Bretonne, elle aussi. Les parlements se font par trop républicains, le pouvoir royal y est sans cesse contesté. En un mot, les temps ne sont pas à l'amour. Laissons notre roi se délasser au Parc-aux-Cerfs où personne ne peut le retenir. Il s'agit d'un simple exercice de santé. Mais avec le temps tout peut changer. Sa Majesté aura besoin à nouveau d'une femme assez intelligente pour l'écouter, le conseiller, le comprendre et réveiller sa virilité. Cette charge sera la vôtre, Jeanne.

— Le roi a-t-il un caractère difficile? s'inquiéta-t-elle.

Un valet servait du thé et des tranches de brioche accompagnées de confitures. Une lumière douce pénétrait par les deux hautes fenêtres ouvertes sur le petit jardin qu'une allée plantée de tilleuls traversait.

— Sa Majesté peut rester silencieuse à vous observer, lancer des mots coupants puis soudain se montrer affable. Elle est timide et déteste les nouveaux visages, introvertie et sans doute neurasthénique. J'ai connu le roi enfant, sa solitude faisait peine à voir. Il vivait alors dans la crainte que madame de Ventadour ne le quittât. Le jour où on l'arracha à cette femme pour le remettre à son gouverneur fut pour lui un événement brutal que jamais il n'a oublié. Notre roi s'attache peu aux êtres, il aime ses enfants légitimes mais ne s'est guère soucié des illégitimes, sinon en leur octroyant un petit pécule afin qu'ils ne vivent pas en gueux. Il a aimé d'amour brièvement la reine et madame de Pompadour. Ses amis se comptent sur les doigts d'une main.

— Sa Majesté a l'air bonne cependant, remarqua Jeanne en trempant ses lèvres dans sa tasse.

— Le roi n'est ni méchant, ni bon, seulement entièrement tourné sur lui-même. Si on lui nuit, il se vengera, si on le sert fidèlement, il saura montrer de la gratitude. Mais je suis convaincu que, sous cette carapace, notre roi a un cœur, il le sait et se protège d'autant mieux que cette sensibilité le rend vulnérable.

— J'aimerais le rencontrer, ne serait-ce qu'une fois, prononça Jeanne d'un ton rêveur. Ne pourriez-vous, monsieur le duc, organiser une fête où il paraîtrait ?

— Si on vous présentait maintenant, il vous retiendrait pour la nuit puis vous renverrait. Il est le maître, ne l'oubliez pas. Ce sera lui qui devra vous demander de rester à ses côtés, non à vous de vous y imposer.

La nuit qui tombait amenait une brume légère qui teintait l'herbe de bleu. Jeanne fit fermer les fenêtres. Comment patienter encore tous ces mois, ces années peut-être ? Elle allait sur ses vingt-trois ans, à vingt-cinq elle commencerait à perdre sa prime jeunesse.

La vie se déroulait, toujours semblable, les dîners, le jeu, la fatigue de nuits blanches, l'argent jeté à pleines mains lorsque la chance leur était favorable, une nuit généreusement rétribuée à Jeanne si elle ne l'était point. Le vicomte de Sabran s'était porté amateur. Les gages des domestiques purent être intégralement payés et du Barry refit tapisser la voiture d'un velours bleu royal qui l'enchantait. Fin novembre, Jeanne se sentit souffrante. Au salon, elle se laissait engourdir par le feu, incapable de lire ou de travailler à un ouvrage. Même Adélaïde de La Rena ne parvenait pas à la faire sortir. « Ce sont les habitudes qui m'abrutissent, assurait-elle. J'aurais besoin de voyager, de fuir ces visages qui sont toujours les mêmes. » Les flammes vives et crépitantes rosissaient son teint. Elle ne portait plus de fards, tirait juste ses cheveux derrière la nuque pour les attacher en une lourde tresse.

Les tilleuls de l'allée étaient tous dépouillés de leurs feuilles, l'herbe avait jauni, les derniers chrysanthèmes étaient rongés de rouille.

— Je m'ennuie, avoua Jeanne à son amie. Même la vue d'un homme séduisant ne m'excite plus.

— Je vais faire venir Bordeu, le meilleur médecin de Paris. Il te fera bonne impression.

— Me saignera-t-il ? Je ne le supporterais pas.

— Il t'examinera. Avec ces dîners de mauvaise qualité que servent les impécunieux grands seigneurs, tu dois avoir le foie détraqué. Quelques pilules, beaucoup d'eau de Vichy et il n'y paraîtra plus.

Bordeu arriva le soir même à l'hôtel du Barry. D'un âge déjà mûr, sûr de lui, il fit sortir tout le monde et demanda à Jeanne de s'étendre sur son lit. Sans un mot, il tâta le foie, s'attarda sur le ventre, le bas-ventre, remonta vers les seins.

— Vous êtes enceinte d'au moins quatre mois, madame. N'avez-vous pas senti le bébé bouger ?

— Non, balbutia Jeanne, effarée.

— Il ne va pas tarder à le faire. Dois-je vous féliciter ?

Les yeux pleins de larmes, la jeune femme fut incapable de répondre. Un enfant, mais de qui ? De Lenormand, de du Barry, du marquis de Villeroy qui avait succédé de près à Lenormand, de Sabran ? Et ses projets d'avenir ? Pourrait-elle plaire au roi avec un enfant dans ses jupes ?

— Pas pour le moment, monsieur Bordeu, murmura-t-elle. Les fausses couches sont fréquentes pour un premier enfant, et il se pourrait que ce malheur m'arrivât.

16

— Es-tu folle ! s'exclama du Barry.

— Nous pourrions confier le bébé à une nourrice à la campagne, suggéra timidement Jeanne.

— Les femmes du peuple ont l'âme maternelle. Tu voudras voir ton petit, le caresser, le cajoler, et bientôt exigeras de le reprendre. Si tu décides de garder cet enfant, tu peux sortir d'ici et aller accoucher dans le ruisseau.

Jeanne pleurait à gros sanglots.

— Je veux d'abord parler à maman, elle sera de retour la semaine prochaine.

— Ta mère est une femme de bon sens. Elle t'a élevée seule et sait ce que coûte un bâtard à une mère. Pour une fois, nous serons d'accord elle et moi.

Pendant trois jours, Jeanne ne quitta pas sa chambre, parfois folle de joie de porter un enfant, la plupart du temps désespérée. Serait-elle assez forte pour amener son petit dans une lointaine campagne et l'y abandonner ? Mais si elle le gardait, cela en était fini de ses rêves. Toutes ces années passées à les préparer, jusqu'à les savoir à portée de main, n'auraient servi à rien. Elle devrait travailler, se placer peut-être. C'était impossible à envisager.

De retour de Vaucouleurs, Anne serra longuement sa fille dans ses bras.

— Sois raisonnable et ne garde pas cet enfant, conseilla-t-elle à sa fille.

Elle-même était passée deux fois par l'épreuve d'être fille-mère et se souvenait des médisances, des ricanements, des plaisanteries obscènes des garçons du pays.

— Si tu dois avoir un enfant, poursuivit-elle en caressant les cheveux de sa fille, ce ne sera pas d'un père que tu n'es pas même capable d'identifier.

Jeanne fermait les yeux. Elle aussi était convaincue.

— On dit madame Bourdin fort habile, intervint Anne après un moment de silence. J'ai pris mes renseignements, mais elle demande dix louis. Jean-Baptiste les paiera-t-il ?

— Je ne lui demanderai pas un sou ! Va vendre mon bracelet de saphirs. Si la somme réunie n'est pas suffisante, je demanderai de l'aide au maréchal de Richelieu. Il ne me la refusera point, car lui est gentilhomme.

Anne accompagna sa fille chez madame Bourdin, rue Serpente. Le Pont-Neuf était encombré de carrosses, de cavaliers et le fiacre qui amenait les deux femmes roulait au pas.

Malade d'angoisse, Jeanne s'agrippait à la main de sa mère qui se taisait, rongée elle-même d'anxiété. Elle avait entendu parler de femmes saignées à blanc trépassant sur une table, de douleurs insupportables, d'infections qui emportaient en quelques jours les parturientes.

Affable, la femme Bourdin les accueillit dans son officine. Tout était prêt. Elle supplia Jeanne de se détendre, de lui faire confiance car les patientes qui résistaient s'attiraient les pires souffrances et des ennuis sans fin. Par contre, si elle se montrait docile, tout se passerait bien, en dépit du stade avancé de la grossesse.

— Respirez un peu d'opium, demanda-t-elle à la jeune femme, et allongez-vous en chemise sur cette table. Je vais placer un coussin sous vos fesses et vous tiendrez vos jambes bien ouvertes. Madame votre mère m'aidera si nécessaire car je ne tiens pas à vous ligoter les pieds à des étriers.

L'opium faisait tourner la tête de Jeanne, elle ne voyait plus très distinctement la pièce sombre ni sa mère, ni les curieux instruments alignés sur une console à côté de la table.

— Donne-moi encore un peu d'opium, supplia-t-elle en regardant sa mère. Je veux dormir et m'éveiller en ne me souvenant de rien.

Une affreuse douleur tira soudain Jeanne de sa léthargie. Il lui semblait qu'on enfonçait un crochet au plus profond de son ventre pour lui arracher les entrailles. Elle poussa un hurlement.

— Tout doux, ma petite, murmura la Bourdin tout près de son oreille. Les contractions vont venir d'ici quelques minutes et l'objet de vos soucis sera expulsé.

Anne avait pris la tête de sa fille et la serrait contre sa poitrine. « Les femmes payent trop cher le plaisir qu'elles donnent aux hommes », pensa-t-elle. La souffrance s'était apaisée. Jeanne demanda à boire.

— Quand les douleurs commenceront-elles ? interrogea-t-elle.

— Une dizaine de minutes.

Jeanne avait des nausées.

— Donnez-moi une cuvette et un linge propre, ordonna Anne.

A coups réguliers, une horloge sonna cinq heures. Il faisait presque nuit.

— Je préfère vous voir sortir tard dans la nuit, les avisa madame Bourdin. Dans la journée, il y a toujours quelque mouchard qui tourne autour de ma porte. Si je suis prise, dans un mois je me balancerai au bout d'une corde place de Grève et pas une de mes clientes ne sera là pour prendre ma défense.

Anne n'écoutait pas. Entre deux haut-le-cœur, Jeanne râlait doucement.

— Ma fille ne va pas bien du tout, s'alarma-t-elle. Elle est blanche comme une morte. Faites quelque chose !

— Patience, ma petite dame. Je vais faire bouillir de l'eau et serai de retour dans cinq minutes, les contractions devraient alors commencer.

Anne parlait à sa fille mais celle-ci semblait ne rien entendre. Un peu de sang noir s'écoulait entre les cuisses et tachait la nappe de coton blanc.

— Nous y sommes, constata la Bourdin.

Les râlements de Jeanne étaient plus rapprochés, son corps en sueur, ses beaux cheveux répandus de chaque côté de l'étroite table. Maintenant le sang coulait en abondance.

— Le voilà, se réjouit l'avorteuse.

Une masse sanguinolente attachée à un cordon semblait noyée dans le flot de caillots sanglants qui continuait à s'écouler du sexe de Jeanne.

— Un garçon. Le voici à présent avec les anges.

— Arrêtez l'hémorragie ! s'écria Anne. Ne voyez-vous pas que ma fille se meurt ?

La Bourdin lava Jeanne soigneusement puis disposa entre ses cuisses un paquet de linges propres.

— Laissez-la étendue une petite heure. Je vais lui donner un bol de bouillon. Ensuite, vous pourrez la ramener chez vous. Et n'oubliez pas : quoi qu'il arrive, ne remettez jamais les pieds ici.

Jeanne s'éveilla dans son lit. Elle se sentait si fatiguée, qu'à peine pouvait-elle bouger. Le docteur Bordeu était à son chevet.

— Votre fausse couche vous a fait perdre beaucoup de sang, mon enfant, et monsieur le comte s'est bien inquiété. Il a passé la nuit dernière à votre chevet pour permettre à votre maman de se reposer.

— Vais-je mourir? chuchota Jeanne.

— Non, mon enfant. Mais j'ai dû faire venir un chirurgien en qui j'ai toute confiance pour parachever un travail un peu bâclé par la nature. Vous commenciez une infection qui me tourmentait. Grâce à Dieu, tout cela semble fini.

— Je n'aurai donc aucune séquelle?

Le docteur garda un moment le silence. Enfin, il prit la main de Jeanne et la serra dans la sienne.

— Aucune mettant en danger votre santé. Mais je crains que vous ne puissiez plus être mère.

Le salon était calme. Une pluie glacée battait les carreaux et les domestiques n'avaient pas encore allumé les bougies.

— Je veux que notre vie change du tout au tout, exigea Jeanne. Plus d'amants de passage, plus de nuits autour des tables de jeu.

Jean-Baptiste gardait la même expression lointaine, un peu persifleuse.

— Et comment vivrons-nous, je te prie?

— Vends des terres. Ton parrain t'a laissé de la fortune à ce que je sais.

— J'ai déjà vendu trois métairies. N'oublie pas que j'ai une femme, un fils et cinq frères et sœurs. Je ne peux ruiner ma famille pour tes beaux yeux.

Avec violence, Jeanne jeta le livre qu'elle avait sur les genoux à la tête de son amant. Celui-ci l'évita de justesse.

— Tu n'es qu'un proxénète et un escroc, Jean-Baptiste ! J'avais eu l'illusion de compter pour toi et constate que je ne représente que des louis d'or. Eh bien, ces belles pièces rutilantes, il te faudra les trouver ailleurs. Demain je t'aurai quitté.

— Pour aller où, ma belle biche ?

— Qu'importe, pourvu que ce ne soit point avec toi.

— A ta guise. Mais à ce petit jeu, tu as à perdre bien plus que moi.

Sans la moindre question, Richelieu avait fait compter cinquante louis par son secrétaire et remis la bourse à Jeanne.

— J'ai loué un appartement rue Montmartre chez le sieur de la Planche qui est un de mes obligés. Tout est prêt pour vous accueillir, mon enfant. Avec cet argent, vous allez pouvoir subsister quelques mois. N'hésitez pas à me solliciter si vous vous trouvez gênée. Par ailleurs, nous nous verrons aussi souvent que possible. Mes vieilles jambes me porteront bien un étage pour retrouver la femme que j'admire le plus au monde.

L'appartement loué par Richelieu rue Montmartre plut à Jeanne. Tout y était d'un goût exquis, du salon au cabinet de musique et à celui de toilette en passant par le boudoir et la chambre. « Richelieu est un seigneur et du Barry un goujat, pensa la jeune femme. Je n'ai plus besoin de lui alors qu'il n'est rien sans moi. » Cette pensée la remplit d'aise. Elle avait parcouru un assez long chemin pour poursuivre sa route avec l'aide d'amis solides, meilleurs conseillers que Jean-Baptiste qui, lui, ne pensait qu'aux honneurs et à l'argent. Il l'avait tirée de rien mais il s'était trompé sur elle. La perte de son enfant scellait d'une façon définitive la fin de la tendresse, du désir qu'elle avait eus pour lui.

A deux pas, Anne avait déniché un modeste logement en rez-de-chaussée qui lui convenait. Malheureuse d'être inactive, elle avait accepté quelques pratiques et brodait des cols, des poignets de chemise, des tours de cou. Émerveillée et offensée par le luxe des déshabillés de sa fille, le prix des fards alignés sur la table recouverte d'un napperon de mousseline, elle venait plusieurs fois par semaine l'assister à sa toilette. Richelieu avait offert les services d'une femme de chambre et d'une cuisinière.

— Et les pauvres gens, avait-elle fait remarquer, y penses-tu quelquefois, ma fille ? Tu n'as pas été élevée au couvent dans l'esprit de jeter l'or par les fenêtres alors que tes voisins meurent de faim.

— Je ne refuse jamais mes secours, maman, avait répliqué Jeanne, mais la charité se pratique discrètement. Je n'ai pas besoin comme beaucoup de grandes dames de me faire accompagner par deux laquais poudrés pour déposer une corbeille de vieux linge chez des miséreux.

Jamais le spectacle de la pauvreté ne l'avait laissée indifférente et son cœur se serrait lorsque dans sa voiture, chaudement emmitouflée dans une couverture, elle voyait des mendiants estropiés, des gens déguenillés, pâles, rabougris, sortant de taudis tandis que les voix aigres des crieurs vantaient d'ignobles reliefs récupérés à la table des riches et négligés par les domestiques. Des chiffonniers armés de crochets fouillaient les détritus, la fange, des voleurs à la tire rapides comme l'éclair tiraient les bourses des quelques promeneurs bien vêtus. Le roi connaissait-il cette misère ? Souffrait-il de savoir tant de ses sujets réduits à l'état de bêtes ? Si elle parvenait jusqu'à lui, elle tenterait de lui ouvrir les yeux. Il fallait assainir les égouts, raser les taudis et construire des maisonnettes aérées, interdire le travail des enfants de moins de sept ans, multiplier les hospices pour les vieux. Quant à elle, que pouvait-elle faire, hormis donner quelques écus çà ou là, des chaussures encore propres, des vêtements chauds pour les petits? Souvent, elle repensait aux confidences du duc de Richelieu. Le roi si seul, orphelin aux Tuileries, accroché à sa gouvernante lui servant de mère, entouré de figures austères, abreuvé de recommandations, traîné à des cérémonies religieuses interminables, des conseils de ministres où il ne comprenait rien et durant lesquels il devait se tenir droit, le menton haut, sans bouger. Puis l'arrachement à madame de Ventadour, la remise à son gouverneur, l'austère maréchal de Villeroi, l'impression d'isolement absolu. Son sort avait-il été plus enviable que celui d'un garçon pauvre mais entouré de l'affection de ses parents, d'une solidarité chamailleuse entre frères et sœurs? Claude étant mort bébé, elle aussi avait été une enfant unique grandissant dans la solitude avec une mère n'ayant point d'époux. Mais elle avait eu la chance d'aller au couvent, de s'y constituer une sorte de famille. Qu'étaient devenues Antoinette et Émilie? En dépit des promesses qu'elles s'étaient faites, jamais elle n'avait reçu de leurs nouvelles.

Dans son joli appartement, Jeanne recevait des amis intimes, Richelieu, le duc de Duras, Fitz-James, le poète Moncrif auquel elle avait le courage de montrer les quelques odes qu'elle se plaisait à composer, le peintre La Tour, les marquis et comte de La Tour du Pin et sa chère Adélaïde de La Rena qui lui avait présenté la duchesse de Valentinois, une femme pleine d'esprit qui étouffait à Versailles. Le salon de la jeune femme ne permettait aucune licence, on y lisait des vers, faisait de la musique, mais l'esprit y était libre, léger, ironique, parfois caustique. L'affaire du chevalier de la Barre, condamné à avoir le poing et la langue tranchés avant d'être brûlé vif exaltait ces esprits libéraux. Maupeou avait signé le décret d'exécution et personne n'avait de mot assez méprisant pour le juger.

— Torturer et exécuter un jeune homme de dix-neuf ans avec cette cruauté pour blasphème? On se croirait au Moyen Age! tonnait Fitz-James.

— Il est un âge où l'on aime se moquer de tout, braver l'opinion publique et même la religion sans que cela porte à conséquence, intervint la duchesse de Valentinois. Quand donc cessera-t-on de vouloir étouffer dès le berceau ce qui nous reste de liberté? Briser un crucifix est un geste détestable mais cela ne supprime pas Dieu pour autant. Et lequel de nos fils, après quelques verres de vin, ne serait-il capable d'un blasphème? A vingt-cinq ans, ces mêmes jeunes seront mariés, pères de famille et chrétiens exemplaires. Que messieurs les juges cessent de s'introduire dans nos vies!

— De la Barre est cousin des d'Ormesson, ajouta La Tour du Pin, celui-ci interviendra sans aucun doute pour inciter les juges à réviser le procès. On l'enverra devant le Parlement de Paris qui prononcera une peine plus légère.

— Et qu'est-ce que l'impiété? interrogea Jeanne. Est-ce de ne pas singer les autres? Enverra-t-on bientôt en prison ceux qui refusent d'aller à la messe ou lisent des livres irréligieux? Et comment pourrait-on être croyant si on n'a pas auparavant réfléchi à ce que représente la foi?

— Le chevalier a blasphémé et ne s'est pas découvert devant le passage du Saint Sacrement, nota Adélaïde de La Rena.

— Le blasphème est partout, ricana Duras. Mettez en doute les mystères de votre sainte religion et vous voilà traîné devant les bourreaux. Pour ma part, je refuse l'idée de l'enfer qui serait un lieu où Dieu ne serait pas. Dieu est en tout lieu, si vous l'excluez d'un emplacement quelconque, vous lui octroyez par conséquent un espace déterminé, donc une forme, et le réduisez à la condition matérielle. Que je clame cette opinion dans la rue et me voilà mort. Que je la glisse parmi vous ou à Versailles et l'on me jugera philosophe.

— La Barre sera exécuté, soupira Richelieu. Sa Majesté doit plaire aux grands comme aux petits. Son opinion personnelle est sans importance.

Avec la pluie continuelle, les récoltes s'annonçaient catastrophiques. A nouveau on murmurait contre le roi, ses dépenses, ses châteaux, alors que, surchargé de taxes, le peuple mourait de faim. Des pamphlets circulaient, des affiches étaient collées la nuit, montrant le roi dévorant ses sujets, que les sergents du guet arrachaient au petit matin. En se promenant à pied, Jeanne aperçut un jour un de ces placards grossièrement coloriés où dans la bouche démesurément ouverte du roi se débattaient de petits personnages nus, faméliques et épouvantés.

— Ne salissez pas vos beaux yeux à contempler ces ignominies, prononça une voix derrière elle.

Jeanne se retourna et aperçut Claude-Maximilien de Sainte-Foy, trésorier général de la Marine. Un jour, au hasard d'un souper, ils avaient été placés l'un à côté de l'autre et la jeune femme n'ignorait pas qu'il était tout dévoué à Choiseul et sa famille.

— L'intolérance me heurte, répliqua Jeanne. Quand elle est intransigeante, la vérité elle-même devient mensonge.

— Intéressant, reconnut Sainte-Foy. Accepteriez-vous de faire quelques pas avec moi jusqu'aux jardins du Palais-Royal ? Par chance, le temps est clément aujourd'hui.

Jeanne prit le bras de Maximilien. Un intime de Choiseul n'était pas à négliger. Richelieu ne lui avait pas caché qu'un jour ou l'autre il faudrait qu'elle sollicite une entrevue avec le tout-puissant ministre et se débrouille pour lui déplaire, ce qui ne serait pas facile car il était fort amateur de jolies femmes. Tout lien d'amitié avec lui ruinerait leurs plans de le faire renvoyer. Maintenant qu'ils approchaient du but, il leur fallait jouer serré. « Et une réconciliation avec du Barry s'impose, avait-il malicieusement ajouté. Les dames peuvent avoir des caprices mais, si elles choisissent de vivre seules, elles deviennent aussitôt suspectes. Je suggérerais que dans l'été vous vous raccommodiez. Alors nous trouverons un subterfuge pour que vous rencontriez Choiseul. »

« Voilà le moyen mis par le Destin sur ma route », pensa Jeanne en cheminant à côté de Sainte-Foy. Mais elle ne devait pas se hâter, toute sollicitation prématurée semblerait suspecte.

— On dit que vous n'êtes plus avec le comte du Barry, insinua le jeune homme alors qu'ils remontaient la rue des Petits-Pères. C'est une bonne nouvelle car cet individu a fort mauvaise réputation.

— Vraiment ?

— Il aurait exploité quantité de femmes, triché habilement au jeu et accepté toutes sortes d'affaires louches pour mener son train.

— Mais rien n'a été prouvé contre lui, n'est-ce pas ?

— Pas encore. D'ailleurs, il jouit de protections importantes que vous devez connaître.

— Je ne me mêle pas de politique, déclara Jeanne d'un ton joyeux. Les amis du comte du Barry partagent avec lui le goût d'une certaine liberté de jugement, celui des arts et des belles-lettres. Je me solidarise moi-même avec beaucoup d'idées de mon siècle.

(Jeanne hésita un moment :) Comme le duc de Choiseul, n'est-ce pas ?

— Monsieur le duc encourage en effet la propagation des lumières de notre époque à travers les philosophes, les libres-penseurs. Rien ne lui fait plus horreur que la bigoterie et l'étroitesse d'esprit. Vous lui plairez.

— J'en doute. Monsieur le duc voit les plus jolies femmes de France à Versailles.

— Elles ne vous valent pas. J'ai été ébloui par votre beauté dès notre première, et par ailleurs seule rencontre. Et je connais les goûts de monsieur le duc de Choiseul. Il apprécie les femmes spirituelles, audacieuses, un peu aguichantes.

Dans les jardins du Palais-Royal, Jeanne accepta un sorbet à la fraise et un verre d'eau de mélisse. Il lui était impossible de questionner davantage Sainte-Foy sur le duc sans éveiller sa méfiance. Mais elle devait le revoir. Aucune des petitesses de monsieur de Choiseul, aucune de ses ambitions, de ses médisances, de ses erreurs ne devait lui être inconnue si elle voulait précipiter sa chute. Durant le reste de la promenade, elle se montra gracieuse, enjouée, un peu provocante sans l'être trop. Elle devinait que Claude-Maximilien était accroché. Le soir même, elle rapporterait cette rencontre à Richelieu.

— Tout d'abord, ma chère enfant, déclara le vieux maréchal, vous devez rentrer rue de la Jussienne ainsi que madame votre mère. J'aurai eu auparavant une conversation avec du Barry et il vous accueillera comme si vous vous étiez absentée pour aller chez votre couturière. Si vous avez des conditions, donnez-les-moi maintenant afin qu'il n'y ait plus de brouille entre vous dans l'année qui nous reste avant d'abattre nos cartes.

— Je désire qu'Adolphe du Barry s'installe rue de la Jussienne. J'ai besoin de famille et aime ce garçon comme un frère.

— On fera livrer ses malles dès demain. Avez-vous d'autres souhaits ?

— Que Jean-Baptiste ne me touche plus ! Je veux vivre avec lui seulement en amie.

— Cela sera peut-être plus difficile à obtenir mais je ferai de mon mieux. Quant à moi, je vais vous parler franchement. Cette rencontre avec le trésorier général de la Marine, monsieur de Sainte-Foy, est une chance inespérée pour nous. Il est des plus intimes avec le duc de Choiseul et fait partie de sa coterie. Lorsque le ministre sera tombé, Sainte-Foy mordra la poussière avec lui. Pour le moment, Choiseul est intouchable, l'aura de la marquise de Pompadour est toujours sur lui, il fait peur au roi et négocie âprement le mariage du Dauphin avec l'archiduchesse Marie-Antoinette. L'impératrice d'Autriche se tient à ses côtés comme un roc. Les seuls ennemis que Choiseul compte à la Cour sont madame la Dauphine, mais elle est fort malade et suivra bientôt son époux dans la tombe, et Mesdames, filles du roi, qu'un rien peut faire changer d'avis. Si vous parvenez à vous imposer auprès du roi, elles vous seront d'emblée hostiles et ne vous pardonneront que votre inimitié pour Choiseul qui clame trop fort être du côté des philosophes. Mesdames sont bigotes. Ne négligez jamais vos devoirs de piété.

— J'assiste à la messe tous les dimanches, assura Jeanne.

— Vous exhiberez votre foi. Mais ne rêvons pas, mon enfant. Il nous reste un bout de chemin à parcourir et nous n'avons droit à aucune erreur. Soyez, s'il vous plaît, la maîtresse de Sainte-Foy pour quelques mois. Sur l'oreiller, il vous fera des confidences fort importantes pour nous car il n'aime pas le roi et peut jouer double jeu. Tel maître, tel valet. Sainte-Foy n'est pas assez brillant pour avoir une vision politique et il ne vous exposera que les ambitions du duc. Retenez-les et faites-moi des rapports exacts.

« Mon Dieu, pensa Jeanne, comme le roi doit se sentir seul ! »

17

— Encore un peu de vin de Champagne, mon ange ?

Depuis le retour de Jeanne, du Barry avait pris des allures bonhommes. Ils vivaient dans une sorte de statu quo et, à les voir ensemble, on aurait juré qu'ils formaient le plus uni des couples. La présence d'Adolphe changeait du tout au tout l'atmosphère de l'hôtel de la rue de la Jussienne. Amis, complices, presque du même âge, les jeunes gens aimaient rire, plaisanter, taquiner les domestiques, faire enrager du Barry lorsque, pris par une crise de goutte, il restait cloué dans son fauteuil. Quand elle allait rejoindre Sainte-Foy, Jeanne consultait Adolphe sur ses tenues. Il avait un goût sûr, aimait la sobriété et faisait ôter toute fanfreluche inutile, tout bijou trop voyant. Après ses escapades, la jeune femme regagnait la rue de la Jussienne, fraîche et rose comme si elle revenait de la promenade. Cette liaison ne bouleversait ni ses sens ni son esprit. Elle était en service commandé et, par hâte d'arriver au but, se rendait irrésistible au jeune trésorier.

L'hôtel de Sainte-Foy, rue Neuve-du-Rempart, était d'un luxe raffiné. Délaissant les deux grands salons, Sainte-Foy vivait dans ce qu'il appelait « ses petits appartements » d'une coûteuse sobriété : des boiseries vernies, des fauteuils fins et légers tapissés de soie tendre, des tableaux hollandais de la Renaissance. Lorsqu'ils avaient fait l'amour, elle vagabondait dans l'hôtel, admirant une scène de patinage, une marine, un secrétaire orné de cuivre, d'exquises moulures peintes en vert-de-gris, un trumeau représentant Eurydice suivant un Orphée qui jouait de la lyre. Silencieuse, attentive, elle tentait d'imaginer le décor où elle souhaiterait vivre si elle était admise à Versailles. Sans doute ressemblerait-il à ces pièces douillettes et discrètes faites pour l'amour, la lecture, la musique, l'amitié, auxquelles elle ajouterait sa touche personnelle. Ici, dans ce coin inoccupé, elle aurait disposé un lit de repos, là une table de trictrac en marqueterie. A la place du trumeau à sujets mythologiques, elle aurait préféré une simple scène campagnarde. Son imagination s'exaltait. Elle se représentait à sa toilette, le roi derrière elle, entourée de servantes. Le souverain la dévorait des yeux et, à son sourire charmeur, elle comprenait qu'il l'aimait. Vite Jeanne remettait son chapeau, jetait un carré de mousseline sur ses épaules. La voiture de Maximilien l'attendait en bas. Il l'embrassait légèrement dans le cou.

— A jeudi, mon cœur?

A peine répondait-elle avant de dévaler à pas légers le grand escalier de pierre dont la rampe en fer forgé représentait des oiseaux nichés dans un entrelacs de branches.

Rue de la Jussienne, Adolphe lisait au salon ou disputait avec son père une partie de cartes. Elle soupirait, heureuse d'être de retour. A peine du Barry levait-il les yeux, mais Adolphe quittait sa chaise pour l'embrasser. Souhaitait-elle une tasse de café, de thé, de chocolat? Jeanne tirait un fauteuil et regardait le père et le fils. Comme ils se ressemblaient peu, l'un court, la face ronde, les traits sensuels, l'autre mince, élancé, le nez fin, le regard vif et franc. Son enfant aurait-il eu cette distinction ? Parfois, les larmes lui montaient aux yeux en pensant à lui.

Un matin où elle se retrouva seule au jardin avec Adolphe, elle l'entraîna sur le banc qu'un jardinier avait placé sous une charmille.

— Parlez-moi un peu de votre famille, le pria Jeanne. Je connais si peu les du Barry dont je porte involontairement le nom.

— Ma mère, Catherine, est douce, pieuse, tolérante. Elle a beaucoup aimé mon père puis s'en est détachée et vit au château de Lévignac, une des terres de ma famille près de Toulouse. J'y ai passé avec bonheur les premières années de ma vie en compagnie de mes deux tantes et de mes oncles Guillaume et Élie, les sœurs et frères de mon père. Mes tantes se nomment Françoise et Jeanne de leur nom de baptême mais tout le monde les appelle Chon et Pischi. Voulez-vous une confidence ? Jusqu'à l'âge de quinze ans, chacun me désignait du sobriquet de Loulou. Je l'ai abandonné en entrant dans l'armée.

— Puis-je vous le rendre ? s'enthousiasma Jeanne.

— Je serais ridicule.

— Pas pour moi. Ne sommes-nous pas comme frère et sœur, les meilleurs amis du monde ? Vous êtes la seule personne qui puisse me servir de confident. Au milieu de ces gens d'âge mûr que je dois fréquenter, je me sens parfois bien seule.

Adolphe tendit la main, prit celle de Jeanne dans la sienne.

— Je vous l'accorde, mais n'en usez jamais dans le monde ou bien nous serions fâchés.

Les récoltes de 1767 furent encore plus médiocres

que celles de l'année précédente et les paysans ne cachaient plus leur colère. Le roi fit procéder à une distribution de blé jugée insuffisante. Sa Majesté gardait pour son seul profit l'essentiel des réserves. Au lieu de vouloir le bien de son peuple, il l'affamait, répétait-on.

— Sottises ! affirma Maximilien de Sainte-Foy. Le roi ne se livre à nul négoce de céréales avec l'étranger, mais il a tort de se taire. Son silence prête à toutes les fables. Sa Majesté devrait visiter ses provinces, parler aux paysans, expliquer la situation, au lieu de quoi il se calfeutre à Versailles.

— Sa Majesté a eu tant de chagrins ! constata Jeanne. Après monsieur le Dauphin, enterrer madame la Dauphine a dû lui crever le cœur.

— Madame la Dauphine, Dieu ait son âme, avait sur le roi une influence douteuse.

— Différente de celle de monsieur le duc de Choiseul ?

Le cœur de Jeanne battait. Le moment était venu de commencer à provoquer quelques confidences. Les fenêtres de la chambre à coucher donnant sur les jardins étaient restées grandes ouvertes et de délicats effluves de roses et d'œillets montaient des parterres. Jeanne se pencha sur Maximilien et lui donna un long baiser. Une odeur de graines de coriandre et d'écorces de cannelle déposées dans des coupes de porcelaine chinoise se mêlaient au parfum des fleurs. Maximilien l'attira plus près de lui et la serra entre ses bras. La moiteur parfumée qui se dégageait du corps de sa maîtresse l'enivrait et il était prêt à lui refaire l'amour.

Soudain Jeanne, abandonnant toute pose, se blottit contre lui, la tête nichée au creux de son épaule. Il sentait la douceur de sa peau, le chatouillement de sa toison fine contre sa cuisse. Cette femme était comme une drogue aphrodisiaque.

— Sa Majesté a de la chance d'avoir un ministre comme monsieur de Choiseul, chuchota-t-elle. Il est lorrain comme moi et je l'admire beaucoup. Il me semble habile et avisé.

— Plus que vous ne le pensez, mon doux cœur. Cet homme, en fait, gouverne la France. Sans lui, tout irait à vau-l'eau dans le royaume.

— Ne le dit-on pas perfide ? Ses mots acérés scandalisent certains.

— Pour gouverner, ma belle enfant, il faut savoir déplaire, courage qui manque cruellement à notre souverain. Choiseul peut être dur mais il se montre généreux envers ceux qui le servent avec dévouement.

— Sa Majesté n'en prend-elle pas ombrage ?

— Sa Majesté doute d'Elle et a besoin de conseillers. Après la mort de madame de Pompadour, monsieur le duc a pris le relais.

— Avec toute sa famille ?

— Et pourquoi pas ? Un homme occupant ce poste a besoin de fidèles et d'obligés.

— Tous hostiles au parti dévot ?

Maximilien repoussa Jeanne et fronça les sourcils. Était-ce un interrogatoire qu'on lui faisait subir ?

— Pourquoi cet intérêt subit pour monsieur le duc de Choiseul ? interrogea-t-il d'un ton méfiant.

— Parce que je rêve de lui être présentée et ne veux commettre aucun impair en sa présence. Sa pensée, ses objectifs, la façon dont il voit le gouvernement de la France me fascinent. Pourriez-vous, mon tendre ami, organiser un entretien à Versailles pour ma mère et moi-même ? Nous avons eu à souffrir de malhonnêtetés en ce qui concerne les affaires corses qui constituent la partie essentielle de nos revenus et je voudrais implorer l'aide d'un homme que j'admire au-delà de tout.

Jeanne sentit Maximilien se détendre aussitôt.

— Vous avez raison de lui faire confiance. Lorsque monsieur le Dauphin aura épousé Marie-Antoinette, archiduchesse d'Autriche, il aura sur ce jeune couple qui lui devra son bonheur une influence prépondérante. Madame la Dauphine ne saura rien lui refuser et, une fois reine, l'imposera à son époux comme Premier ministre. Si vous savez gagner son amitié, il ne vous refusera pas ses faveurs.

Longtemps la mère et la fille s'étaient consultées sur la façon de se vêtir lors de l'entrevue avec Choiseul qui avait été fixée à la semaine suivante. Conseillée par du Barry et Richelieu, Anne portait une robe de veuve et une mantille de dentelle noire. Jeanne, quant à elle, avait adopté une tenue attirant l'attention par un faux luxe de mauvais goût. Très maquillée, elle avait revêtu une robe de satin rose toute garnie d'une dentelle à deux sous. Le rose était une couleur seyant mal à ses cheveux d'or qu'elle avait bouclés à outrance et dans lesquels elle avait piqué des fleurs artificielles. En voyant sa fille ainsi attifée, Anne Rançon s'était esclaffée. « Vous déplairez, avait renchéri Adolphe. Monsieur le duc n'aime que les dames et il aura une fille en face de lui. »

C'était tout ce que Jeanne voulait : afin que le tout-puissant ministre ne mette nul obstacle à ce que Le Bel, le premier valet de chambre, la présentât au roi, il fallait qu'il la considère comme une grisette n'offrant pour lui aucun danger. Si un jour elle régnait sur le cœur du souverain, elle pourrait se permettre de le dédaigner à son tour. La consigne de Richelieu était stricte : quitter le bureau du duc de Choiseul en toute humilité car, sans nul doute, il n'attacherait aucune importance à leur sollicitation. Il n'avait accordé l'entretien que par complaisance envers Sainte-Foy et par curiosité aussi de connaître cette Jeanne du Barry que tant de gentilshommes évoquaient en mots fort élogieux. Il était hors de question qu'une possible favorite royale échappât à sa vigilance. Si le roi devait prendre une maîtresse stable, celle-ci ne pouvait venir que de son clan. Longtemps sa propre sœur avait espéré les faveurs royales qui n'étaient point venues. Mais le duc de Choiseul ne perdait pas espoir. Sans doute suffisait-il d'attendre le moment propice.

Longtemps Jeanne et sa mère patientèrent dans l'antichambre. Enfin la porte du cabinet s'ouvrit. Il ne s'agissait pas du grand bureau où Choiseul traitait ses affaires importantes mais d'une pièce de taille modeste où il recevait brièvement les solliciteurs de moindre intérêt.

Les deux dames firent la révérence et, lorsque Jeanne releva la tête, le duc eut un mouvement de surprise : était-ce vraiment Jeanne du Barry qui se tenait devant lui ou une fille à un écu que l'on levait dans les rues de Paris ? Ceux qui lui avaient affirmé que Jeanne était un morceau de roi l'avaient bien abusé.

Sans dire mot, il écouta la requête formulée par Anne. Toutes les ressources de sa fille et d'elle-même venaient des vivres de Corse. Or un décret signé récemment les en privait. Elle sollicitait de Son Excellence le maintien de ce revenu ou elles seraient contraintes de vivre dans la plus grande pauvreté. Choiseul tour à tour observait les deux femmes, la vieille avait des restes de beauté et un maintien digne bien que populaire, quant à la fille, elle se tortillait sur sa chaise, souriait quand il lui aurait fallu être sévère, passait la langue sur ses dents avec une extrême vulgarité. Il soupira et se leva, signifiant que l'entretien était terminé.

— Écrivez-nous une requête que vous ferez remettre à un de mes secrétaires. Je verrai ce que je peux faire pour vous. Mais la Corse étant devenue française, nous réduisons considérablement le nombre de nos troupes cantonnées dans cette île et les revenus des vivres, dont vous tirez quelque profit, se sont amenuisés en conséquence. Votre fille est jeune, madame Rançon, poursuivit-il en fixant Jeanne avec insolence, et peut vous ramener sans difficulté de quoi ne pas mourir de faim. L'appui de ce bon monsieur du Barry fera le reste.

Les deux femmes firent à nouveau la révérence et sortirent.

— Quel fat ! s'écria Jeanne dès qu'elles furent rendues au bout du long couloir. Richelieu avait raison de m'en faire un portrait repoussant. Jamais il ne me comptera parmi ses amis.

En dépit du froid, Anne et sa fille décidèrent de faire quelques pas dans le parc de Versailles. De place en place, elles voyaient circuler des petits groupes, les femmes emmitouflées dans des capes bordées de fourrure. Sous le ciel gris, l'eau des bassins était métallique. Tout était d'une élégance froide, d'une beauté formelle d'où la vie semblait exclue.

— Il faudra revenir quand on donne des concerts et tire des feux d'artifice, décida Anne. Je me suis promenée ici même avec Rançon au mois de juillet et en ai gardé un souvenir ébloui. Seulement les gardes interdisent au peuple de s'éloigner de plus de cent toises du château afin de ne pas s'éparpiller dans le parc pour se mêler à ces messieurs et dames de la Cour.

La voiture de du Barry les attendait devant la grille. Une dernière fois, Jeanne se retourna pour contempler l'immense bâtisse où vivait tout un peuple, du roi au plus humble des marmitons. Le fusil à l'épaule, des gardes suisses se tenaient immobiles. Un bichon qui suivait une femme de chambre jappait. « Se pourrait-il, pensa la jeune femme, que je sois un jour ici chez moi ? » Tout lui semblait irréel. Pourquoi le roi jetterait-il les yeux sur elle quand tant de beautés se pressaient autour de lui ? Pourquoi l'aimerait-il assez pour vouloir la garder auprès de lui au lieu de l'enfermer au Parc-aux-Cerfs ! Une angoisse serra soudain la gorge de Jeanne. Elle avait obéi en tout point au clan de Richelieu, elle avait appris à se tenir, à parler comme une dame, à se vêtir. Elle connaissait surtout l'art d'érotiser les hommes, de les rendre dépendants de ses caresses, et elle-même prenait entre leurs bras un plaisir délicieux. Alors pourquoi ces doutes ? Le roi était là, à quelques pas d'elle dans son cabinet de travail, ses appartements ou avec une maîtresse de passage. En quelques instants, elle aurait la possibilité de le rejoindre, mais en réalité ces instants pouvaient durer une éternité.

Rue de la Jussienne, Adolphe avait organisé un souper avec des jeunes couples, des célibataires. On mourait d'ennui, proclamait-il, avec ces spectres d'un autre âge. La plupart des familiers de son père n'avaient-ils pas connu la Cour de Louis XIV ?

La morosité et l'inquiétude de Jeanne se dissipèrent. Comment le roi se laisserait-il séduire si elle doutait d'elle-même ? Une femme de sa trempe ne devait jamais regarder en arrière, ne point envisager autre chose que la victoire. Le roi était indécis ? Elle se faisait fort de ne lui laisser aucun choix. Un regard velouté, une révérence révélant la perfection de sa poitrine, une moue prometteuse, et il ne résisterait pas plus longtemps que les autres hommes auxquels elle avait mis l'esprit et les sens à l'envers. On le disait voluptueux, sensuel, incapable de se passer des femmes. Ils étaient faits pour s'unir, et pour longtemps.

Jean-Baptiste attendait Jeanne dans son cabinet de travail.

— Choiseul est un homme en danger, déclara-t-il après avoir écouté le récit de l'entrevue, car non seulement il ne sait pas reconnaître d'où vient l'ennemi, mais encore le mésestime. Nous sommes prêts pour le grand moment.

— Quand ? le pressa Jeanne.

— Dans un mois, au plus tard. Il faut avant que Richelieu rentre en relation avec Le Bel, le premier valet de chambre du roi et son grand pourvoyeur de plaisirs. Le Bel s'arrangera pour te faire inviter à Versailles et te placera au premier rang des courtisans sur le passage du roi. Auparavant il aura averti Sa Majesté qu'une dame d'une grande beauté sera parmi les invités. Pour ce genre de choses, le roi a l'œil vif. Il te découvrira aussitôt. Ensuite, ce sera à toi de jouer. Mais auparavant il te faut rompre avec Maximilien de Sainte-Foy car le roi ne tolérerait pas de savoir que sa maîtresse passe d'un lit à l'autre. Sois habile, trouve un prétexte ne lui donnant point la suspicion que tu es sur une autre piste. Tu as une belle imagination et je te fais confiance. *È finita la commedia.*

— Ne te tourmente pas, assura Jeanne. Avec ses mines et ses « monsieur le ministre m'a dit », « monsieur de Choiseul a fait... », il commençait à me porter sur les nerfs. Mais il faisait bien l'amour.

Deuxième partie

1769-1788

18

— Si madame veut bien me suivre.

Raide et imperturbable, le laquais portant une livrée bleu de France précéda Jeanne dans la galerie des Glaces où était déjà assemblée une foule de courtisans. Vêtue sévèrement comme une demoiselle de compagnie sortie d'un pensionnat de province, sa femme de chambre la suivait.

— Madame du Barry !

Tout sourire, un homme d'un certain âge se tenait devant elle.

— Je suis Dominique Le Bel, premier valet de chambre de Sa Majesté. J'ai ordre de vous placer devant cette fenêtre, au premier rang bien sûr.

D'un œil expert, Le Bel avait examiné Jeanne de la tête aux pieds. Cette femme avait de la personnalité et était d'une rare beauté. Se dégageaient d'elle une lumière et une douceur presque soyeuse. « Sa Majesté va être satisfaite », pensa-t-il.

Le brouhaha des voix étourdissait un peu Jeanne. Comme tout le monde, elle tendait le cou, le cœur battant pour voir apparaître le roi tout au bout de la galerie qui renvoyait à l'infini l'image des femmes en robes multicolores, des hommes en perruque poudrée et gilet brodé.

— Le roi ! tonna la voix du chambellan.

Aussitôt le silence se fit. Tous les regards se portèrent vers une silhouette lointaine qui, peu à peu, prenait forme. Louis XV arborait un pantalon gris-bleu, une veste crème rebrodée d'or, des bas de soie crème et des souliers vernis à boucles piqués de brillants. Son visage se précisait au milieu de la cravate nouée plusieurs fois autour du cou, se terminant par un bouillonnement de dentelles aériennes.

Jeanne découvrit des yeux noirs doux sous des paupières un peu tombantes, un nez droit, une bouche d'une extrême sensualité. Le teint était mat, les cheveux naturels, un peu dégarnis sur les tempes, poudrés et frisés au-dessus des oreilles. Un imperceptible sourire aux lèvres, il avançait, semblait ne voir rien ni personne. Comme une vague, les hommes s'inclinaient sur son passage, les femmes plongeaient dans une profonde révérence. Une fraction de seconde, le souverain tourna la tête vers Jeanne, ses yeux rencontrèrent les siens. Il passa, s'éloigna, disparut. « Tout est manqué », pensa la jeune femme. Elle avait la gorge nouée, les larmes aux yeux.

— Madame veut-elle que nous nous en retournions ? demanda la femme de chambre qui n'en pouvait plus d'être debout.

Jeanne l'entendait à peine. Attendu depuis des années, le fameux moment était passé. Toute la matinée, elle était restée à sa toilette, ne négligeant aucun détail susceptible de mettre sa beauté en valeur, avait revêtu une robe de rêve à décolleté carré très profond en soie couleur de lune dont les dentelles accentuaient les reflets nacrés. Autour de son cou gracile, la femme de chambre avait attaché un collier de perles de prix offert par le duc de Richelieu. Elle avait choisi de ne porter aucun autre bijou. Après avoir rassemblé ses cheveux sur sa nuque, le coiffeur avait formé de grosses boucles qui tombaient à la hauteur des épaules. L'or de la chevelure et l'éclat rosé de la peau, les reflets irisés des perles composaient une irrésistible séduction. Et le roi n'avait accordé qu'un bref regard à sa personne ! Pas même un sourire, pas un éclat dans ses yeux, pas un mot, rien.

— Allons, jeta-t-elle à la femme de chambre d'un ton désabusé, nous n'avons que trop perdu de temps dans cette galerie glacée.

Les deux femmes s'éloignaient à pas vifs quand un valet les rejoignit, portant un petit plateau d'argent estampillé d'une fleur de lys.

— Un message pour madame du Barry.

Le feu aux joues, Jeanne s'empara du pli, brisa le cachet.

> Sa Majesté souhaite vous avoir à souper demain à onze heures précises. Le souper sera suivi d'un concert de musique de chambre. Votre serviteur dévoué, Dominique Le Bel.

— Mon Dieu, murmura Jeanne, il faut que je trouve un siège, mes jambes ne me portent plus.

Imperturbable, le valet poussa un tabouret sur lequel Jeanne se laissa tomber. Son cœur battait à tout rompre.

Surgi de nulle part, le duc de Richelieu s'inclinait devant elle.

— Je sais déjà la bonne nouvelle, ma chère enfant. Prenez mon bras, je vous ramène chez vous, peut-être pour la dernière fois.

Toute la journée du lendemain, une telle fébrilité s'empara de Jeanne qu'à peine eut-elle le temps d'avoir des états d'âme. Comment trouver la robe convenable, les chaussures, les bas, la coiffure conformes aux usages de la Cour? Convoquée de toute urgence par le maréchal de Richelieu, madame de Maisan, une de ses proches amies, vint prendre les choses en main au début de l'après-midi. La robe devait être exquise, raffinée mais simple. Elle aimait les roses? Bien qu'à cette saison, elles fussent rarissimes, il fallait s'en procurer pour qu'elle les accroche à son corsage, dans ses cheveux. Le roi lui aussi aimait beaucoup cette fleur et la lierait au souvenir de Jeanne. Escortant madame de Maisan, une couturière, un parfumeur, un coiffeur et un bijoutier en renom firent leur entrée dans la chambre de Jeanne, suivis par deux femmes qui portaient une robe toute déployée enveloppée dans un papier de soie mauve noué de rubans.

— Vos paniers, ma toute belle, et une robe que j'ai personnellement choisie. Vous devez porter le grand corset à baleines pour vous tenir droite sans jamais pouvoir fléchir le dos, ne serait-ce qu'un instant. Nous vous poudrerons les cheveux mais point trop pour ne pas déprécier votre merveilleuse chevelure blonde. Maquillez-vous légèrement, le parfumeur Vigier, ici présent, vous aidera, de la poudre, un soupçon de rouge, noircissez vos sourcils et ne posez pas de mouche, vos deux points de beauté naturels éclipseront les pastilles de taffetas des autres dames. La robe est de la plus belle soie gris perle toute brodée de boutons de roses, décolletée généreusement, sans toutefois dévoiler vos charmants tétons. Le roi sera heureux de les dénuder par lui-même. Le corsage sera juste suggéré par le décolleté en V de la robe et sera rose thé en soie finement plissée. Portez un simple rang de diamants autour du cou, un autre au poignet et des pendants d'oreilles en poire que monsieur Bassenge, espérant votre future pratique, consent à vous prêter.

Le joaillier salua profondément.

— Les bijoux et la beauté, madame, sont, comme les yeux, le miroir de l'âme.

Étourdie, Jeanne se livra aux mains qui la déshabillaient, la coiffaient, la maquillaient, enfila les bas, de ravissantes chaussures à talons en soie grise toutes cloutées de petits diamants. Enfin vint le moment de lui passer le corset qui lui donna le sentiment d'étouffer, les jupons à paniers superposés et la fastueuse robe.

— Voyez par vous-même! s'écria madame de Maisan.

On présenta un grand miroir à Jeanne qui put s'y contempler longuement. A peine se reconnaissait-elle tant la personne qui se reflétait dans la glace avait une élégance, une distinction, une séduction qui semblaient idéales. Les roses dégageaient un parfum exquis que Vigier n'avait voulu souligner de nulle autre essence, le roi n'appréciait pas les senteurs trop lourdes.

— A la place du roi, je serais heureusement surpris, plaisanta Jeanne d'une voix radieuse.

— Il le sera, assura madame de Maisan, et chacun tout autant. Maintenant buvez un verre de champagne, jetez une cape sur vos jolies épaules et montez en voiture. Il est près de neuf heures et il faut compter deux heures pour se rendre à Versailles.

Précédée par un page de la maison du roi, Jeanne gravit les marches de marbre d'un imposant escalier puis emprunta un corridor, grimpa quelques degrés assez raides, suivit un autre passage éclairé de temps à autre par une lucarne. Enfin le page toqua à une porte qu'un laquais ouvrit.

— Suivez-moi, je vous prie, Madame.

Jeanne traversa un salon de géographie, une bibliothèque, un cabinet de porcelaines, un autre couloir étroit. Tout au bout, une porte d'acajou à réchampis dorés était close. Le valet gratta, un autre ouvrit. Tournant le dos à la nouvelle arrivée, quatre hommes et trois femmes étaient rassemblés autour de la cheminée. Soudain un homme de belle stature, à la taille un peu épaisse prise dans une culotte de velours chamois que recouvrait une veste rebrodée, sourit à Jeanne qui plongea dans une profonde révérence.

— Avancez madame, il n'y a ici que de vos amis ou presque, le duc d'Ayen, le maréchal duc de Richelieu, monsieur le duc de Fitz-James, madame la princesse de Montmorency et madame la duchesse de Valentinois. Nous souperons entre intimes car je veux le bonheur de mieux vous connaître. Lorsque je vous ai aperçue en traversant cette insupportable galerie des Glaces, fort bien nommée durant l'hiver, j'ai cru avoir fait un rêve. Et vous voilà devant moi, plus belle encore. Asseyez-vous et causons.

— Sa Majesté est prise à l'hameçon, chuchota le duc de Richelieu à la princesse de Montmorency, et je parierais les dernières années qu'il me reste à vivre que cette jeune femme va enfin rendre heureux celui que je nomme le « roi triste ».

— Alors elle compte déjà parmi mes amis, murmura la princesse. Tant de gens à la Cour ne pensent qu'à leurs propres avantages et n'ont aucun souci du plaisir de Sa Majesté. Choiseul, pour ne pas le nommer, profite honteusement de ses bienfaits et en privé le couvre de ridicule.

Jeanne s'installa dans une bergère voisine de celle du roi. Le regard doux la dévisageait avec une insistance qui la gênait. Mais l'homme lui plaisait, elle avait non seulement envie de lui donner du plaisir, mais aussi de l'aimer.

Le souper fut servi sur une table volante. Les convives mangèrent peu et burent beaucoup. Placée à côté du roi, Jeanne, avec le ton feutré exigé par les manières de la Cour, racontait au roi ses premières chasses avec Fitz-James. Elle montait bien désormais et pouvait suivre la meute à travers les terrains les plus difficiles. Suspendu à ses lèvres, le roi l'écoutait. Rien ne le passionnait plus que la vénerie, le savait-elle ou était-ce un hasard qui les rapprochait plus étroitement encore ?

Au dessert, il glissa la main sur la robe de Jeanne, mais sans insistance, comme une légère caresse de reconnaissance.

A minuit, un orchestre de chambre vint s'installer dans un coin du salon aux boiseries d'un vert très doux. Une belle tapisserie des Gobelins représentant une ronde de nymphes ornait un mur au-dessus d'une commode en marqueterie et bronze doré. Le vin, la température un peu trop élevée, la présence du roi tournaient la tête à Jeanne. A chaque instant, elle devait se maîtriser, peser chaque parole afin de toujours faire une agréable impression. Mais elle se sentait belle, désirable, désirée. De l'autre côté de la table, le duc de Richelieu lui souriait avec bonté.

Il était près d'une heure du matin. D'un signe, le roi demanda à un laquais de faire sortir les musiciens et se leva.

— Sire, intervint Richelieu, mes vieux os ne tiennent plus ensemble, et il va falloir les rétablir dans leur état d'origine en prenant quelques heures de repos. Me pardonnez-vous de me retirer ?

— Allez, mon bon Richelieu. Par ailleurs, nous sommes tous fatigués, je ne vous retiens pas, mes amis.

Jeanne se levait lorsque le roi s'empara de sa main.

— Auriez-vous la bonté de rester pour me tenir un peu compagnie ? Je ne peux me résoudre à vous voir partir.

Souriante, Jeanne s'inclina.

— Je suis votre servante, Sire.

Le Bel avait préparé la chambre comme pour une nuit de noces. Çà et là quelques bougies donnaient une lumière irréelle. Le dessus-de-lit, les fauteuils et tabourets étaient recouverts d'une soie bleue brodée de motifs au fil d'or représentant des chinoiseries : fleurs, bêtes, petits personnages vêtus d'une tunique ou d'une robe exotique. Recouvert de tapis précieux, le parquet luisait sous les lueurs vacillantes.

— Je vous envoie une femme de chambre pour vous aider à vous dévêtir, passer une chemise puis vous attendrez Sa Majesté, souffla Le Bel.

Le sourire aux lèvres, Jeanne l'observa. Cet homme la confondait-il avec la troupe des jeunes biches offertes au chasseur ?

— Je n'ai point de conseils à recevoir pour accueillir Sa Majesté, répondit-elle d'un ton résolu. Et maintenant, s'il vous plaît monsieur Le Bel, laissez-moi seule.

Jeanne était nue devant le feu lorsque le roi pénétra dans la pièce. Les cheveux dénoués tombaient jusqu'à sa taille, dévoilant des seins parfaits aux pointes rosies par le fard. Interdit, Louis XV s'immobilisa. Jamais il n'avait vu une telle beauté.

A pas lents, Jeanne avança vers le souverain. Déjà ses doigts minces dénouaient habilement la cravate, déboutonnaient la veste, le gilet, la chemise. Le roi eut un moment de recul. Jeanne vit ses sourcils se froncer.

— Je n'aime pas être traité en objet, madame.

— Sire, je ne vous traite point en objet, mais en homme. A notre prochaine rencontre, vous m'ôterez mes vêtements et je me laisserai faire en femme. Le plaisir est partagé ou il n'est point.

Les yeux mi-clos, le roi laissa Jeanne ôter la veste,

le gilet, la chemise, dégrafer la culotte de drap chamois. Le désir naissait en lui, fort comme il ne l'avait éprouvé depuis longtemps.

Maintenant ils étaient nus l'un en face de l'autre. Jeanne s'approcha plus près encore, appliqua son corps contre celui du souverain, laissant longtemps leurs peaux se découvrir, se connaître.

— Couchons-nous, ordonna le roi.

— Le désir, Sire, construit les édifices les plus délicats et les plus sensuels, laissons-le œuvrer sans le contraindre. Perdons le sens du réel pour ne nous vouer qu'à la volupté.

Les mains expertes de Jeanne caressaient le roi, des caresses simples et douces, des effleurements. Leurs regards se croisèrent. Les yeux noirs, superbes du roi, ceux pervenche, sublimes de Jeanne. Louis referma les bras sur le corps de la jeune femme. Ils étaient prisonniers l'un de l'autre, de leurs étreintes, du seul regard échangé qui les avait bouleversés.

— Toujours, Sire, je vous considérerai dans notre intimité comme un homme et non un roi. Un roi commande et veut du respect. Je vous obéirai mais ne vous respecterai pas.

Louis aurait voulu sourire mais il était trop ému. Il avait sur sa peau la chaleur de Jeanne, humant sa légère odeur de rose thé, sa bouche ronde s'ouvrait, ses yeux magnifiques le défiaient et en même temps l'encourageaient, exprimant un désir qu'aucune des jeunes filles du Parc-aux-Cerfs n'avait jamais dû ressentir. Le désir de l'homme qu'il était et non celui du roi.

— Je suis en face d'une déesse et ne sais quoi lui dire.

— Venez, Sire, je m'abandonne à vous.

La voix rauque du roi excitait Jeanne un peu plus encore. Son corps distillait un parfum de fleur d'oranger et de citron doux.

Des baisers, des caresses feutrées et savantes, des chuchotements. Le roi se laissait prendre par cette présence magique qui l'envoûtait, fleurs douces d'abord, puis chaudes, tropicales, entêtantes, enivrantes. Déjà cette femme lui inspirait une véhémente passion. Simultanément elle guidait son plaisir, le contenait pour le faire renaître plus vif. A cet instant, il se souvenait de ce qu'il avait été autrefois, il se sentait un homme à nouveau, imposant toujours plus son désir. Personne ne l'éloignerait de cette déesse et de sa vigueur retrouvée.

19

Quittant la rue de la Jussienne avec un pincement au cœur, Jeanne s'était installée à Versailles comme l'avait exigé le roi. Le logement donnant sur la cour de la chapelle était exigu, sombre, mais l'heure n'était pas à la nostalgie. Le roi la désirait si fort qu'il venait la visiter ou la faisait appeler dans ses petits appartements chaque nuit et souvent dans la journée. Richelieu s'annonçait presque quotidiennement ainsi que ses vieux amis et quelques nouvelles figures cherchant par tous les moyens à gagner la sympathie de la nouvelle favorite.

— Savez-vous ce que m'a confié le roi ? avoua le vieux duc un matin alors qu'elle était à sa toilette. « La comtesse du Barry est la seule femme de France qui ait trouvé le secret de me faire oublier que je suis sexagénaire. » J'étais sur le point de répondre : « Et moi, octogénaire, Sire ! » avait ajouté Richelieu en riant. Mais n'ayez crainte, ma belle enfant, je n'ai soufflé mot. Sa Majesté accepte de succéder à Sainte-Foy mais ne supporterait pas de découvrir la liste de vos admirateurs comblés.

N'étant pas présentée officiellement à la Cour, Jeanne pouvait être ignorée de ceux qui la dédaignaient. Elle n'y prêtait guère attention. Après ces longues années de formation, rien ne l'étonnait ni ne la démontait. Elle ne cherchait ni à plaire ni à déplaire et s'était constitué un petit cercle d'amis, tous ennemis de Choiseul. Avec la reine dont la santé déclinait, elle n'avait aucun rapport. Quant à sa mère, elle allait la visiter chaque semaine dans son logement de la rue du Bouloi que les premières largesses du roi lui avaient permis de lui offrir. A Versailles, on étouffait. Le château était une citadelle dressée au milieu de son parc, loin des réalités de la vie, des êtres qui créaient, besognaient. Un jour, si le roi l'aimait encore, elle s'achèterait une maison bien à elle où elle pourrait retrouver une vie presque normale, ne plus être espionnée, observée, jugée ou flattée. A ses yeux, les courtisans étaient des bêtes enfermées dans une cage dorée, ne cherchant qu'à lécher les mains du maître, même s'il leur arrivait de montrer les dents lorsque celui-ci avait le dos tourné. Fats, hypocrites, mesquins, jaloux, cupides pour la plupart, ils vivaient sans rien espérer d'autre qu'un regard, une parole, une invitation, un honneur, une pension. Elle ne les enviait pas. Seule, d'origine modeste, elle avait plus qu'aucun d'entre eux ne pouvait espérer : la personne du roi, sa tendresse, sa complicité et sa confiance qui, jour après jour, les liaient davantage l'un à l'autre.

Jeanne commençait à se faire une place à Versailles. La sachant éloignée du clan Choiseul, Mesdames tantes elles-mêmes, filles du roi, toléraient cette jeune femme discrète, douce et pieuse. Condescendant et froid, le ministre se tenait à l'écart, fort mécontent de ne pas avoir su déceler la femme d'exception en la grisette venue le solliciter quelques mois plus tôt et sans doute le duper. S'il l'avait séduite alors, il n'aurait rien eu à craindre aujourd'hui, le roi n'ayant jamais accepté de récupérer ses anciennes maîtresses.

Pas après pas, Jeanne découvrait le parc, les pièces

d'eau, les bosquets cachant de petits théâtres, l'orangerie, la roseraie, les serres où le roi aimait faire s'épanouir des fleurs et des fruits exotiques, la volière, la ménagerie. Rayonnante de bonheur, elle partageait avec l'un ou l'autre de ses amis l'émerveillement de ses découvertes. Versailles était, certes, une prison mais pour un moment il faisait bon y vivre. Lorsque le soleil devenait fort, elle protégeait l'albâtre de sa peau par de grands chapeaux de paille attachés sous le menton par une légère mousseline. Des poussières dansantes frôlaient les herbes que le vent faisait frémir comme sous une caresse. Sans cesse, Jeanne pensait à celles du roi, imaginait de nouvelles voluptés qu'elle pourrait lui offrir.

Dans l'eau des bassins, elle se mirait longuement, son visage se déformait selon les plis de l'eau, les nénuphars lui faisaient des collerettes de duchesse.

Un soir de pluie, alors qu'elle respirait les fortes odeurs végétales montant du parc, Jean-Baptiste se fit annoncer. Il venait à sa guise, parfois pour un instant, parfois pour la soirée, convoquant même certains amis de jeu pour faire un pharaon, un biribi, un whist qui se prolongeaient jusqu'aux premières heures de l'aube. Quand le roi ne la faisait pas appeler, Jeanne restait à les observer. La cupidité se lisait sur les visages fatigués, hommes comme femmes avaient le regard dur. L'or changeait de main. Son valet de chambre servait des vins sucrés de Bordeaux, des massepains. A deux heures, plus tard souvent, Jeanne offrait un souper. L'air était chaud, moite, imprégné de l'odeur forte des joueurs, de leur haleine avinée. Elle pensait au roi, à sa sorte de candeur au milieu des plus savantes voluptés, à sa demande infinie d'amour.

Bien que la Cour s'étourdît de fête en fête, la jeune femme tenait à se ménager des moments de solitude. Son avenir dépendait de sa détermination à demeurer la plus belle, la plus sensuelle, la plus piquante, à exciter le désir du roi mais aussi de ceux qui jamais ne la posséderaient. Sa science de l'élégance, sa démarche, la façon à la fois douce et joyeuse avec laquelle elle s'exprimait avaient atteint une presque perfection. Il fallait que le roi l'aimât, mais aussi éprouvât pour elle de l'admiration.

L'état de la reine empirait. Veillée par ses dames d'honneur et sa chère « poule », la duchesse de Luynes, Marie Leczinska s'éteignit en juin, quittant Versailles sur la pointe des pieds comme elle y était entrée, après avoir forcé le respect de tous par sa piété et la dignité de sa paisible existence.

A l'annonce du décès de la reine, Jeanne se fit discrète, prête à quitter Versailles si le roi l'exigeait. Mais le lendemain des obsèques, il la fit mander par Le Bel. Les fenêtres du petit appartement étaient ouvertes sur une terrasse suspendue où fleurissaient des jasmins d'Espagne. La nuit était douce. Sans un mot le roi ouvrit les bras et Jeanne vint s'y blottir.

— Je ne serai pas hypocrite, la reine et moi ne partagions plus qu'une affection commune pour nos enfants, avoua le roi. (Ses mains, aux doigts longs et fins, caressaient les cheveux d'or.) Pourtant il fut un temps où je l'ai aimée. Elle fut la première femme que j'ai possédée. J'étais alors ébloui de pouvoir jouir à ma guise d'un de ces êtres en jupons qui excitaient mon imagination. La malheureuse a souffert de l'excès de mes désirs.

— Sire, murmura Jeanne, je suis votre double, sœur, amante et amant. Je ferai de vous ce que je veux et vous ferez de moi ce que bon vous semblera. Tout ce que vous désirez, je le désire aussi.

— Ce soir, murmura le roi, tu seras mon amant,

demain je serai le tien. Jamais je ne te laisserai t'éloigner de moi. Dans les jours prochains, je vais examiner ta présentation à la Cour. Ainsi, tu pourras tenir salon, paraître à mes côtés à tout moment. Mais il te faut un époux, un titre. Du Barry a suggéré à Richelieu de te faire épouser son frère, un rustre enfermé dans son château toulousain. On le dédommagera, il signera l'acte de mariage puis retournera seul dans ses vignes. Comtesse du Barry, tu seras mon abri, mon havre de paix, ma joie de vivre. Demain, selon l'étiquette réglementant les deuils, la Cour quittera Versailles pour Compiègne. Tu logeras à côté du château dans une jolie maison que l'on prépare déjà pour toi sur mes ordres. Je t'y rejoindrai chaque nuit.

Jeanne refoula ses sentiments. Avec cet homme, il ne fallait ni s'abaisser, ni témoigner une reconnaissance servile ou tenter de prendre possession de ses émotions. Tendre, amoureux mais toujours sur la défensive, une attitude déplaisante, un mot maladroit pouvait la perdre en un instant.

En deuil, la Cour ne s'autorisait que des concerts, des soirées de lecture qui ennuyaient le roi à périr. Avec Jeanne, il ressuscitait. Assise sur ses genoux, les deux bras autour de son cou, il sentait la chaleur de son corps, les effluves de sa chevelure. Elle était une enfant qu'il chérissait, une femme qu'il désirait, une amie humaine, sensible qui, elle aussi, avait connu la solitude et l'infortune. Il était maître du royaume de France et elle une humble sujette mais, malgré ce gouffre vertigineux, leurs mains s'étaient retrouvées, attachées l'une à l'autre.

En regagnant Versailles après la période de grand deuil, le cortège royal traversa des campagnes désolées. Le regard absent, des paysans regardaient passer les luxueux équipages. De temps à autre, un poing se tendait, une parole de haine fusait, mais les carrosses filaient au grand trot de leurs chevaux anglais, les stores baissés, ne voyant rien, n'entendant rien, levant sur la route des volutes d'une poussière jaune qui effaçait tout.

Jeanne regagna Paris pour la signature de son contrat de mariage avec Guillaume du Barry. Elle y retrouva la folle agitation de la rue, les cris des revendeurs, les enfants jouant à la balle, à la corde à sauter, se faufilant entre les passants, les commères qui se querellaient, les beaux messieurs tentant précautionneusement de sauter par-dessus les ruisseaux d'immondices. L'émotion lui serrait la gorge, c'était son adolescence qu'elle revoyait, ses escapades avec le coiffeur Lametz, ses promenades avec Adélaïde Labille, sa courte liaison avec Lenormand. Les échoppes étalaient leurs maigres marchandises, les sergents du guet allaient et venaient par petites troupes, les mendiants restaient accroupis dans les marchés, sous le porche des églises, toujours prêts à décamper à la vue des archers de l'hôpital.

La maison de la rue de la Jussienne lui parut plus petite, moins fastueuse. Rien n'y avait changé pourtant, elle retrouva sa chambre, son cabinet de toilette, le salon avec les portraits des du Barry et des scènes d'un érotisme champêtre un peu mièvre, le clavecin où si longtemps elle s'était exercée, l'odeur de tabac anglais, de musc et de roses, comme si, au-delà de sa présence physique, un peu de sa substance imprégnait encore cette demeure.

Tout était prêt, lui avait assuré Jean-Baptiste, pour une signature rapide dont la moindre opposition ou prétention serait écartée. Fort satisfait du dédommagement offert par le roi, son frère Guillaume acceptait de vivre séparé de biens et de corps avec sa nouvelle épouse. Avec ce pécule inespéré, il allait pouvoir faire bonne figure à Toulouse, s'acheter chevaux et chiens pour la chasse et peut-être se dénicher une jolie jeune fille qui ne mettrait pas le mariage comme condition de sa reddition.

Signé par procuration, le contrat ne nécessitait pas la présence de Guillaume qui ne comptait arriver chez son frère qu'à la fin du mois d'août pour le mariage religieux. Adolphe avait tenu à accompagner Jeanne. Il allait repartir à l'armée et voulait embrasser celle qui serait désormais officiellement sa tante. Sa présence égaya la jeune femme. Le roi lui manquait. En faisant quelques pas dans le quartier au bras de son neveu, Jeanne fut atterrée par la vue de la pauvreté qui envahissait des rues jusqu'alors bourgeoises. En guenilles, des paysans étaient montés par centaines à Paris, l'œil sombre, des mots haineux à la bouche contre les profiteurs, les affameurs du peuple. L'un d'eux cracha sur les pas de Jeanne vêtue d'une mousseline bleue rebrodée d'argent.

— Rentrons, constata-t-elle avec tristesse. J'ai perdu le droit de me promener librement dans Paris.

Le contrat fut signé le lendemain en moins d'une demi-heure. Toutes les conditions exigées étant acceptées par le futur époux, Garnier-Deschênes, le notaire de Jeanne, n'eut qu'à apposer son sceau sur les documents déjà paraphés par du Barry. Un moment plus tard, Jeanne regagnait Versailles.

— Elle ne devrait pas tarder, se convainquit le roi, voilà deux heures qu'elle a dû quitter Paris.

— Un encombrement peut-être, Sire ? On dit qu'il y a çà et là des émeutes dues au manque de pain. Votre Majesté n'ignore pas que des boulangeries ont été pillées, dit Le Bel.

— J'ai fait procéder à des distributions de farine. Est-ce ma faute s'il pleut trop ou pas assez ? Le roi est rendu responsable de tout, comme s'il était Dieu en personne.

— Sa Majesté est son représentant sur terre.

— Ne me répète pas ce genre d'absurdité, Dominique ! Dieu n'a ni ambassadeur ni légat ni régent. Je gouverne ce pays et, crois-moi, voilà une tâche assez pesante. J'ai trop à faire à mener mes ministres pour avoir le temps d'écrire des rapports à Notre Seigneur.

Dominique Le Bel tisonnait en silence le feu que l'on avait fait allumer durant les soirées fraîches de la fin du mois d'août. Le roi, il le voyait, ne pensait qu'à Jeanne du Barry. Il l'avait présentée avec la complicité du duc de Richelieu pour qu'elle fît une maîtresse agréable et, soudain, elle régnait en maîtresse absolue sur le cœur du vieux souverain. Irait-il jusqu'à l'épouser morganiquement ? Dieu merci, dans moins de deux semaines, après la cérémonie religieuse, Jeanne serait la femme devant Dieu de Guillaume du Barry et ne pourrait espérer aucune annulation avant des années.

— Puis-je me permettre de parler franchement à Votre Majesté ? demanda-t-il soudain.

Le Bel servait le roi depuis si longtemps qu'une sorte d'amitié les liait. Le premier valet de chambre s'adressait à son maître sur un ton plus libre que maints courtisans.

— Je t'écoute.

— La jeune femme qui semble plaire à Votre Majesté n'a pas que des amis à la Cour. Le duc de Choiseul, par exemple, la considère de haut.

— Il faudra qu'il s'habitue à elle ou qu'il s'en aille, coupa le roi.

— Le duc de Choiseul et bien d'autres, insista Le Bel. Mesdames, vos filles, sont par ailleurs à présent froissées dans leurs sentiments religieux.

— Un rien les blesse.

— Marie-Anne de Chaumont-Quitry menace de quitter la Cour.

— Qu'elle s'en aille ! Ce ne sera pas une grosse perte, elle est sans esprit.

— Les Beaumont, les du Châtelet, les Bauffremont, le duc de Liancourt ne ménagent guère non plus madame du Barry.

— Je ne supporterai ni des uns ni des autres un mot de critique contre elle.

— Il y a aussi l'Église, Sire, balbutia Le Bel.

Le premier valet de chambre sentait que le roi perdait patience mais, au moins, avait-il fait son devoir. Le roi de France ne pouvait devenir l'esclave d'une fille dont la mère et la grand-mère étaient des domestiques. Même si elle servait les intérêts de d'Aiguillon, neveu du duc de Richelieu, contre ceux de Choiseul, nul ne voulait voir fouler aux pieds l'honneur royal.

— Cela suffit, Le Bel ! coupa le roi sèchement. Je t'interdis d'ajouter un seul mot à ces bassesses.

Saisissant les pincettes, le roi s'avança menaçant vers son vieux serviteur.

— Une calomnie de plus et je te casse la tête comme je casserai celle de ceux qui saliront madame du Barry.

Le Bel recula. A peine pouvait-il respirer et il dut se tenir au dos d'un fauteuil pour ne pas tomber. Avec le grand âge, son cœur faiblissait. Un instant, il crut qu'il allait trépasser aux pieds du roi.

— Va te reposer, soupira le roi, soudain calmé. Mais que je n'entende plus jamais un mot de toi diffamant la femme que j'aime.

A petits pas, le premier valet de chambre regagna ses appartements qui jouxtaient ceux du roi. C'était un logement exigu où il vivait depuis des années, prêt à servir son maître à tout instant du jour et de la nuit, à la fois serviteur et confident. Et voilà qu'aujourd'hui il l'avait menacé, le regard empreint de violence, un pli dur à la bouche. Toute une vie d'admiration sans bornes et d'absolue confiance se trouvait brisée. Avec difficulté, il se laissa tomber sur son lit. A quoi bon survivre plus longtemps ? Jeanne du Barry, qu'il avait présentée au roi, aujourd'hui le balayait d'un revers de main.

— Le Bel est mort hier, annonça le roi à Jeanne. J'en suis désolé, c'était un bon serviteur et un fidèle ami. Son logement est libre et tu pourras l'occuper dès demain. Ainsi nous n'aurons qu'une porte à pousser pour nous retrouver. Mais je te veux installée avec faste et cherche un appartement qui te conviendra mieux. Peut-être celui qu'occupait feu madame la Dauphine. Un escalier le relie à mon antichambre. Tu y serais à ton aise.

Enroulée autour de son amant, Jeanne le couvrait de baisers.

— Demain, je serai comtesse du Barry. M'aimerez-vous encore ?

— Je ne pense qu'à te présenter à la Cour pour ne point te quitter un instant. Que veux-tu de plus ?

La bouche de la jeune femme descendit le long du corps du roi. Elle aimait son goût, son odeur. D'une main, elle guidait celle de son amant jusqu'à la limite des bas de soie qu'elle avait conservés. Le vertige faisait tourner la tête du roi, l'essence légère de rose dont Jeanne s'imprégnait le corps, celle de musc qui parfumait son sexe l'enivrait. Dans un ultime éblouissement, il la pénétra tandis qu'elle ne cessait ses caresses. Louis avait la sensation qu'il naviguait dans un monde irréel de plaisirs violents, d'odeurs étourdissantes et de douceur, de tendresse absolue.

20

— Jeanne de Vaubernier, voulez-vous prendre pour époux le comte Guillaume du Barry ici présent pour le respecter et le chérir dans la santé comme dans la maladie, la richesse comme dans la pauvreté jusqu'à ce que la mort vous sépare ?

Frère Ange, qui officiait, avait la voix émue tant la beauté de sa fille, son air doux et heureux le comblaient. Il était cinq heures du matin, le soleil se levait à peine.

Pour que le mariage se fît sans que personne n'eût à rougir de cette union, les actes avaient été falsifiés et Jeanne de Vaubernier déclarée de père décédé. Anne Bécu se parait du titre de madame de Vaubernier. Au premier rang de l'assistance, vêtue sobrement de cotonnade grise brodée de fleurs pourpres, une mantille noire sur la tête, la mère de Jeanne songeait à ses lointaines amours, à sa frustration de n'avoir pu épouser frère Ange qui aujourd'hui mariait leur fille au comte Guillaume du Barry. La vie réservait bien des surprises ! Alors vilipendée, méprisée, elle était aujourd'hui honorée, à l'abri du besoin, vivant en dame, gâtée par une fille qui, au milieu des plus grands honneurs, jamais ne l'oubliait.

A genoux à côté de l'homme court et gros qui allait

devenir son mari, Jeanne priait avec ardeur pour le roi, pour qu'elle puisse donner le bonheur à cet homme triste et blasé qu'elle aimait de tout son cœur. L'avenir qui l'attendait la désorientait. Présentée à la Cour, elle serait alors presque reine. Que ferait-elle ? D'abord remplir la promesse faite à Richelieu de remplacer Choiseul par son neveu d'Aiguillon pour lequel elle avait la plus haute estime. Puis elle tenterait de ne plus se mêler de politique pour se consacrer à son amant, lui redonner à l'orée de la soixantaine le goût du bonheur, la certitude d'être aimé pour lui-même. Cette tâche serait assez lourde pour l'occuper tout entière.

L'encens montait en volutes, Jeanne avait l'impression de vivre en rêve. Mais il fallait qu'elle prononce un mot, un seul, qui l'empêcherait à jamais de s'unir à celui qu'elle aimait.

— Oui, déclara-t-elle, la voix tremblante.

L'aube tiède d'une belle journée de fin d'été teintait maintenant de rose et d'or la modeste église paroissiale. Dans le plein jour, Guillaume du Barry semblait plus balourd encore.

Trois chanteuses rassemblées au hasard entamèrent un cantique. Leurs voix discordantes firent sourire Jeanne au milieu de ses larmes. « *Ego conjugo vos in matrimonium, in nomine Patri, et Filii et Spiritus sancti* », déclama frère Ange d'une voix tremblante. D'un geste contraint, Guillaume passa l'anneau conjugal au doigt de Jeanne avant d'enfiler le sien. Un enfant de chœur dessina une croix en agitant l'encensoir. « Mon Dieu, protégez mon roi, pensa Jeanne. Il est si seul. »

D'un regard en coin, Guillaume observait celle qui était sa femme et qu'il allait dans un instant quitter pour toujours. Dans sa simple robe de satin crème, une longue mantille blanche couvrant ses cheveux, il eut l'impression de posséder une ombre. Tout allait s'effacer. Il avait vécu une illusion mais repartait pour Toulouse avec une rente de cinq mille livres, le prix du déshonneur. Sa sœur Chon resterait auprès de Jeanne en tant que dame de compagnie. Laide mais vive, pleine d'esprit, elle avait accepté avec enthousiasme cette fonction qui la tirait de l'ennui familial. De vieille fille ignorée, elle allait devenir un personnage, une figure familière au roi et ne se tenait plus de bonheur.

Jeanne quitta l'église au bras de Jean-Baptiste. Guillaume s'était esquivé pour monter en voiture et le cocher fouettait déjà les chevaux. Éblouie par le soleil, la jeune mariée ferma les yeux : Comtesse du Barry, maîtresse du roi de France. Était-ce un rêve ?

Le parvis grouillait de monde. Un garçon en tenue de pâtissier cria : « Vive les mariés ! » et tendit un feuilleté à Jeanne qui l'embrassa. Jamais elle ne pourrait plus parcourir à pied les rues de Paris. C'était un adieu, un départ nostalgique et angoissant. Le nombre des mendiants tendant leur sébile lui serra le cœur. Elle avait dans sa bourse de soie quelques écus qu'elle distribua au hasard avant de se sauver pour échapper aux innombrables miséreux qui la cernaient, le regard implorant ou mauvais. Jean-Baptiste la poussa dans sa voiture. A travers la vitre, elle vit des visages hâves, grimaçants, des moignons qui se tendaient, des bouches sans dents qui la suppliaient. Une femme tendit son enfant en guenilles. Jeanne ferma les yeux.

— A Versailles, ordonna-t-elle.

A côté d'elle, Chon souriait. Jean-Baptiste se frottait les mains.

— Les du Barry sont en bonne fortune et nous allons tous en profiter largement. Je vais dès demain, ma belle-sœur adorée, te faire faire des armoiries. Je les vois bleu d'azur aux chevrons d'or, des roses en pointe, un pal d'argent.

Jeanne n'écoutait pas. Elle revoyait l'enfant en guenilles, les rictus des mendiants. Louis avait-il connaissance de cette misère ? Fallait-il lui ouvrir les yeux ou se taire pour ne point le tourmenter ?

— Cette fille commence à m'indisposer, la voilà bientôt installée dans les appartements de feu madame la Dauphine. Pour qui se prend-elle ? Le roi devient sénile et elle en profite honteusement. C'est scandaleux !

Le duc de Choiseul pinça les lèvres. Depuis longtemps il aurait dû écraser cette vipère. Lorsqu'il leur arrivait de se croiser dans les couloirs de Versailles, ils échangeaient un onctueux sourire, mais une lutte sans merci les opposait désormais.

— Ces pamphlets qui circulent dans Paris et que le bon peuple appelle des « bourbonnaises » vont bientôt la discréditer aux yeux du roi, poursuivit la duchesse de Gramont. Quant à sa présentation à la Cour, je doute qu'on puisse lui trouver une marraine. Toutes mes amies préféreraient périr que de présenter cette garce déguisée en comtesse.

— Des pamphlets payés par vous, ma sœur chérie, nota Choiseul. Ils sont habiles quoiqu'un peu forcés à mon goût. Je doute que le roi s'en offusque. Quant au petit ouvrage intitulé aussi *La Bourbonnaise*, il m'a beaucoup diverti. On en a fait, paraît-il, une chanson :

La Bourbonnaise
Arrivant à Paris
A gagné des louis
Chez un marquis.

— Nous culbuterons cette femme, assura-t-il, soudain sérieux. J'ai sous la main une fille exquise nommée madame Millin qui rêve de plaire à Sa Majesté. Elle sera bientôt par mes soins mise sur son passage. Il se peut que nous soyons libérés de la Bécu d'ici peu. Une mouche chasse l'autre.

Entouré de ses amis, Choiseul avait l'air de bonne humeur.

— Que représente le clan du Barry ? s'interrogea-t-il à voix haute. Jean-Baptiste du Barry, un roué, un tricheur, un aventurier, Richelieu, un vieux presque sénile, et son neveu d'Aiguillon, un homme discrédité par ses démêlés avec La Chalotais, madame de Marsan, prête à toutes les bassesses pour ne point déplaire au roi et sans caractère, Maupeou, que j'ai poussé et qui me rend mes bienfaits par les pires ingratitudes, le duc de Brissac qui lorgne Jeanne en douce et prendrait bien la place du roi, la duchesse de Valentinois qui courtise la du Barry parce qu'elle me hait. Voici un triste aréopage qui ne présente pas de réel danger pour moi. Restent Mesdames tantes qui ne nous aiment ni les uns ni les autres puisque nous osons approcher leur père bien-aimé. Oublions-les.

— Ne minimisez pas le danger, mon cousin.

Le duc de Praslin allongea les jambes et prit la tasse de café que lui tendait un laquais.

— Auriez-vous peur de madame la comtesse du Barry ? ironisa Choiseul.

— D'elle non, du roi, oui, précisa Praslin. Sa Majesté va avoir cinquante-neuf ans au début de l'année prochaine. En cherchant des voluptés troubles et trop nombreuses, elle a usé sa virilité. Madame du Barry lui rend sa jeunesse. Pourquoi s'en séparerait-il ? Pour le joli minois de madame Millin ? Vous rêvez, mon cousin ! J'ai peur que le vieux cerf ait trouvé sa biche et qu'il ne veuille ni ne puisse changer de partenaire de rut. Et la petite est finaude. Elle sait comment retenir son amant et n'ignore nullement le pouvoir qu'elle a sur lui. Méfiez-vous. Vos banales intrigues ne sauraient vous sauver, pas plus que ces pamphlets obscènes qui écœurent plus qu'ils ne font rire. Les risques sont grands et nous devons tous agir avec précaution. Qu'on présente cette dame à la Cour, les trois quarts des gentilshommes n'y seront point et, le lendemain, nous organiserons une fête où chacun se pressera. Le roi réalisera que ses folies l'isolent. Il sera scandalisé par l'affront. Si sa maîtresse est la cause de son humiliation, il envisagera de s'en débarrasser.

Dans un coin du vaste salon du duc de Choiseul, un essaim de jolies femmes bavardaient tout en parfilant. Des rires clairs s'élevaient. D'un coup d'œil Choiseul les considéra l'une après l'autre. Il avait séduit tant de femmes que parfois il en perdait le souvenir. Cette jolie brune, cette blonde un peu frêle avaient-elles partagé sa couche? Soudain, l'image de Jeanne du Barry s'imposa à son esprit. Cette femme était la plus belle et elle appartenait au roi. C'était une revanche supplémentaire qu'il aurait à prendre sur lui et il ne s'en priverait pas.

— Ne vous alarmez pas, madame. Tout paraît tranquille dans le pays.

Assise auprès du roi sur une causeuse, Jeanne avait enfin osé évoquer la misère des pauvres, les campagnes affamées par une succession de mauvaises récoltes. En vain, elle avait tenté d'émouvoir le souverain et contenait mal les larmes qui lui montaient aux yeux.

— Vous êtes trop sensible, Jeanne. Je fais distribuer du blé, du pain, du vin aux pauvres. Que puis-je faire de plus?

— Aller à Paris, Sire, regarder, écouter. Ne laissez personne s'interposer entre vous et votre peuple.

Le roi souriait, Jeanne était si bonne que la vue d'un faux estropié lui remuait le cœur. Sans même se fâcher, elle lisait les propos obscènes qui circulaient sur elle.

— Ta présentation à la Cour se prépare. Je la voudrais en février. Ainsi nous ne nous quitterons plus.

— Quelqu'un acceptera-t-il d'être ma marraine ?

— La duchesse de Béarn. Ne te tracasse pas, tu seras la reine de ce château comme tu es celle de mon cœur. Quand je suis seul, vois-tu, je n'ai qu'à fermer les yeux pour t'imaginer et le bonheur me gagne. Même le tourment que tu me causes est source d'un plaisir inexprimable.

Jeanne saisit la main du roi, la porta sur son sein.

— Pourquoi tant de femmes dans votre existence, Sire ?

Le roi resta un moment silencieux. Jamais d'une autre que Jeanne il n'aurait toléré pareille intrusion dans sa vie, en même temps s'imposait à lui un besoin, non de se justifier, mais de parler avec franchise. Il n'avait consenti que rarement à se livrer, masquant les véritables raisons de cette recherche inlassable et toujours fuyante du bonheur. Le plaisir, la chasse, les bons vins, quelques amis, l'exercice du pouvoir l'avaient diverti, pourtant jamais depuis son adolescence, mis à part la marquise de Pompadour, il n'avait accepté de se laisser maîtriser par les êtres, les circonstances. Était-il vraiment un libertin comme ses sujets le voyaient ? Si ses erreurs avaient été multiples, elles n'avaient point un caractère irréversible. Dieu pardonnait toujours et Jeanne l'aimait.

— Je me suis trompé. Elles m'ont rendu plus précieuse encore la tendresse qui m'unit à vous.

Le cœur de Jeanne battait mais elle n'osa répondre. Un mot, et le charme magique de l'instant pouvait être rompu. Le roi, elle le savait, ne livrerait ses confidences qu'avec parcimonie et elle ne voulait les entendre que s'il se plaisait à les faire.

— Le duc de Choiseul ne m'apprécie guère, remarqua-t-elle en posant sa tête sur l'épaule du roi. Il intrigue pour m'éloigner de vous.

— Il se croit indispensable et me déplaît de plus en plus. (De douce et caressante, la voix du roi était devenue cassante.) Il est un bon ministre mais nul n'est irremplaçable. Qu'il fasse un pas de trop et ce sera l'exil !

Une pluie glacée cinglait les vitres du petit salon. Dans le foyer de la cheminée de marbre noir veiné de rose, les bûches craquaient et pétillaient.

— Demain à l'aube, Lansmatte et moi irons traquer le sanglier.

La voix joyeuse traduisait le bonheur du roi. En plein air, galopant à perdre haleine, son piqueur favori à ses côtés, il se sentait non point le roi de France mais un homme libre.

— Je patienterai, Sire.

Avec affection, le roi serra la main de Jeanne dans la sienne.

— Vous vous ennuyez, madame ? Ne craignez rien, dans quelques mois cet appartement ne désemplira pas. Vous n'aurez plus une minute à vous, ni même peut-être pour moi.

Jeanne allait protester quand d'un baiser le roi l'empêcha de parler.

— Par ailleurs, outre notre bonne Chon, j'ai déjà une compagne fidèle pour vous.

D'un geste prompt, il tira sur un cordon de passementerie. Un valet accourut.

— Amenez mademoiselle à la comtesse du Barry.

— Je n'ai besoin de personne, protesta Jeanne.

Vous avez déjà mis à mon service, Sire, deux laquais, une cuisinière, une femme de chambre, deux valets de pied. Je jouis d'un carrosse pour me déplacer et n'ai qu'un geste à esquisser pour être servie. Que ferais-je d'une demoiselle ? Chon me suffit tout à fait, elle est amusante, cultivée, curieuse de tout et me divertit quand je suis triste à vous attendre.

Mais déjà le laquais était ressorti.

— Voici mademoiselle, madame la comtesse, annonça-t-il presque aussitôt de retour.

Sur un coussin de velours pourpre garni d'un cordonnet d'or d'où pendaient quatre glands, un chiot minuscule tournait à droite et à gauche des yeux inquiets.

— Je sais que vous aimez les bêtes, chuchota le roi. Cette levrette est de la meilleure race.

Le jour de l'an, Jeanne reçut un collier de saphirs, des nœuds de diamants, les œuvres de Voltaire qu'elle appréciait infiniment et une niche en velours rouge coiffée d'un dôme gansé d'or pour Mirza. Elle-même offrit au roi un buste d'elle en marbre et un tableau représentant ses chiens de meute favoris qu'Oudry avait peints en secret. Il neigeait.

— Encore vingt-cinq jours, et tu seras présentée à la Cour, avait chuchoté le roi à l'oreille de Jeanne en lui attachant autour du cou le collier de saphirs.

— Avec votre permission, Sire, murmura Jeanne, je vais me retirer à Paris pour quelques jours. Mesdames m'en veulent de vous accaparer et je ne veux pas avoir le malheur de les fâcher.

Le roi haussa les épaules. Ses filles, qu'il aimait pourtant tendrement, l'agaçaient bien souvent. Tout chez elles n'était que petits complots, dévotion, mesquineries. Adélaïde se vêtait n'importe comment et ressemblait à une souillon. Il l'avait surnommée Loque. Victoire, qui avait été très belle, se fanait, Sophie s'aigrissait. Seule Louise était douce, bonne, ne médisait sur personne et jamais ne lui faisait le moindre reproche. Le roi n'ignorait pas sa volonté d'entrer au carmel. Il ne s'y opposait plus, le cœur lourd de perdre la seule de ses enfants qui l'aimât tel qu'il était.

— Allez, madame, mais ne restez pas un jour sans m'écrire.

Le roi observait sa maîtresse. Elle était si jeune, si fraîche qu'on avait toujours l'impression qu'elle jaillissait d'un bain parfumé, si féline qu'elle ressemblait à un chat marchant sur un toit à la lueur de la lune.

— Je ne veux pas vous perdre, chuchota-t-il. Les personnes qui m'ont aimé ou m'aiment sont d'une extrême rareté.

21

La veille du jour arrêté pour la présentation de Jeanne à la Cour, la vieille duchesse de Béarn se foula le pied. Il fallut remettre la cérémonie. Décontenancée un instant, Jeanne retrouva vite sa bonne humeur. Comme le lui répétait le roi, le protocole n'était qu'une incontournable comédie. L'essentiel était qu'ils vivent ensemble et que rien ne puisse les séparer. Elle devait faire fi de ceux qui cachaient mal leur jubilation de ce contretemps, Choiseul en tête.

La fréquentation de la Cour avait encore affiné Jeanne. Menue, la taille mince, la gorge haute, elle savait mieux que personne éviter les pièges grâce à sa maîtrise de l'étiquette. Ses ennemis eux-mêmes reconnaissaient que, lorsqu'elle pénétrait dans une pièce, une lumière l'accompagnait, une grâce peu commune. Son désir de séduire et la joie de se savoir désirée la rendaient irrésistible. Son cercle d'amis s'agrandissait. Chez elle, on s'amusait mais aussi on lisait de la poésie, faisait de la musique, évoquait ces « philosophes » qui faisaient frémir les partisans de la monarchie absolue. On appréciait ses reparties, la justesse de ses réflexions, sa modestie. Nul n'osait plus propager de calomnies sur la bêtise de la comtesse du Barry.

Souvent Jeanne ouvrait la porte de sa garde-robe, contemplait les parures que sa dame d'atour avait soigneusement pendues et entourées de papier de soie. Une odeur de rose thé imprégnait la série de jupons à paniers, jupes, robes, corsages, robes de chambre en velours, dentelle ou mousseline. Bien alignées sur des étagères, les chaussures les plus fines côtoyaient celles qu'elle enfilait l'hiver pour marcher dans le parc, ses bottes de cavalière. Elle aimait monter en garçon, redingote à boutons dorés, culotte de drap doublée de peau, ses cheveux rassemblés en une lourde natte sur la nuque. L'étonnement, la désapprobation de certains la laissaient indifférente. « Vivez, mon enfant, l'encourageait parfois un vidame — ou une vieille duchesse née sous Louis le Grand. Il faut se comporter sans crainte, défier les règles et les traditions. Une jolie femme a tous les droits, tirez-en avantage. » Écartant le fin papier, d'un doigt elle caressait les soies, les brocarts, les satins damassés, les mousselines, les simples toiles d'indienne aux couleurs vives. Puis elle ouvrait ses coffrets à bijoux où, sur des doublures de velours, s'étalaient colliers, bracelets, nœuds de diamants, pendants d'oreilles. « Voilà ma sécurité, pensait-elle. Si je dois un jour perdre l'amour du roi, nous ne finirons pas en gueuses, maman et moi. »

Chon, dont l'humour acide divertissait Jeanne, avait écrit un livre qu'un signet de soie bleue séparait entre « à faire » et « à ne pas faire ». Dans l'intimité du petit salon de musique, elles le lisaient en duo au milieu de fous rires.

— A faire, commençait Jeanne : mâcher de la cannelle, du fenouil, de la menthe, de la marjolaine, de la lavande, de l'anis pour se donner bonne haleine. Choisir la poudre « argentine » pour ses cheveux. N'acheter son rouge que chez mademoiselle Martin au Temple, quoique le moindre pot coûte entre soixante et quatre-vingt-dix livres. Ne pas oublier le nom des mouches : près de l'œil, la « passionnée », au coin de la bouche, la « baiseuse », sur la lèvre supérieure, la « coquette », sur le nez, l'« effrontée », sur le front, la « majestueuse », au milieu de la joue, la « galante », sur le pli de la joue lorsqu'on rit, l'« enjouée », sur la lèvre inférieure, la « discrète », sur un bouton, la « voleuse ».

« Choisir ses mouches, rondes ou en forme de croissant de lune, d'étoile, de cœur, d'oiseau, de chien ou de chat. Si les moyens de la belle le permettent, ne pas hésiter à clouter les mouches de petits brillants.

— A ne pas faire, enchaînait Chon : si l'on ne désire pas garder son râtelier pour manger, l'ôter avant le repas et le replacer de même au moment du café, mettre ses armoiries sur ses jarretières, orgueil jugé de mauvais goût, parler de sa femme en public au risque de trouver en face de soi un homme qui la connaisse mieux.

— A faire, reprenait Jeanne en se mordant les lèvres : recevoir au lit.

— A ne pas faire, continuait Chon : appeler son épouse en disant : « Viens donc, ma femme. »

— Ne jamais confondre familiarité et bienséance. Entre égaux, la familiarité est une bienséance, si l'on ne se connaît pas, une incivilité. D'inférieur à supérieur, elle est effronterie et devient une insolence si l'on ne se connaît pas.

— Ne jamais chanter ni siffler dans les couloirs des châteaux royaux.

— Ne pas se vêtir à la dernière mode lorsqu'on est âgée par ridicule de sembler s'être parée pour ses propres funérailles.

— Ne jamais commettre l'incivilité de se peigner ou de se regarder dans un miroir en face d'une personne de qualité.

— S'épiler soigneusement au sucre fondu, au citron et au miel, claironnait Jeanne. Hommes comme femmes y sont contraints sous peine de paraître rustiques et imbaisables.

— Ne pas se torcher le derrière avec du papier mais du coton ou de l'étoupe, ricanait Chon. Le papier fait peuple.

— Et surtout, finissaient en chœur les deux belles-sœurs, ne jamais oublier un petit pot de chambre en cuir caché sous ses jupes lorsqu'on écoute les interminables sermons du carême.

Madame de Béarn s'étant remise de sa foulure au pied, une nouvelle date, le 4 février en fin d'après-midi, avait été arrêtée pour la présentation de Jeanne à la Cour. Déjà chacun s'activait en vue de l'événement dont tout Versailles s'entretenait. Mesdames tantes seraient présentes ainsi que le Dauphin, Louis-Auguste, et ses deux frères. La veille de la présentation, rongée d'angoisse, Jeanne ne put dormir. La robe était là, sublime, le coiffeur convoqué ainsi que le parfumeur Pivert qui la maquillerait.

Par un temps gris et terne, sans avoir passé la nuit avec sa maîtresse de peur de la fatiguer, le roi partit chasser de bon matin. Il la voulait éblouissante pour la cérémonie.

Il était deux heures de l'après-midi lorsque Jeanne, qui se reposait sur sa méridienne, entendit s'annoncer le duc de Choiseul. Que lui voulait donc cet homme qui la haïssait ?

Pimpant en dépit de son air désolé, le duc s'avança vers Jeanne et lui baisa la main.

— Chère comtesse, j'ai une mauvaise nouvelle.

— Venant de vous, pouvait-elle être bonne, monsieur le duc ?

— Allons, allons, vous vous méprenez sur mes sentiments, madame. Toujours, j'ai été un adorateur de la beauté et jamais ne deviendrais sacrilège en manquant de respect à une adorable personne. La triste vérité est que le roi vient de faire une mauvaise chute de cheval. On le ramène à Versailles où son médecin l'attend. Il a fait savoir à Lansmatte qu'il faudrait fort malheureusement remettre votre présentation car il souffre beaucoup.

— Puis-je voir Sa Majesté ?

— Un peu de patience, madame. Comme le protocole le demande, vous devez attendre qu'Elle vous appelle.

— Monsieur le duc, répliqua Jeanne en regardant Choiseul droit dans les yeux, ma présentation est une péripétie, mon amour pour le roi une constance. Je sacrifierai volontiers celle-ci pour conserver celui-là. Peut-être ignorez-vous ce qu'un sentiment profond signifie. Nous n'avons que peu à nous dire, je ne vous retiendrai donc pas.

Seule, Jeanne mit sa figure entre ses mains et se mit à pleurer. La rigidité du protocole l'empêchait en effet de courir vers l'homme qu'elle aimait pour le réconforter. L'impression d'être prisonnière revint, plus étouffante encore.

— Lisons, proposa Chon. Ou faisons de la musique, le temps passera plus vite.

Jeanne s'empara d'un exemplaire de l'*Encyclopédie* qu'elle avait commencé à consulter quelques jours plus tôt. Les lettres se brouillaient devant ses yeux. « La plupart des malheurs des hommes sont imaginaires », parvint-elle à déchiffrer. « Suis-je malheureuse ? se demanda-t-elle. Et si oui, pourquoi l'accepter ? Ne suis-pas une femme libre ? Mon mari est à plusieurs centaines de lieues, mon amant doit comme moi se soumettre à des usages qui le font tout autant souffrir. Il est peu loquace sur l'amour, parfois éloigné de moi pour des raisons que j'ignore mais, si je le quittais, il souffrirait et moi de même. Je ne me plaindrai donc plus. »

— Allons, ma bonne Chon, chante-moi quelques-uns de tes refrains toulousains, demanda-t-elle. Et surtout n'oublie pas l'accent.

Le lendemain matin, assis dans un fauteuil, les traits tirés, le roi tendit son bras valide.

— Me pardonnez-vous, madame ?

Jeanne fit une profonde révérence.

— Si vous le permettez, Sire, je resterai à vos côtés. Loin de vous, la douleur que vous ressentez me tourmente davantage.

— Si je suis coupable de vous faire de la peine, moi aussi suis malheureux. (D'un signe, le roi ordonna à son entourage de sortir.) Viens t'asseoir sur mes genoux, demanda-t-il à Jeanne aussitôt la porte refermée. Tu verras bien cette nuit que même avec un bras je saurai te tenir à ma merci. Mon médecin m'a promis qu'en mars je serais tout à fait rétabli. Début avril, nous marions le duc de Chartres avec ma cousine, mademoiselle de Penthièvre. A la fin de ce mois, que je sois mourant ou vif, mon cœur, tu seras admise officiellement à la Cour et ma compagne reconnue.

La décision irrévocable prise par madame Louise d'entrer au carmel fit grand bruit et affecta beaucoup le roi. Pendant deux longues semaines, Jeanne ne vit pas son amant. Le temps s'éternisait. Le retard de la présentation commençait à la rendre fort nerveuse. Que se passait-il vraiment ? Que tramait-on derrière son dos ? Sa mère, Chon et Adolphe s'efforçaient d'atténuer cet état de tension qui pâlissait son teint, cernait ses yeux et lui faisait perdre du poids. Resserrée autour d'elle, la famille devenait protectrice, rassurante, et Jeanne fuyait toute autre fréquentation.

Enfin un billet du roi lui parvint, il l'attendait toutes affaires cessantes dans ses petits appartements et la priait de se préparer à quitter Versailles le soir même comme l'exigeait l'étiquette. C'est en effet parée, et en carrosse qu'elle devait revenir au château pour sa présentation qui aurait lieu le lendemain, le samedi 22 avril. Un appartement avait été préparé pour elle dans l'hôtel du duc d'Ayen où elle pourrait passer la nuit.

— Saute dans un carrosse et file à Paris, demanda Jeanne aussitôt à sa belle-sœur, je veux mon habilleuse, mon coiffeur et Pivert à onze heures du matin demain. Quant à toi, Adolphe, veille à ce que ma robe soit transportée à l'hôtel d'Ayen avec les plus grandes précautions et conserve avec toi mon coffret à bijoux. Je n'aurai besoin que des nœuds de diamants, d'un rang de perles et de mes boucles d'oreilles en perles et diamants.

L'énergie, la joie lui revenaient. C'était un étourdissement, une fièvre, une sorte de folie. « Le roi m'attend, pensa-t-elle. Suis-je présentable ? » Elle jeta un coup d'œil dans son miroir, se fit un clin d'œil. « Même sans artifice, ma robe ne restera pas longtemps sur moi et passera inaperçue. Voilà deux semaines que nous nous désirons. »

— Ma belle comtesse, chuchota le roi, ma délicieuse maîtresse. Si l'espoir attise le désir, le nôtre est un brasier où nous nous consumerons demain car ce soir j'ordonne que vous dormiez. Je vous veux d'une beauté merveilleuse. Que pas un de ces arrogants qui se permettent de vous tourner le dos n'ait plus le désir de le faire. Vous serez Vénus sortant des ondes pour offrir au monde sa beauté. J'ai eu des maîtresses assez vilaines, quelques-unes jolies, aucune comme vous éclatante de fraîcheur et de beauté, Vierge Marie sous le soleil et bacchante dès que la lune règne sur la nuit.

— Et le Parc-aux-Cerfs, Sire ?

Le roi fronça les sourcils.

— On a colporté des rumeurs amplifiées par la malveillance. Mais il est vrai que la nature m'a fait exigeant sur les satisfactions sensuelles et je lui ai bien volontiers obéi. Ces très jeunes femmes ne m'apportaient que l'illusion d'être moi-même jeune et désirable. Toutes, sans exception, adoraient le souverain et ne montraient aucune curiosité pour l'homme. J'y ai joui et y ai été malheureux.

— Vendez ce domaine, Sire. Pour l'amour de moi.

Le roi soupira, sourit et serra Jeanne dans ses bras.

— J'y songerai, mon cœur. Les désirs de ta jolie bouche sont des ordres, même pour le roi de France.

Jeanne se pencha vers le visage de son amant, prit sa bouche et glissa une main dans les boucles argentées tandis que l'autre remontait le long des cuisses. La pointe de ses seins à moitié découverts par le profond décolleté frôlait le gilet de damas jaune. Le roi poussa un soupir et écarta les jambes. Cette femme était une magicienne. Quoi qu'elle lui demande, il le lui accorderait.

— A demain, Sire.

— A demain, ma belle amie. Étonnez-moi, éblouissez-moi, faites de moi votre maître et esclave. Mon bonheur durera autant que l'amour que vous m'avez inspiré, c'est-à-dire qu'il sera sans fin. J'ai reçu votre serment de vivre toujours avec moi, recevez le mien aujourd'hui.

C'était la fin de l'après-midi. Réunis pour la présentation à la Cour de la comtesse du Barry, le roi, ses filles et ses petits-fils patientaient. Quelques courtisans les entouraient, mais le roi avait noté avec contrariété leur nombre restreint.

L'heure était passée. D'un geste trahissant l'inquiétude, le roi consulta sa montre. Par les hautes fenêtres, le soleil jetait une lumière douce sur les parquets, les boiseries, jouait en feu chatoyant sur le cristal des lustres. Mille clartés dansantes s'allumaient en éclairs rapides à travers les miroirs, les chandeliers d'argent rutilants, faisaient flamboyer les panneaux de bois cirés. Les yeux baissés, le roi cachait mal son impatience. Ce retard était la première contrariété que Jeanne lui donnait. Derrière les vitres, l'ombre gagnait le parc.

Soudain Richelieu tressaillit, il avait entendu le grincement des roues d'un carrosse s'arrêtant devant la grande porte.

— La voici, Sire, chuchota-t-il.

Le roi aussitôt releva la tête. Toute rancune s'était évaporée. Dans un instant il allait accueillir son amante comme une reine au milieu de la famille royale et des plus grands noms de France. Des bruits de portes qui s'ouvraient et se fermaient indiquaient la progression de celle que chacun attendait soit avec amitié, soit avec ironie. Enfin deux laquais ouvrirent grandes les portes et Jeanne du Barry parut. On aurait pu croire qu'une fée venait les visiter, une bonne fée qui souriait et dont la beauté évoquait celle des anges. Portant les grands paniers et la traîne qu'exigeait le protocole, Jeanne avait choisi une robe d'un blanc argenté où étaient semés les nœuds de diamants offerts par le roi. A ses côtés, vêtue de gris tourterelle, la comtesse de Béarn trottinait. Nul ne lui portait la moindre attention. La porte passée, Jeanne plongea en une large révérence avant d'accomplir quelques pas pour faire la deuxième exigée par le protocole. Puis, sans hésiter, elle se dirigea, droite et altière, vers madame Adélaïde, s'acquittant de la troisième révérence, ôta le gant de sa main droite pour prendre le bas de sa robe et la baiser. Madame Adélaïde s'éloigna de quelques pas afin de l'en empêcher comme l'exigeait l'usage. Enfin ce fut la révérence au roi suivie du départ à reculons en repoussant la longue traîne d'un adroit coup de pied. Jeanne avait été parfaite, majestueuse, magnifique. Chacun alors tourna le regard vers le roi dont le visage trahissait une vive satisfaction. Jeanne, la femme qu'il aimait, son poison et sa magicienne, avait réussi aussi bien qu'une duchesse son entrée à la Cour. Il revoyait le regard rapide qu'elle lui avait jeté en se relevant de la profonde révérence. Tout ce qu'un homme, fût-il roi, pouvait désirer y était offert, la gorge blanche, la taille souple en dépit du corset, les bras ronds, l'éclat de ses yeux pervenche, celui des diamants, les cheveux d'or tirés sur la nuque puis abondamment bouclés sur lesquels le soleil, un instant, s'était posé.

Il y eut un mouvement d'approbation parmi les courtisans, amis de Jeanne, qui avaient bien voulu assister à la présentation. Aucun n'avait assez de louanges à la bouche. Mesdames tantes préférèrent se retirer. La beauté de cette femme, son triomphe, l'amour fou que lui vouait manifestement leur père bien-aimé leur serraient le cœur. Aucun homme ne les avait regardées ainsi.

22

Le lendemain de sa présentation à la Cour, Jeanne occupa dans la chapelle du château le siège et le prie-Dieu de madame de Pompadour, à côté de ceux du roi. Vêtue de soie moirée bleu ciel, portant sur les épaules un fichu de dentelle, la jeune femme pria avec ardeur. Désormais elle appartenait, certes, au roi mais aussi à la Cour avec son cérémonial, ses règles de préséance, toutes sortes de contraintes, les unes grandioses, les autres ridicules qui allaient ponctuer son existence, la contrôler, la faire vivre en permanence sous le regard et le jugement des autres. Comme une reine, elle avait des droits, des devoirs, des privilèges mais aussi des charges dont le poids avait écrasé madame de Pompadour. Elle aurait son appartement dans chacun des châteaux royaux, percevrait une liste civile de plusieurs millions de livres. Elle monterait sa maison, secondée par des domestiques en grand nombre, dames de compagnie, femmes de chambre, coiffeur, maîtresse de garde-robe, maîtresse des joyaux. Rien de la politique française ne lui serait caché et le roi lui confierait certains secrets d'État. Pourrait-elle assumer ces responsabilités tout en restant envers le roi la jeune femme vive et gaie qui le séduisait tant ?

Installée au couvent Sainte-Élisabeth voisin du

Temple, sa mère jouissait d'un appartement confortable, d'une servante et de la compagnie des religieuses qui se montraient fort aimables envers elle. Toutes les deux semaines, quand son emploi du temps le lui permettait, elle allait la visiter et n'oubliait dans ses bienfaits ni du Barry, ni frère Ange, ni son cher Adolphe qu'elle s'employait à bien marier. Ses ennemis ? Mis à part le duc de Choiseul, elle tentait de les ignorer ou de les séduire. Leur absence lors de sa présentation ne lui avait pas échappé mais, de ce mépris, ils reviendraient. Un instant Jeanne leva les yeux vers la voûte bleue de la chapelle, parsemée de légers nuages, d'anges ronds comme des bébés portant des guirlandes de fleurs. Elle ne pouvait donner d'enfant au roi et c'était mieux ainsi. Jusqu'à son dernier souffle, elle resterait seule à ses côtés sans partage d'affection.

Le début de mai passa comme un rêve tant Jeanne fut occupée à monter sa maison, meubler et décorer ses appartements, remplir ses devoirs officiels et dispenser sa tendresse au roi. Mais en dépit de sa résolution de ne pas prêter attention à ses ennemis, elle souffrait des regards ironiques, des ricanements, des mots chuchotés sur son passage et s'en ouvrit au roi. Louis ne parut guère frappé.

— Je vais faire comprendre au duc de Choiseul et à ses inféodés que t'offenser, c'est outrager le roi. Demain à Bellevue, je convierai à souper ce joli monde ainsi que nos amis. Il faudra bien qu'ils se parlent et se complimentent. Tu seras placée à table entre moi et mon ministre. Sois belle, très belle, amusante, spirituelle comme tu sais si bien l'être et laisse-moi faire le reste.

En dépit du ton badin de sa voix, le roi était exaspéré. Après bientôt cinquante ans de règne en titre et quarante années d'exercice effectif du pouvoir, ces désolantes intrigues lui donnaient des nausées. Quand Jeanne venait le rejoindre dans ses appartements confortables, décorés à ravir par les meilleurs artistes, les plus talentueux ébénistes de son temps, il oubliait enfin les sourires faux, les querelles, les avidités, les rancunes, les minables complots, tout ce que son arrière-grand-père, qu'il avait tant chéri, avait toléré pour se débarrasser de l'arrogance des nobles en en faisant des chiens de compagnie, bichonnés, frisés, parfumés, serviles et hargneux. Tout jeune, déjà, il avait compris bien des choses.

Le roi porta Jeanne sur le lit. Elle riait, légère comme une plume, prête à tout pour lui plaire.

— J'ai voulu trop de femmes avant toi, chuchota-t-il. Trop vouloir n'est-il pas proche de ne rien désirer ?

— Vous ne me désirez donc plus ?

Le rire clair, sa jeunesse, la fermeté de sa peau, des seins, de ses fesses charmaient le roi.

— Fais ce que tu veux de mon pauvre corps trop usé. Pour lui redonner des forces, la marquise de Pompadour me présentait des filles de plus en plus jeunes. Elle les cherchait, les traquait. C'était sublime et minable. Ainsi elle m'a gardé auprès d'elle, les sens satisfaits par ces passades, l'esprit par elle.

Jeanne était enfouie au creux du matelas de laine.

— Celles qui m'ont aimé vraiment ont été si rares, poursuivit le roi. Celles qui ont compris comment fonctionnent mes désirs et mon plaisir encore plus. Les filles du Parc-aux-Cerfs étaient trop jeunes pour pénétrer la complexité de la volupté, la marquise de Pompadour trop froide, mes maîtresses titrées trop grandes dames, épouvantées par la crainte de se conduire en putains.

Les amis de Jeanne étaient arrivés les premiers au souper du roi. Vêtue d'une robe de mousseline rebrodée de fleurs roses, portant quelques roses fraîches qui embaumaient dans ses cheveux, la parure de diamants offerte par le roi, Jeanne parlait aux uns et aux autres, à la maréchale de Mirepoix et à madame Flavacourt, la seule des sœurs de Nesle qui n'ait point été la maîtresse du roi et qui avait spontanément offert à la jeune femme son amitié, à Adolphe, superbe dans sa tenue de cour, à madame de Béarn. Soudain le silence se fit. Le duc de Choiseul et ses inféodés, son cousin Praslin, le prince de Soubise, le comte de Saint-Florentin, firent leur entrée. Sans un regard pour les invités regroupés autour de Jeanne, le duc entraîna ses amis à l'angle opposé du salon, chacun semblant prendre du plaisir à l'offense publique infligée à la comtesse du Barry.

— Ne réagissez pas, belle mignonne, souffla madame de Flavacourt. Votre indifférence leur ôtera tout plaisir. N'oubliez pas non plus que nous sommes à Bellevue, une des résidences de feu la marquise de Pompadour. Sous les sarcasmes, je suis sûre que monsieur le duc de Choiseul dissimule beaucoup de nostalgie quand il pense à son ancienne amie.

Précédé de deux valets, Louis XV fit son apparition.

— La soirée est bien belle, mes amis, remarqua-t-il en se dirigeant vers Jeanne. Faisons quelques pas dans le parc. Le voulez-vous, madame ?

Les yeux du roi pétillaient. Les portes-fenêtres étaient grandes ouvertes sur le jardin et le petit groupe de leurs amis suivit Jeanne et le roi dans la grande allée le long de laquelle des dizaines de jardiniers plantaient muguet, amaryllis, garances et anémones. « Songe-t-il à elle ? » se demanda Jeanne. Souvent le roi était venu à Bellevue avec la marquise de Pompadour. Ces jardiniers avaient dû la connaître, peut-être l'apprécier. Partout Jeanne sentait la présence de la marquise. Le parfum, les livres, les objets d'art de la défunte parlaient encore d'elle, de cet amour éprouvé pour son royal amant qui l'avait poussée à se faire maquerelle pour le garder.

— Je voudrais une demeure à moi, Sire, murmura-t-elle en se rapprochant du roi. Vous y viendriez et n'auriez que moi dans votre cœur.

— Enfant ! chuchota le roi. Ne savez-vous pas que je ne pense qu'à vous ?

L'un après l'autre, les amis de Choiseul avaient emboîté, eux aussi, le pas au groupe royal, laissant seul dans le salon le duc, assis dans une vaste bergère, les yeux perdus dans la perspective de l'allée où il voyait s'éloigner une Jeanne légère, rieuse, victorieuse.

Placée entre le roi et Choiseul, Jeanne s'amusait de la mine renfrognée du ministre. Un jour viendrait où ce grand seigneur laisserait place nette à la « fille », comme il la nommait, et ce jour, comme elle s'y était engagée auprès de Richelieu et Fitz-James, n'était plus lointain. La méchanceté et l'arrogance qu'il témoignait à Jeanne blessaient le roi profondément. Mais il n'était pas homme à agir en un jour.

— Monseigneur, déclara soudain Jeanne en se tournant vers Choiseul, je vous vois morose ce soir. Souffririez-vous d'un excès de bile ? Mon médecin, Quénet, est excellent, voulez-vous que je vous l'envoie demain ?

— Je me porte fort bien, madame, répondit sèchement Choiseul.

— Vous êtes donc soucieux. Auriez-vous peur de perdre une de vos maîtresses ou la tendre affection de madame votre sœur ? Tout est éphémère, vous le savez bien, monseigneur.

Sous le regard hargneux, la jeune femme ne put s'empêcher de sourire. « Le temps de cet homme arrogant est achevé, le mien commence », pensa-t-elle. Faisant assaut d'esprit pour la faire rire, chacun des convives cherchait à lui plaire, la complimentait. Le roi ne la quittait pas des yeux et, de temps à autre, tendrement elle lui souriait. Sur le chemin de retour de la promenade, avant de regagner le château, n'avait-il pas chuchoté : « Tu auras ta demeure, mon cœur aimé. Tu en feras la plus belle du monde et y seras la souveraine. »

Choisis avec soin par Jeanne, vaisselle, argenterie, mobilier, lustres, tapis, bibelots, peintures et sculptures témoignaient d'un goût sûr et de la hardiesse de sa jeunesse qui la portait vers des artistes novateurs. Tout y était d'une luxueuse simplicité, d'un confort dont chaque détail avait été étudié. Immense, le lit était couronné par l'Amour que représentaient des nymphes à la pose alanguie. Le roi avait payé de sa propre bourse deux fauteuils dont les montants réunissaient les lys de France et les roses de madame du Barry coiffés par deux oiseaux se tenant le bec. Chaque matin, il venait assister à sa toilette, et chaque soir la rejoignait dans sa chambre après le coucher exigé par l'étiquette. Depuis que madame de Ventadour avait remis son cher Louis, âgé de sept ans, entre les mains de son gouverneur, il s'y était soumis et ces rites tatillons faisaient partie intégrante de son existence, comme les longs offices religieux, les sermons interminables. Très pieux, éprouvant envers la mort une peur incontrôlée, il préférait les messes basses dans les chapelles de ses châteaux, la méditation solitaire.

— Mon arrachement aux soins maternels que me

prodiguait madame de Ventadour, la froideur de mes gouverneurs et précepteurs, la retenue émotionnelle de la reine due à sa grande piété et à son ignorance des choses de l'amour m'ont rendu distant, secret, parfois sévère, confiait-il à Jeanne. J'ai été un enfant à la fois heureux et malheureux, heureux parce que je me sentais le centre du monde, que j'avais réussi à quitter les Tuileries pour regagner mon cher Versailles où mes souvenirs illuminaient mon existence quotidienne, malheureux parce que seul, flatté, mais privé de véritable amour. A mon âge, je ne changerai plus. Tu m'as accepté tel que je suis et ce don de toi, sans reproche, sans conseils, sans sermons d'aucune sorte, m'a été droit au cœur.

Prodiguant sourires et mots gentils, Jeanne avait vite compris qu'elle ne survivrait pas à la Cour sans un cercle d'amis sûrs. Son salon les accueillait à leur guise. Ensemble ils formaient une famille disparate mais unie par la tendresse ou les intérêts qui les avaient autrefois étroitement liés, par une familiarité excluant toute règle d'étiquette et par leur but commun de remplacer le duc de Choiseul par d'Aiguillon.

— Un mousquetaire noir est venu me supplier ce matin, annonça-t-elle un soir, songeuse, à des amis réunis dans son salon. Il venait plaider la cause d'une malheureuse nommée Apolline Grégoin, accusée d'infanticide et condamnée à être pendue. Ce monsieur de Mandeville m'a appris que la sentence de la pauvre fille serait exécutée demain. Nul n'a consenti à intervenir en sa faveur car elle n'avait pas fait de déclaration de grossesse. L'enfant était du curé du village et est venu au monde mort-né. Je ne puis laisser cette femme mourir et vais intervenir tout à l'heure auprès du roi.

La voix de Jeanne tremblait, elle pensait à sa mère, à frère Ange, au bébé qu'elle avait été, non désiré, accepté tant bien que mal, ruinant la réputation d'Anne Bécu, la coupant de tout espoir de vie conjugale à Vaucouleurs.

— La loi est trop dure pour certains, poursuivit-elle. En particulier pour les femmes.

— Elles ont d'autres moyens de défense! rétorqua du Barry. Ce sont les femmes finalement qui ont la plus belle part.

— Vous ne connaissez rien des femmes, sinon pour satisfaire vos plaisirs, répliqua Jeanne. Nous devons nous accommoder des coutumes et des lois et tentons de les tourner en notre faveur, mais les échecs sont nombreux et cruels pour beaucoup d'entre nous. Je viens d'écrire au sujet de cette malheureuse une lettre au chancelier.

— Accepteriez-vous de nous la lire, chère enfant, demanda Richelieu.

Jeanne se leva, se dirigea vers une table en bois de rose aux gradins incrustés de plaques de porcelaine de Sèvres peintes de délicates fleurs des champs, en tira une feuille qui n'était pas encore pliée.

— « Monsieur le Chancelier, lut-elle, je n'entends rien à vos lois mais elles sont injustes et barbares, contraires à la politique, à la raison, et à l'humanité si elles font mourir une pauvre fille accouchée d'un enfant mort-né sans l'avoir déclaré. Suivant le mémoire ci-joint, la suppliante est dans ce cas. Il paraît qu'elle est condamnée pour avoir ignoré la règle ou ne s'y être pas conformée, par une pudeur très naturelle. Je renvoie l'examen de cette affaire à votre équité mais cette infortunée mérite l'indulgence. Je vous demande au moins une commutation de peine. Votre sensibilité fera le reste. »

Richelieu prit la main de Jeanne et la serra dans la sienne.

— Je vais vous faire rencontrer monsieur de Voltaire, vous devriez devenir des amis.

Suivie de Chon et de Mirza, taraudée par la curiosité, Jeanne se rendit chez madame de Marsan qui venait de lui faire passer un billet la priant de venir la voir car elle avait un présent à lui remettre avant son départ imminent pour Choisy où, au grand scandale de la Cour, le roi prendrait sa maîtresse dans son propre carrosse. Madame de Marsan avait été l'une de ses premières amies, et touchait Jeanne par sa bonté, son indulgence et l'amusait par ses mille petites manies. Jamais elle ne serait passée devant un crucifix sans se signer, elle tournait trois fois sa cuillère dans sa tasse de café avant de la porter à ses lèvres, détournait sa vue d'un chat noir et jetait une pincée de sel chaque soir sur son lit pour en éloigner les mauvais esprits. Chacun riait de ses marottes, mais elle ne comptait guère d'ennemis.

Devant madame de Marsan assise dans une confortable bergère se tenait un garçonnet de sept à huit ans, la peau noire comme de l'ébène, les traits fins, le regard apeuré.

— Approchez, ma belle amie. Cet enfant qui nous arrive de Pondichéry se trouve sans protection. Il semble de caractère facile et prêt à s'instruire. Le voulez-vous ?

Stupéfaite, Jeanne dévisageait le garçonnet.

— Ce pourrait être pour vous un charmant page, renchérit madame de Marsan. Si je ne le garde pas, c'est que je crains la couleur noire. Vous le savez, n'est-ce pas ? Et ce petit ressemble à un sac de charbon.

Jeanne sourit à l'enfant qui l'observait de ses grands yeux sombres.

— Regardez cette bouche, ce nez, dit-elle d'un ton rieur, ce sont des amours. Comment t'appelles-tu, petit ?

L'enfant manifestement ne comprenait pas la question, mais il voulait faire plaisir à cette dame si belle qui lui souriait. Avec application, afin de ne pas contrefaire les mots qu'il venait d'entendre, il répéta :

— Zamor.

— Zamor, je te prends avec moi. Tu vas n'être rien qu'à moi, un petit valet de pied qui ne me quittera pas. Je crois que tu seras bien heureux. Et dire que je pars demain à Choisy, poursuivit Jeanne avec inquiétude. Il faut convoquer de toute urgence une couturière pour vêtir décemment cet enfant. Le rouge lui irait à merveille. Faisons-lui confectionner une culotte et une veste en soie framboise. Ma femme de chambre trouvera une chemise et des chaussures à boucle. Et nous lui mettrons sur la tête un petit calot rouge à pompons d'or. Ce sera vraiment mignon !

Sentant qu'on parlait de lui, Zamor avait repris son regard méfiant. Arraché à ce qui lui restait de famille à Pondichéry, ballotté durant des semaines dans un navire, la plupart du temps malade, il était arrivé au Havre où on l'avait fourré dans une voiture en direction de Paris avec des ballots de soie, de mousseline et d'épices. Quel sort l'attendait-il et qu'allait exiger de lui cette jolie dame aux cheveux d'or? Soudain le regard de l'enfant découvrit Mirza blottie dans les jupes de sa maîtresse. Son visage s'illumina d'un large sourire.

— Voici Mirza, expliqua Jeanne, ma petite chienne.

Spontanément, vaillamment, l'enfant tendit la main à la jeune femme.

Choisy fut pour Jeanne une succession de moments

enchanteurs, représentations théâtrales, opéras, soupers en petits comités soigneusement choisis qui se prolongeaient jusqu'à l'aube, fêtes nautiques où elle apparut masquée en princesse vénitienne, fête de l'eau où sa robe transparente d'ondine fit sensation, promenades à cheval avec le roi et des nuits d'amour à n'en plus finir dans la tiédeur du début de printemps, dans le parfum du chèvrefeuille et du jasmin étoilé. Du lever au coucher, Jeanne était complimentée, adulée. Zamor l'amusait. Elle le déguisait à sa guise. En adoration devant sa bienfaitrice, l'enfant se laissait faire.

A table, le roi la plaçait à son côté. Souvent sa main, sous prétexte de rattraper une serviette, frôlait son genou, sa cuisse pressait la sienne. Ils se regardaient avec l'impatience du désir, la douceur de l'attente. Un soir, le roi en se rendant à une table de whist laissa tomber son étui à lunettes d'or incrusté de petites émeraudes. Vivement Jeanne s'agenouilla pour le ramasser. « Je vous remercie, madame, prononça Louis XV à haute voix afin que chacun puisse entendre. Mais c'est à moi de prendre cette posture, et pour tout le reste de ma vie. »

Cet amour fou troublait les courtisans. Où Jeanne conduirait-elle le roi ? Chercherait-elle comme madame de Pompadour à se mêler des affaires de l'État ? On disait que le souverain la comblait : bijoux, parures, rien ne semblait assez beau pour la comtesse du Barry. Elle avait un train de duchesse, des laquais en livrées portant son chiffre, deux carrosses, et on parlait du prochain don du château de Louveciennes que l'on remettait sur son ordre en état.

En juin la Cour partit pour le petit château de Saint-Hubert dans la forêt des Yvelines pour observer le passage de Vénus devant le soleil. La joie qu'éprouva le roi à expliquer à sa maîtresse le mouvement des astres fut immense. Enfin il partageait avec un autre être une passion nourrie depuis l'enfance. Jeanne avait dévoré tous les ouvrages que son amant lui conseillait de lire et fut en mesure de poser des questions pleines de pertinence qui ébahirent les courtisans.

— Un jour prochain je vous amènerai dans le cabinet qui m'est le plus cher à Versailles, celui où je me retire pour contempler des cartes géographiques d'une grande rareté. Ensemble nous voyagerons au bout du monde.

— Aimer un être, Sire, est une exploration qui n'a point de limites. Je voudrais vous connaître mieux et sais que ce bonheur ne me sera pas donné dans cette vie. Mais ce que vous voulez bien me dévoiler de vous me rend fière et heureuse.

Le roi fermait les yeux. Comme il aurait souhaité en ces instants être un homme comme les autres, pouvoir se livrer corps et âme à la femme qu'il aimait. Mais Jeanne avait raison, les ombres qui étaient en lui resteraient à jamais secrètes. Il l'avait connue trop vieux, trop désabusé, trop corrompu. Le miracle était que cette femme ait pu lui donner l'illusion du bonheur, de la jeunesse, de la permanence du plaisir. Les bienfaits dont il la comblait étaient maigres en regard de ce qu'elle lui offrait.

23

— Sire, je vous en supplie, écoutez-moi.

Jeanne s'était agenouillée devant le roi qui, assis dans son fauteuil, jouait avec un de ses chats. N'ayant pas pu abattre le moindre gibier, il était d'humeur maussade et comptait souper seul dans son petit salon. La désinvolture de Jeanne qui avait forcé sa porte le mécontentait.

— Pourquoi cette agitation, madame? Vos petits soucis ne peuvent-ils attendre à demain?

La sécheresse de la voix serra le cœur de Jeanne. Cet homme qu'elle aimait était toujours capable de la démonter.

— Je n'ai pas cette audace pour moi, Sire, mais pour un noble et malheureux ménage condamné à être décapité. Après avoir échoué dans leur démarche auprès de Votre Majesté, leurs filles sont venues ce matin me supplier.

— Vous venez me reprocher de ne pas avoir gracié le comte et la comtesse de Louïsme. Mais connaissez-vous toute l'histoire? Se croyant au temps de Philippe Auguste sans doute, ces gens-là ont fait le coup de feu sur les officiers de justice venus les saisir, tué un gendarme à cheval et un huissier.

— Perclus de dettes, ils ont perdu la tête en se voyant déshonorés. Ce sont des honnêtes gens, Sire.

— Si je gracie les criminels, comment arrêter le crime ?

— Le comte et son épouse sont âgés. Laissez-les achever leur vie sans la violence d'une décapitation. Une de leurs filles se propose de les prendre chez elle. Leur château sera vendu, les dettes payées.

— Les morts ne ressusciteront pas pour autant.

— N'en ajoutez pas deux, Sire, je vous en conjure. Si vous ne m'écoutez pas, je resterai à vos pieds jusqu'au matin.

D'un geste las, le roi posa son chat à terre, s'empara d'une main de Jeanne, la releva.

— Vous avez trop bon cœur, madame, et ne survivrez pas longtemps parmi mes courtisans. Mais j'ai pour vous une si grande tendresse que je refuse de voir des pleurs dans vos jolis yeux.

— Alors Sire, faites vite ! supplia Jeanne. On doit les exécuter demain.

— J'enverrai un messager de ma maison.

— A l'instant, Sire.

Le roi sourit. Jeanne n'était qu'une enfant, une délicieuse enfant sans laquelle sa vie retomberait dans la plus grande solitude et un profond ennui. Il sonna un laquais.

— Qu'on envoie mon courrier le plus rapide à Saint-Fargeau pour signifier que j'accorde ma grâce au comte et à la comtesse de Louïsme à la condition qu'ils demeurent à Saumur chez leur fille, la comtesse de Royan, et n'en sortent plus. (Et se tournant vers Jeanne :) Êtes-vous satisfaite, ma belle amie ?

Lorsque la Cour se rendit à Compiègne en juillet, tout le long de la route, les villageois se pressaient pour voir passer le cortège royal suivi du carrosse de la favorite avec ses postillons, ses cochers, ses piqueurs, tous revêtus de la livrée de Jeanne, drap bleu céleste galonné d'argent. Chacun tendait le cou pour tenter d'apercevoir cette créature que l'on disait divine mais n'apercevait que l'éclat d'une chevelure blonde, un éventail déployé, parfois l'albâtre d'une épaule dénudée.

Jeanne retrouva Compiègne avec émotion. Là, une année plus tôt, cachée dans un pavillon, elle attendait les visites furtives du roi. Aujourd'hui c'était au château qu'elle logeait, à côté des appartements de son amant. Vêtue d'un habit d'homme, culotte et veste boutonnée de cuivre qui lui allait à ravir, la jeune femme chassait presque quotidiennement. Sa mince silhouette galopait à côté de celle, plus lourde, du roi. Elle sautait les fossés, les barrières, s'enivrait du vent, d'odeurs, de lumière, de liberté. Le soir, rompue, elle s'habillait simplement, mais toujours avec une élégance raffinée, recevait en maîtresse de maison.

— Demain nous devons assister à des manœuvres militaires, annonça un soir le roi. Sous les ordres du général Wurmser, quarante-deux bataillons d'infanterie se livreront à des exercices de tir sur quarante pièces de canon. Je compte sur ta présence, en voiture bien sûr, car ce genre d'exercice dure des éternités. Ton beau-frère, Élie du Barry, sera présent avec le régiment de Beauce. Tu feras à mes soldats un grand honneur par ta présence. Le soir, nous donnerons à souper aux officiers. Tu seras leur hôtesse.

Essoufflée par la course à cheval, Jeanne rassemblait ses cheveux, les tordait en natte.

— Me voulez-vous en cantinière ? Il en est de fort accortes auxquelles ne résistent pas les officiers les plus gradés, plaisanta-t-elle.

— Tu le seras pour moi seul. Demain tu seras la

maréchale des troupes royales françaises. Mais ne t'inquiète pas, les officiers n'aiment parler que d'armes et de guerre, de manœuvres et de stratégie. Écoute-les attentivement et ils te jugeront la femme la plus intelligente du monde.

Tout le jour, Jeanne supporta stoïquement la poussière, le grondement continu des canons, les odeurs suffocantes de poudre. A cheval à côté de ses petits-fils, le roi passait en revue les troupes, faisant de temps à autre une halte pour adresser quelques mots aux officiers. Aux côtés de la jeune femme, Zamor vêtu en soldat des gardes-françaises sommeillait, la tête sur le flanc de Mirza. L'enfant apprenait vite. Déjà, il pouvait prononcer quelques phrases en bon français, prenait de jolies manières. Jeanne y était fort attachée.

Lorsque enfin le roi arriva à la voiture de sa maîtresse, il sauta à bas de son cheval et, à la stupéfaction de tous, ôta son chapeau. Ainsi le roi de France se découvrait devant une grisette ! Non loin, le duc de Choiseul ricanait. Le comble était atteint et son mépris pour le roi n'avait plus de limites. Le soir même, il avait organisé, lui aussi, un souper. On verrait bien qui se rendrait chez la du Barry et qui viendrait chez lui. La plupart des officiers n'hésiteraient guère, d'ailleurs il avait chargé son ami La Tour du Pin de les persuader. Ce serait trop drôle de voir cette fille présidant une table à moitié vide.

Le jour déclinait. Jeanne avait quitté le terrain de manœuvre pour se préparer et le roi rejoint sa tente. L'un après l'autre les régiments se disloquaient pour regagner leurs casernes. Ne demeuraient que l'odeur âcre de la poudre et de légers nuages d'une poussière jaune qui recouvrait les arbustes et l'herbe, donnant l'impression que ces simples exercices avaient été une impitoyable bataille.

Simplement vêtue d'une robe de mousseline rose, la taille soulignée par un nœud de ruban d'un rose plus vif, un rang de rubis autour du cou et à l'un de ses poignets, Jeanne fit son entrée dans la tente d'apparat. On passa à table. Il manquait quatre ou cinq convives.

— Avons-nous des amis souffrants? s'inquiéta Jeanne auprès de son maître d'hôtel.

— Nous avons un souper chez monsieur le duc de Choiseul, chuchota celui-ci.

Jeanne pâlit. Ainsi leur lutte se poursuivait. Mais le duc la sous-estimait.

Toute la soirée, Jeanne se montra pleine d'entrain, spirituelle, interrogeant les uns et les autres sur les différentes tactiques à déployer dans diverses situations. Les vieux officiers étaient charmés, les jeunes subjugués par cette jolie femme qui prenait le plus grand intérêt aux conversations guerrières. A onze heures, chacun se retira, enchanté, et Jeanne put regagner Compiègne. Dans la voiture, Zamor dormait tandis que Mirza s'était roulée en boule aux pieds de sa maîtresse. L'air était chaud, humide, le ciel scintillait d'étoiles. Dans la senteur pénétrante des plantes, Jeanne reprenait son calme. Que lui importait le mépris du duc de Choiseul? Il la jugeait en fille, elle en goujat, ils étaient quittes. « Je vais tenter de calmer le roi, résolut-elle. S'il lui vient de s'offusquer de l'affront qu'on m'a porté, il fera une scène terrible à son ministre puis, par lassitude, lui pardonnera. Il faut que sa rancune mûrisse aussi lentement que la mienne. La disgrâce doit être imprévue et définitive. »

Vaguement, elle songeait à ses premières conversations avec du Barry, Richelieu, Fitz-James. Dès les premiers instants, on lui avait fait comprendre qu'on attendait d'elle un service extraordinaire. Sans en savoir les conséquences, elle avait accepté le marché : devenir une femme du monde digne du roi pour éliminer Choiseul. Un pacte avec le diable ? Et, cependant, elle ne regrettait rien, non pour les carrosses, les phaétons, les valets, les œuvres d'art, les bijoux, les parures mais à cause des yeux noirs d'un roi à l'expression désabusée, triste ou sensuelle, de ses lèvres qu'elle ne cessait de désirer, de la science avec laquelle il la caressait, de ses soupirs dans le plaisir qu'elle lui donnait, des mots parfois si tendres qu'il lui arrivait de prononcer comme à regret. Le diable devrait-il s'emparer de son âme, ce qu'elle avait fait, elle le ferait encore.

En retour, même au milieu des plus vifs plaisirs, demeurait en elle un sentiment de solitude, parfois ténu, parfois oppressant. A la Cour, à la mort des gens, on ne les évoquait plus qu'avec réticence, comme si dans ce lieu de luxe et de bonheur apparent la mort, en symbolisant la futilité, mettait chacun en face de son propre néant. Souvent Jeanne pensait à ceux et à celles qui avaient pris le parti de ne pas paraître à la Cour, comme la princesse de Lamballe et son beau-père, le duc de Penthièvre, qui se dévouaient corps et âme aux pauvres et aux malades. « Mais ai-je le choix ? » pensait-elle. Elle appartenait au roi et au roi seul.

Lorsqu'elle regagna son appartement, une de ses femmes de chambre, à moitié endormie, l'attendait assise sur un tabouret.

— Sa Majesté dort, annonça-t-elle en sautant sur ses pieds.

Jeanne fronça les sourcils. Le roi dormait-il vraiment ou ruminait-il sa rage contre Choiseul ? Les nouvelles allaient plus vite que son phaéton et sans nul doute étaient parvenues à ses oreilles.

— J'ai un présent pour vous, madame.

Souriant, l'œil malicieux, le roi posa un baiser sur la nuque de Jeanne qui se maquillait. La jeune femme se leva, esquissa une révérence. A travers son déshabillé d'organdi bordé de dentelle, on devinait la forme de son corps, la rondeur de ses seins.

— Le bonheur de votre compagnie, Sire ?

— Non point car je dois dans un instant me rendre au Conseil des ministres mais quelque chose qui, je pense, me fera pardonner.

De sa poche, le roi tira une petite enveloppe qui intrigua la jeune femme.

— Ouvrez, je vous prie.

Jeanne brisa le cachet et découvrit une clef.

— La clef du paradis, Sire ?

— Presque. Celle du château de Louveciennes qui est domaine royal et dont je vous offre aujourd'hui l'usufruit jusqu'à votre mort.

Interdite, Jeanne serrait la clef dans sa main et ne trouvait rien à répondre. Le roi ajouta :

— C'est un petit château où vous vous sentirez à votre aise. Il domine la Seine et la vue y est superbe. J'espère simplement que le bruit de la machine de Marly qui se trouve en contrebas ne vous incommodera point trop. Quant aux aménagements, vous les ferez à votre guise et je vous ouvre un crédit illimité pour satisfaire vos goûts. Le vieux duc de Penthièvre qui occupait auparavant cette maison ne se souciait guère du confort.

Jeanne se jeta au cou du roi. Enfin, elle allait avoir sa propre demeure où elle pourrait convier ses amies, les retenir auprès d'elle pour des moments de simple intimité.

— Et Louveciennes est proche de Versailles comme de Marly, chuchota le roi. Vous aurez, madame, un visiteur assidu quand la mauvaise idée vous prendra de m'abandonner à Versailles. Pour ma part, je projette de construire dans le parc du château un pavillon où vous et moi aurons une réelle intimité.

Au château, des yeux vous observent sans cesse, des oreilles se tendent pour capter le moindre mot. Je suis en train d'en faire les plans avec l'architecte Gabriel et je vous les montrerai quand nous serons de retour à Versailles. En attendant, faites préparer vos malles, nous quittons Compiègne demain de bon matin pour Chantilly.

Demeurée seule, Jeanne tourna et retourna la clef entre ses doigts. Elle se prit à imaginer les meubles qu'elle commanderait, les boiseries qui orneraient les murs du salon, les tableaux pendus aux murs. Cette demeure, elle le sentait, serait celle qu'elle allait le plus chérir, entre les murs de laquelle elle se sentirait protégée, sourde aux pamphlets malveillants qui circulaient sur elle, ignorante des images graveleuses « la Bourbonnaise » salissant.

« Qu'as-tu à faire de ces pisse-vinaigre ? plaisantait Jean-Baptiste du Barry. Même en mal, il est bon que l'on parle de toi. Ainsi ton nom est sur toutes les lèvres, tu suscites la jalousie mais aussi la curiosité, l'envie, l'admiration. Les femmes qui disent te mépriser rêveraient toutes d'avoir ta bonne fortune. On crache sur ce qu'on n'a pas. Voilà le peuple de Paris. Moque-t'en comme d'une guigne, ce sont des frelons qui ne cessent de bourdonner. »

Son beau-frère parvenait toujours à la dérider. Maintes fois elle l'avait tiré d'affaire, réglant des dettes, parfois faramineuses, sur sa liste civile que le roi avait montée à trois cent mille livres par mois. Un soir, cependant, ayant dépassé les bornes, Jeanne avait prié Jean-Baptiste de s'éclipser de Versailles pour quelque temps avant que le roi ne l'en chasse. Il pourrait réapparaître quelques mois plus tard lorsque tout serait oublié.

Jeanne soupira. Au lieu de courir à Louveciennes comme elle en avait envie, il lui fallait de nouveau reprendre la route, séjourner chez les Condé à Chantilly où elle se sentait mal à l'aise. Mais elle chasserait avec le roi, unie à lui par la fièvre de la capture comme un désir partagé presque assouvi dans le galop de leurs chevaux.

— Fais venir Zamor, demanda-t-elle à sa femme de chambre. Voilà deux jours que je n'ai vu cet enfant.

Vêtu de soie vert pomme rayée de blanc, le garçonnet entra sur la pointe des pieds. Il eut un regard furtif vers sa maîtresse dont on devinait le corps nu à travers le léger déshabillé.

— Viens que je t'embrasse, demanda Jeanne. Pourquoi m'as-tu abandonnée ?

— Madame la comtesse ne m'a pas fait appeler.

— C'est vrai, j'étais fort occupée. Mais te voici. Comme tu es mignon en vert ! Il faudra te faire faire un habit en velours de cette même couleur pour l'hiver. Nous le compléterons par une petite cape doublée de fourrure noire, ce sera délicieux !

La jeune femme posa un baiser sur le front de l'enfant. Docilement Zamor se laissa faire. Aurait-il le courage de se serrer contre sa maîtresse ? De sentir contre lui la chaleur de son corps, de se blottir entre ses bras ? Mais déjà elle le repoussait.

— Je dois m'habiller. Va vite demander à la cuisinière de préparer du café. Je n'ai dormi que cinq heures et dois ressembler à une morte.

« Louveciennes », se répétait-elle. Le séjour à Chantilly achevé, elle regagnerait Versailles puis le lendemain même irait à la découverte de sa demeure, de son domaine. Elle imaginait une bâtisse charmante, un plan d'eau, de hautes futaies, des massifs de fleurs, des charmilles, un temple de l'Amour dominant la Seine se déroulant en amont comme en aval à l'infini, parfois grise sous la pluie, parfois scintillante les nuits de pleine lune. Le fleuve mènerait son imagination où bon lui semblerait. Lorsqu'il gèlerait, elle patinerait avec ses amies sur la pièce d'eau, le nez rouge, les mains enfouies dans un manchon de fourrure. Elle imagina Zamor tout vêtu de blanc comme une apparition féerique de conte pour enfants. Là-bas, elle pourrait enfin ouvrir la fenêtre de sa chambre, s'accouder à la balustrade, vivre. Elle aurait une volière, un chenil pour sa meute. Il lui semblait entendre les murmures de sa forêt, de ses taillis, percevoir le vent faisant frissonner les feuilles. Elle ferait dresser des statues de marbre dans le parc, des effigies de femmes, et les montrerait au roi pour qu'il répète encore et encore qu'elle était la plus belle.

En quittant Chantilly, le roi voulut inaugurer à Paris le salon de la Peinture où deux portraits de Jeanne étaient exposés. L'un la montrant en sirène, vêtue d'une robe aérienne qui moulait ses formes, couronnée de roses et portant entre ses bras une brassée de fleurs, l'autre en habit de chasseur, veste stricte de drap gris boutonnée sur le revers mais d'où s'échappait un col de dentelle de Bruges, les cheveux nattés sur le dessus de la tête et resserrés par un catogan de velours noué sur la nuque.

Après Paris, il fallut refaire à Fontainebleau un ultime séjour de chasse avant les froids de l'hiver. La forêt jaunissait, les longues allées se paraient de pourpre et d'or sur lesquels tranchait le gris des masses rocheuses. Parfois des ondées crevaient sur la forêt, des bourrasques emportaient les feuilles mortes. Les branches craquaient au passage des chevaux et, sous les nuages d'encre, l'appel des trompes semblait lugubre.

Au retour de Fontainebleau la neige tombait sur Versailles. Le duc d'Aiguillon attendait Jeanne avec impatience afin qu'elle intercède auprès du roi pour sauver de la mort un soldat déserteur de son régiment. Encore en habit de voyage, le dos tourné à la cheminée de sa chambre, le roi se réchauffait. Avec patience, il écouta d'Aiguillon puis Jeanne dont la voix vibrait.

— Remerciez madame la comtesse, prononça le souverain, et dites à votre protégé que, compte tenu des années passées à mon service, je lui fais grâce. Qu'il se fasse oublier.

— Madame, affirma d'Aiguillon à Jeanne en lui baisant la main, il n'y a pas un seul soldat de mon régiment qui désormais ne se ferait tuer pour vous.

Jeanne allait se retirer quand le roi l'arrêta.

— Vos appartements, madame, sont maintenant au-dessus des miens. Ce sont ceux de feu madame la Dauphine que j'ai fait remettre en état. Un escalier nous reliera l'un à l'autre. Mais je crois ne pas avoir la patience d'attendre jusqu'à ce soir pour le monter.

24

Depuis le mois d'août, on ne parlait plus à la Cour que du proche mariage du Dauphin avec Marie-Antoinette, l'archiduchesse d'Autriche. Chacun s'interrogeait. A quoi ressemblait cette future épouse n'ayant pas encore quinze ans ? On affirmait qu'elle était charmante, vive, enjouée et saurait en un rien de temps séduire le placide Dauphin. Le roi ne se tenait plus de joie à la perspective d'accueillir sa petite-fille et de voir assurer bientôt sa descendance. Mais Jeanne était soucieuse. L'arrivée à la Cour de Marie-Antoinette était-elle de bon ou de mauvais augure pour elle ? Le roi risquait de s'enticher de la jeune fille et de regagner le sein de sa famille où Mesdames tantes et leurs petits-neveux comploteraient pour le retenir et, par conséquent, le détacher d'elle. D'un autre côté, la Dauphine pouvait tomber amoureuse de Louis-Auguste et souhaiter dans les premiers temps de son mariage une relative intimité avec son mari qui exclurait les exigences parfois inopportunes du souverain, son goût de l'autorité absolue.

Laissant derrière elle l'agitation de Versailles, Jeanne aimait se rendre dans son cher Louveciennes. Les travaux allaient bon train. Il lui plaisait de vérifier la couleur d'une boiserie, le dessin d'un parquet, les sculptures compliquées des moulures de corniche. Elle étudiait longuement les planches proposant diverses peintures de trumeaux et de dessus-de-porte, parcourait le parc en compagnie de botanistes et de jardiniers. La vie en plein air rosissait son teint, lui redonnait la fraîcheur que les salons étouffants de Versailles commençaient à altérer.

Du Barry, Adolphe, le duc de Brissac, Richelieu parfois, quand ses rhumatismes lui laissaient quelque répit, venaient la visiter. Comme les cuisines n'étaient pas achevées, ils apportaient vin, pâtés de foie gras et gâteaux. Sans façon, Jeanne faisait dresser une table à l'ombre d'un grand chêne. Au loin, la Seine scintillait. Le soleil déjà chaud les alanguissait un peu. L'odeur des plantes, le jour verdâtre filtré par le grand arbre donnaient à ces collations une apparence irréelle propice aux confidences. Jeanne ne cachait pas son inquiétude. Choiseul, maître d'œuvre du mariage autrichien, redressait la tête et semblait à l'apogée de sa puissance. Allait-elle rater sa mission? Richelieu prenait sa main et longuement la baisait.

— Ce n'est pas une fillette de quatorze ans qui pourra le sauver.

— Mais l'impératrice, sa mère, ne la contrôlera-t-elle pas depuis Vienne? insistait Jeanne. Ce soi-disant ambassadeur, Mercy-Argenteau, me semble plutôt un espion autrichien. Il va inspirer à cette enfant le désir de me perdre afin qu'elle règne seule.

— Sa Majesté l'impératrice ne se permettrait pas de contrôler la vie privée du roi, affirma Brissac. Bien au contraire, elle tempérera sa fille si celle-ci en vient à vous manquer de respect.

Depuis longtemps le duc de Brissac, gouverneur de Paris, était en secret amoureux de Jeanne. Il lui arrivait d'espérer qu'un jour peut-être...

Du Barry proposait une partie de whist car Jeanne

interdisait à Louveciennes le pharaon où l'enjeu était par trop faramineux. Au loin, les gémissements de l'énorme machine pompant l'eau de la Seine étaient devenus pour Jeanne le cœur battant de son domaine.

— Vous me fuyez, madame.

Le ton du roi était fâché mais l'expression du regard chargée d'une infinie tendresse.

— Je vous laisse à votre famille, Sire. L'arrivée prochaine à Versailles de madame la Dauphine est un événement heureux pour chaque membre de celle-ci. Je ne souffrirais pas d'être importune.

— Ma belle chérie, murmura le roi, ta présence ne peut être fâcheuse en aucune circonstance. Tu partages ma vie, mes soucis et mon bonheur. Je te veux à mon côté lorsque nous ramènerons à Versailles madame la Dauphine. Louis-Auguste, mes filles et moi irons seuls à sa rencontre à Compiègne, puis je donnerai à souper au château de la Muette. Là, tu te tiendras à mon côté.

Dans ses petits appartements, Jeanne tentait d'imaginer chacun des instants que vivait son amant. En ce moment, sous les applaudissements de la foule massée de chaque côté de la route, il devait serrer sa future petite-fille dans ses bras puis la faire monter dans son carrosse avec Louis-Auguste. Bientôt ils auraient atteint Compiègne où l'on présenterait la Dauphine aux princes et princesses du sang, aux cousins Orléans, Condé, Conti. Le lendemain, le cortège s'arrêterait au carmel de Saint-Denis pour que Marie-Antoinette puisse être présentée à madame Louise, enfin ils reprendraient la route vers le château de la Muette. C'est à ce moment qu'elle pourrait rejoindre le roi. Mais ce qui tourmentait Jeanne avant tout était l'autorisation qu'avait donnée le roi à Choiseul d'accueillir la jeune fille à Soissons, faveur insigne qui montrait clairement le crédit dont le ministre jouissait encore auprès de lui.

Au début de l'après-midi du 15 mai, Jeanne commença à se préparer pour le souper au château de la Muette. Ses femmes de chambre avaient étalé sur le lit les jupons à paniers, une robe d'organdi de soie jaune pâle, toute rebrodée d'un entrelacs de fleurs et de feuillages au fil d'or. Découvrant peu la poitrine, le décolleté était carré. Sur l'épaule gauche, elle accrocherait une savante composition florale de roses multicolores, ceindrait son cou d'une collerette de dentelle plissée et natterait dans ses cheveux quelques boutons de roses dont la tige serait de diamants. Vêtu en page vénitien, Zamor l'accompagnerait, cela amuserait et impressionnerait la Dauphine. La journée était délicieuse. Par sa fenêtre, Jeanne voyait un vol de tourterelles, de petits nuages ronds, la perspective du parc dont à présent elle connaissait chaque recoin. Comme lui semblait lointaine l'époque où elle logeait en cachette à Versailles dans un appartement grand comme la main, observant sans oser les côtoyer les dames altières qui lui semblaient inaccessibles. Et ce soir même, elle dînerait avec la famille royale au grand complet pour fêter la future reine de France. Le lendemain, la Dauphine s'installerait à Versailles. Elle ne lui ferait la cour que si celle-ci lui adressait un geste ou un mot d'amitié.

Abandonnant tout souci, Jeanne se laissa coiffer, maquiller, habiller, parer. Son miroir lui renvoyait une image qu'elle aimait, que le roi apprécierait. Cent fois il lui avait prouvé son attachement, d'abord en acceptant de vendre le Parc-aux-Cerfs, puis en l'installant au-dessus de ses propres appartements. Qu'avait-elle à craindre ? C'était la petite Dauphine qui allait perdre ses illusions. Avoir dans son lit un garçon comme Louis-Auguste ne serait pas une partie de plaisir.

Avec bonheur, Jeanne constata qu'on l'avait assise à la table du Dauphin. C'était un honneur insigne et ses craintes s'en trouvèrent dissipées. Toute proche, elle voyait la Dauphine parler à son nouveau grand-père. Rousse, un visage un peu allongé, le menton des Habsbourg, elle avait de beaux yeux, un nez régulier, une bouche à la lèvre supérieure légèrement proéminente. Le teint était frais, le sourire charmant, l'ensemble gracieux. Un instant, Jeanne vit les yeux de la jeune fille se poser sur elle. L'expression en était aimable, presque amicale.

Sans un mot ni un regard pour sa future femme, le Dauphin dévorait tout ce qu'on lui servait, levait à peine la tête. Depuis sa présentation à la Cour, il tolérait Jeanne et lui adressait de temps à autre quelques mots sur le temps, la chasse, sa levrette. Contredisant le sourire crispé, les phrases embarrassées, Jeanne discernait de la bonté dans son regard. Pour apprivoiser cet homme solitaire, timide, il allait falloir beaucoup d'amour, de tendresse, de savoir-faire à la Dauphine. « Pendant les premiers mois, les premières années, peut-être, de son mariage, elle devra s'effacer pour le mettre en valeur, le conseiller dans l'intimité, le complimenter afin qu'il ne se sente pas éclipsé par cette toute jeune fille que Versailles semble déjà idolâtrer », pensa Jeanne. A sa droite et à sa gauche, les duchesses de Chevreuse et de Mirepoix n'avaient pas assez de compliments à la bouche pour la fille de Marie-Thérèse. « Enfin un peu de jeunesse, se réjouit la duchesse de Mirepoix. Nous en avions grand besoin à Versailles. Et le roi adore déjà sa petite-fille. »

En croisant Jeanne le lendemain à Versailles, la

Dauphine détourna la tête. La veille, on lui avait appris que cette jolie jeune femme était la maîtresse de son grand-père et elle en avait été scandalisée. « Je ne lui adresserai la parole de ma vie ! » avait-elle affirmé d'un ton buté à Mercy-Argenteau après le repas de la Muette. Dépassé par ce tohu-bohu qui l'entraînait malgré lui tandis que pleine d'aisance, de dignité, attentive et polie, la Dauphine recevait compliments et félicitations, le Dauphin semblait effaré, bougon. Vêtue d'une robe de cour à paniers, ruisselante d'argent et de diamants, la jeune mariée rejoignit son grand-père dans le vaste cabinet du Conseil et lui baisa la main. Le Dauphin l'attendait pour la conduire à la chapelle derrière le grand maître des cérémonies. Au premier rang, parée de tous ses bijoux, Jeanne vit entrer le roi puis le jeune couple. Le cardinal de la Roche-Aymon, archevêque de Reims, attendait pour bénir les anneaux et célébrer la messe.

« Comme monsieur le Dauphin est rouge, remarqua Jeanne, sa main tremble. Pauvre petit. » Certes, elle n'avait pas désiré tous les hommes avec lesquels elle avait couché, mais au moins savait-elle ce qu'ils attendaient de l'amour physique. Qu'en était-il pour ces jeunes gens ? A quinze ans, le Dauphin était puceau, à quatorze la Dauphine totalement innocente. Sa propre virginité, offerte à Richelieu, lui laissait le souvenir d'un moment de douceur et de tendresse.

Il pleuvait à verse lorsque dans l'après-midi la Cour se rassembla autour des tables de jeu dressées dans la galerie des Glaces. Se reflétant dans les miroirs, les éclairs semblaient éclater au milieu des joueurs, embraser les diamants, les rubis et émeraudes, frapper l'or des candélabres d'un brasier bref et fulgurant. « Il n'y aura pas de feu d'artifice ce soir, regretta le roi. Nous le ferons tirer demain. »

— Le duc de Choiseul a qualifié monseigneur le Dauphin de crétin et d'impuissant, s'indigna Jeanne. Sire, comment pouvez-vous tolérer des calomnies aussi basses sur votre petit-fils ?

— Louis est terrorisé par les femmes. Je l'étais au même âge et voyez comme le temps m'a changé !

D'une main experte, le roi caressait les seins, le ventre de Jeanne.

— Hier, tu étais une fois encore la plus belle.

— Plus belle que madame la Dauphine ?

Se renversant sur le dos, le roi éclata de rire.

— Serais-tu jalouse ? C'est une innocente fillette qui a, je l'avoue, du piquant et du charme. Tu es mille fois plus attirante et, si le sort t'avait placée dans le lit de mon petit-fils, je n'aurais pas donné cher de son pucelage. Les pauvres enfants n'ont pas la moindre idée du plaisir.

Ce soir, Jeanne avait tant besoin de tendresse que le roi la serra fort contre lui, l'embrassa avec sensualité et douceur. Le monde qui la cernait lui était hostile. Pourtant elle n'avait rien fait pour le mériter, évitant toute médisance, fuyant les coteries. On la tolérait, on la complimentait mais toujours, partout, elle sentait, même dissimulé sous la plus exquise politesse, un certain mépris pour la parvenue qu'elle était. En dépit des robes somptueuses, des parures de diamants, de ses carrosses, de ses serviteurs, elle n'était plus du peuple et pas encore admise par la noblesse, quelqu'un d'isolé, n'appartenant à aucune classe. Elle l'avait ressenti avec force lors du mariage du Dauphin. Lui demeuraient le roi et leur plaisir partagé, son cher château de Louveciennes, une poignée d'amis sûrs qui désormais l'estimaient pour ses qualités à défaut de ses quartiers de noblesse.

A côté de son amant, Jeanne s'allongea, ôtant le peignoir de mousseline qui la couvrait à peine. Aussitôt le roi l'attira contre lui, nichant sa tête entre les superbes seins dont les pointes s'étaient dressées, cherchant de la main son sexe tiède fleurant l'ambre et le musc. Jeanne ferma les yeux. Elle respirait l'odeur de son amant, la chaleur de son corps formait un abri sûr, ses jambes l'enveloppaient, la tenaient tendrement prisonnière. Elle était la seule personne vraiment vivante dans ce palais peuplé d'ombres et de spectres, la seule qui connût le monde, qui ne fût pas un oiseau en cage, la seule que le roi aimât baiser, une femme triomphante.

— Un drame abominable vient de se produire, Sire !

Le roi qui était venu chez Jeanne avec quelques ministres consulter des dossiers se redressa aussitôt.

— Expliquez-vous, Ayen !

Le duc était blafard. On avait l'impression qu'il avait couru d'un trait de Paris à Versailles.

— Le feu d'artifice sur la place Louis-XV, Sire, a dégénéré en drame.

— Qu'en est-il de la Dauphine et de mes filles ? s'inquiéta le roi. A-t-on porté atteinte à leur sécurité ?

Sa main tremblait, un peu de sueur coulait le long de ses tempes. Pétrifiée, Jeanne observait tour à tour Ayen et le roi tandis que les ministres retenaient leur souffle.

— Dieu merci, madame la Dauphine et Mesdames sont saines et sauves, leur voiture a fait demi-tour au Cours-la-Reine, expliqua le duc d'une voix saccadée.

— Alors pourquoi nous alarmer ? reprocha le roi.

— Parce qu'il y a eu un mouvement de panique. Trente-deux personnes sont mortes étouffées ou piétinées et on compte une quarantaine de blessés. Les secours arrivent mais le plus grand désordre règne toujours à Paris.

— Quel malheur, murmura le roi.

Une fois de plus, Jeanne fut incapable de discerner si ce drame affectait le roi ou si, dans quelques instants, il n'y penserait plus. Elle l'aimait de tout son cœur mais sa froideur envers ses sujets et le désintérêt qu'il montrait face à leurs difficultés, peines ou espérances, l'alarmaient. Ne réalisait-il pas que nul ne le nommait plus le Bien-Aimé ? Si sa personne royale était encore à peu près respectée, les obscénités que l'on débitait sur lui n'étaient-elles pas un moyen de l'humilier, de le défier ?

— Sartine a tous les pouvoirs pour rétablir l'ordre, poursuivit le roi. Les patrouilles du guet doivent encercler la place et investir les rues adjacentes. Je ne veux pas d'émeute.

— Et les blessés ? interrogea Jeanne d'une voix douce. Et les familles qui ont perdu un père, un frère leur permettant de vivre ?

— Ils seront dédommagés. Et maintenant, messieurs, reprenons notre travail.

Sur la pointe des pieds, Jeanne se retira. Elle ne voulait pas pleurer en public. Toute son enfance, son adolescence, elle les avait vécues au milieu de ces mêmes personnes enthousiastes, venues fêter le mariage de leur Dauphin. Tandis que la Dauphine et Mesdames tantes fuyaient à bride abattue vers Versailles pour regagner la douceur de leurs appartements, la mort attendait certains.

Dans l'antichambre, raide, un peu intimidé, se trouvait le Dauphin qui s'apprêtait à entrer.

— Je suis au courant, déclara-t-il d'une voix morne. Tout comme vous, ce drame m'affecte au plus haut point et j'ai donné l'ordre à Mercy de remettre de ma part six mille livres au lieutenant de police Sartine pour secourir ces malheureux.

— Ajoutez quatre mille livres de ma cassette, monseigneur, pria Jeanne. Je vais de ce pas à la chapelle prier pour les morts et le rétablissement des blessés.

La chapelle était déserte. Un léger parfum d'encens y flottait encore. Avant de s'agenouiller devant l'autel ruisselant de dorures, de velours, de soie, d'ivoire et de vermeil, Jeanne se signa. Elle aurait dû faire atteler son carrosse et se rendre à Paris, réconforter les blessés, consoler les enfants, mais n'en avait plus le courage. A Versailles, on ne côtoyait que la beauté, la douceur de vivre. La maladie, les ultimes sécrétions, la mort n'y avaient pas place. La tête entre les mains, Jeanne songea à ses rêves de pensionnaire. Le destin l'avait menée au sommet de la gloire alors qu'elle espérait un mari aisé, des enfants. Tout semblait s'être assemblé logiquement dans sa vie comme les pièces d'un puzzle. Elle se souvenait de ses promenades avec Jean-Baptiste Lametz au bord de la Seine. Elle avait dix-sept ans. Sur un bout de prairie, ils s'asseyaient en se donnant la main. Des saules laissaient tremper leurs feuilles légères au fil de l'eau. Elle ne voyait ni les bateliers ni les hirondelles buvant au vol l'eau de la rivière, ni les enfants jouant aux quilles ou aux barres. De ce passé, elle gardait le souvenir d'une grande pureté en dépit des baisers, des longues caresses dans la pénombre de sa chambre. Dans le jardinet de la maison, des résédas, des héliotropes embaumaient, des mouches bourdonnaient au-dessus de leurs corps nus d'adolescents.

25

— Mais si je fais gracier d'Aiguillon, s'inquiéta Jeanne, monsieur le duc de Choiseul m'exécrera davantage encore.

— Que vous importe, ma belle enfant ? Organisez un grand souper à Louveciennes en l'honneur de mon neveu d'Aiguillon et invitez Sa Majesté. Choiseul en sera pâle de rage, mais vous craindra davantage.

— N'oublions pas le conflit des îles Malouines, avait ajouté du Barry. Le roi ne veut pas la guerre et laisserait bien volontiers se débrouiller entre eux les Anglais et les Espagnols. Je pourrais par quelques fausses lettres et bruits divers brouiller les pistes et laisser entrevoir au roi d'Espagne que, s'il fait confiance à Choiseul, le roi volera à son secours. Choiseul est un va-t-en-guerre et brandira aussitôt son épée. En retombant celle-ci lui tranchera le col.

— Et il y a le pacte de Famille, avait rappelé Richelieu. Le roi d'Espagne croira d'autant plus volontiers que Sa Majesté est prête à guerroyer les Anglais que les Bourbons ont signé la promesse de s'entraider mutuellement en cas de conflit.

— Voilà pourquoi Choiseul a donné secrètement l'ordre d'équiper les troupes françaises, sans même trouver bon d'en avertir le roi ! s'était exclamé du

Barry. L'abbé de La Ville a été son ambassadeur secret à Madrid.

— Convoquez-le devant le roi, demanda le maréchal.

— Laissez-moi cette mission, insista Jeanne. C'est moi qui mettrai la tête de monsieur de Choiseul sur le billot.

Sans desserrer les lèvres, le roi avait écouté l'abbé de La Ville puis fait venir son ministre. Dans un coin du bureau, Jeanne exultait.

— Monsieur, je vous avais dit que je ne voulais point la guerre, le réprimanda le roi dès qu'il vit Choiseul.

Le duc devint livide et regarda Jeanne droit dans les yeux.

— Cette fille va voir de quel bois je me chauffe.

Exaspéré, Choiseul faisait les cent pas dans son salon au milieu de ses amis les plus fidèles et de sa sœur, madame de Gramont.

— Il faut la perdre aux yeux du roi, insista le duc de Liancourt. Qu'on lui mette sous le nez le genre de fille qu'il a dans son lit et en soit incommodé ! Multiplions pamphlets, libelles, satires. Tâchons de découvrir le nombre des amants qu'elle a eus avant d'ensorceler le roi, de quelle manière elle s'est comportée. Il faut fouiller son passé et la disséquer sous les yeux du roi. Remontons jusqu'au bordel s'il le faut. Madame la Dauphine nous aidera aussi sans le savoir. Qu'elle continue à marquer publiquement son mépris à la du Barry ! Bientôt la Cour au complet lui tournera le dos. Isolé, le roi comprendra qu'il doit se séparer de sa putain.

— Nous tenons justement une occasion d'humilier la du Barry dès demain, se vanta Liancourt. Il y a représentation au théâtre. Laissez-moi faire.

Jeanne était en retard. Houspillant sa femme de chambre, elle attacha à son corsage ses clips de diamants, fit enrouler des rangées de perles dans ses cheveux, contrôla le rouge posé sur ses joues.

— Partons, décida-t-elle.

Nouvellement inauguré, le théâtre était une merveille qu'elle se réjouissait de revoir. La pièce n'était pas commencée. Manifestement on attendait pour le lever de rideau son arrivée. Il faisait chaud. D'un geste alerte, Jeanne déploya son éventail en se dirigeant vers la première rangée des fauteuils. Interdite, elle s'immobilisa. Tous les sièges étaient occupés par madame la Dauphine, ses suivantes et la duchesse de Gramont. « Monsieur le duc, pensa Jeanne, vous paierez cher cet affront. » Avec un gracieux sourire, elle inclina la tête et prit place au second rang entre la maréchale de Mirepoix et la duchesse de Valentinois.

— Cela dépasse les bornes, Sire. Je ne puis tolérer d'être traitée en public comme l'a osé à la sortie du théâtre madame la duchesse de Gramont qui, dit-on, couche avec son frère. Elle m'a fait m'écarter de son passage d'un léger coup d'éventail.

— Croit-elle commander Versailles? explosa le roi. Si tel est le cas, elle va tomber de très haut. Cette dame va rejoindre une de ses terres où elle pourra régner en souveraine. L'affaire est entendue. Madame de Gramont sera exilée aujourd'hui même.

A Compiègne, l'atmosphère resta tendue. Richelieu et Choiseul eurent une violente altercation et madame la Dauphine ne consentait toujours pas à adresser la parole à Jeanne. Ne voulant plus importuner le roi, la comtesse du Barry tenait secrets ses soucis. Un sujet de bonheur les unissait cependant, le roi allait inaugurer officiellement en septembre le Petit Trianon,

Jeanne, presque en même temps, l'exquis pavillon édifié pour elle dans son domaine de Louveciennes par Ledoux. Dominant la Seine, il laissait l'œil se perdre dans un délicieux point de vue champêtre. Des soupers étaient prévus de part et d'autre que les amants se plaisaient à évoquer. Quels seraient les invités ? De jolies femmes, insistait le roi. « Mes amis, proposait Jeanne, ceux qui nous sont attachés par les liens du cœur. »

Les préparatifs de la fête de Louveciennes occupèrent Jeanne plusieurs semaines et les mines hautaines de la petite Dauphine, les regards méchants de Choiseul et de ses amis, la lecture des pamphlets qui ne cessaient de circuler pour les salir, elle et le roi, disparurent de ses préoccupations. Tout devait être parfait. Rectangulaire, d'une grande pureté de ligne, la façade comptait cinq fenêtres et quatre colonnes. Une corniche puis une balustrade surmontaient l'édifice. Au centre, dans la grande salle entourée de petits salons, serait servi le repas que Jeanne voulait mémorable. Tous leurs amis seraient là, les proches assis autour de la table, les autres debout ou dans des loges ménagées en entresol entre les demi-colonnes corinthiennes. Parée de diamants, elle se voulait vêtue de blanc comme une mariée. Le roi n'appréciant pas de s'éterniser à table, une foule de valets de pied, de serviteurs, d'échansons avait été louée afin que le repas se déroulât comme un ballet. Au dessert, un feu d'artifice serait tiré d'une barge au milieu de la Seine.

Ce pavillon féerique serait celui de la joie de vivre et de l'amitié, avait décidé Jeanne. De son château de Louveciennes, elle y viendrait à pied rejoindre ceux qu'elle aimait pour un goûter, un souper, contemplerait la Seine, laisserait son esprit se libérer des tracasseries de la Cour. Elle ne souhaitait point d'autre demeure. Sans cesse à Louveciennes pour veiller sur les préparatifs, Jeanne observait le décorateur du petit château, posait pour le peintre Drouais qui l'avait prise pour égérie, multipliant les portraits de la jeune femme, les uns la montrant fraîche, en petite toilette, les autres en reine parée et triomphante. A petits pas, Jeanne arpentait son parc. Les arbres prenaient de l'ampleur, les massifs regorgeaient des fleurs qu'elle aimait et la roseraie faisait son bonheur. Au loin fumaient les cheminées de fermes éparses. Des chiens aboyaient, des vaches meuglaient et, toujours présent, le long grincement de la machine semblait ponctuer comme une horloge les heures de bonheur que le destin lui octroyait.

Le soir, réfugiée au château, à deux pas du pavillon, elle restait au coin du feu entourée de quelques amies, chantait, jouait du piano-forte ou bien, toutes ensemble, elles improvisaient charades, saynètes les faisant rire aux éclats. Zamor était caressé, choyé. En dépit de ses douze ans et, sans prêter attention à son regard gêné, on le prenait parfois sur les genoux et on s'amusait à le déguiser.

Le retour à Versailles fut pour Jeanne une immersion dans une réalité qu'elle aurait voulu pour quelque temps encore oublier. Les Parlements continuaient à s'agiter, à remettre en question l'autorité absolue du roi. Le souverain était tendu, agressif. La guerre des Malouines et les malencontreuses manœuvres de Choiseul ajoutaient à cette exaspération. La petite Dauphine elle-même ne parvenait pas à dérider son « cher papa », comme elle le nommait, et le Dauphin évitait son grand-père. Jeanne en prit son parti et s'installa dans ses appartements, attendant que son amant daigne la faire venir.

Le 8 septembre, le roi lui fit parvenir un billet lui demandant de le rejoindre le lendemain au Petit Trianon où il coucherait pour la première fois. Il voulait que ce fût à côté d'elle.

Ce fut pour Jeanne une nuit inoubliable qui justifiait tous les sacrifices, les renoncements, les avanies. Jamais le roi n'avait semblé plus amoureux, plus caressant. Aux exercices compliqués de l'amour qu'il recherchait d'ordinaire, il avait préféré des gestes simples, des mots caressants, l'expression d'une tendresse, d'une confiance partagées qui les faisaient époux plus qu'amants, comme si, au-delà des corps, c'étaient leurs cœurs qui s'unissaient.

— Comment se porte le nouveau pavillon de Louveciennes ? s'enquit-il alors qu'après le lever officiel le roi avait rejoint Jeanne dans la chambre qu'elle occupait.

— Vous en aurez la surprise, Sire.

26

Sans dire mot, le roi lut le mémoire remis par le duc d'Aiguillon. Choiseul n'avait cessé d'agir derrière son dos dans l'affaire des Malouines, comme envers les Parlements, allant jusqu'à suggérer l'éventualité d'une monarchie constitutionnelle. « Cet homme a œuvré sans cesse à l'affaiblissement de mon pouvoir et j'ai eu la faiblesse de lui trouver des excuses à cause de ses talents, pensa le roi. Son athéisme, sa haine des jésuites, tout en lui aurait dû m'alarmer. »

— Lisez, demanda-t-il à Jeanne en tendant le rapport.

Avec attention la jeune femme prit connaissance des deux feuillets.

— L'opposition à votre souveraineté absolue est manifeste, constata-t-elle. Votre Majesté ne peut ni ne doit le tolérer.

— Choiseul a cependant bien servi la France, soupira le roi. Les rattachements de la Lorraine et de la Corse ne sont-ils pas son œuvre ?

— Le rattachement de la Lorraine n'est qu'une coïncidence, Sire. Si le roi Stanislas était mort plus tôt, Bouillé, et non Choiseul, en aurait été l'auteur. Quant à la Corse, nous la devons à la diplomatie du cardinal de Fleury et vous avez dû, Sire, expédier là-bas vingt-cinq mille hommes pour venir à bout de Paoli.

— Choiseul aime la guerre, murmura Louis. Voilà l'ultime vice que je ne pardonnerai point.

Longtemps il resta silencieux.

— Enfin, accusa-t-il, il vous a fait subir, madame, d'insupportables outrages dont votre bonté m'a dissimulé, j'en suis sûr, une grande partie.

« Choiseul est perdu, pensa Jeanne. Richelieu, d'Aiguillon et moi-même avons triomphé. » Sans un mot, elle quitta son siège, attisa les bûches qui se consumaient dans la cheminée du salon de ses petits appartements. A côté, arrangées dans un vase de porcelaine de Sèvres, des roses jaunes embaumaient.

— Désirez-vous, Sire, du café, une tasse de chocolat ?

— Je veux du papier, une plume et de l'encre pour signifier sa disgrâce à ce fat. Il a trompé ma confiance, qu'il file à Chanteloup et ne remette jamais les pieds à Versailles. La Vrillière lui portera aussitôt mon pli.

Durant des semaines, mis à part son cercle d'amis, nul à la Cour n'adressa plus la parole à Jeanne, rendue responsable du renvoi de Choiseul.

— N'en faites aucun cas, la rassura Richelieu. Sous peu, mon neveu sera ministre. Il est votre meilleur ami et chacun sollicitera vos faveurs. Les hommes et les femmes qui vivent ici n'ont point d'opinion propre. Ce qu'ils veulent : être là où il faut être et avec qui on doit être. Si le roi se déguisait en singe, nous n'aurions plus autour de nous que des chimpanzés.

Jeanne sourit timidement.

— Madame la Dauphine me hait.

— Une enfant de quinze ans ? Gâtée, arrogante, elle n'a pas la maturité nécessaire pour claironner des jugements absurdes qui par ailleurs ne sont pas les siens. Et puis elle-même n'échappe pas aux moqueries. Il n'y a pas de jour où les femmes de chambre n'inspectent avec ironie les draps du lit conjugal pour découvrir si son mari a finalement réussi sa tentative de dépucelage. Plaignez-la. Un jour ou l'autre, elle comprendra que les lois du cœur ne sont pas toujours inspirées par Satan. Oubliez Choiseul, madame la Dauphine et tenez-vous ferme auprès du roi. Nous abordons une période de grands changements. Les Parlements vont être dissous, le roi ordonnera un lit de justice et installera ses nouveaux magistrats sous la houlette de Maupeou, un autre de vos amis. On dit que le roi souhaitera votre présence au milieu des magistrats afin de montrer à tous l'importance qu'il vous attache. Que souhaiter de plus ?

Au printemps, le roi chargea Jeanne de superviser les fêtes qui seraient données en l'honneur du mariage du comte de Provence et de la princesse de Savoie que l'on disait fort laide. En dépit de l'agitation que la dissolution des Parlements continuait à créer dans le pays, d'un véhément et accusateur discours de Malesherbes, le roi tenait bon et, le 23 février, le parlement intérimaire enregistrait trois édits qui constituaient les premières réformes prévues par Maupeou. Le 19 mars, pour avoir porté à madame Victoire un mémoire hostile aux réformes, l'évêque d'Orléans fut exilé à l'abbaye Saint-Vincent au Mans.

Calme, sereine, Jeanne tirait fierté de l'effet qu'elle avait produit sur le roi de Suède en visite à Versailles, ses compliments empressés, le cadeau d'un collier de diamants fait à sa levrette Mirza. Comme l'avait prévu Richelieu, le crédit de la jeune femme, fort amoindri à la chute de Choiseul, remontait au zénith. La Dauphine, déstabilisée par l'exil de son protecteur, négligée par le Dauphin, sermonnée par sa mère et Mercy, laissait Jeanne être le point de mire de la Cour, s'enfermant dans une attitude hautaine.

Les noces du comte de Provence et de la princesse de Savoie furent somptueuses. Chacun complimenta Jeanne pour son goût, l'irréprochable ordonnance du cérémonial. Ventru, à moitié chauve, le frère du Dauphin n'avait semblé nullement rebuté par la laideur de sa femme, ses bras velus, le duvet noir qui ornait le dessus de sa lèvre supérieure et sa nuque. Mais Jeanne avait remarqué au cours de la cérémonie le regard triste de la petite Dauphine. Si un héritier naissait à Provence avant qu'elle-même ne puisse être enceinte, elle aurait le cœur fendu. Tentée de lui adresser un mot d'amitié, la jeune femme préféra se taire. Avec Marie-Antoinette, elle devait s'attendre à tout, tolérance, froideur ou vive animosité. Quoique ce dédain marqué la blessât profondément, elle jouait à l'indifférente. Mais la Dauphine ne jouissait pas comme elle d'influence politique. Souvent présente aux conseils, dans les secrets du roi, sa vie avait un intérêt qui faisait cruellement défaut à la petite archiduchesse, accaparée par les fêtes, les chiffons, les bavardages inconsidérés de ses amies de cœur, des femmes frivoles, ambitieuses et la plupart dénuées de scrupules. Seule la princesse de Lamballe, bonne, douce, effacée semblait vouer à la Dauphine une amitié sincère.

Le roi hésitait toujours à nommer d'Aiguillon ministre des Affaires étrangères. Richelieu s'en inquiétait. « L'affaire est sur le point de se conclure, assurait Jeanne. Mais Sa Majesté, vous le savez, a horreur de prendre des décisions. Souvent il faut la devancer. Elle en est finalement soulagée ! »

Poussé par son oncle, harcelé par Jeanne, le duc d'Aiguillon se força à demander audience au roi pour le remercier d'une nomination virtuelle. Comme Jeanne l'avait prévu, le roi ne dit mot. Pourtant le lendemain, le duc fut admis au Conseil des ministres et quelques jours plus tard donnait, es qualités, son premier dîner officiel.

Dès lors, Jeanne fut comme une reine. Choiseul congédié, d'Aiguillon et Maupeou au pouvoir avec Terray, elle ne désirait plus guère s'occuper de politique, faisant exception en faveur de son ancien ennemi qui suppliait le roi d'augmenter sa pension. « Faites ce plaisir à monsieur de Choiseul, insista-t-elle. Il se morfond à Chanteloup et commence, paraît-il, ses mémoires. S'il a besoin d'argent, pourquoi ne pas lui offrir cette satisfaction ? Vous solliciter est déjà une humiliation pour lui. N'en ajoutez pas une pire encore en refusant votre charité. »

La jeune femme aimait rester à lire ou à travailler à quelque tapisserie dans ses petits appartements de Versailles. Ouvrage après ouvrage, elle avait constitué elle-même sa bibliothèque où se côtoyaient de la poésie, des romans mais aussi des œuvres de philosophes, des traductions de Platon, de Démosthène, de Boccace, de Shakespeare et de Cervantès. Plus la Cour la décevait, plus elle prenait plaisir à se réfugier dans un monde où vanités et frivolités n'avaient point droit de cité.

La décoration de son logement au palais était achevée. Dans l'antichambre, les murs revêtus de boiseries blanches rehaussées d'or accueillaient avec élégance ses invités. Après la bibliothèque, on accédait à un cabinet d'angle situé juste au-dessus de celui du roi dont les fenêtres donnaient à la fois sur la cour de

Marbre et sur la cour Royale. Puis se succédaient le grand salon et la salle à manger dont le décor en vernis Martin était léger, gracieux.

Jeanne avait organisé sa chambre à coucher autour du lit, un lit royal encadré de colonnettes cannelées où s'enroulaient des guirlandes de myrte et de roses. Le chapiteau était orné de feuilles d'acanthe. Pour l'antichambre de la salle de bains, la jeune femme avait choisi des boiseries peintes en jonquille. Quelques cabinets complétaient l'appartement, l'un où couchait sa femme de chambre, l'autre où elle avait fait installer une volière réunissant des races exotiques rares dont le plumage chatoyant la ravissait.

Chon lui servait de secrétaire, d'intendante, de dame de compagnie. Jeanne s'amusait de ses naïvetés provinciales, de ses superstitions religieuses mais la considérait comme une amie à qui elle pouvait confier certains secrets. Chon régnait aussi sur le personnel, portant grande livrée écarlate et or, petite livrée chamois et argent. Maîtres d'hôtel et suisses étaient en uniforme bleu soutaché d'argent et les porteurs de chaise en écarlate galonné d'argent. Zamor seul échappait au moindre uniforme. Avec l'âge, Jeanne avait cessé de le déguiser en enfant grec ou en page de la Renaissance et se contentait de lui faire confectionner des habits s'accordant aux couleurs de ses robes. Mais le jeune garçon restait fourré dans ses jupes. Il s'occupait du café, du chocolat qu'il servait cérémonieusement dans des tasses d'argent. Admis à la toilette le matin, il observait sa maîtresse avec vénération quoique parfois, à l'insu de Jeanne, il passât dans ses yeux une expression un peu trouble. Chon s'en était aperçue et avait suggéré à Jeanne de ne plus se montrer à moitié nue devant ce garçon presque adolescent. La jeune femme avait haussé les épaules en souriant.

— Ce petit n'a aucune imagination. Or tout désir et

tout érotisme en procèdent. Il a douze ans, j'en ai, hélas, vingt-huit. Chon, tes craintes sont absurdes.

— Les innocents ont des désirs naturels, insistait Chon. Même avec tes bons sentiments, tu ne peux changer la nature humaine. Vois-tu, ton cœur souvent t'égare. Tu pardonnes à madame la Dauphine ses insolences, les mots anodins qu'elle t'adresse du bout des lèvres, ses caprices d'enfant gâtée, ses petits complots avec ses favorites ou Mesdames tantes qui tantôt l'adorent quand elle dit du mal de toi, tantôt la détestent quand elle dit du bien de Choiseul.

— Elle est malheureuse, tranchait Jeanne, et me hait parce que je suis aimée, épanouie, que je connais des plaisirs qu'elle ignore et voudrait bien découvrir. Ce n'est pas la comtesse du Barry qu'elle exècre mais la femme qui connaît tout de l'amour, en reçoit et en donne. Monsieur le Dauphin la laisse vierge. Comment ne pas devenir triste et amère ? Oui, de bon cœur, j'excuse cette petite « roussotte [1] » plus malheureuse que méchante.

Chon soupirait. Sa belle-sœur n'avait-elle pas également toléré l'absence de remerciements de Choiseul qui avait obtenu, grâce à son intervention pourtant difficile auprès du roi, les subsides qu'il réclamait, allant jusqu'à claironner haut et fort devant ses amis : « L'injustice et la manière dure que l'on a employées envers moi à cause des manigances de cette femme me dispensent de toute reconnaissance. »

Louis vieillissait. Il mangeait et buvait trop. Chasseur enragé encore, il lui arrivait de plus en plus souvent de tomber de cheval. Un jour, le roi entraîna Jeanne dans son cabinet de géographie. Cook faisait alors son deuxième voyage d'exploration le menant en

1. Madame du Barry, dans l'intimité, appelait Marie-Antoinette « la roussotte ».

plein Pacifique, droit sur l'Antarctique. Fébrilement il déroula des cartes, suivit du doigt le parcours supposé de l'explorateur anglais. Sa voix rauque avait une intonation joyeuse. Jeanne savait sa passion pour la géographie, le nombre d'heures passées dans le cabinet des cartes à s'échapper de Versailles par l'imagination, à s'embarquer, lui aussi, sur un vaisseau pour partir au bout du monde.

27

Comme chaque premier et troisième lundi du mois, Jeanne fit atteler sa voiture la plus modeste pour rendre visite à sa mère au couvent Sainte-Élisabeth dans le quartier du Temple. En ce temps de décembre doux et humide, Paris était maussade, boueux. Mais Jeanne retrouvait toujours avec joie l'atmosphère inimitable de la ville où elle avait grandi, s'était éveillée à ses premiers désirs, avait formé ses premiers rêves. Versailles lui semblait un monde à la fois agité et endormi, loin, très loin de ce qui se créait, se pensait, s'écrivait, au point que nombre de grands seigneurs préféraient vivre dans leurs hôtels parisiens, se manifestant le moins possible à la Cour. Elle-même, pour en fuir l'ambiance trop lourde, venait d'acquérir un pavillon, avenue de Paris à Versailles, où elle pouvait recevoir plus fastueusement que dans ses petits appartements.

En se rendant au couvent Sainte-Élisabeth, il arrivait à la jeune femme de faire une halte rue de Richelieu dans le somptueux hôtel, nouvellement acquis par Jean-Baptiste du Barry. Les revenus pourtant mirifiques que Jeanne lui faisait procurer s'évaporaient. Entre des maîtresses fort dispendieuses, un jeu d'enfer, ses séjours à Spa où il se liait avec l'aristocratie européenne, il n'avait pas une minute, jamais un sou à lui. Jeanne était irritée aussi par les sollicitations incessantes de Guillaume du Barry, son mari, quémandant du fond de son Languedoc tantôt un grade de colonel, tantôt une pension de trois mille livres, tantôt la croix de Saint-Louis qui lui fut accordée et dont chacun se gaussa. Quand la jeune femme apprit que son mari l'exhibait avec fierté dans toute la ville de Toulouse en se vantant d'être fait cocu par le roi, elle fut indignée. Elle allait demander une définitive séparation de corps en bonne et due forme, première étape vers une annulation qui la libérerait à tout jamais de cet odieux personnage.

Le clan du Barry, elle le sentait, commençait à indisposer le roi. Après l'avoir rapprochée de Louis XV, ces rapaces finiraient par l'en séparer.

Par bonheur, Adolphe faisait exception à la bassesse familiale et elle nourrissait envers lui une grande tendresse. La possibilité d'unir le jeune homme à une fille bâtarde du roi, mademoiselle de Saint-André, l'enflammait et donnait lieu à des conciliabules sans fin avec Chon. Ainsi les du Barry et les Bourbons seraient alliés et les petits-enfants de Louis XV seraient les petits-neveux de Jeanne !

Ce jour-là, l'hôtel de la rue de Richelieu était désert. On disait monsieur le comte parti soudainement en voyage. En tout cas, il avait fait atteler la berline la veille au soir et chargé force bagages. Jeanne soupira. Les fuites de Jean-Baptiste étaient toutes diplomatiques et lui servaient à se refaire une réputation. Dans quelque temps, elle le verrait réapparaître à Versailles, le sourire aux lèvres, la main tendue. « Quant à monsieur Adolphe, poursuivit le maître d'hôtel, il s'est rendu chez le prince de Conti. Monsieur de La Marche est venu le prendre dans son carrosse voici quelques minutes. » Jeanne remonta en voiture. Il bruinait. Une multitude de décrotteurs, jeunes et vieux, se précipitaient pour débarrasser bas, souliers et manteaux des piétons de la boue gluante et pestilentielle des rues. Les cabarets regorgeaient de clients venus chercher pour un instant un abri. Des relents de vin flottaient dans les venelles. Maîtres de la rue, des jeunes garçons reluquaient les rares filles, fleuristes, lingères, marchandes à la toilette qui, troussant leurs jupes, sautaient ruisseaux et caniveaux. « Des gagne-deniers, pensa Jeanne. Ils attendent depuis des jours un emploi qui ne viendra pas et tourneront au brigandage. » La vue des piloris, gibets et roues lui levait le cœur. Comment les juges pouvaient-ils se montrer aussi sévères envers des gens qui toute leur vie n'avaient connu que l'injustice et le malheur ? Vivre dans la rue, c'était ne pas avoir de havre, nul endroit où loger, hors un coin de porte cochère, une remise à moitié délabrée infestée de vermine. Dehors on agressait et on se défendait pour survivre, on s'aimait aussi. Comment évoquer devant le roi cet univers ? Derrière la vitre du carrosse, Jeanne voyait les visages marqués, sans harmonie, des traits grossiers, des corps estropiés, déformés, et parfois, comme une lumière, le sourire d'une délicieuse jeune fille, d'un bambin blond et frisé. « Quel avenir les attend ? » s'attrista-t-elle.

Enfin le carrosse s'arrêta devant le couvent Sainte-Élisabeth. Cousant au coin de la fenêtre du salon, Anne guettait sa fille. L'arrivée de la comtesse du Barry faisait toujours grande impression, tout autant sur les religieuses que sur leurs pensionnaires, respectables vieilles dames qui se pressaient pour regarder cette femme dont la beauté, la toilette, les bijoux leur semblaient féeriques.

Avec goût Jeanne avait meublé les trois pièces occupées par sa mère, un salon, une chambre à coucher, un cabinet de toilette plus une petite pièce adjacente réservée à sa domestique. A bientôt soixante ans, la vue et l'ouïe d'Anne Rançon baissaient et elle passait le plus clair de son temps à regarder par la fenêtre, à faire quelques pas dans le jardin des sœurs ou à échanger force commérages avec les autres pensionnaires. Mais sur Jeanne elle restait discrète, refusant d'évoquer la vie de sa fille à la Cour et auprès du roi. Cette fille qu'elle n'avait point voulue et qui lui avait causé tant d'avanies à Vaucouleurs l'intimidait aujourd'hui. A peine osait-elle la serrer contre elle, poser des baisers sur les joues poudrées couvertes de rouge.

— Je t'ai apporté du massepain que tu aimes, maman, et quelques bouteilles de vin de Monbazillac.

Peinant sous le poids d'un couffin contenant six bouteilles et un gros paquet enveloppé de papier de soie rose, Zamor pénétra dans le salon. La vue de l'adolescent couleur d'ébène mettait Anne mal à l'aise et elle demandait toujours à Jeanne de le faire attendre dans le parloir.

— Tu lui as fait percer les oreilles ! remarqua-t-elle aussitôt le garçon sorti. Ces pendants en perles sont-ils bien nécessaires ? Tu traites cet enfant en poupée ou en animal de compagnie. Fais attention, il se pourrait que tu le mortifies au lieu de lui faire plaisir.

— Zamor est fou de bijoux, rétorqua Jeanne. Je l'ai surpris un jour essayant mes parures d'émeraudes et de saphirs, mes nœuds de diamants. Il se pavanait devant la glace, c'était à mourir de rire.

Peu convaincue, Anne hocha la tête. La vie de sa fille à Versailles était un mystère qu'elle n'avait jamais cherché à éclaircir. Mais les ragots et malveillances qu'on se plaisait à lui rapporter l'attristaient.

— On affirme que tu traites le roi par-dessus la jambe ? hasarda-t-elle.

— Et souvent par-dessous ! pouffa Jeanne. Mais

ceci est une affaire privée et ceux qui colportent ce genre de propos ne méritent pas qu'on leur prête attention. J'ai une bonne nouvelle pour toi, maman. Frère Ange est nommé coadjuteur à l'archevêché de Paris. Il disposera ainsi d'un bon revenu. Il a mérité de mille façons ma reconnaissance.

Les yeux mi-clos, Anne se revoyait rapiéçant les habits des moines à Vaucouleurs, entendait le pas de frère Ange derrière elle, sentait son regard posé sur sa nuque. La vie ménageait bien des surprises.

— Je suis heureuse que tu aies pensé à celui qui, contrairement à Jean-Baptiste et Guillaume du Barry, ne t'a jamais rien demandé, apprécia-t-elle.

— Jean-Baptiste a fait de moi ce que je suis, je ne peux l'oublier. Quant à Guillaume, je veux une annulation de notre mariage.

— Songerais-tu à épouser le roi?

Le cœur de Jeanne se serra. Si elle était débarrassée de son mari, son amant consentirait-il à l'épouser morganatiquement?

— Je n'ai guère le temps d'y penser, maman, s'efforça-t-elle de répliquer pour cacher son trouble. Tu n'imagines pas ma vie à Versailles.

— Jamais tu ne me l'as racontée.

— Toujours tu as été une femme organisée, pondérée, économe. Tu as rendu Nicolas Rançon heureux et je t'aime de tout mon cœur. Mais ma vie est une folie qui commence à mon lever et s'achève tard dans la nuit. Il me faut tenir tête, ne pas céder un pouce, surprendre, charmer, conquérir, me moquer avec esprit des bavardages et indiscrétions sur le roi et sur moi. Toujours sourire, écouter avec intérêt les propos les plus ennuyeux, flatter les personnes âgées alors que madame la Dauphine s'en moque éperdument.

— Raconte-moi, ma chérie. Ce sera comme si tu me lisais un conte de fées.

Jeanne se cala dans une bergère, ôta ses souliers de soie, posa les pieds sur le tabouret.

— Fais-moi servir du café et je te dirai tout, promit-elle.

— Il n'y a pas de café ici.

— Du thé alors ou une tisane. Il fait bien humide dans ta chambre. Je ferai acheter un poêle en faïence demain. Ma vie, poursuivit Jeanne de sa voix douce et cajoleuse, débute à neuf heures du matin lorsque je me réveille. Ma première femme de chambre tire les rideaux et replie les contrevents. Puis je passe mes mules et on m'apporte mon peignoir pour aller au bain. J'aime que la baignoire soit pleine d'eau parfumée à l'essence de rose. Tandis que je me délasse, mon secrétaire vient lire mon courrier...

— Alors que tu es nue dans ton bain !

— Je garde toujours sur moi une chemise, comme la morale chrétienne l'exige, maman.

— Continue, pria Anne.

Elle n'arrivait pas à réaliser que la vie de cette déesse était celle de sa fille, la petite Jeanne qui venait en sabots déterrer carottes et salades dans leur potager, qui se barbouillait de l'écume sucrée des confitures, grimpait aux arbres, élevait en secret un poulet dans sa chambre.

— Puis je passe mes jupons de soie et un déshabillé de dentelle fermé par des rubans. Alors Zamor m'apporte mon café du matin, attend que je le boive et repart aussitôt. Je m'installe à ma toilette et Nokelle, mon coiffeur, s'occupe de mes cheveux tandis que les premiers fournisseurs font leur entrée, les joailliers d'abord, puis les couturiers comme mesdames Sigly et Papelle dont j'admire les créations. J'adore le blanc, les broderies d'or et d'argent, de perles mais aussi les velours de couleur claire, les dentelles, les bonnets de lingerie, les chemises de nuit et de jour en linon brodé.

Vigier ne tarde pas qui me maquille, me poudre, pose mon rouge, noircit mes sourcils, dessine les contours de ma bouche qu'il carmine, accentue le bleu de mes veines, polit et rosit mes ongles.

« C'est alors, maman, que mon très cher amant, Sa Majesté le roi de France, fait son entrée. La pièce se vide d'un coup pour nous laisser en tête à tête. Parfois il s'attarde, évoque quelque événement familial, me fait part de la situation politique. Lorsqu'il est trop préoccupé par ses affaires, il se contente d'un baiser sur la nuque et s'en va. Mais une parfaite harmonie nous unit corps, cœur et esprit.

« Après le déjeuner, je me promène à pied ou en carrosse dans le parc ou bien je reçois des visites, fais de la musique, lis des poèmes, joue de la harpe. Quand le roi en a la possibilité, il vient chez moi prendre le thé et me laisse pour que je reçoive la foule des solliciteurs qui attendent depuis des heures dans mon antichambre. J'accorde ce que je peux, ne promets rien de ce que je ne suis pas sûre d'obtenir, décourage les prétentions inacceptables. Puis c'est la toilette du soir. Je me prépare pour le jeu que le roi aime faire chez moi avec nos familiers, les ducs de Duras, d'Ayen, de Laval et de Cossé, les princes d'Hénin et de Soubise, le comte de Broglie, mesdames de Talmont, de Valentinois, d'Aiguillon et de Montmorency. Vers minuit, notre compagnie se disperse et le roi se rend à la cérémonie de son coucher, tandis que je me fais déshabiller. Parfois pour divertir Sa Majesté, j'invite des artistes, des hommes de lettres, des savants, surtout des géographes, des explorateurs, des astronomes. Le roi pose des questions, fait état de ses connaissances qui sont grandes et moi je suis dans le bonheur de le voir briller non comme roi mais comme homme... On a si peu d'égards à Versailles pour sa personnalité. »

Anne soupira. La tête lui tournait.

— Et combien dépenses-tu, ma fille, pour ces toilettes, cette lingerie, ces bijoux, ces coiffeurs, ces maquilleurs, ces domestiques, ces carrosses, ton château de Louveciennes, celui que tu édifies avenue de Paris à Versailles ?

— L'argent entre et sort, maman, et je ne regarde que rapidement mes comptes. Je fais confiance à ceux qui en ont la charge. Pour mes bijoux, j'ai dû dépenser deux millions de livres.

— Sainte Mère de Dieu ! s'exclama Anne Rançon. Mais tu es folle, mon enfant !

— Mes bijoux sont ma seule sauvegarde, maman. Je viens de te montrer l'endroit du décor, le luxe, la fête, l'amour mais je sais qu'il existe un envers et que, un jour ou l'autre, je serai contrainte d'y faire face. Alors, mes bijoux me sauveront. De plus, je dois paraître, parader, être le point de mire de la Cour.

— Dieu qui nous regarde te demandera des comptes.

— Je n'oublie pas les pauvres, maman ! s'écria Jeanne. Hélas, même si je vendais mes parures, mes diamants, mes perles, la cohorte des malheureux nous cernerait toujours. Ce qu'il faut instituer est un impôt juste et égal et monsieur de Maupeou en est convaincu. Nul ne devrait y échapper. Un vingtième de ses biens donné à l'État semble une bonne mesure au roi, mais le clergé s'y oppose farouchement.

— Les religieux et religieuses éduquent, soignent, nourrissent gratuitement les pauvres, mon enfant. Ne les imagine pas dépensant des millions pour leur propre satisfaction.

— Si les religieux donnent ce qu'ils possèdent aux miséreux alors, sans économies, sans biens, ils n'auront rien à payer à l'État.

Anne ne voulut pas prolonger la discussion. Sa fille qu'elle chérissait lui était de plus en plus étrangère, prônant des libertés, des droits alors qu'elle jouissait sans scrupules de tous les avantages des nobles et des riches.

En silence, Anne et Jeanne achevèrent leur tasse de tisane de thym frais. La paix et le silence du couvent mettaient Jeanne dans un état second. Aurait-il été possible qu'elle pût s'adapter à ce genre de vie ? Elle avait caché à sa mère les moments de solitude qu'elle se ménageait pour lire, dessiner, jouer du piano, réfléchir, se promener seule dans le jardin exotique qui la faisait rêver. Pourrait-elle un jour connaître ces pays lointains où poussaient les ananas, la canne à sucre, le café ? Irait-elle comme Cook là où la terre s'achevait dans les glaces et les aurores boréales ? Son destin de maîtresse royale lui semblait alors limité. Ces singeries, ces manières, cet argent dilapidé faisaient-ils le bonheur d'une vie ? Mais jamais elle ne pourrait quitter le roi. Sous un aspect sec et glacial, il était un homme tendre, doutant de lui, avide d'être aimé et elle l'aimait. Souvent il refusait un souper, un concert chez ses filles pour rester toute la soirée chez elle à lire, regarder le jeu des flammes dans sa cheminée de marbre rose. Ils avaient toujours quelque chose à se dire, se souvenant d'anecdotes qui les faisaient rire aux éclats. Un soir, Jeanne lut au roi le court poème envoyé par Voltaire à la suite d'une lettre qu'elle avait terminée par : « Je vous embrasse, cher ami, sur les deux joues. »

Quoi, deux baisers sur la fin de ma vie
Quel passeport vous m'avez envoyé ?
Deux ! c'est trop, adorable Égérie,
Je serais mort de plaisir au premier.

Bien que n'appréciant guère le philosophe, le roi consentait à trouver de l'esprit à monsieur de Voltaire et permettait à Jeanne de le visiter lorsqu'il se trouvait à Paris.

Anne grignotait un massepain. Le jour tombait et Jeanne allait prendre congé de sa mère lorsque des cris parvinrent de la rue, des appels au secours. « Au feu ! » hurlait une femme. Les religieuses et les pensionnaires se massèrent à la porte du couvent.

— Le feu a pris à l'Hôtel-Dieu, expliqua un maçon en blouse. Il paraît que les vieux et les malades sont en train de rôtir.

Saisis par la terreur que le feu se propage, des passants couraient en tous sens vers leur demeure. Un homme ameutait la populace pour que des secours s'organisent. Il fallait se précipiter à l'Hôtel-Dieu, prêter main-forte à ceux qui tentaient de maîtriser le sinistre. Des vieux, affirmait-il, se jetaient par la fenêtre de l'hôpital pour échapper aux flammes, quelques-uns, réfugiés au dernier étage, suppliaient qu'on les tire du brasier.

La gorge serrée, Jeanne embrassa sa mère et monta en hâte dans sa voiture. Il se pouvait que d'un instant à l'autre on imputât le sinistre aux riches et aux profiteurs qui suçaient le peuple. Si on la reconnaissait, elle pourrait fort bien être brutalisée.

Le soir même l'incendie était maîtrisé. On comptait trente morts, deux douzaines de brûlés dont les chances de survie étaient minimes. Le roi fit distribuer du pain, du vin, des couvertures et des matelas pour les rescapés regroupés dans les salles intactes. Le souverain fut morose toute la soirée. Une fois de plus, la vue de la mort qu'il détestait le frappait en plein cœur. Il imaginait les brûlés, les entendait hurler. Seraient-ce ces mêmes gémissements qu'il pousserait si, par ses péchés, il devait être précipité en enfer ? Quelques semaines plus tôt, le marquis de Chamelin était tombé raide mort à ses pieds durant une partie de whist. Étaient-ce des avertissements de Dieu ?

Pendant plusieurs jours, il se tint éloigné de sa maîtresse, assistant à la messe avec ferveur chaque matin. Puis, une nuit, Jeanne entendit le pas du roi dans l'escalier qui reliait les deux appartements. Le temps des remords était passé.

28

Pour le mardi gras, la Dauphine s'était rendue incognito au bal de l'Opéra avec son beau-frère et avait longuement parlé à un bel étranger, le comte de Fersen, rencontré par hasard. De son côté, Jeanne avait donné un grand bal masqué à Louveciennes en l'honneur du duc et de la duchesse d'Aiguillon. Le lendemain, le sermon de carême fut prêché par l'abbé de Beauvais qui fustigea les puissants vivant dans le péché et scandalisant les humbles. Le roi en fut fort frappé. Pour dissimuler sa gêne, il aborda le maréchal de Richelieu à la sortie du prêche. « Il me semble, dit-il, que le prédicateur a jeté bien des pierres dans votre jardin, mon cher maréchal. » Richelieu cligna de l'œil. « Oui, Sire, répondit-il, et si fortement que quelques-unes ont ricoché jusque dans le parc de Versailles. »

Les fêtes de Pâques célébrées, le roi sembla avoir oublié ses scrupules et se consacra avec Jeanne au projet du mariage de sa petite-fille Clotilde avec le prince de Piémont, puis à une alliance entre le comte d'Artois, le plus jeune frère du Dauphin, et Marie-Thérèse de Savoie, sœur de l'épouse du comte de Provence. Ces unions contrariaient l'impératrice d'Autriche et la Dauphine, chapitrée par sa mère, sans cesse sermonnée par Mercy-Argenteau, afficha envers Jeanne une froideur encore plus marquée. La jeune femme avait complètement renoncé à entretenir avec Marie-Antoinette de quelconques relations, même celles que la stricte politesse exigeait. Par ailleurs, la Dauphine se libérait de son carcan, boudant de plus en plus souvent la princesse de Lamballe jugée par elle trop timorée.

Mais ce qui préoccupait le plus Jeanne était le nouveau plan de mariage d'Adolphe à mademoiselle de Touvin, belle comme un ange, d'une grande famille sans le sou. Adolphe en était amoureux fou et Jeanne avait décidé de doter la jeune fille de deux cent mille livres.

Suivi d'un souper d'un extrême raffinement où tout était de blanc et d'or, le mariage eut lieu en juillet en présence de toute la famille royale. Louis XV, la Dauphine, le Dauphin, les petits-fils, les filles du roi paraphèrent le contrat. Lorsqu'elle remonta la nef de l'église au bras d'Adolphe avant de s'asseoir au premier rang à côté du roi, Jeanne triomphait. De plus en plus on parlait d'un mariage morganatique après l'annulation de celui de la jeune femme. Le roi ne confirmait rien, ne niait rien. Jeanne se contentait d'esquisser un sourire.

Le mois suivant ce fut le tour d'Élie, dernier frère du Barry, de convoler avec mademoiselle Fumel, une famille connue de la Guyenne. Pour faire pendant aux biens offerts par la jeune épousée, soixante mille livres de rente, les vignobles bordelais de Haut-Brion et de Château-Margaux, le roi avait octroyé au jeune époux le titre de marquis.

Peu après, le roi fit part de son intention de venir passer une nuit dans le château de Jeanne à Louveciennes. La plupart des courtisans en furent retournés, c'était contre l'étiquette, contre tout usage, mais pour la jeune femme, c'était l'apothéose. Elle ne voulait rien ménager pour accueillir son amant, désirant créer une féerie qui lui laisserait un souvenir inoubliable.

Les trois semaines qui précédèrent la réception, elle vint chaque jour à Louveciennes. Quelques bougies mettaient en valeur un grand portrait de Charles Ier par Van Dyck, des œuvres de l'Albane, de Poussin, de Boulet, de Vernet, d'Hubert Robert, de Fragonard pendues dans les salons. Comme un prêtre débauché au milieu de ses maîtresses, le portrait de Louis XV travesti en carme trônait au milieu de multiples peintures représentant Jeanne. Des bouquets de roses blanches étaient disposés partout, à côté de coupes de porcelaine bleue de Saxe remplies de pétales et d'herbes odorantes. Dans un coin du salon de musique, trois grâces en biscuit supportaient une coupe de fruits et sur la table de la salle à manger, superbement dressée, la vaisselle d'or ciselée par Rotiers de la Tour alternait avec les assiettes du service de Sèvres vert à guirlandes de fleurs.

Jeanne s'était décidée pour une toilette simple de mousseline blanche ornée de rubans et de blondes, des souliers entièrement rebrodés de perles, des clips de diamants retenant ses cheveux massés à l'arrière de sa tête. Légèrement maquillée, elle paraissait plus jeune, d'une fraîcheur que les ans ne semblaient pouvoir flétrir.

Tout était prêt. Les cuisiniers s'activaient depuis l'aube, on avait extrait de la cave à glace des blocs entiers pour conserver le poisson, confectionner des sorbets, servir du vin frais. Dès son réveil, par un temps délicieux, Jeanne parcourut son parc, veillant à la bonne ordonnance des massifs, à la décoration de la pièce d'eau que cinq cents torches illumineraient. Aujourd'hui était *son* jour. Elle était l'hôtesse du roi qui affichait enfin leur amour aux yeux de tous en faisant ce que son grand-père tant admiré n'avait jamais consenti à accepter. « Je ne calcule plus, madame, la puissance invincible à laquelle je me livre, ce charme irrésistible qui vous rend souveraine de mes pensées comme de mes actions, avait-il déclaré alors qu'elle partait l'attendre à Louveciennes. Chez vous, je serai à vous tout entier et sans restriction. »

Pour la chambre du roi, Jeanne avait pensé aux mille détails appréciés par son amant, vin de Champagne, bonbons à la bergamote, eau de toilette parfumée à la citronnelle de Saint-Domingue, café tenu au chaud dans une cafetière d'argent posée sur un petit réchaud à alcool, une carafe d'eau de Vichy, un ancien ouvrage sur la vénerie qu'elle venait d'acquérir chez un marchand de curiosités. Mais le roi, elle le savait, ne s'attarderait pas dans cette pièce dont les fenêtres ouvraient sur la terrasse surélevée qu'elle avait fait construire en bordure du chemin séparant le château de ses dépendances où logeaient les domestiques et s'élevaient les écuries.

A six heures du soir, le galop des premiers cavaliers annonça le carrosse du roi. De la route menant au château s'élevait un nuage de poussière jaune. A peine voyait-on les valets en livrée bleue, les gardes-françaises, les piqueurs, les postillons en drap azur galonné d'or.

Quand le roi descendit de carrosse et vint tout sourire au-devant d'elle, Jeanne sur son perron fit une profonde révérence.

— Nos délicieux souvenirs, madame, me font espérer des moments qui n'auront rien à leur céder en plaisir.

A cause de son embonpoint, le roi avait cessé ses courses folles à travers la forêt, sautant barrières et troncs d'arbres couchés, et chassait à une allure plus tranquille. Ses traits s'empâtaient, mais il gardait ses yeux superbes à l'expression d'une douceur inoubliable, une bouche sensuelle, des mains fines, une démarche assurée.

— Nous souperons sans nous attarder, chuchota le roi.

Par les portes-fenêtres de la salle à manger grandes ouvertes sur le parc et l'étang, une odeur de jasmin d'Espagne mêlée à celle des roses parvenait de la terrasse. Petit à petit, le ciel se piquetait d'étoiles, au loin la forêt faisait une masse sombre. A quelques centaines de pieds, le pavillon, avec ses formes grecques, se découpait sur la perspective de la Seine puis de la campagne. Là, ils iraient prendre le dessert et le café, s'attarderaient aussi longtemps que le roi le désirerait.

— Jamais je ne t'avais vue aussi belle, complimenta le roi. Tu es heureuse ici, n'est-ce pas?

Comme une jeune campagnarde, Jeanne se penchait pour sentir une rose, recueillir une coccinelle, arracher une mauvaise herbe. Sa bouche ronde et douce souriait, ses yeux pervenche avaient une expression radieuse.

— Pourquoi ne dis-tu rien? insista le roi.

Jeanne s'approcha de son amant, noua les bras autour de son cou. Ce soir, elle était reine, elle commandait.

— Parce que je ne peux exprimer ce que je ressens. Faisons encore quelques pas, Sire, puis je vous promets que nous souperons tranquilles.

Le souffle de Jeanne fleurait la rose et l'herbe fraîche. Le roi se sentit jeune à nouveau. Jeanne prit le bras de Louis, se serra contre lui en marchant. Le parc était sillonné d'étroits sentiers, de larges avenues, de chemins que les arbres recouvraient comme une voûte naturelle. On était bien loin du parc de Versailles, de sa perfection sans surprise, des inévitables courtisans! Ils marchaient depuis quelques minutes quand le roi voulut s'asseoir sur un banc disposé devant une trouée de verdure laissant apercevoir le fleuve. Blottie contre son amant, Jeanne lui baisa les yeux, la bouche tandis qu'avec une infinie tendresse le roi caressait la chevelure blonde.

— Ce que j'ai de meilleur, je te l'ai donné, murmura-t-il. Le reste est plein de zones d'ombre que je ne domine pas, elles me menacent et souvent m'enveloppent. Toi, tu ne m'as procuré que du bonheur.

— Vous êtes, Sire, la moitié de mon cœur et c'est une volupté de me partager avec vous.

Dans le crépuscule, la peau laiteuse de Jeanne semblait transparente. La robe de mousseline la laissait presque nue en dessinant les formes du corps, les rondeurs, les lignes souples. Une grâce quasi irréelle.

Les plates-bandes aux bordures soignées exhibaient un choix de fleurs simples dans une harmonie de roses, de violets et de bleus. Clématites et chèvrefeuilles s'enroulaient sur des treillages qui offraient autant d'étapes aux promeneurs.

Revenant sur leurs pas, le roi et Jeanne regagnèrent le petit château, auquel la jeune femme venait d'ajouter une aile.

Torches à la main, deux laquais attendaient.

Jeanne avait un peu trop bu. De tout le repas, le roi n'avait cessé de lui envoyer des baisers ou de lui sourire. Pour la première fois, il s'échappait seul de Versailles et passait la nuit dans une demeure étrangère. Petit à petit, ses défenses tombaient, l'habitude de garder ses distances, contractée depuis sa plus grande jeunesse, s'émoussait.

A minuit, le roi gagna sa chambre pour se faire déshabiller par son valet de chambre, Jeanne la sienne. Le silence de la campagne n'était troué que par l'aboiement d'un chien, le claquement des sabots d'un villageois attardé. Chacun des deux amants avait conscience que cette nuit arrachée à l'étiquette était unique et le resterait à jamais dans leur mémoire.

Dans son lit encadré de quatre colonnes sculptées de roses, Jeanne attendait le roi. Elle ne voulait plus, comme par le passé, le conquérir, le retenir par sa science de l'amour mais tout simplement laisser leurs deux corps s'aimer librement. Elle ne penserait à rien, ne demanderait rien, se contentant de couler sur sa peau comme l'eau d'une source, de s'aventurer dans chaque parcelle de son corps comme sur une île inconnue, de se laisser submerger par le plaisir comme une marée montante.

La porte s'ouvrit et son cœur se mit à battre. Le roi souffla sa bougie. Seul un candélabre de vermeil à trois branches éclairait la chambre à coucher.

A l'aube, ils dormaient dans les bras l'un de l'autre. Le bonnet de Jeanne était tombé et le flot de ses cheveux d'or se répandait sur la fine toile de l'oreiller brodé à ses initiales surmontées d'une couronne comtale, mêlé aux cheveux gris du roi. Le premier chant du coq les éveilla. Le roi aurait voulu donner ce qui lui restait de vie pour dire lui aussi les mots que les lèvres de Jeanne avaient prononcés toute la nuit. Un instant, il sembla chercher à quelle place de cette figure ravissante il les chuchoterait mais finalement garda le silence et se contenta d'un baiser. Jeanne avait les yeux grands ouverts pour s'imprégner du beau visage du roi. Une sorte d'angoisse lui serrait la gorge à la pensée que cette nuit tant attendue était achevée. Ils se reverraient chez lui, mais plus jamais à Louveciennes.

— Quand m'as-tu aimé ? demanda le roi.

— Après notre première nuit. Je découvrais la partie mâle de moi-même, mon double, mon bien-aimé.

— Bien-aimé, répéta le roi. Voilà longtemps que personne ne me nomme plus ainsi.

— Le peuple est changeant. Il attend tout du roi et lui reproche ce qu'il n'a pu donner. Vous aurez transformé ce pays, Sire, plus que vous ne le pensez.

— Crois-tu ? J'aurais dû changer moi-même, aller à la découverte de mon peuple, parcourir mon royaume. Sauf durant la guerre contre l'Autriche, je suis resté dans mes châteaux avec mes amis et mes maîtresses. Je déteste les foules, les visages inconnus.

Une grande sérénité emplissait les amants.

— Si je vous perdais, Sire, je perdrais tout.

— Tu garderas ma mémoire dans ton cœur. Je ne sais prononcer certains mots mais tu es ma maîtresse, ma souveraine, celle que je pourrais adorer à genoux.

Jeanne sourit et renoua ses cheveux. A partir de cet instant, tout deviendrait souvenir. Elle avait vécu le plus beau moment de sa vie.

29

Aidée de l'abbé Rive, chapelain du duc d'Orléans, Jeanne réorganisait sa bibliothèque. Dans une pile d'ouvrages que l'ecclésiastique venait de déposer sur la vaste table de lecture en bois de merisier, elle tomba sur l'almanach de Liège de l'année en cours qu'elle feuilleta. Soudain la jeune femme pâlit. « Une grande dame des plus favorisées jouera son dernier rôle au mois d'avril », lut-elle.

— L'abbé, demanda-t-elle d'une voix tremblante, que l'on fasse saisir tous les exemplaires en circulation de cet almanach. Qu'on les détruise.

Sans hésiter, elle se leva et jeta le recueil dans l'âtre.

— En voilà assez pour aujourd'hui, monsieur l'abbé, décida-t-elle peu après. J'ai à me préparer pour un souper chez la duchesse de Mazarin et dois tenir ensuite chez moi quelques tables de jeu.

Le prêtre secoua la poussière de sa soutane et jeta sur la bibliothèque en bataille un regard d'envie.

— Voilà des années de lectures passionnantes, mon enfant, vous n'avez pas à vous soucier de l'avenir.

Jeanne le poussa dehors. L'angoisse la travaillait. « L'almanach ment, essaya-t-elle de se persuader. Ou peut-être parle-t-il de quelqu'un d'autre. Mesdames tantes ne jouissent pas toujours d'une excellente santé. »

Pour en atténuer la pâleur, elle pria sa femme de chambre d'ajouter plus de rouge à ses joues, après les avoir poudrées abondamment.

Le souper fut assez animé. Par miracle, madame la Dauphine fit assez bonne figure à Jeanne. Le roi ne pouvait détacher son regard de sa maîtresse, mais ses yeux depuis quelque temps exprimaient de la tristesse, comme la nostalgie d'avoir à dire adieu à un temps chéri et presque accompli. Le jeu se termina juste après minuit. Derrière Jeanne, un jeune officier suédois, Axel de Fersen, la dévorait du regard. Par hasard, la duchesse d'Aiguillon évoqua deux amis qui venaient de mourir. Le visage du roi s'assombrit encore davantage. « La mort me suit, attentive, silencieuse, tenace », pensa-t-il. Les pamphlets contre la Bourbonnaise se multipliaient et Beaumarchais venait d'être expédié à Londres pour traiter avec le maître chanteur Thévenot de Morande. Cette affaire-ci parviendrait à être étouffée, mais une autre suivrait et une autre encore. En salissant Jeanne, en la dénigrant, c'était sa personne royale qui était attaquée par les ennemis de la monarchie, des agitateurs, des illuminés. On réclamait le rétablissement des Parlements, la réunion des états généraux. Mais il ne céderait rien. Jeanne resterait sa compagne et lui le monarque absolu, comme l'avait été son grand-père. Il remettrait à son petit-fils la France comme on la lui avait laissée, avec la Lorraine et la Corse en cadeau.

Le carnaval fut sans gaieté. Le roi n'y parut pas et Jeanne ne se montra que brièvement. Jeanne redoutait les sermons de carême de l'abbé Beauvais. L'année précédente, elle avait fait le dos rond mais, s'il persistait à tourmenter le roi, elle s'en expliquerait avec lui, tout prélat qu'il fût. Évoquer sans cesse l'enfer et ses supplices devant un homme que la mort épouvantait n'était pas un acte de charité chrétienne. On ne régnait pas sur les esprits par la terreur.

A la satisfaction du roi, les premiers sermons, cette année-là, furent modérés. Alors qu'on approchait de la semaine sainte, chacun à la Cour, comme par le passé, mourait de curiosité sur la possible communion du roi. S'il approchait de la sainte table, cela signifierait le bannissement de madame du Barry.

Le jeudi saint fut gris. Noyant les lointains bleuâtres, une brume légère flottait à la surface des pelouses. L'eau des bassins semblait de plomb. Le sermon, ce jour-là, fut impitoyable. Hanté par le péché, le mal, la vengeance, le prédicateur s'était transformé en prophète accusateur. Ne perdant pas une seule de ses paroles, pâle comme la mort, les yeux fixes, le roi le regardait. « Encore quarante jours, tonna le prêtre, et Ninive sera détruite ! » Jeanne gardait obstinément la tête baissée. Pourquoi le péché d'aimer attirait-il les foudres divines ? Depuis qu'elle était la maîtresse du roi, elle n'avait eu d'attirance pour aucun autre homme. Et lui était veuf. Se pouvait-il que Dieu fût aussi implacable pour l'amour et aussi tolérant pour la guerre ?

Devant elle, l'œil vif et content, la Dauphine buvait, elle aussi, les paroles du prédicateur. « Un jour, pensa Jeanne, cette gamine qui se croit invincible souffrira aussi. »

Le sermon achevé, le roi se retira dans ses appartements, refusant de recevoir quiconque. Le vendredi saint, il assista au chemin de croix et, le samedi, chassa de l'aube à la nuit. Enfin arriva le jour de Pâques. Dans la chapelle de Versailles, les courtisans retenaient leur souffle. Le roi approcherait-il ou non de la sainte table ? Le prêtre présenta l'hostie au-dessus du ciboire puis se tourna vers l'assistance.

Seuls Mesdames tantes, le Dauphin, la Dauphine, Provence, Artois et leurs épouses se levèrent. Une fois encore, Jeanne triomphait.

Deux semaines après Pâques, le roi vint retrouver Jeanne dans ses appartements. Sans un mot, il ouvrit les bras et elle se serra contre lui.

— Allons nous réfugier à Trianon, demanda-t-il. Les roses commencent à y fleurir et j'ai besoin avant les grands déplacements de la Cour de passer quelques jours seul avec toi.

En dépit d'une appréhension qu'elle n'arrivait pas à maîtriser, Jeanne goûta les premiers jours au bonheur de se retrouver avec le roi dans une relative intimité. Mais la merveilleuse nuit de Louveciennes qu'ils avaient passée seuls au monde lui semblait bien lointaine. Tous les jours, le roi et Jeanne parcouraient à pied les jardins. La santé, la gaieté de la jeune femme revigoraient son amant que les sermons de Beauvais avaient atterré. Une averse, un soir, les força à se réfugier sous une tonnelle tandis que leurs quelques amis trempés regagnaient Trianon. Une petite fille jardinait à deux pas, coupant les rejets des rosiers.

— Comme elle est mignonne ! s'exclama Jeanne.

Le roi observait la fillette.

— Jolie en effet. Nous pourrions lui causer un instant.

Jeanne appela la fillette qui s'approcha aussitôt. Elle avait treize ans, quatorze ans peut-être.

— Travailles-tu dans ces jardins depuis longtemps ? interrogea Jeanne.

— Depuis toujours, Madame. Mon père y est maître jardinier.

Doucement le roi caressa la joue, la bouche ronde de la fillette. Il fut un temps où il aurait ordonné à son premier valet de chambre de la lui amener pour la nuit, mais le goût de ces brèves aventures avec de toutes jeunes filles l'avait quitté.

— Va mon enfant, prononça-t-il d'une voix douce. Tu seras mieux à l'abri, au milieu des tiens.

De la poche de son gilet, il sortit un louis et le lui tendit.

— Pour t'acheter une jolie robe et un bonnet de linon.

— Ma famille est dans la peine, murmura la fillette, car mon frère est bien malade. Avec cet argent, nous allons, Sire, faire venir un médecin qui avec l'aide de Dieu pourra le guérir.

Elle esquissa une révérence et partait en courant lorsque le roi la rappela :

— De quoi souffre ton frère, mon enfant?

— De la petite vérole, Sire. Ne savez-vous pas que plusieurs de vos jardiniers en sont morts ces derniers temps?

— Avez-vous eu cette terrible maladie? interrogea le roi après que la fillette se fut éloignée.

Sa voix était inquiète, il avait vu tant des siens en périr.

— Non, Sire. Ce qui doit arriver arrive. Si je contractais la petite vérole, je me battrais pour en guérir, vous à mes côtés.

— Quant à moi, je l'ai eue adolescent. C'est une maladie qui ne frappe pas deux fois.

Une vague inquiétude pourtant tenaillait le roi. Rien ces derniers temps n'avait répondu à ses désirs. Il eut un frisson.

— Rentrons, décida-t-il. Il ne pleut presque plus et j'ai hâte de regagner ma chambre.

Jeanne revint à son bras, la gorge serrée de tristesse. « Que ce maudit mois d'avril passe et que je puisse respirer tranquillement! » pensa-t-elle. Partout le long de l'allée les ramenant à Trianon fleurissaient les jonquilles, les narcisses, les jacinthes. Quelques primevères échappées à la vigilance des jardiniers faisaient dans l'herbe mouillée des taches roses et violines.

— Nous nous retrouverons pour le souper, proposa Jeanne d'une voix qu'elle voulait calme et rassurante. Puis, si vous le désirez, je pourrais vous lire quelques chapitres des voyages autour du monde de monsieur de Bougainville.

Le roi jeta vers sa maîtresse un regard chargé de tendresse. Nul dans sa vie ne s'était ingénié ainsi, non à lui plaire, mais à lui faire plaisir. Elle le devinait, savait se taire lorsqu'il n'était pas d'humeur loquace ou le faire rire quand il se sentait joyeux. La marquise de Pompadour le tarabustait, l'étourdissait en l'entraînant dans d'incessantes fêtes afin qu'il n'eût pas le temps d'avoir des idées noires. Pourtant c'était souvent au milieu de celles-ci qu'il se sentait le plus seul. Jamais elle ne l'avait compris.

Le lendemain, le roi et Jeanne partirent chasser de bonne heure avec Lansmatte, cinq piqueurs et trois valets de chiens. Au petit galop, ils restèrent côte à côte, ne se séparant pas une minute, se suivant au milieu d'une végétation encore tendre qui se teintait de rouge ou de vert pâle. Derrière les chasseurs, les branches se refermaient. Enfin ils atteignirent un rond-point où un cerf dix cors semblait les attendre. La bête avait au moins huit ans. Son regard fier indiquait qu'elle ne se soumettrait pas facilement. Un éclair de temps plus tard, elle s'enfuit d'abord droit devant elle puis s'enfonça dans le sous-bois, descendant un vallon. Un piqueur sonna la dauphine tandis qu'un valet découplait les chiens qui s'élancèrent ventre à terre. Excité par la passion de la poursuite, le roi oubliait toute prudence. Son cheval filait sous la futaie, sautait des ruisseaux suivi par la jument de Jeanne dont la bouche écumait. « Faites-lui grâce, Sire ! » supplia

Jeanne. Le roi ne l'entendit pas. Suivi de Lansmatte et de deux piqueurs, il fit sonner l'hallali. Le cerf s'était jeté dans un étang, mais épuisé par la course ne progressait qu'avec lenteur. « Il est perdu, pensa Jeanne. Dans un instant cet animal superbe ne sera plus qu'une dépouille. » Elle avait la gorge serrée.

Épuisé, le roi se coucha de bonne heure. Il grelottait, en dépit du rhum chaud, bien sucré, que Jeanne lui avait préparé.

— Une bonne nuit, assura-t-il, et demain je serai tout à fait bien. Va te coucher, mon cœur.

— Aujourd'hui je chasserai en carrosse, se résigna le roi. J'avoue avoir passé une mauvaise nuit et me sens las.

Jeanne prit la main de son amant. Elle était brûlante.

— Êtes-vous bien sûr de vouloir chasser aujourd'hui, Sire ?

— Cela me distraira. Penser à mes petits maux me rend de fort méchante humeur.

En début d'après-midi, le roi demanda à regagner Trianon. Il n'avait pas faim mais Jeanne l'obligea à prendre un blanc de poulet et un verre de vin de Bordeaux.

— Je vais parcourir les documents que mes ministres ont déposés, décida le roi, et viendrai te rejoindre pour le thé. Nous dînerons de bonne heure. Veux-tu dormir cette nuit à mon côté ? Je me sentirai moins seul.

Jeanne posa ses lèvres sur la main du roi qu'elle posa sur son cœur.

— Il vous répond, Sire, l'entendez-vous ?

La nuit fut très mauvaise. En proie à la plus vive

anxiété, Jeanne tenta de faire boire au malade une tasse de tilleul, passa maintes fois sur son front en sueur un mouchoir imbibé d'eau de fleur d'oranger. « Nous serons demain le 28 avril, pensa la jeune femme. Encore deux jours et la funeste prédiction de l'almanach sera derrière moi. »

A l'aube, elle envoya le valet de chambre chercher Lemonnier, premier médecin du roi.

— Embarras gastrique sans doute, diagnostiqua-t-il, soucieux. Je conseille la diète, un lavement, demain une saignée, si je ne constate pas d'amélioration.

— Le roi n'a pratiquement rien mangé de toute la journée d'hier, précisa Jeanne.

Le médecin l'écouta à peine. Afin de ne point porter seul la responsabilité d'un diagnostic dont il n'était point sûr, il avait grande hâte de voir arriver La Martinière, premier chirurgien du roi.

Assise à côté du lit, les cheveux défaits, Jeanne tenait la main du roi et la pressait dans la sienne.

— La Martinière va me tirer d'affaire, assura le malade. J'ai grande confiance en lui.

Son teint blafard, ses cernes sous les yeux effrayaient Jeanne.

Enfin La Martinière arriva de Versailles, ausculta attentivement le roi, garda longtemps le silence.

— Sire, c'est à Versailles qu'il faut être malade.

— Mais, s'inquiéta Jeanne, n'est-ce pas risqué de transporter Sa Majesté qui grelotte de fièvre et se plaint du ventre ?

— A Versailles, répéta La Martinière. Là-bas, la famille de Sa Majesté l'attend.

Le carrosse fut attelé en un instant. On leva le roi, lui passa une robe de chambre puis un manteau. Au bras de Jeanne, il monta en voiture.

— A Versailles et à toute vitesse ! ordonna le chirurgien au cocher.

La surprise fut totale au château. Le lit royal n'était pas prêt. Grelottant, souffrant du dos, du ventre, le roi s'installa chez madame Adélaïde en attendant qu'on préparât sa chambre où Jeanne déjà s'activait, cherchant à donner à son amant tout le bien-être possible. Un grand feu flambait dans la cheminée, le lit fut bassiné, des oreillers accumulés afin qu'il puisse s'asseoir d'une manière confortable. Sur la table de chevet, elle avait fait poser sa montre en or et émail, une bouteille de vieux madère, un bouquet de jonquilles qu'elle avait cueillies avant de quitter Trianon.

Soutenu par ses premier et deuxième valets de chambre, suivi par ses filles, le roi pénétra dans sa chambre et se coucha aussitôt. Toute animosité oubliée, Mesdames tantes consultèrent Jeanne sur l'aménagement du temps de présence de chacune d'elles. Jeanne exigea de veiller le malade toute la nuit, revendication que Mesdames acceptèrent aussitôt.

— J'ai fait convoquer mon propre médecin, monsieur Bordeu, que je tiens en haute estime, annonça Jeanne d'un ton sans appel.

Avec le danger, la jeune femme ne craignait rien ni personne. Mesdames ne protestèrent pas. D'elles toutes, Jeanne était certainement celle qui était le plus apte à prendre les choses en main, elles lui faisaient aveuglément confiance.

— Je ne peux encore donner aucun diagnostic, madame la comtesse, déclara l'illustre médecin en attirant Jeanne dans un coin de la chambre. J'ai quelques doutes mais dois attendre vingt-quatre heures pour qu'ils deviennent certitudes. Si vous voulez mon avis, cette maladie pourrait être contagieuse. Faites éloigner du roi la Dauphine et le Dauphin. Mesdames sont si têtues que rien ne leur fera quitter la chambre de leur père. Quant à vous, Madame, décidez en votre âme et conscience de rester ou de partir. En attendant, en accord avec mes confrères, je préconise une ou deux saignées et des clystères qui dégageront le ventre.

Jeanne posa sa tête entre ses mains et pleura en silence. Deux saignées allaient terriblement affaiblir le roi. Aurait-il la force de vaincre le mal et de guérir? A cet instant elle ne pensait qu'aux souffrances de son amant qui, enfoncé dans ses oreillers, les yeux clos, semblait dormir. Mais une grimace soudaine, un rictus indiquait clairement ce qu'il endurait.

A la nuit tombante, Jeanne fit tirer une bergère près du lit royal. Derrière elle, assis dans des fauteuils, trois apothicaires, cinq médecins et six chirurgiens veillaient avec elle.

— Jeanne, appela la voix rauque du roi, j'ai soif.

Aussitôt la jeune femme s'empara d'un verre d'eau de Vichy et, avec d'infinies précautions, aida le malade à boire.

— Approchez un flambeau, demanda-t-elle à un apothicaire, je n'y vois pas assez.

L'homme approcha un chandelier. Aussitôt son visage se figea.

— Pourriez-vous venir, messieurs? pria-t-il d'une voix qu'il voulait garder sereine.

Les médecins et chirurgiens se regroupèrent autour du lit. Sur le visage du roi, de petits boutons venaient d'éclore.

— La petite vérole confluente et maligne, chuchota Quenet.

Jeanne crut que son cœur allait s'arrêter de battre.

— En êtes-vous sûr? chuchota-t-elle. Le roi m'a assurée l'avoir eue dans son enfance.

— Hélas, madame la comtesse.

Jeanne crut qu'elle allait vomir.

— Qu'on m'apporte du café bien fort, demanda-t-elle. Zamor me le servira à la porte.

Le lendemain, elle consulterait Richelieu, les ducs d'Aumont et de Brissac sur l'attitude à tenir. Si les prêtres intervenaient, ils convaincraient le roi de se confesser et elle devrait quitter Versailles. Un départ aussi soudain anéantirait le roi.

— On ne pourra cacher beaucoup plus longtemps son mal à Sa Majesté, concéda Richelieu, mais tentons de faire appel à un prélat que Mesdames estiment beaucoup et qui est bon diplomate. Je pense à monseigneur l'archevêque de Paris.

Défaite, blême, Jeanne écouta attentivement Richelieu. Elle savait que Dieu, tôt ou tard, occuperait seul les pensées du roi mais avait besoin d'un peu de répit.

Quoique souffrant de la gravelle, Christophe de Beaumont, archevêque de Paris, vint au chevet du roi qui, aussitôt, s'enquit de sa santé. Désarçonné, le saint homme n'osa pas évoquer le souci qu'il se faisait pour celle de son souverain et, après quelques paroles de réconfort, s'en alla. Aussitôt la porte refermée, le roi poussa un long soupir et ferma les yeux. Le terrible drame de Metz allait se reproduire. Tous conspiraient pour lui ôter Jeanne afin qu'il revienne à Dieu. Sans sa maîtresse, il n'aurait pas la force de survivre.

— Où est la comtesse du Barry ? s'inquiéta-t-il. Je souhaiterais qu'elle me vienne voir aussitôt.

La nuit fut mauvaise. Les maux de tête persistaient, la fièvre montait encore.

— Je suis là, Sire, répétait Jeanne. Je ne vous quitterai pas un seul instant.

— Jusqu'au jour où tu as bien voulu m'aimer, toujours j'ai été seul, murmura le roi.

Avec terreur, Jeanne voyait l'éruption progresser. Mais le roi gardait sa tête et elle s'efforçait de tenir une conversation aussi légère que possible.

Au petit matin, alors que les premières lueurs de l'aube traversaient les rideaux, le roi regarda longuement ses mains.

— Si je n'avais pas eu la petite vérole à dix-huit ans, murmura-t-il, je croirais l'avoir.

Avec des gestes tendres, doux, Jeanne lui essuya le front, le visage, les mains.

— L'auriez-vous, Sire, la force de mon amour vous en guérirait.

Le roi eut un sourire triste.

— A mon âge, on ne revient pas de cette maladie.

Toute la journée du lendemain, le roi sembla plus serein, presque paisible, et s'entretint même avec ses filles d'une prochaine élection à l'Académie française encore incertaine. Le soir, Jeanne revint à son chevet. Le roi semblait dormir et, pour ne pas rester inactive, elle prit un ouvrage. La pendule posée sur la cheminée sonna minuit. Jeanne s'assoupit, rêvant qu'elle rampait dans un souterrain dont on avait muré l'entrée. Mais loin, très loin, elle apercevait devant elle un éclat de lumière.

A trois ou quatre reprises, le roi demanda à boire. Quand Jeanne l'aidait à absorber un peu d'eau, il posait sa main sur la sienne, la caressant avec tendresse.

Au petit matin, le roi se fit aider de Jeanne et d'un valet pour s'asseoir confortablement contre ses oreillers.

— Je vais faire appeler le duc d'Orléans. Ensuite, s'il vous plaît, revenez me voir.

Jeanne posa un baiser sur le front où les boutons commençaient à se couvrir de légères croûtes et sortit à reculons. Elle n'en pouvait plus de fatigue. Devant ses yeux se brouillaient les boiseries dorées de la chambre, les bronzes de la commode qui semblaient flamber dans le soleil levant.

Chez elle, elle but un café, s'allongea sur son lit mais des crampes la forcèrent à se lever. Le matin de mai était doux. « Le roi va guérir, murmura-t-elle. Il est fort et la suppuration est bonne. » Tristement, la jeune femme sourit. Elle savait l'exaltation de son espoir. Au loin un coq chanta, un autre lui répondit. D'un moment à l'autre, elle allait devoir quitter cet appartement, faire ses adieux à l'homme qu'elle aimait afin que les prêtres le reprennent. Qu'allait-elle devenir sans sa présence, sa protection, sa tendresse ? Ne verrait-elle plus jamais ses yeux, sa bouche ? Ne sentirait-elle plus sa peau contre la sienne ?

— Sa Majesté vous demande, annonça derrière elle sa femme de chambre.

D'un geste machinal, Jeanne tira ses cheveux en arrière, y planta deux peignes cloutés de saphirs pour les retenir. Puis elle rajusta son corsage, sa jupe et descendit le petit escalier qu'elle avait emprunté tant de fois, le cœur battant de joie.

Sur son lit, le roi la regardait approcher et lui tendit la main.

— Venez vous asseoir à côté de moi, Jeanne. Nous avons à parler.

La tristesse du ton alarma la jeune femme. Ses yeux s'emplirent de larmes.

— Ne pleurez pas, demanda le roi avec douceur, vous me bouleverseriez. Je suis bien malade, mon temps ne m'appartient plus sinon, soyez-en sûre, je l'aurais passé auprès de vous et aurais rendu mon âme à Dieu ma main dans la vôtre. Aussi dures que vont vous sembler mes paroles, elles ne le seront point en vérité car mon cœur est à vous et le restera jusqu'à mon dernier souffle. Nous allons nous séparer, attendu que je ne veux pas qu'il arrive la même chose qu'à Metz où madame de Châteauroux fut chassée comme une gueuse. Arrangez votre retraite avec le duc d'Aiguillon. Il vous est fort attaché et je lui ai donné des ordres pour que vous ne manquiez de rien. Même loin de moi, sachez que vous serez toujours ici, assise sur le rebord de mon lit, vos beaux yeux posés sur mon visage que la maladie a défiguré. Je sais que vous n'en avez cure car ce que Dieu m'a donné de beau et de bon, vous seule l'avez perçu. Souvenez-vous de moi, madame, comme d'un homme qui vous a aimée.

Jeanne tremblait d'émotion. A l'instant où le roi lui avouait enfin qu'il l'aimait, elle allait devoir le quitter à jamais.

— Partez, madame, supplia le roi, ou je n'aurai plus le courage de vous le demander. Si mon âme est à présent entre les mains de Notre Seigneur, mon cœur vous accompagne.

Comme un automate, la jeune femme quitta la chambre royale, remonta dans ses appartements, s'installa devant son secrétaire pour écrire deux lettres, l'une destinée au duc d'Aiguillon lui disant qu'elle se mettait sous sa protection, l'autre à Mesdames afin d'implorer leur bienveillance à son égard. Puis, l'esprit vide, éperdue, elle appela ses servantes pour commencer à préparer ses malles. Elle regroupa quelques bibelots, ses bijoux, et déposa dans son propre sac de voyage un petit portrait du roi encadré d'or et de rubis.

On gratta à sa porte et le duc d'Aiguillon fut annoncé. Sans un mot le ministre se dirigea vers Jeanne, ouvrit les bras et la serra contre lui.

— Ma chère amie, déclara-t-il enfin d'une voix douce, le roi m'a personnellement chargé de votre protection et de votre bien-être. J'y veillerai scrupuleusement. Quant à Mesdames, elles ont bien reçu votre billet et vous assurent de leurs dispositions favorables. Mon cocher vous attend pour vous conduire sur mes terres de Rueil. Ma femme vous accompagnera et restera en votre compagnie aussi longtemps que vous le souhaiterez. Pendant ce temps, avec les nombreux amis que vous comptez à Versailles, nous nous dépenserons afin de vous assurer un futur aussi paisible que possible.

Jeanne pleurait à gros sanglots et ne put rien répondre. Fermement elle s'empara du bras du duc d'Aiguillon.

Il était quatre heures de l'après-midi. Toute la journée le roi avait somnolé.

— Laborde, appela-t-il d'une voix rauque, faites venir madame du Barry.

Le valet de chambre soupira :

— Sire, elle est partie.

— Où est-elle allée ?

— A Rueil, Sire.

— Déjà !

Un instant, le roi sembla comme perdu puis deux larmes coulèrent sur ses joues.

— Laissez-moi, Laborde, souffla-t-il. Je veux être seul avec mes souvenirs.

30

« Le sieur du Barry doit être conduit à Vincennes, la dame comtesse du Barry conduite et retenue à l'abbaye de Pont-aux-Dames, le nommé Gomard de Vaubernier relégué dans l'abbaye de Langres. »

A peine le roi avait-il poussé son dernier soupir que la nouvelle reine avait exigé ces mesures. Si la du Barry et sa clique avaient triomphé autrefois, leur règne aujourd'hui était achevé. La porte du monastère se refermerait bientôt sur cette femme présomptueuse et abhorrée. Personne n'entendrait plus jamais parler d'elle.

La nuit tombait quand un carrosse s'arrêta devant le château de Rueil où la duchesse d'Aiguillon avait installé Jeanne avec les honneurs dus à son rang. La plus belle chambre lui avait été réservée. La jeune femme avait fait accrocher quelques tableaux, arrangé sa garde-robe. Elle avait disposé sur la coiffeuse ses flacons et objets de toilette. Sachant son amour pour les roses, la duchesse en avait fait composer de gros bouquets ronds, roses, jaunes ou blancs. Zamor et deux femmes de chambre continuaient leur service.

— Je n'attends aucun visiteur à cette heure,

s'étonna la duchesse d'Aiguillon qui brodait avec Jeanne dans le salon. Sans doute est-ce mon mari qui veut nous faire la surprise de sa présence et nous donner des nouvelles de Versailles. On dit que la Dauphine et le Dauphin ont accueilli la nouvelle de la mort du roi à genoux, se lamentant d'être trop jeunes pour régner. Mais, si vous voulez mon avis, l'archiduchesse a plus d'autorité qu'il n'en faut à une reine. J'espère que Sa Majesté le roi saura lui mettre la bride sur le cou. En quelques mois, cette petite s'est déjà fait nombre d'ennemis à la Cour.

Des pas résonnaient dans le vestibule. Affolé, un valet poussa la porte du salon sans même avoir frappé.

— Des gendarmes sont là, madame la duchesse ! Ils disent qu'ils sont venus avec l'ordre d'arrêter madame la comtesse.

Jeanne blêmit. Madame d'Aiguillon se leva d'un bond.

— C'est impossible ! s'écria-t-elle. Madame du Barry est sous ma protection.

Bousculant le valet, deux gendarmes firent irruption dans le salon et saluèrent froidement.

— Nous tenons nos ordres de Sa Majesté.

— Montrez-les-moi !

Un des deux hommes tendit une feuille de papier que la duchesse parcourut.

— Mon Dieu, murmura-t-elle, comment la reine peut-elle se comporter ainsi envers une femme dans le malheur ! Ma chère amie, continua-t-elle en se tournant vers Jeanne, j'ai bien peur qu'il vous faille suivre ces messieurs. Sachez que nous ne vous abandonnerons pas. Un jour ou l'autre, je vous en fais le serment, vos amis vous tireront de la prison où l'on vous enferme.

Les deux femmes tombèrent dans les bras l'une de l'autre.

— Je suis prête, balbutia Jeanne, secouée de sanglots. Mon sort m'importe peu. Priez pour moi, mon amie.

Serrant un châle sur ses épaules, elle suivit les gendarmes. Six hommes à cheval encadraient le carrosse où elle monta. « Me prend-on pour une criminelle? » pensa la jeune femme.

— Où me menez-vous? interrogea-t-elle.

— A l'abbaye de Pont-aux-Dames.

Au matin, la petite troupe, contournant Meaux, s'arrêta devant un édifice sévère qui semblait à l'abandon. Vieux de dix siècles, les murs étaient recouverts de plantes grimpantes anémiques. Une lourde porte cloutée fermait ce qui semblait être le corps du bâtiment principal. « Que c'est triste, balbutia Jeanne à la seule femme de chambre autorisée à la suivre, et c'est ici que l'on m'envoie! »

La porte poussée, la jeune femme se trouva face à un groupe de nonnes, l'abbesse en tête, qui semblaient déconcertées par son apparence. Vêtue simplement, jolie, la personne qu'elles découvraient paraissait douce, discrète et non démoniaque comme on la leur avait dépeinte.

— Je suis la révérende mère de la Roche-Fontenilles, se présenta l'abbesse. Ce couvent n'est pas un lieu de plaisirs, mais de recueillement et de privations. Vous suivrez notre règle, si vous le désirez, mais ne pourrez passer notre clôture.

Jeanne s'inclina et suivit la supérieure, longeant un couloir sans fin aux murs boursouflés de salpêtre. Enfin elles arrivèrent devant une porte que mère de la Roche-Fontenilles poussa. La jeune femme découvrit ce qui était désormais sa demeure, une cellule pauvre et nue.

— Ma mère pourra-t-elle me visiter? s'inquiéta Jeanne d'une voix timide.

— J'ai l'ordre de vous tenir au secret le plus absolu.

Durant la messe de requiem célébrée pour le repos de l'âme du défunt roi, Jeanne, à genoux, garda cachée sa figure entre les mains. Les souvenirs l'assaillaient si nombreux qu'elle ne cherchait plus à les discipliner. Louveciennes, Trianon, le sourire du roi, ses expressions de tendresse, sa dignité souveraine, l'odeur forte de son cheval qu'elle sentait lorsqu'ils galopaient botte à botte. Puis la Dauphine qui la défiait, le regard dur et ironique, Choiseul la croisant, sourire forcé, dans la galerie des Glaces, Jean-Baptiste battant les cartes, sa mère brodant au coin de la fenêtre, Adolphe rayonnant de bonheur le jour de son mariage. Tout un monde disparu.

Les voix des religieuses étaient harmonieuses, les chants de requiem poignants. Il n'y avait ni colère ni révolte en Jeanne, seulement un désespoir infini, l'impression qu'on l'avait abandonnée dans un endroit perdu où personne ne pourrait la retrouver.

Après la messe, Jeanne accepta de partager le simple repas des religieuses, se signant et priant avec ferveur avant de commencer à manger. Étonnées, les nonnes l'observaient. Cette femme semblait si triste et en même temps si aimable. Pourquoi avoir colporté de tels mensonges à son sujet?

La collation achevée, une des religieuses s'approcha de Jeanne et lui sourit avec amitié.

— Je suis sœur Joséphine, de mon vrai nom Joséphine Charlotte de la Roche-Fontenilles, la nièce de notre abbesse. Ne craignez rien, madame, vous n'avez pas d'ennemie ici. Ce couvent peut vous sembler lugubre mais il est probablement plus facile d'y vivre qu'à Versailles.

Jeanne lui rendit son sourire. Une sorte de paix s'emparait d'elle qu'elle attribuait à son épuisement. Elle avait envie de silence, de sympathie, de réflexion.

Fin mars, Jeanne reçut une lettre de son bibliothécaire lui proposant de s'occuper de ses affaires. Les créanciers affluaient et il fallait les satisfaire d'une façon ou d'une autre. Il avait grand besoin de ses ordres pour agir et liquider le million de livres de dettes qu'elle avait derrière elle. En post-scriptum, le bibliothécaire ajoutait que les anciens amis de la comtesse étaient en grand péril. Son beau-frère, le comte Jean-Baptiste du Barry, en fuite à Lausanne, le duc d'Aiguillon menacé ainsi que le maréchal de Richelieu qui s'apprêtait à regagner ses terres familiales.

Assise sur une des deux chaises paillées qui meublaient sa cellule avec une commode de pin et une table, Jeanne resta longtemps la lettre entre les mains. Tout s'effondrait. Elle allait perdre ses derniers amis encore à Versailles. Dans une année, qui se souviendrait d'elle?

Elle s'installa à sa table, prit une plume et de l'encre pour écrire à son notaire, maître Le Pot d'Auteuil, lui demandant d'agir au mieux pour régler ses dettes. Elle suggérait la vente de quelques bijoux parmi ceux qu'elle ne pouvait porter qu'à la Cour et qui dorénavant lui étaient inutiles : la grande parure de diamants composée d'épaulettes pièce de corps, quatre tailles et nœuds dits trousse-queue, la parure de rubis.

D'Aiguillon banni, son successeur, le comte de Maurepas, s'était installé dans l'appartement de Jeanne. Il avait fait transporter le mobilier et les objets d'art de la jeune femme au château de Louveciennes dont l'usufruit n'était pas révoqué. Les yeux clos,

Jeanne tentait de se souvenir de chaque détail de sa demeure tant aimée. Elle entendait grincer la grosse roue montant l'eau de la Seine vers Marly et Versailles, le chant des oiseaux à son réveil, sentait encore l'odeur des roses. Y reviendrait-elle un jour? A pas lents, elle se promenait dans le parc du couvent, s'asseyait pour lire au bord de la fontaine, gagnait parfois un pavillon isolé au fond du jardin. La désespérance avait fait place à une tristesse lancinante, une nostalgie qui, à tout moment, lui faisait monter les larmes aux yeux. Chaque matin à l'aube, elle assistait à la messe, communiait puis revenait à la chapelle pour l'office du soir. Peu à peu, les habitudes de sa vie au couvent de Sainte-Aure réapparaissaient, la prière, le travail manuel, la promenade. Même l'amitié reprenait ses droits et les sœurs lui parlaient maintenant avec beaucoup de bonté. Avec Henriette-Catherine de Courcelles, Louise du Bois de Villarceaux et Marguerite Chouart de Cornillon, des liens plus étroits commençaient à se former, elles en venaient aux confidences, aux menus services rendus, à de longues conversations. Devant la douceur et la piété de Jeanne, la mère abbesse elle-même adoptait une attitude plus conciliante. Longuement elle s'était entretenue avec la jeune femme, surprise par sa simplicité, son charme et son érudition. Peu à peu, les deux femmes prirent l'habitude de se retrouver chaque dimanche après-midi pour boire une tasse de thé en faisant quelque ouvrage. Jeanne n'évoquait pas la Cour ni ne parlait du roi. Aucune confidence ou indiscrétion ne passait ses lèvres.

Les mois s'écoulaient. Jeanne prit de plus en plus de responsabilités. Elle décorait l'autel, aidait à faire cuire tourtes, tartes et miches de pain, se rendait volontiers au potager. Sa petite enfance paysanne lui revenait avec l'odeur du poulailler, la fraîcheur parfumée des carottes et des poireaux tout juste déterrés, l'arôme exquis d'une brioche sortie du four, d'une bassine où bouillonnaient les confitures.

L'automne fut pluvieux. Jeanne, à nouveau, céda à des moments de tristesse qu'elle ne parvenait pas à contrôler. Son amant lui manquait, ses caresses, ses baisers, l'odeur de son corps. De sa mère, elle recevait des lettres déchirantes. Pourquoi leur interdisait-on de se rencontrer? Quel crime avait-elle commis pour qu'on la sépare de sa fille unique? N'étant pas mère, Sa Majesté la reine se montrait trop cruelle. Et les dames de Sainte-Élisabeth la pressaient de trouver un autre logis. Mais où pouvait-elle aller puisque tous leurs amis et parents s'étaient dispersés? Jeanne tentait de la réconforter, de l'assurer que leur séparation n'aurait qu'un temps. Derrière la vitre de la cellule, la pluie ruisselait et l'humidité obligeait Jeanne à s'enrouler dans un châle. Le passé était mort, l'avenir lugubre. Le vent faisait tourbillonner les feuilles mortes. Elle ne se promenait plus dans le jardin, restant souvent couchée sur son lit, souhaitant mourir. Découragée par cette vie austère, sa femme de chambre avait donné son congé. Fraîche, gaie et naïve, une jeune fille du village la remplaçait. Jeanne se retrouvait un peu dans cette enfant qui rêvait d'aller à Paris pour dénicher un mari aisé et gentil, avoir des enfants. « A Meaux, expliquait-elle en arrangeant tant bien que mal les cheveux de Jeanne, on a l'impression de passer à côté de la vie. »

Seules ses longues conversations avec la mère abbesse, la saveur du thé, un luxe lui remémorant son passé, les moments d'amitié partagés avec ses nouvelles amies parvenaient à la distraire. Noël approchait. Elle se sentit mieux, entreprit de décorer toute la chapelle, de confectionner des massepains et des kouglofs pour la collation qui suivrait la messe de minuit.

— J'ai écrit moi-même à monsieur de Maurepas, lui apprit un dimanche l'abbesse de la Roche-Fontenilles, pour demander que l'on vous autorise à sortir de temps à autre afin de visiter votre mère et régler vos affaires. En mon âme et conscience, j'estime que le traitement que Sa Majesté vous inflige est inhumain et contraire à l'esprit de pardon dont Notre Seigneur Jésus-Christ lui-même a donné l'exemple.

D'un mouvement naturel, Jeanne se jeta dans les bras de la supérieure qui longuement la serra contre elle.

— Notre communauté a eu le temps de vous observer, de vous juger, ma chère enfant, et toutes, nous vous aimons comme une sœur. Soyez patiente, acceptez ce temps de pénitence et tout s'arrangera. Ne cédez pas à la tristesse ! Le découragement, le doute viennent de Satan. Tout au contraire, activez-vous, écrivez, priez, étudiez, prenez de l'exercice. Il ne faut pas laisser son esprit vacant. Vous n'êtes pas femme à baisser les bras, n'est-ce pas ?

En dépit du refus du roi d'octroyer à Jeanne quelque liberté, la jeune femme avait repris espoir. Madame de la Roche-Fontenilles était dans le vrai. Elle devait se battre, reprendre des contacts épistolaires avec ses amis et, en particulier, avec sa chère duchesse d'Aiguillon qui, elle aussi, souffrait de son exil. L'hiver s'acheva sans que Jeanne n'eût de crise de mélancolie. Elle avait repris toutes ses occupations manuelles, passait de longs moments dans la bibliothèque, ne manquait aucun office religieux. Le temps avait passé si vite qu'elle fut surprise de voir poindre les premières jonquilles, des touffes de primevères. Le jardin sauvage du couvent l'enchanta. Elle s'asseyait sur un banc de pierre, un livre à la main, baignée par un soleil encore timide, sa robe de simple lainage étalée sur la pierre mousseuse, un fichu doublé de petit-gris sur les épaules. La résurrection de la nature lui donnait le sentiment qu'elle annonçait la sienne, que bientôt elle pourrait être libre, reprendre une vie normale. Des oiseaux se posaient un instant dans les buissons fleuris. Longtemps elle les suivait des yeux, s'imaginait avec eux volant vers Versailles, le Trianon, Louveciennes où le roi l'attendait.

La réalité de la mort de son amant restait encore confuse dans son esprit. Après avoir été le plus grand, le plus puissant des hommes, il n'était plus rien. Son corps se désintégrait dans la crypte de Saint-Denis. Chaque matin et chaque soir, elle priait pour lui, les yeux fermés si fort que parfois elle avait l'hallucination de le voir lui sourire. Souvent aussi elle priait pour Adolphe et sa jeune femme dont l'avenir si brillant était soudainement compromis par leur grave mésentente.

En mars, alors que la communauté se préparait pour la semaine sainte, un cavalier arriva au couvent porteur d'un message fermé du sceau royal. L'abbesse le reçut et aussitôt convoqua Jeanne.

Exposée au nord, la vaste pièce, toujours sombre, était à peine réchauffée par un maigre feu que madame de la Roche-Fontenilles faisait allumer le matin et laissait s'éteindre à la nuit.

— Des nouvelles de Versailles, mon enfant.

S'emparant du pli, la main de Jeanne tremblait.

— Lisez, l'autorisa la supérieure d'une voix douce.

Jeanne brisa le sceau. A la suite de l'intervention de Maurepas, le roi accordait à Jeanne la liberté de recevoir quelques visites. Suivait une courte liste où figuraient le nom de sa mère, ceux de son homme d'affaires et de la duchesse d'Aiguillon. Prochainement, Sa Majesté allait songer à la possibilité d'un élargissement à la condition qu'elle ne s'installât pas à moins de dix lieues de Paris ou de Versailles.

Jeanne tendit le pli à madame de la Roche-Fontenilles.

— Je vous l'avais bien dit, prononça celle-ci avec un bon sourire. Dieu ne se détourne jamais de ses enfants quand ils ont confiance en Lui.

Le carrosse où avaient pris place la duchesse d'Aiguillon et Anne Rançon s'arrêta devant le portail du couvent. L'émotion, la joie et l'impatience enfiévraient les deux femmes. Depuis un moment le cocher avait frappé à l'huis quand la porte s'entrouvrit, dévoilant une toute jeune novice.

— Nous vous attendions, mesdames. Notre mère abbesse est dans son appartement et m'a priée de vous conduire à elle.

— Et ma fille ? s'écria Anne Rançon.

Sans répondre, la novice leur fit signe de la suivre. Avec saisissement, la duchesse d'Aiguillon découvrait les murs sinistres, les sombres couloirs, l'odeur de moisi qui imprégnait la bâtisse tout entière. « Comment Jeanne a-t-elle pu survivre dans une telle prison ? pensa-t-elle. Jamais je ne pardonnerai à la reine d'avoir fait subir ces souffrances à la plus charmante, la plus aimable des femmes. »

Enfin la novice s'arrêta devant une porte simplement peinte en gris et frappa.

— Entrez, pria la voix forte de madame de la Roche-Fontenilles.

Dans l'âtre brûlait un grand feu. Sur une table volante étaient disposés une brioche et un pot de confiture encore recouvert de parchemin, une cruche de sirop de groseilles.

— Je vais vous laisser la jouissance de mon salon, mesdames, afin que toutes deux et notre chère Jeanne puissiez vous retrouver en toute liberté. Notre modeste souper est servi à sept heures sonnantes. Si vous décidiez de le partager avec la communauté, nous en serions très honorées.

— L'honneur sera pour nous, ma mère, affirma la duchesse.

Anne ne trouvait mot à dire, attendant sa fille avec une impatience qui lui serrait la gorge, lui coupait les jambes.

Enfin elles entendirent un pas léger, le froissement d'une jupe sur les dalles de pierre du long couloir. Il semblait tout à coup que l'atmosphère était moins lugubre, qu'un rayon de soleil caressait les vieux murs.

La porte s'ouvrit toute grande et Jeanne apparut, ses cheveux blonds encadrant un visage aminci où les yeux pervenche semblaient plus grands encore.

Dans un élan, les trois femmes tombèrent dans les bras les unes des autres, l'une riait, l'autre pleurait. Elles se serraient, se relâchaient pour se serrer plus fort encore. Enfin, à bout d'émotions, elles s'écartèrent pour mieux se regarder.

— Nous allons vous sortir d'ici, mon cher cœur, affirma aussitôt la duchesse d'Aiguillon. Ce qui nous reste d'amis à Versailles harcèle le roi pour obtenir votre élargissement.

— Je ne suis pas malheureuse, murmura Jeanne. Tout est doux, paisible dans ce couvent. J'ai eu le temps de me reprendre, d'accepter la volonté de Dieu et de m'y soumettre. Cet exil, finalement, m'a été salutaire.

La voix douce, posée, impressionna les deux visiteuses qui imaginaient une Jeanne révoltée, brisée par le chagrin.

— Vous êtes un ange, observa la duchesse.

Anne posa deux gros baisers sur les joues de sa fille. La revoir ainsi sereine chassait d'un seul coup les inquiétudes accumulées pendant une année. Leurs visages rayonnant de joie, les trois femmes s'installèrent près de la cheminée.

— Par quoi commencer? s'exclama Jeanne, vous avez tant de choses à me dire!

— Le prince de Ligne, annonça aussitôt la duchesse, m'a chargée de vous demander d'écrire une supplique adressée à la reine, sollicitant votre liberté. Il est prêt à la lui soumettre en personne.

— La reine me nomme-t-elle toujours « la créature »? interrogea Jeanne en souriant.

— Sa Majesté vous déteste ainsi que ceux qui vous ont aimée, trancha la duchesse d'Aiguillon. C'est elle qui n'a eu de cesse de faire renvoyer mon mari. Le roi n'était pas mort depuis un mois qu'il a fallu plier bagage. Mercy, qui est pourtant sans se cacher du côté autrichien, a affirmé que la reine seule était responsable du renvoi de mon mari. Et ce n'est pas tout, poursuivit la duchesse dans un souffle. Le 13 mai, la reine a révoqué l'exil de monsieur Choiseul qui s'est empressé d'accourir à Versailles tout gonflé d'ambitions. Hélas pour lui, l'accueil de Sa Majesté le roi fut plutôt froid et le duc a vu s'envoler ses espoirs de reprendre ses portefeuilles. Mais ces coups de cœur de la reine pour les disgraciés de feu Sa Majesté son grand-père ont pour résultat de cristalliser contre elle les rancœurs. Il n'y a pas un ennemi de Choiseul, y compris Mesdames tantes, qui ne dise pis que pendre de la reine.

Petite reine de vingt ans
Vous qui traitez si mal les gens
Vous repasserez la barrière.

— Voilà, mon cher cœur, ce que l'on fredonne dans les couloirs de Versailles!

Anne Rançon écoutait la duchesse avec attention. Que son enfant fasse partie de ce cercle intouchable, inaccessible, la remplissait encore de fierté. L'hostilité de la reine envers sa fille prouvait l'importance qu'elle gardait, et elle était sûre que Jeanne saurait tôt ou tard reprendre son rang.

— Qui entoure la reine ? interrogea Jeanne. Est-elle toujours aussi liée avec la timide princesse de Lamballe ?

— Qu'elle mène par le bout du nez ! Elle voit beaucoup aussi ses beaux-frères et belles-sœurs, surtout Artois qui l'amuse et la taquine sans cesse. Tous ensemble, ils se rendent au bal de l'Opéra, se promènent en voiture, organisent des pique-niques, proclament que seuls les êtres jeunes, beaux et amusants seront admis dans leur cercle et que les gens âgés n'ont qu'à se rendre au cimetière aussi vite que le leur permettent leurs vieilles jambes. A la cérémonie de condoléances de la mort du roi, quand les douairières sont apparues dans le costume traditionnel datant du Grand Roi, la reine cachait avec difficulté son fou rire derrière son éventail, à la vive réprobation des personnes présentes, fort attachées à l'étiquette.

— Si je puis m'exprimer, intervint Anne Rançon, Sa Majesté la reine n'a aucune idée de l'opinion que le peuple se fait des gens au pouvoir. Les temps ont bien changé. Personne autrefois n'aurait osé ne serait-ce que sourire du roi ou de l'un de ses ministres. Aujourd'hui on entend toutes sortes d'horreurs.

— Madame a raison, approuva la duchesse d'Aiguillon. La reine est trop jeune, trop étourdie, trop enfant gâtée. La société évolue, à son avis, parce qu'on abandonne telle ou telle marque de courtoisie, qu'on bouscule l'étiquette, qu'on se permet d'être « naturel », comme elle le répète pour un oui ou un non. Pourquoi ses sujets ne brigueraient-ils pas les libertés qu'elle est heureuse de s'octroyer ?

— Mon Dieu, s'écria Jeanne, vous allez me donner un transport au cerveau, ma chère amie. Voici un an que je vis ici, isolée de toute nouvelle. Les événements mettent des mois à franchir ces murs et, en un instant, j'ai l'impression de me retrouver dans le petit salon de mes appartements de Versailles !

Le rouge lui était monté aux joues, ses yeux brillaient. Tout attendrie, Anne observait sa fille. Revoir la duchesse d'Aiguillon comblait en un instant le gouffre qui l'avait séparée de son fabuleux passé. En un rien de temps, Jeanne avait retrouvé son ton, ses attitudes mondaines, le rire cristallin des jolies aristocrates.

A peine osait-elle évoquer la pension impayée de Sainte-Élisabeth et les menaces d'expulsion des religieuses.

— Ton notaire va venir te voir aussitôt que possible, osa-t-elle enfin prononcer. Ce serait un bien qu'il arrange un peu tes affaires et les miennes car, si on me congédie de Sainte-Élisabeth, je serai bien fâchée.

D'un bond Jeanne se leva, serra sa mère entre ses bras.

— Personne ne te contrariera plus, ma chère maman. Si, comme je le crois, on me donne bientôt la permission d'acheter des terres et de m'y établir, je t'accueillerai auprès de moi ou, si tu le préfères, tu t'installeras dans ta propre maison, tout près de chez moi.

La brioche mangée, le pot de confiture et le broc de sirop vides, les trois femmes se mirent à parler de tout et de rien, de la mode, des représentations théâtrales, de petits potins qui n'avaient guère changé depuis l'arrivée de Jeanne à l'abbaye. Le feu rosissait leurs joues. Avec douceur et tendresse, Anne réajusta les simples épingles du chignon de Jeanne, la duchesse sortit d'une de ses poches un flacon d'essence de rose.

— Que sont devenus mes domestiques et Zamor? s'inquiéta Jeanne.

— Certains ont trouvé à se placer ailleurs, d'autres vous sont restés fidèles. Zamor a été recueilli par le duc de Brissac qui a pour vous des sentiments de grande affection.

Jeanne se souvenait des attentions du duc, des fleurs qu'il lui envoyait, de ses regards respectueux et pleins d'admiration. Elle n'aimait que le roi alors mais se plaisait en la compagnie de cet homme discret, cultivé, empressé. Elle le reverrait avec joie.

— La vie est source d'espoir, prononça gravement Anne Rançon. La plus grande vertu est de croire en soi et en ceux que l'on aime.

— Et la seconde de savoir changer sa peau de lionne pour celle d'une renarde, continua en riant la duchesse d'Aiguillon. Mais n'entends-je pas sonner la cloche du souper?

31

Libérée au printemps, n'ayant le droit de se rendre ni à Versailles, ni à Paris, ni près d'aucun château royal, la comtesse du Barry acquit pour deux cent mille livres, prêtées par le duc et la duchesse d'Aiguillon, le château de Saint-Vrain, qu'avait possédé autrefois Charles de la Garde, son ancien amoureux, alors qu'elle était lectrice au service de sa mère.

La plupart de ses anciens serviteurs et Zamor reprirent leur service. Chon, qui s'était réfugiée à Toulouse, arriva avec un perroquet qu'elle avait dressé et qui s'écria en apercevant Jeanne : « Voilà la belle comtesse ! »

Les adieux avec les religieuses avaient été émouvants. Jeanne avait promis qu'elle reviendrait les visiter au moins deux fois l'an. L'abbesse avait déposé un baiser sur son front et spontanément Jeanne lui avait fait la grande révérence.

Le vaste château de Saint-Vrain était peu meublé mais elle retrouvait dans les boiseries, les parquets, les portes-fenêtres des salons ouvrant sur le parc, un peu de la douceur de vivre du temps passé. Jeanne arpenta sa demeure, notant les meubles qu'elle voulait acquérir, se promena dans le parc, emprunta des allées mal entretenues que bordaient des cloisons de feuillage, des buis mal élagués. Un matin, un cerf traversa un sentier juste devant elle. Secouée, elle songea à sa dernière partie de chasse avec le roi et fit aussitôt demi-tour.

Mal à son aise dans cette grande bâtisse froide, sa mère avait préféré s'installer dans une charmante maisonnette que Jeanne avait dénichée à Villiers-sur-Orge et meublée sans regarder à la dépense. Quoique ses affaires fussent encore loin d'être réglées, l'argent recommençait à couler entre les doigts de la jeune femme. Le notaire liquida d'autres bijoux pour régler le plus urgent.

Malgré l'excitation d'arranger sa nouvelle demeure, Jeanne éprouvait quelques difficultés à se sentir chez elle, en dépit de la beauté des sources jaillissantes, de la pièce d'eau où évoluaient des cygnes. Un prêtre fut appelé pour assurer la messe chaque matin dans la chapelle du château et être son confesseur. Cultivé, de bonnes manières, possédant l'indulgence des prêtres ayant fréquenté les grands de ce monde, il proposa à Jeanne de tenir sa bibliothèque, ce qu'elle accepta de grand cœur.

Jeanne confia au prêtre qu'elle se tenait pour responsable du bien-être des familles vivant à Saint-Vrain et ses environs et veillerait à ce que chacun mange à sa faim et ait de l'ouvrage. Elle-même était prête à venir visiter les accouchées. Elle leur fournirait une layette et, durant la période d'allaitement, la mère recevrait quotidiennement du bouillon, de la viande et une bouteille de vin.

Peu à peu la vie à Saint-Vrain s'organisait. Chaque dimanche après-midi, Jeanne ouvrait son parc afin que les villageois puissent s'y délasser, se promener ou danser. Elle avait retenu un petit orphéon campagnard dont l'approximatif talent l'amusait.

Ce fut pour la jeune femme une lente période de

retour à la vie. Elle n'avait encore ni le désir de se mêler au monde pour y paraître, ni celui de quitter le deuil qu'elle continuait à suivre scrupuleusement au fond de son cœur. Mais ses amis venaient la visiter. Chon la faisait rire. Devenu adolescent, fort et robuste, Zamor continuait à la servir avec une dévotion qui parfois la gênait tant elle était insistante.

L'été fut superbe. Seule dans son lit, Jeanne n'arrivait pas à trouver le sommeil. Quoique son cœur soit encore dans l'affliction, son corps attendait celui d'un homme, exigeait des caresses. Au milieu de la nuit, elle passait un peignoir et ouvrait grande une des fenêtres donnant sur le parc. Devant elle, le majestueux tilleul était baigné de la lumière douce de la lune. Il lui rappelait celui qu'elle avait fait planter à Louveciennes, quatre ans plus tôt. Des crispations au creux du ventre, Jeanne humait l'air tiède de la nuit. Au loin, la pièce d'eau avait des reflets d'un blanc moiré. Toutes les senteurs de la terre se répandaient pour l'enchanter, mais elle était seule, son prince charmant l'avait quittée. A pas lents, Jeanne regagnait son lit. Plus que tout, elle souhaitait que le roi l'autorisât à revenir à Louveciennes. Là-bas, seulement, elle pourrait recommencer sa vie, être heureuse, un homme à son côté, guérir de son passé, pardonner à la reine. N'avait-elle pas déclaré au duc d'Aiguillon, venu solliciter ses ordres pour la revue habituelle en tant que capitaine-lieutenant des gardes suisses : « Vous feriez mieux d'aller les demander à votre chère amie, madame du Barry, plutôt que de venir ici à Versailles prendre les miens. »

Pour rembourser les frais occasionnés par l'achat de meubles et par l'acquisition de la maison destinée à sa mère, Jeanne consentit à vendre au comte de Provence son hôtel de Versailles. Que lui importait ? Jamais elle n'y reviendrait. Les papiers étaient sur le point d'être signés quand son notaire, avec l'autorisation du roi, lui demanda de venir passer quelques jours à Louveciennes où se trouvaient l'acte de propriété et l'inventaire des meubles et œuvres d'art que l'hôtel contenait. Alors qu'elle montait en voiture en compagnie de Chon, Jeanne eut un malaise et un des valets de pied dut la soutenir. Durant tout le trajet, elle resta muette, le front appuyé contre la vitre de la voiture, défaillant à la pensée de revoir sa chère maison.

Une douce lumière d'automne dorait le paysage. La voiture longeait la Seine, dans un moment elle franchirait les grilles de l'entrée gardées par deux lions de pierre, emprunterait le chemin longeant son pavillon avant de faire halte devant le perron du château. Jeanne retrouvait les mêmes maisonnettes, les cabanes, les jardins potagers qui précédaient la haute grille de sa propriété. Prévenu, le gardien l'avait grande ouverte et, les larmes aux yeux, Jeanne vit se rapprocher ce qui lui semblait un songe, sa maison, son abri, son havre de bonheur et de paix où elle avait, une nuit durant, vécu avec le roi les plus beaux moments de sa vie.

Les contrevents de sa gentilhommière avaient été ouverts. Dans des pots de terre cuite italiens fleurissaient des géraniums, des pensées, des résédas. Bien entretenue, la roseraie offrait ses dernières fleurs, rondes, bouclées, épanouies dont Jeanne huma le parfum à peine descendue de voiture. Denis, son maître d'hôtel qui lui était resté fidèle, ouvrit la porte du vestibule.

— Bienvenue, madame la comtesse, déclara-t-il, la voix nouée par l'émotion.

Jeanne l'embrassa. Elle ne retenait plus ses larmes, se contentant de les essuyer avec son mouchoir de batiste.

— Votre chambre est prête, madame la comtesse.

Presque en courant la jeune femme s'y rendit, empruntant l'escalier bordé de la rampe de fer forgé dont elle avait dirigé la restauration. Rien n'avait changé. La chambre était soigneusement entretenue, les coussins du lit gonflés et un bouquet de roses blanches s'épanouissait sur sa table de chevet dans une timbale de vermeil. Par la fenêtre, Jeanne retrouva la vue du parc. Le tilleul avait pris de l'ampleur, les allées s'enroulaient, bordées de bosquets où nichaient des oiseaux. A droite, elle discernait l'étang entouré de hautes herbes où quelques canards s'ébattaient. Puis Jeanne parcourut chaque pièce, les chambres d'amis, les salons, celui en boiseries peintes et celui recouvert de bois blond naturel pour mettre en valeur les délicieuses sculptures. Guettant un bruit coutumier, humant des odeurs familières, partout elle reconnaissait des traces du temps passé. Des bouffées de bonheur la grisaient. Tôt ou tard, elle reviendrait à Louveciennes. La vie avait un sens et son destin était de demeurer en paix avec ses souvenirs dans cet endroit qu'elle aimait.

Le notaire ne tarda pas. Ils avaient devant eux deux ou trois jours de travail. Puis Jeanne devrait rejoindre Saint-Vrain, se préparer à passer l'hiver au milieu du parc humide et sombre.

Sans chagrin, elle régla la vente de son hôtel versaillais. Le comte de Provence ne lui avait jamais montré de réelle animosité. Secret, bonhomme en apparence, mais rusé et tenace, cet homme n'aimait ni ne détestait personne. Méprisait-il son frère le roi pour sa faiblesse, son manque de sens politique ? Rien ne le laissait paraître. Il accompagnait la reine dans ses parties de plaisir mais laissait son jeune frère, le comte d'Artois, partager ses fous rires, ses moqueries, ses gamineries. Il était sans descendance, marié à une femme qu'il n'aimait pas, et semblait indifférent à ce qui préoccupait tant son frère aîné : parvenir à engrosser la reine.

Jeanne se réserva ici et là une commode qu'elle aimait, une paire de fauteuils à son chiffre, des chenets à fleurs de lys, une série de tapisseries offertes par le roi. Les rares moments passés dans son hôtel de l'avenue de Paris semblaient se perdre dans un brouillard. Seuls demeuraient clairs, présents et douloureux, ceux vécus dans ses petits appartements du château de Versailles et ceux de Louveciennes.

Quand il fallut partir le troisième jour, Chon dut faire monter Jeanne de force dans la voiture. Perdue dans un rêve intérieur, comme une somnambule, la jeune femme semblait ne rien entendre.

A son arrivée à Saint-Vrain, deux tristes nouvelles l'attendaient, la mort de l'un de ses meilleurs amis, le prince des Deux-Ponts, qui lui avait proposé un asile au début de la maladie du roi, et celle de l'abbé de Voisenon qui avait écrit la plupart des pièces qu'elle s'était plu à jouer à Versailles. De surcroît, imprimées à Londres, des bourbonnaises, ces libelles scandaleux continuaient à courir sur elle et sur le défunt roi. Quelle bassesse poussait les humains à s'acharner sur un mort et une femme désormais sans défense, à colporter d'ignobles ragots, tous plus vicieux et faux les uns que les autres? Quel crime avait-elle commis en illuminant les dernières années d'un homme seul et triste?

L'hiver frappa dès la mi-novembre. Jeanne veilla aux provisions de bois et exigea que l'on dispersât dans son parc des bottes de foin, des grains destinés aux animaux sauvages. Vieillissante, Mirza ne quittait pas sa maîtresse.

Le chevalier Charlemagne Fleuriot de Langle, officier en retraite, page du roi puis mousquetaire, avait été mené à Saint-Vrain par monsieur de Fange, un soupirant de Chon. Plein d'esprit et d'entrain, Fleuriot de Langle organisait les jeux, aidait Jeanne à débrouiller ses comptes.

Toujours en difficulté avec son épouse, Adolphe venait faire de longs séjours au château, à la joie de Jeanne qui retrouvait en compagnie de son neveu un peu de sa joie de vivre d'antan. Le duc de Brissac et le prince de Ligne se présentaient régulièrement. En dépit de la neige, de la glace, du froid mordant, la vie à Saint-Vrain n'était point triste. Active au village, Jeanne veillait à ce que l'on distribuât du bois aux pauvres, honorait de sa présence les baptêmes et mariages. Elle accepta d'être témoin aux noces de son chef de cuisine et fut la marraine des premiers enfants de son cocher, deux jumeaux, garçon et fille, auxquels elle offrit une layette et des timbales en argent.

Le printemps enfin fit son apparition. Fleuriot de Langle avait terminé les comptes de Jeanne. Il restait à celle-ci cent cinquante mille livres de rente, Louveciennes, Saint-Vrain et des bijoux estimés à deux millions de livres. C'était plus que suffisant pour mener une vie fort agréable.

Chaque jour, Jeanne attendait une lettre, un mot du roi lui rendant sa liberté, mais le printemps puis le début de l'été s'écoulèrent sans qu'elle reçût la moindre nouvelle de la Cour. Un dimanche matin, se sentant fiévreuse, elle avait décidé de garder la chambre tandis que son personnel au grand complet assistait à la messe. Jeanne somnolait sur son lit quand elle crut entendre du bruit au rez-de-chaussée. Elle appela. Nul ne faisant réponse, elle passa un peignoir et descendit sur la pointe des pieds. Dans le grand salon, trois hommes étaient en train de fourrer dans un sac de jute la pendule posée sur la cheminée, quantité de miniatures, une paire de chandeliers d'argent. Suivant sa maîtresse, Mirza se mit à aboyer furieusement. Les trois complices aperçurent Jeanne, figée de terreur. L'un sortit aussitôt de sa poche un coutelas, un autre, le visage féroce, arracha le collier de perles qu'elle portait au cou, les deux bracelets d'or et de diamants qui ornaient ses poignets. Les fenêtres donnant sur le parc étaient ouvertes. Un instant Jeanne songea à fuir mais elle serait aussitôt rattrapée. Enfin, alertés par les jappements furieux du petit chien, deux jardiniers surgirent dans le salon, maîtrisèrent les hommes qui, à moitié ivres, avaient roulé sur le plancher. Jeanne sanglotait. Elle voulait quitter cette maison, rentrer chez elle à Louveciennes. A trente-trois ans bientôt, sa vie était-elle déjà derrière elle ?

Enfin en octobre, convaincu par Maurepas, Louis XVI rendit à Jeanne sa liberté sous l'unique condition qu'on ne la voie ni à Versailles, ni à Choisy, ni à Compiègne, ni dans aucun des châteaux royaux. Cette restriction mise à part, elle pouvait se rendre où bon lui semblait, y compris à Louveciennes. Jeanne fut si bouleversée que, durant vingt-quatre heures, elle resta inerte. Puis une fièvre la prit. Il fallait mettre aussitôt Saint-Vrain en vente, commencer à faire une liste de ce qu'elle laisserait et de ce dont elle ne se séparerait point. Houspillés, les domestiques ne savaient où donner de la tête. On descendait des malles du grenier, entassait les vêtements d'été, des bibelots puis Jeanne prenait peur d'en avoir égaré. Il fallait ouvrir à nouveau les lourdes caisses, retrouver l'objet perdu, refermer les cadenas.

Le notaire trouva vite un acquéreur pour le domaine. Un certain monsieur de Gourlade avait accepté leurs conditions qui octroyaient à Jeanne un appréciable bénéfice. Mais les malles n'étant point achevées, les carrioles destinées à transporter les meubles n'étaient plus disponibles car il fallait engranger les récoltes. De surcroît, Louveciennes était insuffisamment meublé pour une vie mondaine, accueillir Chon et tous les domestiques. Elle devait trouver refuge dans une autre demeure pour quelques semaines. Jeanne pensa à Adolphe installé à Paris. Là, elle pourrait refaire sa garde-robe, respirer l'air de la capitale, s'informer des tendances de la mode, mais aussi prêter l'oreille aux commentaires politiques, être attentive aux changements, sentir l'atmosphère du temps. Adolphe, bien volontiers, accepta de recevoir ses deux tantes. Depuis le départ de sa femme pour une longue visite à ses parents, il ruminait ses griefs et était enchanté d'avoir une agréable compagnie.

Paris étourdit Jeanne. Elle avait désappris le bruit, la poussière âcre, la boue, le danger d'être renversée par un fiacre chaque fois que l'on voulait traverser une rue. Et les appels des colporteurs, les cris des enfants, les aboiements des chiens, le grincement des roues des charrettes, les hennissements des chevaux et des mules l'assourdissaient.

Aux Tuileries, vêtue simplement, elle fit la promenade du bord de Seine au bras de Chon. Quelques passants la reconnurent et plusieurs la saluèrent avec les marques du plus grand respect. Ces preuves révélant qu'elle n'était pas oubliée remplirent Jeanne de bonheur. Ainsi sa vie passée et sa vie présente n'étaient plus des entités irrémédiablement séparées.

Dans les salons, on faisait les plus grandes réserves sur la capacité du nouveau roi à gouverner, les enfantillages dispendieux de la reine. Guère satisfaite du comportement de sa fille, l'impératrice d'Autriche, disait-on, allait expédier un de ses fils en France pour la sermonner. L'amitié passionnée de la reine pour la comtesse de Polignac irritait aussi. Faisant fi désormais de la timide princesse de Lamballe, Marie-Antoinette se jetait à corps perdu dans cette relation sans mesure, comblant de faveurs sa favorite, et tous les Polignac. Le prix de ces largesses s'ajoutait à ses propres dépenses atteignant un million de livres en moins d'un an alors que sa pension ne représentait pas la moitié de cette somme.

— A quoi bon un jeu de bagues à la chinoise devant le Petit Trianon, un manège de paons et de dragons multicolores, un théâtre privé ? fit remarquer lors d'un souper la comtesse douairière de Vintimille. Je sais que la Chine est devenue la passion de tous les Français, le pays mythique où règnent les dieux, mais si on passe des caprices à une enfant, on ne peut que les reprocher à une reine.

— Ses pertes au jeu sont considérables, renchérit la duchesse d'Aiguillon. La reine joue au lansquenet et au pharaon, des jeux de tripot où l'on perd des fortunes. Jamais le roi ne devrait autoriser de tels débordements.

— Il est faible, soupira la duchesse de Valentinois, et craint les scènes à l'excès. Quand je pense, ma très chère amie, que madame la Dauphine pinçait les lèvres devant les mœurs dépravées de la Cour alors qu'elle rencontre presque quotidiennement l'amant de sa chère Polignac tout en faisant mille grâces au mari !

— La reine, un jour, apprendra sa leçon et je sais d'expérience qu'elle sera douloureuse, intervint Jeanne. Elle aime les jeunes gens et se rit des vieux, s'étourdit de plaisirs par crainte de la solitude. Jamais je n'ai eu ces préjugés ou ces inquiétudes et c'est pourquoi je lui ai déplu. Des obstacles insurmontables nous séparaient elle et moi. Mais qui sait, peut-être ceux-ci tomberont-ils un jour ?

En deux ans la mode avait changé. On portait encore des robes à paniers mais dévoilant les chevilles et, plus les robes diminuaient en longueur, plus les coiffures augmentaient en hauteur. Jeanne fut étonnée de voir des jeunes femmes portant un échafaudage de boucles sur la tête, piqué de nœuds de rubans, de perles, de mille colifichets. Les chapeaux se faisaient imposants, décorés de plumes, d'aigrettes, parfois d'oiseaux empaillés aux vives couleurs. La reine imposait toujours le rouge à outrance qui tranchait sur son teint laiteux. Moins profonds, les décolletés se paraient de riches dentelles, de mousseline plissée. Les chinoiseries étaient furieusement à la mode, les rideaux, tentures, tapis, jusqu'aux tissus des robes représentaient des paysages exotiques, des ombrelles en papier, d'étranges petits personnages au teint d'ivoire portant une seule natte dans le dos, des pagodes entourées de bambous.

Jeanne retrouva avec curiosité la boutique A la Toilette. Son mari étant décédé, madame Labille tenait seule le commerce. Mariée à un certain Guiard, sa fille Adélaïde était devenue un peintre apprécié. « Elle aussi, se réjouit Jeanne, a atteint ses rêves. » La concurrence, se plaignit madame Labille, était rude. Des magasins ouvraient au faubourg Saint-Honoré, plus à la mode, et des couturières, comme Rose Bertin, accaparaient la clientèle. Jeanne acheta une pièce de linon brodé, des peignes d'écaille incrustés d'ivoire. Elle avait hâte de sortir de cet endroit et de remonter en carrosse, non qu'elle eût honte d'avoir travaillé derrière le comptoir mais parce que son passé la blessait encore, remuant des souvenirs qui, s'enchaînant les uns aux autres, aboutissaient toujours au roi, à son regard, à son sourire, sa soif d'être aimé.

Alors qu'elle sortait du magasin, un homme se découvrit. Jeanne inclina la tête avec un gracieux sourire. Les manières du monde faisaient partie intégrante d'elle-même. La petite vendeuse, gaie, aguicheuse, insouciante n'était plus.

Jeanne quitta Adolphe, triste de le laisser dans l'état de neurasthénie que lui procurait sa mésentente avec sa femme. Mais dès la barrière de Neuilly passée, le bonheur de s'installer pour toujours à Louveciennes chassa de son esprit toute pensée morose pour ne laisser place qu'à de la joie.

32

Chargé par sa mère d'une série de remontrances à lui adresser, l'empereur Joseph II vint visiter à Versailles sa sœur, Marie-Antoinette, au mois de mai 1777. Voyageant en simple particulier, l'empereur logeait à l'hôtel. L'absence de tout cérémonial l'enchantait, il pouvait parcourir Paris et la France à sa guise. Il eut avec sa sœur et son beau-frère de multiples entretiens, déçu par la frivolité de l'une, son goût dispendieux du jeu et des toilettes, ses discutables amitiés, ses folles escapades aux bals de l'Opéra, sa froideur envers un époux qu'elle n'hésitait pas à qualifier de « pauvre homme », inquiet des réserves de l'autre sur la question bavaroise et l'avenir de l'Alliance. Marie-Antoinette pleura à son départ.

Aussitôt la grille de Versailles franchie, l'empereur Joseph II demanda à son cocher d'aller droit à Louveciennes où on l'attendait. Depuis longtemps il avait souhaité rencontrer cette femme qui avait ensorcelé le vieux roi de France, charmait quiconque l'approchait et que sa sœur abhorrait.

En attendant Joseph II, Jeanne, vêtue de blanc et de bleu, coiffée simplement, n'ayant cédé à la mode que quelques boucles encadrant son visage et qui mettaient en valeur ses yeux superbes, lisait dans le grand salon du pavillon. Lorsqu'elle avait appris la veille la prochaine arrivée à Louveciennes de l'empereur d'Autriche, elle avait été stupéfaite et remplie de joie.

Quand il passa la porte des Lions, l'empereur eut l'impression d'entrer dans un monde qui répondait à ses aspirations et à son cœur. Aucune parade, point de déploiement de luxe tapageur mais un élégant pavillon grec, une vue enchanteresse et, au loin, la silhouette d'une gentilhommière plantée au milieu d'un parc boisé où, par places, s'imposaient les couleurs chatoyantes de massifs de fleurs.

Jeanne, qui était sortie sur le péristyle, fit quelques pas à sa rencontre puis plongea en une profonde révérence. Joseph prit sa main droite qu'il baisa.

— J'attendais ce moment, madame, avec l'impatience d'un enfant à qui l'on a promis la prochaine visite d'une fée.

Après avoir bu un verre d'eau de mélisse, l'empereur demanda à Jeanne la permission de se promener avec elle dans les jardins. On disait sa roseraie une des plus belles de France et il ne voulait point quitter ce pays sans l'admirer.

— Prenez mon bras, madame, pria l'empereur avec un sourire.

Jeanne hésitait à accepter cet excès d'honneurs.

— Ne faites point de difficultés, la beauté est toujours reine.

Durant deux heures, ils arpentèrent les allées, contournèrent la pièce d'eau, parlèrent littérature, musique, poésie, peinture.

— Sa Majesté, ma sœur, boude Mozart pour Salieri, confia l'empereur. Je connais l'extravagance de ce jeune homme, mais Mozart a bien du talent.

— Mozart m'a enchantée aussi. Je l'ai toujours défendu à la Cour, Sire.

Le soleil glissait sur les feuilles des bosquets, des

odeurs fortes montaient des romarins sauvages, des jasmins, des cytises. Au milieu du gazon dru jauni par le soleil de l'été, l'étang sommeillait. Aussi loin que portaient leurs regards, l'empereur et Jeanne voyaient au-delà de la Seine des champs et des herbages cernés de barrières, des hameaux blottis autour de leur église.

— Je vous envie, murmura Joseph II. Comme l'empereur Adrien, vous allez enfin pouvoir goûter la sagesse dans une retraite dont la beauté reflète si bien la vôtre.

Entourée de ses amis, des meubles, tableaux et bibelots qu'elle aimait, l'automne et l'hiver furent doux pour Jeanne. Levée tôt, elle faisait sa correspondance avant de retrouver son intendant pour les comptes, les dépenses à envisager. C'était ensuite le cuisinier qui venait aux ordres. Les menus du jour arrêtés, elle passait un long moment à sa toilette, tentant d'effacer par des onguents ses premières ridules de femme de trente-quatre ans. Elle se refusait aux échafaudages capillaires qu'elle trouvait peu seyants, préférant rassembler ses cheveux ondulés sur la nuque et les attacher par des peignes d'écaille, ou d'ivoire incrustés de diamants. L'après-midi, elle recevait, se promenait en voiture et, parfois, sur un coup de tête, décidait d'aller embrasser Adolphe qui semblait peu à peu avoir accepté l'échec de sa vie conjugale. Mais son caractère gai et insouciant s'était altéré. Susceptible, amer, volontiers querelleur, il ne faisait bon accueil qu'à sa tante et maudissait le reste de sa famille, son père et son oncle Guillaume tout particulièrement qu'il qualifiait de noms abjects. En vain, Jeanne tentait de le persuader de prendre une maîtresse, de se distraire. Quelque chose semblait brisé en lui. Bien que Jeanne fût parvenue à plusieurs reprises à l'y entraîner, les salons, les spectacles l'ennuyaient.

Au printemps 1778, la jeune femme apprit que Voltaire venait de regagner Paris et lui rendit aussitôt visite. Depuis des années, ils échangeaient des missives, tantôt spirituelles, tantôt pleines de gravité. Leurs esprits ouverts, volontiers batailleurs, leur manque d'illusions sur la bonté de la nature humaine les avaient rapprochés et leur solitude rendus amis à jamais. Le marquis de Villette avait recueilli dans son hôtel du quai de la Seine le vieux philosophe, malade, usé, et le protégeait des importuns.

Lorsque Jeanne entra dans l'appartement où son vieil ami s'était réfugié, elle sentit aussitôt la présence de la mort et dut s'appuyer à une console pour ne pas défaillir. L'odeur de l'agonie lui rappelait celle du roi, couché sur son lit de camp, les yeux mi-clos, la respiration difficile. Il la regardait encore et toujours avec tendresse, sa main moite de fièvre serrait la sienne comme celle d'un enfant apeuré. Ratatiné, Voltaire l'attendait dans un fauteuil. Elle dut dissimuler sa consternation. Le vieil homme embrassa longuement sa main, lui fit signe de s'asseoir. L'entendait-il seulement lorsqu'elle parlait? Il la regardait fixement, tentant de déchiffrer des mots sur ses lèvres. Une larme coula sur sa joue.

— Le Moribond et la Belle, soupira-t-il. Comme j'aurais pu vous aimer, madame...

Jeanne écourta la visite pour ne pas avoir à nouveau un malaise. Tout se désintégrait, tout tombait en poussière. Elle avait envie d'aimer, de ressentir encore les plaisirs de l'esprit et de la chair, de fuir la maladie et l'anéantissement.

— Je reviendrai, promit-elle.

— Je vous attends déjà, murmura-t-il.

Dans l'escalier, elle croisa un jeune homme qui, immobile, ne semblait pas décidé à grimper les quelques marches le séparant du palier. Jeanne lui sourit.

— Vous êtes un admirateur de monsieur de Voltaire, n'est-ce pas, monsieur...

— Jacques-Pierre Brissot pour vous servir, madame.

Le jeune homme ôta son chapeau et s'inclina maladroitement.

— Je n'ose en effet, avoua-t-il. On dit que monsieur de Voltaire ne reçoit personne.

Jeanne remonta les quelques marches, frappa à la porte.

— Monsieur Brissot devait m'accompagner chez monsieur de Voltaire mais est arrivé avec un peu de retard. Je suis sûre qu'il pourra être reçu quelques instants, déclara-t-elle au valet de chambre.

Lorsque la porte se referma à nouveau derrière elle, Jeanne se sentit plus décidée que jamais. Elle n'avait pas un moment à perdre pour jouir de la vie.

La fin de l'été fut oppressante. En dépit de la présence constante de ses amis, Jeanne fut prise à nouveau de crises d'angoisse, de chagrins irraisonnés. Quelque chose lui manquait qu'elle n'arrivait pas à identifier. Une nuit, la jeune femme s'éveilla en sursaut. La lune était ronde, brillante au-dessus de l'étang comme elle l'était sur la pièce d'eau de Versailles. « Je veux revoir Versailles », pensa-t-elle soudain. C'était sa brutale rupture avec le palais, le parc qui lui causait ce chagrin. Elle devait revenir, ne serait-ce qu'une fois, là d'où on l'avait chassée durant l'agonie de l'homme qu'elle aimait.

— Tu m'accompagneras? demanda le lendemain Jeanne à sa belle-sœur. Denis nous escortera.

— N'est-ce pas une folie? s'inquiéta Chon. Que l'on nous reconnaisse et vous risquez de retourner au couvent et moi à Toulouse.

— Il s'agit de faire la paix avec moi-même, je dois y aller, insista Jeanne, même si c'est une absurdité. D'ailleurs, nous serons toutes deux voilées.

Sa décision était prise. En dépit du pardon royal, la blessure provoquée par son renvoi, les regards haineux ou ironiques de certains courtisans qui l'observaient tandis qu'on la poussait dans le carrosse du duc d'Aiguillon n'était pas encore cicatrisée.

A côté de Chon, tremblante de frayeur, Jeanne, durant le court trajet de Louveciennes à Versailles, se tint raide, impassible, dans la voiture. Les deux femmes s'étaient vêtues simplement mais assez élégamment pour s'identifier à la foule des courtisans qui allaient et venaient dans le parc à la nuit tombée.

— Nous y voici, madame la comtesse, annonça Denis. Par quelle porte désirez-vous entrer ?

— Par Trianon. Ma belle-sœur et moi marcherons jusqu'au château. Vous nous accompagnerez et le cocher nous attendra derrière la grille d'honneur.

D'un geste décidé, Jeanne rabattit son voile sur son visage, imitée aussitôt par Chon.

— Allons, ordonna-t-elle.

Avec l'obscurité, Jeanne ne reconnaissait plus très bien les chemins. Les deux femmes empruntèrent un sentier, firent demi-tour.

— C'est ici, fit soudain remarquer Jeanne. En marchant tout droit, nous contournerons Trianon et arriverons au château.

Un bonheur fou, mêlé à de l'angoisse, lui tenaillait le ventre. Là, elle longeait une charmille où souvent elle s'était arrêtée en compagnie du roi, ici elle reconnaissait une statue, un rond-point, un pavillon. Quelques promeneurs les croisaient ne prêtant aucune attention à ces deux femmes voilées avançant à petits pas, suivies d'un serviteur de haute taille qui tenait la lanterne.

En passant non loin de Trianon, Jeanne détourna la

tête. C'était là qu'on lui avait arraché le roi au début de sa maladie.

— Le château! murmura Chon.

Au loin, la silhouette de l'immense bâtisse se profilait dans une nuit à peine éclairée par un croissant de lune. Jeanne se figea. En un éclair, elle revit les moments où elle avait été la reine de ce lieu, le roi à ses pieds. Une impression d'irréalité oppressait la jeune femme, elle ne savait plus si elle était éveillée ou si elle rêvait.

— Asseyons-nous, demanda-t-elle à Chon, mes jambes se dérobent.

A côté de sa belle-sœur, elle prit place sur un banc de pierre à l'abri d'une charmille. Des groupes allaient et venaient que Jeanne ne voyait pas, fascinée par le château, cherchant à identifier les fenêtres des différents appartements.

Des rires la firent soudain sortir de sa torpeur.

— Qui donc a la prétention de s'asseoir sur mon banc favori? demanda une petite voix autoritaire au léger accent allemand.

A quelques pas, la reine se tenait immobile, entourée d'une foule de jeunes gens parfumés. Vivement Jeanne se leva.

— Mais ne serait-ce pas Denis, un des laquais de la du Barry? s'exclama soudain un jeune homme poudré aux joues violemment teintées de rouge.

— Partons sans nous presser, chuchota Chon. Il ne faut en aucun cas avoir l'air de fuir.

Jeanne et sa belle-sœur esquissèrent une révérence et disparurent dans la nuit.

— Et si c'était la louve venue rôder sur son vieux territoire? entendit-elle alors qu'elle s'éloignait.

— Vous plaisantez, ricana une voix. Jamais cette créature ne prendrait le risque d'être renvoyée chez les nonnes. A moins qu'elle ne les ait toutes perverties...

— Je suis en paix maintenant, murmura Jeanne en remontant dans son carrosse. J'ai fait mes adieux au roi. Il était là, sur le banc de pierre, juste à côté de moi, j'ai senti son souffle sur ma nuque. Désormais, j'abandonne Versailles à la roussotte. Qu'elle y règne et qu'elle y soit, si Dieu le veut, heureuse. Cela ne me concerne plus.

Tout le temps du retour, Jeanne resta silencieuse, laissant défiler dans sa mémoire les images du passé. Versailles n'était plus le même. Les ricanements de ces jeunes gens blasés, la liberté de ton avec lequel chacun s'adressait à la reine la heurtaient. Si cette femme ne savait pas s'imposer à ses amis, elle serait vite perdue aux yeux de son peuple. La jeune femme ne s'affligeait pas, n'était troublée par aucun regret. Il lui tardait maintenant de retrouver Louveciennes et, pourquoi pas, un nouvel amour. En rapprochant l'espoir et le désir, ne se mettait-on pas le plus près possible du bonheur ?

L'automne s'achevait. On commençait à préparer Noël quand une lettre arriva un matin gris de novembre. Les termes en étaient laconiques : Adolphe du Barry venait d'être tué en duel à Bath par le comte Rice pour une question d'honneur. La comtesse Adolphe du Barry s'était conduite indignement, abandonnant le corps de son mari sur le terrain toute une journée sans se préoccuper d'une sépulture. La mort d'Adolphe frappa Jeanne en plein cœur. Il avait été son petit frère, son confident, un être léger mais fidèle, serviable et bon. Lui disparu, elle n'avait plus de raison de revoir Jean-Baptiste. C'était une autre partie de sa vie qui s'effaçait comme si le destin voulait faire peu à peu le vide de son passé avant de lui offrir un nouvel avenir.

Pendant toute la journée elle demanda à rester seule dans le pavillon, face à la Seine sur laquelle flottaient des rubans de brume. Avec sa fabuleuse aventure, elle-même avait hissé Adolphe au sommet. Mais point pour son bonheur. Rêvant pour lui de prestigieuses unions, elle l'avait exilé de la vie provinciale et tranquille qui aurait dû rester la sienne. Ses ambitions pour son neveu n'avaient procuré à celui-ci que de l'infortune.

Jeanne regarda autour d'elle les splendeurs du pavillon. Soudain, son regard tomba sur un miroir vénitien accroché au-dessus d'une console. La jeune femme quitta son fauteuil et vint y examiner son reflet. Elle était belle encore, bien faite, le temps avait peu marqué son visage, la masse de ses cheveux était toujours blond or sans un seul fil blanc. Une envie irrésistible la prit d'être aimée, qu'un homme la serre dans ses bras, l'embrasse, la rassure. Devant le pavillon les allées étaient désertes, les arbres, dépouillés de leurs feuilles, ressemblaient à des squelettes, la Seine semblait triste et glacée sous les lueurs moirées de la lune. Morose, ce paysage lui apportait pourtant des joies sans fin. C'était là et nulle part ailleurs qu'elle voulait être à nouveau aimée.

— Adieu Adolphe, murmura-t-elle. Mis à part Chon, tu étais le seul du Barry que j'aimais. Maintenant je suis libre de ces gens-là. Ils ont tiré profit de moi et moi d'eux, nous sommes quittes. J'ai payé ma dette.

33

Je vous attendrai tantôt à trois heures, à mi-chemin entre Prunay et Louveciennes, mon ami. Nous pourrons faire quelques pas au bras l'un de l'autre. Ces moments de solitude sont un bonheur dont je ne saurais désormais me passer. Votre amie fidèle et affectionnée Jeanne, comtesse du Barry.

« Henry Seymour », prononça la jeune femme à mi-voix en apposant son cachet sur la lettre. Elle aimait prononcer encore et encore ce nom, comme une caresse, un léger baiser mais ne demandant qu'à s'enhardir. Quelques semaines plus tôt, un billet des Seymour lui avait été déposé. Ses voisins de Prunay demandaient l'honneur de la rencontrer et l'invitaient à souper. Jeanne avait accepté. Issu de la meilleure noblesse anglaise, Henry avait épousé en secondes noces Louise, comtesse de Ponthou dont il avait un tout jeune enfant. Depuis quelque temps le couple résidait à Prunay dont ils avaient fait une accueillante demeure où le confort anglais s'accordait à la grâce française. La première entrevue ayant été délicieuse, ils s'étaient promis de se revoir en voisins et amis et Jeanne à son tour les avait conviés à Louveciennes. La cinquantaine, Seymour possédait cette discrète élégance anglaise n'accordant d'importance qu'à la perfection d'une coupe, la beauté d'un tissu. Petite et vive, Louise prenait un soin jaloux de son jeune enfant et ne montrait pour les mondanités qu'un goût fort modéré. Henry avait amené Jeanne au théâtre, à l'Opéra. Un soir dans la voiture, leurs mains s'étaient rejointes. Jeanne renaissait à la vie.

Afin de ne point alerter Louise, ils avaient décidé de se retrouver entre Prunay et Louveciennes pour marcher dans la campagne, se parler sans témoins, apprendre à mieux se connaître et éprouvaient l'un comme l'autre de vifs plaisirs à ces promenades solitaires. Les rapprochaient aussi de multiples connaissances communes, le goût de la nature, des bêtes, de la chasse. Quand ils ne pouvaient se voir, ils s'écrivaient et se faisaient porter les lettres par des domestiques discrets.

D'une voix claire, Jeanne appela Zamor :

— Donne vite cette lettre à Denis et dis-lui de la remettre à Jean, le valet de chambre de sir Seymour, et à lui seul.

— Je peux y aller moi-même, madame la comtesse, protesta Zamor.

— Tu as peur d'un cheval, mon pauvre enfant, et je veux que ce pli soit livré aussitôt.

— Prunay n'est qu'à une lieue, je courrai.

— Avec tes vêtements de velours ! Tu rêves, mon petit ! Tiens, reste plutôt auprès de moi à embobiner cet écheveau de soie.

Zamor eut un regard lourd. Pour qui sa maîtresse le prenait-elle ? Il était un homme à présent et on le traitait toujours en enfant. A mille détails, il constatait le bonheur tout nouveau de Jeanne du Barry et une bouffée de jalousie l'envahit tandis qu'en silence il tendait ses deux poignets cerclés de bracelets d'or afin que Jeanne y enroulât le fil de soie.

Le cheval de lord Seymour était déjà attaché au tronc d'un chêne quand Jeanne arriva. Une lueur de bonheur dans le regard, l'Anglais s'approcha de la jeune femme, l'aida à descendre de cheval, prit soin de lier les rênes de sa monture à un arbre voisin.

— Offrez-moi votre bras, pria Jeanne du ton qu'elle savait si bien rendre irrésistible.

Seymour était troublé. Il était sous le charme de cette femme, parfois provocante, parfois intimidante. Lorsqu'il recevait d'elle une note lui donnant rendez-vous, sa jeune femme et leur petit enfant disparaissaient de ses pensées et il aurait fait trois lieues à pied pour la rejoindre.

Avec sa cravache, Jeanne dégageait de temps à autre son chemin parmi les hautes herbes parsemées de marguerites et de boutons-d'or. Son chapeau de paille orné de plumes légères mettait en valeur la finesse de ses traits et Henry Seymour, tout en marchant, ne pouvait détacher d'elle son regard. A leur droite, la forêt couvrait les collines jusqu'à Saint-Cloud, à gauche la Seine déroulait un ruban d'eau que le soleil faisait miroiter. Devant eux, une petite grenouille verte sauta pour trouver un refuge.

Henry serra contre lui le bras de Jeanne. Il humait son odeur de roses, sentait sa tiédeur contre son corps.

— Madame Royale est sur le point de faire ses premiers pas, déclara Jeanne pour ne point rester muette. A huit mois, notre petite princesse est en avance sur son âge.

— Sa Majesté doit être fort heureuse, se contenta-t-il de répondre.

Par d'étroits sentiers, le couple gagna la forêt, marchant à l'ombre dans l'odeur forte des pins chauffés par le soleil d'août. Le chemin semblait sans fin, coupé de rais de lumière où dansaient des moucherons.

Dans le soleil qui tombait de biais, le teint transparent de Jeanne, à peine rehaussé de rouge, ses cheveux blonds que le chapeau ne dissimulait pas, lui donnaient l'air d'une toute jeune fille. Elle portait une robe bleue qui moulait ses formes et semblait vivante sur elle, découvrant les bras, le début de la gorge, les chevilles.

Jeanne s'immobilisa et les bras de Seymour se refermèrent sur elle. Un long moment, ils restèrent serrés l'un contre l'autre, unis, muets, sans même penser à s'embrasser. Puis Henry d'un doigt leva la tête de Jeanne et déposa un long baiser sur ses lèvres.

Le vent soufflait une haleine tiède et Jeanne avait l'impression de revivre, de sortir enfin d'un long et froid sommeil.

— Demain, balbutia-t-elle, venez me retrouver au pavillon. J'y serai seule à la tombée de la nuit.

Seymour déposait des baisers sur ses tempes, au bord de ses lèvres, sur sa nuque, déroulait de ses doigts les boucles blondes.

— J'ai cinquante ans, dit-il. Êtes-vous condamnée aux hommes vieillissants ?

— Les hommes mûrs ne m'ont donné que du bonheur. Je ne veux point en connaître d'autres.

Jeanne passa la journée du lendemain dans une indolence heureuse. Puis vers cinq heures, prise de fébrilité, elle s'enferma dans son cabinet de toilette avec sa femme de chambre. Avec soin, elle choisit une robe de percale blanche, brodée de fleurs bleues, noua ses cheveux en une grosse natte roulée sur elle-même qu'elle fit attacher par des peignes d'or incrustés de saphirs, se maquilla à peine pour mettre l'accent sur ses yeux et sa bouche. Refaire l'amour après toutes ces années de chasteté la stimulait et l'inquiétait.

S'accorderait-elle avec Seymour comme elle s'était entendue avec le roi ? Et devait-elle se donner à lui le soir même ? Une occasion manquée se retrouvait mais on ne revenait pas d'une sollicitation trop hâtive. En outre, bien que le pavillon ne se prêtât guère à une première découverte amoureuse, la vue en était féerique, chaque détail enchanteur. Elle avait commandé un souper froid pour deux, du vin de Champagne et demandé aux domestiques de ne plus paraître. Il était convenu qu'Henry viendrait à cheval par la porte des Lions pour que nul ne puisse l'apercevoir de la maison.

« Ne jamais jouer de double jeu », se souvint Jeanne. C'était une phrase que le roi répétait volontiers après s'être séparé de ses éphémères maîtresses. Jamais il ne leur avait fait croire, encore moins dit, qu'il les aimait. Les désirs de Louis, la vanité de ses conquêtes menaient seuls le jeu amoureux. De la coquetterie, des promesses, des avances et reculades, Jeanne connaissait tout mais depuis longtemps elle avait cessé de faire usage de son savoir. Ce soir, elle ne provoquerait pas Henry pour mieux le renvoyer les mains vides. Le destin déciderait.

Depuis longtemps Jeanne ne s'était sentie aussi détendue tandis qu'elle descendait l'allée menant au pavillon. Sa lucidité, alliée à sa désinvolture en face des hommes, avait fait d'elle, dès l'adolescence, une femme désirable parce que jamais captive. D'instinct, elle retrouverait l'exaltation de ce jeu et le savourait par avance. Puis, si leur intimité atteignait un point de non-retour, elle ressentirait le plaisir physique que son corps n'avait pas oublié.

Au pavillon, les serviteurs avaient tout préparé selon ses ordres. La table était ronde, nappée d'organdi de soie abricotée, le service en Sèvres blanc cerclé de vert, les couverts en vermeil à ses armes. Un chandelier avait été posé au centre de la table et quelques girandoles allumées dans le grand salon et la chambre de repos. Sur une desserte à dessus de marbre rose avaient été disposés des blancs de volaille aux truffes, des melons, du jambon de Parme, un potage froid aux concombres et une pyramide de petits-fours glacés. Du vin de Champagne rafraîchissait dans des seaux d'argent encadrés de gros bouquets de roses à peine rosées et nouées d'un ruban de soie verte.

La nuit tombait. Assise devant la perspective qui s'étendait à l'infini, Jeanne voyait des vols de martinets plongeant vers la Seine, des écureuils regagnant l'abri des arbres, le velours des ailes de papillon sous les ultimes lueurs du soleil. Un bosquet de saules planté près de la machine de Marly semblait d'or à côté de hautes herbes qu'un dernier coin de ciel teintait de bleu.

— Ne bougez pas, murmura une voix à son oreille. Je vous garderai pour toujours ainsi dans ma mémoire.

La jeune femme tressaillit. Henry avait posé ses lèvres sur sa nuque, remontait vers le menton, les lèvres.

— J'ai laissé mon cheval dans une auberge à cent pas d'ici, souffla-t-il.

Jeanne frissonnait. Elle devait se dominer, ne pas se donner à l'instant à cet homme.

— Soupons, voulez-vous?

Durant tout le repas, Henry ne put quitter Jeanne des yeux. Tout chez cette femme était perfection, ses yeux d'un bleu presque violet pâle, la délicatesse des paupières frangées de longs cils, la bouche sensuelle au dessin parfait, les épaules rondes, le corsage où l'on devinait des seins fermes, la finesse de la taille. Se jouait-elle de lui en l'attirant dans son domaine ou partageait-elle le désir qui le tendait vers elle?

— Vous avez rendu amoureux fous les hommes les

plus blasés et je ne le suis point. Comment ne souffrirais-je pas à cause de vous ?

Jeanne tendit une main à travers la table. Seymour s'en empara et la baisa avec passion.

— Les blessures d'orgueil sont aussi douloureuses que les blessures d'amour. Il est trop tôt encore pour parler de sentiments mais point de désir. Vous me rendez ma jeunesse que je croyais perdue. Ceci est le plus beau des cadeaux.

Le vin de Champagne rosissait ses joues. Elle tendit sa flûte vers lord Seymour.

— A l'espoir !

Sans hésiter, Henry Seymour leva la sienne.

— A la passion.

Jeanne fronça les sourcils mais son sourire démentait ce que son attitude pouvait suggérer de réserve.

— Je ne suis pas une femme que l'on brusque.

— Jamais de ma vie, madame, je n'ai traité quiconque d'une manière offensante.

Le ton froid fit peur à Jeanne. Lord Seymour n'était pas un roué mais un homme qui avait enterré une première épouse, s'était remarié et était père de trois enfants. Les jeux du chat et de la souris où elle avait excellé avec du Barry, Richelieu et bien d'autres le désorientaient. Il fallait le séduire en restant spontanée et simple.

— Allons sur la terrasse, chuchota-t-elle.

Seymour la suivit. Il avait trop bu et ne savait plus très bien ce qu'il devait faire ou ne pas faire. Mais ses remords d'avoir laissé à la maison sa jeune femme et leur petit garçon s'étaient tout à fait dissipés. Il ne voyait plus, n'entendait plus que Jeanne, grisé par son parfum de rose, le velours de sa voix, ses regards qui promettaient le paradis et ne garantissaient rien.

Il était près de minuit. Tout dormait. Jeanne s'était assise sur une marche du pavillon à côté de lord Seymour, blottie dans sa chaleur. Soudain ses résolutions d'agir comme la déesse qu'elle avait été autrefois tombèrent. Seymour ne méritait pas qu'on lui brise le cœur par coquetterie, par jeu. Cet homme mûr était confiant, aimant, il ne possédait aucune ironie, aucun cynisme, aucune ambiguïté.

— Viens, murmura-t-elle.

Et, lui prenant la main, elle l'entraîna vers le lit de repos qu'elle avait placé dans l'un des petits salons aux boiseries d'un vert très doux.

Les gestes simples de l'amour la décontenancèrent d'abord. Seymour ne montrait aucune exigence, ne prononçait aucun mot licencieux, mais il la serrait contre lui comme s'il avait peur de la perdre. Leurs bouches se trouvèrent, leurs mains s'attachèrent. Jeanne se laissait bercer par cette sensualité douce, pleine d'affection. Regards, caresses, soupirs, tout était adoration sans demande de retour.

— Dieu vous a envoyé à moi, murmura-t-elle, c'est donc qu'il m'a pardonné.

La jouissance montait en elle, aussi forte qu'avec le roi car elle ne craignait aucune défaillance qu'il lui faudrait changer en victoire. Elle pouvait s'abandonner, confiante, l'esprit au repos, le cœur heureux.

Ils se quittèrent au milieu de la nuit. Seymour devait regagner Prunay avant le lever du jour et le réveil des domestiques. Une fraîcheur humide montait de la Seine et Jeanne tremblait de froid. Avec tendresse, Henry ôta sa veste et la posa sur les épaules de sa maîtresse.

— Je vous raccompagne.

L'émotion lui brouillait la tête. Il aurait désiré rester indéfiniment auprès de cette femme et ne le pouvait point. C'était un chagrin inconnu de lui, une rage contre les conventions qui l'obligeaient à la quitter. Quand se reverraient-ils en tête à tête ? Et s'ils se rencontraient chez lui, il devrait lui baiser respectueusement la main en présence de sa femme, prononcer quelques mots amicaux et mondains. Pourtant il aimait Louise, ne voulait lui faire aucun mal. Elle était son épouse, la mère de son fils, Jeanne une tubéreuse qui enivrait.

Jeanne s'attachait à Henry. Dans sa solitude affective, il comblait ses déceptions, sa longue attente, des chagrins pas encore effacés. Racé, élégant, il faisait l'amour sans imagination mais sa tendresse la submergeait jusqu'à lui donner l'illusion qu'elle était amoureuse. La voyant épanouie, radieuse, ses amies la poussaient dans cette liaison.

— Le bonheur se prend là où il se trouve, affirmait la duchesse de Valentinois. Pourquoi être son propre Prométhée quand on est libre d'aimer ? Et la vie n'est supportable qu'en acceptant des folies.

— Et lady Seymour ? protestait Jeanne, sans conviction. Et Victor, leur bébé de deux ans ?

— Quel mal leur faites-vous, ma chère biche ? La gentillesse est un contrepoison de la trahison. Ne l'avez-vous pas constaté de vous-même à Versailles ? Celles qui vous flattaient le plus étaient prêtes à vous remplacer à l'instant dans la couche du roi.

Heureuse, Jeanne se donna à cette liaison avec la passion qu'elle aurait voulu ressentir. Souvent elle écrivait à Seymour, exigeant que l'on détruisît aussitôt ses billets, ce qu'il ne faisait guère, aimant les lire et les relire.

> L'assurance de votre tendresse, mon ami, fait le bonheur de ma vie. Soyez sûr que mon cœur trouve bien longs ces deux jours et que s'il était en son pouvoir de les abréger, il n'aurait plus de peine. Je

vous attends samedi avec toute l'impatience d'une âme entièrement à vous et j'espère que vous ne désirez plus rien. Adieu, je suis à vous.

Ou :

Mon cœur est à vous sans partage et si j'ai manqué à ma promesse, mes doigts sont seuls coupables. J'ai été très incommodée depuis que vous m'avez quittée et je vous assure que je n'avais de force que pour penser à vous. Adieu, mon tendre ami, je vous aime, je vous le répète et je crois être heureuse. Je vous embrasse mille fois et suis à vous. Venez de bonne heure.

Lentement lord Seymour repliait les lettres et les serrait dans une boîte d'acajou posée sur son bureau. L'amour que lui inspirait cette femme était presque trop fort, trop accaparant. Il guettait les jours, les heures, ne prenait intérêt à rien d'autre. Tout au fond de lui-même, et bien que cette pensée lui déchirât le cœur, il savait que s'il voulait retrouver la paix, un semblant de vie normale, il lui faudrait mettre un terme à cette liaison qui le ravageait. Sans cesse l'anxiété que Louise l'apprenne et soit malheureuse le rongeait.

En novembre, Henry dut partir quelques jours à Londres régler des affaires et revoir ses filles. Jeanne pleura. Il fallut presque qu'il l'arrachât de lui et il quitta Louveciennes dans un extrême état d'agitation, prêt à annuler son voyage. Mais sereine et tendre, Louise attendait devant la voiture où sa malle avait été sanglée. Imprégné de l'odeur de Jeanne, sentant encore ses lèvres sur les siennes, il embrassa sa femme et son enfant. Tout le consternait. Était-ce cela le bonheur de l'amour? Il possédait deux femmes et était le plus malheureux des hommes.

— Faites bon voyage, mon ami, souhaita Louise d'un ton gai et affectueux. Victor et moi penserons à vous à chaque instant. Embrassez de ma part vos deux filles à Londres et dites-leur bien que je les attends à Prunay avec la plus vive impatience.

— Lady Seymour! annonça Denis.

Jeanne lisait au coin du feu, une tasse de thé à portée de la main. Elle venait tout juste de penser à Henry, mais sans détresse ni tourment. Elle posa son livre pour aller au-devant de son amie. Pourquoi lady Seymour venait-elle lui rendre visite par surprise alors que dehors il gelait à pierre fendre?

— Quel plaisir...

Le regard de Louise arrêta net la phrase de bienvenue que Jeanne s'apprêtait à prononcer.

— Vous avez des ennuis, ma chérie?

— En effet, et c'est pour parler d'eux que je me suis permis de surgir ici sans délai et sans m'être fait annoncer.

Jeanne désigna un siège à côté d'elle. Après un moment d'hésitation, Louise s'y installa.

— La cause de mes souffrances, mais aussi de mon emportement, vient, madame, de ma curiosité et si j'ai péché, j'en suis aujourd'hui bien punie, ayant perdu une amie et gagné le doute de pouvoir regarder mon mari comme je le faisais avant son départ pour l'Angleterre.

— Veuillez vous expliquer, je ne comprends pas, balbutia Jeanne.

Plus qu'offensée, elle était humiliée d'avoir à se justifier, d'être l'accusée en face d'une accusatrice à laquelle elle avait fait du tort en toute connaissance.

— Quand je vous aurai dit que, ayant ouvert par hasard un coffret appartenant à mon mari, j'y ai trouvé quelques lettres écrites de votre main, je n'aurai point d'autres explications à vous donner.

— Vous cédez, madame, à une inquiétude trop vive car jamais je n'ai voulu vous séparer de votre mari, me contraignant tout au contraire à me priver de sa présence pour qu'il soit davantage à vous.

— Devrais-je vous remercier d'être sa maîtresse?

Louise avait les joues en feu, sa voix tremblait. « Une innocente, une femme qui ignore tout de la vie, pensa Jeanne. A quoi bon exercer sur elle ma puissance? Pauvre petite! »

— Si je désirais, madame, avoir lord Seymour tout à moi, j'aurais été cruellement déçue car vous avez été, et êtes toujours, la femme la plus importante dans sa vie. Mais il y a des attirances qui ne s'expliquent pas. Elles font partie des pulsions des êtres humains et n'engendrent pas fatalement le malheur. Ignorez-vous, madame, que chacun à Paris comme à Versailles a amant ou maîtresse? Une relation amoureuse est une excitation du corps et de l'esprit guère plus compromettante que le vin ou le jeu. Vous vivez à la campagne en famille. Votre mari me rencontre, je suis libre. Une réputation me suit dont je ne suis pas toujours coupable. Oui, j'ai partagé avec lord Seymour des moments de bonheur que je ne regretterai pas. Mais il est tout à vous et ces moments, en cette minute, sont devenus pour moi des souvenirs. Ne m'en veuillez pas trop, beaucoup de femmes auraient été tentées de s'implanter davantage que moi dans sa vie. Je ne décide pas de l'avenir de votre amitié, madame, ce choix est vôtre.

— Doutez-vous que je souffre autant que vous?

— Pas un instant, madame. Mais vous allez partir avec l'assurance que lord Seymour vous appartient et moi demeurer ici avec la certitude qu'il n'est plus rien pour moi, hormis le meilleur des amis.

— N'espérez pas le revoir bientôt.

— Notre amitié sera entre vos mains. Mais ne me jugez pas mal. Lorsque je donne ma parole, je la tiens.

Louise Seymour se leva précipitamment. Le port altier mais aussi la bonté du regard de Jeanne l'avaient désarçonnée. Elle s'attendait à une querelle, des menaces, des larmes et avait reçu un accueil respectueux, plein d'indulgence. Ni l'une ni l'autre n'avaient eu à s'abaisser à une sordide altercation.

— Si vous m'honorez de votre confiance et de votre amitié, reprit Jeanne, les miennes vous sont acquises.

— Laissez-moi réfléchir. Mais sachez que si j'ai éprouvé de la colère contre vous, je n'ai jamais eu de mépris.

Le son de sa voix annonçait une émotion difficile à dominer. Jeanne eut pitié d'elle. Elle avait été malheureuse, désespérée, elle aussi. Elle avait souffert bien plus que cette femme ne souffrirait jamais.

— J'ai voulu être heureuse, prononça-t-elle d'un ton doux, et ce désir de bonheur m'a rendue égoïste. J'ai eu tort de m'y livrer et vous en demande pardon. Souvenez-vous que l'amitié a des droits, je vous demande de me laisser la vôtre.

— Vous avez parlé d'égoïsme, madame, ce serait une preuve de cette disposition que de priver mon mari d'agréables liens de voisinage. Et puisque vous m'avez donné votre parole d'honneur, je la garde avec confiance.

Louise se leva, observa Jeanne intensément durant quelques secondes et s'en fut. Un instant plus tard, Jeanne entendit sa voiture qui s'éloignait.

Il était presque minuit quand la jeune femme s'installa devant son bureau. Sa main ne tremblait pas. Seymour était arrivé à un moment de sa vie où elle avait besoin de lui mais leur relation furtive était condamnée d'avance. Si un homme l'aimait à nouveau, ce serait avec fierté et au grand jour. Henry avait laissé à sa maîtresse les adresses des auberges où il logerait durant son voyage de retour. En écrivant à Calais, elle était certaine que son pli lui serait remis.

Mercredi minuit

Il est inutile de vous parler de ma tendresse et de ma sensibilité, vous les connaissez. Mais ce que vous ne connaissez pas, ce sont mes peines. Vous n'avez pas daigné me rassurer sur ce qui affecte mon âme, ma solitude. Ainsi je crois que mon bonheur vous touche peu. C'est avec regret que je vous en parle mais c'est pour la dernière fois. Ma tête est bien, mon cœur souffre. Mais avec beaucoup d'attention et de courage, je parviendrai à le dompter. L'ouvrage est pénible et douloureux mais il est nécessaire. C'est le dernier sacrifice qui me reste à lui faire, mon cœur a fait tous les autres. C'est à ma raison de lui faire celui-ci. Adieu, mais l'amitié n'a pas de fin.

Jeanne sécha l'encre, relut la lettre. Seymour saurait la rupture définitive tout en croyant qu'elle se faisait violence pour ne plus l'aimer. La jeune femme plia la feuille de papier, la cacheta. En fermant les yeux, elle revoyait le visage de son amant, ses yeux bleus au regard doux, sa mâchoire carrée, la masse grise de ses cheveux bouclés.

— Merci mon cœur, murmura-t-elle, tu m'as rendu la certitude que j'étais encore belle et désirable, et ce cadeau est le plus beau qu'un homme pouvait m'offrir.

34

— Voilà quatorze ans que je vous aime, bien que sacrée à mes yeux en raison des liens vous attachant au roi. Après la mort de Sa Majesté, je n'ai pu parvenir à vous séparer de Sa mémoire, du respect que je lui devais et j'ai continué à vous adorer en silence.

Jeanne rayonnait. Depuis longtemps elle se doutait que le duc de Cossé, devenu duc de Brissac à la mort de son oncle, nourrissait envers elle des sentiments tendres. Mais comme il ne la courtisait point, elle croyait se tromper et ne recherchait pas particulièrement sa compagnie. Fort souvent à Versailles, ils avaient soupé, joué au whist ou à la cavagnole. Entouré de femmes, spirituel, célèbre pour ses collections d'art, pour elle aussi il était un être inaccessible. A Versailles, l'appartement du duc touchait le sien. Ils partageaient les mêmes amis, se divertissaient dans les mêmes fêtes.

— Les circonstances n'étaient pas favorables, mon cher ami, murmura-t-elle en lui tendant la main. J'ai eu quelques années sombres puis doucement ai repris goût à la vie. Des souvenirs communs, votre présence, l'amour que vous m'offrez représentent la plénitude de mon existence. Tout me mène à vous.

Louis-Hercule de Brissac baisa longuement la main

menue qui lui était tendue. Dès qu'il avait appris sa rupture avec Seymour, le duc avait décidé que toute tergiversation serait à bannir. Il était arrivé à l'improviste à Louveciennes pour déjeuner, bien décidé à tenter sa chance.

— Les liens qui nous unissent, assura Brissac, ne pourront être rompus que par la mort. Tout ce que j'ai est à vous, mon hôtel parisien, ma fortune. Usez-en comme bon vous semble. Vous avez été presque reine, je ne peux vous offrir que la souveraineté de mon cœur et l'affection de toute ma famille.

— Vous êtes également chez vous ici, murmura Jeanne. Venez quand bon vous semblera, je serai toujours bien heureuse de vous accueillir.

En devenant la maîtresse aimante et l'amie du duc de Brissac, la vie de Jeanne fut à nouveau celle d'une femme de la plus noble société. Dans son somptueux hôtel de la rue de Grenelle, Louis-Hercule lui avait réservé un appartement communiquant avec le sien, donnant carte blanche pour la décoration. Selon son goût, Jeanne avait sélectionné des meubles de la meilleure facture, simples, épurés que la mode avait imposés : clavecin léger, fauteuils à dossier cabriolet, canapés « à la turque », tables à jeux en acajou, vases en porcelaine de Chine « bleu et blanc », tapis de la Savonnerie. Avec amour, elle avait choisi un lit en alcôve aux rideaux de perse à fond crème semés de lourdes roses, comme les fauteuils et le petit canapé. Une table de l'ébéniste Carlin offrait un décor de pierres dures extraordinaires. Sur une table de nuit trônait une girandole ayant appartenu à madame de Pompadour.

Souvent Louis-Hercule évoquait le roi qu'il avait connu à trente-quatre ans, à l'apogée de sa gloire.

Familier de Versailles où il avait en partie grandi, le roi était proche de sa famille et s'adressait au petit Louis-Hercule avec bienveillance. Devenu adulte, comblé d'honneurs, il avait fréquenté le salon de la marquise de Pompadour, connu l'existence des innombrables maîtresses du roi, Jeanne, enfin, qui l'avait ébloui aussitôt par sa gaieté, sa spontanéité et surtout sa beauté.

Pour la première fois la jeune femme pouvait laisser parler son cœur en évoquant le roi auprès d'un homme qui avait compté parmi ses familiers. Son séjour à Versailles perdait tout caractère éphémère pour prendre place dans une continuité où elle demeurait la même au milieu d'événements changeants. Physiquement, l'un comme l'autre étaient passionnés, exigeants, sensuels et tendres. Heureuse, fêtée, adorée, Jeanne reprenait goût à des toilettes plus élaborées mais refusait avec la même énergie les coiffures en échafaudage qui obligeaient les coquettes à pénétrer à genoux dans leurs carrosses. Elle gardait ses boucles naturelles, se contentant de les attacher au-dessus de la tête avec quelques épingles, des rubans de mousseline ou de soie.

Au printemps la nouvelle d'une autre expédition française aux Amériques pour soutenir le mouvement d'indépendance obligea Louis-Hercule à se rendre au camp de Vaissieux, base d'opérations pour l'envoi de troupes françaises aux insurgés anglais où il rejoindrait Élie du Barry, marquis de Hargicourt, « le seul honnête homme de la famille », se plaisait à dire Jeanne. Dans un élan de curiosité, la jeune femme décida d'être du voyage. Jamais elle n'avait vu la mer et en rêvait depuis longtemps. Louis-Hercule disposait d'une confortable berline de voyage attelée de six chevaux où le raffinement des détails permettait aux voyageurs de ne point trop souffrir des fatigues du voyage. Dans la nuit précédant le départ, la pluie n'avait cessé de battre les fenêtres de l'hôtel de Brissac. Mais il fallait cependant prendre la route où les étapes avaient été soigneusement organisées. Les caniveaux débordaient, l'eau ruisselait dans la rue, charriant des immondices.

— Voulez-vous une chaise pour vous mener à la berline ? s'inquiéta Brissac.

Mais en riant, Jeanne avait relevé ses jupes et sauté le ruisseau, comme elle l'avait fait si souvent dans son adolescence.

Assise dans la berline à côté de Louis-Hercule, Jeanne secoua son chapeau, lissa ses cheveux, s'essuya le front et les mains de son mouchoir. Une voiture les précédait avec les bagages, des provisions, du linge pour les étapes. Au petit trot, la berline traversa la Seine, remonta les Champs-Élysées et se dirigea vers la barrière de Neuilly.

— J'ai hâte de découvrir la mer, avoua Jeanne.

Pelotonnée sous une couverture de fourrure, elle ressemblait à une jeune femme dont l'excitation faisait rougir les joues.

— Elle est grise ou bleue selon son humeur, tantôt douce, lisse comme une caresse, parfois furieuse et écumante. Mais elle te fera bon accueil, ma belle aimée, j'en suis sûr.

Jeanne sentait la chaleur de son amant, son odeur de lavande, appréciait sa prévenance. Elle avait l'impression que Louis-Hercule lisait dans son esprit, la possédait corps, imagination, âme et cœur. Jamais elle n'avait vécu avec un homme cette tendre intimité. Le roi était prisonnier de l'étiquette, Henry Seymour retenu par sa femme. Quant aux autres, elle y pensait peu. Aux abois à nouveau, Jean-Baptiste lui avait écrit une lettre dans laquelle il la pressait de lui faire parvenir de l'argent, les travaux effectués dans son hôtel toulousain ayant largement dépassé la somme qu'il voulait y consacrer. De surcroît sa jeune femme, qui ne possédait pas les vertus d'économie de sa première épouse décédée, tenait à meubler avec luxe leur demeure, à planter un jardin anglais qui ferait s'écarquiller les yeux des Toulousains. Une pluie de reconnaissances de dettes et de prorogations d'échéances lui tombait sur le dos. Généreusement, Jeanne avait envoyé cinq mille livres en lui signifiant que cet emprunt serait le dernier. Bien que confortables, ses revenus lui permettaient tout juste de maintenir Louveciennes et son train de vie. Le superflu venait de la générosité de Brissac. Guillaume du Barry, heureusement, ne donnait plus signe de vie, accaparé sans doute par sa concubine et leur enfant. Restaient Élie, plein de charme, discret, serviable, qu'elle allait revoir avec joie, et Chon qui, depuis que sa belle-sœur partageait sa vie entre l'hôtel de Brissac et Louveciennes, avait décidé de rentrer à Toulouse pour rejoindre sa sœur Jeanne. Agé de quatre-vingt-six ans, Richelieu avait encore l'esprit vif mais ne quittait plus son hôtel parisien où Jeanne venait de temps à autre lui apporter des marrons glacés, sa gourmandise préférée. Comme une fille chère, il l'embrassait sur le front, évoquait avec esprit les moments qu'ils avaient autrefois partagés chez lui ou chez du Barry, échafaudant plan sur plan pour jeter à terre l'orgueilleux Choiseul. Revenu en faveur mais sachant qu'on ne lui attribuerait plus de responsabilité politique, Choiseul vieillissait, un peu amer, partagé entre Versailles et son domaine de Chanteloup. D'Aiguillon, lui aussi, avait perdu beaucoup de sa verve et, quoique influent encore par l'intermédiaire de son inféodé Calonne, ne s'intéressait plus guère aux affaires. En face de ses amis vieillissants, Jeanne se sentait plus énergique, plus fougueuse que jamais. Elle vivait une vie d'amoureuse comblée, était vénérée comme une reine, toujours belle, désirable, passionnée, jouissant de tous les plaisirs du corps et de l'esprit.

Seule, sa mère lui causait du souci. Anne avait refusé de quitter sa maison de Saint-Vrain où elle avait retrouvé des commerçants lorrains qui s'étaient retirés non loin de chez elle. Ils s'étaient découvert des relations communes. Rejoignant son ancien milieu social, elle se sentait plus à son aise que parmi les aristocrates qui, elle le sentait avec sa finesse de paysanne, ne l'avaient jamais acceptée. Dans ses rares lettres à Jeanne, elle vilipendait les dépenses excessives de sa fille, sa liaison avec le duc de Brissac, le luxe tapageur dont elle avait repris l'habitude. Jeanne répondait avec des missives pleines de douceur, s'inquiétant de la santé de sa mère et de ses ressources financières. Le reste, disait-elle, était une affaire de conscience et la sienne était en paix. Depuis qu'elle habitait Louveciennes, il n'y avait plus une famille qui manquât de pain ou de bois, plus une femme accouchée qui ne reçût une layette, une jeune fille pauvre qui ne soit dotée. Elle donnait tous les dimanches d'été un bal champêtre sur ses terres et allait à la messe chaque jour prier pour le repos de l'âme du roi et la sauvegarde de la sienne.

Sous la pluie, la croupe des chevaux fumait. Enveloppé dans son manteau à large collet, coiffé d'un chapeau de laine bouillie, le cocher menait les chevaux bon trot. Avant d'atteindre le camp, tout proche, du Havre, on devait faire étape à Pontoise, Magny-en-Vexin, Rouen, Bolbec. Jeanne tentait d'imaginer la mer, cette étendue sans fin qui menait en Amérique. Beaucoup de ses amis s'inquiétaient de la révolution des colons anglais et pressentaient le pire lorsque l'indépendance serait obtenue, grâce aux écus français et aux idées libérales d'hommes comme monsieur de La Fayette, appelé dans l'intimité par la reine « monsieur Blondinet ». Washington venait de le nommer aide de camp. Maints penseurs ne cachaient plus leur hostilité envers la monarchie absolue. Exportées en Amérique, les idées de liberté revenaient en France plus mordantes encore. On parlait ouvertement d'une assemblée du peuple qui devrait approuver l'initiative des lois prises par le roi, de l'abolition des privilèges des nobles, ressentis chaque année plus insupportables. Brissac et Jeanne s'entretenaient souvent de la faiblesse du roi, de son incapacité à prendre des décisions qui donneraient du lest aux frondeurs. On ne pouvait plus gouverner en 1782 comme au temps de l'ancienne monarchie.

— S'adapter ou disparaître, disait Brissac, c'est la loi fondamentale de la nature.

— Le marquis de La Fayette pourrait être un médiateur ainsi que ses amis francs-maçons.

— Liberté, égalité, fraternité, prononça Brissac d'un air songeur. Voilà une belle et noble devise mais ces messieurs les maçons réalisent-ils qu'on ne bâtit pas Jérusalem en un jour?

Chaque étape était préparée par des valets dans les chambres d'auberge. Des draps frais étaient mis, des fleurs arrangées, les objets de toilette du duc et de la comtesse disposés sur des nappes d'organdi et de dentelle. A Bolbec, seule une chambre restait disponible dans l'hôtellerie. Jeanne et Louis-Hercule partagèrent le même lit où ils ne dormirent guère.

— Que vont penser de nous les officiers du camp de Vaissieux? s'amusa Brissac. Une femme aux traits tirés, un homme tenant à peine sur ses jambes. Et je suis censé galvaniser tout ce petit monde pour chasser jusqu'au dernier les soldats de Sa Majesté George III du sol américain. J'aurai en face de moi quelques officiers et soldats arborant la croix de Cincinnati.

— Un de mes anciens valets de pied la porte ! s'exclama Jeanne. C'était un sacripant, un coureur de jupons toujours prêt à en découdre avec les autres domestiques. Je lui ai proposé un peu d'argent et suggéré qu'il s'engage pour l'Amérique. Je sais qu'il est lieutenant dans l'armée de monsieur de Rochambeau et j'ai appris qu'il a reçu sa croix après la prise de Yorktown.

— La guerre se termine là-bas, affirma Brissac. Les Américains préparent une Constitution. Si Sa Majesté n'accorde pas une importance capitale à cette situation, Elle ne pourra par la suite qu'être forcée par la marche des événements.

— La reine, qui dans sa jeunesse voulait jeter à tous les diables les vieilles coutumes, est aujourd'hui plus conservatrice que le roi.

— Sa Majesté n'a pas de vues politiques. Elle a ses enfants, ses amis et les pamphlets qui la traînent dans la boue la roidissent. N'oubliez pas qu'elle est autrichienne !

— J'ai eu ma part de ces horribles libelles, soupira Jeanne. Les Français qui adorent les femmes les haïssent aussitôt qu'ils leur soupçonnent un quelconque pouvoir.

Brissac se tut un moment, regardant vaguement à travers la vitre de la berline les prairies où coulaient des ruisseaux bordés de saules, des fermes entourées de leur verger et d'un potager.

— Lisez, prononça-t-il enfin, vous verrez par vous-même que tous les hommes ne vous détestent pas.

D'un tiroir encastré sous la banquette à reculons, le duc tira une lettre.

— Ceci est un compte rendu que m'a fait Joly de Fleury [1] sur la visite du tzar Paul Ier à Versailles.

Jeanne parcourut le feuillet. Le tzar avait posé à la reine de nombreuses questions sur la comtesse du Barry, auxquelles celle-ci avait répondu avec grâce.

— Sa Majesté la reine n'a plus de ressentiment contre vous, assura Brissac. Je l'ai constaté de mille manières. Bientôt, je l'espère, vous pourrez assister aux fêtes de Versailles où votre présence touchera au cœur plus d'un vieux courtisan.

— Me verriez-vous en égérie de la vieille monarchie ?

— Pourquoi pas ? murmura Brissac. En effet pourquoi pas...

Au Havre, Jeanne resta de longs moments debout sur la jetée. Des voiles blanches ou grises bougeaient imperceptiblement au large. Le port arrêtait le regard d'un côté tandis que, de l'autre, s'étendait la plage à l'infini. Jeanne était émerveillée. Si souvent elle avait évoqué la mer avec son amant, le suppliant de l'y amener un jour. Mais sans raison officielle, le roi ne pouvait voyager. « Il me faudrait déclarer la guerre à l'Angleterre pour vous satisfaire, avait-il plaisanté un jour, mi-ironique, mi-triste. Faites comme moi, mon cher cœur, voyagez à travers les livres. »

Un brouillard transparent brouillait l'horizon tandis que la mer miroitait dans la lumière du matin. Éblouie, Jeanne baissa les yeux.

Un officier venu la rejoindre lui tendit un bouquet de roses. Au loin on entendait rouler le tambour, puis une trompette sonna.

— Madame la comtesse nous ferait-elle l'honneur d'assister à nos manœuvres ?

1. Remplaçant de Necker, chassé du pouvoir en mai 1781.

Jeanne se détourna de l'immensité de la mer. Le vent avait dérangé sa coiffure et sous le chapeau de paille de grosses boucles tombaient sur ses épaules, lui donnant un aspect juvénile qu'accentuait l'absence de maquillage.

Sur une estrade, Louis-Hercule l'attendait. La nuit sans sommeil, alliée à l'air marin, les jetait l'un et l'autre dans une irréalité que secouait le tonnerre des canons. Au loin, les vaisseaux prêts à lever l'ancre pour l'Amérique se balançaient doucement. A bord des matelots grimpaient dans les mâtures. Le soleil était au zénith, l'air moite sentait le varech.

— Les plaisirs que vous m'avez fait goûter la nuit dernière, mon cher amour, souffla Brissac à l'oreille de Jeanne, me rendent indifférent aujourd'hui à l'indépendance de l'Amérique, en dépit du milliard trois cents millions de livres que nous coûte cette guerre. Mais la libéralité envers l'avenir n'est-elle pas de tout donner au présent ? D'ailleurs, hormis vos caresses et vos baisers, quel futur puis-je espérer ? On ne me nommera sans doute pas président de l'Assemblée provinciale d'Anjou et je resterai à jamais gouverneur de Paris, une place guère ambitionnée de nos jours. Les responsabilités y sont trop grandes. Chacun veut des honneurs sans prendre le moindre risque.

— Vous avez mon amitié et mon amour, chuchota Jeanne. Il faudra vous en contenter.

Le duc prit la main de Jeanne qu'il serra dans la sienne. De sa vie, il n'avait été aussi amoureux.

35

— Je ne peux y croire, s'entêta Jeanne. Est-ce une provocation ?

— Pas du tout, insista le duc de Brissac. Lointains sont les jours où Sa Majesté la reine vous jalousait et la vie lui a appris qu'il n'y avait pas péché mortel à aimer. Si la reine souhaite vous revoir, c'est que la rancune est oubliée et qu'elle veut, en toute bonne foi, se réconcilier avec vous. Vous pourriez aussi lui rendre un fort appréciable service qui renforce son désir de vous rencontrer.

— Qu'est-il convenu ? demanda Jeanne, la voix sèche.

Se retrouver face à face avec la reine, après toutes les avanies qu'elle lui avait fait subir à Versailles, la mettait mal à l'aise. Mais plus de dix années avaient passé depuis la mort de Louis XV, Marie-Antoinette était une femme aujourd'hui, mère, peut-être amante, les liens qui la liaient au comte de Fersen n'étaient plus secrets. Et, tout récemment, en ne refusant pas sa requête transmise par Calonne de changer sa pension annuelle de cinquante mille livres contre un capital de un million deux cent cinquante mille livres, elle avait fait preuve de bonne volonté, presque de sympathie vis-à-vis de son ancienne ennemie.

— Une rencontre à l'Opéra sous le masque organisée par le duc de Choiseul.

— Choiseul ! Il m'a toujours haïe.

— Moins peut-être que vous le pensez. En tous les cas, sa fortune n'a guère été meilleure que la vôtre et, vous sachant protégée par moi, il ne peut prendre de grands airs à votre égard. En mon âme et conscience, je crois que ce cher Étienne-François cherche aussi une réconciliation.

A l'hôtel de la rue de Grenelle où elle séjournait de plus en plus souvent durant l'hiver, Jeanne se sentait chez elle, y invitait ses amis, s'exhibait en carrosse attelé de quatre chevaux pour faire ses emplettes. Comme la reine, elle avait renoncé aux tissus hors de prix, aux parures voyantes. Mais la mode avec ses accessoires coûteux, ses châles, chapeaux, dentelles, chaussures, bas de soie brodés, mouchoirs armoriés la passionnait toujours. Son parfum rose thé était fabriqué à Grasse spécialement pour elle ainsi qu'un lait à la même senteur pour adoucir le bain froid qu'elle prenait quotidiennement. Rose Bertin, mise à la mode par la reine, lui confectionnait ses robes d'apparat. Seule, selon elle, cette couturière avait le goût de les rendre parfaites, élégantes, sans surcharges ni détails inutiles.

— Et quand cette rencontre doit-elle avoir lieu ? interrogea-t-elle.

— La semaine prochaine. Il est convenu que Sa Majesté vous rejoindra à un certain endroit de la salle où je vous mènerai. Ensuite, il me faudra vous laisser seule car si l'on apercevait une femme en ma compagnie, chacun saurait aussitôt qu'il ne pourrait s'agir que de vous. Peu après, la reine vous rejoindra.

Des sentiments contradictoires agitaient l'esprit de Jeanne. Revoir la reine était une joie dans la mesure où, même hostile, celle-ci faisait partie d'une époque infiniment précieuse de sa vie, mais cette rencontre ressuscitait aussi des souvenirs amers, sa fuite de Versailles escortée par le duc d'Aiguillon, le regard triomphant que lui avait jeté la Dauphine en bas du grand escalier où, au milieu des siens, elle attendait des nouvelles de son grand-père.

— J'irai, promit-elle enfin. Jamais je n'ai été rancunière. Même enfermée à Pont-aux-Dames, je n'ai pas manqué de prier pour le bonheur de Leurs Majestés.

Deux ou trois fois par an, Jeanne retournait à Pont-aux-Dames où on l'accueillait avec les marques de la plus vive amitié. Elle arrivait avec de menus présents pour les religieuses, douceurs ou décorations pour leur modeste chapelle. L'année précédente, elle avait offert un chemin de croix peint par un jeune artiste et projetait de faire broder pour elles une nappe d'autel en soie et fils d'or.

La grande salle de l'Opéra était déjà comble. Voilée, marchant à côté du duc de Brissac, Jeanne atteignit une alcôve où quelques fauteuils étaient disposés. Discrètement des hommes en civil, probablement des gardes du corps de la reine, éloignaient ceux qui voulaient s'y reposer.

— Asseyez-vous, chuchota Louis-Hercule, et attendez. Surtout pas de révérence, ni de marque pouvant indiquer à qui vous parlez. Contentez-vous d'incliner la tête.

Le cœur de Jeanne battait à tout rompre mais elle gardait une attitude fière, un port de princesse, observant attentivement derrière son voile les mouvements de la foule. Çà et là, elle reconnaissait un visage, identifiait une voix. La plupart des personnes présentes étaient jeunes, vingt-cinq, trente ans peut-être. Elle-même allait avoir quarante-deux ans. Était-ce possible ? A son âge, certaines femmes se retiraient de la société des jeunes, étaient considérées comme des douairières. Déjà grands-mères, elles recevaient leur descendance avec affection, complotaient pour marier au mieux les derniers enfants. Cependant, jamais Jeanne ne s'était sentie aussi sereine, en harmonie avec elle-même. Elle était aimée de Brissac, respectée par son épouse qui vivait séparée de lui, entretenait avec sa fille, la duchesse Adélaïde de Mortemart, des liens de sympathie réciproques. Les plus grands rois de la terre s'inquiétaient d'elle, de sa santé. Un prince indien était même venu la visiter, porteur de merveilleux présents dont une aérienne pièce d'étoffe qu'elle avait offerte à madame Vigée-Lebrun installée à Louveciennes pour faire son portrait.

Le temps sembla long à Jeanne avant qu'elle n'aperçût une silhouette se dirigeant vers elle qu'elle ne reconnut pas aussitôt. A la gracile Dauphine avait fait place une femme épanouie, forte de poitrine, mais ayant conservé la démarche légère qui faisait l'admiration de la Cour.

La femme s'assit à côté de Jeanne qui inclina la tête. On lui rendit son salut.

— Je suis bien aise de vous revoir, madame la comtesse, prononça la voix familière.

Jeanne eut un frisson. Durant des années, elle avait attendu un mot de cette femme altière et, aujourd'hui, sans que quiconque ait eu besoin de lui faire la leçon, elle lui adressait un aimable propos.

— Le bonheur est mien, Madame, et si je n'avais pas reçu des consignes précises, je serais à cet instant aux pieds de Votre Majesté.

A nouveau la reine inclina la tête.

— Nous avons, vous et moi, beaucoup à nous dire. Voici tant d'années que nous ne nous sommes vues.

— Onze ans, Votre Majesté.

— Comme le temps passe, soupira Marie-Antoinette. J'étais alors une jeune princesse voulant être obéie de la terre entière. Me voici reine, me souciant chaque jour de l'avenir.

— L'orage passera, assura Jeanne.

— Je ne sais. Et aux soucis que je partage avec le roi sur le gouvernement de ce pays, s'ajoutent ceux que j'éprouve pour le Dauphin, mon fils. Sa santé est fragile et il a besoin de séjourner dans une demeure où l'air est plus sain qu'à Versailles.

Jeanne ne comprenait pas. Où la reine voulait-elle en venir?

— Sa Majesté le roi voudrait m'acheter le château de Saint-Cloud, poursuivit la reine, lequel, vous ne l'ignorez pas, appartient à notre cousin le duc d'Orléans dont les exigences financières sont au-dessus de nos moyens. Mais le baron de Breteuil, que Sa Majesté comme moi-même tenons en haute estime, est fort lié à monsieur le duc de Brissac, lui-même exerçant beaucoup d'ascendant sur madame de Montesson qu'Orléans a épousée en secret. Je sais votre bonté que chacun loue et c'est à la femme de cœur que je m'adresse aujourd'hui tout autant qu'à la personne d'exception que Versailles n'a pas oubliée. Si madame de Montesson parvenait à infléchir les prétentions de monsieur le duc d'Orléans, et que Sa Majesté puisse acquérir Saint-Cloud, la santé de mon cher enfant se rétablirait et je me souviendrais à jamais de cette marque d'attachement à ma personne.

— Je ferai, Madame, tout ce qui est en mon pouvoir pour vous satisfaire. Mon dévouement vous est acquis à jamais.

— Il fut un temps où je l'ai mal perçu, ou plutôt pas voulu l'accepter, avoua la reine. J'étais jeune alors, étrangère aux nuances de la vie. Pour moi, tout était bien ou mal.

Émue, Jeanne ne bougeait pas, attendant que la reine se lève et s'éloigne. Mais, comme si elle éprouvait une réelle satisfaction à revoir la femme que son grand-père avait tant aimée et dont il avait pleuré le départ quelques heures avant sa mort, celle-ci semblait vouloir prolonger l'entretien.

— Je vous remercie, murmura la reine, pour les soins attentifs que vous avez accordés à Sa Majesté mon grand-père dans ses derniers moments. Jusqu'alors, je n'avais pas eu l'occasion de vous dire ma reconnaissance.

— Madame, prononça Jeanne d'une voix douce mais ferme, j'aimais Sa Majesté et il me rendait, je crois, cet amour. Je n'attendais aucune gratitude. Mon cœur seul m'imposait ce que vous appelez des soins et qui était pour moi les preuves de ma tendresse. Aurais-je pu donner ma vie pour sauver le roi que je n'aurais pas hésité un instant.

La musique étourdissait un peu les deux femmes. Une contredanse venait de commencer, faisant naître sous leurs yeux un tourbillon de couleurs changeantes où le pourpre se mêlait au jaune, le bleu au rose tendre. Quelques jeunes gens du peuple venus lorgner les aristocrates riaient fort et risquaient des plaisanteries lestes. La chaleur faisait luire le rouge sur les joues des femmes, couler le noir dont elles avaient fardé leurs sourcils. L'air sentait la sueur, le parfum. Des hommes masqués s'empressaient autour des femmes voilées. Tout était permis durant l'espace du bal et s'envolait avec la fin de la musique au petit matin.

— L'époque de ma vie qui paraissait déplaire si fort à Votre Majesté est révolue, poursuivit Jeanne. Si vous me faites l'honneur de votre estime, ma loyauté vous sera totale.

Soudain, la reine fit un geste incroyable. Elle tendit

l'une de ses mains gantées et la posa sur celle de Jeanne.

— Les charmes de l'amour, madame la comtesse, tiennent aux qualités du cœur. Elles seules le justifient. Je n'avais pas compris cela à quinze ans. La vie me l'a depuis appris, parfois bien rudement.

Un long moment la reine s'attarda auprès de Jeanne, comme si elle ne pouvait se résoudre à la quitter. Avec cette femme, c'était toute sa jeunesse insouciante et légère qu'elle retrouvait. Enfin elle se leva, inclina la tête vers son interlocutrice. Un homme surgit aussitôt pour lui offrir son bras. Jeanne reconnut Axel de Fersen.

Le duc de Brissac se présenta peu après. Sans doute savait-il le motif essentiel de l'entrevue car il annonça aussitôt :

— Je viens de parler à Breteuil. Nous sommes convenus de nous revoir la semaine prochaine. Entretemps, je vous laisserai organiser un souper en l'honneur de madame de Montesson. Cette femme a beaucoup de cœur et je suis prêt à vous assister de toutes les manières possibles pour la réussite de cette entreprise. Réconciliée avec la reine, vous le serez avec l'ensemble de la Cour. Voilà une belle fin, n'est-ce pas, mon cher cœur?

— Un beau recommencement, rectifia Jeanne, car je compte être à votre bras pour longtemps encore.

Le printemps venu, Jeanne se réinstalla à Louveciennes. Son cercle d'amis s'agrandissait sans cesse. Après le succès de la mission confiée par la reine, Breteuil était devenu un assidu de ses dîners ainsi que le prince de Beauvau qui, non loin, possédait un château où il recevait régulièrement le duc de Choiseul, un vieil ami. Un jour, ce dernier lui dévoila son souhait de revoir la comtesse du Barry mais, pour éviter d'échanger avec elle des propos embarrassants sur le passé, il voulait se présenter à Louveciennes sous un nom d'emprunt.

— On dit que je ressemble fort à lord North, dit-il au prince de Beauvau. Amenez-moi sous ce nom. Voici treize années que la comtesse ne m'a vu. Elle a certainement oublié mes traits. Si, après tout, elle me reconnaît, cela passera pour une plaisanterie dont elle aura l'esprit de ne point se fâcher.

— Bienvenue à Louveciennes, milord, souhaita Jeanne d'une voix aimable. J'apprécie la présence d'étrangers qui me renseignent sur quantité de coutumes et façons de penser qui me sont inconnues.

Puis elle tendit spontanément la main au prince de Beauvau qui la baisa.

— Vous êtes ici chez vous, prince.

Du premier coup d'œil, Jeanne avait reconnu Choiseul et s'efforçait de dissimuler sa stupéfaction. Le duc venu secrètement la revoir ? C'était surprenant et plaisant en même temps. Décidément après l'avoir honnie, chacun la recherchait aujourd'hui. Elle avait été au centre de la vie de tant de gens, connu tant de secrets. En un éclair, elle se revit âgée de vingt et un ans complotant avec du Barry, Fitz-James, Richelieu sur la façon de s'introduire à la Cour pour mieux en débouter Choiseul et sa sœur, madame de Gramont. Réconciliée avec elle, celle-ci aujourd'hui venait la visiter de temps à autre et ne s'adressait à elle qu'avec les marques du plus grand respect. Jeanne avait compris que pour ces anciens courtisans, elle incarnait l'image du roi défunt et qu'à travers elle, c'était au souverain que chacun rendait hommage ainsi qu'à une époque révolue qui plongeait les cœurs dans la nostalgie. Louis XVI n'était pas respecté comme son grand-père, c'était un roi faible, malchanceux, dont les entreprises, bonnes pour certaines, semblaient toutes vouées à l'échec. L'année précédente, la sécheresse avait décimé le bétail et l'agitation avait été vive dans les campagnes. Le chômage urbain prenait des proportions inquiétantes. Ruinant d'innombrables commerçants et fabricants, les produits anglais envahissaient le marché français. La hausse des prix était forte et l'exemple de la liberté américaine se répandait dans les élites, créant un credo patriotique où le roi ne devait plus être que le gardien des lois qu'il se contenterait de faire exécuter. Épris de liberté individuelle, La Fayette, Mirabeau, Condorcet prêchaient la création d'une assemblée nationale que le roi et ses proches rejetaient avec la plus grande vigueur.

Sereine, ravissante au milieu de son décor constitué de toutes les beautés du monde, Jeanne incarnait un univers immobile où les soucis ne duraient point, où l'esprit avait raison de tout, où le rire des méchants et des sots s'étouffait. A Louveciennes au milieu des roses, les valeurs essentielles subsistaient, un art de vivre parvenu au sommet du bon goût que rien ne semblait pouvoir anéantir.

Avant de passer à table, Jeanne proposa à ses hôtes de faire quelques pas dans le jardin.

— Si milord veut me prêter son bras, proposa-t-elle à Choiseul, je vais lui faire visiter ce petit temple que nous les Français nommons le temple de l'Amour. J'en ignore la raison car l'endroit ne serait guère propice à de tendres effusions. Mais l'amour comme l'amitié n'ont pas besoin de se cacher, milord. Qu'en pensez-vous ?

— Ils peuvent préférer l'ombre, madame, et ne point montrer de signes trop évidents.

— Il faut alors se montrer bien perspicace pour les deviner ?

— Il est des rapports, madame, qui étant fort complexes ne peuvent être saisis, en effet, que par des esprits capables de comprendre ce qui échappe à la plupart des gens.

Tout autant que Jeanne, Choiseul, qui avait deviné avoir été reconnu, jouissait de l'instant présent. Cette femme était décidément peu ordinaire. Sa soif de pouvoir et d'honneur, ses responsabilités politiques l'avaient empêché de s'y intéresser davantage, peut-être même de l'aimer avant que le roi ne s'y attache. Il se souvenait de la jeune fille vêtue de rose, accompagnée de sa mère, qui était venue le solliciter. Mal fagotée, le verbe hésitant, elle l'avait prodigieusement déçu. Choiseul se demandait s'il n'avait pas été sciemment berné par cette diablesse de femme au visage d'ange. Par un triomphe prématuré, il avait dû subir une terrible défaite. Mais il n'avait plus de rancune contre Jeanne. Sur elle aussi s'était abattu injustement le couperet du pouvoir absolu qu'il voulait abolir. Il était vieux aujourd'hui. Le monde, que le roi le veuille ou non, changerait mais il n'en serait plus.

— Passons à table, proposa Jeanne, pour profiter des dernières douceurs de cette jolie nuit d'automne.

Le couvert avait été dressé dans le pavillon dont l'harmonie des proportions éblouissait toujours.

— Asseyez-vous à côté de moi, monsieur le duc, pria soudain Jeanne, nous avons beaucoup à nous dire.

Choiseul se contenta de sourire, s'empara de sa main qu'il baisa.

— Je suis flattée de l'honneur que vous me faites en venant me voir, murmura-t-elle. Causons. Vous êtes bien bon de n'avoir pas gardé rancune contre moi.

— Je n'en ai jamais eu, madame.

Le ciel était menaçant. Jeanne se demandait s'il

était prudent de faire atteler pour Louveciennes lorsqu'un huissier se fit introduire à l'hôtel de Brissac porteur d'une convocation. La comtesse du Barry était appelée à comparaître devant la chambre d'instruction siégeant à la Bastille, transformée en prison judiciaire. On désirait l'interroger sur une rencontre qu'elle aurait eue, deux années plus tôt, avec madame de La Motte-Valois qui avait usurpé l'identité de la reine et, avec la complicité du cardinal de Rohan, commis une escroquerie inimaginable en dérobant aux bijoutiers Boehmer et Bassenge un collier de diamants d'une valeur de un million six cent mille livres, soi-disant remis en secret à Marie-Antoinette. Ulcérée, la reine avait exigé que la lumière soit faite sur l'affaire et que nul, même parmi les plus haut placés, ne soit épargné.

— Ne vous tourmentez pas, mon cœur, la rassura Brissac. Vous avez votre conscience pour vous et agi exactement comme il fallait le faire. Répondez avec franchise aux questions de messieurs les magistrats et tout se passera le mieux du monde.

Le lendemain, vêtue simplement, coiffée d'un chapeau de feutre gris perle décoré de plumes noires, Jeanne se rendit à la Bastille. La salle n'était qu'à moitié pleine car on avait interdit l'accès aux curieux.

Avec sa démarche d'une grâce inimitable, Jeanne se rendit à la barre, consciente des regards braqués sur elle.

— Votre nom, madame? interrogea le président.

— Je pense être connue de vous et de tous.

Le magistrat hésita puis, finalement, haussa les épaules. Ces coquettes ne l'impressionnaient pas. L'affaire jugée était trop sérieuse pour accorder de l'importance à des témoins mineurs.

— Votre âge?

— La question n'est guère courtoise, monsieur.

Une nouvelle fois le juge dut faire un effort sur lui-même. Mais au moindre échange de propos aigres, il savait que la comtesse du Barry riposterait par des paroles brillantes ou malicieuses.

— Eh bien, si madame refuse de répondre, nous inscrirons cinquante ans.

— Pourquoi pas soixante ! s'exclama Jeanne. Je serais assez fière de moi.

— Venons-en au fait, madame, prononça d'un ton sec le magistrat. Voici environ deux ans, la dame de La Motte est venue chez vous à Louveciennes implorer vos bontés et votre protection pour faire parvenir au roi un mémoire dans lequel elle suppliait Sa Majesté de la faire rentrer dans des terres qui avaient appartenu à sa famille et qui étaient passées au domaine. La suppliante aurait pleuré et se serait jetée à vos pieds. Mais vous vous seriez contentée de prendre le placet et de le mettre sur votre cheminée, apparemment dans la ferme intention de n'en faire aucun usage.

— J'ai brûlé ce papier, monsieur, mais me souviens fort bien qu'il était signé : « Marie-Antoinette de France. »

Une rumeur se fit dans la salle. Si l'accusée, deux ans auparavant, usait habituellement de cette signature, fallait-il renoncer à l'accusation de contrefaçon dans l'affaire du collier ?

Sur le banc des accusés, madame de La Motte blêmit. Ne comprenant pas qu'elle tenait là un involontaire témoignage à décharge, elle se leva et s'exclama d'une voix hautaine :

— Comment une descendante des Valois pourrait-elle présenter un placet à une bâtarde qui n'a d'autres titres de gloire que d'avoir été la maîtresse de Louis XV ? Moi qui suis de sang royal n'ai pas même à répondre à une favorite déchue !

Jeanne garda le sourire. Les accusations ordurières ne la touchaient plus. Sa vie était paisible, elle était aimée d'un gentilhomme cultivé et charmant, recevait des artistes, lisait beaucoup, faisait le bien autour d'elle. Pourquoi s'impatienter des propos d'une voleuse que l'on allait durement châtier?

— Est-ce tout, monsieur? demanda-t-elle.

— C'est tout, madame la comtesse. Nous vous remercions.

Dehors, portant ses armes et attelé à quatre superbes chevaux anglais, son carrosse l'attendait.

Jeanne s'y installa tandis que le cocher et les deux valets de pied portant sa livrée se tenaient prêts à partir. L'effet de cet interrogatoire retombait maintenant sur elle, lui procurant une certaine nostalgie, non occasionnée par madame de La Motte-Valois qui ne méritait pas la moindre pitié, mais à cause de l'humiliation infligée à la reine et à travers elle à la monarchie. Tant de circonstances justifiaient ses craintes. Et, cependant, Jeanne était incapable de croire les Cassandres. Le peuple qu'elle connaissait bien avait, elle en était sûre, du bon sens. Si le roi acceptait de lui accorder quelques-unes de ses revendications, tout rentrerait dans l'ordre. Mais le ferait-il?

— Allons, ordonna-t-elle au cocher, j'ai bien peur qu'il ne neige sous peu.

Troisième partie

1788-1793

36

Un par un les survivants du passé s'éteignaient : le duc de Choiseul dans ses terres, madame Louise, fille de Louis XV, au carmel. Richelieu était au plus mal ainsi que d'Aiguillon. L'état de santé de sa mère causait aussi à Jeanne les plus vifs soucis.

Rue de Grenelle, Louis-Hercule, heureusement, la détendait par sa bonne humeur, ses prévenances. Des amis l'attendaient comme le duc de Rohan-Chabot, devenu un familier depuis la mort de sa femme. Chacun tentait de dédramatiser les événements, mais Brissac lui-même, quand il s'était vu refuser un siège à l'assemblée des notables et la présidence de l'assemblée provinciale d'Anjou, avait reçu de rudes coups.

L'été 1788 se passa dans la douceur de Louveciennes, mais les esprits n'avaient guère le cœur à se réjouir. La dernière fille des souverains, Sophie Béatrice, était morte à l'âge de deux ans, son frère, le Dauphin, dépérissait à Saint-Cloud et, mal remise du scandale de l'affaire du Collier et de l'acquittement triomphal du cardinal de Rohan, la reine fuyait toute distraction frivole, se consacrant à ses enfants, en particulier au petit duc de Normandie pour lequel elle nourrissait une véritable passion. La tension était partout palpable, on ne respectait plus rien ni personne. La reine, elle-même, avait été sifflée à l'Opéra. Un autre soir sur la porte de sa loge, elle avait trouvé un papier placardé : « Tremblez tyrans, votre règne va finir ! »

A Pau, Toulouse, Rennes, Dijon et Grenoble des émeutes éclataient à cause d'insuffisantes récoltes.

— Le roi ne sait que faire, soupira Brissac alors que Zamor leur servait le café sous le gros tilleul devant le château. Une fois encore, il donnera raison aux émeutiers en capitulant. Le pouvoir est dans la rue.

— Les états généraux qui se tiendront l'année prochaine vont au moins forcer les Français à trouver un terrain d'entente, espéra Jeanne.

Le duc avait peu d'illusions. Il craignait que la France s'acheminât vers la guerre civile. Mais il voulait protéger Jeanne, lui laisser ses derniers moments d'insouciance et de bonheur. Quant à lui, gouverneur de Paris, il serait en première ligne si une grave émeute éclatait.

Le vent portait des odeurs de roses qui se mêlaient à la fragrance stimulante du café que servait Zamor d'un geste expert. Depuis quelques mois, le jeune homme refusait obstinément de se vêtir en Turc, en Indien ou en petit marquis et avait exigé de porter la livrée des autres domestiques. Ce changement avait contrarié et ému Jeanne. Son petit serviteur, son filleul, lui échappait. Elle ne pouvait plus ni le caresser, ni l'embrasser, ni le parer. Il était un parmi les autres.

— Un messager attend devant la porte avec un pli, annonça-t-il quand il eut terminé de servir le café.

Posant sa tasse sur un guéridon, Jeanne se précipita. La lettre annonçait le décès du maréchal de Richelieu. Il avait quatre-vingt-quatorze ans, s'était marié trois fois, sa dernière épouse ayant tout juste vingt-cinq ans.

Jeanne retint ses larmes. Elle voulait pleurer son vieil ami, seule dans le secret de sa chambre.

— Richelieu est mort, se contenta-t-elle d'annoncer à Brissac. Ce n'est guère une surprise, mais la peine reste la même.

Elle se souvenait du vieux gentilhomme si galant, prévenant même, au milieu de la volupté. Plus qu'un amant, il avait été un père, un ami, un conseiller. Une grande partie de sa réussite, elle la lui devait et ne l'oublierait jamais.

Trois semaines plus tard, Jeanne apprit le décès du duc d'Aiguillon. Au côté de la duchesse, son amie, elle accompagna vers la Sorbonne le convoi funèbre du neveu du maréchal de Richelieu. Il avait été son plus grand soutien à la Cour. Jean-Baptiste du Barry, ruiné, perclus de dettes qu'elle se refusait désormais à éponger, s'était réfugié en Italie. Peu à peu le passé se disloquait.

Septembre fut triste. Sans cesse, Jeanne pensait aux disparus et, en vain, tentait de se divertir en réunissant autour d'elle le cercle de ses amis les plus fidèles agrandi de la présence du marquis de Jaucourt et de Choderlos de Laclos dont Jeanne avait lu et relu l'œuvre avec enthousiasme. Dans cette société privilégiée, au milieu des objets d'art les plus rares et les plus coûteux, on parlait de libéralisme, d'assemblée consultative et d'abolition des droits féodaux plus vexatoires que rentables. Les fêtes se faisaient rares. Marie-Antoinette s'était retirée au Petit Trianon avec ses enfants, se contentant de donner à danser dans la grange de son hameau. A nouveau au pouvoir, on attendait tout de Necker.

Le 20 octobre, une nouvelle foudroyante s'abattit sur Jeanne : sa mère venait de décéder à Villiers-sur-Orge. Lorsqu'elle arriva à bride abattue à la Maison Rouge, Anne reposait sur son lit, un chapelet entre ses mains jointes. Il faisait chaud encore et de grosses mouches rentrées dans la chambre par les fenêtres ouvertes bourdonnaient autour de la morte. Longtemps Jeanne resta à genoux au pied du lit, la tête entre les mains. De Vaucouleurs jusqu'à cette maison bourgeoise, que de chemin parcouru! Elle se rappelait les visites d'Anne au parloir des sœurs de Sainte-Aure, les quelques gâteries qu'elle ne manquait jamais de lui apporter, les gestes familiers, la tendresse qu'elle montrait jusqu'à ces dernières années à son égard. « La voilà morte », prononça-t-elle à mi-voix. Avec effort, Jeanne se leva, alla à la fenêtre pour respirer un peu d'air frais, observer les bois déjà colorés d'or et de pourpre, les pâturages, l'église du village dont le clocher pointait au milieu des maisonnettes recouvertes de tuiles. Des vaches meuglaient, des chiens aboyaient. La vie continuait comme si Anne Bécu-Rançon n'avait jamais existé.

Après la mise en terre au cimetière de Villiers-sur-Orge, l'homme d'affaires d'Anne Rançon lut le testament. Tout ce que la défunte possédait revenait à l'une de ses nièces que Jeanne, au temps de sa splendeur, avait mariée au marquis de Boisseon. Tout au long de la lecture, Jeanne conserva un visage impassible. Sans doute sa mère avait-elle jugé qu'elle ne manquait de rien, mais n'avait-elle pas saisi que certains souvenirs n'avaient pas de prix? Ceux en particulier provenant de frère Ange, mort trois ans plus tôt? Ou fût-ce possible que sa mère eût été jalouse d'elle?

L'hiver était rude. Jeanne fit doubler la distribution de bois, de pain et saindoux aux habitants de Louveciennes, fit acheter des couvertures et des vêtements chauds pour les enfants. Dans son salon où pétillait un bon feu, les esprits s'excitaient sur l'ouverture au printemps prochain des états généraux. Certains, comme Choderlos, ne croyaient pas au succès de Necker. On attendait de lui des miracles mais il était trop tard. Noël fut célébré dans l'intimité. En janvier, Jeanne se rendit à l'Opéra pour assister à la première d'*Organ,* un poème en vingt chants écrit par un certain Saint-Just. L'ex-favorite était peinte sous le nom d'Adeline et Brissac sous celui de Sornit.

Jeanne ne s'irrita pas des sous-entendus et des malveillances. Deux vers lui restèrent longtemps en mémoire :

Le jour trop long et l'aurore trop lente
De leurs plaisirs aiguillonnaient l'attente.

Combien de fois à Versailles le roi et elle n'avaient-ils échangé de brefs regards où la passion qu'ils éprouvaient l'un pour l'autre n'était perceptible que d'eux seuls ? Même à la chapelle, même en plein Conseil des ministres ou durant une conversation avec un ambassadeur, un prince étranger, un prélat de haut rang ? De cette liaison royale, elle ne gardait plus en mémoire que les moments d'extrême bonheur, refoulant au plus profond d'elle-même l'agonie du roi, sa fuite de Versailles, l'incarcération à Pont-aux-Dames.

Le temps prenait une allure que nul ne parvenait plus à suivre. Réunis le 5 mai, les états généraux s'étaient constitués en Assemblée nationale. Le 14 juillet, un groupe d'émeutiers s'emparait de la Bastille, et massacrait son gouverneur, monsieur de Launay. Inquiet, le roi avait renvoyé Breteuil et appelé à nouveau Necker, nommé La Fayette commandant de la garde nationale.

Faisant fi de l'agitation, de la frayeur qui régnaient à Paris comme à Versailles, Louis-Hercule se rendit sur ses terres d'Anjou. Alors qu'il atteignait La Flèche, un groupe de municipaux arrêta son carrosse et s'empara du duc pour le jeter en prison. Aussitôt informée, Jeanne remua ciel et terre pour la libération de son amant. N'était-il pas connu pour les idées libérales qu'il avait maintes fois exprimées ? Enfin parvint à Louveciennes la nouvelle qu'il avait été élargi et avait pu gagner ses terres de Brissac.

Ses lettres à Jeanne arrivaient avec régularité. Rassurée, elle partit faire une retraite d'une semaine chez ses chères sœurs de Pont-aux-Dames pour remercier la providence. Entrée dans ce couvent désespérée, révoltée, elle l'avait quitté sereine, confiante en l'avenir. En croyant la punir, la reine l'avait sauvée.

Sur la route du retour, Jeanne s'arrêta au Salon de peinture d'où elle ramena madame Vigée-Lebrun qui allait commencer un troisième portrait d'elle. Jeanne voulait que son amie la montre sans complaisance dans sa maturité encore resplendissante, avec ses rondeurs, son teint clair dont le velouté avait cependant disparu, mettant en valeur le regard heureux, l'attitude noble mais sans rigidité. A quarante-six ans, elle était encore désirable et le duc de Rohan-Chabot, qui lui faisait visite de temps à autre en l'absence de Brissac, arrivait mal à dissimuler l'attirance qu'il avait pour elle. Aimant être admirée, elle lui tendait sa main à baiser avec coquetterie, mais son amour pour Louis-Hercule limitait leurs rapports à un simple marivaudage.

En attendant le retour de son cher amant, Jeanne dévorait les journaux. Chaque jour la situation empirait. Par une maladresse difficile à comprendre, le roi fit venir à Versailles le régiment de Flandre et offrit un banquet à ses officiers dans la salle de l'Opéra, qualifié aussitôt d'orgie contre-révolutionnaire. La capitale fut en effervescence. Jeanne reçut un pli de Brissac lui annonçant son retour immédiat afin de se trouver auprès de la famille royale qui avait besoin de tous ses fidèles. Déjà désespérés par la mort récente du Dauphin, le roi et la reine devaient savoir qu'ils n'étaient pas abandonnés. Jeanne était folle d'inquiétude. La populace parisienne semblait hors de contrôle et pouvait fort bien arrêter un carrosse, en extirper ses occupants pour les massacrer. La voiture du duc portait ses armes et ses laquais sa livrée. Ne serait-il pas une proie rêvée ? Mais il était trop tard pour le supplier de rester en Anjou. Louis-Hercule était déjà sur la route.

Le 5 octobre, affolés, deux de ses laquais avertirent Jeanne qu'une foule de gueux marchait sur Versailles dans le but d'attaquer le château et de ramener les souverains à Paris. Elle sauta hors de son lit, se vêtit en hâte.

— Allez rôder autour du château habillés en ouvriers, leur demanda-t-elle, et revenez me donner des nouvelles.

Les deux hommes rejoignirent Louveciennes en fin d'après-midi. « La foule campe devant le palais. L'humeur est belliqueuse », rapportèrent-ils. Ils avaient entendu d'inquiétants propos sur un prochain assaut. De long en large, Jeanne parcourait son salon. Madame Vigée-Lebrun tentait de la rassurer. « Ce sont des manœuvres d'intimidation, rien de plus, assura-t-elle. D'ailleurs La Fayette, qui est fort populaire, saura rétablir l'ordre et renvoyer ces misérables à Paris. » Jeanne en doutait. Depuis des mois, lors de conversations avec Brissac et ses amis, elle avait compris que la France traversait une période où les problèmes financiers, fiscaux, politiques, économiques et sociaux convergeaient. Débordé, le gouvernement mal conduit par le roi ne proposait aucune solution acceptable pour les uns comme pour les autres. Dans les révoltés, Louis XVI ne voyait que des enfants égarés et était prêt à ouvrir ses bras à des ombres. « Sa Majesté voudrait nettoyer les écuries d'Augias avec un plumeau », plaisantait Brissac. Mais l'humeur de chacun était au pessimisme. Les intérêts et les passions allaient vite prendre le pas sur les théories, même les plus justes. Le pire était à craindre.

Jeanne ne dormit que quelques heures. Au lever du jour, elle était debout, habillée, attendant des nouvelles.

— L'assaut est donné au palais, annonça un de ses laquais qui avait campé avec les insurgés. Les gardes du corps sont assaillis, les autres soldats lâchent pied. La populace a pénétré dans les appartements royaux.

Soudain, il y eut un bruit de galopade. L'écume à la bouche, des chevaux s'immobilisèrent devant le perron. Jeanne se précipita. Deux hommes blessés se laissèrent tomber à terre.

Avec d'infinies précautions, on les porta dans une chambre, les étendit sur un lit.

— En défendant Leurs Majestés, les nôtres ont tous été massacrés, expliqua l'un des rescapés. Seuls, monsieur de Lukerque et moi avons réussi à nous échapper.

— Et le roi et la reine ? s'inquiéta Jeanne.

— On les ramène de force à Paris.

Jeanne fit appeler son médecin, envoya sa femme de chambre à la pharmacie qui se trouvait à deux pas du château. Pansés, réconfortés par un verre de vin, les deux officiers se présentèrent : « Chevalier Lefèbre de Lukerque » et « Marion de Barghon-Monteil ». Ils étaient jeunes, presque imberbes.

— Je vous garde chez moi, les rassura Jeanne. Mes domestiques n'hésiteront pas à faire le coup de feu pour vous défendre. Ma personne est toute dévouée à la famille royale.

Les deux hommes racontèrent les moments terrifiants vécus à Versailles, la foule des femmes à moitié nues poussant des hurlements vengeurs, les hommes armés de piques, de pioches, de couteaux de boucher. La reine insultée : « Foutue garce ! foutue putain ! » qui, malgré tout, gardait la tête haute, le maintien digne.

Jeanne pleurait silencieusement. Elle avait l'impression que le froid la prenait jusqu'à la moelle des os. Des visions anciennes passèrent devant ses yeux, les femmes plongeant en une profonde révérence à l'approche du roi dans la galerie des Glaces où ricochaient les rayons de soleil, le grand couvert où Louis XV trônait comme un dieu devant le peuple qui défilait respectueusement pour le voir manger, les bals, les feux d'artifice, les concerts, sa présentation à la Cour, les fêtes du mariage de la Dauphine... Tout cela s'était désagrégé.

Le médecin était arrivé et refaisait les pansements des blessés.

— Il leur faudra au moins dix jours de repos, annonça-t-il. Est-ce prudent, madame la comtesse, de les garder ici ?

— La prudence est un mot que j'ignore, monsieur. Je vais faire prévenir les parents de ces deux gentilshommes qu'ils sont sains et saufs et à l'abri chez moi. Ces malheureux doivent être dans la plus grande inquiétude.

Le lendemain, deux proches de Marie-Antoinette arrivèrent à Louveciennes porteurs de remerciements empressés de Sa Majesté la reine pour l'acte de bravoure de la comtesse du Barry. Aussitôt Jeanne s'installa à son secrétaire, prit une plume, du papier et écrivit :

Madame,

Ces jeunes blessés n'ont d'autre regret que de n'être point morts avec leurs camarades pour une princesse aussi parfaite, aussi digne de tous les hommages que l'est assurément Votre Majesté. Louveciennes est à vous, Madame. N'est-ce pas votre bienveillance et votre bonté qui me l'ont rendu ? Le feu roi, par une sorte de pressentiment, me força d'accepter mille objets précieux avant de m'éloigner de sa personne. Je vous les offre, Madame. Permettez-moi, je vous en conjure, de rendre à César ce qui est à César.

De Votre Majesté, la très fidèle servante et sujette,

la comtesse du Barry

— Tenez, dit-elle en tendant le pli à l'un des messagers. Et dites à Sa Majesté que si je peux la servir en quoi que ce soit, je lui obéirai aveuglément.

Restée seule, Jeanne, pour se détendre et secouer la fatigue, décida de faire quelques pas dans son parc. Mais loin de l'égayer, le spectacle de la nature qui se mourait la rendit plus nostalgique encore. L'air était imprégné de senteurs d'humus et de feuilles pourries. Un mince rayon de soleil échappé de la couche des nuages teintait d'or un vieux platane. Au loin, elle apercevait les murs qui cernaient sa propriété, ainsi elle n'était pas aussi libre qu'elle l'avait cru. Un jour, ces murs pouvaient se resserrer autour d'elle, la faire prisonnière. Soudain, elle sentit le froid des perles qui ceignaient son cou, celui de son bracelet d'or et de diamants. Elle emprunta un sentier qui menait au temple de l'Amour mais un lit de feuilles mortes trempées d'humidité lui fit faire demi-tour. Alors Jeanne se dirigea vers le pavillon, son chef-d'œuvre. Au ras des pelouses, une légère brume flottait. La Seine avait grossi, elle distinguait les bords des pâturages devenus marécageux. Il n'y avait pas une barque, nulle barge. Tout autour, la forêt où elle avait chassé avec le roi, s'était promenée avec Brissac, était noire, inhospitalière. Se pouvait-il que tout ait une fin, même la beauté, même l'amour? Brissac, cependant, lui écrivait de Paris des lettres enflammées. Malade, il gardait le lit mais accourrait à Louveciennes aussitôt remis. Elle baisait ses lettres comme on embrasse un amant sur le point de partir en voyage. D'ailleurs, nombre de ses amis avaient déjà quitté la France, les uns pour l'Angleterre, les autres pour l'Allemagne ou la Belgique. Elle leur écrivait régulièrement, donnait les nouvelles les plus légères qu'elle pouvait trouver afin de ne point les alarmer davantage. La suppression des droits féodaux avait entamé ses revenus mais elle avait encore largement de quoi vivre et faire la charité autour d'elle. Le goût des dépenses folles, des coups de tête, des caprices lui était passé.

Jeanne regagna le château, demanda une tasse de café. Zamor n'était pas là. Depuis quelques mois, la conduite de son protégé l'inquiétait. Il devenait sournois, avait des regards insolents. Vêtu d'un simple habit de drap, refusant de porter sa livrée, il s'éclipsait du château tous les soirs pour rejoindre un cercle d'amis sur lesquels Jeanne avait obtenu d'inquiétants renseignements. Dans le cabaret de Louveciennes, la Louve Ancienne, on ne parlait que de liberté, d'égalité, de fraternité. On se jurait de faire dégorger leur or aux riches, ceux qui suçaient le sang des pauvres. Mais le nom de la comtesse du Barry n'était pas prononcé. Sa bienveillance et sa gentillesse envers les villageois arrêtaient encore toute critique.

37

— Ne lisez pas, je vous en conjure ! s'écria madame de Maussabée qui était venue visiter Jeanne. Ce journal est un torchon.

Mais, résolument, la comtesse s'empara des feuillets qu'une main anonyme avait déposés sur le pas de sa porte. La gazette s'intitulait *L'Ami du peuple* et la première page, ce jour-là, lui était consacrée. L'article était signé par Marat, le fondateur du journal.

« Sachez que ce que coûte à l'État l'Assemblée nationale, ne coûte pas pendant une année entière le quart de ce que lui coûtait l'une des catins favorites de ce vieux pécheur, Louis XV. Voyez comme il a calé à Louveciennes cette du Barry qui était ci-devant dans la crotte. Ah, si vous l'aviez vue, il y a vingt années, couverte de diamants ! Dame, il fallait la voir faire son embarras dans le château de Versailles et donner par bottées à ses voleurs de parents les louis d'or de la nation. »

Jeanne haussa les épaules. Mais, tout au fond d'elle-même, un vieux chagrin revenait, celui d'avoir à se défendre, à se justifier encore et encore.

— Les diamants dont parle ce monsieur ont été pour la plupart vendus, prononça-t-elle d'une voix calme, et je m'apprête à liquider les derniers.

— Pas en France, ma chère amie. Il faut désormais se méfier de tout et de tous. Confiez cette affaire aux banquiers Vandenyver, ils sont de vos amis, je crois, et réaliseront la vente en Hollande. Laissez les fonds à Amsterdam car l'avenir ici est par trop incertain.

— Je n'ai aucune intention d'émigrer, précisa Jeanne.

— Mieux vaut prévenir que guérir.

— Venez, chuchota madame du Barry.

Elle prit sa vieille amie par le bras et l'entraîna dans sa chambre au premier étage. Se dirigeant vers une merveilleuse commode à plaques de porcelaine de Sèvres, Jeanne en ouvrit une porte. Une série d'écrins étaient serrés les uns à côté des autres.

— Regardez, la pria Jeanne.

Stupéfaite, madame de Maussabée ouvrit un par un les écrins de maroquin frappés aux armes des du Barry. Colliers, parures, pendants d'oreilles, bracelets, bagues de diamants, saphirs, émeraudes, rubis se succédaient. Dans une large boîte carrée était exposée une parure de diamants, dans une autre douze nœuds pesant chacun quinze carats.

— Comment pouvez-vous vivre avec un tel trésor sous votre toit ! s'exclama madame de Maussabée.

— Mes domestiques sont là et la nuit un garde reste à la porte de ma demeure.

— Pour ma part, je confierais ces joyaux à une banque.

— Je veux les voir, les porter ne serait-ce qu'un instant. Ils me rappellent tant de souvenirs heureux. Les autres, ceux de moindre importance, seront tous vendus.

Heureux d'échapper à l'atmosphère sinistre qui régnait aux Tuileries, Brissac parvint à rejoindre

Jeanne pour Noël. Vilipendée et meurtrie, Marie-Antoinette ne pensait qu'à la vengeance et tentait de fomenter une coalition contre la France pour que la royauté absolue soit rétablie. Sans cesse en proie à des crises de nerfs, la reine reniait ces Français félons qui, en retour, lui vouaient haine et mépris. « Et le rôle de Fersen auprès de Sa Majesté est fort néfaste, s'attristait Brissac. Il la tient par les sentiments et exaspère ses rancunes, allant jusqu'à la pousser à qualifier ses sujets de "gueux". Cette pauvre reine est usée, minée par l'angoisse. »

Quoique atterrée par les événements, l'amour de Brissac comblait Jeanne d'instants de bonheur intense. Lui à son côté, elle oubliait l'angoisse du futur, une certaine solitude depuis que maints Parisiens avaient renoncé à prendre la route de Louveciennes, craignant d'être interpellés par des groupes armés. Louis-Hercule était son rempart, un lien l'attachant puissamment à l'ancien monde. Ils soupaient dans la vaisselle de Sèvres, faisaient venir des orchestres de chambre dans le pavillon face à la Seine où flottaient des blocs de glace. Tout était beau, précieux, féerique. Il lui semblait que Louis-Hercule était assez influent pour que rien ne changeât et qu'ensemble, en dépit de la tempête qui faisait rage autour d'eux, ils puissent être heureux jusqu'à la fin de leur vie.

Brissac avait prévu de donner le 10 janvier dans son hôtel une grande fête au cours de laquelle on tirerait les rois. Jeanne regagnerait Paris avec son amant et ne reviendrait à Louveciennes que le 12. Elle avait des amis à voir, des emplettes à faire et se réjouissait de profiter des quelques spectacles que l'on donnait encore.

Avec bonheur, elle retrouva son appartement dans l'hôtel de la rue de Grenelle. En dépit du froid mordant, le duc avait réussi à se procurer des brassées de roses qu'il avait fait disposer dans sa chambre, son salon, son cabinet de toilette. De bons feux brûlaient dans les cheminées de marbre. Chaque jour, l'amour du duc de Brissac la touchait davantage. Contrairement à Louis XV, habitué à être obéi et adulé, Louis-Hercule s'ingéniait à précéder ses moindres désirs, lire au fond de son cœur. Et dans sa fille, la duchesse de Mortemart, elle avait trouvé une petite sœur affectueuse, prévenante, qui jamais ne lui avait laissé entendre par un mot ou une attitude qu'elles étaient d'essence différente.

Pour la fête donnée par son amant, Jeanne se voulut resplendissante. Elle choisit de se vêtir de gris tourterelle et de bleu lavande, sans paniers mais avec un empilage de jupons donnant de l'ampleur à une jupe se terminant par une courte traîne. Le corsage décolleté et bordé de dentelles montrait largement une gorge encore superbe. Tirée vers l'arrière de la tête où un lien de soie la maintenait, la chevelure retombait en boucles épaisses sur ses épaules que couvrait à demi une écharpe de mousseline nouée sous le corsage. Elle n'avait emporté que ses saphirs, un collier de chien, un bracelet, deux bagues et de lourds pendants d'oreilles taillés en poire. Comme chaque fois qu'elle s'absentait, en plus du veilleur de nuit, un soldat montait la garde toute la nuit devant son château.

Tout était prêt pour la fête. Illuminé par cinq lustres, le grand salon de l'hôtel formait une pièce longue où le duc avait rassemblé sa prestigieuse collection de tableaux. De larges portes-fenêtres s'ouvraient de chaque côté du perron et les moulures des portes, des murs, resplendissantes d'or, encadraient des panneaux tapissés de soie brochée d'un rouge sombre. Sur le parquet des tapis de la Savonnerie et de Perse mêlaient leurs coloris allant du jaune safran au rouge ardent comme les lourds rideaux de damas que tenaient ouverts des têtes de lions de bronze doré. Dans la salle à manger, les domestiques avaient dressé quatre tables de douze couverts que cernaient des chaises à dos arrondi recouvertes de soie vert d'eau. Les boiseries étaient en bois naturel sculpté de fleurs et de fruits, et ornées de minces filets d'or. Sur chaque table trônait le même groupe de femmes en biscuit portant une coupe débordant de roses rouges qu'encadraient des chandeliers de vermeil à cinq branches.

Bien que Brissac ait souhaité que l'on ne parle pas de politique, chacun commentait l'erreur de la reine qui, par l'intermédiaire de Fersen, avait fait porter un billet écrit de sa main à Catherine II de Russie et un autre à Charles IV d'Espagne. « Je sens, avait-il assuré à Marie-Antoinette, l'horreur de votre position mais jamais elle ne changera sans un secours étranger. »

— Ce serait là une trahison, affirma Rohan-Chabot. Même pour sauver sa famille, la reine de France ne peut envoyer des soldats français à l'abattoir.

Brissac, qui côtoyait chaque jour les souverains, les trouvait indécis, tantôt prêts à tout pour regagner le pouvoir perdu, tantôt arrondissant le dos, ouverts aux concessions que beaucoup leur conseillaient d'accepter.

On servit le dessert, les galettes des rois. Rohan-Chabot fut roi et couronna Jeanne qui l'embrassa de bon cœur. D'un pas plus vif, les laquais servaient compotes et fruits confits tandis que ceux chargés du vin remplissaient les verres de sauternes. On se mit au jeu qui se prolongea jusqu'après minuit. Puis chacun se retira un peu nostalgique, ne sachant si cette fête ne serait pas la dernière qu'ils partageaient sur le sol de France.

Jeanne avait la tête qui lui tournait un peu et voulut se coucher. Louis-Hercule la suivit dans sa chambre.

— Voulez-vous être seule ? demanda-t-il.

Mais Jeanne lui ouvrit les bras, un désir aigu l'emplissait, plus fort encore que celui de la volupté, celui de voir le temps s'immobiliser, d'être à jamais dans cette chambre avec l'homme qu'elle aimait, protégée, en dehors de toute violence, de tout bouleversement.

— Un malheur est arrivé, madame la comtesse, un grand malheur.

Tout essoufflé, Denis se tenait devant Jeanne qui était à sa coiffeuse en peignoir de velours bordé de cygnes.

La main qui tenait la houppette saturée d'une fine poudre rosée s'immobilisa.

— Tous les bijoux de madame la comtesse ont été dérobés cette nuit. Les voleurs ont mis une échelle et fracturé la fenêtre de la chambre de madame.

D'un bond, Jeanne fut debout.

— Mais le soldat, le veilleur de nuit ?

— Ils étaient absents.

— Les domestiques ?

— Aucun d'entre nous n'a rien entendu.

Jeanne posa les deux mains sur sa bouche. Les bijoux représentaient environ deux millions de livres.

Vivement elle sonna sa femme de chambre et l'envoya chez le duc de Brissac. Elle voulait lui parler immédiatement.

— Il faut faire dresser un procès-verbal par la maréchaussée de l'Ile-de-France, assura celui-ci d'un ton plein d'autorité, et ouvrir une information judiciaire.

Il serra Jeanne dans ses bras, essuya ses larmes.

— Nous les retrouverons. Il n'est pas facile d'écouler ce genre de marchandise, à moins de démonter les pierres, et encore... Mais je vous en prie, mon cher cœur, restez discrète. N'oubliez pas que ces joyaux vous viennent de feu le roi Louis XV et que la royauté ne jouit pas en ces temps-ci d'une bonne réputation.

Jeanne écoutait à peine. On l'avait dévalisée et elle devrait se comporter en coupable? Louis-Hercule n'avait aucune idée de son attachement à ces bijoux. Chacune de ses pierres avait été une déclaration d'amour du roi. C'étaient des moments uniques de sa vie qu'on lui avait volés.

— Il est sage que je regagne Louveciennes, mon cher cœur, déclara-t-elle d'un ton maîtrisé. Je veux savoir comment les choses se sont passées et dresser un inventaire.

— Gardez-le pour vous avant que la police ait enquêté. Ces gens-là sont susceptibles. Je vous rejoindrai dès que possible, et nous causerons ensemble de la conduite à adopter pour rester dans la légalité tout en gardant aussi une grande discrétion.

Louis-Hercule accompagna Jeanne jusqu'à sa voiture. De légers flocons de neige commençaient à tomber. Dans quelques heures lui-même serait aux Tuileries dans une atmosphère de fin du monde.

— Prenez garde à vous, ma chérie. Mon cœur ne vous quitte pas un instant.

— Le mien est là, répondit Jeanne.

Et, du bout du doigt, elle toucha le gilet de son amant à l'emplacement même du cœur.

A peine arrivée à Louveciennes, Jeanne se fit relater l'affaire dans tous ses détails. Le veilleur de nuit ne s'était pas montré et des inconnus avaient enivré le soldat en faction pour l'entraîner avec eux dans un cabaret. D'un regard navré, Jeanne vit sa fenêtre brisée, l'échelle encore posée contre le mur.

Dans sa chambre, le spectacle était désolant. Au pied-de-biche, les voleurs avaient fracturé son secrétaire et tous les tiroirs de la commode.

— Denis, demanda-t-elle d'une voix atterrée, faites venir à l'instant un menuisier pour réparer la fenêtre, puis prévenez la maréchaussée. Où est Zamor ?

— Il ne s'est pas montré ce matin, madame la comtesse.

— Il est chez lui, n'est-ce pas ?

L'affreuse idée que son cher protégé puisse être l'auteur du vol l'épouvantait.

— Adeline l'a aperçu ce matin dans le quartier des domestiques, madame la comtesse. Il avait l'air mal fichu.

— Que la cuisinière me fasse du café bien fort. Je vais me reposer dans la chambre bleue. Venez me voir aussitôt de retour.

Étendue sur le lit recouvert d'une courtine de satin bleue brodée de cygnes de soie, Jeanne somnola un moment. Dans son cauchemar, elle se voyait traquée, pourchassée sans pouvoir avancer d'un pas. On allait la rattraper, et elle était incapable de s'échapper.

— Le menuisier sera là cet après-midi, madame la comtesse, et la police dans la soirée.

— Faites atteler et allez chercher vous-même mon bijoutier, monsieur Rouën. Il sera capable d'évaluer exactement les pierres que l'on m'a dérobées. Qu'il revienne en voiture avec vous ! Dites-lui que l'affaire est de la plus extrême urgence.

Jeanne grignotait un blanc de poulet lorsque la voiture revint avec le bijoutier. Après lui avoir offert, par politesse, une tasse de café, Jeanne l'emmena dans sa chambre, lui montra les meubles fracturés.

— Tout est parti, dit-elle, ne pouvant retenir ses

larmes, mes bijoux, des louis d'or et des guinées, et jusqu'à la miniature du défunt roi.

Impassible, monsieur Rouën ouvrit quelques écrins vides, examina les serrures fracturées.

— Travail de professionnel, jugea-t-il. Madame la comtesse désire-t-elle que nous nous mettions aussitôt à dresser la liste des joyaux ? J'ai un souvenir fort clair de certains, votre mémoire complétera la mienne pour les autres.

Tous deux s'installèrent devant le bureau avec du papier, des plumes et de l'encre. Quoique minée par le chagrin, Jeanne gardait ses idées claires et, en moins d'une heure, le travail fut achevé, huit pages où étaient mentionnés et décrits tous les bijoux volés.

— Je crois que nous n'avons rien oublié, se réjouit le bijoutier. Les joyaux manquant à l'inventaire ont été vendus par vous en Hollande par l'intermédiaire des Vandenyver, n'est-ce pas ?

— Et, Dieu merci, j'ai conservé dans leur banque à Amsterdam l'argent obtenu, une somme à laquelle je ne m'attendais guère.

— Voilà ce que je vous conseille, madame la comtesse, déclara Rouën en se calant contre le dossier du fauteuil. Nous allons dans les plus brefs délais faire imprimer une brochure où sera établie la liste de ces bijoux avec promesse de deux mille livres plus une prime proportionnelle à qui les rapporterait.

— Cela me convient, approuva Jeanne. Mais la police française n'a guère de marge de manœuvre en ces temps troublés et je pense engager monsieur Parker Forth, un agent anglais qui dispose de ses propres enquêteurs. Je le connais bien.

— Il faut en effet alerter les bijoutiers français, mais aussi hollandais et anglais. Ce sont les seules places où des voleurs puissent espérer écouler leur marchandise. Agissons vite et fermement, chaque jour compte.

— Je vous fais confiance, monsieur, assura Jeanne. Vous pouvez faire imprimer votre brochure et la diffuser où bon vous semblera.

En regagnant son salon où l'attendait la femme de l'ambassadeur d'Espagne, Fernand Nugñez, Jeanne ressentit une brève appréhension. Brissac l'avait suppliée d'être discrète. Cette liste de bijoux publiée *urbi et orbi* pourrait-elle lui nuire ? Par ailleurs, si elle ne tentait rien, les méchants se frotteraient les mains. « Mieux vaut savoir déplaire pour son propre intérêt que de vouloir contenter tout le monde et se laisser fouler aux pieds », pensa-t-elle. Un sourire charmeur aux lèvres, elle pénétra dans le salon.

— La reine est à bout, poursuivit l'Espagnole après avoir bu une longue gorgée de thé. Elle songe même parfois à mettre fin à ses jours.

— Breteuil ne cesse de s'occuper de ses intérêts depuis la Suisse. On dit qu'il serait d'accord avec le comte de Mirabeau et Mercy pour un départ secret de Paris. La reine y est prête, murmure-t-on, alors que le roi hésite.

— C'est pitié, remarqua l'ambassadrice de sa voix chantante, que de voir Sa Majesté se raccrocher aux plus frêles branches qui se présentent à Elle afin de ne point couler.

— J'ai offert cent fois mes services à la reine, murmura Jeanne, mais comme vous ne l'ignorez peut-être pas, je viens d'être victime d'un acte odieux. Tous mes bijoux m'ont été dérobés. Ils représentaient une grande partie de ma fortune.

Jeanne tendit le double de la liste qu'elle avait fait apporter par sa femme de chambre. Avec curiosité, puis surprise, l'ambassadrice d'Espagne la parcourut.

— Voici en effet une perte irréparable. Si vous

voulez mon conseil, ma chère, ne faites pas tomber ces papiers entre les mains d'un de vos ennemis. Ce serait leur offrir un couteau pour vous trancher la gorge.

Deux jours plus tard, des pamphlets attaquèrent avec virulence la comtesse du Barry qui gémissait sur la perte de joyaux volés aux Français comme le reste de ses richesses. Serait-ce possible que la ci-devant du Barry ait simulé ce vol afin d'échapper à la vigilance de l'Assemblée nationale qui taxait les biens des particuliers ? Avait-elle commis ainsi une nouvelle fraude ? Un jour ou l'autre, elle aurait à rendre des comptes car nul n'échappait à une justice maintenant égale pour tous. Et le soldat, ajoutait un autre pamphlet, mis à la disposition de la du Barry et que des inconnus avaient enivré, n'avait attiré d'autre pitié que d'être mis aux fers dans le plus noir des cachots. Voilà comment se comportait cette femme qui se vantait d'avoir du cœur !

Atterrée, Jeanne parcourait les gazettes. Se pouvait-il que les êtres humains puissent être aussi cruels les uns envers les autres ? Son petit château n'était plus un havre de paix. Chaque nuit elle se réveillait en croyant entendre du bruit et elle avait demandé à Henriette Roussel, sa femme de chambre, de dormir dans son cabinet de toilette.

Un matin lui parvint une lettre de Brissac :

> Arrivez, mon cher cœur, avec toutes les précautions possibles et avec toute votre vaisselle et autres effets précieux, s'il vous en reste. Oui, vous, votre beauté, votre bonté et votre magnanimité. Je suis plus faible que vous ! Et pourquoi ne le serais-je pas pour l'objet qui m'intéresse si vivement ? Adieu, je vous aime et vous embrasse de tout mon cœur.

Jeanne n'hésita guère. Elle devait quitter Louveciennes durant quelques jours, quelques semaines peut-être, recouvrer sa sérénité, ne plus vivre dans l'angoisse. Même ses plus fidèles domestiques lui semblaient différents. Elle croyait déceler dans leur regard un soupçon d'ironie ou de joie de la voir souffrir qui la bouleversait. Le mal attirait le mal et elle se sentait devenir mesquine. Rue de Grenelle, Louis-Hercule auprès d'elle, tout reprendrait des proportions normales.

38

Un matin de février, Jeanne reçut rue de Grenelle un pli timbré d'Angleterre lui annonçant qu'on avait proposé quelques-unes de ses pierres à un bijoutier londonien, Mr. Simon Lion qui, ayant reçu la liste des joyaux volés par l'intermédiaire d'un agent de Parker, avait habilement demandé aux deux vendeurs s'ils ne possédaient pas d'autres pierres de la même qualité. Sans méfiance, les voleurs le lui avaient confirmé et lorsque, le lendemain, accompagnés d'un Allemand, d'un Français se disant brocanteur et d'un Anglais faisant office d'interprète, ils étaient revenus avec un pendentif de quinze carats et un sac de diamants non montés, la maréchaussée n'avait eu qu'à cueillir les cinq suspects. Une perquisition à leur domicile avait amené à la découverte du reste du trésor, aussitôt déposé à la banque Ramson, Morland & Hammon. La présence de la comtesse à Londres était nécessaire pour identifier les bijoux.

— Je ne peux faire le voyage avec vous, se désola le duc de Brissac. Craignant une nouvelle invasion populaire, la famille royale est en train de se barricader aux Tuileries. Ma place est à ses côtés. Mais je vais faire préparer avec soin votre voyage et vous donnerai comme escorte le chevalier d'Escourre, mon aide de camp. Prenez avec vous Rouën qui authentifiera vos déclarations. Une femme de chambre, deux laquais et le valet de chambre de d'Escourre apporteront durant votre voyage l'assistance nécessaire aux soins domestiques. Dès aujourd'hui, j'enverrai un pli à Parker pour qu'il vous accueille à Boulogne et facilite votre embarquement. A Londres, vous descendrez à l'hôtellerie de Jermyn Street tenue par un ancien maître d'hôtel du duc d'Orléans. Il vous recevra avec les honneurs qui vous sont dus. Ne restez que le temps nécessaire et revenez vite auprès de moi.

Encore en robe de chambre, Jeanne s'assit sur les genoux de son amant et, l'entourant de ses bras, posa de façon câline la tête sur son épaule. La joie d'avoir retrouvé ses bijoux, alliée à l'amour qu'elle éprouvait pour lui, rendait parfait ce moment de bonheur. Et la perspective de voyager, de découvrir Londres, de revoir d'anciens amis qui y avaient émigré lui faisait grand plaisir.

— Tu es l'homme le plus aimable du monde et je suis bénie d'être celle que tu aimes, souffla-t-elle à son oreille.

Louis-Hercule la serra contre lui. Depuis des semaines il faisait effort pour lui farder la situation dramatique qui régnait dans le pays, la vulnérabilité du roi et de la reine, leurs misérables atermoiements. Et Axel de Fersen continuait à bourdonner autour de la reine, lui remplissant l'esprit de projets discutables alors que son devoir eût été de mettre en sûreté en Autriche madame Royale et le petit Dauphin.

— Cours à Louveciennes, ma chérie, te faire établir un passeport et pars sans tarder. L'avenir est incertain en France. Je ne veux pas te savoir sur la route si la situation empirait.

Le 19 février, Jeanne et sa suite arrivèrent à Boulogne où les attendait Parker. Le lendemain, le schooner appareillait pour l'Angleterre. A aucun moment Jeanne ne prêta attention à la présence de deux hommes simplement vêtus de veste et de culotte de drap gris qui allaient et venaient sur le pont. Le voyage jusqu'à Londres l'intéressa au point qu'elle ne vit guère passer le temps. Les forêts, les vastes troupeaux de moutons paissant sur une terre où l'herbe était rare, détrempée par l'hiver, la silhouette lointaine de châteaux gris et massifs comme des citadelles, les gracieux villages où s'activait une population bien vêtue, les nombreux cabarets aux enseignes poétiques ou humoristiques, tout la surprenait. A Londres, Parker les déposa à l'hôtel de Jermyn Street où ils reçurent le meilleur accueil de l'ancien valet du duc d'Orléans dont les affaires, avec l'afflux des émigrés, prospéraient. En accomplissant des prouesses, il avait pu libérer deux appartements pour une semaine, les meilleurs, ceux qui jouissaient du calme de l'arrière-cour.

— Londres est la ville la plus bruyante du monde, commenta-t-il en les précédant dans l'escalier. Dès l'aube, ces sacrés Anglais sont sur pied, filent à leurs affaires et le soir ils vont se rafraîchir au cabaret en faisant un charivari de tous les diables avant de rentrer chez eux. Ici le commerce est roi. Il n'y a pas un pauvre bougre qui ne rêve de devenir négociant, d'ouvrir des comptoirs dans tous les coins du monde, à moins que ce ne soit la rage de l'industrie qui s'empare de lui.

Jeanne écoutait distraitement. Elle avait un emploi du temps chargé et ne voulait pas perdre un instant.

Aidée par sa femme de chambre, elle se changea avant de rencontrer le procureur qui s'occupait de son affaire. Il bruinait et, quoique le temps fût clément, Jeanne avait choisi de s'emmitoufler dans une pelisse doublée de petit-gris dont la capuche protégeait son visage jusqu'aux yeux.

Charles, le valet du chevalier d'Escourre, héla un fiacre dans lequel Jeanne et monsieur Rouën s'installèrent.

— Sale temps, commenta l'un des deux hommes qui patientaient sur le trottoir devant l'hôtellerie.

— En effet. Depuis combien de temps êtes-vous à Londres, messieurs ? s'enquit Rouën par politesse.

— Un certain temps, répondit l'homme laconiquement.

Il arrêta un fiacre qui passait et lui et son compagnon s'y engouffrèrent.

— L'interprète de vos voleurs, un certain sieur Harris, est passé aux aveux, annonça le procureur. Dans votre malheur, vous avez de la chance, madame la comtesse.

Le procureur s'exprimait dans un français correct. Derrière une table d'acajou, il observait tantôt Jeanne, tantôt Rouën.

— L'affaire a débuté à Paris dans un garni à l'enseigne du Canada. C'est le chef de la bande, Jean-Baptiste Levet, qui a manigancé le cambriolage avec deux complices, un dénommé Joseph Amon et Harris. Deux Allemands, Jacob Moyse et Joseph Abraham, les assistèrent pour l'effraction de votre résidence qui ne présenta pour eux aucune difficulté. Alors que Levet faisait le guet, Abraham dans le jardin restait au bas de l'échelle. Les trois autres compères pénétrèrent dans votre chambre et, comme vous le savez, madame la comtesse, fracturèrent votre commode et votre secrétaire. Revenus à Paris, nos malfaiteurs revendirent aussitôt les pièces d'or pour se procurer des liquidités afin de gagner au plus tôt l'Angleterre.

Grâce à votre notice, madame, le bijoutier auquel ils s'adressèrent à Londres fut aussitôt capable de les démasquer. Les arrêter fut un jeu d'enfant car le reste des bijoux volés était tout simplement caché sous le matelas du sieur Amon.

— Quand serai-je en mesure de récupérer mon bien ?

— Nul ne peut le dire avec certitude, madame la comtesse. Il faudra procéder d'abord à un interrogatoire complet, dresser procès-verbal et remettre l'affaire à la justice qui décidera de la date du jugement. Vous n'ignorez pas qu'il n'existe aucune loi d'extradition entre la France et l'Angleterre. Les coupables sont donc entièrement entre les mains de la justice anglaise. Mais vos bijoux sont en sécurité et vous n'avez point de souci à vous faire.

— J'irai voir le lord-maire, lança Jeanne d'un ton froid. Il sera peut-être capable d'accélérer les choses, n'est-ce pas ?

— Peut-être, peut-être pas. L'Angleterre, madame, est un pays où il n'existe pas de pouvoir absolu. Ici, seules les lois décident. En attendant cette entrevue, je vous conseille de vous rendre tous les deux à la banque afin d'identifier formellement vos joyaux.

Signifiant que l'entretien était terminé, le procureur se leva.

Le carrosse du lord-maire attendait devant la porte de l'hôtel. Pour le séduire et hâter son affaire, Jeanne n'avait rien négligé. Coiffure et maquillage parfaits, robe de velours bleu roi brodée au fil d'or de fleurs de lys, décolleté suggestif à peine voilé d'une brume de dentelle. Par discrétion, elle s'était contentée d'une parure de perles. En dépit de la cruelle déception éprouvée le matin même, Jeanne était dans le bonheur de revoir quantité d'amis exilés. La soirée fut brillante et le lord-maire fort attentif envers Jeanne, lui promettant que justice serait faite aussitôt que possible quoique cet engagement lui brisât le cœur en sacrifiant son bonheur de garder à Londres une aussi aimable personne. Les Français fêtèrent la comtesse avec ferveur. Elle n'était plus « la créature » mais le symbole d'une royauté qui la faisait reine. On lui baisait les mains. Une jeune fille voulut poser ses lèvres sur le bas de sa robe, elle l'en empêcha. Madame de Calonne lui tomba dans les bras. La femme de l'ancien ministre, particulièrement honni en France, l'invita à souper pour le lendemain. On ferait en l'honneur de Jeanne une fête « à la française ».

— Je vous raccompagne, ma chère amie, exigea madame de Calonne, nous causerons dans mon carrosse.

Quoiqu'il fût tard déjà et que les rues soient presque vides, aucune des deux femmes ne fit attention au fiacre qui les suivait.

Madame du Barry achève son séjour à Londres mais elle doit y revenir sous peu. Je resterai donc dans cette ville pour éviter des frais de voyage à la Nation. Cette femme a été reçue par le lord-maire et a revu des émigrés français dont à deux reprises madame de Calonne. Il faut conserver un rapport détaillé sur elle et je vous confie, mon cher Greives, le soin de le faire.

Salut et Fraternité,

Jean Blache

Dans la mauvaise chambre d'hôtel où il s'était installé avec son camarade, le délateur expédié par Marat et le Club des cordeliers cacheta la lettre et souffla la chandelle.

— Il y a une justice dans ce bas monde, grommela-t-il en se glissant dans son lit humide. Cette femme a vécu comme une sangsue accrochée à la peau du peuple. Il est temps de l'en arracher et de l'écraser.

Le 4 mars, épuisée et à moitié satisfaite, Jeanne regagna Paris. Brissac l'attendait avec impatience. Le récit qu'elle lui fit déçut le duc qui s'attendait, lui aussi, à un prompt règlement de l'affaire. Et la présence de complices, toujours à Paris, compliquait les choses car les Anglais avaient demandé leur arrestation avant d'entamer la procédure.

— Il faut les retrouver, insista Jeanne. Dès demain, je partirai pour Versailles faire certifier la déclaration de Harris que nous ferons déposer chez l'administrateur de police, monsieur Parron. Votre secrétaire pourrait suivre l'affaire.

Loin de l'abattre, le combat qu'elle s'apprêtait à mener pour que justice soit faite lui redonnait son énergie d'antan. Les complices incarcérés, elle repartirait pour Londres afin d'activer le début du procès.

De retour à Louveciennes, sans même prendre le temps de se changer, Jeanne fit porter un billet à la police, suppliant que l'on retrouve au plus vite le receleur parisien de ses bijoux. « La justice anglaise, concluait-elle, n'est point comme la nôtre et fait mille manières pour punir les coupables, mettant en avant toutes sortes de lois qui me sont étrangères. Votre appui me sera du plus grand secours et je vous en tiendrai une reconnaissance éternelle. »

Après un léger dîner, Jeanne se détendait au coin de la cheminée de sa chambre lorsqu'un léger grattement derrière sa porte la fit sursauter.

— C'est moi, Madame, chuchota la voix de sa femme de chambre, Henriette Roussel. Puis-je vous parler quelques instants?

Un peu embarrassée, la première femme de chambre tortillait entre ses mains un coin de son tablier.

— Je voudrais vous parler de Zamor, madame la comtesse.

Jeanne posa son livre.

— Que lui est-il arrivé?

— Il ne se conduit pas bien et je voulais en informer madame la comtesse. Tous les soirs, il se rend dans un cabaret retrouver un certain Greives qui clame partout être l'homme de confiance de monsieur Marat.

Jeanne se raidit. Marat avait écrit sur elle dans *L'Ami du peuple* des pages virulentes, haineuses. Cet homme à moitié fou, ivre d'ambition, lui faisait peur.

— Es-tu sûre de ce que tu avances?

— Tout à fait, madame la comtesse. Par ailleurs nous, vos domestiques, trouvons qu'il a une mauvaise mentalité et ne frayons plus guère avec lui.

— Fais-le venir, demanda Jeanne. Et s'il est dans ce maudit cabaret, que Denis s'y rende et me le ramène par la peau du cou.

Le monde devenait insensé. Partout régnaient l'hostilité, la délation. Celui qui n'avait point de cheval se jurait de faire descendre du sien le voisin qui en possédait un. La religion elle-même n'échappait pas à cette haine et les prêtres devaient prêter serment de fidélité à la Constitution, se privant par là même de toute liberté de conscience. Les couvents étaient en effervescence et, lorsqu'elle visitait ses amies de Pont-aux-Dames, Jeanne avait grand-peine à les réconforter.

Raide, le visage fermé, Zamor se tenait debout devant sa maîtresse assise au coin de la cheminée.

— Madame la comtesse veut me parler?

Le ton caustique surprit Jeanne. Elle ne reconnaissait plus son serviteur et filleul, presque un membre de la famille.

— Zamor, prononça-t-elle d'un ton calme, on me raconte sur toi des choses qui me déplaisent. Tu te serais lié à Louveciennes avec des personnages peu recommandables dont je crains fort la mauvaise influence sur toi.

— J'ai vingt-huit ans, madame, et fréquente qui me plaît.

Jeanne tressaillit. Jamais un inférieur ne s'était adressé à elle sur ce ton.

— Surveille tes paroles, jeta-t-elle d'un ton irrité, car si je suis bonne, je ne tolère pas l'insolence. Ce monsieur Greives que tu portes aux nues est un agent de Marat. Tu sais qui il est, n'est-ce pas?

— Un défenseur des pauvres, un ami du peuple.

Il y eut un long moment de silence. Jeanne voulait garder le contrôle d'elle-même et de la situation.

— Je crois que tu t'illusionnes sur lui. Aimer les pauvres ne nécessite pas de souhaiter la mort des riches.

Zamor serra les lèvres. S'il commençait à parler, rien ne pourrait l'arrêter. Il jetterait à la face de cette femme qui avait volé l'argent de la Nation ses humiliations d'enfant, la façon honteuse dont elle s'était servie de lui pour se mettre en valeur, sa feinte familiarité qui ne l'abusait nullement, les sommes énormes qu'il voyait chaque mois englouties dans le train de maison de Louveciennes, ses liens avec le duc de Brissac, un homme marié, père de famille. Oui, il était membre de plusieurs comités révolutionnaires et ne le regrettait nullement.

— Tu ne veux pas me répondre, soupira Jeanne, c'est ton droit, même si ce manque de confiance me cause un grand chagrin. Depuis ta petite enfance, je te croyais heureux ici. Sans doute me suis-je trompée.

— J'ai été heureux, balbutia Zamor.

Il n'avait pu retenir ces mots et déjà les regrettait.

— Mais tu ne l'es plus, n'est-ce pas ? Eh bien, je te rends ta liberté. Dispose de toi-même comme tu l'entends dans la mesure où tu ne te dépenses pas à nuire à ton prochain. Je t'ai élevé dans la religion chrétienne et suis ta marraine, c'est-à-dire que j'aurai à répondre devant Dieu du grain semé en toi. N'oublie jamais que Notre Seigneur Jésus fut tout amour, même et surtout envers les pécheurs. Va, je te laisse bien volontiers ta chambre dans les communs et la nourriture quotidienne. Il me serait insupportable de te savoir réduit à la misère.

Jeanne fit un signe indiquant à Zamor qu'il pouvait sortir. Le jeune homme vit que sa maîtresse avait les larmes aux yeux et il allait lui baiser la main lorsqu'il se reprit et, d'un pas raide, sans un mot, sortit de la chambre.

— Le receleur Philippe Joseph s'est enfui, annonça l'inspecteur de police, mais si nous n'avons pu mettre la main sur lui, nous avons arrêté et jeté en prison sa femme et sa servante.

— Et le Suisse chargé de monter la garde la nuit ?

— Il était complice des voleurs et les a prévenus par un coup de sifflet que vos domestiques étaient partis se coucher. Lui aussi est incarcéré dans la prison de sa caserne. Comme Madame le sait, les soldats suisses ne sont pas justiciables des tribunaux français.

Jeanne tournait et retournait entre ses mains la plume qu'elle tenait à la main pour signer le procès-verbal.

— De quoi disposons-nous envers les tribunaux anglais, monsieur ?

— Le tribunal de Versailles a formellement inculpé les cinq voleurs toujours à Londres, le marchand Philippe Joseph, sa femme Sepora et sa servante Gothon. Si vous signez la procédure d'instruction, vous pourrez, munie du double certifié de ce papier, retourner à Londres et la produire devant le juge anglais. J'espère alors que l'affaire de madame la comtesse sera en bonne voie d'être réglée.

— Il ne me reste plus qu'à redemander un passeport pour l'Angleterre, soupira-t-elle.

Le jour même, elle écrirait à son banquier, monsieur Vandenyver, de lui obtenir des lettres de crédit sur la banque Simon & Hankey de Londres avec ses bijoux comme garantie. Brissac avait entièrement réglé les frais de son premier voyage mais elle s'interdisait de le solliciter davantage. Son pauvre amant était suffisamment accablé par le souci de sa charge. Il était évident que quelque chose se tramait aux Tuileries. Le comte de Mirabeau, un conseiller modéré, était à l'agonie et allait disparaître prochainement. L'intendant de la liste civile, Arnaud de la Porte, homme de confiance du roi, le pressait de fuir Paris pour reconquérir sa ville par les armes, avis que ne cessait de prodiguer Fersen à la reine. « Si les souverains fuient, la monarchie, répétait Brissac, sera frappée d'un coup mortel. » Mais ses avis d'homme libéral n'étaient guère tenus en considération.

Chez les Vandenyver, l'espion placé par le gouvernement se frotta les mains. La lettre de la comtesse du Barry qu'on venait de déposer indiquait clairement qu'elle désirait faire passer des fonds importants à l'étranger, probablement pour soutenir les émigrés. Son homme de confiance, qui surveillait les allées et venues à Louveciennes, avait pu noter que l'on remettait à la comtesse depuis une semaine un nombre considérable de plis, sans nul doute de la correspondance destinée aux traîtres ayant quitté la France. La du Barry, qui était leur complice, devenait donc traîtresse elle-même.

Le 4 avril, Jeanne monta en voiture pour Londres accompagnée d'Henriette Roussel et de Denis Morin, son premier valet de chambre. Ayant voulu voyager léger et ne comptant demeurer que quelques jours en Angleterre, elle n'avait emporté que deux malles et un portefeuille de maroquin qu'elle gardait sur elle et qui contenait une vingtaine de lettres.

Le voyage fut affreux. Au départ de Calais, la mer était grosse, le vent atteignait la force quatre et semblait devoir forcir. Semblant peu inquiet, le commandant inspectait le ciel, prenait des mesures et rassura chacun en annonçant un grain qui ne durerait pas. Dans sa cabine, Jeanne grelottait. Le vent s'infiltrait partout, l'humidité la transperçait. Enveloppée de sa cape doublée de fourrure, elle s'était allongée sur sa couchette et songeait à ses adieux à Brissac. En dépit de ses efforts pour paraître gai et optimiste, Jeanne décelait de profondes déceptions, des soucis qui occupaient constamment son esprit. Il l'avait serrée entre ses bras comme s'il devait ne jamais la revoir. Sa bouche semblait ne pas vouloir quitter celle de sa maîtresse. Que leur réservait l'avenir? Sa fille, la duchesse de Mortemart, avait fait part à Jeanne de son désir d'émigrer en Angleterre. Pourrait-elle préparer son arrivée, trouver un logement? Jeanne avait promis. Le *Bloodhound* plongeait dans la houle et Jeanne sentit des nausées l'envahir. La pluie maintenant tombait à verse, cinglant le hublot, faisant mousser les crêtes verdâtres des lames. Au-dehors, on ne voyait à plus de cent pieds. Un paquet de mer s'engouffra dans la cabine. Jeanne dut quitter sa couchette pour s'asseoir sur un coffre. Parti à l'aube, le *Bloodhound* jeta l'ancre dans le port de Douvres à minuit. Malades, épuisés, les passagers se jetèrent dans des fiacres et n'atteignirent Londres qu'aux premières lueurs du matin.

Par précaution, Brissac avait conseillé à Jeanne de ne pas descendre à l'hôtel mais de louer près d'Oxford Circus, dans Margaret Street, un appartement où elle aurait ses aises, servie par ses propres domestiques. Au fond de lui-même, le duc craignait que le séjour de Jeanne ne s'éternisât. Manifestement, la justice anglaise ne faisait rien pour l'aider et même il soupçonnait qu'elle se plaisait à compliquer les choses. Par leur arrogance, leurs prétentions à être les plus civilisés de la planète, les immigrés français irritaient bon nombre de Londoniens. Démunis du nécessaire, beaucoup vivotaient d'emprunts et se permettaient, par-dessus le marché, d'afficher des airs de supériorité.

Il était déjà midi. Henriette avait préparé sa tasse de chocolat matinale accompagnée non de brioches mais d'une pâtisserie appelée « scone » que Jeanne trouva délicieuse.

— Le temps est maussade, madame la comtesse, annonça la femme de chambre en tirant les rideaux, mais l'appartement me semble confortable. J'ai déjà rangé vos effets et Denis est à la recherche d'une voiture à louer pour la durée de votre séjour.

— As-tu porté le courrier ?

— Pas encorc, Madame.

— Il faudra donc que je me rende chez le juge sans rendez-vous, soupira Jeanne. Je ne compte pas m'éterniser dans ce pays de pluie et de brouillard.

— Nous allons devoir libérer les inculpés, madame.

Jeanne bondit de son siège. Rêvait-elle?

— Et de quel droit, monsieur!

Le juge sourit avec ironie.

— Du droit anglais, madame, qui ne permet pas de juger les Français ayant commis des délits hors de ce pays, pas plus que de les réexpédier en France.

— Mais comment sortir de ce labyrinthe, monsieur?

— Il faudrait que Levet, qui est emprisonné à Newgate, avoue son crime. Le séquestre posé sur vos bijoux pourrait alors être levé.

Le juge se leva. Cette femme qui débarquait chez lui sans se faire annoncer commençait à l'irriter et si elle n'avait joui d'autant de protections, dont celle du lord-maire, il lui aurait claqué sa porte au nez.

— Amenez-moi à la prison de Newgate, demanda Jeanne au cocher.

Au guichet, on refusa obstinément de la laisser visiter un prisonnier sans autorisation. Il fallait remplir une demande et la faire viser par le directeur de la prison ou tout commissaire de police.

Rentrée chez elle, Jeanne ne put retenir ses larmes. Elle qui comptait pouvoir regagner la France dans les jours à venir devrait s'éterniser à Londres. Le lendemain, elle irait voir son ami le lord-maire et le supplierait de la conseiller. Elle s'occuperait ensuite d'obtenir un permis de visite et parlerait elle-même à Levet.

A son retour, une dizaine de cartes l'attendaient. Ses amis se bousculaient pour l'inviter, la divertir, la guider dans la ville, lui en faire découvrir les beautés. Comme la vie était surprenante! Les plus grands noms de France s'empressaient à lui faire plaisir.

Mis à part la déception procurée par le mutisme total d'un Levet comprenant bien du fond de sa prison le pouvoir qu'il avait sur elle, Jeanne s'étourdit à Londres de fêtes, de courses, de découvertes. Lord Queensbury, un ami de longue date de Jean-Baptiste, plus débauché que lui, s'il était possible, la présenta au prince de Galles qui la courtisa avec assiduité.

A maintes reprises, Jeanne accepta l'invitation de grandes familles émigrées, les reçut chez elle tandis que Blache notait avec soin chacun de ses faits et gestes qu'il dépêchait avec régularité au citoyen Greives, à l'auberge de La Louve Ancienne. Le dossier constitué contre la citoyenne du Barry s'étoffait. Le temps n'était plus loin où le nombre de pièces à charge serait suffisant pour une interpellation. Et lui Blache, vieil ami de Greives, retraverserait alors la Manche pour voir jeter en prison la dernière grande putain royale de France.

Lorsque Jeanne sortit pour la dernière fois de son appartement le 21 avril, afin de regagner Paris, Blache referma son carnet et suivit des yeux le fiacre chargé de deux malles jusqu'à ce qu'il ait disparu au coin de Margaret Street.

39

Jeanne retrouva le duc de Brissac aux cent coups. Le 18 avril, une populace menaçante avait empêché la famille royale de se rendre au château de Saint-Cloud où elle avait projeté de passer les fêtes de Pâques. Après plus de deux heures d'inutiles pourparlers, Leurs Majestés étaient redescendues de carrosse. A sa dame d'honneur, la princesse de Chimay, en larmes, la reine avait déclaré d'une voix assez haute pour que chacun puisse l'entendre : « Ce n'est pas le moment de pleurer mais celui d'exprimer du courage », puis, se tournant tout à fait vers la garde nationale : « Avouez à présent que nous ne sommes pas libres. »

— Enfin la reine montre de l'audace, constata Brissac. Oublions un instant cette folie collective. Viens, mon cœur, j'ai fait préparer un petit souper devant la cheminée de ma chambre. Tu vas me parler de toi. Je me sens las et triste et ai besoin de ton amour.

Ces quelques heures de tendresse et de passion avaient redonné à Jeanne un peu d'optimisme. Toujours taraudée par son affaire de bijoux, le fait de ne rien comprendre aux lois anglaises la frustrait. Elle ne savait plus quoi tenter, à qui demander d'intervenir. Venue solliciter avant son retour en France le lord chancelier Hawkesbury, celui-ci avait vertement déclaré que la rigueur des lois anglaises ne permettait pas à un ministre d'influencer un juge de quelque manière que ce fût. Jeanne fut abasourdie. « En France, avait-elle pensé, avec de bons appuis on parvient toujours à s'arranger. »

Sous le soleil d'août, Louveciennes était radieux. A pas lents, Jeanne parcourut son parc, s'arrêta longuement devant son pavillon. Une impression étrange d'irréalité l'oppressait, comme si elle était devenue la spectatrice de sa propre vie. Sans le courrier volumineux qui l'attendait, quelques affaires à régler pour son domaine, les obsèques d'une laveuse à son service depuis des années, elle serait allée se réfugier à Paris dans les bras de Brissac.

La nuit, sa fenêtre ouverte sur le parc, elle dormit bien. Portée par un vent doux, la senteur des premiers buissons fleuris envahissait la maison. Une paix heureuse baignait la jolie chambre de Jeanne comme si la fureur du monde extérieur ne pouvait franchir les portes de sa demeure bien-aimée. Le matin avec son petit déjeuner, Henriette lui remit une lettre timbrée de Londres. Les inculpés avaient été relâchés mais, tant que ces derniers ne seraient pas capables de donner la preuve irréfutable qu'ils étaient propriétaires des bijoux, ceux-ci resteraient dans le coffre de la banque. Il fallait qu'elle regagne l'Angleterre au plus vite.

Jeanne était consternée. Repartir à Londres ? Et pour combien de temps ? Des semaines, des mois peut-être, à végéter dans un appartement meublé, loin de Louis-Hercule et de Louveciennes ? Il lui faudrait tirer de nouvelles lettres de change par l'intermédiaire des Vandenyver pour subsister elle-même et aider les quelques familles françaises dont elle avait deviné la détresse. Un tel séjour à durée indéterminée nécessitait une organisation différente. Elle laisserait à Louveciennes l'ensemble de ses domestiques afin de tenir la propriété et embaucherait à Londres un cocher, un cuisinier, un valet et une femme de chambre. Elle rechercherait là-bas un logement plus vaste que les précédents et mieux aménagé car elle devrait recevoir souvent. Et elle demanderait à un ami connaisseur, lord Queensbury, de se procurer une voiture et deux chevaux de race qui puissent faire honneur à leur propriétaire. Moins que jamais, Jeanne ne savait se satisfaire de l'ordinaire. La beauté lui était aussi nécessaire que l'air qu'elle respirait.

A peine levée, elle s'installa devant son secrétaire :

Mon cher cœur,

Les bandits sont libérés! Je dois me rendre à Londres toutes affaires cessantes ce qui signifie que je ne serai pas la semaine prochaine à Paris comme je vous l'avais promis. Mon cœur est déchiré de vous laisser seul dans ces moments d'incertitude et d'anxiété, mais si je ne me rends pas moi-même là-bas, mes bijoux seront perdus et avec eux le plus gros de ma fortune. Je ne veux dépendre de personne, et surtout pas de vous qui avez largement entamé la vôtre au service de Leurs Majestés. Chaque minute, je penserai à vous, tentant de vous imaginer tantôt aux Tuileries, tantôt chez vous, rue de Grenelle. Dites à votre fille que je m'activerai à Londres dans ses intérêts et que, Dieu aidant, d'ici la fin de l'année, elle pourra être à l'abri des fous qui nous gouvernent. Avec nostalgie, je pense aux jours d'autrefois où nous n'avions que plaisir et bonheur à partager. Mais l'amour exige que les soucis et peines des amants soient identiques et nous nous soutiendrons par la pensée. L'amour n'a point de limites, aucune distance ne peut éloigner les cœurs, il est immanent aux êtres qui l'éprouvent. Nous sommes ensemble quoi qu'il arrive et cette évidence m'apporte un peu de réconfort.

Inutile de vous préciser combien quitter ma chère maison me fait de la peine. Les dernières roses s'épanouiront sans moi et je ne sentirai point leur parfum de fin d'été. Le pavillon restera désert et la lumière jouera en vain sur la Seine puisque nous ne serons plus là, vous et moi, pour l'admirer dans les bras l'un de l'autre. Il me semble ressentir la chaleur de votre corps, ce parfum de lavande qui ne vous quitte pas et qui me ferait vous identifier les yeux fermés. Le contact de votre peau me donne toujours des frissons, je suis prisonnière de vos étreintes, de vos caresses. Comment allons-nous vivre tout ce temps éloignés l'un de l'autre ?

Je vous embrasse cent fois, mille fois. Mon cœur bat fort en pensant à vous,

Votre Jeanne

D'un geste machinal, Jeanne plia la feuille de papier, la cacheta. Denis allait partir à cheval à l'instant. A l'heure du déjeuner, Brissac la lirait.

Le petit hôtel loué à Londres dans Burton Street avait ce charme anglais que Jeanne avait appris à apprécier. Un sous-sol où se trouvait la cuisine, un rez-de-chaussée avec grand salon, petit salon, salle à manger, fumoir, au premier trois chambres et, sous les combles, trois autres pour les domestiques. Le cocher couchait au-dessus des écuries. Jeanne se souvenait du temps où sa tante Hélène les avait recueillies, sa mère et elle, dans les communs de l'hôtel particulier de madame Brignon dont elle était une des femmes de chambre. A cette époque, leur logement exigu lui avait paru luxueux, le jardin plus beau que tous les autres jardins du monde, à peine osait-elle fouler aux pieds le fin gravier des allées. Aujourd'hui sa tante Hélène, elle aussi, était morte, comme la plupart des frères et sœurs Bécu.

Lord Queensbury avait bien fait les choses. La voiture était l'élégance même et les chevaux de fort belle race, noirs l'un et l'autre avec une tache blanche entre les oreilles.

Londres n'était plus pour Jeanne une ville inconnue et elle y comptait de nombreux amis, ayant accepté de bon cœur de faire passer des lettres destinées aux émigrés.

Ravi de reprendre son service, Blache enregistrait l'abondance du courrier reçu de Paris et les noms des visiteurs que Jeanne accueillait. Un proche ami du prince d'Artois, réfugié à Turin, était venu chez elle et y était resté une après-midi entière. On affirmait aussi qu'elle communiquait avec le comte de Provence en Belgique et activement avec Calonne, porte-parole des émigrés français en Angleterre.

Les démarches de Jeanne pour récupérer ses bijoux se soldaient toutes par des échecs. Il n'y avait ni preuve formelle de vol, ni celle que les joyaux appartenaient aux présumés voleurs. Juillet s'achevait et les sessions du tribunal allaient s'interrompre le 15 août jusqu'en septembre. La copie du jugement interlocutoire de Londres en poche, pressée par Brissac de revenir en France, Jeanne prépara son voyage de retour.

Par surprise, elle débarqua rue de Grenelle le 24 août.

Jeanne et Louis-Hercule avaient dîné seuls en dégustant un vieux vin de Haut-Brion.

— Maintenant que Leurs Majestés sont virtuellement prisonnières et que je suis dans l'impossibilité de poursuivre mon service, je me consacrerai davantage à ton affaire, mon cœur. Elle prend un tour par trop absurde et, à nous deux, nous trouverons une solution raisonnable. Tandis que je vais établir mes plans, rejoins ton cher Louveciennes où je viendrai te retrouver aussi souvent que possible. Distrais-toi, sois heureuse. Le peu de bonheur qui me reste vient entièrement de toi.

— Sais-tu, s'écria Jeanne, soudain radieuse, que je vais commander une statue à Mouchy pour mon parc ? Ce sera la Beauté qui désarme l'Amour.

— L'amour est vulnérable, répondit Brissac gravement, et la beauté le rend plus fragile encore. M'aimes-tu ?

— Personne ne m'a désarmée, répondit Jeanne en se moquant. Et Dieu sait le pouvoir que tu as sur moi.

Alors que sa voiture filait sur la route de Louveciennes, Jeanne regretta son ironie. Il y avait de la mélancolie, presque de la détresse dans le regard de son cher amant. La situation politique, l'effondrement des valeurs dans lesquelles ses parents l'avaient élevé, une situation que nul ne maîtrisait plus rongeaient le gentilhomme pourtant libéral qu'il était. Voir de ses propres yeux les humiliations constantes que subissaient le roi et la reine le désespérait. Les initiatives plus compromettantes les unes que les autres de la reine, son double jeu anéantissaient les dernières chances de la royauté de survivre. Jeanne se souvenait de l'arrivée à Versailles de la petite Dauphine, fêtée, adulée, une enfant orgueilleuse, têtue, narcissique, qui jugeait ce qu'elle n'était point apte à comprendre. Mais aujourd'hui tout était pardonné.

Le 15 septembre, Jeanne reçut une longue lettre de Brissac. Sans relâche, il avait travaillé sur son affaire et il devenait évident que le tribunal de Versailles devait convoquer les témoins encore en France et obtenir un mandat de prise de corps contre les inculpés. A défaut de leur coopération, les juger par contumace. Grâce à cette sentence, le tribunal anglais serait en mesure de reprendre une procédure d'instruction. Brissac terminait ainsi :

> [...] Il vous faudra patienter quelques semaines, mais j'ai bon espoir que l'affaire se fasse en octobre. J'ai même reçu des assurances à ce propos. Vous serez convoquée ainsi que votre personnel et ce garde suisse censé surveiller votre demeure. N'attendez point un prompt jugement car, par les temps que nous vivons, tout est fort lent et compliqué. Mais nous y arriverons. Votre énergie soulèvera comme toujours les montagnes et nous en aurons besoin car, comme vous le savez, je nourris de grandes inquiétudes quant à l'avenir de notre pauvre pays.
>
> Comme promis, je serai à Louveciennes samedi et dimanche. N'invitez pas trop de monde. Je veux profiter de votre présence comme un enfant s'accroche à un trésor qu'il craint de perdre. Je vous aime depuis le premier instant où je vous ai vue et vous aimerai jusqu'à ma mort,
>
> Votre fidèle Louis-Hercule

Jeanne reprenait courage. Les bijoux lui seraient restitués, Brissac l'aimait, elle était entourée d'amis fidèles, vivait dans son cher domaine. En dépit de la tempête qu'évoquait souvent Louis-Hercule, les choses à Louveciennes semblaient ne point bouger.

Seul, Zamor lui avait infligé une grande tristesse en disparaissant un beau jour sans laisser de traces.

L'automne fut délicieux. Comme l'avait prévu Brissac, elle fut convoquée avec son personnel le 5 octobre par le tribunal de Versailles où elle relata avec simplicité ce qu'elle savait du cambriolage. Confondu par Harris, le Suisse, Badoux, admit sa complicité. L'affaire avait été préparée de longue date et soigneusement montée. En quittant le tribunal, Jeanne fut déçue d'apprendre que le jugement des inculpés n'aurait lieu qu'en février 92. « Vous n'êtes pas la seule à demander que justice soit faite, lui expliqua sèchement le juge, et devez attendre votre tour. Le temps des privilèges aristocratiques est achevé. »

Tout l'hiver, Brissac rassura Jeanne sur la bonne issue du procès. Mais sa maîtresse semblait gagnée par son inquiétude du proche avenir. Le roi et la reine avaient lancé un ultimatum exigeant qu'on les rétablisse dans tous les droits qu'ils tenaient de Dieu. S'ils étaient gardés prisonniers, bafoués, privés de tout pouvoir, la guerre serait inévitable car les souverains étrangers viendraient à leur secours.

Brissac pardonnait à la reine. Usée, minée, elle passait d'une totale prostration à la plus grande surexcitation.

— Vous ne la reconnaîtriez pas, avouait-il à Jeanne. Elle n'a d'oreille que pour Fersen qui la conseille en dépit du bon sens et, de surcroît, la trahit sans cesse avec d'autres femmes.

En février, les inculpés du vol des bijoux furent enfin jugés. Seules furent relaxées l'épouse et la servante du receleur contre lesquelles on ne possédait point de preuve formelle.

Ayant appris qu'on l'avait sans cesse espionnée,

Jeanne ne souhaitait plus retourner à Londres. En demeurant à Louveciennes où les habitants l'appréciaient, elle ne pouvait pas être inquiétée. Elle visitait souvent les gens du village, apportant un jouet à un enfant malade, une friandise à un vieillard isolé. Lorsqu'elle marchait dans les rues tranquilles de Louveciennes, son premier valet de chambre, Denis Morin, à son côté, des bouffées de souvenirs lui revenaient en mémoire : qu'étaient devenus Jean-Baptiste Lametz, François Lenormand? Ils approchaient de la soixantaine aujourd'hui, peut-être n'étaient-ils plus de ce monde. Mais une odeur, un bruit la rejetait trente années plus tôt, jeune fille belle et pauvre dont rien ne semblait vouloir arrêter les ambitions. Si elle avait eu son enfant, il aurait presque trente ans, serait marié et elle grand-mère. Au lieu de cela, elle régnait encore en jolie femme, était adorée du duc de Brissac, n'avait aucun souci matériel. Et sa maison l'enchantait autant qu'au premier jour. Peu à peu, sa collection de tableaux et d'objets rares s'était complétée. De Versailles, elle avait conservé sa vaisselle de Sèvres, ses couverts de vermeil, ses plateaux et plats de service d'argent gravés à ses armes, sa belle bibliothèque, des girandoles, des oiseaux en biscuit, des vases en porcelaine de Saxe, deux bustes d'elle en marbre l'un de Lemoyne, l'autre de Pajou. Tout évoquait pour elle des souvenirs, ici le roi, là Brissac, et même ses brèves amours avec Henry Seymour. De lui, venaient un portrait de chien à l'arrêt, une tabatière en or et émail, un éventail de soie rose à monture d'ivoire.

Elle n'oubliait rien ni personne.

Des prêtres réfractaires venaient parfois durant la nuit frapper à sa porte. Elle les hébergeait toujours, les réconfortait, leur procurait des habits civils, de l'argent. Dans sa chapelle, ils disaient la messe, écoutée par Jeanne et ses serviteurs, donnaient la communion.

— Tu risques ta vie, mon cœur, la grondait Brissac.

Jeanne haussait les épaules. Qui la dénoncerait? Tout le village était demeuré chrétien, tournant le dos aux prêtres constitutionnels. L'église du pays était vide. Dieu venait se réfugier chez elle.

40

— Le roi, ma bien-aimée, vient de me nommer chef de sa maison militaire, soit huit cents hommes. Sa Majesté semble certaine qu'elle n'aura pas besoin de nous pour la défendre car Elle est résolue à tergiverser durant deux ou trois ans, sûre qu'Elle sera remise sur le trône par une population lassée du désordre. Le roi désire que nous, les nobles, nous nous tenions aussi tranquilles. « Sire, lui ai-je répondu, cela vous est facile avec vingt-cinq millions de liste civile, mais à nous, nobles qui avons tout perdu et tout sacrifié pour vous servir, il ne nous reste que deux partis : de nous réunir à vos ennemis pour vous détrôner ou de faire la guerre et de mourir au lit de l'honneur. Et Votre Majesté sait bien que c'est ce dernier parti que nous prendrons. » Fâché sans doute d'être mis en face d'une situation déplaisante dont il est responsable, le roi n'a rien répondu. J'ai accepté, quant à moi, ce poste dangereux car je dois ce dévouement à mes ancêtres comme à ceux du roi. Je vais constituer cette petite armée du mieux que je peux et aurai besoin de vos conseils.

— Des hommes, honnêtes et courageux, qui ne soient pas des révolutionnaires vous en trouverez, mon chéri, car je ne peux croire la France gangrenée à ce point.

Il faisait presque nuit. Le vent sifflait. Une pluie glacée frappait les vitres du château de Louveciennes. Tassé dans un fauteuil au coin du feu, Brissac semblait vieilli de dix ans. Jeanne savait qu'il ne nourrissait aucun espoir sur sa capacité à protéger la famille royale avec huit cents hommes seulement. D'autre part, commandé par lui, descendant d'une des plus vieilles familles françaises, ce maigre bataillon serait aussitôt suspect à l'Assemblée qui l'accuserait d'être un foyer contre-révolutionnaire. Jeanne prit la main de son amant, la serra contre la sienne.

— Nous sommes une race morte, mon cher cœur. Chacun nous hait à cause de ce que nous représentons. Soyez prudent, ne risquez pas votre vie pour un roi qui ne montrera aucune reconnaissance à votre famille. Votre perte me désespérerait à jamais.

— Je ferai mon devoir, murmura Brissac, mais je vous accorde qu'il faut rassembler des jeunes gens fidèles à la monarchie et qui soient prêts à mourir pour elle. Ce ne sera guère facile.

— Je vous aiderai. Quantité de nobles dans le plus grand besoin cherchent désespérément des charges pour leurs enfants. Se battre sous votre commandement est un honneur.

Une bourrasque plus forte secoua les fenêtres. Au loin un chien hurlait.

En silence, Jeanne pleurait. Se sentir impuissante pour redonner de l'énergie à cet homme qui en avait eu à revendre l'accablait. Les candélabres allumés donnaient aux rideaux de satin crème broché des lueurs blafardes.

— Couchons-nous, murmura-t-elle. J'ai besoin de nouer mes bras autour de vous, de boire votre souffle, de me nourrir de l'amour que je vous porte. Moi qui suis courageuse me sens lasse aussi.

Comme je le craignais, à la première remarque de l'Assemblée, le roi a signé la dislocation de sa garde et l'ordre de ma propre arrestation ! Aussitôt après avoir paraphé cet ignoble décret, Sa Majesté m'a fait prévenir par le fils du duc de Choiseul de fuir promptement. Ce double jeu m'écœure à un tel point que j'ai décidé de rester à mon poste jusqu'à mon arrestation que Sa Majesté verra de ses propres yeux. Je n'ai rien à me reprocher, mon cœur, et mourrai avec honneur si ce malheur doit arriver. Je ne parle pas pour moi, mais pour vous que j'aime plus que ma vie.

L'idée de ne plus vous revoir, de ne plus vous tenir entre mes bras me cause des souffrances plus grandes que la mort. Vous êtes une femme que le ciel donne en cadeau à un homme. J'adore tout de vous et vous le savez bien car mille fois je vous l'ai prouvé. On va venir m'arrêter d'un moment à l'autre. J'espère un procès où je pourrai clamer et mes convictions et mon innocence. Si vous avez la bonté d'y assister, vous me rendriez plus serein et fort. Votre amant à jamais,

Louis-Hercule de Cossé, duc de Brissac

Monsieur de Maussabée, secrétaire du duc, qui venait de porter la lettre à Louveciennes, était pâle comme la mort. Jeanne sanglotait. Puis, faisant un terrible effort sur elle-même, elle se reprit, s'empara d'une feuille de papier et d'une plume.

Pourquoi, mon cher cœur, ne suis-je pas auprès de vous ? Vous recevriez les consolations de ma tendre et fidèle amitié. Je sais que vous n'auriez rien à craindre si la raison et la bonne foi régnaient dans cette Assemblée. Est-ce le cas ?...

— Vite, ordonna-t-elle à Maussabée, portez ce billet au duc. S'il est déjà arrêté, dites-moi où je peux aller le voir.

•

L'attente était insupportable, accablante. Jeanne guettait les courriers, allant parfois se promener sur la route pour les voir venir de loin. Enfin le 2 juin, Maussabée fut de retour. Brissac était emprisonné à Orléans.

— Je pars immédiatement, décida Jeanne. Juste le temps de donner des ordres à mon cocher et à ma femme de chambre.

La tête lui tournait. Elle dut s'appuyer contre le dos d'un fauteuil. Elle était prête à remuer ciel et terre pour sauver Brissac. Dans sa mémoire se bousculaient des noms de personnes susceptibles de l'aider. Mais la plupart étaient déjà loin, en Angleterre, en Italie, en Belgique. Quel ami fidèle lui restait-il ? Le fils du duc de Rohan-Chabot, arrière-petit-fils de Richelieu qui n'avait que vingt-six ans ? le chevalier de Rougeville ? S'il le fallait, elle irait se jeter aux pieds de La Fayette.

Dans sa prison d'Orléans, Jeanne trouva Brissac détaché.

— Les dés sont jetés, dit-il en la serrant dans ses bras. Je préfère mourir que de vivre dans une société comme celle qui se prépare.

— Nous ne disposons que de quelques minutes, chuchota Jeanne. Je viens de recevoir une lettre d'Adélaïde, qui veut accourir de Spa pour vous sauver. J'ai pris la liberté de l'en empêcher. Je ferai ce qui est humainement possible pour vous tirer de ce cachot.

Brissac baisa la main de Jeanne. La revoir le bouleversait au point qu'il avait du mal à retenir ses larmes.

— Je voudrais que l'on me tranche le cou à l'instant, murmura-t-il. Que tout soit fini !

Jeanne porta la main à ses lèvres et la baisa avec passion.

— Rien n'est fini, mon cher amour. Tant que je pourrai vous voir, je garderai espoir.

Le 20 juin, alors que Jeanne revenait d'un troisième voyage à Orléans, elle apprit que les Tuileries avaient été envahies par la foule. Dans le palais saccagé, la reine était parvenue enfin à rejoindre le roi qu'on avait coiffé d'un bonnet rouge et s'était écroulée à ses pieds.

Désormais, les Tuileries étaient une forteresse.

Sans prendre de repos, Jeanne frappait à toutes les portes, implorant l'aide de lointaines relations. Tous la recevaient avec le plus grand respect mais nul ne pouvait rien tenter en faveur du duc de Brissac. C'était la rue qui commandait, des exaltés comme Bazire, Marat et Fouquier-Tinville. Pour sa propre sécurité, elle devait rester cloîtrée à Louveciennes, se faire oublier et prier le Seigneur pour le duc de Brissac.

Le 10 août, le peuple et la Commune donnèrent l'assaut final aux Tuileries. Le roi et la reine, madame de Tourzel, madame Élisabeth et les enfants royaux durent se réfugier précipitamment à l'Assemblée puis furent internés au Temple, dans le palais du prince de Conti.

Dans sa cellule, Brissac, qui venait d'apprendre les dramatiques événements, demanda du papier et une plume. Ses heures, il le savait, étaient comptées, et il voulait rédiger son testament. Alors qu'il écrivait, le visage de Jeanne allait et venait dans sa mémoire, son regard, son sourire lumineux, sa façon unique de donner du bonheur.

Ma fille, madame de Mortemart, est ma légataire universelle. Le fief de Brissac doit revenir à mes neveux encore mineurs. Je recommande particulièrement à ma fille une personne qui m'est chère et que les malheurs des temps peuvent mettre dans la plus grande détresse.

Je donne et lègue à madame du Barry, de Louveciennes, outre et par-dessus ce que je lui dois, une rente annuelle de vingt-quatre mille livres, quitte et exempte de toute retenue ou bien l'usufruit et jouissance pendant sa vie de ma terre de la Rambaudière et de la Graffinière en Poitou et des meubles qui en dépendent, ou bien une somme de trois cent mille livres, une fois payée en argent, le tout de son choix.

Je la prie d'accepter ce faible gage de mes sentiments et de ma reconnaissance dont je lui suis d'autant plus redevable que j'ai été la cause involontaire de la perte de ses diamants. Je prie ma fille de lui faire accepter ma volonté étant qu'aucun de mes autres legs ne soit délivré avant que celui-ci ne soit entièrement accompli.

Le duc posa la plume, il devait maintenant écrire un mot d'adieu à celle qui avait été le grand amour de sa vie. Ensuite il se préparerait à la mort.

Les yeux clos, il laissa vagabonder ses souvenirs. Il revoyait Jeanne à Versailles, reine d'un bal, passant avec grâce d'une main à l'autre puis face au roi qui la couvait des yeux. Tous les hommes étaient sous le charme de cette femme. Pour sa beauté, son élégance, sa sensibilité, son intelligence ou plutôt sa bonté, sa bienveillance au milieu de leur monde cynique et jaloux. Il avait eu le bonheur de l'avoir à lui durant de longues années et elle avait illuminé la fin de son existence. Comme il avait du mal à accepter de ne plus la revoir ! C'était un déchirement pire que la mort qu'en bon officier, en aristocrate, il ne redoutait pas. Que deviendrait Jeanne sans lui à Louveciennes, seule à le pleurer, à continuer à se battre pour que justice soit faite ? La grande amitié qui les liait sa fille et elle adoucirait un peu sa peine. Elles se verraient en sœurs, l'évoqueraient avec amour. Jeanne serait une Brissac par le cœur. Le duc pensa aux dernières roses d'automne de Louveciennes, aux lourds bouquets que Jeanne composait avec art, à celle qu'elle accrochait dans sa chevelure, au creux de son corsage. Il lui semblait sentir encore l'odeur délicate de sa maîtresse. Fermement il reprit la plume :

> J'ai reçu ce matin la plus aimable des lettres de celle qui depuis longtemps a plu chaque jour davantage à mon cœur. Je vous en remercie et je vous baise mille et mille fois, oui vous serez ma dernière pensée. Nous ignorons tous les détails de la chute de la monarchie, je gémis, je frissonne. Ah ! cher cœur, que ne puis-je être avec vous dans un désert. Je vous baise mille et mille fois. A Dieu, cher cœur. Adieu.

— Voyez vous-même, monsieur, dit Jeanne d'une voix que les larmes entrecoupaient.

Après avoir lu la lettre d'adieu de Brissac, elle la tendit à l'aide de camp de Brissac, Roland de Maussabée, qu'elle cachait à Louveciennes depuis plus d'une semaine. Ayant lutté jusqu'au bout le 10 août aux Tuileries pour défendre la famille royale, le jeune homme, blessé au bras, s'était réfugié chez la comtesse du Barry, son dernier secours.

— Le duc de Brissac nous a peut-être déjà quittés, sanglota-t-elle.

— Il faut garder espoir, madame. On devrait transférer les accusés d'Orléans à Versailles dans quelques jours afin qu'ils y soient jugés. Voilà les dernières nouvelles dont j'ai pu prendre connaissance avant l'assaut du palais.

Traumatisé par la violence des événements, cent fois Maussabée, tout juste âgé de dix-neuf ans, avait raconté à Jeanne les massacres, la traque du roi et de la reine obligés de trouver refuge à l'Assemblée, les mots orduriers, les crachats jetés aux souverains. Jeanne revoyait la petite Dauphine jouant à colin-maillard dans les jardins de Versailles, entendait son rire joyeux.

Comme il faisait chaud, Jeanne avait fait servir du sirop de cerises sous le tilleul. A Louveciennes, les terribles événements vécus dans Paris semblaient irréels. A quelques lieues, on se massacrait et dans ce jardin tranquille l'été tout de douceur et beauté semblait ne plus vouloir finir. De subtiles odeurs de géraniums montaient du parterre et de la terrasse la senteur épicée des orangers en pots, celle du jasmin étoilé s'accrochant aux murs de la remise à voitures. Jeanne allait prendre le bras du jeune homme pour lui proposer de marcher avec elle jusqu'au pavillon lorsqu'elle entendit un bruit de voiture, la voix forte du portier qui invectivait quelqu'un. Dans le chenil, les chiens aboyaient furieusement. Denis, qui avait couru jusqu'à la grille, revint aussitôt.

— Madame, on vient arrêter monsieur de Maussabée. Un mouchard a rapporté que vous le cachiez.

Au même moment, Jeanne aperçut cinq hommes portant la cocarde remonter son allée.

— Rentrez vite, monsieur ! chuchota-t-elle au jeune homme. Derrière mon lit, il y a un cabinet dont la porte est dissimulée par une tenture.

— Que puis-je pour vous? demanda-t-elle en venant aussi calmement qu'elle le pouvait à la rencontre des gardes nationaux.

Celui qui semblait leur chef inclina brièvement la tête.

— Pierre Mohen, citoyenne, sous-lieutenant à la garde nationale. Je viens arrêter un dénommé Maussabée qui serait caché dans cette demeure.

— Vraiment? Il doit être fort discret car je ne l'ai pas encore aperçu.

— Ne vous moquez pas de nous, citoyenne. Cet homme a tué des combattants du peuple aux Tuileries. Tout le monde sait qu'il est ici et que votre demeure sert de cache à ce qui reste d'aristocrates dans la région.

Jeanne décida de ne point ironiser davantage, l'homme allait la souffleter.

— Cherchez, monsieur, ma maison est ouverte.

Son cœur battait à tout rompre. Louis-Hercule prisonnier, Maussabée traqué dans sa propre maison, elle n'en pouvait plus d'angoisse et de chagrin.

Assise sous le tilleul, le temps lui sembla s'étirer sans fin. Ces hommes pourraient-ils avoir l'idée de pousser son lit? « Mon Dieu, murmura-t-elle, protégez cet enfant. »

Le hurlement d'une servante la fit bondir sur ses pieds. Dans la maison, il y avait un remue-ménage de meubles que l'on pousse, le bruit d'un combat. Enfin, elle vit trois des hommes tirer Maussabée dehors. Sa blessure au bras s'était rouverte et la chemise du jeune homme ruisselait de sang.

Elle allait s'élancer quand, d'un regard, Maussabée l'arrêta. Pour lui, elle ne pouvait rien faire, comprit-elle. Seul comptait le duc de Brissac.

Denis porta dans ses bras Jeanne jusqu'au petit salon, l'étendit sur un canapé tandis qu'Henriette Roussel lui tamponnait les tempes d'eau de fleur d'oranger. A la stupeur succédèrent des tremblements incoercibles puis un flot de larmes. Consternés, impuissants, son premier valet de pied et sa chambrière regardaient cette femme sur laquelle le destin s'acharnait.

— Que Madame se tranquillise, murmura Henriette Roussel, monsieur de Maussabée n'est pas homme à se laisser faire par des gueux.

— Ont-ils dit où ils l'emmenaient? balbutia Jeanne.

— Le portier a entendu que l'on donnait ordre au cocher de se rendre à l'abbaye de Saint-Germain-des-Prés.

Jeanne laissa retomber sa tête sur le coussin. Quel sort était réservé à tous ses amis, son amant? Elle ne craignait rien pour elle-même. Personne ne pourrait prétexter le moindre motif pour la jeter en prison. Dans quelques années, hormis une poignée de proches ayant échappé à la révolution, qui se souviendrait encore de l'éclatante maîtresse de Louis XV, le mal-aimé?

Le 2 septembre, Jeanne se réveilla en sursaut comme si elle sentait un affreux danger, une ombre invisible et menaçante qui avançait vers elle. Il faisait beau, cependant, les hirondelles tournoyaient dans le ciel bleu-gris du début du jour. Une odeur entêtante d'herbe humide de rosée montait du jardin. Jeanne eut envie de vomir. Sans hésiter, elle sonna Denis.

— Saute sur mon meilleur cheval et file à Paris voir ce qui se passe. J'ai un horrible pressentiment, déclara-t-elle. Sur le retour, arrête-toi à Versailles et tâche de te renseigner sur les prisonniers d'Orléans. Ils ne devraient plus tarder à arriver et je veux être là.

— Madame peut ordonner ce qu'elle veut, nous sommes tous prêts ici à servir la cause de monsieur le duc de Brissac.

— Merci, mon bon Denis, murmura Jeanne. Je sais que je peux compter sur vous. (Un instant elle garda le silence.) A l'exception de Zamor.

— Depuis qu'il loge à la Louve Ancienne, inféodé à Marat, il est devenu pire qu'un sans-culotte, jeta Denis d'une voix méprisante. Plus on coupe de têtes, plus il est content. On dirait qu'il est devenu fou.

— A moins que nul ne se soit aperçu qu'il haïssait la terre entière dès son arrivée chez moi, prononça Jeanne d'une voix triste.

Avec fébrilité, Jeanne attendit le retour de son valet de chambre. Elle avait tenté de lire, de broder, de toucher son clavecin mais l'impatience brouillait les mots, l'empêchait de maîtriser le tremblement de ses mains. Cent fois, elle sortit sur la terrasse, regarda en direction des deux grilles, celle du haut et celle du bas, dite portail des Lions, qui ouvrait sur la route longeant la Seine. Que devenait Maussabée ? Où était Brissac ? Alors que le danger la stimulait, l'ignorance dans laquelle elle se trouvait la paralysait. Quand elle saurait dans quelle prison versaillaise se trouvait son amant, le courage lui reviendrait, elle harcèlerait nuit et jour s'il le fallait juges et magistrats, louerait les services des meilleurs avocats. Les pouvoirs publics de la ville seraient avertis, elle était prête à rester jour et nuit plantée devant la maison du maire, du président du tribunal, du lieutenant de police.

Le repas de midi servi, Jeanne ne put rien avaler. Pourquoi Denis tardait-il ainsi ? Était-ce parce que la situation était désespérée ou au contraire allait-il revenir porteur de bonnes nouvelles ? Elle demanda un café et dévora le journal qu'on venait de lui remettre. Paris était en fièvre, nul ne semblait plus maîtriser la situation. Ivre de sang, le peuple réclamait de plus en plus de têtes et, si le tribunal hésitait à condamner un innocent, des mégères, des hommes à moitié saouls mettaient le prévenu en charpie. Jeanne eut un haut-le-cœur. Dans les campagnes, on s'emparait des moulins seigneuriaux, des colombiers, on s'appropriait les droits de chasse. La gazette rappelait les grandes lignes de la nouvelle Constitution : « Il n'y a plus ni de noblesse, ni pairie, ni distinction héréditaire, ni distinction d'ordres, ni règne féodal, ni justices patrimoniales, ni aucun ordre de chevalerie... »

Deux heures sonnèrent au clocher de Louveciennes. Jeanne n'en pouvait plus d'attendre. Si Denis n'était pas de retour avant trois heures, elle ferait atteler le phaéton et se rendrait à Versailles. Un vertige lui fit lâcher le journal qui tomba à terre. Que devait-elle faire ? Prier pour la vie de son amant ? Mais Dieu écoutait-Il les supplications des hommes ?

Enfin dans le lointain, le bruit d'une galopade lui fit quitter sa bergère et se précipiter dehors. Denis arrivait par la porte du haut. Son cheval écumait.

— Madame, souffla-t-il d'une voix à peine audible, il se passe d'affreux malheurs à Paris.

Comme il était sur le point de défaillir, Jeanne appela un jardinier qui prit le valet par le bras et l'aida à pénétrer dans le vestibule.

— Installez-le au salon, ordonna Jeanne.

Elle ne pensait plus à rien, ne ressentait plus rien. Seul son cœur battait jusqu'à la souffrance.

— Le duc de Brissac ? parvint-elle à demander d'une voix rauque.

— Le convoi des prévenus d'Orléans n'est pas encore à Versailles. Le magistrat que j'ai pu interroger l'attend dans une petite semaine.

Il sembla à Jeanne que le carcan qui l'étouffait se desserrait un peu.

— Je t'en prie, dis-moi tout.

— On massacre tous les prisonniers à Paris, raconta Denis d'une voix devenue distante comme s'il voulait mettre une barrière entre ce qu'il avait vu et ses émotions. Une centaine, peut-être plus, d'hommes et de femmes sont en ce moment égorgés, démembrés, éviscérés...

La voix tremblait à nouveau. Pétrifiée sur son siège, Jeanne ne pouvait faire un geste.

— Maussabée ? parvint-elle à articuler.

— Il a voulu se cacher dans la cheminée de sa prison où les patriotes ont aussitôt entassé de la paille et mis le feu. Étouffé par la fumée, monsieur de Maussabée a lâché prise et est tombé dans le foyer. Aussitôt ils l'ont massacré.

— A dix-neuf ans, mon Dieu !

Des larmes coulaient sur ses joues.

— Ce n'est pas tout, poursuivit Denis.

La colère avait fait place à l'émotion. Ses yeux brillaient, son teint, livide auparavant, s'était échauffé.

— Madame la princesse de Lamballe a été exécutée avec une sauvagerie qui dépasse l'imagination. Ces gens sont fous, madame la comtesse. Ils ont taillé cette malheureuse en morceaux, ont arraché ses seins, dévoré son foie, ils l'ont éventrée, ont traîné les viscères dans les rues, avant de décapiter ce qui restait de sa dépouille. Sa tête au bout d'une pique a été exhibée à Sa Majesté la reine devant sa fenêtre à la tour du Temple.

Jeanne poussa un cri et plaqua ses deux mains sur sa bouche pour empêcher de sortir les hurlements lui montant à la gorge. Elle revoyait la gracieuse Marie-Thérèse de Savoie, princesse de Lamballe, à Versailles, la transparence nacrée de son teint, l'évanescence de sa chevelure d'un blond cendré tressée et piquée de fleurs, ses yeux pâles d'une douceur infinie, sa grâce fragile et surannée, son immense bonté, sa sensibilité à fleur de peau qui la faisait s'évanouir à la moindre émotion. Elle avait adoré la reine qui s'était jouée de ses sentiments en exhibant ses amours pour madame de Polignac. Pourtant, elle avait tout pardonné, était revenue en France aussitôt qu'elle avait su son amie en danger.

— Apporte-moi du cognac, Denis, balbutia-t-elle. Prends-en un verre aussi. Je me retire dans ma chambre pour prier. Qu'on ne me dérange sous aucun prétexte jusqu'à demain !

Le 9 septembre, Jeanne demanda à son cocher d'atteler à deux heures. Elle voulait se rendre à Versailles et attendre l'arrivée de la charrette des prisonniers. Au moins Louis-Hercule la verrait-il et trouverait quelque réconfort à la savoir près de lui. Peut-être pourrait-elle lui passer une lettre, un peu d'argent.

A midi, elle but avec difficulté un bouillon de légumes, absorba quelques cuillerées de compote de poires. Elle ne dormait plus, s'alimentait à peine. Sans cesse son imagination lui faisait voir le martyre de la princesse de Lamballe, la mort affreuse de Maussabée. Combien de ses anciens amis avaient-ils été aussi massacrés ? Jeanne ne pleurait pas, elle était seulement vidée de toute force, seule la soutenait la perspective de revoir bientôt son cher Louis-Hercule, de lui parler peut-être et de tout tenter pour le sauver. Insensible au danger, la duchesse de Mortemart était revenue précipitamment en France pour tenter, elle aussi, de porter assistance à son père.

Après avoir bu une tasse de café, Jeanne mit un chapeau, enfila des gants, mit sur ses poignets et son cou l'essence de rose dont son amant raffolait. Un moment hésitante, elle resta face à la porte du salon donnant sur la terrasse. La perspective de revoir Louis-Hercule la bouleversait. Soudain au loin, elle entendit des chants, des cris, un : « Ça ira... » braillé par des hommes dont les voix se rapprochaient. Il faisait un beau soleil et l'odeur des roses embaumait, une longue brise coulait entre les branches du tilleul dont les feuilles commençaient à jaunir. Les hommes n'étaient plus loin. Celui qui marchait en tête du groupe portait une pique. A pas lents, Jeanne recula, pénétra dans son salon où le soleil en se reflétant dans les miroirs renvoyait les flamboiements d'éphémères arcs-en-ciel. Derrière la maison, les lauriers et les hibiscus étaient en fleurs. Jeanne ne vit rien avec précision, elle aperçut seulement une silhouette qui forçait son refuge. C'était l'homme à la pique. D'un geste, il en arracha quelque chose qu'il jeta aux pieds de Jeanne. Elle entendit un rire, un mot obscène et baissa les yeux. Sur le parquet, reposait la tête sanglante aux yeux crevés de Louis-Hercule Timoléon de Cossé, duc de Brissac.

41

A Louveciennes les massifs étaient exubérants de fleurs, pommes et poires venaient à maturité. Du pavillon, la Seine ressemblait à un miroir sur lequel les barques glissaient.

— Il faut y aller, Jeanne, insista la duchesse d'Aiguillon. Tous vos intérêts vous appellent à Londres. Et ce voyage vous obligera à réagir. Si vous demeurez ici, vous dépérirez.

— On ne meurt pas de douleur, murmura Jeanne.

Depuis un mois, elle n'avait cessé d'avoir des crises de larmes. Mais la vie continuait. Après le départ des soudards, Jeanne, comme un automate, avait ramassé la tête de son amant, l'avait baisée sur les lèvres puis était allée l'ensevelir dans son jardin au milieu d'un parterre de roses. Sans y songer, elle avait recouvert de pétales le carré de terre légère puis s'était agenouillée, retrouvant les prières de son enfance, un chant à la Vierge qu'elle aimait. Denis et Henriette étaient venus la relever, l'avaient conduite dans sa chambre, déshabillée, couchée. Après, elle ne se souvenait de rien.

Chaque jour, des amis étaient venus la consoler, l'assurer de leur affection. Madame d'Aiguillon, la duchesse de Brancas, monsieur d'Escourre, Adélaïde de Mortemart et, surtout, le duc de Rohan-Chabot, un des amis les plus intimes de Brissac. Au lendemain de son assassinat, il était arrivé à Louveciennes et Jeanne s'était jetée spontanément dans ses bras. Longuement, ils avaient évoqué la fin tragique du défunt, son héroïsme, ses qualités de cœur et d'esprit, sa bonté. « Il vous adorait, avait assuré Rohan. Vous avez été, sans nul doute, sa dernière pensée. »

— Puisqu'il le faut, j'irai, décida Jeanne, et j'espère que ce voyage en Angleterre sera l'ultime. Quand je pense que ce bijoutier anglais a l'audace de réclamer la récompense promise alors que je ne suis pas encore rentrée en possession de mes biens !

— Je vous accompagnerai, assura la duchesse d'Aiguillon, ainsi que mon amie Françoise de Brancas. Nous ne souhaitons ni l'une ni l'autre rester dans ce pays. Paris empeste le sang. Nous nous ferons escorter par le chevalier de la Bondie, neveu de monsieur d'Escourre.

— Nous devons penser aux passeports, fit remarquer Jeanne, car, pour ma part, je ne veux pas émigrer et tiens à regagner Louveciennes aussitôt que possible.

— Vous avez trop d'audace ou d'insouciance, ma bonne petite, reprocha la duchesse d'Aiguillon. Croyez-vous que monsieur Marat vous porte dans son cœur ?

— Je n'ai rien commis qui puisse justifier une arrestation. Chacun m'aime ici et prendrait ma défense si par malheur on me voulait du mal.

La duchesse d'Aiguillon garda le silence. Jeanne ne réalisait pas à quel point pour les gens du peuple elle était un symbole vivant de l'ancienne monarchie. Et on savait à l'Assemblée qu'elle était venue maintes fois en aide à des familles émigrées par l'intermédiaire de ses banquiers Vandenyver, qu'elle avait caché chez elle des prêtres réfractaires.

— Pauvre roi, soupira madame de Brancas en se

levant, pauvre reine ! Les voici maintenant séparés dans cet abominable donjon du Temple. Le pire est à craindre.

Ses amis ayant pris congé, Jeanne demeura seule avec Louis-Antoine de Rohan-Chabot. Elle acceptait de lui laisser sa main qu'il baisait avec dévotion. Il lui faisait parvenir des fleurs accompagnées de courts billets manifestant sa tendresse.

— Je vous rejoindrai à Londres, ma très chère amie, assura-t-il. Tous, nous avons besoin de vous. Vous serez l'égérie de ce qui reste de notre malheureuse société.

— Tout est-il perdu ?

— Peut-être pas. La Vendée commence à se soulever et je m'occupe pour aider ces braves de collecter les fonds nécessaires que le cardinal de La Rochefoucauld, archevêque de Rouen, veut bien recueillir.

— Comptez sur moi pour les donations, s'écria Jeanne. Je demanderai aux Vandenyver de vous laisser prélever ce que bon vous semblera dans ce qui me reste de fortune. Celle-ci est au service du roi.

En un instant, le duc fut aux pieds de Jeanne. Cette femme incarnait le rêve de tout homme. Il ne désespérait pas d'être d'abord son amant puis, étant veuf, son époux. Dans les temps difficiles que traversait le clergé français, il se faisait fort d'aller lui-même à Rome pour faire annuler le mariage blanc de Jeanne.

Jeanne tendit la main.

— Rien ne peut me plaire davantage que la perspective de votre présence à Londres, chuchota-t-elle. Relevez-vous. Votre place n'est pas à mes pieds mais à mon côté.

Obtenir un passeport valable six semaines était une entreprise difficile mais Jeanne était décidée à en venir à bout. A cause du vol de ses bijoux, n'avait-elle pas une raison valable de se rendre à Londres ? Comme les choses traînaient en longueur, elle écrivit à Lebrun, ministre des Affaires étrangères et ancien secrétaire de Maupeou, le suppliant de l'assister. Quelques jours plus tard, elle reçut un mot fort courtois où il promettait dans les plus brefs délais un passeport en bonne et due forme. Il lui conseillait d'aller avertir la municipalité de Louveciennes de son départ afin que l'on ne posât point les scellés sur sa demeure. Une copie de leur acceptation serait bonne à obtenir et à conserver. « Je sais combien chacun vous apprécie dans votre village, concluait-il, vous ne devriez avoir aucune difficulté à obtenir ce que vous demandez. »

Le passeport et le certificat en poche, Jeanne prépara son départ. Par un ami diplomate anglais, la duchesse de Brancas avait pu obtenir un passeport britannique et la duchesse d'Aiguillon voyagerait en tant que femme de chambre de Jeanne. Quant à la duchesse de Mortemart, elle les attendait à Calais, cachée sous le nom de Mortimer, et espérait pouvoir embarquer avec le groupe de ses amies.

A Calais, Jeanne eut tout le mal du monde à obtenir un billet de passage pour Adélaïde de Mortemart.

— Prenez mon billet, lui proposa-t-elle, vous êtes mille fois plus en danger en France que moi.

La fille du duc de Brissac ne put contenir son émotion. Le souvenir de l'homme qu'elles avaient toutes deux chéri les liait à jamais.

Grâce à l'intervention du maire, tout le monde put enfin embarquer. Lady Mortimer était censée s'être fait voler ses papiers et, comme elle parlait fort bien l'anglais, elle fut crue sur parole. A bord, le petit groupe se détendit enfin. Jeanne raconta comment, par mesure de prudence, elle avait enterré dans son jardin les quelques bijoux qui lui restaient et toute son argenterie. En dépit du dévouement de ses domestiques, elle ne voulait plus prendre de risques.

A Londres, Jeanne avait loué une charmante maison près de Berkeley Square où elle s'installa avec la duchesse de Brancas et la duchesse de Mortemart. Très vite, l'aristocratie française prit l'habitude de se réunir autour des trois dames qui recréaient avec magie l'ambiance d'un temps aboli : petits soupers, musique, jeux de cartes et d'esprit, dont Talleyrand était le roi, occupaient les soirées. Dans la journée, Jeanne se démenait pour son affaire et put négocier un compromis avec le bijoutier en attendant le total recouvrement de ses joyaux.

Décembre fut beau et chacun se réjouissait d'échapper pour quelque temps aux interminables crachins de l'hiver londonien. Les juges se montraient plus compréhensifs envers Jeanne et lui firent espérer pouvoir récupérer dans les semaines à venir une partie de ses biens. Louis-Antoine de Rohan-Chabot avait promis sa présence à Londres pour les fêtes de Noël.

Pour célébrer la nouvelle année, Jeanne décida d'organiser une fête. Étant donné les tragiques circonstances, il n'y aurait pas de bal mais un souper suivi d'un concert de musique de chambre. Tous ses amis y seraient, Talleyrand, le marquis de Bouillé et sa femme, Narbonne, les La Tour du Pin, le duc de Queensbury et, bien sûr, les duchesses d'Aiguillon, de Brancas et de Mortemart, Calonne et sa femme.

D'interminables conciliabules se tenaient dans le salon bleu entre Jeanne et ses amies à propos de l'ordonnance du souper, la place des convives à table, la musique, les parures adéquates, ni trop fastueuses ni trop simples car, au milieu de la tempête, il fallait quand même savoir garder sa dignité et la fierté de montrer qui l'on était. Incontestablement, Jeanne était devenue le centre de l'aristocratie française émigrée à Londres, le symbole de la monarchie disparue. Il n'y avait pas un grand seigneur qui ne voulût lui être présenté. A près de cinquante ans, elle restait belle. Mais sa taille était moins menue, sa poitrine plus lourde, son teint de blonde se couperosait légèrement, quelques fils blancs apparaissaient dans sa chevelure. Lorsqu'elle se voyait l'objet d'une telle adoration de la part de personnes qui lui avaient à peine adressé la parole à Versailles, elle évaluait le chemin parcouru. Sa force avait été de demeurer semblable à elle-même dans le bonheur comme dans l'adversité, digne, bonne, orgueilleuse de l'amour que lui avait porté le roi jusqu'à son dernier soupir, de celui du duc de Cossé-Brissac, mort en ne pensant, lui aussi, qu'à elle. Chaque jour elle priait à l'attention du roi et de la reine. Lorsqu'un proche de la famille royale évoquait les horreurs que les souverains subissaient au Temple, elle pleurait. Y avait-il encore de l'espoir? Rohan avait parlé d'un proche soulèvement en Vendée. Ses banquiers parisiens, les Vandenyver, l'avaient avertie d'un retrait de deux cent mille livres en sa faveur. C'était donc qu'il armait des paysans, formait des troupes. Sans cesse, avec les duchesses de Brancas et de Mortemart, elle évoquait cette ultime chance de voir restaurer la monarchie. Le teint des trois femmes s'échauffait, leur imagination battait la campagne. Et si les rêves inlassablement ressassés devenaient réalité? Ensemble elles envisageaient un ministère idéal. Mais bien vite la réalité reprenait ses droits. Le roi était devant le tribunal révolutionnaire et les conjectures sur l'issue du procès étaient désespérées. En cas de sentence fatale, on parlait d'une embuscade qui arrêterait la charrette du condamné. Les complots les plus fous devenaient presque crédibles. Mais, au plus profond de son cœur, chacun comprenait que ces rêves resteraient tels, qu'une page de l'histoire de France était tournée.

Le duc de Rohan-Chabot arriva le 24 décembre porteur de navrantes nouvelles. Malesherbes ne gardait qu'un espoir fort mince de pouvoir sauver la tête du roi. « Il faut que Sa Majesté meure pour que la patrie vive, voilà ce que l'on entend partout », soupirait-il.

Afin de ne pas blesser la fille de Brissac, Jeanne dissimula du mieux qu'elle put sa joie de revoir Louis-Antoine. Mais aussitôt qu'ils furent à nouveau en face l'un de l'autre, leur émotion commune ne trompa personne. Nul d'ailleurs ne pensait critiquer cette tendresse de la maîtresse du duc de Brissac pour son meilleur ami. Le temps de l'ironie, des moqueries, des mots acerbes dont on se régalait à Versailles avait pris fin. Dans le malheur que tous traversaient l'amour, la confiance, l'amitié étaient de nécessaires et inestimables trésors.

La veille du jour de l'an, Rohan offrit à Jeanne un bracelet d'or où était gravé : « L'amour est sans limites. » Jeanne, de son côté, avait acheté dans Bond Street une tabatière en or et porcelaine sur laquelle un peintre londonien avait fait son portrait en pastel. Pour jouir d'un peu d'intimité avec Jeanne, Louis-Antoine lui proposa une promenade à pied dans Hyde Park.

Dans les allées, piétons et cavaliers allaient et venaient. Des enfants jouaient sous la surveillance d'une *nanny*. De petits chiens aux oreilles frisées suivaient à la laisse des femmes marchant par groupes. Au bras de Louis-Antoine, Jeanne eut une réaction affective intense. Toutes ses amours lui revenaient en mémoire, les regards, les mots chuchotés, les caresses, une multitude d'instants figés dans le temps passé.

— Jamais je ne saurai vous montrer assez de reconnaissance, déclara Louis-Antoine. La reine dans sa prison sait combien ses fidèles se dépensent pour tenter de sauver la famille royale et elle n'ignore pas vos généreux efforts. Avant d'être incarcérée, Sa Majesté m'a confié combien Elle regrettait d'avoir été injuste envers vous. Mais vous étiez trop étincelante. Il n'y avait pas de place pour deux étoiles à Versailles.

Jeanne chemina un instant en silence. Elle sentait contre elle la chaleur de Louis-Antoine et en éprouvait du plaisir.

— Personne n'a oublié ni le roi Louis XV ni Brissac, poursuivit Rohan. Je respectais le premier, l'autre était un ami d'enfance et, cependant, je vous aime.

Le visage de Jeanne prit une expression dure qui dérouta Louis-Antoine.

— Vous aurais-je blessée sans le vouloir ?

— Non point. Mais je ne mérite pas ce dévouement, tout cet amour. Louis-Hercule était un amant que je chérissais de tout mon cœur et voilà qu'aujourd'hui vos aveux me troublent, me bouleversent. Serais-je inconstante ? Je ne le crois pas pourtant. Il me semble que l'amour est comme une rivière qui coule forte et tranquille sans interruption, sans heurts en dépit de chutes et de cascades. Mais l'arrivée à l'océan est toujours paisible.

Louis-Antoine serra davantage contre lui le bras de Jeanne.

Pour la réception du jour de l'an, chacun s'était efforcé de recréer l'atmosphère d'autrefois et à l'exception des fenêtres glissant verticalement, des rangées de maisons de briques que l'on apercevait de l'autre côté de la rue, on se serait cru dans un salon de la vieille France. Une neige légère tombait qui s'effaçait aussitôt posée. L'orchestre de chambre joua du Mozart, du Lully, du Bach. Les hôtesses avaient fait des prouesses pour servir un souper « à la française » accompagné de vins de Bordeaux et de Champagne. Épanouie, Jeanne offrait à chacun un compliment, un sourire, un mot de réconfort. Dévotement, les hommes lui baisaient la main, les jeunes filles lui faisaient la grande révérence. On échangea de menus présents, s'embrassa. Jeanne et Louis-Antoine évitaient de trop se regarder.

— Restez donc, mon cher ami, insista la duchesse de Brancas alors que chacun prenait congé. Nous disposons au rez-de-chaussée d'une pièce que les Anglais appellent « fumoir » et que, bien entendu, nous n'utilisons jamais. Vous pourriez vous y installer tant bien que mal et votre valet coucherait dans le réduit derrière la cuisine.

— J'ai loué un appartement meublé à deux pas d'ici, répondit le duc de Rohan. Venez m'y visiter. Vous y serez toujours la bienvenue.

Et regardant Jeanne au fond des yeux :

— Ainsi que mesdames de Mortemart et du Barry, assurément.

Jeanne n'avait plus qu'un désir, trouver un moment où Louis-Antoine serait seul chez lui. Un matin, elle osa écrire un billet : « M'offririez-vous, cher ami, une tasse de thé ? » La réponse vint aussitôt portée par Jean-Paul, son valet : « Je vous attends avec fièvre cet après-midi à cinq heures. »

— Vous espérant chaque minute, depuis trois jours, je ne sortais plus de chez moi, avoua le duc de Rohan.

Jeanne laissa Louis-Antoine lui retirer sa cape. Puis

il se mit à genoux devant elle pour délacer les bottines trempées de neige fondue.

— Mon valet est absent jusqu'à minuit, expliqua-t-il en souriant. Je serai donc votre serviteur. Mais venez vous réchauffer ou vous allez périr de froid.

Il l'amena dans le salon, s'installa dans un profond fauteuil et, l'attirant à lui, la fit asseoir sur ses genoux. Jeanne souriait. Un homme de soixante ans et une femme de presque cinquante se comportant en jeunes amants, n'était-ce pas admirable ?

Elle regardait Rohan avec une tendresse infinie comme un dernier, émouvant, merveilleux cadeau de la vie. Ils firent l'amour sans se hâter avec plus de sensualité que de volupté, goûtant chaque parcelle de l'autre, en harmonie totale et parfaite.

— J'ai passé vingt-cinq ans de ma vie à décider que je n'aimerais point d'amour, puis autant à être amoureuse.

— En ces temps de sauvagerie, chaque instant est précieux.

Cette femme qu'il avait tant admirée, si fort désirée était dans ses bras, enfin à lui. Mais, en dépit de son bonheur, il redoutait d'être bientôt séparé d'elle à jamais.

— Dieu seul sait ce que nous réserve le futur, prononça-t-il avec nostalgie. N'y pensons pas, voulez-vous ?

En tête à tête, ils prirent un repas froid préparé d'avance par Jean-Paul. Jeanne parla de son procès, de sa hâte de récupérer au moins une partie de ses bijoux. Avec Lion, le joaillier, elle avait pu transiger sur la prime en lui offrant mille louis.

— Que peux-tu consacrer aux nôtres ? interrogea Louis-Antoine.

— Le reste de ma fortune. Si tu veux de l'argent, je t'ai prié de le demander aux Vandenyver.

Jeanne ferma un instant les yeux. La tête lui tournait. Était-ce le plaisir ou le vin de Champagne ? Elle se voyait dansant à Versailles en robe de cour. Le roi lui souriait. Puis sa main la lâchait et lentement, inexorablement, il s'éloignait, happé par l'obscurité et le silence. Le jour où elle avait baisé sa bouche pour la dernière fois, elle avait compris qu'elle avait été sa femme, que sa famille était la sienne et qu'elle devait la protéger. Une bribe de poème lui revint en mémoire :

Ne touche pas à la ronce,
Car les liens de l'amour sont durs à détacher.

Avec patience et souffrance, elle avait cassé un par un les fils la liant à ses amours mortes, repris sa liberté.

Un courant d'air froid passait sous la porte du salon et couchait les flammèches de la cheminée. Il recommençait à neiger. A travers la table, Louis-Antoine prit la main de Jeanne. Leurs doigts s'enlacèrent.

— Je crois que je vais m'attarder un peu à Londres, chuchota-t-il.

42

A Londres, on apprit dès le 21 janvier 1793 au soir l'exécution de Louis XVI. Comme tous les autres émigrés, Jeanne prit le grand deuil et assista à la messe de requiem célébrée le lendemain à l'intention du roi martyr, inconsciente d'être espionnée, que chacun de ses faits et gestes était rapporté à Greives, à Marat et aux comités révolutionnaires.

Trois jours plus tard, Rohan-Chabot annonça son départ pour la France. Il ne pouvait abandonner ce qui restait de la famille royale. Jeanne devait le comprendre, le soutenir. Ils se reverraient à Louveciennes d'ici quelques semaines quand elle-même serait de retour.

— Maintenant que votre affaire est sur le point de trouver une conclusion heureuse, hâtez votre départ. Voici trop longtemps que vous avez quitté Louveciennes. Prenez garde qu'on ne vous considère comme une émigrée.

Dans la douillette chambre à coucher du petit appartement londonien, elle se serra contre lui et, doucement, Louis-Antoine caressa sa nuque, ses épaules, les seins épanouis qui avaient jailli du corsage déboutonné, puis le ventre une fois le corset ôté et jupe et jupons tombés à terre, les fesses encore rondes et douces, la toison couleur de miel. Jeanne n'esquissait aucun geste, laissant les caresses faire frissonner sa peau, naître le désir.

En février, Jeanne apprit que les scellés avaient été posés à Louveciennes. Elle était absente depuis quatre mois alors que son passeport n'était valable que six semaines. On la considérait donc comme une émigrée.

— Je rentre, annonça-t-elle aussitôt à la duchesse de Brancas. Il ne sera pas dit que la comtesse du Barry se sera fait dépouiller deux fois.

— Étant tenue pour émigrée, pourquoi ne pas le rester ? lui fit remarquer sa vieille amie. Ici vous êtes en sécurité. Vous avez une maison, des amis, de l'argent. A Paris, vous ne trouverez que haine, envie, désir de vengeance. Restez, je vous en supplie.

L'une après l'autre, les amies de Jeanne tentèrent de la persuader de ne point quitter Londres. Un futur des plus incertains l'attendait à Louveciennes. Pourquoi s'entêter ? Mais Jeanne resta inflexible. Personne ne lui prendrait sa demeure. Celle-ci lui avait été remise par Louis XV, Louis XVI lui avait permis de la considérer comme la sienne. Seraient-ce des sans-culottes qui l'en spolieraient ?

— Vous voulez aussi revoir Rohan, n'est-ce pas ? soupira enfin la duchesse de Brancas. Je sais votre secret, mon cœur, et me réjouis pour vous de ce nouvel amour. Je souhaite seulement que le duc vous offre la vie et non la mort.

Jeanne embrassa son amie.

— Je vous laisse cette maison, prenez-en soin car il se peut que je revienne si les choses tournent mal.

« Alors, il sera trop tard, pensa la duchesse. Cette pauvre chérie aura le sort de Regulus. »

— Je vous accompagne en France.

Derrière Jeanne, la voix d'Adélaïde de Mortemart la fit sursauter.

— Vous n'y pensez pas, j'espère ? Que ferez-vous dans un pays qui a massacré votre père ?

— Son désir était que nous restions ensemble, en sœurs. Je lui obéirai.

— Vous n'avez pas de passeport.

— William Pitt m'en a promis un sous le nom de Mortimer. Je resterai à Calais quelques jours, le temps que vous trouviez un arrangement acceptable pour moi. Mais ne craignez rien, je refuse de m'installer à Louveciennes. Ma présence vous rendrait suspecte. Des amis m'hébergeront sans doute à Paris où vous pourrez venir me voir à votre convenance. Si un malheur vous survenait, je serais à vos côtés.

Jeanne et Adélaïde de Mortemart embarquèrent à Douvres le 18 mars. Jeanne avait pris la précaution de se faire établir un nouveau passeport afin de ne pas être empêchée de débarquer. La séparation des deux amies à Calais fut un crève-cœur. Mais la duchesse de Mortemart ne regrettait rien. « J'ai été élevée, avoua-t-elle à Jeanne, non dans le but de jouir des plaisirs de la vie mais pour assumer les responsabilités que me donnait ma position dans le monde. J'ai le devoir de ne point vous laisser seule et celui-ci est un bonheur. »

Dans la diligence qui la menait à Paris, Jeanne ressentit soudain son isolement. La plupart de ses proches étaient à l'étranger. Ne restait en France qu'une infime poignée de fidèles dont Louis-Antoine de Rohan-Chabot. Était-ce raisonnable de se jeter dans la tourmente pour l'amour d'un homme et d'une maison ? « Dans mon existence, jamais je ne me suis conduite avec mesure, pensa-t-elle. Et c'est pour cela que tout m'a réussi. Les timorés passent à côté de la vie. »

Avant même l'arrivée de la diligence, chacun à Paris comme à Louveciennes savait que la comtesse était de retour. Greives multiplia les pétitions pour une arrestation immédiate. Il lui fut répondu que le tribunal du peuple n'arrêtait pas les innocents. Il fallait des preuves pour mettre la main sur la ci-devant Dubarry et on n'en possédait point de suffisantes encore. Le dossier devait être décisif, les soupçons de collaboration avec l'émigration prouvés, les transferts d'argent par l'intermédiaire des Vandenyver retrouvés. Que le citoyen Greives ne se décourage pas, nul coupable n'échappait à la justice du peuple.

En quatre mois, Paris sembla bien changé à Jeanne. L'animation des rues avait presque disparu, de nombreuses boutiques étaient fermées. Les passants gardaient un visage impassible. Tous semblaient en proie à une peur latente, indéfinissable. Les rues n'étaient plus nettoyées et sentaient le chou pourri, le remugle âcre des excréments. Jeanne mit un mouchoir imprégné d'eau de rose sous son nez, vérifia le bon débarquement de ses bagages et héla un fiacre pour se rendre aussitôt à Louveciennes. « La vie est une série d'existences parfaitement distinctes les unes des autres, pensa-t-elle. J'ai été heureuse à Paris et ne pourrai plus y vivre sachant que tant de mes amis y ont été martyrisés, que la reine et ses enfants sont prisonniers au Temple, que le corps du roi repose dans une fosse commune. » Tandis que la diligence était prise dans un embarras, Jeanne lut dans une gazette tendue par un garçonnet : « Le général Dumouriez battu à Neerwinden passe à l'ennemi. Le Temple est en état de siège. » Elle ouvrit la fenêtre, donna une pièce à l'enfant et s'empara du journal.

Les Girondins détenaient encore la majorité à l'Assemblée mais les Montagnards étaient prêts à tout. De nouvelles arrestations étaient probables.

Jeanne replia le journal. Toutes les nouvelles étaient sordides ou alarmantes. Dumouriez passé à l'ennemi ? Elle l'avait connu à Versailles, ami de Choiseul et de La Fayette, puis féal du duc d'Orléans, tout acquis à la monarchie constitutionnelle. Ministre des Affaires étrangères, c'était lui qui avait poussé Louis XVI à déclarer la guerre contre la Prusse et l'Autriche. Vainqueur à Valmy, puis à Jemmapes, il était devenu un héros. Pourquoi cette désertion ? Les Girondins, dont il était le principal soutien, allaient la payer durement.

La voiture filait maintenant le long de la Seine et Jeanne s'imprégnait du paysage familier. Ici tout semblait normal, inchangé. Barges et barques glissaient sur l'eau. Dans les bois bordant la route gravillonnée, des campanules fleurissaient, les bourgeons s'ouvraient, des touffes de primevères se cachaient sous les buissons. Soudain, elle crut entendre le bruit de la machine de Marly. Tournait-elle encore et pour quelle raison puisque désormais le château de Versailles était désert ?

— On la fait marcher de temps à autre, expliqua le cocher, pour irriguer des champs de légumes. Il est juste que l'argent du peuple serve le peuple.

La grille des Lions était fermée. Jeanne demanda au cocher de faire le tour. En grommelant, il accepta. Celle du haut était ouverte. Le gardien se précipita.

— Madame la comtesse, si c'est possible !

Jeanne respira profondément. Tout semblait endormi, paisible.

— Les scellés sont posés sur le château, murmura

le vieil homme, madame la comtesse ne pourra pas y pénétrer. Mais au cas où vous reviendriez, nous avons réservé un logement dans le bâtiment des domestiques de l'autre côté de la route. Il y a de la place, seuls Denis et Henriette sont restés. Les autres ont fait comme Zamor, ils sont partis chercher meilleure fortune ailleurs.

— Cela ne fait rien, assura Jeanne, je me contenterai de leurs services et aurai seulement à embaucher un cuisinier. Dans quelques jours ma maison me sera rendue.

Le portier admirait le sang-froid de sa maîtresse. Décidément cette femme était indomptable.

A peine installée dans son modeste logement qui comptait un boudoir, deux chambres et un cabinet de toilette, Jeanne s'assit devant une table, s'empara d'une plume et d'une feuille de papier.

Citoyens, administrateurs,

La citoyenne de Vaubernier-Dubarry est très étonnée qu'après toutes les preuves qu'elle vous a fournies des raisons qui l'ont forcée d'aller en Angleterre, vous l'ayez traitée en émigrée. Avant son départ, elle vous a communiqué la déclaration qu'elle a faite à sa municipalité, vous l'avez enregistrée dans vos bureaux. Toute la France est instruite du vol qui lui a été fait dans la nuit du 10 au 11 janvier 1791. Le dernier jugement n'a été rendu que le 28 février ainsi que l'atteste le certificat ci-joint.

Louveciennes, ce 27 mars 1793

Elle allait expédier ce mot au directeur du directoire du département en personne.

Trois jours plus tard, Jeanne se réinstallait au château.

Venez vite, mon cher cœur, écrivit-elle à Louis-Antoine de Rohan-Chabot. J'ai pu rentrer chez moi et vous y attends au jour et à l'heure qui vous conviendront.

Le printemps fut chaud et précoce. En mai, Jeanne apprit l'arrestation de Jean-Baptiste du Barry à Toulouse mais ne manifesta point trop d'inquiétude. « Avec son bagout, il saurait attendrir le diable et sortir de l'enfer », assura-t-elle. Effectivement, par l'intermédiaire de Chon, Jeanne apprit deux semaines plus tard que son ancien protecteur avait été mis en liberté provisoire.

Chaque mois, Jeanne faisait parvenir de l'argent aux émigrés dont elle avait vu de ses yeux la misère. Mais il fallait qu'elle se montre prudente et que les fonds passent par Berne ou Genève. Jeanne se doutait d'être espionnée, en particulier par ce détestable Greives qui la haïssait et par Zamor auquel elle refusait de penser pour ne point se donner des causes supplémentaires de chagrin. Réunis avec un certain Blache au club des républicains de Louveciennes, ils tentaient de la faire tomber. Mais elle tenait bien sur ses deux jambes. Le trio la mésestimait.

La vie se poursuivait tant bien que mal. Ses rares amis avaient repris le chemin de Louveciennes, la princesse Lubominska, le chevalier d'Escourre, le marquis de Donissan, beau-père du chef vendéen Lescure et ami proche de Rohan-Chabot, la princesse de Rohan-Rochefort, sa cousine et surtout Louis-Antoine qui ne passait pas une semaine sans la venir visiter.

Le jardin était somptueux, cerisiers, poiriers et pruniers étaient en fleurs, les allées s'ouvraient au milieu de buissons d'azalées et de rhododendrons, des coucous parsemaient l'herbe ainsi que de minces violettes et les premiers boutons-d'or. Çà et là, les campanules formaient des taches d'un bleu intense et les lilas embaumaient. De retour, les premières hirondelles rasaient l'eau de l'étang sur les berges duquel les herbes d'eau poussaient en touffes épaisses, refuge des grenouilles.

— Rien n'est plus entretenu, soupira Jeanne.

— Nous avons joui de tant de choses futiles. Leur profusion nous rendait parfois aveugles aux bonheurs simples, celui par exemple de marcher à côté d'une femme adorée sous des arbres en fleurs. Point n'est besoin de meubles, de tentures, de tapis, de verres de cristal et de porcelaines. Mise à nu, la vie est si belle à regarder !

Jeanne posa sa tête sur l'épaule de son amant.

— Vous êtes arrivé juste à temps pour m'empêcher de sombrer dans le désespoir. Notre amour est un miracle.

— Je ne veux pas vous perdre, murmura-t-il. M'obéirez-vous si je vous donne des ordres dans votre propre intérêt ?

— Peut-être, le taquina Jeanne.

— Recevez moins, arrêtez pour un temps vos transferts d'argent en Angleterre. Dites à vos amis à Londres de ne plus vous écrire. Soyez sûre que tout cela doit se savoir ici. Si vos ennemis obtenaient des preuves que vous êtes en relation constante avec des émigrés, vous courriez d'immenses dangers.

— Je me suis toujours défendue seule, assura Jeanne. Les calomniateurs ne me font pas peur.

— Ils peuvent envoyer qui bon leur semble à la guillotine. Réalisez-vous, mon cœur, la situation ? Les Montagnards vont incessamment faire la loi, ils sont vindicatifs, violents, brutaux, mesquins. La justice ?

Ils s'en moquent comme d'une guigne. Chacun veut éliminer l'autre pour grignoter un peu plus de pouvoir. C'est une meute de loups qui règne sur la France, Jeanne.

Un vent frais se levait. Sans se hâter, les deux amants regagnèrent la maison. Le duc de Rohan partait le lendemain pour Rennes et son château de Josselin. Il ignorait quand il pourrait être de retour.

En ce dimanche après-midi, les domestiques étaient sortis. Ils étaient seuls.

— Je vais allumer un feu, déclara Louis-Antoine, j'ai froid à l'âme.

Il entassa du petit bois, quelques bûches dans l'âtre, battit le briquet. Des flammes orange se levèrent, leur réchauffant les mains, le cœur.

— Ne vous tourmentez pas, le rassura Jeanne. Durant votre absence, je vous promets d'être prudente.

Louis-Antoine soupira. Était-il déjà trop tard?

Jeanne se glissa vers lui, se blottit dans ses bras.

— Oublions nos soucis, supplia-t-elle, et soyons heureux durant le temps qu'il nous reste à être ensemble.

Le duc tenait sa maîtresse serrée contre lui dans la chaleur mouvante du feu.

Leurs bouches se rejoignirent. Jeanne n'avait pas envie de faire l'amour mais de rester toute la nuit ainsi nichée contre son amant.

— On n'aime vraiment que lorsque la tendresse est jointe au désir, murmura-t-il.

Sous le fin corsage de linon, il caressait les seins ronds.

— Je voudrais vivre ici le reste de ma vie.

A La Louve Ancienne, Greives et Blache regardaient Zamor.

— Tu vas écrire cette lettre pour nous. C'est toi qui as le plus de grammaire et d'orthographe. Ta comtesse a pris bien soin de toi.

— Elle m'a appris à lire, écrire et compter pour faire de moi un singe savant, s'irrita Zamor. Chacun me demandait de voir mes pages d'écriture comme si un macaque se trouvait soudain capable d'aligner quelques lettres. Plus vite la tête de cette garce tombera dans le panier, plus vite je serai satisfait.

— Eh bien, tentons de réaliser ce vœu ! poursuivit Blache. Nous avons un paquet de preuves contre la Dubarry et ce serait bien surprenant que cette fois-ci on ne nous prenne pas au sérieux. Écris : « J'ai connu, citoyen administrateur, la vie menée par la citoyenne Dubarry à Londres où elle conspirait sans cesse avec les émigrés. Le jour de la mort du tyran, elle s'est mise en deuil et a prié pour le repos de son âme avec tous les autres aristocrates réfugiés à Londres. Je la soupçonne de faire passer des fonds importants de France en Angleterre et elle entretient avec les criminels de Londres une correspondance régulière. De plus, citoyen administrateur, la maison de cette femme est le refuge ou le rendez-vous de tous les scélérats qui conspirent contre notre malheureuse patrie. Ci-joint une pétition signée par les habitants de Louveciennes pour demander son arrestation. »

— Mais il n'existe pas de pétition, interrompit Greives. Personne ne signera, cette gueuse a ensorcelé tous les alentours.

Blache éclata d'un rire mauvais. Greives était vraiment par trop innocent.

— Pourquoi claironner qu'il s'agit d'une pétition contre la Dubarry ? Nous ferons signer le placet « dans le but d'éveiller l'attention paternelle des administrateurs sur les périls de la patrie et les grandes mesures à prendre ». Voilà un charabia que nul ne pourra comprendre et que chacun signera de bon cœur. Nous compléterons le texte par la suite.

Zamor s'appliqua à mettre correctement les formules de politesse. Il les connaissait par cœur. Pourquoi n'avait-on jamais voulu lui apprendre d'autre métier que celui de serviteur et de bouffon ? Pourquoi le déguisait-on comme un animal de foire ? Pourquoi sa maîtresse et marraine ne s'était-elle jamais enquise de ses chagrins, de ses espérances ? Elle allait avoir la tête coupée mais, en dépit de sa satisfaction, une vague tristesse lui serrait le cœur. Il l'avait tant aimée autrefois !

— Le compte de cette putain royale est bon, se réjouit Blache. Il est temps pour elle de payer l'addition.

Les trois compères commandèrent une bouteille de vin. L'affaire méritait d'être célébrée. Après cette lettre, d'autres suivraient, accusant le maire de Louveciennes de protéger la Dubarry et Lavallery, administrateur de la Seine-et-Oise, de lui avoir accordé un passeport pour aller comploter en Angleterre. Il fallait impliquer le plus de personnalités possible afin que, tremblant pour leur propre vie, elles se désolidarisent de Jeanne Dubarry. Puis ce serait la Convention qui serait alertée. Peu à peu, les agissements antirévolutionnaires de leur ennemie éclabousseraient les plus haut placés.

Le 1er juillet dans l'après-midi, Jeanne vit un groupe de municipaux, la cocarde au chapeau, franchir les grilles de sa propriété. L'un portait une feuille de papier roulée et nouée d'un ruban scellé. Jeanne était assignée à résidence à Louveciennes avec ses domestiques et ordre lui était donné de ne quitter le château sous aucun prétexte tant que son sort ne serait pas définitivement fixé. Le papier était signé Ledoux, le maire de Louveciennes. « L'ingrat ! pensa Jeanne. Quand je pense au nombre de fois où il m'a demandé une aide que jamais je ne lui ai refusée ! »

— Des gardes seront en faction devant votre domicile, clama le municipal, la grille du bas sera cadenassée.

L'attitude de l'accusée décontenança les quatre hommes. Jeanne Dubarry restait sereine, comme si ces bassesses ne pouvaient la toucher.

— Je resterai avec vous, assura la princesse Lubominska qui était alors en visite à Louveciennes. Il n'est pas question, ma belle amie, de vous laisser seule dans ces circonstances affreuses.

— Dites plutôt désagréables, rectifia Jeanne. Ce que ces gens de rien ignorent, c'est que je vais me défendre. Ils auront plus de fil à retordre avec moi qu'avec cette pauvre petite princesse de Lamballe qui ne pouvait écraser une mouche et qu'ils ont dépecée comme une brebis.

Le feu aux joues, Jeanne allait et venait dans son salon. Le lendemain, le temps de préparer sa défense, elle se rendrait avec ses domestiques et les gardes auprès du directoire départemental pour plaider sa cause. Auparavant, elle enverrait une lettre à monsieur Ledoux lui faisant part de l'étonnement et du chagrin que lui avait causés sa signature en bas de l'arrêt de mise en surveillance. Jamais il n'avait en vain fait appel à son cœur pour des administrés dans le besoin. Pourquoi cette ingratitude ? Étaient-ce là des vertus républicaines ?

Quelques heures après avoir fait porter la lettre à la mairie par un des gendarmes, elle reçut une réponse fort humble du maire. Il n'avait fait que céder aux pressions exercées sur lui par un abominable trio, Greives, Blache et Zamor qui avaient juré sa perte et rassemblé quantité de documents compromettants, probablement faux. Il regrettait sa lâcheté et accompagnerait la comtesse du Barry à Versailles en personne le lendemain. Quant aux signataires de la pétition, ils avaient été abusés et bouleversés par la mise en assignation de la châtelaine. Tous allaient attester en sa faveur.

Dans la salle où siégeait le directoire départemental, il n'y avait âme qui vive.

— Il n'y a pas de débat aujourd'hui, annonça froidement le gardien. Revenez demain.

— Demain ! s'écria Jeanne. Mais vous avez devant vous la citoyenne Dubarry et le maire de Louveciennes. Allez chercher ces messieurs, nous les attendrons.

Impressionné par le ton péremptoire, le gardien opina du chef. Ces messieurs habitaient à deux pas, il allait les faire prévenir et d'ici une petite heure tout le monde serait là.

En compagnie du maire, Jeanne patienta dans la salle d'attente tandis que, pour profiter du beau temps, ses domestiques et les gendarmes s'étaient assis sur les marches extérieures de l'édifice. Des mouches bourdonnaient et, en dépit des persiennes qui étaient closes, il faisait chaud. Jeanne s'éventait à petits coups tandis que monsieur Ledoux s'essuyait le front à l'aide d'un grand mouchoir.

Un par un, les administrateurs arrivèrent et chacun vint saluer Jeanne, tout sourire. Enfin au complet, on ouvrit la séance exceptionnelle où la citoyenne Vaubernier-Dubarry pourrait se défendre des charges portées contre elle.

Jeanne parla fermement, clairement, avec une autorité et une compétence qui impressionnèrent les magistrats. Expliquant une fois encore les raisons de son voyage à Londres, elle produisit certificats, attestations et passeports, rappela les dons patriotiques dont bénéficiaient les habitants de Louveciennes et fut en mesure de produire le bon d'un versement fait aux volontaires luciennois partant combattre en Vendée. Cette libéralité, confirmée par le maire, fit grande impression.

— La citoyenne, ajouta-t-il, est l'objet de la vindicte de trois patriotes luciennois qui l'ont dénoncée à la Convention nationale.

Il y eut un frémissement parmi les magistrats. Si la Convention nationale prenait l'affaire en main, ils étaient soulagés de toute responsabilité. Chacun désormais s'en lavait les mains.

Le président du directoire se leva aussitôt et, d'un ton onctueux, annonça à Jeanne qu'en attendant la décision de la Convention nationale à son sujet, elle était libre de retourner chez elle sans pouvoir toutefois s'écarter du périmètre du village. On ne mettrait en faction qu'un seul gendarme, tant le respect de la parole d'une femme comme madame du Barry était grand.

— Il faut marteler sans cesse l'opinion des braves, s'emporta Blache. Le tribunal de Versailles a agi comme Ponce Pilate. A nous de traîner cette putain devant Caïphe et de la faire exécuter.

A nouveau sollicité, Zamor reprit la plume. Les lettres qu'il écrivait contre son ancienne maîtresse, la gravité des accusations qu'elles portaient le taraudaient au point qu'il en perdait l'appétit et le sommeil. Ce n'était pas normal. Tout au contraire, il aurait dû se frotter les mains de la savoir en danger de mort. Mais il n'y avait en lui aucune joie, rien que de la haine, une désagréable amertume.

— « La Dubarry est gravement coupable, lut-il à haute voix tout en écrivant, puisque par les moyens de ses richesses, de ses caresses dont elle a appris les leçons à la Cour d'un tyran faible et crapuleux, elle est parvenue à endormir la vigilance d'hommes bons, peu accoutumés à ces moyens d'intrigue et échappe ainsi à l'esprit de la Déclaration des droits de l'homme.

« A Louveciennes se sont tenus à différentes époques de la révolution des conciliabules aristocratiques. C'est de là que sont partis des courriers journaliers pour Brissac pendant sa détention à Orléans. C'est chez elle que tous les aristocrates grands et petits, de toutes les espèces, ne cessent de trouver un accueil favorable, une protection, une faveur sûre qui déclare assez ses sentiments et ses vœux liberticides. Bref, accueillant les hommages des princes, comtes, barons, marquis et autres habitués de son château, elle a étalé un luxe digne d'une ancienne maîtresse de monarque entourée d'une nombreuse domesticité, presque entièrement composée d'insolents calomniateurs de la Révolution, en un mot un luxe qui insulte aux souffrances des malheureux dont les époux, les pères, les frères et les enfants versent le sang pour l'égalité dans nos armées. »

— Parfait, se réjouit Greives. Voilà exprimé en quelques phrases ce que nous pensons tous.

Quelques jours plus tard, Jeanne reçut un avis lui apprenant que la Convention se penchait sur les accusations portées contre elle et qu'en attendant sa décision, elle devait obéir à la sentence prononcée par le directoire départemental et demeurer chez elle sous surveillance.

Reprenant la plume aussitôt, Jeanne expédia une

lettre à Versailles, protestant contre ces dénonciations qui prenaient un caractère de gravité et de publicité témoignant d'un esprit partisan. Elle n'aurait aucun mal à prouver la calomnie et les malveillances de ses dénonciateurs et exigeait une confrontation devant la Convention. Par ailleurs, elle demandait au directoire départemental de communiquer à la Convention la pétition signée par plus de la moitié des habitants de Louveciennes en sa faveur. De simples citoyens étaient prêts à la défendre et à s'indigner contre des mouchards qui, par malfaisance et haine, étaient prêts à mettre en danger une honnête patriote.

Avec fébrilité Jeanne attendit la réponse de la Convention. Quoique son désir d'écrire à Louis-Antoine à Rennes fût grand, elle décida de ne prendre aucun risque et de garder le silence. La princesse Lubominska faisait de son mieux pour l'égayer, mais Jeanne restait tendue. Elle s'exaspérait de ne pouvoir courir à Paris, surgir devant la Convention et dire bien haut ce qu'elle pensait de ses calomniateurs, Greives, Blache et surtout Zamor qu'elle avait élevé comme un fils. Si le tribunal prêtait l'oreille à ce genre de cafards, cela en était fini de la liberté, de l'égalité et de la fraternité.

— Lisez, ma chérie.

Venant de la grille d'entrée où la gazette était déposée, la princesse courait en dépit de sa corpulence. Jeanne s'empara du journal tandis que madame Lubominska s'effondrait sur un banc.

« Hier, le 13 juillet, la citoyenne Charlotte Corday, admise chez Marat pour une requête, a commis le plus abominable des crimes en plantant un poignard dans le corps du grand défenseur de la Révolution. L'Ami du peuple n'est plus. Mais la Montagne se battra plus durement encore pour être digne de son père spirituel... »

Jeanne laissa tomber le journal à ses pieds. « Marat disparu, la révolution va prendre une direction moins radicale », pensa-t-elle. Il était celui qui sans cesse excitait le peuple, jamais satisfait par les bains de sang que ses propos haineux faisaient couler. Il avait été responsable des massacres de septembre, de la mort de Brissac. « Que le diable ait son âme ! » prononça-t-elle à haute voix.

Pour tromper son attente, Jeanne s'installa sous le tilleul et se mit à esquisser la silhouette du temple de l'Amour. Que de soirées elle avait passées avec Brissac, puis Rohan, assise sur des chaises de jardin à boire du vin de Champagne en contemplant les étoiles, le cours lent de la Seine dans le lointain. Le silence les enveloppait, l'espace était un vide qui les isolait, leur donnant un goût d'immortalité. Et aujourd'hui ce monde de beauté, de raffinement était devenu terrifiant. Violents, à moitié fous, des hommes agissaient en bêtes fauves. On l'avait traînée à terre parce qu'elle avait aimé le roi de France, tenté de sauver Brissac, son amant. L'amour était sali, altéré. On voulait la contraindre à pleurer, à se repentir, à être honteuse d'avoir aimé.

« Considérant qu'il résulte desdites informations et procès-verbaux, qu'il n'y a aucun reproche fondé à faire ni contre la citoyenne Dubarry, ni contre les personnes attachées à son service, l'Assemblée constituante arrête que la citoyenne Dubarry soit remise en liberté ainsi que ses domestiques et gens à gage qui auraient été arrêtés. »

Jeanne éclata en sanglots. Une fois de plus, son énergie, sa volonté farouche avaient eu raison de la médisance et de l'injustice.

— Je présume que je vais pouvoir aller voir ma

fille à Meudon, se réjouit la princesse Lubominska, et je présume aussi que ma présence affectueuse sera bientôt remplacée par celle d'un homme plus attaché à vous encore s'il est possible de l'être. Jamais je n'ai été plus heureuse de ma vie.

43

Une lettre de Rohan parvint enfin à Jeanne. Il avait appris l'abandon des charges pesant contre sa maîtresse et le lendemain même avait fait livrer à Louveciennes un portrait du duc de Brissac que Jeanne désirait depuis longtemps. « Il vous a précédé dans mon cœur, avait-il griffonné sur une note et vous précédera à Paris où je serai d'ici peu. Nous sommes désormais libres de nous voir. »

Sur le cachet de cire brune aux armes des Rohan-Chabot, Jeanne déchiffra : « A vous pour toujours. » Après les angoisses qu'elle avait vécues, le moindre moment de bonheur la comblait : une fleur à peine éclose, le vol d'un couple de tourterelles, un souffle de vent dans les feuilles dorées du tilleul, les odeurs de prunes mûres provenant du verger. Sans se hâter, elle brisa le cachet.

> Venez donc, cher amour, passer deux jours chez moi à Paris. Donnez-moi quelques instants de bonheur, il n'en est plus qu'avec vous. Répondez-moi à tout ce que je demande, venez voir qui vous aime au-delà de tout, par-dessus tout jusqu'au dernier moment de sa vie. Je baise mille fois la plus charmante des femmes qu'il y ait au monde et dont le

cœur si bon et si noble mérite un attachement éternel.

« Mon Dieu, pensa Jeanne avec une émotion intense, demain je serai avec lui. » Le désarroi qu'elle ressentait la surprenait, c'était celui de ses premiers émois amoureux lorsqu'elle attendait Jean-Baptiste Lametz, lorsque du Barry l'avait séduite, que François Lenormand l'entraînait dans sa chambre, rue des Ballets au-dessus du marchand de vin. A bientôt cinquante ans, la fragilité de la jeunesse, ses émerveillements, ses chimères lui revenaient. Elle avait l'illusion d'une vie qui recommençait, que tout était possible, qu'il n'y avait plus de roi décapité, de société détruite, de sang versé, mais un chemin tranquille dont elle ne voyait pas la fin. Elle voulait encore donner et recevoir, aimer, s'endormir entre les bras d'un homme.

Sur une feuille de papier elle écrivit : « A demain, mon cher cœur », le plia et apposa son sceau, s'appliquant à graver dans la cire molle : « Tout me conduit vers vous. »

— Porte ce pli, s'il te plaît, à monsieur le duc de Rohan-Chabot, demanda-t-elle à Denis. Et préviens mes domestiques que je partirai demain pour Paris et y resterai deux jours. J'emmènerai Henriette avec moi.

A pas lents, elle fit le tour du parc. Les sentiers s'enfonçaient dans les sous-bois en serpentant, bordés de lin rouge aux brins fins comme des cheveux, de gerbes d'or. Quelques œillets poussaient dans les fentes des pierres, semblables à de la dentelle. Jeanne pensa qu'elle aimerait s'enfermer à Louveciennes avec Louis-Antoine, ne plus en sortir, parcourir les chemins ombreux, se rendre au pavillon pour y savourer le bonheur de vivre au milieu de ce que les hommes avaient créé de plus beau.

« Pourquoi cette nostalgie soudaine ? se demanda Jeanne. Cela ne me ressemble guère. »

Elle était presque arrivée au pavillon. Tout était silencieux. Elle parcourut le grand salon où elle avait offert à dîner pour le roi, passa d'un petit salon à l'autre. Mais ici encore sa mémoire la poursuivait. Sur ce lit de repos, elle avait fait maintes fois l'amour avec Brissac, dans cette bergère, le roi s'était assis et elle avait pris sa main, Rohan avait joué avec les cartes rangées dans cette boîte d'ébène incrustée d'ivoire. Du bout du doigt, elle caressa les objets qu'elle aimait presque d'amour : un buste romain de marbre noir, un pastel de Louis XV, un couple de danseurs en porcelaine de Saxe, un livre d'heures ayant appartenu à Anne de Bretagne, un bronze représentant Mirza morte dix ans plus tôt à laquelle elle avait laissé son collier de diamants, un éventail peint par Boucher. Chaque contact était une caresse lui offrant une sensualité légère, un plaisir seulement esquissé. « On me retirerait Louveciennes, pensa-t-elle, que rien ne pourrait être ôté de ma mémoire. J'y demeurerai à jamais. »

La nuit venait. Jeanne reprit le chemin du château. Elle allait dîner légèrement et se coucher. Demain, elle devait surprendre Rohan pour que jamais il ne se lassât d'elle.

Jeanne fut émue par la nudité de son amant, sa peau blanche, ses bras fins mais musclés, ses mains d'une grâce extrême qui la caressaient avec science ou étreignaient les siennes. Les doigts de Louis-Antoine avaient leurs propres pouvoirs. Dès son arrivée, il l'avait entraînée dans sa chambre, l'avait déshabillée.

« Je t'attendais depuis si longtemps, chuchota-t-il, je me mourais d'impatience, d'amour. » La voix grave était celle du désir. Un rayon de soleil pénétrait à travers les rideaux tirés, se posait sur le lit. Insensibles aux cris des vendeurs des rues vantant leurs marchandises, aux aboiements des chiens, Louis-Antoine et Jeanne s'enroulaient l'un à l'autre, se caressaient, se chuchotaient des mots à eux qui avivaient leur plaisir. Jeanne avait l'impression d'être le jour et la nuit, le soleil et la pluie, un nuage poussé par la brise. Leurs bouches se défaisaient pour se reprendre, ils se contemplaient, fermaient les yeux comme si leurs regards devenaient douloureux à force de tendresse. Une larme coula sur la joue de Jeanne. Pourquoi avoir peur ? Jamais ne changeraient pour elle la couleur ni la mesure du bonheur.

Avant de repartir pour Louveciennes, Jeanne voulut revoir Paris, s'y promener en bourgeoise au bras de Louis-Antoine, retrouver le Palais-Royal, la rue Neuve-Sainte-Geneviève et le couvent de Sainte-Aure. Le bâtiment où elle avait passé dix années de sa vie était vide. Des rejets et la tête de jeunes arbres poussaient au hasard dans la cour, dépassaient le faîte du mur d'enceinte. Devant la porte, un homme vêtu d'un habit qui avait dû être correct autrefois mendiait.

Jeanne et Louis-Antoine achetèrent *L'Ami du peuple.* « La mort de la femme impudique et despote, de la louve autrichienne, de la scélérate Antoinette, mille fois plus coupable que Louis XVI, ne saurait tarder, écrivait le journaliste d'une plume enfiévrée. La Sainte Guillotine attend l'infâme Marie-Antoinette sous son tranchant pour tous ses crimes de lèse-nation. Son jugement est proche. »

Jeanne pleura. Louis-Antoine serrait les lèvres.

— Va-t-on exécuter Sa Majesté? demanda-t-elle d'une voix tremblante.

— L'issue du procès, si procès il y a, est jouée d'avance.

— Et ses pauvres enfants, le jeune roi, madame Royale?

Le duc de Rohan soupira. Il y avait fort peu de chances que l'on laisse survivre Louis XVII. Au loin, on apercevait le donjon du Temple. Savoir leur reine enfermée dans une cellule sans rien pouvoir tenter pour la sauver leur brisait le cœur.

— Rentrons, demanda Jeanne, j'ai eu tort de vouloir revenir sur le passé.

Le 17 septembre, une semaine après son retour à Louveciennes, Jeanne lut avec effarement que la Convention venait de décréter une loi des suspects. « Sont tenus pour suspects, tous ceux et toutes celles qui par leurs relations de famille ou d'amitié, leur attitude ou leur rôle public, leur classe sociale, sont considérés *a priori* comme défavorables au nouveau régime. » C'était la porte ouverte à toutes les délations, aux règlements de comptes les plus iniques. Aussitôt elle mit un mot à Rohan. « Tenez-vous sur vos gardes, mon cher amour, il semble que la meute soit lâchée sur les derniers rescapés du vieux monde. » Elle-même ne s'alarmait pas. Même si elle n'en avait plus conscience, née d'une raccommodeuse, elle était du peuple. Qui pourrait la taxer d'être une aristocrate? Il fallait courber l'échine, se faire oublier, ne plus quitter Louveciennes où la population la protégeait. Ses domestiques lui étaient fort attachés, elle comptait des amis fidèles dans les environs qui n'étaient point de grands seigneurs mais des magistrats, des juges, des officiers. Pour un temps, elle demanderait aux autres de ne pas la visiter par sécurité.

A La Louve Ancienne, Greives commanda une deuxième bouteille de vieux bordeaux pour fêter sa victoire. Enfin, il la tenait. La corde allait s'enrouler autour du joli cou de la catin et il n'en lâcherait plus le bout. On verrait alors si elle le traiterait toujours avec mépris. Blache partageait la joie de son ami, Zamor se taisait. Il revoyait son ancienne protectrice à Versailles, belle comme une fée, son corps parfait entrevu à travers les peignoirs de mousseline, son désir, son amour, sa haine d'elle si étroitement liés. Elle devait payer pour ce qu'elle et ses amis lui avaient infligé, humiliations, mépris dissimulés sous des sourires enjôleurs. Jeanne du Barry avait-elle un instant songé qu'il l'aimait, que les caresses qu'elle croyait maternelles le mettaient en émoi ? Elle avait cassé sa virilité, sa fierté, son caractère, s'était ingéniée à faire de lui un petit chien savant, à peine mieux considéré que Mirza. Mais il n'était pas sûr d'aller voir sa tête tomber. Le jour de son exécution peut-être se soûlerait-il à rouler par terre.

— Dans trois ou quatre jours, triompha Greives en se servant une rasade de vin, madame la comtesse va recevoir une petite visite qui ne lui fera pas plaisir du tout. Quant aux trois mille livres de prime que je vais encaisser pour son arrestation, croyez-moi, mes amis, elles seront dépensées à bon escient. A présent c'est au [illegible] d'avoir du bon temps. Santé !

Le 22 septembre, accompagné du maire, des officiers municipaux et de deux gendarmes, Greives se dirigea vers le château. Il avait sur lui un mandat d'arrêt en bonne et due forme, plus un papier lui donnant le droit d'apposer les scellés sur le château et le pavillon, de perquisitionner où bon lui semblerait, de saisir tous les papiers de la citoyenne Dubarry afin d'étoffer le dossier destiné au Comité de sûreté générale, et plus particulièrement à l'accusateur public Fouquier-Tinville.

En tête du petit groupe, Greives ne se sentait plus de joie. Il allait pénétrer en maître dans la demeure de cette diablesse, fouiller ses tiroirs, retourner ses matelas, mettre son nez dans les possessions les plus intimes de celle qui avait ensorcelé tant d'hommes.

Jeanne leva les yeux de son livre et, à travers les fenêtres du salon, vit un filet de soleil qui glissait sur le tapis, avivant les roses qui prenaient des reflets ardents. Au loin, elle crut apercevoir un groupe remontant l'allée dans l'aboiement furieux des chiens.

— Denis ! appela-t-elle.

Elle se leva. « Greives et le maire ! » murmura-t-elle avec désespoir. Il fallait faire vite. Si on perquisitionnait chez elle, certains papiers devaient être détruits.

Alors qu'elle quittait le grand salon, pénétrait dans le vestibule pour s'élancer dans l'escalier, elle se sentit saisie à la taille, tenta de se débattre.

— Tout doux, ma belle dame, ricana Greives. Pourquoi tant de hâte ? Nous avons tout notre temps. Ces deux messieurs vont vous avoir à l'œil tandis que je vais entreprendre quelques recherches au premier étage.

Les gendarmes saluèrent. Embarrass[illegible] honteux, le maire tortillait son chapeau entre ses mains. [illegible] mouvement brusque, Jeanne se dégagea, grimpa les marches puis courut à son secrétaire, en tira une liasse de papiers.

Greives l'avait rejointe et, lui tordant un poignet, cherchait à la lui arracher. Jeanne voulut le mordre, puis soudain la douleur lui fit lâcher prise, la liasse tomba sur le plancher.

— Merci, ma belle, prononça-t-il d'un ton railleur. Maintenant vous allez garder votre calme, le temps de me permettre d'emporter tout ce dont j'ai besoin. Dans une heure au plus, nous serons en route.

— Où veut-on me conduire? articula Jeanne avec difficulté.

— A la prison Sainte-Pélagie, madame la comtesse, où l'on vous attend avec les honneurs dus à vos mérites.

Dans une sorte de brouillard, Jeanne franchit son portail, un simple sac de voyage à la main. Un passant la voyant passer dans une lourde voiture s'exclama :

— Mais enfin quel mal a fait cette femme? Pourquoi l'arrête-t-on?

— Embarquez ce suspect! ordonna Greives.

Disposer ainsi du sort de tout un chacun le gonflait d'orgueil. Lui, l'obscur, le méprisé, devenait un puissant, nanti de tous les pouvoirs.

La voiture se mit en route. En bas de la côte de Bougival, le cabriolet du chevalier d'Escourre, l'ancien aide de camp du duc de Brissac, remontait la route en sens inverse.

— Qu'on arrête cet homme! hurla Greives, et le conduise à la prison de la Force. C'est un complice de la Dubarry.

En sautant à terre, il empoigna Jeanne par le bras.

— Nous serons plus vite rendus dans cette légère voiture. Si Madame veut bien me suivre.

Comme un automate, Jeanne s'installa dans le cabriolet tandis que d'Escourre était brutalement poussé dans l'autre voiture.

Paris n'était plus loin quand Greives fit arrêter les chevaux.

— Ils ont besoin d'un peu de repos, expliqua-t-il. Pendant ce temps toi et moi pourrons causer un peu.

Jeanne se raidit, la proximité de cet homme grossier, malodorant, la dégoûtait.

— On dit partout que tu fais des choses qui rendent fous les hommes, que nulle femme ne sait aussi bien que toi attiser leur désir. Prouve-le-moi et tu es libre.

Un instant, Jeanne crut qu'elle avait mal compris, puis d'un revers de main souffleta son geôlier. Sans un mot, Greives encaissa le coup.

— Le tribunal appréciera qu'outre tes trahisons tu te plais à traiter comme des chiens ceux que tu estimes en dessous de ta condition. Mais il n'y a plus d'aristocratie, ma belle, tu resteras putain.

Le cabriolet franchit la Seine, contourna Paris, entra dans la ville par les faubourgs du Sud et s'engagea rue de la Clé où se trouvait Sainte-Pélagie. La bâtisse, une ancienne maison de filles repenties, était sinistre. Dès le guichet d'entrée, l'humidité pénétrait les vêtements, les odeurs d'urine et de graisse rance prenaient à la gorge.

— Nous voici dans ton nouveau château, ricana Greives. Mais tu devras le partager avec trois cent cinquante personnes. Une belle cour, n'est-ce pas ?

Au guichet, on dépouilla Jeanne de sa montre, d'un bracelet en or, d'un tour de cou en perles, de ses boucles d'oreilles. Une femme à l'aspect revêche inspecta son sac puis l'entraîna dans un long couloir, vers le quartier des femmes qui, dans la journée, étaient libres d'aller et venir pour se retrouver et bavarder. On ne verrouillait les minuscules cellules qu'à la nuit tombée.

Soudain deux dames se précipitèrent sur Jeanne, la serrèrent dans leurs bras.

— Mon Dieu, s'écria celle-ci, madame de Gouy, madame de Créqui-Montmorency !

— Un moment, ordonna la geôlière, je vais montrer sa cellule à la citoyenne, puis vous pourrez papoter comme il vous plaira, aussi longtemps du moins que votre tête reposera sur vos épaules.

Jeanne posa son sac. Deux paillasses d'une extrême minceur se faisaient face. Haute, étroite, la fenêtre était munie de barreaux. Il y avait un tabouret, deux bougeoirs portant des chandelles de suif, un seau hygiénique et un petit broc dans une cuvette de faïence blanche.

— On s'y habitue, vous verrez, murmura derrière elle la marquise de Créqui-Montmorency.

— Je suis innocente, prononça Jeanne.

L'impression d'irréalité qu'elle vivait depuis son arrestation ne l'avait pas quittée. Elle agissait, parlait comme animée par un mécanisme intérieur, étranger à elle-même.

— Nous le sommes toutes, ma très chère amie. Quel crime aurions-nous pu commettre, hormis celui de porter notre nom ?

La nuit tombait. Un lourd trousseau de clefs à la main, la geôlière réapparut. Sans qu'elle ait à prononcer un mot, chacune regagna sa cellule où les attendait un bol de soupe grasse et un morceau de pain.

Jeanne vit en face d'elle une femme au visage pâle, maigre dont la courtoisie, les bonnes manières démontraient une bonne éducation.

— Je suis Marie-Henriette de Launay, se présenta-t-elle, la nièce de Bernard Jordan de Launay, celui qui fut massacré à la Bastille. Je ne vous souhaiterai pas la bienvenue. Dans les circonstances affreuses que nous vivons ce mot serait mal choisi, mais puis-je vous assurer de ma sympathie et de ma solidarité ? Nous formons une famille ici dont nous pleurons chaque membre lorsqu'il disparaît.

— Que voulez-vous dire ?

— Lorsque l'une d'entre nous part pour la Conciergerie, l'antichambre de la guillotine.

Soudain, un voile se déchira en Jeanne. Elle se vit enfermée dans un réduit sordide où l'on évoquait la guillotine et la mort.

— Il faut se battre, déclara-t-elle d'un ton farouche. Ne pas laisser ces bouchers s'acharner sur nous comme sur des moutons.

— Nos chances sont inexistantes.

— Parce que vous le pensez, s'écria Jeanne, parce que, sûres de votre funeste destin, vous ne prenez pas même la peine de vous défendre.

Elle s'assit sur la paillasse, ouvrit son sac de toile, en tira un papier, une plume, de l'encre.

— Quant à moi, je vais commencer à l'instant même.

Éclairée par la chandelle qui empestait le suif, Jeanne posa la feuille de papier sur le tabouret et écrivit :

Ma bonne Henriette,

Envoie-moi au plus vite un bonnet de linon, des chemises à raies de couleur et des blanches, des mouchoirs, des fichus, des serviettes de toilette, des draps de lit. Va voir aussitôt que possible le juge de paix de Marly pour qu'il vous fasse établir à tous un certificat de résidence. Envoie-le-moi à Sainte-Pélagie pour que je le signe et je le renverrai pour que vous le signiez tous. Ainsi vous ne serez pas, je l'espère, inquiétés. Veillez sur ma chère maison, je vous la confie. A bientôt, je ne pense pas être longtemps retenue dans cette sordide prison.

Le 14 octobre, les prisonnières apprirent avec horreur le procès de la reine et le 16 son exécution. A Sainte-Pélagie, un silence de mort régnait. De l'après-midi entière, nulle ne prononça un seul mot.

Jeanne voyait la Dauphine marcher de son pas léger

le long des couloirs de Versailles. Elle entendait son rire, se souvenait aussi des misérables vexations qu'elle avait exercées contre elle avant de lui tendre la main. Elle avait été aimée, avait aimé, on lui avait rendu honneur et aujourd'hui elle n'était plus rien qu'un cadavre décapité rongé de chaux vive.

Le lendemain, Jeanne reçut du gardien de Louveciennes une note alarmante. Tous ses domestiques avaient été arrêtés et Greives s'était installé au château, y prenant ses aises, conviant ses ignobles compagnons à des beuveries sans fin. Jeanne fut bouleversée. Comment pouvait-on permettre la spoliation, le vandalisme, le vol dans un pays qui prêchait la vertu et le civisme ? Greives avait juré de la mettre à terre pour des raisons personnelles et incompréhensibles, ineptes, et on laissait ce soi-disant Anglais répandre la terreur et la calomnie en toute impunité ! Une fois encore, elle décida de prendre la plume. Communiquer par lettres était le dernier moyen qui lui restait pour se battre. Elle-même recevait des nouvelles, des mots anodins de Louis-Antoine non signés mais où elle déchiffrait ses pensées d'amour, des lettres des religieuses de Pont-aux-Dames à présent dispersées et revenues dans leurs familles. Ses amis de cœur étaient à Londres, à Gand, à Milan, en Allemagne. Les reverrait-elle ?

Un mot laconique de Guillaume du Barry, enfermé dans une prison de Toulouse et chargé de l'entretien du jardin, lui parvint. Il informait son épouse que Jean-Baptiste avait été guillotiné. Toujours cynique, il avait remarqué en montant à l'échafaud : « Le bourreau sera bien attrapé lorsqu'il voudra me prendre par les cheveux car mon toupet lui restera dans la main. » Pischi et Chon se portaient bien à sa connaissance ainsi qu'Élie. A la fin du billet, il n'y avait aucune formule de politesse, juste une signature. Quoiqu'elle ne l'ait vu depuis de nombreuses années, Jeanne ressentit une profonde tristesse à l'annonce du supplice de Jean-Baptiste. Avec lui, toute sa jeunesse disparaissait, les petits complots avec Richelieu, son lent cheminement vers Louis XV, des nuits folles, des moments d'amour et de rage, une société corrompue, libertine mais cultivée, raffinée, amusante qui déjà ne semblait plus nourrir d'illusions sur son avenir. « Se battre, pensa-t-elle en repliant le billet. Ne jamais renoncer. » Avec rage, elle voulait revoir Louveciennes, Louis-Antoine, ses domestiques. Retrouver les matins d'automne quand une brume légère montait de la Seine, que les colchiques parsemaient les prés, que les jardiniers rentraient au fruitier pommes et poires, que la cuisinière faisait des bassines de confitures de prunes, de baies sauvages, des gelées de pomme. Elle voulait revoir sa bibliothèque, sentir l'odeur du vieux papier, la douceur des reliures, l'arôme du café tout juste moulu, celui d'une tasse de chocolat, le bonheur de marcher dans son parc au bras de Louis-Antoine, d'aller jusqu'à la Seine en s'arrêtant au pavillon pour boire un verre de vin blanc coupé de liqueur de mûre. A cinquante ans, elle ne rêvait plus de grands bals, de soupers tardifs, de joyaux, d'amis célèbres mais de paix, de temps à elle pour faire de la musique, peindre, chanter, aimer, voyager peut-être, découvrir enfin l'Italie, la Grèce, accomplir ces voyages imaginaires que le roi et elle avaient si longtemps faits à travers ses précieuses cartes de géographie.

Impétueusement Jeanne plongea sa plume dans l'encrier. Le Comité de sûreté générale devait connaître une autre version des faits que ceux livrés par l'ignoble Greives.

Messieurs,

Avant toute chose, je veux implorer votre clémence pour les personnes qui ont été à mon service depuis des années et que l'on vient d'arrêter. Elles n'ont commis que le crime de m'être attachées et je les considérais toutes comme faisant partie de ma famille. Si vous possédez des chefs d'accusation contre moi, elles n'ont rien commis qui puisse justifier une incarcération. Votre conscience vous dictera les mesures à prendre.

Quant à moi, je proteste vigoureusement contre le choix de Greives pour mettre à exécution l'ordre du Comité. La manière dont il s'est acquitté de sa tâche fera connaître toute son animosité contre l'exposante et les conséquences funestes qui pourraient en résulter si la sagesse du Comité n'était pas, elle, une sauvegarde qui la met au-dessus de toute crainte. Toutes les formes ont été violées, l'ordre même du Comité n'a pas été un frein pour lui : il l'a transgressé formellement. Il a commencé par s'emparer de la personne de l'exposante. La plume se refuse à retracer toutes les horreurs et outrages dont il s'est rendu coupable. Il a procédé à l'ouverture, même à l'effraction des portes et enfin à la vérification de papiers personnels.

Aux actes arbitraires, si contraires à la loi, le citoyen Greives a même ajouté l'inhumanité de faire enlever à l'exposante ses assignats, de lui refuser l'usage de son linge et les fruits de son potager, de façon qu'il l'a exclue de la maison pour s'en emparer et se mettre en son lieu et place. Que le Comité d'après cet exposé juge s'il était digne de confiance !

L'exposante ne se plaint pas de la dureté des mesures prises contre elle tant que ces mesures auront pour cause la sûreté publique et seront dirigées par la justice. Elle saura souffrir avec patience et supporter son sort sans se plaindre. Mais elle attend des membres du Comité qu'ils voudront bien examiner sa conduite le plus tôt possible pour statuer sur son compte en connaissance de cause. En effet, que peut-on lui imputer? Ses voyages en Angleterre? La cause en est connue et elle les a faits, de l'aveu des autorités constituées, pour ne pas donner de soupçons sur son attachement à la cause de la Révolution. Elle a repassé en France sans avoir terminé l'affaire qui l'avait appelée à Londres, celle de ses effets volés qui ne lui étaient pas encore restitués. Depuis, elle n'a tenu aucune correspondance avec l'étranger. Lui reproche-t-on son incivisme? Mais elle a toujours manifesté son patriotisme bien prononcé. La municipalité et les habitants de Louveciennes l'ont attesté authentiquement. Toutes les informations faites par le district de Versailles et les départements de Seine et d'Oise déposent hautement en sa faveur. Toutes les pièces ont été mises sous les yeux de l'ancien Comité, que les membres actuels veuillent bien se les faire représenter.

Forte de ses moyens et rassurée par sa conduite comme sa conscience, l'exposante attend avec confiance la décision qui doit lui rendre sa liberté.

Citoyenne Dubarry

La lettre parvint le soir même au Comité de sûreté générale. « Rien à faire », inscrivit au dos la personne chargée des requêtes. Ces trois mots étaient une condamnation à mort.

44

Fin octobre, Jeanne commença à s'alarmer de ne point avoir reçu de réponse à sa lettre. Tant bien que mal les prisonnières tentaient de se réconforter les unes les autres. Une sorte de vie sociale se poursuivait avec ses codes, ses bonnes manières, ses conversations, derniers leurres procurant à ces femmes la force de conserver leur dignité. Chaque jour, un prêtre assermenté venait les visiter mais nulle ne daignait lui parler. Un matin, une nouvelle figure se présenta à Sainte-Pélagie, un homme jeune, avenant. Sans hésiter, il se dirigea vers Jeanne et l'entraîna dans sa cellule.

— Madame, déclara-t-il dans un souffle, je suis un prêtre catholique irlandais en habit civil, je peux me faire passer pour un pasteur anglais et faire quitter la France à une personne supposée être ma femme. Mes plans sont faits et je les crois sûrs. Voulez-vous m'accompagner ? Si vous acceptez, une servante de Sainte-Pélagie, bonne chrétienne, vous fournira un habit de lingère et vous quitterez la prison à mon bras.

Jeanne eut un coup au cœur et dut s'asseoir sur le tabouret.

— Mon père, demanda-t-elle, pouvez-vous dans votre plan sauver deux femmes ?

— Non hélas, madame. Même protestant, un prêtre ne peut avoir qu'une seule épouse.

Jeanne réfléchissait. Même si le Comité mettait du temps à étudier sa défense, on ne pourrait la condamner à mort. Elle allait s'en tirer.

— Alors mon père, allez à Calais. Sous le nom de Mortimer se cache la duchesse de Mortemart qui est une sœur pour moi. Voici son adresse. Elle vous suivra si vous lui montrez ce mouchoir à mes initiales. Faites-la passer en Angleterre.

Le prêtre n'osa insister tant la voix de Jeanne était résolue. Il mit le mouchoir dans sa poche et vite esquissa un signe de croix.

— Que le Dieu tout-puisant vous bénisse, mon enfant, qu'il vous accorde le pardon de vos péchés et vous fasse miséricorde.

Le lendemain, 29 octobre, deux représentants du peuple, membres du Comité de sûreté générale, accompagnés d'un greffier entrèrent à Sainte-Pélagie pour faire comparaître devant eux, avant son procès, la dénommée Dubarry. Jeanne, qui avait cru d'abord à la nouvelle de son élargissement, fut consternée. Mais la bataille n'était point finie. Puisque les lettres étaient sans effet, il lui restait la parole pour clouer le bec à ses accusateurs.

Questions, réponses se succédaient. Calme, insensible à la boue qu'on lui jetait à la figure, Jeanne nia en bloc toute collusion avec les émigrés, les transferts d'argent par l'intermédiaire des Vandenyver, mis à part les sommes passées en Angleterre, toutes destinées à sa seule subsistance. Obligée d'avouer qu'elle avait bien vendu quelques bijoux à Amsterdam, Jeanne assura qu'elle manquait alors de liquidités et n'avait point d'autre choix. Questionnée sur le fait qu'elle avait enterré à Louveciennes argenterie, bijoux et louis d'or, elle resta vague. Ses domestiques s'en étaient chargés. Après le cambriolage qu'elle avait subi, elle croyait ses biens en sûreté près de la glacière.

Le soir, on raccompagna Jeanne à sa cellule. Elle était épuisée. Plusieurs points la taraudaient : avait-on fait parler ses domestiques, en particulier Zamor ? Prisonniers à la Force, les Vandenyver avaient-ils avoué des transferts beaucoup plus importants que ceux qu'elle avait mentionnés ? Terrorisée par la justice, sa femme de chambre, Henriette Roussel, aurait-elle pu livrer les noms de ses visiteurs à Londres, rapporter des conversations ? Et Greives possédait certaines lettres dont il ne manquerait pas de faire usage. Elle eut peur, une peur atroce qui lui serrait le ventre et oppressait sa poitrine. Se recroquevillant sous la mince couverture, elle tenta de dormir. Mais toujours elle voyait la tête de Brissac ruisselante de sang, imaginait celles du roi, de la reine, de madame de Lamballe, de Jean-Baptiste. Tous grimaçaient un horrible sourire qui semblait l'appeler. Éperdue, elle se leva, but un verre d'eau, se recoucha. Il fallait coûte que coûte qu'elle garde la force de lutter pied à pied contre ses ennemis.

Le lendemain 30 octobre, 9 Brumaire, jour où vingt et un Girondins furent condamnés à mort, on voulut transférer Jeanne à la prison de la Force avant son procès mais, celle-ci étant bondée, il fallut la ramener à Sainte-Pélagie. La vie reprit son cours. L'espoir revenait dans le cœur de Jeanne. La situation en France était si agitée, si violente qu'on l'oublierait peut-être. Au plus haut niveau, chacun s'épiait, se dénonçait. Fouquier-Tinville signait par centaines des arrêts de mort. Que valait dans toutes ces ambitions, ces haines, le sort de Jeanne du Barry, une jolie femme épouvantée qui désirait finir sa vie en paix ?

Les brumes et pluies de novembre rendirent la prison mortelle de froid et d'humidité. Plusieurs prisonnières tombèrent malades. Elles furent soignées par les autres avec les quelques potions ou tisanes qu'elles possédaient encore. Par les étroites fenêtres, on ne voyait que des murs avec un coin de ciel gris. Enveloppées dans de pauvres châles ou des couvertures, la tête haute, les prisonnières continuaient à se retrouver. Personne ne se plaignait ou ne s'abaissait à la calomnie. Jeanne était considérée, respectée. Ame du groupe, elle tentait de parler poésie, théâtre, philosophie. On évoquait des moments prestigieux du temps passé. A la nuit tombée, chacune regagnait sa cellule avec la certitude d'être encore un être humain.

Le 19 novembre au matin, quand la geôlière ouvrit la porte de la cellule de Jeanne, ce fut pour la prendre par le bras et l'entraîner au greffe. Ordre était donné de la transférer à la Conciergerie avant son procès devant le Tribunal révolutionnaire.

Entre deux guichets de la Conciergerie, on la prévint, selon la loi, qu'elle était « prévenue d'émigration et d'avoir pendant le séjour qu'elle avait fait à Londres fourni des secours pécuniaires aux émigrés et entretenu avec eux des rapports suspects ».

Jeanne haussa les épaules. Cette montagne allait s'effondrer d'elle-même comme un château de cartes. Elle était heureuse de pouvoir enfin s'exprimer.

Durant les interrogatoires précédant le procès qui eurent lieu en présence de Fouquier-Tinville, Jeanne répondit sans se contredire aux questions, les mêmes que celles qui lui avaient été posées précédemment. Sa mémoire lui permettait de reconstituer ses réponses au mot près. Non, elle n'avait rien à se reprocher, oui, elle était innocente.

Fouquier-Tinville prenait des notes mais gardait le silence. Froid comme le silex, son regard se posait parfois sur Jeanne comme s'il jouissait d'avoir entre ses mains cette femme non pour se l'approprier mais pour l'anéantir. Feuille après feuille, il avait épluché son dossier. Les charges portées contre elle étaient évidentes. Cette femme mentait, comme elle l'avait fait pour se glisser dans la société des riches et profiter de leurs privilèges. Elle était ce que le peuple produisait de plus pervers, de plus vil et il allait l'écraser comme une vipère.

A la Conciergerie, tout rappelait sans cesse la reine à la mémoire de Jeanne. « Vous occupez, confia un geôlier, le cachot voisin de la ci-devant Capet. » Ainsi elles se retrouvaient encore, liées par le destin extraordinaire qui avait attaché l'une à l'autre Jeanne Bécu à la fille de l'impératrice d'Autriche. Jeanne pria avec ferveur pour elle ainsi que pour ses enfants et madame Élisabeth encore enfermés au Temple. Au secret, nul ne lui parlait, elle n'était pas autorisée à quitter sa cellule. Deux fois par jour, on lui tendait par un guichet de la soupe et du pain avec un carafon de vin rouge. Dans cette terrible solitude, Jeanne pensait et repensait sans cesse à sa défense. Des témoins à décharge se montreraient-ils ? Elle comptait sur les habitants de Louveciennes, le maire peut-être, honteux d'avoir procédé à son arrestation. Le soutien du président du tribunal de Versailles qui lui avait autrefois permis de regagner libre Louveciennes lui ferait cruellement défaut, il avait été retrouvé noyé dans la Seine. Mais elle ne perdait pas espoir. La chance jusqu'alors l'avait toujours favorisée, pourquoi lui ferait-elle défaut aujourd'hui ? Habitués aux accusés tremblants et défaits, ses juges seraient impressionnés par son sang-froid, sa détermination. Il fallait tenir encore et encore, ne jamais baisser les bras.

Le procès s'ouvrit le 8 décembre par un temps doux et humide. Le cœur battant, Jeanne emprunta le long couloir qui la conduisait à l'escalier Bonbec et déboucha au premier étage dans l'ancienne Grande Chambre du Parlement où siégeait maintenant le Tribunal révolutionnaire.

A la vue de la foule nombreuse déjà installée sur des chaises, Jeanne eut un mouvement de recul, craignant qu'on puisse la jeter à ces gens pour qu'elle soit mise en pièces.

— Citoyenne Dubarry, annonça le vice-président Dumas qui siégeait ce jour-là, je vais vous lire les chefs d'accusation retenus contre vous. Nous procéderons subséquemment à l'audition des témoins. Parole sera donnée ensuite à votre avocat, monsieur Chauveau-Lagarde. « Je ne l'ai pas vu une seule fois, pensa Jeanne. Comment pourrait-il me défendre ? »

Elle voulut s'asseoir mais d'un ton sec Dumas lui ordonna de rester debout. Puis d'un ton lent, posé, il lut :

— « La citoyenne Dubarry a joui d'une grande faveur auprès de la Couronne et, même après sa disgrâce, elle a été liée avec ceux qui sont les ennemis de la Révolution. A l'appui, des lettres de Calonne, Villedeuil et bien d'autres.

« Elle a continué des liaisons avec eux depuis la Révolution. A l'appui de nombreux rapports du citoyen Blache.

« Elle a fourni de l'argent pour la contre-révolution.

« Elle a toujours escompté la contre-révolution en cachant argenterie et bijoux au lieu de les donner à la République.

« Elle a tenu des propos contre-révolutionnaires contre la Révolution et Paris.

« Elle a porté le deuil du tyran à Londres où elle n'a fréquenté que des émigrés et les ennemis de la France.

« Elle a toujours détesté la Révolution, propagé l'esprit contre-révolutionnaire, encouragé les détracteurs de la Révolution et protégé les royalistes. Preuve en est la découverte à son domicile de la *Gazette de Paris* et des Actes des Apôtres.

« Elle a toujours favorisé les contre-révolutionnaires et persécuté les patriotes en hébergeant et soignant chez elle des gardes dévoués au tyran.

« Elle a favorisé les ennemis extérieurs en étant reçue à Windsor alors que la France était en guerre contre l'Angleterre.

« Elle a dilapidé les trésors de l'État.

« Elle a cherché à soustraire ces trésors en voyant l'attention politique éveillée sur le compte du fait scandaleux de sa conduite contre-révolutionnaire. Les banquiers Vandenyver ont avoué ce crime lors de leur interrogatoire.

« Le vol mystérieux de ses bijoux lui a servi de prétexte pour faire de fréquents voyages à Londres. Les aristocrates en France en ont profité pour faire passer des renseignements sans être dans le cas d'émigration.

« Elle a toujours été considérée comme émigrée par le district, vu qu'elle ne tenait pas compte des dates d'expiration de ses passeports.

« Elle a tenu des allégations mensongères relatives à sa fortune. »

Ayant achevé, Dumas ôta ses lunettes et regarda Jeanne froidement.

— Vous aurez l'occasion de répondre à ces quatorze chefs d'accusation, citoyenne, après l'audition des témoins.

Greives se présenta le premier à la barre. Jeanne serra les mâchoires tant elle était tentée de l'insulter. D'un ton acerbe, il affirma vrais tous les chefs d'accusation, que lui-même avait été témoin direct de certains d'entre eux puisqu'il avait saisi les papiers et correspondance de la citoyenne Dubarry. Puis du même ton un peu ironique, il affirma que le vol des bijoux avait été simulé pour permettre à la citoyenne de comploter avec Brissac contre la République et de se rendre en Angleterre pour servir de messagère aux émigrés. Blache vint ensuite, soutenant qu'à Londres, la citoyenne avait vu fréquemment Bouillé et Calonne, qu'elle avait aidé la duchesse d'Aiguillon à émigrer en la faisant passer pour sa femme de chambre.

Le chevalier d'Escourre, témoin à décharge, perdit pied et avoua avoir été le témoin du prêt de deux cent mille livres à Rohan-Chabot par l'intermédiaire des Vandenyver. Puis il éclata en sanglots et on dut le faire sortir. Enfin on fit appeler Zamor. Il y eut un silence dans la foule. Le petit homme noir portait un vêtement simple de drap puce. Il ôta son chapeau et se tint droit devant le juge, sans un regard pour son ancienne maîtresse et marraine. Jeanne avait les larmes aux yeux. Sans que sa voix montrât la moindre émotion, Zamor parla des bijoux et de la vaisselle enterrés avec des tableaux et de l'argenterie. Pour lui, l'affaire était indubitable : le vol des bijoux avait été simulé afin de servir des desseins contre-révolutionnaires. Au moment de quitter la salle, enfin il se retourna. Les regards de Jeanne et de Zamor se croisèrent, un court moment se retrouvèrent comme autrefois. Puis le jeune homme eut un rictus, se reprit, ajouta qu'il avait entendu à Louveciennes des aristocrates se réjouir des échecs qu'éprouvaient les armées françaises de la République et sortit.

Sans se troubler, Jeanne répondit à chaque accusation, mais l'écoutait-on seulement? Elle avait l'impression d'être seule dans une salle immense, de parler en face du vide qui renvoyait sa voix en écho. Un instant, elle eut même l'illusion affreuse d'être morte, sans corps, sans chaleur, sans voix, une ombre que nul ne percevait plus.

N'en pouvant plus, elle se laissa tomber sur sa chaise. Il faisait nuit. On amena des lanternes, alluma des chandeliers.

— La séance est levée, décréta enfin Dumas. Nous la reprendrons demain pour écouter les plaidoiries de messieurs Chauveau-Lagarde et Fouquier-Tinville.

De retour dans sa cellule, brisée, Jeanne parvint à s'endormir. Réveillée à l'aube, elle attendit dans l'angoisse qu'on vienne la chercher. Les idées se bousculaient dans sa tête : fallait-il utiliser tel argument ? le taire ? Quelle preuve de son innocence pourrait être décisive ? Pas un instant elle ne voulait songer à la mort, quelques mois de prison peut-être, jusqu'à une accalmie de la situation politique, la fin de la guerre. Comme elle avait traversé d'autres épreuves, elle traverserait celle-ci.

Dans la matinée, on revint la chercher. Réprimant des nausées, Jeanne suivit ses geôliers le long du même couloir glacé, pénétra dans la salle où siégeait le Tribunal. Plus de monde encore que la veille s'y pressait et les derniers arrivants avaient dû rester debout.

Il y eut quelques témoins sans grande importance, une ancienne servante révélant que Jeanne avait fait émigrer la duchesse de Brancas. Les jurés semblaient moins attentifs, le président lisait quelques papiers, Fouquier-Tinville inlassablement prenait des notes. Un dernier témoin affirma que Jeanne, à la mort du citoyen Brissac, avait brûlé quantité de papiers. Puis le silence se fit.

— La parole est à la défense, annonça Dumas.

Assisté de son adjoint Lafleuterie, Chauveau-Lagarde se leva. Deux mois plus tôt, il avait en vain essayé de sauver la reine et ne se faisait nulle illusion. Quoi qu'elle dise ou fasse, la pauvre comtesse était perdue.

Pendant une heure, il rappela le patriotisme de Jeanne qui s'était toujours refusée à émigrer, son bon cœur la poussant à secourir financièrement ceux qui la sollicitaient, son attachement à la République, au gouvernement du peuple dont elle était l'une des filles. Il insista sur la fragilité des témoignages, la plupart d'anciens serviteurs de la citoyenne Dubarry ou des ennemis personnels dont l'objectivité était douteuse. Le temps passait. Jeanne constatait que ce réquisitoire, pourtant plein de chaleur et de bon sens, n'intéressait personne. Quelques jurés somnolaient, dans la salle des femmes tricotaient ou allaitaient leurs nourrissons. Des hommes chiquaient. Enfin Chauveau-Lagarde se tut. Il était près de quatre heures, le jour baissait.

— La parole est à l'accusateur public, prononça Dumas avec la même indifférence.

Fouquier-Tinville se leva, son regard ardent, sa voix forte aussitôt impressionnèrent la salle. Les membres du jury se redressèrent, la foule tendit l'oreille.

— Messieurs les jurés, vous avez récemment statué sur le complot de l'épouse du dernier tyran des Français. Je vous demande de vous prononcer aujourd'hui sur les complots de la courtisane de son infâme prédécesseur...

Jeanne ferma les yeux. Comme les lèvres de Louis XV étaient douces, comme ses mains savaient bien caresser. Qui osait juger cet homme sensible, intelligent, cultivé ? Jamais elle ne cesserait de l'aimer.

Fouquier-Tinville poursuivit :

— Vous avez devant vous cette Laïs célèbre pour la dissolution de ses mœurs, la publicité, l'éclat de ses débauches, à qui le libertinage seul a fait partager les destinées du despote qui a sacrifié les trésors et le sang du peuple à ses honteux plaisirs. Le scandale et l'opprobre de son élévation, la turpitude et la honte de son infâme prostitution ne sont pas ce qui doit fixer votre attention. Vous avez à décider si cette Messaline, née parmi le peuple, enrichie ou couverte des dépouilles du peuple qui paya l'opprobre de ses mœurs, descendue par la mort du tyran du rang où le crime seul l'avait placée, a conspiré contre la liberté et la souveraineté du peuple. Si après avoir été la complice et l'instrument du libertinage des rois, elle est devenue l'agente des conspirations des tyrans, des nobles et des prêtres contre la République française. Les débats, citoyens jurés, ont déjà jeté sur cette conspiration le plus grand jour...

...

« Tel est, citoyens jurés, le résultat des débats qui ont eu lieu. C'est à vous de les peser dans votre sagesse. L'infâme conspiratrice qui est devant vous pouvait, dans l'opulence acquise par ses honteuses débauches, vivre au sein d'une patrie qui paraissait avoir enseveli avec le tyran dont elle avait été la digne compagne le souvenir de sa prostitution et du scandale de son élévation. Mais la liberté du peuple a été un crime à ses yeux. Il fallait qu'il fût esclave, qu'il rampât sous des maîtres et que le plus pur de la substance du peuple fût consacré à payer ses plaisirs. Cet exemple, ajouté à tant d'autres, prouve de plus en plus que le libertinage et les mauvaises mœurs sont les plus grands ennemis de la liberté et du bonheur des peuples. En frappant du glaive de la loi une conspiratrice, Messaline coupable d'une conspiration contre la patrie, non seulement vous vengerez la République de ses attentats mais vous affermirez l'empire des mœurs qui est la première base de la liberté des peuples... »

Il faisait nuit. La plaidoirie avait duré plus de trois heures. Dumas résuma les questions posées aux jurés en s'arrangeant pour que toutes soient des affirmations. Il voulait en finir au plus vite et rentrer chez lui.

On fit sortir Jeanne et les trois Vandenyver, père et fils, que frapperait la même sentence. Sans un mot, les accusés attendirent dans la petite pièce glaciale à côté du Tribunal. Un geôlier, plus compatissant que les autres, leur tendit une tranche de pain et un verre de vin. Jeanne n'y toucha pas. Enfin on les fit revenir tous les quatre dans le box des accusés.

Recevant une feuille de papier des mains du président Dumas, le greffier Robert Wolf lut :

— « Attendu qu'il est constant qu'il a été pratiqué des machinations et entretenu des intelligences avec les ennemis de l'État et leurs agents, pour les engager à commettre des hostilités, leur indiquer et favoriser les moyens de les entreprendre et diriger contre la France, notamment en faisant à l'étranger, sous des prétextes préparés, divers voyages pour concerter ces plans hostiles avec ses ennemis en leur fournissant à eux ou à leurs agents des secours en argent ;

« Que Jeanne Vaubernier, femme Dubarry demeurant à Louveciennes, ci-devant courtisane, est convaincue d'être l'un des auteurs ou complice de ces machinations et intelligences ;

« Que Jean-Baptiste Vandenyver, banquier hollandais domicilié à Paris, Antoine-Augustin et Edme-Jean Vandenyver, banquiers à Paris, sont convaincus d'être les complices de ces machinations et intelligences ;

« Ouï l'accusateur public en ses conclusions sur l'application de la loi ;

« Condamne ladite Jeanne Vaubernier, femme Dubarry, les-dits Jean-Baptiste Vandenyver, Edme-Jean Vandenyver et Antoine-Augustin Vandenyver à la peine de mort. »

Jeanne eut un vertige et perdit connaissance.

A onze heures du soir, elle se redressa sur sa paillasse. On l'avait ramenée dans son cachot, allongée sur le sordide matelas. « Ce que le peuple veut, pensa-t-elle, ce n'est pas ma vie mais mon argent. » On la voyait couverte de bijoux et d'or, narguant les pauvres. Elle allait tout donner. Que pourrait-on lui demander de plus ?

Vite, elle alluma sa chandelle, prit de quoi écrire. Chaque emplacement où elle avait dissimulé ses écrins, sa vaisselle d'or, ses tableaux à Louveciennes, lui revenait en mémoire avec une extrême précision. Il lui fallut une heure pour en établir la liste complète. Il était près d'une heure du matin, elle sommeilla, se réveilla, sommeilla encore. A huit heures, une clef tourna dans la serrure. On venait la chercher pour l'amener à la guillotine.

— Je veux être entendue au plus vite par l'accusateur public, déclara-t-elle d'un ton calme. J'ai des déclarations à faire.

Un des gendarmes leva les sourcils. Qu'avait-on à faire des folies de cette femme ? Il fallait procéder à la coupe de ses cheveux et l'habiller pour son supplice.

— J'y vais, se résolut enfin le deuxième gendarme. On pourrait nous reprocher d'avoir négligé la demande de la citoyenne et je n'ai guère envie de me trouver en face du citoyen Fouquier-Tinville.

Tandis qu'il filait le long des corridors pour aller tirer la sonnette du citoyen Daugé, administrateur de police, probablement au lit, un geôlier extirpa d'un sac une paire de ciseaux.

— Non, hurla Jeanne, je vous en supplie !

L'homme ne paraissait pas même entendre. Ces protestations, devenues par trop familières, le laissaient indifférent. D'un geste précis, il saisit par poignées les superbes cheveux de Jeanne qu'il coupa haut sur la nuque. Tenant une robe grise coupée comme un sac, une femme attendait. Les hommes sortis, elle revêtit Jeanne qui sanglotait, attacha autour de sa taille une cordelette.

— Tout va aller très vite, ma petite dame, lui assura-t-elle en manière de consolation. Il paraît que l'on ne souffre point.

Au greffe, entre deux guichets, l'attendaient le juge Denizot, substitut de l'accusateur public, et Jean-Baptiste Tavernier, son commis greffier. Jeanne parvint à dompter ses larmes, raffermir sa voix.

— J'ai un papier à vous lire, dit-elle.

Sans s'interrompre une seule fois en dépit de son cœur qui cognait à tout rompre, d'une sensation horrible d'étranglement, elle énuméra :

— Dans la resserre en face de la glacière où l'on range les instruments de jardinage... dans une petite boîte de sapin remise à la femme Déliant, femme du frotteur demeurant à Louveciennes... sous un escalier, dans une chambre formant garde-robe à côté de celle que j'occupais... dans la chambre à côté de celle à coucher servant de passage... dans une commode dans la chambre à coucher... dans la cave à l'usage ordinaire sous l'escalier... dans les bosquets près du pavillon...

Avec précision, Jeanne décrivit chaque objet, n'oubliant pas le nombre de louis d'or, celui des chaînes cloutées de pierres précieuses, les éperons d'or du duc de Brissac.

— Je n'ai rien d'autre à déclarer, parvint-elle enfin à dire en gardant le calme qui lui coûtait tant, sauf que je suis prête, si vous m'élargissez, à payer tous les frais du procès.

— Signez, citoyenne, demanda seulement Denizot.

Il rendit à Jeanne sa feuille au bas de laquelle elle apposa sa signature.

— Suis-je libre? interrogea-t-elle d'une voix presque inaudible.

— Emmenez la citoyenne, ordonna Denizot. La charrette attend déjà depuis des heures en bas.

Il fallut pousser Jeanne dans la voiture brinquebalante attelée à deux haridelles où l'attendaient les Vandenyver.

— Asseyez-vous, madame la comtesse, la pria Jean-Baptiste Vandenyver, et ayez du courage.

La charrette passa le Pont-au-Change. Un homme qui s'était arrêté pour la laisser passer sembla familier à Jeanne.

— Sauvez-moi la vie! supplia-t-elle.

L'inconnu haussa les épaules et reprit sa marche. Les convois pour la guillotine étaient si fréquents que nul à Paris n'y prêtait attention.

Pâle comme une morte, Jeanne ne voyait plus rien. Fermement, presque affectueusement, deux des Vandenyver, les mains liées, se serraient contre elle pour qu'elle ne s'effondrât point sur le plancher de la voiture.

La charrette s'engagea sur le quai de la Mégisserie, la rue de la Monnaie puis suivit la rue Saint-Honoré. Derrière elle, caché sous un large chapeau, Zamor marchait pour assister au supplice. Mais il ne savait plus s'il resterait jusqu'au bout, une vive émotion lui serrait la gorge. Soudain échappant aux Vandenyver, Jeanne voulut sauter hors de la charrette. Les deux aides du bourreau durent la ceinturer, la jeter à nouveau sur le banc.

Un tombereau qui livrait du charbon arrêta un instant la progression de la voiture.

— Qu'on me laisse la vie ! hurla Jeanne. J'ai donné tous mes biens à la Nation.

Goguenard, un passant l'apostropha :

— Tu n'as donné à la Nation que ce qui lui appartenait.

Un des charbonniers fit volte-face et gifla le railleur.

— On n'injurie pas une dame qui va mourir, siffla-t-il.

Jeanne avait presque perdu connaissance. La fatigue, la peur, la révolte, ses espoirs ruinés lui ôtaient soudain jusqu'à la force de parler, de se mouvoir. Elle resta tassée au fond de la charrette, la tête sur les genoux.

Celle-ci était arrivée place de la Révolution, entre les Tuileries et la perspective des Champs-Élysées. On dut traîner Jeanne à l'échafaud. Quoique voyant tout, entendant chaque bruit, elle ne pouvait parler ou esquisser un geste.

On la porta jusqu'à la guillotine. Soudain comme frappée par la foudre, elle se redressa, repoussa le bourreau. Une image s'imposait à sa mémoire, de plus en plus nette, de plus en plus intense. C'était sa dernière chasse avec le roi, quelques jours avant sa mort. Le cerf forcé hors de l'étang où il s'était réfugié était assailli par les chiens qui le mordaient, le déchiquetaient vivant en aboyant férocement. La bête, la tête haute, au seuil de l'agonie, se défendait encore.

— Graciez-le, sire, implorait-elle.

Mais le roi restait muet et Lansmatte avançait, sa dague à la main.

— Non ! hurla-t-elle. Non, je vous en conjure !

Le piqueur avait enfoncé l'arme dans la nuque de la bête. Le sang jaillissait en gros bouillons, d'un rouge de plus en plus foncé jusqu'à devenir noir. Une tache noire d'encre qui grossissait, s'emparait de l'espace, effaçait tout.

Seuls demeuraient l'amour, et son éternité.

Épilogue

Le corps supplicié de Jeanne fut jeté dans la fosse commune où la dépouille de la reine Marie-Antoinette l'avait précédé de quelques semaines.

Zamor mourut de froid et de misère le 7 février 1820 au deuxième étage du numéro 13 de la rue Perdue, aujourd'hui rue Maître-Albert.

Guillaume du Barry échappa à la guillotine et fut libéré de prison le 9 novembre 1794.

Tous les domestiques de Jeanne furent libérés après Thermidor.

La Terreur continua de s'acharner sur la famille de Cossé-Brissac en faisant monter à la guillotine sa sœur Charlotte, duchesse de Noailles, qui fut guillotinée avec sa fille et sa petite-fille le 22 juillet 1794.

Adélaïde, duchesse de Mortemart, rentra en possession de ses biens en 1815. Elle mourut à Neaufle-le-Vieux sous la Restauration.

Greives fut arrêté après la Terreur et conduit à la prison des Récollets. Libéré, il partit en Amérique, puis revint en Europe et mourut à Bruxelles le 23 février 1809. Il fut responsable de trente-sept exécutions.

La duchesse de Gramont, sœur de Choiseul, mourut guillotinée en 1794.

Le chevalier d'Escourre fut guillotiné peu de temps après Jeanne.

Louis-Antoine, duc de Rohan, duc de Chabot, demeura dans son château de Josselin, en Bretagne. Il mourut le 29 novembre 1807 à Paris.

Le château de Louveciennes existe toujours et appartient à des particuliers. Le domaine, malheureusement, a été séparé par une autre propriété du ravissant pavillon construit par Ledoux. L'âme de Jeanne et sa présence y sont toujours perceptibles.

Catherine Hermary-Vieille dans Le Livre de Poche

La Piste des turquoises n° 13524

Lorraine, quarante ans, a jusque ici vécu protégée par Pierre, son mari. L'accident d'avion où il meurt, et qui laisse infirme leur fils, va la contraindre à se battre, seule face à la vie. Afin de récupérer des créances, elle part pour Santa Fe, au Nouveau-Mexique. Là, au pays des pueblos indiens et de la turquoise, elle va découvrir un monde inconnu où hommes d'affaires et politiciens s'empressent autour d'elle. Elle apprendra la trahison mais aussi l'amitié, la séduction et la désillusion. C'est une femme aguerrie, mûrie, transformée qui regagnera l'Europe.

La Pointe aux tortues n° 13837

Ann n'oubliera jamais le jour de ses 8 ans. Elle vit à La Havane. On l'emmène visiter une magnifique demeure coloniale, la Pointe aux tortues, au bord du détroit de Floride. Elle est envoûtée pour toujours. Cependant le régime de Batista est à bout de souffle. Tandis que son père regagne les États-Unis, Ann reste avec sa mère, sympathisante des idéaux de Fidel Castro. Devenue « Anna », la petite grandit en militante appliquée et enthousiaste du nouveau régime. La rencontre de Diego, qui lui fait vivre une grande passion, lui ouvre les yeux sur les réalités les plus sombres de la Révolution. Bientôt va sonner l'heure d'un choix déchirant... A travers l'histoire d'une enfance et d'un amour, ce sont trente ans de tragédie cubaine que nous fait revivre la romancière du *Rivage des adieux*.

Le Rivage des adieux n° 4320

« Une belle histoire d'amour et de mort... » Ainsi les bardes celtiques résumaient-ils la plus tendre et cruelle légende qu'ils aient jamais racontée : celle de Tristan et Iseult. La liaison adultérine d'une très jeune reine, l'indestructible fidélité de son amant, les atermoiements d'un roi harcelé par les intrigues de ses barons : Catherine Hermary-Vieille s'est laissée emporter par cette histoire éblouissante et tragique, d'une audace insoupçonnée, dans un récit à la fois scrupuleusement fidèle au mythe et adapté à la sensibilité d'aujourd'hui.

Les Dames de Brieres

Les Dames de Brières n° 14987

Quelle étrange fatalité pèse sur le domaine de Brières, en particulier sur les hommes qui l'habitent? Est-il vrai que l'on aperçoit, près de l'étang voisin, les trois femmes qu'on y brûla en 1388 sous l'accusation de sorcellerie? Lorsque, au début de ce siècle, Valentine achète le domaine et s'y installe avec son mari écrivain, elle n'a cure de ces légendes. Pourtant, l'amour qu'elle éprouve pour Jean-Remy et pour leur fille ne suffira pas à la combler. Tourmentée, bientôt fugitive, Valentine sentira peser sur elle, mystérieusement, la malédiction des Dames de Brières.

L'Etang du diable n° 15073

Au cœur de la campagne creusoise, l'élégant domaine de Brières a toujours fasciné et inquiété à la fois Là, au XVe siècle, trois femmes accusées de sorcellerie furent brûlées. Une malédiction pèse-t-elle toujours sur celles qui y vivent, surtout quand leur volonté d'indépendance et leur tempérament passionné leur valent la hargne d'un monde dominé par les hommes ? Le destin de Valentine Fortier, conté dans *Les Dames de Brières*, se prolonge ici à travers une autre génération, qui traverse l'Occupation et l'après-guerre : celle de Renée, la fille de Valentine, qui a voulu fuir le domaine familial et frayer son chemin à Paris ; celle de Colette, à qui son idée de la liberté amoureuse a valu les outrages de la Libération. A Brières, dans un très vieux grimoire, gît sans doute le secret de l'étang du Diable. Un secret qu'il leur faudra bien parvenir à déchiffrer un jour...

La Fille du feu n° 15210

Depuis le Moyen Age, où trois femmes y furent brûlées vives, le domaine de Brières, en Creuse, semble en proie à une malédiction. Valentine, au début de ce siècle, puis sa fille Renée, héroïnes des deux premiers volumes des *Dames de Brières*, ont connu des existences tourmentées. Françoise, leur fille et petite-fille, subira-t-elle à son tour le maléfice ? C'est dans le Paris des années 1960, où s'éteignent peu à peu les échos de la guerre d'Algérie, que se joue son destin, entre la passion qui l'unit à Christian, député ambitieux, et son métier d'avocate. En faisant acquitter, au prix d'un combat juridique sans merci, trois femmes accusées d'avoir pratiqué des avortements clandestins, Françoise ancrera sa vie au cœur de l'émancipation féminine moderne. Mais qui sait si, du même coup, ce n'est pas elle qui aura enfin levé la malédiction de Brières ?

Du même auteur :

Aux Éditions Albin Michel

LES DAMES DE BRIÈRES (t. 1)
L'ÉTANG DU DIABLE (t. 2)
LA FILLE DU FEU (t. 3)

Chez d'autres éditeurs

LE GRAND VIZIR DE LA NUIT, Prix Fémina 1981, Gallimard
L'ÉPIPHANIE DES DIEUX, Prix Ulysse 1983, Gallimard
L'INFIDÈLE, Prix RTL 1987, Gallimard
LE JARDIN DES HENDERSON, Gallimard
LA MARQUISE DES OMBRES, Olivier Orban
UN AMOUR FOU, Prix des Maisons de la Presse 1991, Olivier Orban
ROMY, Olivier Orban
LA PISTE DES TURQUOISES, Flammarion
LA POINTE AUX TORTUES, Flammarion
LOLA, Plon
L'INITIÉ, Plon
L'ANGE NOIR, Plon
LE RIVAGE DES ADIEUX, Pygmalion

Composition réalisée par EURONUMÉRIQUE

Imprimé en France sur Presse Offset par

BRODARD & TAUPIN

GROUPE CPI

La Flèche (Sarthe).
N° d'imprimeur : 18467 – Dépôt légal Éditeur 32035-05/2003
Édition 01
LIBRAIRIE GÉNÉRALE FRANÇAISE - 43, quai de Grenelle - 75015 Paris.

ISBN : 2 - 253 - 15508 - X

31/5508/2